HEYNE BÜCHER

KELLY MOORE & DAN REED

TÖDLICHE FÜRSORGE

Die unglaubliche Geschichte einer Krankenschwester, die viele ihr anvertraute Kinder umbrachte

Deutsche Erstausgabe

WILHELM HEYNE VERLAG
MÜNCHEN

HEYNE ALLGEMEINE REIHE
Nr. 01/8552

Titel der Originalausgabe
DEADLY MEDICINE
Aus dem Amerikanischen übersetzt
von Beate Gorman

3. Auflage

Redaktion: Werner Heilmann

Printed in Germany 1994
Umschlaggestaltung: Atelier Ingrid Schütz, München
Satz: (1093) IBV Satz- und Datentechnik GmbH, Berlin
Druck und Bindung: Elsnerdruck, Berlin

ISBN 3-453-05645-0

Für Chelsea McClellan, von der wir nur aus den Erinnerungen jener wissen, die sie geliebt haben und

für den Ermittlungsbeamten. Es war eine besondere Ehre, ihn kennenzulernen.

Apollon, den Arzt, rufe ich zum Zeugen, dazu alle Götter und Göttinnen.

Mein ärztliches Handeln geschehe zum Heil der Kranken, so gut ich es kann und weiß. Bewahren will ich sie vor Schaden und Torheit. Niemandem werde ich ein tödliches Gift verabreichen oder auch nur anraten, selbst wenn er darum bitten sollte. Hehr und rein möchte ich mein Leben und meine Kunst bewahren.

Aus dem Eid des Hippokrates

Es war der letzte Freitag des Sommers 1982. Die Zeitungen berichteten von den Vorbereitungen für die Bestattung Ihrer Durchlaucht, der Fürstin Gracia von Monaco. Die Staatsoberhäupter konzentrierten sich auf die militärische Übernahme von West-Beirut durch Israel, die gerade einen Tag alt war. Die Kinos warben für *Poltergeist, Tron, Indiana Jones* und *E.T.* Chrysler kam gerade noch an einem Streik vorbei. PanAm kündigte 5000 Angestellten. Die Dodgers gewannen ihr siebentes Spiel hintereinander 9:2 gegen die Astros. Und in der kleinen texanischen Stadt Comfort starb an diesem Tag die fünfzehn Monate alte Chelsea Ann McClellan.

Der Pathologe, der Chelsea obduzierte, konnte keine klare Todesursache ausmachen und kam zu dem Schluß, daß das Baby der McClellans einem ›atypischen plötzlichen Kindstod‹ erlegen war – die Bezeichnung für unerklärliche Todesfälle bei scheinbar gesunden Kindern. Drei Wochen später jedoch überzeugte ein merkwürdiger Laborbericht den Staatsanwalt davon, daß das kleine blonde Mädchen mit den blauen Augen ermordet worden war.

Chelseas Tod setzte eine zweijährige Untersuchung in Gang, die schließlich offenbarte, daß die Mörderin des Kindes, eine Kinderschwester, ihre kleine Patientin mit tödlichen Medikamenten vergiftet hatte. Die Beamten der Abteilung für öffentliche Sicherheit entdeckten bald, daß die Schwester in ähnliche Fälle in San Antonio, das sechzig Meilen südlich lag, verwickelt war. Insgesamt führte man den Tod von über dreißig Kindern und mehr als sechzig fast tödlich verlaufene Notfälle von anderen Kindern auf diese Frau zurück, obwohl sie schließlich nur zweier Verbrechen überführt wurde.

Zum ersten Mal hörten wir in einer Märznacht des Jahres 1984, zweieinhalb Jahre später, von diesen Ereignissen, als eine alte Freundin aus San Antonio anrief. Während des Gesprächs erwähnte sie einen Fall, an dem sie als Assistentin des Staatsanwalts beteiligt gewesen war, ein Fall, der bereits seit über einem Jahr in jeder Zeitung von Texas Schlagzeilen gemacht hatte.

»Aber warum würde jemand Babys umbringen wollen?« fragten wir sie.

»Ich glaube«, antwortete sie nach einer kurzen Pause, »es gefiel ihr einfach.«

Wir lernten die Frau, die für den Mord an Chelsea McClellan verurteilt worden war, im Dezember des Jahres 1984 kennen, als wir gerade mit unserer Untersuchung begannen. Und diese Frau, mit der wir uns dann im Frauengefängnis von Gatesville unterhielten, überraschte uns.

Sie war Mitte Dreißig, farblos, kräftig gebaut und hatte seltsam unwiderstehliche, blaßgraue Augen. Abgesehen von der unförmigen Gefängniskleidung, die alle Insassen trugen, machte sie ganz den Eindruck einer normalen Mutter zweier Kinder. Mit überzeugender Ernsthaftigkeit bestand sie auf ihrer Unschuld und gab uns vernünftige Erklärungen für die Anklagen, die gegen sie erhoben worden waren. Nach einem fünfstündigen Gespräch fragten wir uns, wie die Geschworenen diese Frau hatten für schuldig befinden können.

Seit diesem Treffen haben wir mit fast allen Betroffenen gesprochen, angefangen bei den Eltern der Opfer und den Ärzten und Schwestern, die für ihr Leben verantwortlich gewesen waren, und auch mit den Männern, die die Anklage vertraten, und jenen, die die Beschuldigte verteidigten, bis hin zu den Geschworenen, die das Urteil sprachen. Wir lasen und verglichen 15000 Seiten Dokumente. Und wir erfuhren mehr über Medizin, über Kriminaluntersuchungen und über die krankhaften Gedanken einer Mörderin, als uns lieb war.

Was folgt, ist die gewissenhafte und genaue Wiedergabe einer Reihe von Ereignissen, die zum Tod von Chelsea McClellan und der Verurteilung ihrer Mörderin führten. Unser Buch wurde zusammengestellt aus persönlichen Interviews, Briefen, Erklärungen, Aktennotizen, Gerichtsprotokollen, geheimen Aussagen der Geschworenen, offiziellen Erklärungen, Zeitungsberichten und medizinischen Berichten. Um Unschuldige und Unwissende zu schützen, haben wir einige Namen von Betroffenen geändert und in einigen Fällen charakterliche Komponenten vertauscht. Aus Gründen der Klarheit wurden Teile einiger Interviews und anderer Zitate zusammengefaßt oder bearbeitet.

Wir hoffen, daß Ihnen diese Seiten eine echte Allegorie des Bösen im Menschen vermitteln – und die Möglichkeit vor Augen führen, daß jeder für sich in der Lage ist, die richtige Wahl zu treffen.

Los Angeles, Kalifornien
21. Juni 1988

Erster Teil

Die Sucht

Die pädiatrische Intensivstation von San Antonio

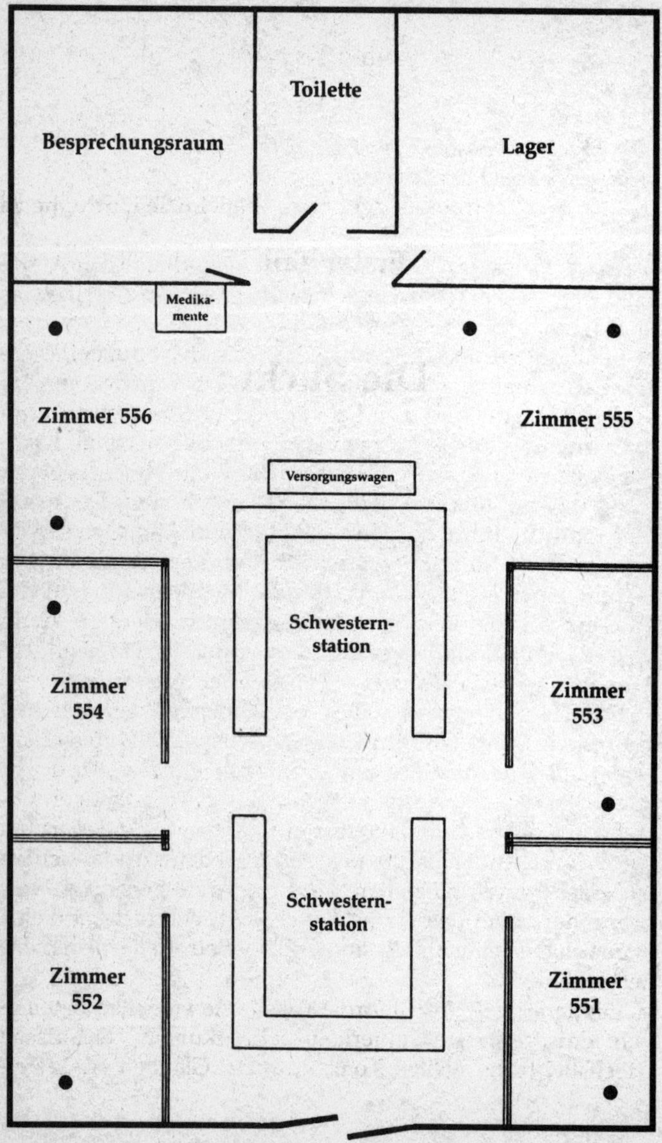

Erstes Kapitel

Der Bogen ist gespannt, der Pfeil fliegt;
geflügelter Schaft des Schicksals.

Ira Aldridge, Über Wilhelm Tell, Strophe 12

Kein normaler Arzt freut sich über einen Notfall mit Atem- und Herzstillstand, aber viele werden zugeben, daß so etwas auch eine unglaubliche Erfahrung ist.

Ein Besucher im Krankenhaus wird einen Notruf bei einem solchen Vorfall wahrscheinlich nicht einmal mitbekommen; die Stimme, die über den Lautsprecher ertönt, bewahrt immer ihren diskreten, ruhigen Ton. Aber alle Ärzte im Krankenhaus horchen auf. Sie wissen, daß ein Patient sterben kann und auf der Stelle behandelt werden muß. Der erste, der eintrifft, führt die Herzmassage und künstliche Beatmung durch. Ein anderer schiebt den Versorgungswagen herein, einen Metallschrank, der alle Medikamente und Geräte enthält, die möglicherweise gebraucht werden. Wenn genug Leute da sind – mindestens ein Arzt und zwei andere Angehörige des Personals –, beginnt der Kampf.

Das Team unternimmt alles, um das Leben des Patienten zu retten. Die Beteiligten kämpfen entschlossen, bisweilen sogar brutal gegen die fortgesetzte Schädigung an, die durch die fehlende Sauerstoffversorgung der lebenswichtigen Organe – Nieren, Leber, Herz und Gehirn – hervorgerufen wird. Der Kampf kann ein paar Minuten dauern oder sich bis zu einer Stunde hinziehen. Und die Ärzte geben erst auf, wenn der Leiter des Teams entscheidet, daß nicht umkehrbare Schäden eingetreten sind und der Betroffene nicht mehr lebensfähig ist.

Ein derartiger Notfall fordert das beste von allen Beteiligten: Entscheidungen innerhalb von Sekunden, technische Höchstleistung, völlige Konzentration, Glauben an das eigene Können. Vom Leiter des Teams ist außerdem noch besonderer Mut erforderlich – nämlich die Fähigkeit aufzugeben, wenn der Kampf verloren ist. Es ist eine Verantwortung, die jeder Arzt fürchtet, besonders wenn er zum ersten Mal mit ihr konfrontiert wird.

Ende 1980 war Dr. Kathleen May Holland bereits bei mehreren derartigen Notfällen während der ersten vier Jahre ihrer Ausbildung und den ersten achtzehn Monaten als Assistenzärztin dabei gewesen. Sie hatte jedoch noch nie die Leitung innegehabt, denn jedesmal hatte ein älterer Arzt die Verantwortung übernommen. Aber schließlich kam sie an einem frühen Dezembermorgen, als sie zwei Drittel ihrer Dreißig-Stunden-Schicht hinter sich gebracht hatte, an die Reihe.

»Code Blau in der Pädiatrie.«

Diese Worte machten Kathleen auf der Stelle hellwach; ein Teil ihres Geistes war sowieso immer präsent, konnte sich nie ganz entspannen. Sie stand auf und eilte den Flur entlang zu der Intensivstation für Kinder. Unterwegs befahl sie ihren Nerven, sich zu beruhigen, und ihrem Herzen, langsamer zu schlagen. Sie fragte sich, welchem ihrer Patienten es schlecht ginge und warum – und wie jedesmal betete sie, daß ein erfahrenerer Arzt auftauchen würde, um die Leitung zu übernehmen. Hastig stieß sie die Doppeltür zur Intensivstation auf und ging auf die Gruppe zu, die um das Bett in Zimmer 553 stand.

Im Jahr 1980 hatte man die Intensivstation der Pädiatrie in einem Raum untergebracht, der nicht viel größer war als eine Doppelgarage. Die sechs kleinen, verglasten Kabinen entlang der Wände nahmen den meisten Platz ein. Von zwei brusthohen Theken umgeben, füllte die Schwesternstation den Großteil des verbleibenden Raumes aus. In den Kabinen standen insgesamt acht Bettchen, die von verschiedenen, durch ein verwirrendes Netzwerk von Drähten miteinander verbundenen Geräten und Monitoren flankiert wurden. Die Station war in einem langweiligen Krankenhausgrün gestrichen, das nur durch das leuchtende Rot des

Notfallwagens, der in der hinteren Ecke des Raumes stand, aufgelockert wurde.

Die Patienten auf der Intensivstation sind die kränksten Kinder im Krankenhaus. Sie stehen fast immer unter dem Einfluß von Medikamenten und sind oft nicht bei Bewußtsein. Dennoch werden sie routinemäßig mit Gazestreifen festgebunden, um zu verhindern, daß etwaige Bewegungen ein Beatmungsröhrchen, die Leitungen eines Monitors oder die feinen intravenösen Nadeln, die in Arm, Fuß oder in der Kopfhaut stecken, lockern. Die Pflege für diese kleinen Patienten ist anstrengend. Die Dosierung der Medikamente wird genau auf das Körpergewicht abgestimmt, und die gesamte Behandlung muß den winzigen Organen und dem noch nicht entwickelten Immunsystem angepaßt werden. Der Einsatz für das Krankenhauspersonal ist hoch – es geht um das Überleben von Kindern, die noch keine Möglichkeit hatten, richtig zu leben. Ein Notfall in der Pädiatrie gehört daher vielleicht zu den schrecklichsten überhaupt.

Kathleen war Ende 1980 33 Jahre alt, etwas älter als die meisten anderen Ärzte. Sie war ein ernster Typ, aber leicht zum Lachen zu bringen, und etwas übergewichtig. Das glatte, dunkelbraune Haar trug sie in einer strengen und schlichten Frisur kurzgeschnitten. Von ihrem breiten, eckigen Gesicht konnte man ihr slawisches Erbe ablesen; ihre offene, pragmatische Art deutete auf ihre Kindheit in Albany, New York, in einer Arbeiterfamilie hin.

Kathleen hatte spät das College besucht und es erst mit vierundzwanzig beendet. Sie begann dann mit einem Medizinstudium, und ihr Ziel war eine Karriere in der Forschung. Kurz vor dem Abschluß löschte ein unerwarteter und trivialer Streit mit ihrem Doktorvater ihre Hoffnungen aus. Plötzlich mußte sie sich mit dem Gedanken anfreunden, praktische Ärztin zu werden, und wählte die Kinderheilkunde als Fachgebiet.

Es fiel ihr schwer, die Gewohnheiten wissenschaftlicher Arbeitsweise abzuschütteln. »Sie ging viel methodischer vor als die meisten anderen«, erinnert sich eine Schwester an

Kathleen. »Sie verbrachte Stunden damit, beispielsweise die Intervalle und den Druck eines Beatmungsgerätes einzustellen, eine Sache, um die sich die anderen Ärzte gar nicht kümmerten und die sie den Schwestern überließen.«

Kathleen handhabte jedes Problem mit computerhafter Sorgfalt, sammelte Daten, schätzte deren Bedeutung ein, berechnete die Lösung. Einige empfanden ihre Art als trocken, sogar schwerfällig, aber sie war unbestritten gründlich. Auf ihre bisherige Laufbahn waren ihre ganz eigenen, speziellen Schwächen und Stärken zurückzuführen, doch kam sie zu dem Notfall so gut ausgerüstet wie jeder andere Assistenzarzt in seinem zweiten Jahr.

Kathleen trat zu zwei Schwestern, einem Pfleger und einem nervösen Medizinstudenten, die sich um ein vier bis fünf Monate altes Baby kümmerten. Ein Blick auf die Monitore sagte Kathleen, der einzigen anwesenden Ärztin, daß bei dem kleinen Patienten ein völliger Herz- und Atemstillstand drohte.

»Ich erinnere mich, daß der Student eine Maske, die an das Beatmungsgerät angeschlossen war, auf das Gesicht des Kindes hielt. Eine Schwester, die ich nicht kannte, stand neben ihm. Jorge Montoya*, der als Pfleger in der Abteilung arbeitete, führte eine Herzmassage durch, und Schwester Genene legte gerade eine Infusion an. Ich war froh, daß sie da war; soweit ich ihre Arbeit beurteilen konnte, war sie eine wirklich gute Schwester, außerdem hatte sie den Ruf, bei einem Notfall vorbildlich zu reagieren. Überlegt, energisch, schnell, wissen Sie.«

»Das Wichtigste?« fragte Kathleen, als sie an das Bett trat. Genene blickte hoch und zählte die Werte auf.

»Ich glaube, es war Jorges Patient«, erinnerte sich Kathleen, »aber es war Genene, die alle Informationen parat

* Obwohl alle Personen in diesem Buch echt sind und alle Ereignisse den Tatsachen entsprechen, wurden die Namen einiger Betroffener verändert, um ihre Privatsphäre zu schützen. Ein Sternchen (*) im Text weist darauf hin, daß ein Name durch ein Pseudonym ersetzt wurde.

hatte. Sie war die Art Schwester, die immer über alles Bescheid weiß.«

Das Baby litt unter einer schnellen, unregelmäßigen Kontraktion eines Teils des Herzmuskels. Die Herzleistung war eingeschränkt, der Blutdruck schwankte, und das Kind atmete nicht mehr spontan. Es lag bewegungslos da und sah sehr blau aus.

»Welches Gewicht hat das Kind?« fragte Kathleen, als sie den Studenten mit dem Beatmungsgerät zur Seite schob. Sie steckte einen Kehlkopfspiegel in den Rachen des Babys, damit sie sehen konnte, wo sie die Plastikröhre plazieren mußte, die während der Behandlung für eine verläßliche Luftzufuhr sorgen würde. Dann befestigte sie das Beatmungsgerät an der Röhre und begann zu pumpen, wobei sie den Ryhthmus bei der Beatmung des Kindes nutzte, um sich zu beruhigen und ihre Gedanken zu ordnen. Ihre Augen eilten zwischen den Monitoren hin und her, und sie beobachtete, wie das Kind von Sekunde zu Sekunde Fortschritte machte.

»Die Erfahrung läßt sich nur schwer beschreiben«, berichtet Kathleen, »man konzentriert sich sehr stark, alles scheint wirklich intensiv und gleichzeitig weit weg. Und weil so viel auf dem Spiel steht, ist es leicht, die Kontrolle zu verlieren. Man hat das Gefühl, daß alles beschleunigt abläuft, man muß sich aber unter Kontrolle haben, sonst wird man nervös und kann nicht mehr richtig denken.«

Das Baby war mit einer Grippe eingeliefert worden, die zu einer starken Austrocknung des Körpers geführt hatte. Kathleens erstes Ziel war, die Herzkontraktionen des Jungen zu koordinieren und seinen Blutdruck zu stabilisieren. Kathleen wußte, daß sich die Herzfunktion wahrscheinlich medikamentös am besten wiederherstellen ließ, aber sie mußte einen Moment lang nachdenken, um die richtige Dosis für ein so kleines Kind zu berechnen. Als sie fertig war, wandte sie sich an Genene, die schon mit einer Phiole und der Spritze bereitstand.

»Ich sagte ihr, welche Menge Lidocain ich brauchte – mit diesem Mittel regulieren wir den autarken elektrischen Impuls im Herzkammermuskel, der das Herzjagen verursacht. Außerdem habe ich auch Natriumbikarbonat gegen die Übersäuerung des Blutes vorbereiten lassen und Kalziumchlorid zur Stärkung des Herzschlags.«

Genene zog die Medikamente aus den Flaschen, die sie bereits aus den Regalen des Notfallwagens ausgewählt hatte, fast so schnell auf, wie Kathleen nach ihnen verlangte. Montoya injizierte die Mittel in die Kanüle.

»Lidocain fertig!« rief er. »Natriumbikarbonat wird injiziert. Kalzium ebenfalls.«

Sekunden verschmolzen zu Minuten, während Kathleen darauf wartete, daß die verschiedenen Mittel wirken würden. Nach zwei Minuten war der Herzschlag des Kindes noch immer unregelmäßig, seine Farbe hatte sich kaum gebessert, und der Blutdruck mußte immer noch durch die Brustmassage aufrechterhalten werden. Die Mittel zeigten keine Wirkung.

»Man will dem Patienten keine Überdosis geben, indem man zu bald eine zweite Dosis verabreicht, aber irgend etwas muß man tun. Wenn etwas nicht klappt, versucht man es noch einmal oder tut etwas anderes.«

Kathleen überlegte, was sie noch tun könnte, als die Anzeige auf dem Herzmonitor sich änderte.

Das Herz des Kindes flatterte nur noch, all seine elektrischen Impulse liefen wie zufällig und ohne Koordination ab. Es wurde kein Blut mehr durch den Körper gepumpt.

»Defibrillation vorbereiten«, befahl Kathleen.

Sofort wurde der Defibrillator nähergeschoben, und Genene prüfte, ob er geerdet, eingeschaltet und betriebsbereit war. Sie gab zwei kleine Tupfer Silikongleitmittel auf die Elektroden und reichte sie der Ärztin. »Fertig.«

»Ich fragte mich«, sagte Kathleen später über diesen Augenblick, »was werde ich nur tun, wenn es nicht klappt?« Die Ärztin nahm die Elektroden und rieb die Saugflächen aneinander, um das Gleitmittel gleichmäßig zu verteilen. Dann plazierte sie sie auf dem Körper des Jungen – eine rechts vom Brustbein unterhalb des Schlüsselbeins, die andere tiefer rechts, nah am unteren Ende des Lungenflügels.

»Fertig.«

Die anderen traten zurück. Kathleen drückte den Startknopf. Eine elektrische Ladung von zehn Watt jagte durch den Körper des Kindes, so daß sich alle Muskeln zusammenzogen. Das Herz stotterte und versagte dann wieder.

»Wiederholen«, schlug Genene vor, bevor Kathleen überhaupt daran dachte.

Kathleen verteilte das Gleitmittel erneut.

»Fertig.«

Wieder stotterte das Herz des Kindes und zuckte wie im Krampf; und wieder erstarb es. Kathleen reichte Genene die Elektroden.

»Erneute Herzmassage«, befahl sie und überlegte, ob das Kind wohl eine doppelte Ladung vertragen würde.

»Ich war frustriert«, erinnerte sich Kathleen. »Ich tat genau das Richtige, und das Team arbeitete gut zusammen, aber der Junge reagierte nicht.«

»Wie lange schon?« fragte eine tiefe, autoritative Stimme.

»Aufschauend sah ich Dr. Robotham, den Chefarzt der Abteilung. Ich war fertig mit den Nerven und erleichtert, daß er da war. Ich dachte, Robotham würde die Leitung übernehmen.«

Jemand sagte, daß schon fast eine halbe Stunde vergangen sei. Das Herz des Kindes hatte schon lange nicht mehr spontan geschlagen.

»Ihr Patient stirbt, Doktor«, bemerkte der Chefarzt. »Wie hoch ist die Wattleistung?«

»Ich bereite gerade eine doppelte vor«, erwiderte Kathleen.

»Fahren Sie fort.«

Kathleen beachtete den Chefarzt nicht weiter und wandte all ihre Aufmerksamkeit dem Kind zu. »Ich hatte nicht mehr viel Zeit, aber ich wußte, daß die Medikamente noch aktiv waren, daher hoffte ich, daß ich es mit einer doppelten Ladung schaffen würde. Ich schaute auf und bat um die Elektroden. Genene hielt sie bereits in der Hand.«

»Fertig.«

Erneut durchzuckte die Ladung das Kind. Alle Augen konzentrierten sich auf den Monitor, über den ungleichmäßige Impulse jagten.

»Sinusrhythmus wird beibehalten«, erklärte Montoya, als die Spitzen und Täler sich zu einem erkennbaren Muster zusammensetzten. »Blutdruck steigt.«

»Ich schaute noch ein paar Sekunden lang auf das Muster«, erinnerte Kathleen sich, »und ich hatte Angst, es könne sich wieder verändern. Dann wußte ich, daß das Baby nicht sterben würde. Sie können sich nicht vorstellen, was für ein Gefühl das ist. Diese Erleichterung. Diese Freude. Die Anspannung im Innern löste sich auf. Es ist eine der unglaublichsten Erfahrungen überhaupt, wenn ein Leben gerettet wird.«

Kathleen legte die Elektroden beiseite und dankte dem Team. »Ich glaube, wir haben es geschafft.« Einen Augenblick lang freuten sich die Anwesenden über den gemeinsamen Sieg.

»Ich erinnere mich nicht mehr, was dann geschah. Wahrscheinlich habe ich mich anschließend um alles weitere gekümmert«, berichtet Kathleen. »Wahrscheinlich habe ich das Kind unter ein Beatmungsgerät gelegt und Montoya gebeten, die von den Elektroden verursachten Brandwunden mit Lanolin einzucremen. Dann habe ich verschiedene Tests angeordnet und mit dem zuständigen Arzt die weitere Behandlung besprochen. – Am Schluß spricht man immer darüber, erlebt die ganze Situation noch einmal, um die noch vorhandenen Spannungen loszuwerden. Der Medizinstudent gratulierte mir. Ich wollte ihm erklärten, daß es eigentlich nie so schwer ist, wie man zuerst glaubt, aber so etwas kann man eigentlich zu niemandem sagen.«

Kathleen verließ die Kabine und trat an die Theke in der Mitte, um als verantwortliche Ärztin ihren Bericht zu schreiben. »Robotham kam und sagte, daß ich gute Arbeit geleistet habe. Das bedeutete mir viel. Ich habe Robotham bis auf den heutigen Tag immer respektiert, auch heute noch; er war ein brillanter Arzt und ein wirklich anständiger Mensch. Einige Ärzte beklagten sich über ihn, weil er ziemlich hart sein konnte – er schreckte nicht davor zurück, andere während der Visite in Verlegenheit zu bringen. Doch er nahm eben die

Medizin sehr ernst. Er arbeitete schwerer als alle anderen Ärzte, und wahrscheinlich erwartete er dasselbe von seinen Mitarbeitern.«

Genene gratulierte der Ärztin ebenfalls. »Ich sagte ihr, wie sehr ich ihre Arbeit schätzte«, berichtet Kathleen. »Sie hatte gute Arbeit geleistet, und auch bei allen späteren Notfällen handhabte sie alles sehr gut, wenn ich mit ihr zusammenarbeitete.«

Dies war der Anfang einer langen beruflichen Freundschaft. Als Kathleen die schriftlichen Arbeiten erledigt hatte, schaute sie noch einmal nach ihrem Patienten und betrachtete das Kind, dessen Leben sie gerettet hatte.

»Es dauert lange, bis man lernt, wie man sich als Arzt verhalten muß«, erklärt Kathleen. »Wenn man von der Uni kommt, erhält man den Titel, aber auch wenn andere einen dann Doktor nennen, heißt das noch lange nicht, daß man sich auch so *fühlt*. Es dauert eine ganze Weile, bis man Fuß faßt. Manchmal meint man, nur eine Rolle zu spielen, aber dann löst sich dieses Gefühl langsam auf – man setzt Vertrauen in das, was man gelernt hat, und glaubt an seine Fähigkeit, mit allem, was passiert, fertigzuwerden. An diesem Abend dachte auch ich, daß mir das gelingen würde.«

Der Ermittlungsbeamte

Wir wissen, daß Sie über den Ausgang dieses Falles nicht glücklich sind. Warum?

Nun, wir sind der Öffentlichkeit einiges schuldig geblieben, weil wir unsere Arbeit nicht besser getan haben. Wir hätten noch ein Jahr lang, vielleicht auch zwei, eine feste Sonderkommission einsetzen sollen. Die Ermittlungsbeamten in diesem Fall hätten freie Hand haben müssen. Wir wurden durch alle möglichen unnötigen Vorschriften daran gehindert. Aber so ist das eben in San Antonio. Wissen Sie, ich war früher beim Militär, habe überall auf der Welt gelebt, und ich habe *keinen* Ort kennengelernt, in dem sich die Politik stärker in alles einmischt als in dieser Stadt. Ich glaube, jemand hatte beschlossen, die Sache viel zu früh abzuschließen. Mir wäre es lieber gewesen, wenn wir noch einige Untersuchungen angestellt und zwei, drei Todesfälle noch einmal untersucht hätten. Das ist aber nicht geschehen.

Wir haben die Verurteilung für nur einen Mord erreicht – nur einen. Zugegeben, die Beweise waren bei vielen der anderen Todesfälle nicht so eindeutig, aber ich meine, daß sie bei einer Reihe von Fällen hieb- und stichfest waren. Wir haben eindeutig begründet, daß Joshuas Tod ein Mord war, und ich glaube, wir hätten da weitermachen sollen.

Nun, ich bin kein Rechtsanwalt, daher kann ich mir den Luxus erlauben, der Argumentation der Anwälte nicht zu folgen. Aber ich kritisieren nicht nur die Anwälte. Den Ermittlungsbeamten mache ich denselben Vorwurf, denn für uns ist das wichtigste Ziel, herauszufinden, was passiert ist. Wir müssen die Fakten zusammentragen. Wir müssen einen Fall unbedingt dadurch klären, daß wir möglichst viele Beweise finden, unabhängig davon, wie das Ergebnis schließlich aussieht. Ich glaube an die Gerechtigkeit. Wenn wir bei der Verfolgung dieses Ziels irgend etwas versäumen, machen wir uns selbst schuldig.

Wenn man ein Krankenhaus leitet, hat man gewisse Verpflichtungen, bei denen es in erster Linie darum geht, sich um die Patienten zu kümmern. Genau darum geht es in einem Krankenhaus, darum geht es in dieser Abteilung: den Kindern die Chance zu geben, heranzuwachsen.

Sie klingen fast verbittert.

Verbittert? Ja, ich glaube, ich bin verbittert. Ich glaube, ich kann meine Verbitterung darüber, wie dieser Fall gehandhabt wurde, nicht einmal richtig in Worte fassen.

[DER SPRECHER MACHTE EINE PAUSE]

Haben Sie etwas dagegen, wenn ich rauche?

Nein, nur zu.

Ganz sicher? Ich möchte nicht, daß Sie nach Kalifornien zurückkehren und sagen: ›Wissen Sie, diese verdammten Texaner blasen einem ständig Rauch ins Gesicht.‹ Das werden Sie doch nicht tun, oder?«

Nein, nein. Wir wollen, daß Sie sich wohlfühlen – schließlich werden Sie am meisten reden. Man hat uns gesagt, daß Sie viel über diesen Fall wissen.

Ja, das stimmt. Wissen Sie, ich bin derjenige, der den ganzen Fall von Grund auf kennt: das, was hier in San Antonio passiert ist und später oben in Kerrville. Ich war der Ermittlungsbeamte für beide Städte; man hatte zwischen den Bezirken irgendeine Absprache getroffen. Ich habe mich fast zwei Jahre intensiv mit dem Fall beschäftigt, daher habe ich wahrscheinlich eine Menge dazu zu sagen. Für das meiste gibt es harte Beweise, aber einiges gibt auch meine persönliche Meinung wider. Ich bin ziemlich eigensinnig, besonders wenn etwas wichtig für mich ist. Ich berichte hier aus meiner Perspektive, und einige Menschen werden anderer Meinung sein als ich, weil sie die Dinge anders sehen. Man hat mir vorgeworfen, daß ich manchmal eine andere Sichtweise bevorzuge.

Die meisten Leute, die in diesen Fall verwickelt sind, haben nicht so bereitwillig Auskunft gegeben. Warum tun Sie es?

Für mich liegt die Bedeutung der Sache in... Ich glaube, das Wichtigste ist euer Buch, okay, und die Art, wie ihr die Geschichte erzählt. Ihr müßt die ganze Geschichte hören.

Sie ist ziemlich verwirrend. Wir hoffen, daß Sie einige der Rätsel aufhellen können.

Ich werde es zumindest versuchen.

Zweites Kapitel

Das höchste Verdienst des Menschen liegt darin, die äußeren Umstände so stark wie möglich zu beeinflussen und sich so wenig wie möglich von ihnen beeinflussen zu lassen.

Goethe

Wenn man von einem Ort behaupten kann, daß er die Seele von Texas beherbergt, dann muß es San Antonio sein. Es ist eine aufstrebende, freundliche Stadt, die an einem Fluß an einer Abzweigung des Chisholm Trail erbaut wurde. Ihre tiefen Straßenschluchten aus Stahl und Beton verdunkeln den heiligsten aller texanischen Schreine: die Überreste der Mission San Antonio de Valero, bekannt als das legendäre Alamo. 1836 entschlossen sich 192 selbsternannte ›Texaner‹ das Lager vor der mehr als 6000 Mann starken Armee von Generalisimo de Santa Ana zu verteidigen, um Sam Houston die Zeit zu verschaffen, die er zur Rettung der Republik Texas brauchte. In der Dämmerung des 6. März überrannten Santa Anas Truppen die Mission nach langer Belagerung. Alle Verteidiger starben, aber sie nahmen mehr als die zehnfache Anzahl der Angreifer mit sich. Die Märtyrer von Alamo verkörperten die Tugenden, auf die die Texaner immer noch stolz sind: Mut, Verläßlichkeit, Dickköpfigkeit, Stärke, Rückgrat, Kampfesgeschick und der Wille, das Leben für die Verteidigung ihrer Ideale einzusetzen.

In den Jahrhunderten, die Houstons Triumph über Santa Anas Armee folgten, richtete San Antonio sich ganz nach den Bedürfnissen der Viehzüchter aus. Nach dem Ersten Weltkrieg wurde die Stadt immer mehr zu einem Zentrum des Militärs. Zu Beginn der sechziger Jahre lebte bereits ein Drittel von San Antonios Wirtschaft direkt von den fünf im Umkreis liegenden Militärbasen.

In den siebziger Jahren begannen die Politiker der Stadt zusammen mit der Regierung des Staates, San Antonios Zukunft neu zu ordnen. Der wachsende Tourismus war ein neuer Wirtschaftsfaktor, und man arbeitete daran, San Antonio zu einer der schönsten Städte des Landes zu machen. Außerdem wurden entscheidende Schritte unternommen, die Stadt in das internationale Scheinwerferlicht zu bringen, indem man Interesse an dem weiten Gebiet der biologischen und technologischen Forschung und Entwicklung anmeldete.

Die Politiker nahmen die Herausforderung an. Bürgermeister Henry Cisneros, San Antonios erster Bürgermeister mexikanischer Abstammung, machte die Biotechnologie zum Teil seines Programms. Geld strömte in das wissenschaftliche Gesundheitszentrum der Universität von Texas und in die Lehranstalt der medizinischen Fakultät – das Medical Center Hospital, das sich in einem Vorort im Nordwesten der Stadt befand. In nicht ganz zehn Jahren wurden die Fakultät und das Krankenhaus mit der allerneuesten Einrichtung und Technik ausgerüstet, und das wissenschaftliche Gesundheitszentrum erhielt Lehrpersonal von Nobelpreis-Kaliber. Gleichzeitig baute man Schulen und Autobahnen, und der Flughafen wurde für die erwarteten Ströme neu zuziehender Menschen – Wissenschaftler und Industrielle aus dem Norden – erweitert.

Auch Kathleen Holland war Teil dieser Invasion. Ihr Mann, der als Bibliothekar an der New Yorker Cornell-Universität arbeitete, während Kathleen dort studierte, wurde durch einen vielversprechenden Job in der Stadtbücherei von San Antonio angelockt. Kathleen, die kurz davor stand, sich in Neuengland einzuschreiben, bewarb sich statt dessen an der Hochschule für medizinische Forschung der Universität von Texas. Fast durch Zufall war Kathleen damit zum Mitglied einer medizinischen Gemeinde geworden, die einen immer größeren Ruf genoß.

Zu Anfang träumte Kathleen davon, weiter in der Forschung tätig zu bleiben. Sie hatte einen guten Anfang gemacht und die nötigen Prüfungen abgelegt, und sie war sicher, daß sie eine Nische für sich finden würde, wie all die anderen brillanten jungen Männer und Frauen, die ihre Lehrer waren und als Chefärzte im Krankenhaus arbeiteten.

Der Streit mit ihrem Doktorvater zwang sie, ihre Pläne zu ändern, aber sie dachte nicht daran, Texas zu verlassen. Nachdem Sie sich an die Vorstellung gewöhnt hatte, als praktische Ärztin zu arbeiten, sah sie sich in verschiedenen Städten nach einem Ort um, an dem sie eine Praxis eröffnen konnte.

Zu Beginn des Jahres 1981 war Kathleen im Hinblick darauf besonders im Texas Hill Country unterwegs, einem Gebiet mit einer Reihe sanft abfallender Berge, die von Flußtälern durchzogen werden und mit Eichen und wilden Pecanobäumen bewachsen sind. Die Berge, die sich halbmondförmig von Waco im Norden nach San Antonio im Süden und nach Westen halb bis nach El Paso hinziehen, markieren den Abfall von den hohen, weiten Ebenen im Nordwesten von Texas hin zu dem niedrigen Deltaland, das sich vom Golf von Mexiko fächerförmig ausbreitet. Wenn im Frühling die blauen Glockenblumen Texas Hill Country mit ihren leuchtenden Blüten beleben, ist es nirgendwo schöner.

Kathleen führte ihre Suche in den Städten dieser Region mit der ihr eigenen methodischen Gründlichkeit durch. Sie sah sich in Gebieten um, in denen es einen großen Bevölkerungsanteil von jungen Erwachsenen im gebärfähigen Alter gab, die ihr einen gleichmäßigen Patientenstamm garantieren würden. Sie überprüfte die vorhandenen Krankenhauseinrichtungen und erkundigte sich, ob Kinderärzte fehlten. Sie fuhr Hunderte von Meilen, um die vielversprechendsten Orte zu besichtigen – intensiv suchte sie eine Stadt, in der sie sich niederlassen und ein Heim gründen konnte.

Im April hatte sie sich für eine Stadt namens Kerrville entschieden, die etwa sechzig Meilen nordwestlich von San Antonio am Highway 10 lag. Die Gemeinde zog sich am Ufer des Guadalupe hin; sie wuchs schnell und interessierte besonders junge Leute, die das Stadtleben satt hatten. Die Handvoll Ärzte in Kerrville schien ihr akzeptabel, und sie erhielt die Erlaubnis, die Krankenhauseinrichtung mit zu nutzen. Bald war überall bekannt, daß sich demnächst eine neue Kinderärztin in dem Städtchen niederlassen würde.

Kathleen suchte einen Unternehmensberater auf, unterschrieb einen Vertrag für eine Wohnung, die noch im Bau war, und begab sich an die langwierige und schwierige Aufgabe, Geld, Einrichtung und Geräte zusammenzubekommen, die sie zur Eröffnung ihrer kinderärztlichen Praxis brauchen würde. Zu diesem Zeitpunkt hatte sie fast noch ein Jahr Zeit, währenddessen sie als Assistenzärztin im Bexar-County-Krankenhausdistrikt weiterarbeitete. Trotzdem fragte sie sich, ob sie sich Zeit genug gelassen hatte.

Dr. James L. Robotham war ebenfalls durch das wissenschaftliche Programm des Staates Texas nach San Antonio gelockt worden. Es handelte sich bei ihm um einen ausgezeichneten Mediziner, einen jungen Mann mit tadellosen Referenzen, nie nachlassender Disziplin und echter Hingabe an seinen Beruf. Er war der Chefarzt der Intensivstation der Pädiatrie des Krankenhauses. Die Urkunden an den Wänden in seinem Büro verrieten, was für ein brillanter, interessierter Arzt er war: Studium an der Johns-Hopkins-Schule, Assistenzarzt am berühmten Kinderkrankenhaus von Toronto, Oberarzt auf der Intensivstation für Neugeborene im Krankenhaus von Boston, drei Jahre Fachstudium an der Johns-Hopkins-Schule und jetzt, im Alter von 33 Jahren, Professor für Kinderheilkunde, Anästhesie und Physiologie.

Das Medical Center und das wissenschaftliche Gesundheitszentrum der Universität von Texas nahmen erstmals 1978 Kontakt zu ihm auf. Es gab damals nur eine primitive, rückständige Intensivstation für Kinder, und es war schon fast ein kleines Wunder nötig, um die Situation zu ändern. Obwohl Jim Robotham jung war, hatte er die Energie, das Wissen und den nötigen Ehrgeiz, um dieses Wunder zu vollbringen. Schule und Krankenhaus machten ihm ein gutes Angebot. Das Gehalt war natürlich nicht zu vergleichen mit dem, das Privatkrankenhäuser zahlten, obwohl der Titel – Chefarzt der Intensivstation – ein gewisses Ansehen verlieh. Man versprach aber, alles zu unternehmen, um Robothams physiologische Forschungsarbeiten zu erleichtern. Außerdem sagte man ihm volle Unterstützung bei seinem Versuch zu, eine vollfunktionierende multidisziplinäre Intensivstation zu schaffen.

Im Grunde bat die Universität Robotham darum, eines der respektiertesten und bestausgerüsteten Krankenhäuser der Welt – Baltimores Johns Hopkins Hospital, das eine Stunde von Washington, D. C. und zwei Stunden von New York entfernt lag – zu verlassen, um das Steuer in einer unterbesetzten, schlecht ausgerüsteten Station in der kulturellen Wüste von Süd-Texas zu übernehmen. Die Aussicht muß erschreckend gewesen sein, aber die Herausforderung hatte auch einiges für sich: Robotham und seine Frau beschlossen, sie anzunehmen. Im März 1979 traf der junge Arzt mit seiner Familie in San Antonio ein.

Robothams wichtigste Aufgabe bestand darin, die Geräte der Intensivstation von dem fast steinzeitlichen Niveau des Jahres 1968 auf den neuesten Stand zu bringen. Die Aufgabe wurde durch politisches Hickhack behindert, aber nach einem Jahr war sie fast vollendet. Sie war eine der wenigen Schlachten, die Robotham hatte gewinnen können. Alle anderen Ziele, die er sich als Chefarzt für seine Station gesetzt hatte, blieben unerfüllt, da die verschiedenen Abteilungen innerhalb des Krankenhauses die Zusammenarbeit verweigerten.

Die offensichtliche Feindschaft zwischen der chirurgischen Abteilung und der Kinderstation hatte die Intensivstation in eine Art Niemandsland verwandelt, obwohl alle kleinen Patienten der Chirurgie auf diese Intensivstation geschickt wurden, um sich dort zu erholen. Gerade das war aber eine Situation, die den Chirurgen mißfiel. Aus diesem Grund waren sie den Anweisungen oder Neuerungen des neuen Chefarztes wenig zugänglich. Er mußte feststellen, daß er ständig anderer Meinung war als bestimmte Mitglieder der Chirurgie, besonders wenn es um die richtige Behandlung der Kinder ging.

»Ich habe beobachtet«, beklagte Robotham sich bei seinen Vorgesetzten, »wie Chirurgen die Untersuchung eines Kindes immer wieder hinauszögerten, bis es fast zu spät war. Ich mußte mir anhören, wie ein Arzt aus der Neurochirurgie darauf bestand, daß ein Herzkammerkatheter nicht zur Verringerung des Schädeldrucks eingesetzt werden kann, obwohl dies bereits in der etablierten neurochirurgischen Literatur nachzulesen ist.« Monatelang kämpfte Robotham vergeblich darum, die Neurochirurgie davon zu überzeugen, daß regelmäßig der Schädeldruck der Patienten überwacht werden müsse – und gab schließlich auf. Statt dessen überzeugte er die Ärzte seiner Station davon, die Messung durchzuführen, ohne erst die Zustimmung der Neurochirurgie einzuholen.

Robotham hatte sich auch vergeblich bemüht, den erzieherischen und medizinischen Wert der Visiten, die jeden Morgen auf der Intensivstation für Studenten und Assistenzärzte durchgeführt wurden, zu verbessern. Mit der großzügigen Hilfe von Dr. David Littlefield aus der pharmakologischen Abteilung erhielten sie Informationen über pädiatrische Pharmakologie und die Wechselwirkung von Medikamenten. Dr. Michael Lorring, ein Röntgenarzt, nahm ebenfalls an diesen Visiten teil und erläuterte die Röntgenbilder, die von den Patienten der Abteilung während der letzten 24 Stunden gemacht worden waren. Unglücklicherweise lehnten viele Ärzte Robothams Bemühungen ab. Sie waren weder bereit, die Zeit aufzuwenden, die Robotham erwartete, noch sich linientreu zu verhalten.

Der Chefarzt hatte ähnlich unangenehme Kämpfe mit der Verwaltung zu bestehen. Von Anfang an hatte er eine Lehrschwester anstellen wollen, die mithelfen sollte, den Standard der Krankenpflege auf der Intensivstation zu heben. Dazu war jedoch die Zustimmung der Verwaltung des Krankenhauses und des Gesundheitszentrums erforderlich. Da beide Seiten nicht miteinander sprachen, diente Robotham als Vermittler und machte seinen Vorschlag erst vor der einen, und dann vor der anderen Partei. Nach Monaten geduldigen Abwartens erhielt er schließlich die Zusage. Er stellte Shirley Menard ein, eine besonders gut qualifizierte Schwester, doch in letzter Minute wurde ihm der Sieg entrissen. Als

Schwester Menard eintraf, übertrug die Verwaltung ihr die Verantwortung für die Ausbildung der Schwestern in der gesamten pädiatrischen Abteilung, so daß ihr nur wenig Zeit blieb, sich um die Schwestern der Intensivstation zu kümmern.

Da Robotham für die Ausbildung seiner Schwestern keine Hilfe von außen bekommen konnte, versuchte er, das Problem selbst zu lösen. Er wußte, daß die Qualität der Krankenpflege einer der Hauptfaktoren für das Überleben seiner Patienten war. Die Schwestern waren es, die sich 24 Stunden am Tag um die Kranken kümmerten. Sie mußten in der Lage sein, die kleinen Veränderungen wahrzunehmen, die eine bevorstehende Krise oder die Verschlechterung des Zustands bei einem Baby ankündigten. Sie mußten das Problem erkennen und die nötigen Schritte unternehmen, bis ein Arzt eintraf. Daher war der Chefarzt fest entschlossen, alles zu tun, um die medizinischen Kenntnisse der Schwestern zu verbessern. Zum ersten Mal in der Geschichte der Abteilung wurden die Schwestern aufgefordert, die Assistenzärzte und Medizinstudenten auf der morgendlichen Visite zu begleiten, und Robotham kümmerte sich persönlich darum, daß die Schwestern, dic Spät- und Nachtdienst hatten, daran teilnahmen. Für die Schwestern, die Spätdienst hatten und an der morgendlichen Visite nicht teilnehmen konnten, nahm Robotham sich trotz seines vollen Terminkalenders die Zeit, am Spätnachmittag ›Scheinvisiten‹ durchzuführen. Fünf Tage pro Woche begleitete er die Schwestern von Bett zu Bett, bat sie, ihre Meinung über den Zustand der Patienten zu sagen und Prognosen zu stellen, beantwortete Fragen und ermutigte sie, bei der Pflege der Patienten all ihre Kraft einzusetzen.

Von 1980 bis 1981 hatte Robotham bei diesen abendlichen Runden eine erstklassige Schülerin dabei, eine Schwesternhelferin, deren Interesse nie ermüdete, die kluge Fragen stellte und von sich aus medizinische Fachliteratur las. Obwohl der Chefarzt dies nicht wußte, bezeichneten die anderen Schwestern Genene Jones manchmal als Jim Robothams ›Liebling‹. Er hatte nie das Gefühl, daß er Genene bevorzugte; er förderte medizinisches Talent, wo immer er es fand, und er hielt Genene für ›die beste Kraft der Abteilung‹.

Die Stationsschwester Pat Belko stimmte mit Robotham überein. Auch sie war der Meinung, daß Genene bei einem Notfall eine der besten Schwestern der Abteilung sei, obwohl Belko ihre Zweifel gehabt hatte, als sie Genene 1978 kennenlernte. Damals hatte sie sich Sorgen gemacht, weil Genene sich vom Schicksal der kleinen Patienten fast zu sehr persönlich betroffen zeigte. Das allererste Baby, das Genene gepflegt hatte, war gestorben, und ihre Ausbilderin hatte Belko mitgeteilt, daß Genene deshalb ›völlig mit den Nerven fertig war‹. Die neue Schwester hatte einen Stuhl in das Zimmer gestellt, den kleinen Leichnam angestarrt und über eine halbe Stunde lang geschluchzt. Belko hatte ernsthaft daran gedacht, Genene aus der Abteilung versetzen zu lassen, wollte aber erst einmal abwarten. Diese Entscheidung erwies sich als richtig, denn in den folgenden Monaten beeindruckte Genene Schwester Belko immer wieder mit ihrer Hingabe und ihrem Eifer.

Genene verstand viel von Anatomie und Physiologie und interessierte sich besonders für Krankheitssymptome und Behandlungsmethoden. Eine Schwester erinnerte sich, daß Genene Jones' Fähigkeit, die EKG-Kurve eines Patienten zu lesen und eventuelle Probleme daraus abzuleiten, besonders beeindruckend war, genau wie ihre Bereitschaft, anderen Schwestern bei der Pflege ihrer Patienten zu helfen. Obwohl sie mit ihren Vorschlägen bisweilen recht hartnäckig sein konnte, erwiesen sich ihre Annahmen recht häufig als richtig. Sie hatte die seltene Angewohnheit, schon vor Arbeitsbeginn einzutreffen und oft länger zu bleiben. Außerdem zeigte sie, wie alle bestätigten, eine besondere Begabung beim Spritzen. Jedesmal wenn Dr. Robotham bei einem der kleinen Patienten der Abteilung eine intravenöse Nadel setzen mußte, ließ er Genene zu sich kommen. Die Venen von Babys sind besonders dünn und elastisch und daher schwer zu treffen. Belko hatte erlebt, daß manche Schwestern in Tränen ausbrachen, weil sie immer wieder versuchen mußten, die

Nadel in die winzige, weggleitende Vene zu stechen. Genene schien dabei nie Probleme zu haben.

Aufgrund von Genenes offensichtlicher Begabung für die Medizin hatten Belko und der Chefarzt die Schwester ermutigt, wieder zur Schule zu gehen, um die Prüfung zur vollausgebildeten Schwester abzulegen, aber Genene erklärte ihnen, daß ihr diese Möglichkeit nicht offenstände. Sie mußte allein zwei kleine Kinder großziehen und brauchte dazu eine Vollzeitstelle, die ihr sehr wichtig war.

Damals war Genene etwa dreißig Jahre alt. Sie war 1 Meter 60 groß, kräftig gebaut und schien in ihren Bewegungen und in ihrer Gestik etwas ungelenk. Das kurze, hellbraune Haar umrahmte ein langes Gesicht mit kleinem Mund, einer großen, unförmigen Nase und auffallend grauen Augen. Diese Augen verliehen ihrem Gesicht eine solche Vitalität, daß andere Fehler kaum auffielen. Sie hatte eine leise Stimme, aber ihr Lachen war laut und ein wenig heiser. Von ihr ging eine Art männliche Kraft aus, und sie schien eine gewisse Robustheit auszustrahlen, aber in Wirklichkeit litt sie fast ständig unter einer Reihe von Erkrankungen, die durch Streß verursacht wurden.

Dr. Robotham erkannte, daß die Anspannung durch ihre Rolle als alleinerziehende Mutter und der berufliche Druck als Schwester auf einer Intensivstation ihren Tribut von Genene forderten. Er sprach mit Belko darüber und bat sie, Genene die am leichtesten erkrankten Kinder zuzuteilen. Das ging etwa eine Woche lang gut, doch dann bestand Genene selbst darauf, wieder bei den Schwerkranken arbeiten zu dürfen. »Ich traute den anderen nicht. Wir hatten nicht genug Leute, und die meisten Schwestern des Spätdienstes hatten gerade erst ihr Examen gemacht und wußten nicht, was zu tun war, wenn es einem Kind schlecht ging. Und das kam immer wieder vor.«

Im Frühjahr 1981 hörte Robotham, daß Genene immer stärker im Zentrum von Problemen und Kontroversen in der Abteilung stand. Die Assistenzärzte beklagten sich, weil sie versucht hatte, ihnen Weisungen zu geben und ihnen bestimmte Medikamente vorzuschreiben. Auch einige Schwestern mochten sie offenbar nicht und meinten, daß sie Robothams und Belkos Interesse an ihr für sich ausnutzte.

Belko versuchte ihr Bestes, um die Gerüchte zu stoppen und Genene vor der Feindseligkeit der anderen zu schützen, aber manchmal war Genene sich selbst der schlimmste Feind. Einmal mußte Belko eine schwere Kritik in der Karteikarte der Schwestern vermerken, als Genene an ihrem freien Abend die Abteilung aufsuchte, um nach einem schwerkranken Baby zu sehen, um das sie sich seit mehreren Tagen kümmerte. Die Nachtschwester beklagte sich bei Belko über Genenes unorthodoxes Verhalten und den unverkennbaren ›Geruch von Alkohol in Genenes Atem›. Belko warnte ihre Freundin, einen solchen Fehltritt nicht zu wiederholen.

Besonders eine Schwester – Pat Alberti – hatte Probleme mit Genene. Sie weigerte sich, mit ihr gemeinsam Patienten zu versorgen. »Einige von uns glaubten, daß sie Dinge tat, um die Leute, die sie nicht mochte – vielleicht sollte ich sagen, die sie ›haßte‹ – in schlechtem Licht erscheinen zu lassen. Sie machte zum Beispiel Notizen auf dem Krankenblatt, um ein Kind kränker erscheinen zu lassen, als es war, so daß es den Anschein hatte, als ob die Assistenzärzte bei der Behandlung Fehler begingen. Ich war nicht als einzige betroffen‹, berichtete Pat, »viele Assistenzärzte konnten sie nicht ausstehen, weil sie immer so aufdringlich war und ständig versuchte, sie herumzukommandieren. Einige kamen mit ihr aber auch ganz gut aus, zum Beispiel Debbie Rasch und Kathy Holland. Die anderen haßte sie einfach, beispielweise diese kleine asiatische Ärztin, Liz Richards*. Und Houghuis, Larry Houghuis. Er ließ sich nichts gefallen von Genene. Wissen Sie, er war einer dieser selbstsicheren Typen, großspurig, selbst als er noch Student war. Sehr attraktiv und sehr komisch. Unsere Gruppe mochte ihn, aber Genene haßte ihn einfach. Genene konnte wirklich hassen.«

Andere sahen eine andere Genene. Jorge Montoya erinnert sich an die Kollegin: »Sie war eine sehr gute, erfahrene Krankenschwester.« Die Oberschwester des Spätdienstes sagte aus, daß sie sich ›auf Genenes Fachkenntnis verließ, besonders bei der Handhabung der schwerkranken Patienten‹.

Andere lobten ihre Hingabe, ihre Willigkeit, zusätzliche Schichten zu übernehmen oder länger zu bleiben, wenn sie das Gefühl hatte, daß der Zustand eines Kindes nicht stabil sei. Das war eigentlich nicht gestattet, und Genene wurde deshalb einmal verwarnt, aber sie war nicht der Typ, der sich durch unwichtige Verwaltungsvorschriften in ihrer Fürsorge für die Patienten aufhalten ließ.

Und daß Genene sich um die Kinder sorgte, war offensichtlich. Wenn einer ihrer Patienten starb, war es, als ob sie eines der eigenen Kinder verloren hätte. Paul Fulcher, ein Sicherheitsbeamter des Krankenhauses, erinnert sich daran, daß er Genene mehrmals zum Leichenschauhaus begleitete. »Sie benahm sich ganz anders als sie übrigen Schwestern – die waren meistens still und in sich gekehrt. Genene dagegen schluchzte und weinte und wiegte das tote Baby die ganze Zeit über im Arm.«

Christopher Hogeda war erst zehn Monate alt, aber er hatte mehr als die Hälfte seines Lebens wegen eines schweren Herzfehlers im Krankenhaus verbracht. Anfang Mai 1981 bekam Christopher eine Leberentzündung und eine infektiöse Lungenentzündung. Das Personal der Abteilung kümmerte sich besonders intensiv um ihn und versuchte, ihn für die anstehende Operation am Leben zu erhalten.

Am 21. Mai, kurz vor 19 Uhr abends, kam es bei Christopher zu einem Herzstillstand. Genene Jones, die ihn an diesem Abend betreute, traf als erste ein und begann sofort mit der Mund-zu-Mund-Beatmung.

Dr. Larry Houghuis hatte an diesem Abend Dienst und übernahm den Notfall. Er injizierte zweimal Medikamente zur Herzunterstützung, aber bei dem Baby zeigte sich kein Zeichen der Besserung.

Jones schlug verschiedene Medikamente vor, aber der Arzt ignorierte sie. Mit lauter Stimme wiederholte sie verzweifelt ihre Vorschläge.

»Seien Sie still!« fuhr Houghuis sie an und versuchte, sich zu konzentrieren. Der Junge lag im Sterben, und nichts schien zu helfen.

Erneut bestand Genene darauf, daß Houghuis bestimmte Medikamente verabreichen solle. Entschlossen beachtete er sie nicht weiter und bat eine andere Schwester, die Medikamente in Spritzen aufzuziehen, die er für die richtigen hielt.

Genene begann keuchend zu atmen, rang nach Luft und erlitt eine Asthmaattacke. Schwer atmend brach sie zusammen und schnappte nach Luft, während ihr die Tränen übers Gesicht liefen. »Hinaus mit ihr«, stieß Houghuis, der immer noch um das Leben des kleinen Jungen kämpfte, wütend hervor.

Pfleger eilten herbei und trugen Genene aus dem Zimmer. Houghuis versuchte es mit der letzten Dosis eines starken Medikaments. Um 19 Uhr 32 gab er auf, trat einen Schritt zurück und erklärte Christopher für tot.

Vier Jahre später erklärte der Ermittlungsbeamte zu diesem Vorfall: »Meiner Meinung nach war Chris Hogeda das erste Opfer.«

Der Ermittlungsbeamte

Hatten Sie Gelegenheit, etwas über Genenes Hintergrund zu erfahren oder hatten Sie daran kein Interesse?

Natürlich hatten wir Interesse, aber uns waren Grenzen gesetzt. Wir wollten nicht einfach ihre Familie auseinandernehmen, aber wir wollten wissen, ob es da etwas gab, was die späteren Ereignisse erhellen würde.

Genene wuchs in der Gegend von San Antonio auf und schloß die Highschool ab. Sie wurde 1950 geboren, und wenige Stunden nach ihrer Geburt wurde sie ihren Adoptiveltern, Richard und Gladys Jones, übergeben. Richard besaß unter anderem ein Unternehmen für Reklametafeln. Er war ein kräftiger Mann – 1,80 m groß, 120 kg schwer –, ein sorgloser Hansdampf in allen Gassen. Ende der fünfziger Jahre eröffnete er ein Restaurant an der Fredricksburg Road

– den Kit Kat Klub –, ein nettes Eßlokal, in dem man auch Tanzen gehen konnte.

Er baute auch ein Haus für seine Familie. Ein wirklich schönes Haus im rustikalen Stil. Ein echtes Heim für Kinder: genug Platz für sie zum Herumtollen, aber auch nah genug an der Schule.

In der Schule war Genene eine richtige Angeberin. Sie arbeitete in der Bücherei und erteilte anderen gern Befehle. Die anderen erinnern sich, daß sie immer den Boß herauskehrte. Dann ging sie mit diesem Typ, und er schien in sie verliebt zu sein. Ich nehme an, daß sie etwa achtzehn war. Er war ein, zwei Jahre älter und wollte zur Marine. Genene offenbarte ihm, daß sie schwanger sei.

Er sagte: »Okay, ich heirate dich.« Die beiden heirateten, kurz nachdem Genenes Vater an Krebs gestorben war. Ziemlich bald stellte sich heraus, daß sie überhaupt nicht schwanger war, und er sagte: »Ich dachte, du bist schwanger.«

Sie sagte: »Ich habe dich angelogen.«

Er sagte: »Du mußtest mich nicht anlügen, ich hätte dich auch so geheiratet. Ich liebe dich.« Ich habe mit dem Mann gesprochen, und er schien ein sehr ernsthafter Typ zu sein.

Sie waren etwa fünf Jahre lang verheiratet und lebten zuerst in einem kleinen Haus hinter ihrem Elternhaus. 1970 ging er zur Marine. Nach der Grundausbildung zogen sie in ein kleines Nest nach Georgia, wo er auf einen mehrmonatigen Einsatz auf einem Flugzeugträger im Mittelmeer vorbereitet wurde. Als er an Bord ging, kam sie zurück nach San Antonio, um bei ihrer Mutter zu wohnen.

Als ihr Mann zurückkehrte, wurde er nach Tennessee geschickt. Sie lebte eine Weile dort, und in ihrer Ehe gab es für zwei, drei Jahre das übliche Auf und Ab. In Tennessee wurde ihr Kind geboren – ein Sohn namens David*.

Als nächstes wurde ihr Mann nach San Diego versetzt, um ein Intensivtraining als Vorbereitung für einen Einsatz vor der vietnamesischen Küste zu absolvieren. Als er weg war, zog Genene wieder zu ihrer Mutter, ohne ihm etwas davon zu sagen.

In der Zwischenzeit hatte ihr jüngerer Bruder (der auch adoptiert worden war) sich offenbar aus Versehen mit einer selbstgebastelten Bombe in die Luft gejagt. Sie konnte sich nur schwer mit seinem Tod abfinden. Alles deutet darauf hin, daß ihre Familie ihr sehr am Herzen lag, besonders ihr Adoptivvater. Jedenfalls reichte sie in dieser schweren Zeit die Scheidung ein.

In der Scheidungsklage wurde ihr Mann als ›Mann mit gewalttätigem und unkontrollierbarem Naturell‹ beschrieben, der ›sie mehrmals heftig geschlagen hatte‹. Das machte mich neugierig, und ich fragte ihn, ob er sie je körperlich mißhandelt habe. Er verneinte das. Ehrlich gesagt, ich weiß nicht, ob er körperlich überhaupt in der Lage gewesen wäre, es mit Genene aufzunehmen. Er ist nicht besonders kräftig, und Genene Jones scheint nicht die Art Mensch zu sein, der sich von irgend jemandem etwas gefallen läßt.

Auf jeden Fall wurde ihm auf Grund von Genenes Geschichte gerichtlich untersagt, zu ihr und dem Baby Kontakt aufzunehmen. Zwei Monate später war die Sache vergessen, weil sie sich wieder versöhnt hatten.

Sie zogen in ein kleines Haus am North Broadway, und Gladys, Genenes Mutter, finanzierte Genenes Ausbildung zur Kosmetikerin. Nach der Prüfung arbeitete sie eine Zeitlang als Kosmetikerin in einem kleinen Laden am Methodist Plaza. Sie blieb nicht lange. 1976 oder '77 gab sie den Job auf, ließ sich scheiden und beschloß, Kinderschwester zu werden. Mit der Unterstützung ihrer Mutter absolvierte sie die einjährige Ausbildung zur Schwesternhelferin. Sie zeigte gute Leistungen, aber in der Zwischenzeit war sie wieder schwanger geworden. Soweit wir herausfinden konnten – ohne zuviel Staub aufzuwirbeln –, war der Vater ihres zweiten Kindes, eines hübschen kleines Mädchens, ein Kollege, den sie in der Schule kennengelernt hatte.

Im September 1977, zwei Monate nach der Geburt ihrer Tochter, bestand Genene die staatliche Prüfung. Sie fand eine Stelle im Methodist Hospital, aber nach acht Monaten wurde ihr gekündigt.

Genene bekam ihre nächste Stelle auf der Station für Geburtshilfe und Gynäkologie im Gemeindekrankenhaus.

Nach drei Monaten mußte sie sich einer kleinen Operation unterziehen und kehrte nicht mehr an ihren Arbeitsplatz zurück. Im Oktober 1978 bewarb sie sich auf eine Anzeige hin im Medical Center Hospital und verbrachte am 30. Oktober ihren ersten Arbeitstag auf der Intensivstation für Kinder in diesem Krankenhaus.

Ihr Mann hatte ein paar interessante Dinge zu berichten. Er und Genene hatten nicht viel Geld, als sie heirateten, und Genene stahl ein paar Hundert Dollar aus der Kasse ihres Schwiegervaters – er hatte einen kleinen Laden im Nordwesten der Stadt. Natürlich fand er es heraus und war sehr verärgert. Dies soll keine Verurteilung sein – und ich glaube auch nicht, daß es mit den späteren Ereignissen zu tun hat, aber es ist ungewöhnlich. Aber das war die einzige Sache, die wir entdeckten.

Normalerweise suche ich nicht speziell nach solchen Sachen, aber als ihr Ex-Ehemann sich schließlich bereit erklärte, mit mir zu reden, schien er etwas auf dem Herzen zu haben... Wir saßen in diesem Café und redeten, und er sagte, einer der Scheidungsgründe wäre sexueller Natur gewesen, aber er wollte es nicht weiter erklären. Das respektierte ich, weil er ansonsten sehr gesprächsbereit und hilfreich war. Ich weiß nicht, ob alles stimmte, was er erzählte, aber ich hatte das *Gefühl*, daß er sich mir ganz öffnete.

Es war ein Schock für ihn, als er von der Polizeiuntersuchung hörte. Er hatte Genene seit Mitte der siebziger Jahre, dem Zeitpunkt der Scheidung, nicht mehr gesehen, und hatte mit diesem Teil seines Lebens abgeschlossen.

Ich fragte ihn, ob er etwas über sie wisse, das rückblickend ihr späteres Verhalten irgendwie aufhellen könne. Er verneinte dies und sagte: »Ich weiß nicht, ob Genene ganz normal war, als ich sie kennenlernte, aber ich war nicht besser. Wir waren ja noch Kinder.«

Heute liest man immer wieder, daß Mißhandlungen im Kindesalter später zu kriminellen Taten führen. Haben Sie irgendwelche Hinweise, daß Genene als Kind mißhandelt wurde oder daß sie je ihre eigenen Kinder mißhandelte?

Wir haben keine Hinweise, daß sie ihre eigenen Kinder körperlich mißhandelte. Sie wurde sogar als sehr liebevoll geschildert, obwohl uns mehrere Schwestern berichteten, daß ihr Sohn manchmal auf der Station anrief und fragte: »Mami, wann kommst du nach Hause?«

Das Problem war, daß sie am Spätnachmittag und nachts arbeitete und sehr oft früher kam und länger blieb. Es war nichts Ungewöhnliches für sie, eine Stunde früher zu kommen. Sie wollte immer wissen, was los war. Sie hatte eine Wohnung, und manchmal ließ sie die Kinder allein dort, manchmal bei einem Babysitter. Sie schien nicht gerade eine sehr besorgte Mutter zu sein, aber es gibt nichts, das auf eine körperliche Mißhandlung der Kinder hinweist.

Von ihrem Elternhaus wissen wir aus unterschiedlichen Quellen, daß sie ihrem Adoptivvater sehr nah stand. Wir haben in der Nachbarschaft keine Befragung durchgeführt. Das wollten wir ihrer Mutter nicht antun, die sehr krank ist. Wie ich bereit erwähnt habe, ist ihr Vater schon tot. Ein zweiter Bruder stark ziemlich jung an Krebs. Und dann war da noch eine Schwester, aber die haben wir nicht aufgespürt.

Ich habe mich mit einer guten Schulfreundin von Genene unterhalten. Sie waren eng befreundet gewesen, aber seit Genene die Schwesternschule besuchte, hatten sie keinen Kontakt mehr zueinander. Diese Frau war einfach schokkiert. Sie hatte nur Nettes über Genene zu berichten – was für ein großartiger Mensch sie war, wie liebevoll. Ähnliches haben wir von vielen Leuten gehört, beispielsweise von James Robotham. Dr. Robotham hatte Genene ein große Zukunft prophezeit. Er hielt sie für eine der besten Schwestern, die er je kennengelernt hatte. Er kümmerte sich sehr um sie – unterrichtete sie, beantwortete ihre Fragen.

Im Herbst 1981, als es mit der Station bergauf ging, trat Robotham für ein paar Wochen seinen verdienten Urlaub an. Sie müssen bedenken, daß die alte Oberschwester des Spätdienstes, Pam Sturm, die Abteilung damals bereits verlassen hatte und daß nur noch unerfahrene Schwesternhelferinnen da waren. Es gab also eine Zeit, in der Genene das Sagen hatte.

Bis zu diesem Zeitpunkt war Robotham überzeugt davon, daß sie eine sehr talentierte Schwester sei. Dann kam ihm zu Ohren, daß irgend etwas schiefging. Als er Mitte Oktober oder Anfang November zurückkam, hatte sich die Lage so verschlechtert, daß Robotham Dr. Franks aufsuchte, der, verwaltungsmäßig gesehen, sein Chef war, und sagte: »Wir haben ein Problem.«

Drittes Kapitel

Aber was kümmert ewige Verdammung jenen, der in einer Sekunde unendliches Vergnügen gefunden hat?

Baudelaire, La Chambre Double

1981 hatten drei Schwestern auf der Intensivstation für Kinder regelmäßig Nachtdienst von elf Uhr abends bis sieben Uhr morgens: der Pfleger Tony Torres* und die Schwesternhelferinnen Suzanna Maldonado und Pat Alberti. Die anderen Frauen und Männer, die die langen, einsamen Nachtstunden durchwachten, waren Schwestern, die von einer Agentur eingeteilt wurden, oder Schwestern von anderen Schichten. Es waren Suzanna und Pat, die Nacht für Nacht die Babys der Station betreuten, wenn das übrige Krankenhaus schlief.

Obwohl beide vom Temperament und Hintergrund her grundverschieden waren, schienen Pat und Suzanna gute Freundinnen. Pat, die energischer und offener war, unterhielt ihre Freundin immer mit trockenen, wenig schmeichelhaften Bemerkungen über Kollegen und Vorgesetzte. Im Beruf kümmerte sie sich hingebungsvoll um ihre Patienten; dies war eines der wenigen Merkmale, die sie mit Suzanna gemeinsam hatte.

Suzanna Maldonado genoß den Ruf, ein ruhiges Naturell zu haben und ausgeglichen zu sein. Da sie mexikanischer Abstammung war, zeigte sie viel mehr Respekt für die von Männern beherrschte medizinische Hierarchie als Pat Alberti. Die vernünftige Suzanna wurde zu einem natürlichen Regulator für Pats Kritik am System oder an den Ärzten, den Schwestern oder dem Wetter. Als Pat daher an einem Herbsttag zur Arbeit kam und hörte, daß zwei der vier Patienten der Station am Nachmittag gestorben waren, besprach sie die Angelegenheit mit Suzanna.

»Es schienen mir einfach zu viele Kinder zu sein, die starben, wenn Genene Dienst hatte«, berichtet Pat, »und das habe ich Suzanna gegenüber erwähnt. Immer wieder war eines der Bettchen leer, wenn ich zur Arbeit kam. Suzanna stimmte mir zu, und wir beschlossen, das Stationsbuch zu überprüfen.«

Im Stationsbuch wurden Aufzeichnungen über alle Kinder, die in die Abteilung verlegt wurden, gemacht. Auf den Doppelseiten wurden von jedem Patienten unter anderem Tag und Uhrzeit der Einlieferung vermerkt, die Diagnose, die Namen des Pflegepersonals und Datum und Zeit der Entlassung oder des Todes. In ihrer Pause setzten sich Pat und Suzanna mit dem großen blauen Buch hin, machten sich Notizen und überprüften die Eintragungen jedes einzelnen Patienten, der in den letzten Monaten gestorben war.

José Reyes war der letzte Todesfall gewesen, eins der beiden Kinder, die an diesem Abend gestorben waren. Der vier Monate alte Junge hatte während der letzten beiden Tagen zweimal einen Herzstillstand erlitten. Der erste war am 20. September um 22.50 Uhr eingetragen, der zweite, mit tödlichem Ausgang, um 19.45 Uhr, ein paar Stunden, bevor Pat und Suzanna ihren Dienst angetreten hatten. Bei beiden Vorfällen war Genene die verantwortliche Schwester gewesen.

Nur fünfzehn Minuten vor José hatte die Station einen weiteren Patienten verloren: René Cruz, ein vier Wochen altes Mädchen. Sie war an anhaltenden, unerklärlichen Blutungen gestorben.

Die zweijährige Rosemary Vega war am 15. September nach einer Routineoperation an einer verengten Arterie auf die Station gekommen. Am nächsten Tag, als sie von Genene betreut wurde, starb sie an einem Herzstillstand.

Mark Oler, zehn Monate alt, erlitt während des Spätdienstes zweimal einen Herzstillstand, einen am 3. September und den zweiten am 4. September. Nach dem zweiten Stillstand wurde er um 17.52 Uhr für tot erklärt. Obwohl Carla Tieman für das Baby verantwortlich gewesen war, hatte Jones bei beiden Notfallversorgungen assistiert.

Am 14. August starb Patricia Sambrano um 20.52 Uhr im

Alter von vier Monaten nach dem dritten Herzstillstand innerhalb von zwei Tagen. Alle Vorfälle ereigneten sich, als sie in Genenes Obhut waren.

Terry Garcia, die nur drei Wochen alt war, verbrachte ihr ganzes kurzes Leben auf der Intensivstation. Am 5. August erlitt sie einen Herzstillstand, am 6. August kam es zum zweiten, am 7. August begann sie unkontrollierbar zu bluten, am 11. August kam es zu einem erneuten Stillstand, und um 18.15 Uhr starb sie. Verantwortliche Schwester bei allen Vorfällen: Genene Jones.

Am 3. Juli starb der sechs Monate alte Richard Nelson nach dem dritten Herzstillstand innerhalb von drei Tagen. Zuständige Schwester: Jones. Am 15. Juni wachte José Estrada nach einer Operation völlig unerwartet nicht mehr auf – er erlitt einen Herzstillstand und starb. Die verantwortliche Schwester war Tieman, aber Genene war während seines Todes anwesend gewesen.

Am 7. Juni starb der zwei Monate alte Theodore Navarro nach dem zweiten Herzstillstand innerhalb von drei Tagen. Verantwortliche Schwester: Jones.

Am 24. Mai starb der zehn Monate alte Christopher Hogeda nach einem Herzstillstand um 19.32 Uhr. Zuständige Schwester: Genene Jones.

Innerhalb von fünf Monaten war es auf der Intensivstation neunzehnmal zu einem Herzstillstand gekommen, dreizehn davon mit Todesfolge; bei drei weiteren Todesfällen war Genene bei der Notfallversorgung anwesend gewesen.

Das Muster war offensichtlich, auch wenn Pat und Suzanna nicht wußten, was es zu bedeuten hatte. Die beiden berieten, was sie unternehmen sollten.

Auf Grund der Arbeitsweise im Medical Center Hospital gehörten Suzanna Maldonado und Pat Alberti zu einer Handvoll von Leuten, die in der Lage waren, eine Verbindung zwischen Genene Jones und den Todesfällen auf der Station herzustellen. Den Assistenzärzten konnte es nicht auffallen; sie rotierten zwischen den vier Einrichtungen des Krankenhausdistrikts für Bexar County und verbrachten jeweils nur zwei bis drei Monate in einer Einrichtung; selbst dann wechselten sie häufig die Stationen. Dieser häufige Ortswechsel war beabsichtigt: Die Ärzte sollten möglichst viele Patienten kennenlernen, so daß sie mit einer Vielzahl von medizinischen Problemen konfrontiert wurden und lernten, mit ihnen umzugehen. »1981 wurde ich der Kinderstation des Medical Centers dreimal zugeteilt«, erinnert sich Kathleen, »sechs Wochen im Januar und Februar, vier Wochen im Mai und weitere sechs Wochen von Anfang September bis Mitte Oktober.«

Die zuständigen Ärzte – Lehrpersonal in der Abteilung für Pädiatrie – wechselten ebenfalls. Neben ihrem Lehrauftrag, den Forschungsprojekten und medizinischer Tätigkeit betreuten sie für ein bis zwei Jahre jeweils einen Monat lang die Kinderstation des Medical Center. Dr. James Robotham war der einzige Arzt, der ständigen Kontakt zur Station hatte, aber seine Aufmerksamkeit wurde durch die tausendundeins frustrierenden Aufgaben, mit denen er als Chef der Abteilung zu tun hatte, stark in Anspruch genommen.

Die Schwestern waren daher die einzigen, die die langfristigen Veränderungen in der Überlebensrate auf der Station beobachten konnten. Und am aufmerksamsten waren Alberti und Maldonado. Beim Früh- und Spätdienst ging alles einen schnelleren Gang: Ärzte machten ihre Visiten oder spezielle Krankenbesuche, Familien kamen, um die kranken Babys aufzumuntern. Operationen wurden durchgeführt, und die meisten Neuzugänge und Entlassungen gab es während dieser Zeit. In den Nächten waren es Suzanna und Pat, die sich um die Patienten kümmerten, in den frühen Morgenstunden miteinander redeten und das Leben auf der Intensivstation beobachteten.

»Das müssen wir Schwester Belko zeigen«, meinte Suzanna.

»Sie wird uns nicht glauben. Sie weiß, daß ich Genene nicht ausstehen kann, und wird annehmen, daß wir ihr etwas anhängen wollen«, erwiderte Alberti.

»Aber nach den Aufzeichnungen hier ist doch alles ganz offensichtlich«, beharrte Suzanna, »sie wird uns glauben müssen.«

Am nächsten Tag legte Suzanna der Stationsschwester die Liste vor. »Sie schien nicht sehr interessiert«, erinnert sich Alberti, »sagte aber, daß sie sich um die Sache kümmern würde. Außerdem forderte sie Suzanna auf, damit aufzuhören, Gerüchte über Genene zu verbreiten. Sie sagte – und das stimmte wohl auch –, daß Genene sich immer freiwillig um die schwerkranken Patienten kümmere, so daß es nur normal sei, daß mehr Patienten, die von ihr betreut wurden, starben.

Aber wir konnten einfach nicht verstehen, warum *alle* starben, wenn Genene Dienst hatte. Warum starben sie nicht morgens oder wenn wir Dienst hatten? Genene war jedesmal dabei. Irgend etwas schien faul an der Sache.«

Obwohl Pat Belko Suzanna davor gewarnt hatte, Gerüchte zu verbreiten, nahm die Stationsschwester die Angelegenheit ernst und machte einen mündlichen Bericht. Belko und ihre Vorgesetzte Judy Harris überprüften das Buch und machten sich Notizen über die Zugänge und die Gesamtzahl der Todesfälle zwischen Juni und September 1981. Sie kamen zu dem Schluß, daß die Todesrate nicht übermäßig hoch war, wenn man die Schwere der Diagnosen und die ständige Zunahme an Neuzugängen in Betracht zog.

Weder von Belko noch von Harris liegen irgendwelche schriftlichen Notizen vor, und es wurde niemand mit weiteren Untersuchungen beauftragt. Harris lehnte es auch ab, einen offiziellen Bericht an ihre Vorgesetzte, Oberin Virginia Mousseau, weiterzuleiten.

Nachdem ein paar Tage vergangen waren und Pat Alberti und Suzanna Maldonado merkten, daß ihre Beschwerde keine Beachtung gefunden hatte, wandten sie sich an Dr. James Robotham, den Chefarzt der Abteilung. In der Zwischenzeit waren zwei weitere Patienten gestorben. Der drei Monate alte Paul Villareal wurde am 22. September für eine kosmetische Operation am Kopf, die kein großes Risiko barg, eingeliefert. Zwischen der Kinderstation und der Chirurgie wurde gestritten, ob die geplante Operation durchgeführt werden solle. Paul litt seit mehreren Tagen an einer Erkrankung der oberen Atemwege und hatte am 19. September 39,5° Fieber gehabt. Der Kinderarzt riet, die Operation zu verschieben. Die Chirurgie forderte die Pädiatrie auf, sich um ihre eigenen Angelegenheiten zu kümmern.

Paul kam am 22. September um 11 Uhr 45 nach der Operation auf die Intensivstation. Die Schwester der Frühschicht bemerkte leichtes Herzjagen. Die Schwester der Spätschicht – Genene – vermerkte um 19 Uhr 10 einen Anfall im Krankenblatt. Am nächsten Tag (wieder hatte Genene Dienst) kam es um 18 Uhr bei Paul zu einem Herzstillstand, aber nachdem man ihm Lidocain, Dopamin, Isosorbiddinitrat, Dilantin und Phenytoin verabreicht hatte, erholte er sich wieder. Am nächsten Abend, dem 24. September, um 18.00 Uhr, vermerkte Jones im Krankenblatt des Kindes, daß es überall blutete und daß der Blutdruck abfiele. Schließlich kam es um 19 Uhr 10 zu einem zweiten Herzstillstand. Um 20 Uhr 30 wurde der Junge für tot erklärt. Genene saß teilnahmslos da, starrte auf den Boden und fragte leise: »Warum? Warum mußte er sterben?«

Eine Woche später, am 1. Oktober, kam es bei der drei Monate alten Placidia Ybarra, die mit dem Verdacht auf einen angeborenen Herzfehler eingeliefert worden war, um 22 Uhr 10 zu einem tödlichen Herzstillstand. Auch sie war in Genenes Obhut gewesen.

Beunruhigt wegen der Statistiken, die Suzanna und Pat ihm präsentierten, informierte Robotham seinen Vorgesetzten Dr. Robert Franks. Franks beauftragte Robotham, alle Aufzeichnungen der Patienten, die während der letzten sechs Monate auf seiner Station gestorben waren, auf mögliche Anomalitäten hin zu überprüfen. »Teilen Sie mir Ihre Ergebnisse mit.« Robotham begab sich auf der Stelle an die langwierige Aufgabe. Auf der Station lief alles normal weiter.

Am 10. Oktober erlitt José Flores kurz nach 15 Uhr einen Herz- und Atemstillstand. Ein zweiter Stillstand um 16 Uhr

39 führte zu seinem Tod. Wieder war Genene bei beiden Vorfällen anwesend gewesen.

Vom 15. Oktober an kam es bei Albert Garza, einem mongoloiden Baby, während des Spätdienstes täglich zu Blutungen. Dr. Houghuis war der Meinung, daß Jones dem Baby zu viel Heparin (ein Mittel zur Blutverdünnung) gebe, weil sie sich nicht mit der richtigen Dosis auskenne.

»Ursprünglich wurde ich auf die Intensivstation gerufen, weil das Blut des Kindes nicht gerann«, erinnert sich Houghuis, »natürlich machte ich mir Sorgen, und weil er einen Tropf hatte (der normalerweise mit Heparin durchspült wird), überprüfte ich das Krankenbett. Dort war die richtige Konzentration aufgeführt: eine halbe Einheit pro Kubikzentiliter. Ich untersuchte das Kind und fragte Schwester Jones, ob sie in ihren intravenösen Lösungen Heparin verwende. Sie bejahte dies.

In welcher Konzentration?« fragte ich.

»Viel weniger, als Sie geben würden.«

»Und was heißt das genau?«

»Ein Kubikzentiliter Heparin auf zwei Kubikzentiliter Salzlösung.«

Dr. Houghuis war wie vom Schlag gerührt. »Was haben Sie gerade gesagt?«

»Ich nehme einen Kubikzentiliter Heparin und mische ihn mit zwei Kubikzentiliter Salzlösung, macht zusammen drei Kubikzentiliter.«

Dr. Houghuis war sprachlos. Die richtige Konzentration betrug eine halbe Einheit – *ein Zweitausendstel eines Kubikzentiliters* – Heparin auf einen Kubikzentiliter Salzlösung. Genene hatte 500 Einheiten pro Kubikzentiliter Salzlösung verwendet. Dr. Houghuis nahm einen schwarzen Filzschreiber und schrieb die richtige Formel auf das Krankenblatt.

»Als ich fertig war, starrte sie mich nur mit leerem Blick an und ging dann weg.«

Am nächsten Tag, dem 18. Oktober, gab Robotham eine neue Anweisung an die Schwestern der Abteilung aus, was den Gebrauch von Heparin betraf: »Alle Injektionen des Medikaments müssen vor einem Zeugen erfolgen.« Albert Garza hatte keine weiteren Blutungen mehr. Fast zwei Wochen lang lief alles gut in der Abteilung.

Am 31. Oktober erlitt Cecilia Berlanga dreimal einen Atem- und Herzstillstand, bevor sie starb. Verantwortliche Schwester: Genene Jones.

Der Ermittlungsbeamte

Die Leute, mit denen wir gesprochen haben, erzählen immer wieder von einem ›Tagebuch‹, das Suzanna Maldonado führte. Können Sie uns etwas darüber sagen?

Es war kein Tagebuch. Es war eine Liste mit den Namen von Patienten, die Datum und Uhrzeit ihres Todes enthielt.

Ähnlich wie diese Tabelle?

Ja, obwohl diese Liste etwas länger ist. Natürlich waren einige der Todesfälle noch nicht eingetreten, als Suzanna im Herbst '81 Stationsschwester Belko auf die Vorgänge aufmerksam machte. Diese Liste hier gibt die Situation umfassend wieder.

Todesfälle auf der Intensivstation
(1. Januar 1981 bis 17. März 1982)

Patient	Alter	Datum	Schicht	Zeit	Bett	zuständige Schwester
J. Rodriguez	1 M.	1. Jan.	7–3	11.35	556–1	Johnson
A. Gutierrez	5 M.	15. Jan.	11–7	2.35	552	Maldonado
S. Miller	12 T.	28. Jan.	11–7	7.00	553	Torres
D. Trujillo	1 M.	12. Feb.	11–7	00.50	552	Tieman
A. Garza	10 J.	23. Feb.	3–11	17.00	551	Jones

M. Santos	3 M.	21. März	7–3	09.00	553	Canady
M. Carrasco	2 J.	16. Apr.	3–11	17.00	555–1	Hollenbeck
J. Estrada	2 J.	08. Mai	3–11	20.37	554	Jones
C. Hogeda	10 M.	21. Mai	3–11	19.32	552	Jones
F. Rodriguez	5 M.	29. Mai	3–11	19.14	551	Jones
T. Navarro[1]	2 M.	07. Juni	7–3	14.10	553	Jones
J. Estrada	7 J.	15. Juni	3–11	15.57	551	Tieman*
R. Nelson	6 M.	03. Juli	3–11	18.50	556–6	Jones
V. Valenzuela	3 W.	07. Juli	3–11	16.10	554	Peace
S. Gonzalez	7 M.	04. Aug.	3–11	18.20	555	Tieman
T. Garcia	3 W.	11. Aug.	3–11	18.15		Jones
P. Sombrano	4 M.	14. Aug.	3–11	21.36	554	Jones
M. Oler	10 M.	04. Sep.	3–11	17.54	555	Tieman*
R. Vega	2 J.	16. Sep.	3–11	19.52	549–2	Jones
R. Cruz	1 M.	21. Sep.	3–11	19.30	551	Tieman*
J. Reyes	4 M.	21. Sep.	3–11	19.45	551–1	Jones
P. Villareal	3 M.	24. Sep.	3–11	20.30	551–1	Jones
P. Ybarra	3 M.	01. Okt.	3–11	22.45	551	Jones
J. Flores	6 M.	10. Okt.	3–11	17.34	553–1	Jones
C. Berlanga	2 M.	31. Okt.	3–11	22.10	555–1	Jones
M. Gonzalez	1 M.	01. Nov.	7–3	06.45	554–1	Maldonado
R. Gutierrez	2 M.	25. Nov.	7–3	14.02	553–1	Johnson
B. Souza	18 M.	10. Dez.	3–11	20.00	551–1	Montoya*
J. Sawyer	1 J.	12. Dez.	3–11	21.22	555–2	Jones
M. Medina	4 M.	19. Dez.	7–3	09.25	551–1	Sturm
C. Olivarez[2]	4 M.	20. Dez.	3–11	15.58	553–1	Benkert*
M. Zuniga	1 M.	21. Dez.	3–11	16.45	555–2	Jones
D. Rios	2 J.	22. Dez.	3–11	21.10	553–1	Jones
P. Flores	9 M.	24. Dez.	3–11	20.35	554–1	Jones
J. Lewis	2 M.	07. Jan.	3–11	17.30	554–1	Montoya
P. Zavala	4 M.	17. Jan.	3–11	21.50	551–1	Jones
R. Gonzalez	1 M.	18. Jan.	11–7	03.04	553–1	Alberti
A. Garcia	5 M.	22. Jan.	3–11	21.35	555–2	Jones
R. Aguirre	6 J.	31. Jan.	3–11	15.43	554–1	Elvery*
F. Jimenez	1 M.	26. Feb.	3–11	18.13	551–1	Jones

V. Williams	9 J.	01. März	7–11	12.28	551–1	Bailey
D. Noyala	4 M.	13. März	3–11	18.10	556–1	Benkert*
C. Baker	10 M.	13. März	3–11	21.40	554–1	Jones

[1] Navarro Dieser Patient wurde Jones während der Frühschicht dieses Tages zugewiesen.

[2] Olivares Jones war an diesem Tag kein Patient zugewiesen worden; um 17 Uhr 43 meldete sie sich ab und ging nach Hause.

Obwohl Jones nicht die verantwortliche Schwester war, war sie beim Tod dieser Patienten anwesend.

Das Wichtigste an dieser Liste ist, daß wir keine großen Nachforschungen anstellen mußten, um diese Informationen zu erhalten. Alles stand in dem Stationsbuch. Wenn ein Kind eingeliefert wird, vermerkt man alles mögliche. Die Symptome und Probleme werden aufgeschrieben, ebenso die Diagnose, der verantwortliche Arzt, die Zeit des Zugangs, die Zeit der Verlegung in die normale Abteilung oder eine Entlassung, die verantwortliche Schwester, das Alter des Kindes, Temperatur, Gewicht und Größe – alles wird in diesem großen Buch vermerkt. Für ›Tod‹ ist eine eigene Rubrik vorhanden.

Das Buch enthält alle relevanten Informationen für jedes Kind auf der Station.

Die Informationen aus dieser Liste, die ich für Jones' zweite Verhandlung vorbereitet hatte, werden von den Krankenblättern jedes einzelnen Kindes belegt. Sie wurde von den besten Medizinern dieses Landes durchkämmt, unter anderem von Dr. Murray Pollack aus Washington, D. C.

Murray ist ein interessanter Mensch. Der Mann hat wirklich viel für uns getan. Er kam mit dem Flugzeug an und las tagelang diese Berichte – Hunderte von Berichten. Dann ging er herum und stellte den Ärzten Fragen, so, als ob die Kinder seine eigenen Patienten gewesen wären.

Auf jeden Fall findet man die wichtigsten Informationen in dem Stationsbuch, in Belkos Buch. Sie war für die Schwestern auf der Intensivstation verantwortlich.

Warum hat Belko Ihrer Meinung nach Genene unterstützt?

Das kann ich Ihnen nicht genau beantworten. Ich kann Ihnen aber meine ehrliche Meinung sagen und hoffe, daß sie richtig ist. Belko bevorzugte Genene, weil sie Genene als ihren Schützling betrachtete. Sie wollte, daß Genene Jones Karriere machte. Belko selbst war ziemlich schnell aufgestiegen. Sie hatte es in wenigen Jahren geschafft, Stationsschwester zu werden.

Ein paar Jahre zuvor, als Belko gerade anfing, war sie in einem Fall verwickelt gewesen, bei dem ein Kind auf Grund einer Überdosis starb. Der Vorfall wurde von einer unabhängigen Kammer untersucht, und sie wurde von jeglicher Schuld freigesprochen. Aber das Stigma blieb eine Zeitlang an ihr haften. Man kann nur annehmen, daß diese Sache ihr Verhalten gegenüber Genene Jones und möglichen fragwürdigen Aktivitäten auf der Intensivstation beeinflußte.

Sie glauben also, daß Belko sich irgendwie verpflichtet fühlte, Genene zu verteidigen, weil sie selbst einmal das Ziel unfairer Gerüchte gewesen war?

Vielleicht hatte es etwas damit zu tun. Vielleicht.

Viertes Kapitel

Denn das rote Blut regiert den fahlen Winter.
Shakespeare, Das Wintermärchen, IV

Anfang November ließ Genene Jones sich krankschreiben. Sie unterzog sich einer ›kleineren Operation am Bauch‹ und war vier Wochen lang nicht im Dienst, von Sonntag, den 9. November, bis Montag, den 7. Dezember. In dieser Zeit war es still auf der Station; kein einziger Notfall, kein verblutendes Kind, kein unerwarteter Herzstillstand. Obwohl zwei Patienten der Abteilung verstarben, kam dies nicht weiter überraschend – beide Kinder waren im letzten Stadium einer tödlichen Krankheit eingeliefert worden.

Die meisten Mitglieder des Personals maßen dem Rückgang in der Zahl der Todesfälle und Notfälle mit tödlichem Ausgang keine weitere Bedeutung zu: Sie hofften einfach, daß die Pechsträhne der Abteilung endlich zu Ende war. Andere jedoch (beispielsweise Alberti und Maldonado) ließ die zufällige Übereinstimmung eines Monats ohne Zwischenfälle mit Genenes Abwesenheit Schreckliches ahnen.

Dr. Robotham war ebenfalls beunruhigt. Am 3. Dezember hatte er die Überprüfung aller Todesfälle der letzten sechs Monate fertiggestellt. Seine Durchsicht der Fallgeschichten hatte sich als ergebnislos erwiesen. Er hatte keine Beweise für ein absichtliches oder fahrlässiges Vergehen gefunden. Dennoch konnte er sich Genenes häufige Verbindung mit den Todesfällen nicht erklären. Die Berichte, die er untersucht hatte, zeigten, daß jedem Todesfall Symptome vorausgingen, die eine plötzliche Verschlechterung bis hin zum Tod erwarten ließen.

Nachdem der Chefarzt der Pädiatrie, Dr. Robert Franks, Robothams Bericht gelesen hatte, kam er zu dem Schluß, daß nichts für die Vermutung sprach, eine Schwester habe etwas mit den Vorfällen zu tun. Er leitete den Bericht weiter an den Direktor des Krankenhauses, B. H. Corum, und fügte eine Notiz bei, in der er Robothams Rechtschreibung kritisierte.

Drei Tage nach Genenes Rückkehr am Donnerstag, dem 10. Dezember, kam es kurz nach 19 Uhr zum ersten Mal seit sechsunddreißig Tagen wieder zu einem Notfall auf der Station.

Am Donnerstagmorgen hatte Bobby Souzas Mutter ihren achtzehn Monate alten Sohn in die Notaufnahme des Krankenhauses gebracht. Bobby* wurde mit starken Bauchschmerzen eingeliefert und sofort auf die Intensivstation verlegt. Für die Spätschicht wurde dem Pfleger Jorge Montoya die Verantwortung für das Kind übertragen.

Bobby, der an sich ein gesundes Kind war, hatte sich eine Virusinfektion zugezogen, mit der er nicht selbst fertig werden konnte. Er war ausgetrocknet und teilnahmslos, hatte aber immer noch genug Energie, die ganze Station zusammenzuschreien, als Montoya seine kleinen Arme festband, damit die Kanülen nicht verrutschen konnten. Kurz vor 18 Uhr schlief der Kleine ruhig ein. Obwohl Montoya eigentlich erst in vierzig Minuten Pause hatte, fragte er die Oberschwester – an diesem Abend war es Schwester Judy Anderson* –, ob er schon Pause machen könne, während Bobby schlief. Anderson stimmte zu. Sie und Schwester Jones würden auf das schlafende Kind achten.

Fünfundvierzig Minuten später kehrte Montoya frühzeitig aus der Pause zurück. Er fragte Genene an der Schwesternstation, wie es Bobby ginge.

Sie zuckte mit den Schultern. »Es ging ihm gut, als ich vorhin nach ihm geschaut habe, aber frag doch Judy; sie war gerade bei ihm.«

Statt Schwester Anderson zu stören, schaute Montoya selbst nach dem kleinen Jungen. Er sah sofort, daß etwas mit dem Kind nicht in Ordnung war. Die Haut war blau angelaufen, der Körper war schlaff, und der Herzmonitor zeigte ein unregelmäßiges Muster. Montoya wollte gerade einen Arzt rufen, als das Herz ganz aussetzte.

»Notfall!« rief er durch die Tür und begann sofort mit der

Mund-zu-Mund-Beatmung. Genene eilte mit dem Notfallwagen herbei und stellte sich neben Montoya, um das Beatmungsgerät über dem Gesicht des Kindes in Position zu bringen. Einen Augenblick später drängte sich der Rest des Notfallteams in dem kleinen Raum.

Eine Dreiviertelstunde lang kämpften sie um Bobbys Leben. Mehrmals begann das Herz zu stottern, um gleich wieder zu versagen. Um acht Uhr abends wurde der Junge für tot erklärt.

Nach Bobbys Tod schickte Schwester Anderson Jorge Montoya nach Hause. Sie sagte auch der Schwesternhelferin ab, die Pat Alberti und Suzanna Maldonado während der nächsten Schicht hätte helfen sollen. Zwei Schwestern waren genug für die drei Patienten, die noch auf der Intensivstation lagen: ein kleiner Junge, der unter einer schweren Bronchitis litt, das kleine Mädchen in dem Zimmer neben ihm, das gerade eine Operation hinter sich hatte, und ein elf Monate alter Junge, der im Koma lag, das Opfer einer Rauchvergiftung. Sein Name war Joshua Sawyer.

Joshua war vor zwei Tagen, am Dienstag, dem 8. Dezember, nach einem Hausbrand eingeliefert worden. Die Feuerwehrleute hatten ihn vor den Flammen retten können, aber er hatte bereits den heißen Rauch eingeatmet, und seine Lungen waren geschädigt. Als der Krankenwagen ihn am Medical Center Hospital einlieferte, hatte er aufgehört zu atmen, sein Herz schlug kaum noch, und er war völlig bewußtlos.

In der Notaufnahme hatte man ihn mit reinem Sauerstoff beatmet, und irgendwie hatte sein Herz wieder regelmäßiger zu schlagen begonnen. Er wurde auf die Intensivstation verlegt, wo die Ärzte ihn in ein menschliches Nadelkissen verwandelten. Zwei Infusionen versorgten Joshuas Blut mit niedrigen Dosen Dilantin und Phenytoin, um die leichten Krämpfe, von denen er hin und wieder geschüttelt wurde, abzustellen. Ein dritter Tropf versorgte ihn mit Flüssigkeit. Ein Gerät maß den Druck um sein traumatisiertes Gehirn, und ein Katheter, der durch eine Halsvene in sein Herz eingeführt worden war, zeichnete die Herzfunktion auf. Joshua befand sich in einem sehr kritischen Zustand, aber die Hirnfunktionen waren noch vorhanden. Die Ärzte zeigten vorsichtigen Optimismus.

Die lange Unterversorgung mit Sauerstoff hatte zweifellos zu einer Hirnschädigung geführt, aber bei einem Kind in Joshuas Alter erwies sich ein solcher Schaden oft als völlig umkehrbar. Das Gehirn eines Kindes kann sich im Gegensatz zum Gehirn eines Erwachsenen regenerieren. Die Chancen, daß Joshua überleben würde, standen also nicht schlecht. Während der nächsten Tage achteten die Schwestern auf das kleinste Zeichen einer Erholung.

Nach 72 Stunden, am Freitag, dem 11. Dezember, war bereits genug Ruß aus Joshuas Lungen ausgestoßen worden, so daß er selbständig atmen konnte. Die leichten Krämpfe hatten mit Hilfe des Dilantin nachgelassen. Die Ärzte hatten die Dosierung der Medikamente sogar stark reduziert, da sich der Zustand des Jungen um einiges gebessert hatte. Obwohl der Schädeldruck weiter schwankte, glaubten sie, daß das Kind sich erholen würde, wenn es erst wieder bei Bewußtsein wäre.

An diesem Freitagabend rief Joshuas verantwortliche Schwester um 19 Uhr den diensthabenden Assistenzarzt Dr. Gonzalez zu Hilfe, als Joshuas Herz plötzlich mit schnellen, unregelmäßigen Zuckungen zu schlagen begann. »Genene sagte mir, daß die Ärzte an diesem Tag schon einmal den Defibrillator hatten einsetzen und Joshua eine volle Dosis von Medikamenten zur Unterstützung der Herzfunktion hatten injizieren müssen, bevor sie das Herz wieder unter Kontrolle bekamen«, berichtete Gonzales, »ich vermutete, daß der Katheter in Joshuas Herz sich leicht verschoben hatte und die Herzwände reizte, so daß es zu der Attacke kam.« Vorsichtig zog Dr. Gonzalez den Katheter ein paar Zentimeter heraus.

Vier Stunden später, am Ende von Genenes erster Schicht bei Joshua, betrat Pat Alberti den Raum und sah, daß Genene ein ernstes Gespräch mit Joshuas Eltern führte.

»Ich hörte, wie sie ihnen sagte, daß sie sich keine falschen Hoffnungen machen sollten«, erinnerte sich die Schwester.

»Sie sagte, daß Joshua lange Zeit nicht geatmet habe und daß sein Gehirn dadurch wahrscheinlich in Mitleidenschaft gezogen worden wäre. Sie meinte, daß es vielleicht besser gewesen sei, *wenn Joshua gestorben wäre,* weil er möglicherweise nun sein Leben lang behindert sein würde.

Ich konnte es einfach nicht glauben. Wir Schwestern dürfen der Familie eines Patienten so etwas nie sagen. Dafür sind wir nicht zuständig. Das muß der *Arzt* tun. Und außerdem schien sich der Kleine ziemlich gut zu erholen; ich war der Meinung, daß er es schaffen würde.

Also wollte ich sie mir schon schnappen und ein ernstes Wort mit ihr reden, aber dann dachte ich mir, daß ein anderer das vielleicht besser könnte; zu diesem Zeitpunkt verstanden Genene und ich uns nicht gerade sehr gut. Daher suchte ich die diensthabende Oberschwester auf.

Ich berichtete ihr, was dort vor sich ging, sagte ihr, daß Joshua nach 23 Uhr mein Patient sei und bat sie, Jones aufzufordern zu gehen.«

Um 23 Uhr 10 verließ Genene Jones endlich die Station, und Alberti schaute nach ihrem Patienten. Was sie sah, machte sie noch wütender.

»Der Herzmonitor zeigte ein merkwürdiges Muster, aber es schien kein Notfall vorzuliegen. Die Schläuche und Monitordrähte bildeten ein wirres Knäuel. Auf dem Medikamententablett stand eine halbleere Flasche Plasmafusion, und ich konnte keine Anordnung dafür finden. Zwei Ersatzflaschen mit intravenöser Lösung standen ebenfalls da, aber es war nicht das richtige Mittel. Hätte ich diese Flaschen verwendet, ohne auf das Etikett zu achten, hätte ich dem Baby Schaden zufügen können.«

Alberti und die Oberschwester räumten das Zimmer auf und verbrachten über eine halbe Stunde damit, die Schläuche wieder zu entwirren und zu beschriften. Sie bemerkten, daß der Teil des Monitors, der die Herzkontraktionen in elektronische Signale verwandelt, nicht richtig in die Konsole geschraubt war. Sie korrigierten dies, und Alberti war zufrieden, als ein gutes, gleichmäßiges Muster auf dem Schirm erschien.

»Ich erkläre mich bereit, einen Bericht zu schreiben«, erzählt Alberti, »und nahm an, daß Belko und Robotham wahrscheinlich einen Grund brauchten, um Genene aus der Abteilung zu versetzen. Dies schien mir eine gute Gelegenheit. Aber die Oberschwester sagte, daß sie keine Beschwerde schreiben würde. Sie macht nur eine kleine Eintragung im Stationsbuch.«

Die Oberschwester beschönigte den Vorfall und schrieb: »Monitor schien nicht richtig angeschlossen zu sein.«

Alberti kümmerte sich für den Rest der Nacht intensiv um Joshua. Das Baby schlief die nächsten Stunden über ruhig. Dann nahm Alberti ihren Mut zusammen und wandte sich an Pat Belko, als diese morgens gegen 7 Uhr zum Schichtwechsel eintraf. Sie beklagte sich über die Unregelmäßigkeiten bei Jones' Fürsorge für Joshua: das Gespräch mit den Eltern des Kindes, der nicht richtig angeschlossene Monitor, die falschen Medikamente und die nicht beschrifteten, verwirrten Schläuche.

»Sie erklärte mir, daß sie genug habe von all diesen Gerüchten. Ich nehme an, daß sie glaubte, ich wollte Genene eins auswischen. Aus irgendeinem Grund mochte sie Genene. Sie war ihr Liebling.«

Wie die Oberschwester der Nachtschicht weigerte auch Belko sich, einen Bericht zu schreiben.

Wieder übernahm Genene die Pflege von Joshua am folgenden Nachmittag. In den letzten sechzehn Stunden hatten weder Pat Alberti noch Susan McKinny (seine Schwester während der Frühschicht) irgend etwas Auffälliges an dem Jungen bemerkt. Im Verlauf der Spätschicht gab es jedoch plötzlich Probleme. Am frühen Abend notierte Genene in Joshuas Krankenblatt, daß sie ein Cheyne-Stokes-Atemmuster beobachtet hatte – den Atemrhythmus, der häufig bei sterbenden Patienten auftritt, wenn sie ihre letzten Atemzüge tun. Um 19 Uhr 50 schrieb sie, daß sie einen kurzen Herzstillstand beobachtet hatte, dem eine Verlangsamung der Herzfrequenz vorausgegangen war.

Weniger als dreißig Minuten später kam es zu einem völligen Herzstillstand. Genene rief das Team zusammen. Die Ärzte massierten den kleinen Brustkorb, gaben Medikamente und versuchten jeden Trick, den sie kannten, um Joshuas Herz wieder zum Schlagen zu bringen.

Joshua schaffte es, aber sein Herzschlag war schwach und unregelmäßig. Der verantwortliche Arzt ordnete eine Blutuntersuchung an, um den Dilantinspiegel des Blutes zu überprüfen. Die geringen kontrollierten Dosen sollten die durch das Koma hervorgerufenen Krämpfe mildern, aber hohe Konzentrationen des Medikaments können bisweilen zu einem Herzversagen führen. Möglicherweise hatte sich das Mittel in dem Körper des Jungen angesammelt, falls Leber und Nieren nicht richtig funktionierten. In diesem Fall war eine sofortige Bluttransfusion nötig, um das Dilantin zu verdünnen.

Der medizinisch-technische Assistent Tony Ferinacci gab um 21 Uhr 34 das vorläufige Ergebnis bekannt: Joshuas Dilantinspiegel war viel zu hoch. Normal sind 10 bis 20 Mikrogramm Dilantin pro Milliliter; mit seinem Test konnte Ferinacci etwa 55 mg/ml messen. Er führte einen zweiten Test durch. Neun Minuten später bestimmte er den Spiegel mit 59,6 mg/ml, den höchsten Wert, den er je gemessen hatte. Er rief sofort die Intensivstation an.

Die Stationssekretärin erinnert sich, daß Genene unter der Tür als, als Ferinacci anrief. »Ich sagte dem MTA, daß wir die Ergebnisse wahrscheinlich nicht mehr brauchen würden, und in diesem Augenblick schnappe sich Genene, die sehr wütend war, den Hörer und schrie: ›Er ist schon tot!‹ Dann knallte sie den Hörer aufs Telefon.«

Bevor Ferinacci überhaupt mit seinen Tests begonnen hatte, war Joshua einer zweiten tödlichen Herzattacke erlegen. Der kleine Junge war tot.

Die Sawyers erfuhren, daß Joshuas Nieren versagt hatten, so daß Medikamente seinen Körper hätten vergiften können. Sie verließen das Krankenhaus in dem Glauben, daß der Brand in ihrem Heim den Tod ihres kleinen Sohnes verursacht hatte.

Pat Alberti war von Joshuas Tod sehr mitgenommen, aber sie wußte nicht, was sie unternehmen konnte. Suzanna Maldonado hatte sich bereits bei der Stationsschwester und bei dem Chefarzt über Genene beschwert. Man hörte Gerüchte, daß Dr. Robotham aus diesem Grund die Todesfälle der Station überprüfte. Die Verwaltung war benachrichtigt worden und hatte die entsprechenden Schritte in die Wege geleitet. Alberti beschloß also, den Mund zu halten und abzuwarten.

Am Dienstag, dem 15. Dezember, las zu Beginn jeder Schicht jede Schwester und jeder Pfleger der Intensivstation eine neue Anordnung im Stationsbuch durch und unterschrieb sie. Von jetzt ab sollten alle Todesfälle und jeder Herzstillstand auf der Station dem Chefarzt Dr. Robotham und dem Kinderarzt Dr. German gemeldet werden. Nur vier Tage später schickte Schwester Pam Sturm den ersten Bericht. Am Morgen des 19. Dezember war um 9 Uhr 25 ein vier Monate altes Baby nach einer schweren Hepatitis gestorben. Robotham überprüfte Sturms Bericht genau, fand aber nichts Ungewöhnliches.

Am nächsten Tag landete ein zweiter Bericht auf dem Schreibtisch des Chefarztes.

Der vier Monate alte Carlos Olivarez hatte mehrere Tage lang auf der Intensivstation gelegen. Sein Hausarzt hatte ihn für eine Routineoperation eingewiesen, bei der eine angeborene Verengung an den Verdauungsorganen beseitigt werden sollte. Als Vorbereitung auf die Operation hatten sich die Ärzte mehrere Tage lang bemüht, die Entzündung und Aufblähung seines Bauches zu mildern. Am 20. Dezember schien Carlos endlich gesund genug für die Operation, so daß man ihn in den OP schicken konnte. Die Operation begann um 11 Uhr.

Dabei erklärte der Chirurg Dr. Thomas Chapman den jungen Ärzten, die zusahen oder ihm assistierten, die einfache Operation. Er entfernte den defekten Teil des Darmes, nähte die beiden Enden zusammen und vernähte den Schnitt am Bauch. Anschließend teilte er den Eltern des Jungen mit, daß die Operation gut verlaufen sei und daß ihr Sohn keine Probleme mehr haben würde. Wenn alles verheilt war, würde

Carlos wieder völlig in Ordnung sein. Es würde nur eine geheimnisvolle Narbe bleiben, mit der er später seine Freunde beeindrucken könne. Am Nachmittag lag Carlos bereits wieder auf der Intensivstation.

Da Carlos Zustand recht stabil schien, übertrug Schwester Belko die Sorge um das Kind während des Spätdienstes Sally Benkert*. Sally arbeitete erst kurze Zeit auf der Intensivstation und kannte sich noch nicht hundertprozentig aus. Wahrscheinlich wäre sie auf der normalen Kinderstation geblieben, wenn ihre Freundin Genene sie nicht davon überzeugt hätte, daß die Arbeit auf der Intensivstation viel aufregender und befriedigender wäre. Seit Sally auf der Intensivstation arbeitete, hatte Genene ihr Möglichstes getan, ihr alles Nötige für die Intensivpflege beizubringen, aber obwohl Sally sich Mühe gab, Genene in allem zu folgen, würde sie nie eine so geschickte Schwester sein. Aus diesem Grund übertrug Belko ihr die Verantwortung für die weniger schweren Fälle.

Carlos' Zustand erwies sich als weniger stabil, als Belko es vorausgesehen hatte. Eine halbe Stunde nach dem Dienstwechsel setzte Carlos' Herzschlag aus. Das Code-Team konnte ihn nicht wiederbeleben. Um 15 Uhr 58 wurde er für tot erklärt. Seine Eltern verweigerten eine Autopsie. Ihr Baby hatte genug mitgemacht.

Zwei Stunden später trug Genene sich aus und ging mit Zustimmung von Schwester Anderson nach Hause. An diesem Tag war Genene kein Patient zugeteilt worden, und jetzt, da noch ein Patient weniger auf der Intensivstation lag, hielt Anderson es nicht für nötig, daß Genene tatenlos herumsaß.

Am nächsten Tag machte der Winter ernst. Ein kalter Regen ergoß sich über San Antonio, brachte den Verkehr fast zum Erliegen und tauchte alles in ein trübes Grau. Der strömende Regen hielt jedoch Marilyn Zunigas Eltern nicht von ihrem täglichen Besuch auf der Intensivstation ab.

Marilyn kämpfte bereits seit sechs Tagen – das war fast ein Viertel ihres ganzen Lebens – mit einer ernsten Infektion. Am

21. Dezember um 16 Uhr 25 rief Genene, kurz nachdem die Zunigas gegangen waren, wegen eines Notfalls bei dem kleinen Mädchen die Ärzte zusammen. Zwanzig Minuten später gaben sie Marilyn auf und gingen wieder ihren anderen Pflichten nach. Genene entfernte die Schläuche und Drähte von dem leblosen Körper, dann wickelte sie das Baby in eine Decke, forderte einen Sicherheitsbeamten zur Begleitung an und trug den Leichnam in das Leichenschauhaus des Krankenhauses.

Marilyns Eltern wollten wissen, warum ihre Tochter gestorben war und baten um eine Autopsie. Bei der Untersuchung fand man Digoxin im Gehirngewebe des Kindes, ein Mittel zur Herzanregung, das in großen Mengen zu Herzversagen führen kann. Die vorhandene Menge war gering – 1,95 bis 3,9 Nanogramm pro Milligramm Gewebe –, aber im Krankenblatt des Kindes fand sich kein Hinweis darauf, daß Digoxin verschrieben worden war. Es sei möglich, schloß der untersuchende Arzt, daß das Mittel während des Notfalls verabreicht, aber in der Aufregung nicht notiert worden war. Da die Menge so klein war (es handelte sich nur um einige Milliardstel Gramm), kam der Arzt zu dem Schluß, daß das unerklärliche Vorhandensein des Mittels keine weitere Bedeutung habe. Als Todesursache vermerkte er: ›Atem- und Herzstillstand in Folge einer vermuteten Sepsis [Blutvergiftung].‹

Einen Tag nach Marilyns Tod bemühte Genene sich um ein kleines Mädchen namens Dora Rios, das sie schon einmal gepflegt hatte. Dora hatte in ihren ersten beiden Lebensjahren bereits mehrmals im Krankenhaus gelegen und viele Schwestern hatten sich schon das eine oder andere Mal um sie gekümmert. Sie litt von Geburt an an einer Mißbildung des Magen-Darm-Traktes und hatte bereits mehrere chirurgische Eingriffe hinter sich.

Am 21. Dezember war Dora auf die Intensivstation zurückgekehrt: Sie litt an Durchfall, Austrocknung und möglicherweise an einer Bauchfellentzündung und wurde in das Bett gelegt, in dem Sally Benkerts Patient, der vier Monate alte Carlos Olivarez, einen Tag zuvor gestorben war. Der einweisende Arzt verschrieb intravenöse Flüssigkeitszufuhr und die intensive Gabe von Antibiotika.

An ihrem zweiten Tag unter Genenes Obhut litt Dora unter einem unerklärlichen Herz- und Atemversagen. Um 20 Uhr 12 starb sie. Genene blieb wie immer bei dem verstorbenen Kind und bereitete den Leichnam für das Leichenschauhaus vor. Bevor sie den Sicherheitsbeamten anrief, hob sie Dora aus dem Bett und wiegte sie in ihren Armen. Fast eine Stunde lang hielt sie das leblose Baby so und summte dazu eine Melodie.

Als Pat Alberti um 23 Uhr Doras Bett leer vorfand, schaute sie sich das Krankenblatt des Kindes näher an. Die letzte Eintragung in Genenes Handschrift lautete:

BEREITS ZU LEBZEITEN EINE LEGENDE. FRÖHLICHE WEIHNACHTEN, DORA. ICH LIEBE DICH.
SCHWESTER JONES

»Ich zeigte Susanne diese Notiz. Sie wußte genausowenig wie ich etwas damit anzufangen. Ich konnte es mir nicht erklären. Warum legte niemand Genene das Handwerk? Drei Kinder waren innerhalb von drei Tagen gestorben; Genene schrieb merkwürdige Notizen in die Krankenblätter; sie hatte damit angefangen, den toten Kindern Lieder vorzusingen. Ich wußte nicht, was ich davon halten sollte.

Ich mußte mit irgend jemandem darüber reden – mit jemandem, der nichts mit der Station zu tun hatte. Da ich mit einem der Krankenhausärzte, einen Psychiater, über einige Probleme, die es mit meinem halbwüchsigen Sohn gab, gesprochen hatte, beschloß ich, ihm bei meinem nächsten Besuch von Genene zu erzählen. Ich dachte mir, daß er als Arzt die Macht hatte, etwas zu unternehmen. Außerdem dachte ich mir, daß er wegen der ärztlichen Schweigepflicht meinen Namen nicht erwähnen dürfe. Ich wollte nicht, daß die anderen mich für einen Klatschtante hielten.«

Am Heiligabend, nur zwei Tage nach Doras Tod, starb ein weiterer von Genenes schwerkranken Patienten. Der neun Monate alte Paul Flores war mit einer Hirnhautentzündung eingeliefert worden. Um etwa 20 Uhr begann er stark zu bluten. Sein Blutdruck fiel ab, dann setzte sein Herz aus. Kurz nach 20 Uhr 30 wurde er für tot erklärt.

Innerhalb von vierzehn Tagen hatte es sieben Todesfälle auf der Station gegeben. Die Zeit, die später als ›Epidemie‹ auf der Intensivstation bezeichnet werden würde, war in vollem Gang.

Der Ermittlungsbeamte

Warum wandte sich niemand an einen Außenstehenden oder an die Polizei, als nichts passierte?

Ich weiß nur, daß niemand es tat.

Einmal habe ich mit Murray Pollack darüber gesprochen. Er meinte: »Sie müssen die Mentalität in einer großen bürokratischen Einrichtung verstehen. Die erste Regel lautet: ›Verlasse nie den Dienstweg.‹«

Einige Schwestern berichteten uns, daß sie zu verschiedenen Gelegenheiten mit einigen Ärzten sprachen, aber die meisten Ärzte führten diese Beschwerden auf Konflikte zwischen den Schwestern untereinander zurück. Belko, die Stationsschwester, meinte: »Die anderen sind einfach nur eifersüchtig auf Genene.«

Man muß bedenken, daß die Beziehungen der Assistenzärzte zu dieser Abteilung nur sehr begrenzt sind. Sie arbeiten immer nur für einen Monat auf einer Station und dann wieder woanders. In dieser Zeit stirbt vielleicht ein Kind oder auch zwei, aber das ist an sich nichts Ungewöhnliches. Kein Assistenzarzt war sechs oder sogar neun Monate lang da. Sie konnten die Kette der Ereignisse gar nicht mitverfolgen.

Die Ärzte sind in Notfällen erreichbar, aber normalerweise kommen sie nur zur Visite – eben dann, wenn der Oberarzt mit seinen Assistenzärzten von Patient zu Patient geht. Robotham beklagte sich, daß viele Assistenzärzte der Pädiatrie sich mehr um ihre Forschungsarbeiten kümmerten und nicht direkt um die Pflege der Patienten. Die meisten taten nur das absolut Notwendige – sie überprüften das Krankenblatt des Patienten nach seiner Entlassung oder seinem Tod. Wie sorgfältig sie dabei vorgingen, sei dahingestellt. Denken Sie nur an den Sawyer-Fall. Dieses Kind hatte ja bei seinem Tod einen Dilantin-Spiegel, dessen Ursache nicht geklärt war.

Konnte man die Dilantin-Konzentration nicht erklären? Es hieß doch, sie sei auf Nieren- und Leberversagen zurückzuführen.

Mehr als ein Jahr später bat ich Pollock, der in dem Santos-Fall ein wichtiger Zeuge der Anklage war, sich das Krankenblatt des Jungen anzusehen. Er erklärte: »Das Kind wurde vergiftet. Jemand muß ihm zwischen 10 und 20 Uhr eine große Dosis Dilantin gespritzt haben.«

Und niemand hat sich weiter darum gekümmert?

Nein, niemand. Ich glaube, keiner wußte so recht, wie er damit umgehen sollte. Aber meiner Meinung nach hätte Joshua Sawyer das letzte Opfer sein können. Keines der anderen Kinder hätte sterben müssen.

Fünftes Kapitel

Seine Schreie zerrissen mir das Herz und erfüllten mich mit einer Art sinnlichem Mitleid, nach dem ich mich sehnte.

Maurice de Guerin, Nouvelle Revue Française

Die Krankenhäuser von San Antonio sind für die medizinische Versorgung von Texas zuständig. San Antonio ist die einzige Stadt in einem mehrere Quadratmeilen großen Gebiet, in der moderne medizinische Einrichtungen vorhanden sind.

Fünfundfünfzig Meilen südlich von San Antonio, an der Straße nach Laredo, weist ein Schild auf eine kleine Gruppe von Häusern hin. Dies ist Pearsall, ein Ort mit 7400 Einwohnern. Im Winter des Jahres 1981 lebten in dem Haushalt der Santos dreizehn Einwohner von Pearsall: Esubio, Jesusa und ihre elf Kinder. Esubio war Landarbeiter, und Jesusa verkaufte handgearbeitete Puppen.

Am späten Abend des ersten Weihnachtstages fand Jesusa nach all den Aufregungen des Festes endlich Zeit, sich etwas mit ihrem jüngsten Sohn, dem drei Wochen alten Rolando, zu beschäftigen. Sie merkte sofort, daß sich seine Erkältung verschlimmert hatte, und beschloß, ihn am nächsten Tag im nahe gelegenen Dilley untersuchen zu lassen.

Am Morgen des 26. Dezembers rief Jesusa ihre Nichte an und bat sie, sie mit ihrem Wagen dorthin zu fahren. Gemeinsam brachten sie Rolando an diesem Nachmittag in eine Praxis. Der überarbeitete Arzt war der Meinung, Jesusa müsse sich keine Sorgen machen. Er stellte ein Rezept aus und riet ihr, ein paar Tage abzuwarten und Rolando wieder herzubringen, falls sich sein Zustand unerwartet verschlechtern sollte.

Innerhalb weniger Stunden schien Rolando sehr viel schwächer zu werden, und seine Lungen schienen stärker verschleimt. Jesusa, die sich Sorgen machte und mit der Behandlung in Dilley nicht zufrieden war, überredete ihren Mann dazu, mit Rolando einen Arzt in der Stadt aufzusuchen. Am nächsten Morgen half Esubio seiner Frau und seinem jüngsten Sohn in den Wagen der Nichte, um die einstündige Fahrt nach Norden anzutreten.

Der Arzt, der Rolando an diesem Nachmittag in der Brady/Green Walk-In Clinic untersuchte, diagnostizierte eine mögliche Lungenentzündung. Er injizierte dem Kind sofort zwei Antibiotika, Ampicillin und Gentamicin. Dann riet er Jesusa und Esubio, das Kind ins Kreiskrankenhaus zu bringen. Mit ihrer Zustimmung bestellte er einen Krankenwagen, der Rolando die sieben Meilen zum Medical Center von San Antonio fahren solle. Am Sonntag, dem 27. Dezember, wurde Rolando um 16 Uhr 30 auf der Intensivstation eingeliefert.

Dr. Dolores Majors, die bei seiner Einlieferung anwesende Assistenzärztin, führte die übliche Behandlung bei einem Patienten mit Verdacht auf Lungenentzündung durch: Sie schloß Rolando an ein Beatmungsgerät an, überprüfte die Gabe von Antibiotika, nahm Blut ab und legte Kulturen an, damit die Diagnose am nächsten Morgen vom zuständigen Arzt bestätigt werden konnte. Dr. Majors bestätigte Jesusa und Esubio, daß Rolando zwar sehr krank war, aber sie versicherte ihnen, daß die Behandlung einer Lungenentzündung fast narrensicher sei. Wenn Rolando tatsächlich an einer Lungenentzündung litt – und ihrer Meinung nach war es so –, würde er in etwa einer Woche wieder auf dem Weg der Besserung sein.

Jesusa und Esubio verbrachten die frühen Morgenstunden von Rolandos erster Nacht im Krankenhaus bei ihm und versuchten, auf den grünen Plastiksofas im Korridor etwas Schlaf zu finden. Um 7 Uhr 30 am 28. Dezember bestätigte Dr. Lorraine Barnes, daß der Junge tatsächlich an einer Lungenentzündung erkrankt war, die drei der fünf Lungenlappen befallen hatte. Dr. Barnes wiederholte, was schon Dr. Majors gesagt hatte: Obwohl das Kind ernstlich erkrankt sei, könne man eine solche Infektion gut in den Griff bekommen. Die Ärztin empfahl, den Jungen auf der Intensivstation zu belassen, bis die Antibiotika Wirkung zeigen würden. Zufrieden, daß Rolando gut versorgt wurde, kehrten Jesusa und Esubio nach Hause zurück.

Rolando war noch immer an ein Beatmungsgerät angeschlossen, ein Schlauch versorgte ihn mit Nahrung, sein Blutdruck wurde automatisch gemessen und über drei weitere Schläuche war er mit einem Tropf verbunden. Ein Gerät überprüfte seine Atmung, und der Herzmonitor zeichnete den Herzschlag auf. Er war halb bei Bewußtsein, seine Farbe war gut, die wichtigsten Lebensfunktionen schienen stabil, die Haut war warm und trocken. Carla Tieman, die erste Schwester, die sich um Rolando kümmerte, war der Meinung, daß sich dieser Patient sicherlich schnell erholen würde.

Jesusa und Esubio konnten es sich nicht leisten, die Reise nach San Antonio jeden Tag zu unternehmen, aber sie wollten per Telefon mit der Station in Verbindung bleiben. Da die Santos kein eigenes Telefon besaßen, hinterlegten sie bei der Stationssekretärin die Telefonnummer der Nachbarn und versprachen, jeden Tag anzurufen.

Am Morgen des 29. Dezember rief Jesusa zum ersten Mal an, und die Schwester konnte sie beruhigen: Alles schien einen guten Verlauf zu nehmen. Sechs Stunden später war es Genenes Aufgabe, sich um Rolando zu kümmern.

Um 20 Uhr 16 vermerkte Genene in Rolandos Krankenblatt: ›Bedenkliche Krampfaktivität mit tonischen [steifen oder starren] Bewegungen der Arme und Nystagmus [ruckartige, zuckende Augenbewegungen], gefolgt von schlaffem Erscheinungsbild.‹ Zwei Stunden später erlitt Rolando einen Herzanfall.

Die Sekretärin der Abteilung, Mrs. Baxter*, rief die Eltern an, die wiederum mit ihrer Nichte telefonierten, um sich deren Wagen zu leihen. Als sie im Medical Center eintrafen, ging es Rolando schon wieder besser. Ein Assistenzarzt erklärte, daß Rolandos Herz nach der Injektion verschiedener starker Medikamente und nach einem Stromstoß wieder zu schlagen begonnen hatte. Seitdem war sein Zustand stabil.

Der Arzt teilte Jesusa und Esubio offen mit, daß man keinen Grund für den Rückschlag des Jungen finden könne. Eine Lumbalpunktion konnte die Krämpfe und die Lethargie nicht erklären, und ein toxikologischer Test hatte keine Spuren schädlicher Medikamente nachgewiesen. Rolandos merkwürdige Symptome seien vielleicht darauf zurückzuführen, meinte der Assistenzarzt, daß er möglicherweise ein vergrößertes Herz habe oder vielleicht ein Loch im Herzen, das den Blutfluß behinderte. Stark beunruhigt kehrten Jesusa und Esubio nach Hause zurück.

Am Mittwoch, dem 30. Dezember, und am Donnerstag, dem 31. Dezember, erhielt Jesusa auf ihre Anrufe in der Intensivstation ermutigende Nachrichten: Obwohl Rolando zeitweise verwirrt schien und unregelmäßig, dann aber stark urinierte, schien sein Zustand sich zu bessern. Die Schwester erklärte Jesusa, daß ihr Sohn in ein paar Tagen nach Hause entlassen werden könne.

Während der Spätschicht begann Rolando nach einem ereignislosen Tag erneut, stark zu urinieren. Anders als die früheren Anfälle von Diurese, die allmählich nachgelassen hatten, verschlimmerte sich das Problem diesmal. Er trocknete aus. Sein Blutdruck fiel stark ab. Die Atmung wurde schwer und flach. Er wurde bewußtlos. Der diensthabende Arzt bat Genene Jones, die für Rolando verantwortlich war, die mechanische Beatmung wieder aufzunehmen und die Sauerstoffkonzentration zu erhöhen. Er legte einen weiteren Tropf an, um den Blutdruck des Jungen aufrechtzuerhalten.

Um 23 Uhr 15 hatte Genene Jones Dienstschluß und wurde von Margie Peace abgelöst. Sie erinnert sich: »Der Junge sah krank aus. Je mehr Schläuche und Drähte angeschlossen sind, um so kränker sind die Kinder, und er hing an allen möglichen Schläuchen. Eigentlich hatte Rolandos Zustand sich insgesamt verbessert, aber als ich ihn übernahm, ging es ihm gar nicht gut.«

Als das neue Jahr wenige Stunden alt war, beobachtete Schwester Peace, daß sich Rolando wieder erholte. Um 4 Uhr 30 vermerkte sie in seinem Krankenblatt: ›Patient jetzt sehr rege und wach. Keine Anzeichen für Notlage.‹

Trotz des Feiertages saß Dr. Robotham am 1. Januar kurz nach Sonnenaufgang an seinem Schreibtisch und dachte über die Probleme nach, die aus dem Jahr 1981 geblieben waren. Er wußte, daß er den Kampf auf der Intensivstation verlor. Klatsch und Streit waren völlig außer Kontrolle geraten. In den letzten Monaten hatte die Station einige ihrer besten Schwestern verloren. Die Assistenzärzte und Medizinstudenten schienen sich während der Visite auf der Kinderstation nicht wohlzufühlen und zeigten keinerlei Interesse. Robotham erhielt immer weniger Unterstützung und Kooperation von den Ärzten der anderen Abteilungen. All seine Bemühungen um Verbesserung waren fehlgeschlagen. Es sah ganz danach aus, daß er seine Position würde räumen müssen.

Vom ersten Tag des neuen Jahres an hatte die Abteilung offiziell einen neuen zweiten Chefarzt, Dr. Victor German. German war ein kleiner, exzentrischer, humorvoller Mann und ein beliebtes Mitglied der pädiatrischen Fakultät. Robotham mochte und respektierte Victor German, aber er freute sich nicht darauf, seinen Chefarzttitel mit ihm zu teilen. Seit zwei Jahren hatte Robotham um Hilfe für seine Abteilung gebeten. Jetzt schien er sie endlich zu bekommen, aber es war nicht die Art Hilfe, die er sich vorgestellt hatte.

Am 1. Januar, als Dr. German seine Arbeit als zweiter Chefarzt der Abteilung aufnahm, begann er gleichzeitig eine einmonatige Dienstzeit als einer der beiden zuständigen Ärzte für die Kinderabteilung. Der zweite zuständige Arzt war Dr. Ken Copeland. Seit 1979 hatte Copeland im Medical Center unter Dr. Robotham als erster Assistenzprofessor der Pädiatrie gearbeitet. Er war die erste Wahl der Abteilung für den Zweiten Chefarzt gewesen, hatte die Stelle jedoch aus zwei Gründen abgelehnt: Erstens war er der Meinung, daß Dr. Robotham hervorragende Arbeit leistete, und zweitens hatte er bereits zuviel zu tun.

Während der letzten sechs Dezembertage hatte Dr. Robotham mit sich gekämpft, ob er den beiden neuen zuständigen Ärzten von seinem wachsenden Unbehagen in bezug auf bestimmte Schwestern und die Todesfälle auf der Intensivstation berichten sollte. Er wollte die beiden Ärzte nicht negativ beeinflussen, so daß sie möglicherweise nach Problemen suchten, wo es keine gab. Aber wenn sie keinerlei Informationen hatten, würden sie ungewöhnliche Vorfälle vielleicht nicht als solche erkennen. Dann setzte die Gesamtzahl der Todesfälle im letzten Monat des Jahres 1981 Robothams Unentschlossenheit ein Ende.

Vor Germans und Copelands Dienstantritt sprach Robotham mit den beiden Ärzten allgemein über die Probleme, die auf der Intensivstation aufgetreten waren. Er schlug vor, Patienten, deren Zustand sich plötzlich verschlechterte oder die unter Krämpfen oder unerklärlichen Blutungen litten, besonders im Auge zu behalten. Weder Copeland noch German waren von Robothams Unruhe überrascht. Fast jeder Arzt im Krankenhaus hatte bereits Gerüchte über die Probleme auf der Intensivstation gehört.

Kathleen Holland war eine der wenigen Ärztinnen, die nichts davon wußten. Sie hatte das Medical Center seit Monaten nicht mehr betreten. Im November hatte sie in Santa Rosa gearbeitet, im Dezember in Brady/Green. Zu Anfang des neuen Jahres sollte sie wieder sechs Wochen lang in Santa Rosa Dienst tun. »Ich hatte bis Mitte 1983, als ich wie alle anderen in der Zeitung davon las, keine Ahnung, was mit Rolando Santos passiert war«, erzählt sie.

Am 1. Januar um 7 Uhr übernahm Dr. Copeland die Behandlung des Jungen.

»Ich erinnere mich, daß Rolandos Zustand sich stetig verbesserte und daß es ihm während der ersten Hälfte des Tages gut ging. Am Nachmittag war seine Atmung so gut, daß ich beschloß, das Infusionsrohr aus dem Rachen zu entfernen. Er erhielt eine Dosis Decadron, ein Mittel gegen Entzündungen, plötzlich aber begann er, stark zu urinieren. Er wurde blasser und sein Herzschlag verlangsamte sich. Sein Zustand wurde schlechter und sein Blutdruck fiel auf gefährlich niedrige Werte ab. Schließlich hörte er auf zu atmen und reagierte auf keine Reize mehr – er fiel ins Koma.

Während der nächsten Stunden stabilisierten wir den Blutdruck und den Kreislauf des Jungen, indem wir ihn mit frischem Blut versorgten, aber das Ganze war uns rätselhaft. Wir konnten uns einfach nicht erklären, warum er so stark uriniert hatte. Bis dahin war es ihm sehr gut gegangen. Am nächsten Tag diskutierten wir die Angelegenheit und dachten, daß vielleicht das Decadron dafür verantwortlich gewesen war – eine Möglichkeit, wenn es dem Körper aus irgendeinem Grund stark an Adrenalin fehlt. Um diese Theorie zu überprüfen, gaben wir ihm eine weitere kleine Dosis Decadron, aber nichts passierte.

Irgend etwas stimmte nicht. Das Kind war vor sechs Tagen mit einer Lungenentzündung eingeliefert worden, und dennoch hatte es in den letzten drei Tagen zweimal einen Herzstillstand erlitten, hatte zwei Krampfanfälle gehabt und mindestens zweimal schwere Anfälle von Diurese. Es war ein merkwürdiges Gefühl«, erinnert sich Copeland, »ich war mir damals überhaupt nicht sicher, was ich tun sollte.«

Copeland beschloß, den Jungen genauer zu beobachten, und sorgte dafür, daß die ganze Abteilung dies erfuhr. Die Sekretärin erhielt den Auftrag, alle, die mit Rolandos Behandlung betraut wurden, zu informieren, daß Dr. Copeland von jetzt an täglich einen Bericht über die Fortschritte des Jungen erhalten würde.

Drei Tage lang verbesserte sich Rolandos Zustand stetig.

Am 4. Januar übernahm Genene Jones um 15 Uhr Rolando wieder als ihren Patienten. Die Bemerkungen, die sie in das Krankenblatt des Jungen schrieb, deuteten darauf hin, daß er am frühen Abend unter einer Zyanose litt – Nägel und Schleimhäute zeigten eine bläuliche Verfärbung. Sie vermerkte die Ergebnisse eines Blutgastests, der eine extreme Übersäuerung des Blutes anzeigte, was auf einen verminderten Sauerstoff-Stoffwechsel im Gewebe des Kindes zurückzuführen war. Um dieser Übersäuerung entgegenzuwirken, steigerte sie die Sauerstoffkonzentration des Beatmungsgerätes. Ihren Notizen zufolge verbesserte sich seine Farbe.

Kurz darauf vermerkte Genene im Krankenblatt, daß Rolando aus verschiedenen Einstichstellen langsam zu bluten begann. Nach einer Stunde ließen diese Blutungen offensichtlich nach und hörten dann ganz auf.

Während der nächsten vierundzwanzig Stunden hatte Rolando keine Probleme, aber Genenes Notizen am 5. Januar dokumentieren einen weiteren überraschenden Rückschlag um 18 Uhr. Wieder stieg die Urinabgabe stark an, der Herzschlag wurde schneller, der Blutdruck fiel ab, und die Augen zuckten. Glücklicherweise war sein Zustand am Ende der Schicht wieder stabil. Die Schwestern, die sich während der nächsten beiden Schichten um Rolando kümmerten, verzeichneten keinerlei Probleme. Die letzte Notiz von Susan McKinney, Rolandos Schwester während der Frühschicht am 6. Januar, war positiv: ›14 Uhr 30 – Farbe weiterhin rosa.‹

Weniger als vier Stunden später, kurz nach 18 Uhr, hatte Rolando wieder Probleme. Genene vermerkte, daß er an der Ferse aus einer Einstichstelle und aus anderen noch nicht verheilten Wunden blutete. Um 19 Uhr blutete er stark aus allen Einstichstellen. Genene rief Dr. Richard Freese, den diensthabenden Assistenzarzt an diesem Abend.

Als Dr. Freese eintraf, lenkte Genene seine Aufmerksamkeit auf die merkwürdigen Symptome, die sie am vorhergehenden Abend vermerkt hatte.

»Sie sagte mir, daß sie es für eine multiple intravasale Koagulopathie hielt«, erklärte Dr. Freese später den Ermittlungsbeamten. »Ich dachte damals bei mir: Das könnte möglich sein. Zwar hatte ich noch nie von einem solchen Fall bei einem Patienten mit Lungenentzündung gehört, aber im Grund wußte ich nicht viel über dieses Krankheitsbild.«

Freese rief sich schnell in Erinnerung, was er über dieses mysteriöse Syndrom gelernt hatte. Der betroffene Patient blutet bisweilen stark, ähnlich wie ein Bluter. In den Kapillaren des Körpers gerinnen die Blutzellen des Patienten willkürlich. Der Kreislauf verlangsamt sich, das Blut wird dünner, und die Zahl der vorhandenen Gerinnungsfaktoren fällt ab. Die Fähigkeit des Körpers, Wunden zu verschließen, wird herabgesetzt. Aus nicht verheilten Wunden sickert Blut, und in schwereren Fällen auch aus den Schleimhäuten. Meistens kommt es zu einer solchen Blutung nach einer schweren Infektion. Gelegentlich wird das Syndrom auch mit einer Hirnverletzung in Verbindung gebracht, und ab und zu kommt es in der Geburtshilfe dazu. Soweit Dr. Freese wußte, paßte Rolando in keine dieser Kategorien. Dennoch blutete das Kind. Es war unbedingt nötig, die Gerinnungsfaktoren des Körpers durch eine Infusion frischen Plasmas so schnell wie möglich zu verbessern.

In Rolandos Fall zeigte die Infusion keine Wirkung. Er blutete weiter. Um 19 Uhr 16 stellte Rolandos Herz seine Funktion ein. Eine Schwester rief die Eltern an und teilte ihnen mit, daß ihr Baby gerade verstorben sei. Esubio traf Vorbereitungen, um ein letztes Mal nach Norden zu fahren.

Um 19 Uhr 59, nach drei vollen Dosen Herzmitteln und fünfundvierzig Minuten Wiederbelebung, nahm Rolandos Herz aber seine Tätigkeit wieder auf. Nach weiteren zwanzig Minuten ließen die Blutungen nach, und der Zustand des Kindes stabilisierte sich. Verblüfft rief die Stationssekretärin die Eltern erneut an, aber diese hatten sich bereits auf den Weg gemacht.

Am nächsten Tag erhielt Dr. Copeland die Laborergebnisse. Sie bestätigten, was er angenommen und befürchtet hatte: Eine große Menge Heparin, ein starkes, häufig verwendetes Antikoagulans, hatte sich im Körper des Jungen befunden, die genaue Menge war allerdings nicht bekannt. »Ich wußte, daß der Junge einen A-Schlauch hatte, der routinemäßig mit Heparin durchspült wurde, um ihn zu reinigen«, erinnerte sich der Arzt, »aber diese niedrig dosierten Spülungen konnten die massiven Blutungen des Jungen nicht erklären.« Unauffällig befragte Dr. Copeland mehrere Schwestern auf der Station, wie ein solcher Fehler bei der Medikation hatte auftreten können. Niemand konnte es sich erklären.

»Ich war überzeugt davon, daß Rolando mehr als nur eine kleine, zufällige Überdosis Heparin erhalten hatte«, sagte Copeland, »und ich fragte mich, was ich tun würde, falls dies wieder passieren sollte. Ich beschloß, den A-Schlauch zu entfernen und damit jeden Grund für Heparingaben auszuschließen. Sollte es dennoch wieder zu Blutungen kommen, würde ich ihm Protamin geben, das Gegenmittel für Heparin.«

An diesem Nachmittag hängte Pat Belko eine Notiz für das Personal der Abteilung auf. Sie lautete: ›Alle Flaschen Heparin müssen im Medikamentenschrank bleiben, nicht am Bett des Patienten.‹ Mrs. Baxter überhörte, wie Schwester Jones bemerkte: »Meinen die etwa, wir wissen nicht, was wir tun?«

Nachdem Rolandos Notfall fast tödlich verlaufen war, bemühte sich die Frühschicht-Schwester McKinney besonders, die Verbesserungen, die sie an seinem Zustand registrierte, zu notieren. Am Sonntag, dem 9. Januar, vermerkte sie, daß seine Haut rosa war; die Augen waren ruhig und reagierten, das Fieber war gesunken, und die Einstichstellen des A-Schlauches trocken. Die Verschleimung der Lungen löste sich endlich. Für einen großen Teil des Vormittags war der Junge wach und lebhaft. Zum ersten Mal war er auch hungrig. »Ich freute mich für ihn«, erklärte sie später, »das Schlimmste hatte er offenbar überstanden.«

Gegen 15 Uhr wusch McKinney Rolando mit einem Schwamm ab und sah sich seinen Körper von Kopf bis Fuß genau an. Als sie auf die Ferse drückte, blutete es leicht aus den vielen Einstichen. Sie vermerkte dies im Krankenblatt, unterrichtete Dr. Copeland, nahm eine Blutprobe und schickte sie ins Labor. McKinney ging um 15 Uhr 30 voller Zuversicht, daß Rolando sich auf dem Weg der Besserung befände, nach Hause.

Um 16 Uhr ist aus den Notizen von Schwester Jones ersichtlich, daß Rolandos Zustand immer noch stabil war. Zwanzig Minuten später jedoch blutete der Junge stark aus allen Einstichstellen. Der erste Assistenzarzt, der eintraf, Dr. Morena*, entnahm bei Rolando aus einer Arterie am rechten Ellbogen neues Blut für einen akkuraten Blutgerinnungstest. Dr. Freese trug die Blutprobe persönlich ins Labor und legte sie in den Kühlschrank mit der Bitte, den Test so schnell wie möglich durchzuführen.

Um 17 Uhr ging des Rolando sehr schlecht. Ein schockierter Medizinalassistent, der Zeuge der Ereignisse war, berichtete: »An allen Stellen, an denen er mit einer Nadel auch nur gekratzt worden war, blutete es wie aus einer frischen, tiefen Wunde; das Blut sickerte einfach überall heraus.« Rolando blutete aus Augen, Ohren, Nase, Mund, das Blut trat unter den Nägeln hervor, es kam aus After und Penis und trat um den Schlauch im Rachen herum aus; zweifellos litt er auch unter inneren Blutungen.

Um 18 Uhr lagen die Ergebnisse aus dem Labor immer noch nicht vor. Rolandos Blutdruck war extrem niedrig. Plasma, frische Blutzellen und andere Mittel konnten den ständigen Blutverlust nicht aufhalten. Nach Genenes Notizen zeigte Rolando auch leichte Krampfaktivität: Er schmatzte mit den Lippen, die Augen zuckten, es kam zu Muskelspannungen und spasmodischen Zuckungen.

Die Sekretärin der Abteilung machte Dr. Copeland zu Hause ausfindig und unterrichtete ihn. Er ließ sich beim Abendessen entschuldigen und eilte ins Krankenhaus. Esubio und Jesusa wurden ebenfalls benachrichtigt und fuhren wieder nach Norden.

Kurz vor 19 Uhr traf Dr. Copeland im Krankenhaus ein. Rolando lag völlig schlaff da, nur das Beatmungsgerät pumpte seine bläuliche Brust auf und nieder.

»Der Blutdruck des Jungen war sehr niedrig, er litt unter sehr starkem Blutverlust – die lebenswichtigen Organe erhielten nicht genug Blut, um ihre Funktion aufrechtzuerhalten. Er war aschfahl und blutete weiterhin stark. Ich war mir sicher, daß es bald zu einem Herzstillstand kommen und daß er sterben würde.«

»Zu diesem Zeitpunkt«, berichtete Dr. Copeland weiter, »tat ich zwei Dinge. Da wir Schwierigkeiten hatten, genug Blut für Laboruntersuchungen zu erhalten, führte ich eine Punktion der Oberschenkelarterie durch. Ich stach mit einer langen Nadel in die große Arterie ein und nahm 10 oder 12 Kubikzentiliter für Laboruntersuchungen ab. Dann stach ich mit einer sehr kleinen, dünnen Nadel in eine Vene am Schädel ein.«

Als Dr. Copeland sich über das Kind beugte, hielt er einen Augenblick inne. Er hatte den starken Verdacht, daß Rolando unerklärlicherweise eine Überdosis Heparin erhalten hatte, aber er konnte dies nicht mit Sicherheit sagen. Wenn die Blutungen des Jungen *nicht* auf eine Überdosis Heparin zurückzuführen waren, war es völlig zwecklos, Protamin zu injizieren. Ja, erwies sich Copelands Verdacht als falsch, konnte eine Überdosis Protaminsulfat das Kind töten.

»Meiner Meinung nach«, erklärte Copeland, »hatte ich aber keine andere Wahl.«

Der Endokrinologe zog aus einer Flasche Protamin auf und gab langsam 100 Milligramm in die punktierte Schädelvene. Es dauerte zehn Minuten, bis die Spritze leer war und das Kind genug Protamin erhalten hatte, um einer großen Menge Heparin entgegenzuwirken. Nichts geschah. Rolando blutete unvermindert weiter.

Copeland zog weitere 100 Milligramm auf. Er injizierte das potentielle Gift Tropfen für Tropfen, bis die ganze Spritze leer war. Wieder zeigte sich keine Veränderung. Unter den versammelten Zuschauern kam Unruhe auf.

»Ich hatte Todesangst«, erinnerte sich Copeland, »aber ich war überzeugt, daß ich das Richtige tat.« Er zog eine dritte Spritze auf.

Genene verließ den Raum. An der Schwesternstation hörte Mrs. Baxter, die Sekretärin, daß sie sich über das Vorgehen des Arztes beklagte. »Sie schien sehr beunruhigt und irgendwie enttäuscht über das, was vorging.«

Die Zuschauer an den Fenstern zum Krankenzimmer hielten den Atem an. Langsam begann Copeland die dritte Spritze zu injizieren. Als ein Drittel des Inhalts aufgebraucht war, trat Copeland zurück. Ein Murmeln ging durch die Gruppe: Rolando hatte aufgehört zu bluten.

Die Protaminmenge, die nötig war, um Rolandos Blutungen zu unterdrücken – 230 Milligramm –, sollte später beweisen, daß das Kind eine riesige Dosis Heparin erhalten hatte. Eine ungefährliche Dosis für ein Kind dieses Alters beträgt etwa 125 Einheiten; Rolando hatte mindestens 15800 Einheiten erhalten, mehrt als das *127fache* der sicheren Menge.

Bevor Copeland nach Hause zum Abendessen zurückkehrte, befahl er, Rolando in die normale Kinderabteilung zu verlegen.

Kurz vor 21 Uhr durften Jesusa und Esubio zu ihrem Sohn. Jesusa erinnert sich, daß Rolando schrecklich zerbrechlich wirkte, ganz anders als das Baby, das sie vor Weihnachten in den Armen gehalten hatte. »Seine Haut war blau und hing von den Knochen. Ich dachte, er würde sterben.«

Beim Schichtwechsel um 23 Uhr unterrichtete Genene Jones Schwester Alberti, daß Rolando geblutet hatte, daß sein Blutdruck völlig abgefallen war, daß er reintubiert werden mußte und daß er eine Zeitlang lethargisch gewesen wäre. Im Hinausgehen erwähnte Genene auch, daß die Gabe von Protamin die Blutungen gestoppt hatte. »Wenn er wieder blutet«, sagte sie, »kannst du es ja mit etwas mehr probieren.«

In dieser Nacht versuchte Dr. Copeland eine rationale, medizinisch verständliche Erklärung für den Vorfall zu finden. »Irgendwie war die Sache ärgerlich, und ich war verwirrt. Ich rief mitten in der Nacht einen Kinderarzt an, Dr. Paul Zelzer, der sich auf die Hämatologie spezialisiert hatte, und fragte ihn, ob es dafür irgendeine andere Erklärung gebe als die, daß er Heparin erhalten hatte. Er antwortete mit Nein.«

Als Schwester McKinney am nächsten Morgen zur Frühschicht eintraf, war Rolando wach, lebhaft und schaute um sich. McKinney kümmerte sich immer noch um Rolando, als Dr. Copeland an diesem Nachmittag zurückkehrte. Als er sah, daß seine Anordnung nicht befolgt worden war und Rolando noch immer in Bett 553 lag, wandte Copeland sich an alle Anwesenden: »Ich habe angeordnet, daß dieses Baby verlegt wird, und ich will, daß es *jetzt* verlegt wird!«

Innerhalb von Minuten wurde Rolandos Bett aus der Intensivstation geschoben und in die Abteilung für weniger kranke Kinder gebracht.

An diesem Abend atmete Rolando so gut, daß das Beatmungsgerät zum ersten Mal seit seiner Einweisung abgeschaltet werden konnte. Vier Tage später, am 14. Januar, nachdem Rolando nur bestimmte, von Dr. Copeland ausgewählte Schwestern gepflegt hatten, war er wieder gesund und konnte nach Hause entlassen werden.

Niemand erwähnte gegenüber den Eltern, daß ihr Sohn wahrscheinlich mehrmals eine Überdosis Heparin erhalten hatte. Monatelang machten sich Esubio und Jesusa Sorgen um den Zustand ihres Babys, überzeugt, daß irgendein körperlicher Schaden der Grund gewesen war. Schließlich kratzten sie im August 1983 genug Geld zusammen, um Rolando von einem Herzspezialisten untersuchen zu lassen. Der Arzt versicherte ihnen, daß das Herz ihres Sohnes völlig gesund sei und daß es keinen Hinweis auf ein Loch in der Herzwand oder einen anderen Fehler gebe. Er war ein kräftiger, gesunder Junge.

So gab es nur eine Sache nach Rolandos Aufenthalt im Medical Center Hospital, über die Jesusa und Esubio sich Sorgen machen mußten: die Rechnung über 18.931,72 Dollar.

Zwei Tage nach Rolandos letzter Krise forderte Dr. Copeland Dr. Franks auf, etwas wegen der vielen Probleme auf der Intensivstation zu unternehmen. Der Leiter der pädiatrischen Abteilung versprach, daß sich jemand darum kümmern würde.

Franks suchte Virginia Mousseau auf, die Oberin. Mousseau, die seit vierundzwanzig Jahren ihren Beruf ausübte, war eine harte und pragmatische Frau. Franks bat Mousseau, die Schwestern zu befragen und noch einmal mit Belko und den Oberschwestern zu reden. Während sie sich an die Arbeit machte, schaute Franks ein paar Krankenblätter durch, um zu sehen, ob ihm etwas auffiele.

Franks suchte auch den Direktor des Krankenhauses auf, B. H. Corum, um ihn zu unterrichten. Der Direktor fragte Franks, was er wegen Copelands Beschwerde zu tun gedenke und schien zufrieden, als Franks ihm von seinem Gespräch mit der Oberin berichtete.

Zufälligerweise traf Franks an diesem Abend, als er das Krankenhaus verließ, Marvin Dunn, den Dekan der medizinischen Fakultät. Franks ergriff die Gelegenheit und berichtete Dunn ebenfalls von den Problemen. Dunn schien nicht sonderlich beunruhigt. Wie Corum bat er Franks, ihn auf dem laufenden zu halten.

Er ist in diesem Jahr fünf geworden. Ich besuche ihn ab und zu mal. Letztes Jahr hat er sich rote Cowboystiefel gewünscht. Ihm fehlt nichts. Ein Wunder.

Haben Sie je darüber nachgedacht, warum ein Mensch so etwas tun würde?

Ja, natürlich. Das hat wohl jeder.

Ich bin überzeugt, daß Genene versuchte, eine Situation zu schaffen, in der sie die Heldin spielen konnte, und sie hatte ja auch einige medizinische Kenntnisse. Sie schaute sich die Neuzugänge an, um ein Kind mit potentiellen Problemen zu finden. Während der nächsten Tage schrieb sie dann ein paar Symptome zum Schein auf. Wenn es zu einem Notfall kam, war niemand überrascht. Sie *verursachte* die Situationen.

Ich glaube nicht, daß sie die Kinder umbringen wollte, aber es sollte zu einer Krise kommen. Sie wußte recht gut, was die Medikamente, die sie verwendete, anrichten würden und welche Maßnahmen ergriffen werden mußten, um das Kind zu retten. Sie führte die künstliche Beatmung durch, legte einen Tropf an, gab die richtigen Medikamente hinein, und das Kind wurde gerettet. Dann konnte sie sagen: »Schaut mich an, ich habe es wieder geschafft.«

Und die anderen lobten sie tatsächlich. Carla Tieman sagte es ständig, selbst nach der ersten Verurteilung, und sie behauptete es weiter bis zu dem Zeitpunkt, zu dem sie als Zeugin in dem zweiten Verfahren aussagen mußte.

Sie hat Ihnen erzählt, daß sie Jones für eine gute Schwester hielt?

O ja, was für Wunder sie bewirkte, wie großartig sie war, was für eine energische Schwester, daß sie viel mehr über die Behandlung todkranker Kinder wußte als die Ärzte. Viele, die Genene in Aktion gesehen haben, als sie ›Kinder rettete‹, erzählten mir später, daß sie eine der besten Schwestern in Krisensituationen war. Sie kannte sich wirklich aus.

Sally Benkert behauptete ähnliches über sie, obwohl man Benkert nicht mit Schwester Tieman vergleichen kann. Tieman war so, wie man sich die perfekte Krankenschwester vorstellt. Sie kannte alle richtigen Dosierungen in den richtigen Kombinationen, um eine Infektion, einen Anfall oder eine Schwäche oder was auch immer zu behandeln.

Auch Pam Sturm unterstützte Genene, denn sie war mit ihr befreundet. Wir hatten erwartet, daß es einige Schwierigkeiten bei ihrer Befragung geben würde, und das war auch der Fall. Pamela war eine großartige Schwester, die sich mit Kindern auskannte. Ich bin überzeugt davon, daß sie es nie verzeihen würde, wenn jemand einem Kind ein Leid zufügte, aber sie mochte auch nicht glauben, daß ihre *Freundin* Genene Jones jemandem absichtlich schaden würde – und schon gar nicht einem kleinen, hilflosen Kind. Sie konnte es einfach nicht glauben, denn schließlich war es ihre und Genenes Aufgabe, Leben zu retten.

Außerdem gab es keine Probleme, solange Pamela Oberschwester war und mit Genene Jones arbeitete. Im Sommer '81 wurde Sturm vom Spätdienst in den Frühdienst versetzt. Danach blieben in der Spätschicht nur unerfahrene Schwestern ohne Oberschwester zurück. Dies erleichterte es Genene Jones, in der Spätschicht die Leitung zu übernehmen.

Obwohl Genene nicht genug Erfahrung hatte und die Funktion als Oberschwester gar nicht übernehmen durfte, war sie die energischste und erfahrenste Schwester und übernahm die Leitung. Das haben uns alle Schwestern bestätigt. Zwei haben sich sogar wegen Genene Jones versetzen lassen.

Stellten die Ermittlungen klar, daß niemand anders für diese Notfälle verantwortlich war, daß Genene bei ihren Machenschaften keinen Komplizen hatte?

Ja, das wurde absolut klar. Absolut. Wenn Machenschaften das richtige Wort ist, habe ich noch keine in dem Ausmaß gesehen wie bei Genene Jones.

Sechstes Kapitel

Haben Sie erwartet, daß ein Unternehmen ein Gewissen hat, wenn es keine Seele besitzt, die verdammt, und keinen Körper, der getreten werden kann?

Edward Thurlow

Zwei Tage nach Rolandos Entlassung, am 16. Januar, wurde der vier Monate alte Patrick Zavala am offenen Herzen operiert. Patrick hatte ein kleines Loch in der Wand zwischen der rechten und linken Herzkammer. Bei jeder Kontraktion des Herzens strömte Blut, das von der rechten Herzkammer in die Lungen gepumpt werden sollte, ungereinigt direkt in die linke Herzkammer. Seit seiner Geburt litt Patrick unter Energiemangel und zeitweiser Hyperventilation, verbunden mit kurzen Atemstillständen.

Die Operation war relativ einfach, aber der Chirurg mußte das Herz des Patienten stoppen und dann wieder mit einem Stromstoß zum Schlagen bringen, nachdem der Muskel zusammengenäht worden war. Patricks Eltern und der Kinderarzt hatten gezögert, ihn dieser Operation zu unterziehen, und hatten darauf gewartet, daß das Loch sich von allein schließen würde.

Als Patricks Probleme jedoch anhielten, war der behandelnde Arzt der Meinung, daß es Zeit für den chirurgischen Eingriff sei. Er riet den Eltern, den Jungen von den Fachärzten im Medical Center Hospital operieren zu lassen. Am 16. Januar öffneten zwei junge Chirurgen – Dr. Kitten und Dr. Bennet – um 8 Uhr 15 Patricks Brustkorb und vernähten das Loch in seinem Herzen. Der Chef der Herzchirurgie, Dr. Kent Trinkle, beobachtete die Operation. Er war der Meinung, daß sie ereignislos und glatt verlaufen war – ›erstklassig‹. Und er hatte keine Zweifel, daß der Junge sich wieder ganz erholen würde.

Später an diesem Tag wurde Patrick aus der Chirurgie auf die Intensivstation der Pädiatrie verlegt. Er erhielt das Bett Nr. 551. Um das gereizte Atemsystem nicht zu belasten, wurde er intubiert und an ein Beatmungsgerät angeschlossen. Über einen Tropf erhielt er Antibiotika und ein Betäubungsmittel.

Während der ersten acht Stunden in der Abteilung, in der Nachtschicht, die am Sonntag, dem 17. Januar, um 7 Uhr endete, beobachtete ihn Schwester Eva Diaz genau. Wegen eines persönlichen Verlusts in jüngster Zeit zeigte Eva spezielle Zuneigung für die winzigen Babys, die in ihrer Obhut waren. Eva, die sehr kompetent war, hart arbeitete und als umgänglich galt, war eine beliebte Schwester. Sie war fast seit Gründung der Abteilung dabei und hatte reiche Erfahrung in der Kinderpflege.

Zu Beginn der Schicht stellte Eva die Sauerstoffgabe und die Atmungsrate ein, die dem eigenen natürlichen Rhythmus des Kindes entsprechen sollte. Dies war immer eine schwierige Angelegenheit. Erst als ihre Schicht halb vorbei war, hatte sie die richtige Einstellung gefunden. Dem kleinen Jungen schien es gut zu gehen. Bei Dienstwechsel waren alle wichtigen Lebensfunktionen in Ordnung. Eva vermerkte ›stabil‹ in ihrem Bericht und ging in dem Glauben nach Hause, daß Patrick das Schlimmste überstanden hatte.

Auch tagsüber blieb sein Zustand stabil, während Ärzte und Schwestern die Atemzüge pro Minute am Beatmungsgerät langsam reduzierten, so daß das Zwerchfell des Jungen immer selbständiger arbeitete. Er schien sich gut zu erholen. An diesem Abend erhielt Dr. Ng, der Arzt, der für Patrick zuständig war, einen Notfallruf von Schwester Jones.

»Sie berichtete mir, daß der Junge kurz nach 18 Uhr, nachdem das Beatmungsgerät abgestellt worden war, Atmungsschwierigkeiten bekommen hatte. Dr. Morena, der diensthabende Assistenzarzt, hatte angeordnet, Patrick wieder zu intubieren und das Beatmungsgerät wieder anzustellen. Genene sagte, daß Patrick beim Einführen des Rohres nicht reagierte hatte – er hatte nicht gewürgt, was der normale Reflex ist. Sie war der Meinung, daß die fehlende Reaktion möglicherweise auf einen neurologischen Schaden hinwies. Daher trug ich ihr auf, die Sauerstoffkonzentration und die Atemrate zu steigern, und sagte, daß ich gleich selbst nach dem Kind sehen würde.«

Jones befolgt Dr. Ngs Anweisungen, und Patricks Zustand besserte sich. Dann suchte sie jedoch Dr. Morena auf und bestand darauf, daß er das Kind in die Neurologie zu einer Ultraschalluntersuchung schicken sollte.

»Ich erklärte ihr«, erinnert sich Dr. Morena, »daß ich keinen Grund sah, einen Patienten, der sich von einer Operation erholte, in eine andere Abteilung zu bringen und ihn einem Test zu unterziehen, der nichts mit seinem diagnostizierten medizinischen Zustand zu tun hatte.«

Das Kind blieb in der Abteilung.

Kurz darauf meldete Jorge Montoya auf der anderen Seite der Intensivstation einen Notfall. Sein Patient, Raymond Gonzalez, der unter einer schweren Hirnhautentzündung litt, hatte einen Herzstillstand erlitten.

Zum allerersten Mal eilte Jones nicht herbei, um zu helfen.

Als Morena sich um den Notfall kümmerte, sprach Jones einen Arzt der Neurologie an, der an der Schwesternstation stand. Jones erläuterte dem Arzt Patricks fehlenden Würgereflex und schlug eine Ultraschalluntersuchung vor. Der Neurologe wußte, daß Morena bei einem Notfall war und beschloß, die Sache selbst in die Hand zu nehmen.

Er fragte Jones, ob der Zustand des Patienten den Transport in das Untersuchungszimmer zuließe. »Sie sagte: ›Natürlich, sein Zustand ist stabil, sonst würde ich es nicht vorschlagen.‹« Jones legte Patrick auf eine Trage, und beide eilten mit ihm aus der Abteilung.

Während sie darauf warteten, daß das Untersuchungsgerät warm wurde, begann Patricks Herz schnell und unregelmäßig zu schlagen. Sein Körper zuckte hektisch. Dann setzte sein Herz aus.

Jones begann mit Wiederbelebungsversuchen und forderte die erschreckten medizinisch-technischen Assistenten auf, ihr bestimmte Medikamente zu bringen.

»Wir sagten ihr, daß wir solche Medikamente in unserer

Abteilung nicht aufbewahren, und sie begann zu fluchen. Sie massierte die Brust des Kindes und schrie uns an, man solle sie schnell zum Aufzug bringen.«

Als Reaktion auf Jones' Hilferuf eilten Schwester Anderson und die Ärzte Dr. Kitten, Parks und Ng aus verschiedenen Abteilungen herbei. Die Ärzte injizierten die Herzmittel, die sie sich auf dem Weg gegriffen hatten. Dann lief die Gruppe zum Aufzug, um mit dem Notfallgerät zurück auf die Intensivstation zu gelangen.

»Genene weinte«, erinnert sich Anderson, »dann griff sie nach der Spritze, die mit Salzwasser gefüllt war, und leerte sie im Zeichen des Kreuzes über dem Jungen aus, so als ob sie ihn taufen wolle. Ich hatte noch nie etwas so... Absonderliches gesehen.«

Den Ärzten gelang es, Patrick wieder auf die Intensivstation zu bringen, aber das Herz des Babys nahm seine Arbeit nicht mehr auf. Um 21 Uhr 50 wurde Patrick für tot erklärt. Jones weinte noch immer, trug den Leichnam des Kindes eine Viertelstunde lang durch die Abteilung und zog sich dann in die Toilette zurück, um dort allein zu trauern.

Um 22 Uhr 50 traf Eva Diaz zur Arbeit ein und wunderte sich über das leere Bett in Zimmer 551. Sie ging in den Aufenthaltsraum, wo ein paar Schwestern sich unterhielten, während sie auf den Dienstbeginn warteten. Sie fragte, was mit ihrem Patienten passiert sei. Als sie hörte, daß Patrick gestorben war, schüttelte sie ungläubig den Kopf. Schwester Jones betrat den überfüllten Raum gerade, als Eva völlig frustriert schrie: »Was hat Genene mit ihm angestellt?« Eva, die merkte, was sie gerade gesagt hatte, murmelte leise eine allgemeine Entschuldigung und verließ das Zimmer.

Wie Eva fragte sich auch Pat Alberti, was mit dem kleinen Jungen geschehen war. Sie suchte Dr. Morena auf, der sich gerade zum Gehen fertig machte, um ihn zu fragen. »Morena schien wirklich wütend zu sein – seine Augen wurden ganz schmal. Aber das einzige, was er zu mir sagte, war, daß er mit Interesse auf die Ergebnisse der toxikologischen Untersuchung warten wolle. ›Als ich ihn das letzte Mal sah‹, sagte er, ›bevor sie ihn hinausgeschmuggelt hat, sah das Kind merkwürdig aus, als ob es unter dem Einfluß von Medikamenten stünde.‹«

Am nächsten Morgen waren eine Gruppe neugieriger Schwestern und Ärzte bei der Zavala-Autopsie anwesend, unter anderem die Schwestern McKinney, Mendez und Alberti sowie alle drei Ärzte, die bei seinem Tod dabei gewesen waren – Dr. Kitten, Dr. Parks und Dr. Ng. Die Pathologin war über die ungewöhnlich große Zuschauerzahl bei ihrer Arbeit überrascht und fragte sich, was sie während der Untersuchung wohl finden würde. Die Autopsie ergab jedoch nur eine kleine Unregelmäßigkeit; zwischen Gehirn und Schädel schien sich etwas Blut angesammelt zu haben. Das Herz war in gutem Zustand und auf dem Weg der Heilung, die Wirbelsäulenflüssigkeit war klar. Am Ende konnte die Pathologin die Todesursache nicht genau bestimmen. Ohne den Chirurgen irgendeine Schuld zuzuschieben, meinte sie, daß sie wohl auf Probleme, die von der Operation herrührten, zurückzuführen sei.

Während der Autopsie hörte Dr. Kitten, wie Dr. Parks Dr. Ng zuflüsterte, daß bei Patrick eine toxikologische Untersuchung gemacht werden sollte. Die Bemerkung überrascht Kitten. Später fragte er Parks, warum die Ärzte solches Interesse an einer Untersuchung auf Giftstoffe hatten, obwohl der Patient aus der Chirurgie kam.

Vorsichtig erklärte Parks dem erstaunten Kitten – der noch nichts davon gehört hatte –, daß es in letzter Zeit auf der Intensivstation einige Probleme gegeben habe, unter anderem Überdosierungen mit Heparin. Die Kinderärzte folgten jetzt einem ungeschriebenen Gesetz und überprüften alle fragwürdigen Todesfälle genau.

Als Dr. Trinkle das unklare Ergebnis der Operation erhielt, wurde er wütend. Schon eine Woche zuvor hatte einer seiner Patienten nach einer Operation auf der Intensivstation einen Herzstillstand erlitten und war ohne ersichtlichen Grund gestorben. Der Chirurg wollte wissen, was mit diesen Patienten los war. Er begann, Fragen zu stellen.

»Innerhalb weniger Stunden hatte ich eine Menge Informationen über Probleme mit den Schwestern auf der Intensivstation erhalten und über das Versagen einiger Ärzte, auf diese Probleme richtig zu reagieren. Daher suchte ich den Chef der Pädiatrie auf, Dr. Franks, und fragte ihn, was zum Teufel dort los war. Er sagte mir, daß man sich um die Sache kümmere.

Diese Antwort reichte mir nicht, daher erklärte ich ihm, daß ich drei operierte Patienten auf der Intensivstation habe, die ich alle auf die Station für Neugeborene verlegen lassen würde, wenn er mir keine bessere Erklärung anbieten könnten.«

Trinkles Drohung hatte durchschlagende Wirkung. Wenn der Chef der Herzchirurgie seine drei Patienten auf einmal aus der Intensivstation verlegen ließe, würde sich diese Nachricht im Krankenhaus wie ein Lauffeuer verbreiten. Franks traf eine Vereinbarung mit Trinkle: Er würde eine höhere Dienststelle über die Schwierigkeiten in der Intensivstation unterrichten, damit Maßnahmen getroffen werden könnten.

Nachdem der Chirurg gegangen war, schrieb Franks eine Mitteilung an Marvin Dunn und faßte die sich zuspitzende Situation zusammen. Er berichtete, daß Robothams Überprüfung der Krankenblätter die Gerüchte über ›absichtlich herbeigeführte Unglücksfälle mit tödlichem Ausgang‹ nicht erhärtet hatte. ›Am 9. Januar 1982‹, hieß es in der Mitteilung weiter, ›konnten wir jedoch nachweisen, daß ein Kind auf der Intensivstation aufgrund einer Überdosis Heparin zu bluten begann.‹ Er schrieb Dunn, daß er zur Zeit nicht klar sagen könne, ob es auf der Intensivstation Probleme gebe oder nicht. Franks schloß seine Mitteilung, indem er den Dekan davon informierte, daß er eine Überprüfung des Verhältnisses von Erkrankungsziffer/Sterblichkeitsrate anordnen werde.

Als Schwester Diaz an diesem Abend zur Arbeit kam, teilte man ihr mit, daß sie nicht länger auf der Intensivstation arbeiten würde; Eva sollte in eine andere Abteilung versetzt werden. Schwester Jones hatte eine Beschwerde eingereicht, in der es hieß, daß Diaz sie beschuldigt hatte, für den Tod des kleinen Patrick Zavala verantwortlich zu sein. Die Schwestern Benkert und Peace hatten Jones' Aussage bestätigt.

Diaz erhielt die Gelegenheit, die drei schriftlichen Beschwerden zu lesen. Die erste in Genenes Handschrift lautete:

AM 17. 1. 82 TAT EVA DIAZ WÄHREND DER NACHTSCHICHT AUF DER INTENSIVSTATION DIENST. DER PATIENT, UM DEN SIE SICH AM 16. 1. 82 GEKÜMMERT HATTE, WAR AM 17. 1. 82 VERSTORBEN. ICH ÜBERHÖRTE, DASS SIE ZWEI ANDERE SCHWESTERN ÜBER DEN TODESFALL BEFRAGTE. NACHDEM MAN IHR GESAGT HATTE, DASS DAS BABY VERSTORBEN WAR, MACHTE SIE FOLGENDE BEMERKUNG: »WAS HAT SIE MIT IHM ANGESTELLT?« DIE BEMERKUNG BEZOG SICH AUF DIE SCHWESTER, DIE SICH UM DAS KIND GEKÜMMERT HATTE.

UNTERSCHRIFT JONES

Die beiden anderen Erklärungen bestätigten Jones' Bericht.

Eva Diaz' plötzliche Versetzung aus der Intensivstation schockierte die anderen Kollegen und steigerte die vorhandenen Spannungen und das Mißtrauen. Viele hielten sie für eine der besten Schwestern der Abteilung. Wenn Eva dies passiert war, konnte es jedem anderen auch so ergehen.

Am nächsten Tag, dem 20. Januar, stattete Trinkle früh am Morgen Dr. Howard Radwin, dem Chef des zahnärztlichen Mitarbeiterstabs, einen Besuch ab. Der Chirurg wiederholte vor Radwin, was er über die Probleme auf der Intensivstation erfahren hatte. Er überzeugte Radwin, daß diese Probleme die Fürsorge für die Patienten bedrohten und daß rasch Abhilfe geschaffen werden mußte.

Radwin diktierte am 21. Januar 1982 eine Kurzmitteilung an Dr. Robotham und Judy Harris, Belkos unmittelbare Vorgesetzte. Radwin trug den beiden auf herauszufinden, ›welcher Art Trinkles Sorgen‹ in bezug auf die Qualität der Krankenpflege seien. In elf Tagen, am Montag, dem 1. Februar, sollten die beiden um 10 Uhr 30 von ihren Erkenntnissen vor einem Komitee, das er zusammenstellen würde, berichten. Radwin schickte Kopien dieser Mitteilung an den Direktor B. H. Corum und seinen Assistenten John Guest. Radwin wollte persönlich mit dem Dekan Marvin Dunn sprechen, aber schließlich unterrichtete er ihn nur telefonisch, daß im Februar ein Termin angesetzt worden sei.

Radwins Pläne erregten zusammen mit Franks' Mitteilung Dunns Aufmerksamkeit. Er rief Franks und Corum zu sich, und gemeinsam beschlossen sie, auf der Stelle zu handeln, bevor Radwins Untersuchungskomitee zusammentreten würde. Für den folgenden Montagmorgen, den 25. Januar 1982, beraumten sie eine Dringlichkeitssitzung mit den wichtigsten Verwaltungsbeamten an.

Drei Tage vor dieser Sitzung, am Freitag, dem 22. Januar, zeigte ein fünf Monate alter Junge, der in Jones' Obhut war, Symptome einer Koagulopathie. Innerhalb einer halben Stunde blutete er stark, und der Blutverlust schwächte ihn. Sein Blutdruck fiel ab, und er verlor das Bewußtsein. Unglücklicherweise war Dr. Copeland nicht zur Hand, um den Zustand des Kindes zu diagnostizieren. Nach einer Stunde wurde das Baby aufgrund eines Herzstillstands für tot erklärt.

Ein Medizinstudent, der in dieser Nacht auf der Intensivstation arbeitete, entnahm dem toten Kind einen Blutprobe für eine toxikologische Untersuchung. Später berichtete er dem Ermittlungsbeamten, daß eine kräftige Schwester mit hellbraunem Haar sich bereit erklärt hatte, die Probe ins Labor zu bringen, während er zum Abendessen ging. Die beiden Phiolen kamen nie an.

Am nächsten Abend erlitt ein weiteres Baby, für das Jones verantwortlich war, eine Herzattacke. Diesmal überstand der Junge den Notfall. Zwei Tage später wurde er nach Hause entlassen. Er war in Sicherheit.

Nach dem Santos-Vorfall, bei dem es sich um den belegten Fall einer Überdosis Heparin handelte, berief Dr. Dunn eine Sitzung ein, und ein paar Verwaltungsbeamte diskutierten, was unternommen werden sollte. Während dieser Sitzung...

Darf ich Sie hier unterbrechen und die Sache in die richtige Perspektive rücken? Als Ergebnis des Santos-Falls wurden von den Ärzten innerbetriebliche Untersuchungen angestellt. Das Krankenhaus und die höchsten Verwaltungsbeamten zogen einige Erkundigungen ein, das stimmt. Sie stellten Laborwerte fest – aufgrund der Hämatologie-Berichte. Zweifelsfrei wußten sie dann, daß das Kind zweimal eine Überdosis Heparin erhalten hatte. Ich bin mir sicher, daß es sogar dreimal passierte, aber die entsprechenden Tests wurden eben nur zweimal durchgeführt: am 6 und am 9. Januar 1982.

Dennoch waren sie sehr zurückhaltend. Sie nagelten Genene Jones nicht fest, obwohl alles auf sie hindeutete. Und die Nachforschungen wurden nicht weitergeführt. Aus diesem Grund habe ich Sie unterbrochen. Meiner Meinung nach war die Sitzung, die Sie erwähnt haben, keine Folge des Falles Rolando Santos. Das Kind erholte sich ja wieder, es wurde entlassen, und damit hatte sich's. Erst nach dem Tod von Patrick Zavala, der am 17. Januar 1982 unter sehr mysteriösen Umständen starb, unternahmen diese Leute endlich etwas.

Trinkle *bestand* darauf, weil er wissen wollte, was dort vorging. Trinkle ist ein hartnäckiger, energischer Arzt, der sich nicht an der Nase herumführen läßt. Er war unerbittlich: Warum mußte Zavala sterben? Und *das war es*, was zu einer Reihe von Sitzungen führte, die am 25. Januar 1982 begannen.

Siebentes Kapitel

Ein Beamter bleibt immer ein Beamter, und aus diesem Grund glaubt er so sehr an den Wert von Berichten.

Sir Arthur Helps, Conversation in a Railway Carriage

Niemand außer den Anwesenden wird je genau wissen, was auf der Sitzung am 25. Januar geschah, obwohl öffentliche Erklärungen, Mitteilungen und Zeugenaussagen vor der Anklagejury und die Befragungen durch die Ermittlungsbeamten in etwa einen Umriß erkennen lassen. Die Leiter des Krankenhauses und der medizinischen Fakultät – B. H. Corum beziehungsweise Marvin Dunn – waren beide anwesend, genau wie Virginia Mousseau, die Oberin, Bob Franks, der Leiter der Pädiatrie, und John Guest, der stellvertretende Direktor des Krankenhauses und Corums Assistent. Die Versammelten baten auch Dr. James Robotham, teilzunehmen, um Einzelheiten zu den Ereignissen auf der Intensivstation zu erfahren. Wahrscheinlich erwarteten sie auch, daß er diese Ereignisse irgendwie erklären würde, um sich gegen die Folgerung, daß er inkompetent sei, zu verteidigen.

Der Chef der Intensivstation sprach dann über mehrere wichtige Punkte. Er erklärte, daß man auf der Station vor etwa fünf Monaten ein häufigeres Auftreten von Vorfällen wie Atemstörungen, Schlaffheit und Blutungen festgestellt habe. Zwei Schwestern hätten ihn im Oktober darauf hingewiesen, aber auch Assistenzärzte, behandelnde Ärzte und andere Schwestern hätten diese Beobachtungen gemacht. Einige wiesen auch darauf hin, daß bei vielen Patienten derartige medizinische Notfälle im Vierundzwanzig-Stunden-Rhythmus aufzutreten schienen. Robotham berichtete auch über die Verschlechterung der Stimmung auf der Station und über die Probleme, die dadurch entstanden waren: Gerüchte, Anschuldigungen, die Weigerung der Assistenzärzte, mit bestimmten Schwestern zu arbeiten. Die Zusammenarbeit zwischen der Intensivstation und anderen Abteilungen war praktisch zum Erliegen gekommen.

Robotham erklärte, daß er versucht habe, die Ursache dieser Probleme zu beseitigen, indem er verschiedene Sicherheitsmaßnahmen eingeführt hatte, die mögliche Unfälle verhindern sollten. Alle Medikamente waren aus den Krankenzimmern entfernt worden. Die Schwestern mußten jetzt ihn und Dr. German von allen Todesfällen unterrichten. Seit Dezember forderte er außerdem einen toxikologischen Test bei allen Patienten an, die einem merkwürdigen oder unerwarteten medizinischen Notfall zum Opfer fielen. Im letzten Monat waren die Schwestern dazu aufgefordert worden, keine Injektionen zu geben, wenn nicht eine zweite Schwester anwesend war. Außerdem hatte Robotham die Krankenblätter überprüft, was den Versammelten bereits bekannt war. Dann faßte der Chefarzt den Santos-Fall zusammen und erklärte, daß das Kind aufgrund einer Überdosierung mit Heparin unter schweren Blutungen gelitten hatte. Er informierte auch über die Beschwerden der Chirurgie, was den Zavala-Fall betraf.

Schließlich berichtete Robotham von seinen Versuchen, die Schwester aus der Abteilung zu entfernen, die seiner Meinung nach viele dieser Probleme verursachte. Er erwähnte eine ›persönliche Geschichte von emotionaler Instabilität‹ und ›unangemessene emotionale Beteiligung‹ während der Arbeit und gegenüber den Patienten, ›das Bemuttern toter Kinder‹ und mehrere psychosomatische Erkrankungen und familiäre Probleme. Dennoch, so schloß er, war seinen Forderungen, diese Schwester aus der Abteilung zu versetzen, von der Verwaltung nicht entsprochen worden.

An dieser Stelle meldete sich Bob Franks zu Wort. Er beschrieb seine Begegnungen mit Ken Copeland wegen des kleinen Jungen der Familie Santos und ein paar Tage später mit Kent Trinkle wegen Patrick Zavala. Franks oder möglicherweise auch die Oberin berichteten der Gruppe, daß Pat Alberti die Probleme außerhalb der Station gegenüber einem Psychiater des Krankenhauses erwähnt hatte.

Inoffizielle Notizen von dieser Sitzung zeigen, daß die Gruppe nach kurzer Diskussion zu dem Schluß kam, daß die ›unerklärlichen Vorgänge‹ auf der Station auf eine oder mehrere von nur drei Möglichkeiten zurückzuführen waren. Erstens: Es war möglich, daß die Station zur Zeit einfach nur Pech hatte und es zu einer statistischen Anhäufung von Notfällen und Todesfällen kam. Eine zweite Möglichkeit war, daß die Station als ganze einfach nicht richtig funktionierte. Vielleicht war das Personal nicht gut genug ausgebildet; vielleicht waren die Mitarbeiter nachlässig oder sogar unachtsam. Die dritte Möglichkeit: Vielleicht hatte jemand die Babys getötet. Nach der Mittagspause gesellte sich am späten Nachmittag der Rechtsanwalt des Krankenhauses, Paul Green, zu der Gruppe.

Während dieser zweiten Zusammenkunft wurde das, was morgens zur Sprache gekommen war, wiederholt. Mit Hilfe des Anwalts kam man zu folgendem Schluß: Es sollte eine weitere innerbetriebliche Untersuchung durchgeführt werden. Robotham erwähnte, daß einer seiner früheren Lehrer, Dr. Alan Conn vom Kinderkrankenhaus in Toronto, sich zu einem Studienurlaub in der Stadt aufhielte. Conn schien die perfekte Wahl für den Leiter einer Untersuchung zu sein, weil es kürzlich in seinem Krankenhaus zu einem Ermittlungsverfahren und zu der Verurteilung einer Schwester gekommen war, die Kindern falsche Medikamente injiziert hatte. Die Anwesenden forderten Robotham auf, Conn anzurufen.

Alle Teilnehmer an dieser Sitzung vom 25. Januar wußten oder hätten wissen müssen, daß nach texanischem Gesetz die Polizei hätte benachrichtigt werden müssen, wenn es Anlaß gab zu glauben, daß irgendein Verbrechen vorlag. Ein Jahr später sagte Rechtsanwalt Paul Green vor der Presse, daß er den Anwesenden erklärt hatte, daß nicht genug Beweise vorlägen, die eine Benachrichtigung der Polizei rechtfertigten. Offenbar waren alle Anwesenden der Meinung, daß dieser Rat sie ihrer individuellen Verantwortung enthob. Keiner informierte die Behörden. Damals nicht und auch später nicht.

Am nächsten Tag unterrichtete Corum Dr. William Thornton, Vorstand des Medical Center Hospital, und eine Reihe anderer Vorstandsmitglieder über die Ergebnisse der Sitzung. Der Vorstand stimmte dem Plan zu, Dr. Conn zu beauftragen.

Am Mittwoch, dem 27. Januar, hatte Dekan Dunn mit Dr. Robotham und Dr. Conn eine Unterredung. Conn versprach zu helfen und traf sich am nächsten Tag mit Dunn und Corum, um die Untersuchung zu planen.

Conn wollte ein Spezialisten-Team zusammenstellen, das aus drei Ärzten und drei Schwestern bestand, da er meinte, daß die Schwestern die Disharmonie unter dem Personal besser einschätzen könnten als ein Arzt. Dr. Conn rief seine Kollegen sofort an und bat sie, nach San Antonio zu fliegen, um für ein paar Tage an einer Untersuchung teilzunehmen. Innerhalb weniger Stunden hatte er seine Gruppe zusammen und schickte am Freitag, dem 29. Januar, die offiziellen Einladungsschreiben ab.

Drei Tage später, am Montag, dem 1. Februar, kam das Komitee, wie von Radwin zwei Wochen zuvor auf Trinkles Forderung hin geplant, zusammen. Es blieb für die Anwesenden jedoch nicht viel zu tun, nachdem Dunn und Corum ihre Pläne bereits in die Tat umgesetzt hatten.

Dr. Robotham unterrichtete die Versammelten, daß Dr. Conn eingeladen worden sei, um eine Untersuchung auf der Intensivstation durchzuführen. Nach kurzer Diskussion kam die Gruppe zu dem Schluß, daß es ›keine bedrohliche Situation auf der Intensivstation gibt, die eine sofortige Intervention erforderlich macht‹, und daß Conns ›Untersuchung im Moment ausreicht‹.

Am nächsten Tag ließ das Krankenhaus offiziell in einer Pressemitteilung verlauten, daß ›im Februar... eine Einschätzung der Leistungen der Intensivstation in der Pädiatrie durch Dr. Alan Conn, einen Gastprofessor an der medizinischen Fakultät in San Antonio, erfolgen wird‹. In der Erklärung wurde Dr. Corums Kommentar über Conns Buch zitiert: ›Dabei handelt es sich um eine laufende Überprüfung des Programms der Patientenfürsorge, die uns und der Stadt zeigen wird, daß wir höchste Ansprüche bei der Pflege der Patienten erheben. Dr. Conn wird eine Gruppe leiten, die die Intensivstation gründlich überprüfen und Empfehlungen aussprechen wird, die für die zukünftige Planung von großer Bedeutung sind.‹

Nachdem bekanntgegeben worden war, daß es zu einer Untersuchung kommen würde, steigerte sich die Spannung auf der Station merklich. Die Schwestern zögerten jetzt, ohne Zeugen überhaupt *irgendeine* Behandlung vorzubereiten oder Medikamente zu verabreichen. Alles wurde zwei- und dreifach überprüft, erst von einer zweiten Schwester, dann von einem Arzt. Die Wellen schlugen hoch, und die Moral lag danieder. Alle schienen zu wissen, daß Genene im Mittelpunkt des Verdachts stand. »Sie wollen mich drankriegen«, erzählte Genene ihrem Freund Jorgé Montoya. »Vielleicht sollten sie mich lieber versetzen.«

Die Schwester Chris Cuellar erinnert sich, daß Genene müde wirkte: »Abspannt. Obwohl sie gerade erst nach einmonatiger Pause zurückgekommen war, fand ich, daß sie Erholung brauchte, daß sie etwas zurückstecken sollte.« Chris fragte Genene, warum sie sich ständig um die schwerkranken Patienten kümmerte.

»Belko und ich haben darüber gesprochen«, erzählte Genene ihrer Freundin, »und wir sind zu dem Schluß gekommen, daß es wie ein Schuldgeständnis aussähe, wenn ich die schwerkranken Kinder nicht mehr übernehmen würde.«

Dann nahm Genene all ihren Mut zusammen und sprach Dr. Robotham an, ihren früheren Förderer. Sie hatte bemerkt, daß er sie sehr kühl behandelte und es trotz wiederholter Bitten versäumt hatte, ihr ein Empfehlungsschreiben auszustellen. Als beide allein in Belkos Büro waren, fragte Genene ihn, ob er der Meinung sei, daß sie den Patienten der Abteilung etwas antue.

Robotham beantwortete ihre Frage. »Ja, dieser Meinung bin ich.«

»Warum?« fragte sie. »Warum sollte ich so etwas tun?«

»Das weiß ich nicht.«

Am späten Sonntagnachmittag, am Valentinstag des Jahres 1982, traf Dr. Conns Untersuchungsteam ein. Dr. Robert K. Chrone, Chefarzt am Kinderkrankenhaus von Boston, brachte die Stationsschwester seiner Abteilung mit, Joanne Greake. Dr. G. A. Baker, Chef der Intensivstation des Kinderkrankenhauses von Toronto, war mit Marion Stevens angereist, eine Verwaltungsbeamtin. Dr. Russell Raphaelly, Chefarzt der Intensivstation des Kinderkrankenhauses in Philadelphia, wurde von Sheri Whaples, Stationsschwester der Abteilung für akute Fälle, begleitet.

Am Montag, dem 15. Februar, fünfunddreißig Tage nach Rolandos Entlassung aus der Abteilung und fast einen Monat nach Patricks Tod, begannen Conn und sein Team mit ihrer Untersuchung vor Ort.

Am Montagmorgen unterrichteten Corum, Robotham und Dunn das Team über die Besorgnisse des Krankenhauses und der Universität. Sie baten die Prüfer, ihr Bestes zu tun, um herauszufinden, was auf der Intensivstation vor sich ginge. Man hoffte auf einige Empfehlungen für Verbesserungen.

Dr. Robotham scheint Dr. Conn und möglicherweise auch den anderen Teammitgliedern wertvolle Informationen geliefert zu haben. Einige handschriftliche Mitteilungen von Robotham umreißen die Informationen, die er dem Team lieferte. Seine Liste befaßte sich mit allen Problemen der Intensivstation, aber, Robotham zufolge: ›... läuft alles auf eine Schwester hinaus.‹ Diesen Punkt schien er den Prüfern besonders ans Herz legen zu wollen.

Drei Tage lang schaute sich das Team die Intensivstation sowie die anderen Abteilungen des Kankenhauses an. Es traf mit den Schwestern der Intensivstation zusammen, mit Assistenzärzten, mit dem Mitarbeiterstab des Hauses und mit den Stationsärzten, und man überprüfte auch einige Krankenblätter. Jeden Abend trafen sich die Beteiligten in ihrem Hotel, um die Schlußfolgerungen zu diskutieren. Am nächsten Morgen wurden ihre Notizen von Dr. Corums Sekretärin getippt und schließlich zu einem offiziellen Bericht zusammengestellt.

Im Verlauf der Untersuchung rief Pat Belko Dr. Holland an und berichtete ihr, daß vor allen Dingen Leute, die Jones nicht wohlgesinnt waren, von Conns Team für die Befragungen ausgewählt wurden. Sie fragte, ob Kathleen als wohlwollende Zeugin zur Verfügung stehen würde. Kathleen, die drei Monate lang nicht mehr auf der Intensivstation gewesen war und sehr wenig über die neuesten Vorgänge wußte, war gerne bereit, positiv über ihre Erfahrungen mit Genene zu berichten. Sie ließ dem Team ausrichten, daß sie für eine Befragung zur Verfügung stünde.

Am 17. Februar beantwortete sie eine halbe Stunde lang Fragen, konnte aber nicht die Dinge loswerden, die sie sich im Geist zurechtgelegt hatte. Kathleen schien es, daß das Team eher mit Robothams Fähigkeiten als Leiter der Abteilung beschäftigt war als mit anderen Fragen.

Von Anfang an hatte Dr. Dunn klargemacht, daß er vor der Abreise von Conns Expertenteam ein paar definitive Empfehlungen erwarte, die er gleich in die Tat umsetzen könne. Aus diesem Grund hielt Dr. Dunn am Nachmittag des 17. Februar eine Einsatzbesprechung in seinem Büro ab. Die sieben Mitglieder des Teams taten ihr Bestes, nach zweieinhalb Tagen eine akzeptable, durchschaubare, pragmatische Lösung für die Probleme der Intensivstation zu finden.

Das Team war sich nicht sicher, welche der drei Möglichkeiten – statistische Anhäufung, schlecht ausgebildete Mitarbeiter oder absichtliche Vergehen (oder eine Kombination aus diesen Möglichkeiten) – für die Schwierigkeiten verantwortlich war. Sie kamen jedoch zu dem Schluß, daß das Niveau von Organisation, von Kompetenz und von Kontrolle insgesamt unzureichend war.

Außerdem waren sie der Meinung, daß die Mehrzahl der Vorfälle möglicherweise auf Unzulänglichkeiten in der medizinischen Versorgung und bei der Pflege zurückzuführen seien, aber nicht alle. Das Team erklärte, das Krankenhaus solle davon ausgehen, daß die Probleme auf der Intensivstation auf alle drei Möglichkeiten zurückzuführen seien und daß man entsprechende Maßnahmen ergreifen müsse.

Kathleen Holland auf der Treppe des Gerichts von Georgetown. (*Foto vom* Austin American-Statesman)

Genene Jones nach dem Schuldspruch beim Verlassen des Gerichts. (*Foto von Jay Godwin vom* Austin American-Statesman)

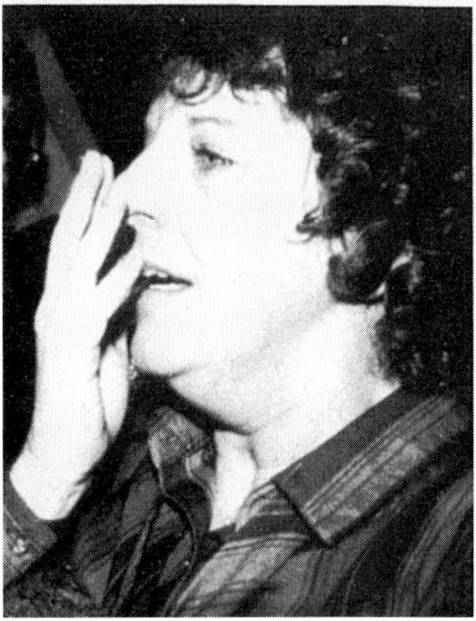

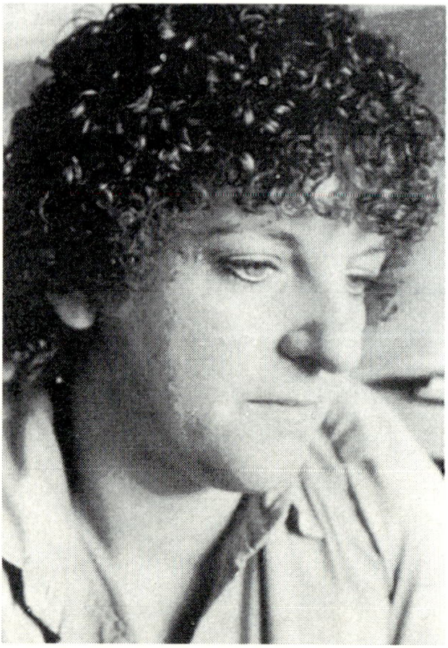

Genene Jones während eines Interviews nach ihrem Gerichtsverfahren. (*Foto von Jay Godwin vom* Austin American-Statesman)

Ron Sutton im Gespräch mit der Presse, während er auf den Spruch der Geschworenen wartet. (*Foto von Larry Kolvoord vom* Austin American-Statesman)

Das Team schlug einige spezifische Sofortmaßnahmen vor, die alle drei Möglichkeiten berücksichtigen sollten. Da sich so viele Probleme und Gerüchte auf Genene Jones konzentrierten, empfahl man dem Krankenhaus, ihr zu kündigen, ebenso der zweiten Schwester, die man als ›störend‹ bezeichnete – Patricia Alberti.

Offenbar hielt das Conn-Team Pats Entschluß, auf die Probleme der Intensivstation hinzuweisen – selbst wenn sie dazu den normalen Verwaltungsweg verlassen mußte – für eine Einstellung, die ein loyaler Arbeitgeber nicht so einfach hinnehmen konnte. Man wies darauf hin, daß das Krankenhaus juristischen Problemen, etwa einer Klage wegen ungerechtfertigter Entlassung, aus dem Weg gehen konnte, indem man die Abteilung einfach höher einstufte, so daß Jones' und Albertis Qualifikationen nicht mehr ausreichten. Auf diese Weise konnte man die beiden Problemschwestern loswerden, ohne sie zu diskriminieren und das Arbeitsgericht fürchten zu müssen.

Das Team riet der Verwaltung außerdem, eine neue Oberschwester und einen Vollzeit-Chefarzt einzustellen und die Intensivstation gleichzeitig einem Komitee aus verschiedenen Abteilungen zu unterstellen. Diese Form der Verwaltung sei in vielen Kinderkrankenhäusern allgemeine Praxis.

Weiter empfahl man, eine zweite, breiter angelegte Überprüfung der Krankenblätter durchzuführen. Ein Team aus drei respektierten Ärzten – zwei unabhängigen und einem aus dem Krankenhaus – sollte weitere Befragungen anstellen und die Krankenblätter der letzten zwölf Monate überprüfen. Anders als Dr. Robothams Überprüfung (die nur sechs Monate zurückreichte und sich nur auf die Todesfälle konzentrierte), sollte die neue Überprüfung fragwürdige Vorfälle und Todesfälle umfassen. Das Team hatte das Gefühl, daß bei einem möglichen Vergehen die betroffene Schwester nicht den Tod des Kindes, sondern möglicherweise nur eine Krise hätte herbeiführen wollen. Gleichzeitig bezweifelten die Anwesenden jedoch, daß man etwas finden würde, denn sie respektierten Robothams berufliche Kompetenz. Da er zu dem Schluß gekommen war, daß man nichts finden konnte, gab es wahrscheinlich nichts zu finden.

Einige Empfehlungen waren fundamentaler: Das Team bezweifelte, daß das Krankenhaus überhaupt eine Intensivstation mit so geringer Bettenzahl nötig hatte. Um die Kosten zu rechtfertigen, brauchte eine Intensivstation mindestens zehn bis zwölf Betten, die zu 60 Prozent belegt waren. Die Station des Medical Center hatte eine viel geringere Belegzahl. Das Team schlug vor, die Patienten der Abteilung auf die Intensivstation der Neugeborenenabteilung und der Chirurgie zu verlegen, so daß die ganze Abteilung für kurze Zeit geschlossen werden konnte, bis sie neu organisiert war. ›Wenn die Abteilung umorganisiert wird‹, heißt es in dem Bericht des Teams, ›können auch die Herzfälle und Transplantationsfälle behandelt werden, so daß die Station bald kosteneffektiv arbeitet.‹ Eine Schließung würde auch einen glatteren Übergang beim Auswechseln des Personals gestatten, und es würde einen scharfen Einschnitt zwischen der alten und der neuen Intensivstation geben, so daß die Sorgen der Ärzte im Hinblick auf diese Einrichtung bald behoben werden könnten.

Bevor das Team aufbrach, um nach Hause zurückzukehren, machte es einige spezifische Vorschläge: Ein Arzt (kein Medizinalassistent) sollte vierundzwanzig Stunden lang für die Abteilung zuständig sein; Schwestern und andere Mitarbeiter sollten voll unterstützt werden; die Schwestern sollten öfter einen Schichtwechsel machen und in der Frühschicht arbeiten, damit sie die Ärzte bei der Visite begleiten könnten. Es sollten Management-Seminare und ein Selbstbewußtseins-Training angeboten werden. Auf Sitzungen sollten Ärzte und Schwestern gemeinsam in einer streßfreien Atmosphäre über gute und schlechte Dinge reden können. Dies würde die Feindschaft, die zur Zeit zwischen den Schwestern und den Mitarbeitern der Pädiatrie und der Chirurgie herrschte, abbauen. Rollenmodelle und starke, effektive Führerschaft wären außerdem vonnöten.

Dr. Conns Bericht enthielt auch die Empfehlung, daß Jones und Alberti gekündigt werden solle. Das Dokument gibt keine Gründe für diese Empfehlung, obwohl Dr. Dunns Notizen von dieser Sitzung widerspiegeln, daß das Team der Meinung war, Jones sei ›das Zentrum des Sturms‹. Die empfohlene Entlassung von Alberti scheint nur auf eine in erster Linie bürokratische Ablehnung von Mitarbeitern zurückzuführen sein, die andere anschwärzen. Bei der Anfertigung des endgültigen Berichts empfahl man jedoch statt dessen, die Abteilung höher einzustufen und besser qualifizierte Schwestern einzustellen.

Das Conn-Komitee ging am Mittwoch, dem 17. Februar, am frühen Abend auseinander, und während der nächsten Tage gab es viel Unruhe im Medical Center. Dr. Franks bot seinen Rücktritt an, als er hörte, daß der beliebte Dr. Robotham von seinem hartverdienten Posten entfernt werden sollte. Die Leiter der Chirurgie und Anästhesie waren entsetzt, als sie von den neuen Plänen für die Intensivstation hörten – sie wollten nicht in eine Angelegenheit verwickelt werden, die sie als alleiniges Problem der Pädiatrie betrachteten. Dr. Dunn übernahm es dann persönlich, diese Schwierigkeiten aus dem Weg zu räumen.

Am Montag, dem 22. Februar, fünf Tage nach der Fertigstellung des Teamberichts, setzte sich die Krankenhausverwaltung zusammen, um über die Analyse und die Empfehlungen des Teams nachzudenken. Diesem Ad-hoc-Ausschuß stand Dr. Arthur McFee vor, ein freundlicher, beliebter Arzt aus der Chirurgie, der Chefarzt der effizienten chirurgischen Intensivstation war.

Bei der ersten Zusammenkunft wurde nur wenig erreicht. Dr. McFee, der einen Anflug jener Frustration und Ohnmacht verspürte, die Jim Robotham geplagt hatte, rief eine zweite Sitzung für den folgenden Tag ein.

Die Teilnehmer fühlten sich verpflichtet, den Rat des Conn-Teams, die Abteilung zu schließen, abzulehnen. ›Die Schließung der Abteilung, ohne Bereitstellung einer Alternative, wurde vom Krankenhaus als politisch, moralisch, medizinisch und finanziell undurchführbar abgelehnt.‹

Die Abteilung würde also bestehen bleiben, aber die meisten anderen Empfehlungen wurden durchgeführt. Alle Mitglieder des Komitees stimmten darin überein, daß eine totale Neuorganisation, angefangen bei der ärztlichen Versorgung bis hin zum Management des Personals, von Verfahrensweisen bis zum Umbau, nötig war, da die langfristige Absicht des Krankenhauses darin bestand, eine Abteilung mit zwölf bis fünfzehn Betten einzurichten, die als pädiatrische Intensivstation für das ganze südliche Texas dienen sollte.

Am Ende des Tages hatte man die administrative Neuorganisation der Abteilung durchgesprochen. Corum und Dunn sollten das Komitee leiten. Dr. Jan Puckett, eine Anästhesieärztin, die sich speziell mit Atemproblemen bei kleinen Kindern befaßte, wurde zur neuen Chefärztin der Intensivstation berufen und ersetzte damit den viel erfahreneren und glaubwürdigeren Dr. Robotham. Robotham erhielt den Titel des Zweiten Chefarztes. Damit war er Dr. Puckett untergeordnet, einer jungen Frau, die von ihrer Erfahrung und ihren Zeugnissen her Robotham weit unterlegen war.

Auf der Intensivstation warteten die Schwestern noch immer darauf, daß die andere Bombe platzte. Das Conn-Komitee hatte seine Arbeit getan, es wurden ein paar Änderungen vorgenommen, aber sie wußten immer noch nicht, was mit ihnen geschehen würde.

Am Morgen des 24. Februar wurde der vier Wochen alte Fernando Jimenez mit einer bakteriellen Infektion auf die Intensivstation eingeliefert. Das Baby war schwer krank, aber seine Ärzte waren optimistisch. Sie machten den ängstlichen Eltern, die gerade selbst erst dem Kindesalter entwachsen waren, Hoffnung für ihr eigenes Kind.

An diesem Abend erlitt Fernando um 22 Uhr 10 unter Jones' Pflege einen Herzstillstand. Dem Code-Team gelang es, ihn wiederzubeleben.

Am nächsten Tag, dem 25. Februar, als Fernando wieder von Jones' versorgt wurde, kam es zu einem zweiten Herzstillstand. Wieder erholte er sich. Um 23 Uhr desselben Abends stand Fernandos Herz beim Schichtwechsel erneut still. Während der nächsten und übernächsten Schicht kam er wieder etwas zu Kräften, obwohl die großen Schmerzen und der körperliche Schock durch einen dreifachen Herzstillstand in nur vierundzwanzig Stunden ihn stark mitgenommen hatten. Blaß, reglos und müde lag er da.

Am Freitag, dem 26. Februar, als er wieder in Genenes Obhut war, kam es um 17 Uhr 15 zu einem vierten Herzstillstand. Um 17 Uhr 37 wurde er für tot erklärt.

Drei Tage später, am Montag, dem 1. März 1982, traf sich das Komitee der Intensivstation zum ersten Mal. Größtenteils handelte es sich um dieselben Mitglieder wie in dem Ac-hoc-Ausschuß. Dr. Arthur McFee wurde wieder zum Vorsitzenden bestimmt. Bei der ersten Zusammenkunft beschloß man, die Anzahl der Betten in der Abteilung für unbestimmte Zeit auf vier zu reduzieren. Nach einiger Diskussion und trotz offensichtlichen Zögerns stimmte das Komitee Virginia Mousseaus Vorschlag zu, Schwester Belko als Stationsschwester zu behalten.

Es fiel auf, daß Dr. Robotham bei dieser ersten Zusammenkunft fehlte. Während der vorhergehenden Wochen hatte er immer weniger an den Entscheidungsprozessen in seiner Abteilung teilgenommen. In einem sechs Seiten langen Brief, den er am nächsten Tag, dem 2. März, schrieb und den er an Dr. Dunn richtete, machte er seinen Frustrationen schriftlich Luft.

Robotham führte detailliert auf, wie die Universität und das Krankenhaus nicht das Versprechen eingehalten hatten, ihn bei seinem Versuch, eine multidisziplinäre Intensivstation zu schaffen, voll zu unterstützen. In der Pädiatrie, so schrieb er, unternahmen nur fünfzig Prozent der Mitarbeiter den Versuch, ihm zu helfen, und von diesen arbeiteten nur zwei oder drei so, daß die Pflege wirklich verbessert und ein ›minimal funktionierendes Pflege- und Ausbildungssystem‹ für die Abteilung entwickelt werden könne. Das chirurgische Personal schien fast überhaupt nicht kooperativ, während die Neurochirurgie auf der Liste ganz unten stand.

Robotham schrieb: ›Es sind im gesamten Krankenhaus Veränderungen beim Personal und in der Einstellung nötig, die hoffentlich jetzt durchgeführt werden.‹ Er beschrieb seine Bemühungen, die Ausbildung der Schwestern zu verbessern und erwähnte seine wiederholte Forderung, daß man sich um Genenes offensichtliche Verwirrtheit kümmern sollte.

Auf den letzten beiden Briefseiten reagierte Robotham auf die unbegründeten Gerüchte, die im Krankenhaus kursierten: daß er sich zu sehr um seine eigenen Forschungen gekümmert, die Intensivstation vernachlässigt und versucht habe, die Vorfälle in der Abteilung zu vertuschen.

›Als mir der erste Verdacht zu Ohren kam‹, behauptete er, ›unterrichtete ich Dr. Franks davon.‹ Robotham zufolge war es Franks, der das Problem als eine Verwaltungssache abgetan hatte, die zu einer Verleumdungsklage führen konnte, falls dem Krankenhaus gegenüber unbegründete Beschuldigungen erhoben würden. Robotham hatte seiner Meinung nach alles getan, was in seiner Macht stand: Er hatte jeden Tod oder unerwarteten Notfall untersuchen lassen und hatte alle Probleme vor den Assistenzärzten, Studenten und Schwestern auf den Visiten diskutiert. ›Ein potentielles Problem zu ignorieren‹, verwahrte er sich, ›wäre das letzte, dessen man mich beschuldigen könnte.‹

Robotham beendete seinen Brief mit der Anschuldigung, daß die plötzlichen Aktivitäten als Reaktion auf die Untersuchungsergebnisse des Conn-Teams und das nachträgliche Fehlen jeder Aktion – abgesehen von seiner Entlassung aus seiner Position – seinem Ruf am Ort und im ganzen Land geschadet hätten. ›Nur wenige andere Fakultätsmitglieder‹, schloß er richtig, ›haben so hart gearbeitet wie ich, um den Standard der Fakultät und des Krankenhauses zu heben.‹

Tatsächlich: Jahrelang hatte Robotham sich vergeblich bemüht, die Unterstützung der Abteilung und finanzielle Mittel zu erhalten. Seiner Nachfolgerin dagegen, Dr. Puckett, wurde die volle Unterstützung zuteil. Alles, was Robotham gefordert hatte, wurde nun in die Tat umgesetzt. Plötzlich war alles möglich.

Am 2. März, einem Dienstag, gab Schwester Belko mittags bekannt, daß die Oberin um 15 Uhr bei Schichtwechsel mit den Schwestern der Abteilung sprechen wollte – ein noch nie da gewesener Vorgang.

Virginia Mousseau stellte sich vor und erklärte, daß das Krankenhaus auf die von allen Mitarbeitern geleistete Arbeit stolz sei. Sie hätten dazu beigetragen, die Abteilung zu einer der besten der Stadt zu machen – aber die Verwaltung wolle die Leistungen noch weiter verbessern. Man hatte beschlossen, die vielen Empfehlungen des Conn-Teams durchzusetzen, daher würden Ende des Monats nur noch Schwestern mit voller Ausbildung in der Abteilung arbeiten.

Ein Gemurmel ging durch die Versammlung – nur etwa die Hälfte der anwesenden Schwestern hatten eine volle Ausbildung. Was würde mit den anderen geschehen?

»Wenn Sie einen Sündenbock brauchen«, erklärte Genene und stand auf, »nehmen Sie mich. Wir wissen alle, daß Sie nur versuchen, mich loszuwerden. Entlassen Sie mich, damit die anderen bleiben können.«

Mousseau versicherte, daß die Höhereinstufung nicht gegen eine bestimmte Person gerichtet sei. Aufgrund der Vorschläge des Untersuchungskomitees würden bald alle Stellen im Krankenhaus nur noch an Pflegepersonal mit voller Ausbildung vergeben; die Pädiatrie wäre nur die erste Abteilung, in der dieser Wechsel stattfände. Sie erklärte, daß alle Schwesternhelferinnen die Möglichkeit erhalten würden, eine andere Stelle im Krankenhaus einzunehmen.

Kurz darauf wurde mit allen betroffenen Schwestern und Pflegern die jeweilige Situation besprochen. Als Genene an der Reihe war, erklärte man ihr, daß im Krankenhaus keine Stellen in der Pädiatrie vorhanden wären und fragte, ob sie eine andere Stelle annehmen würde.

»Nein, das möchte ich nicht«, erwiderte sie und akzeptierte die Alternative: Freiwillige Kündigung mit dem Anspruch auf Wiedereinstellung.

Am Mittwoch, dem 10. März, wurde ein Standardempfehlungsschreiben für Jones vorbereitet, das von Belko unterschrieben wurde.

Am Freitag erhielt das Komitee Mousseaus Bericht, daß ›beide Schwesternhelferinnen, die die Funktion der Intensivstation am empfindlichsten gestört haben, die Abteilung und das Krankenhaus bereits verlassen haben oder dies bald tun werden‹. Wahrscheinlich handelte es sich bei den beiden um Jones und Alberti (auch Pat Alberti hatte freiwillig gekündigt). In den Notizen des Komitees ist nicht vermerkt, aus welchem Grund man diese beiden Schwestern für die schwierigsten hielt, und es hat nie einen Hinweis darauf gegeben, daß Alberti nicht eine sehr fähige und hingebungsvolle Schwester war.

Am 13. März hatte Genene Jones nur noch drei Schichten vor sich. An diesem Samstag wurde Dora Noyola, ein hübsches, vier Monate altes Baby, für die Spätschicht in Sally Benkerts Obhut gegeben. Kurz vor 18 Uhr kam es bei Dora zu einem Herzstillstand. Schwester Jones war die erste, die in das Zimmer eilte, um mit den Wiederbelebungsversuchen zu beginnen.

Drei Stunden später wurde Dora ins Leichenschauhaus getragen. Genenes eigene Patientin, ein blondes, zehn Monate altes Mädchen, erlitt ebenfalls einen Herzstillstand. Um 21 Uhr 40 stellte man die Wiederbelebungsversuche ein, und Crystal Baker wurde zur Dora Noyola nach unten gelegt.

Zwei Tage später, am 15. März 1982, traf Suzanne Maldonado zur Nachtschicht ein und fand eine Notiz im Stationsbuch, die sie dazu aufforderte, in ihrem Fach nachzusehen. Dort fand sie einen Brief, auf dem folgendes in Druckbuchstaben geschrieben stand:

EURE TOTEN

Suzanna zeigte Pat Belko die Notiz. Die Stationsschwester nahm einen Stift, strich das Geschriebene durch und sagte Suzanna, sie solle sich keine weiteren Gedanken machen.

Am nächsten Tag lag jedoch eine weitere Notiz in Suzannas Fach. Auf anderem Papier hatte jemand ebenfalls in Druckbuchstaben ein einziges Wort geschrieben:

BALD

Weil Suzanna jetzt Angst hatte, reichte sie die Notiz an die Sicherheitsabteilung des Krankenhauses weiter. Man interessierte sich für die Nachricht und für Maldonados Beschreibung des ersten Briefs, war aber nicht weiter alarmiert. Doch erklärte man sich bereit, Maldonado, so lange sie es wünschte, vom Krankenhausgebäude zu ihrem Wagen zu begleiten. Ansonsten konnte man nicht viel tun.

Die Drohbriefe waren bald in der Abteilung bekannt. Belko und Anderson fragten Jones direkt, ob sie irgend etwas damit zu tun habe. Sie erklärte, daß sie nicht mehr wisse als die anderen auch.

Am Donnerstag, dem 17. März, kam Genene Jones zum letzten Mal auf die Station, holte ihren Gehaltsscheck ab und verabschiedete sich.

Nach Dora Noyola und Crystal Baker starben im März keine Patienten auf der Intensivstation mehr. Im April kam es nur zu einem Todesfall, im Mai zu gar keinem. Es hatte den Anschein, daß das Medical Center das Problem der Intensivstation gelöst hatte. Die Todesepidemie hatte ein Ende. In der Verwaltung gratulierte man sich gegenseitig, und die Abteilung für Öffentlichkeitsarbeit machte für die neuorganisierte Einrichtung für schwerkranke Kinder Reklame.

Ein Arzt jedoch war nicht davon überzeugt, daß die Situation auf der Intensivstation richtig angegangen worden war. Mitte April teilte Ken Copeland Dekan Dunn mit, daß er zurücktreten müsse, falls die Verwaltung die Polizei nicht über die Überdosis im Santos-Fall informieren würde. Dunn versicherte Copeland, daß seinen Informationen zufolge der Anwalt des Krankenhauses, Paul Green, die Angelegenheit bereits an die Staatsanwaltschaft weitergeleitet habe. Copeland akzeptierte Dunns Antwort.

Auch Jim Robotham war beunruhigt über die Art und Weise, wie das Krankenhaus die Jones-Affäre gehandhabt hatte. Ende April, bevor er mit seiner Familie nach Maryland zurückkehrte, schickte er einen Brief an Virgina Mousseau, in dem er sie bat, Genenes lange Problemgeschichte zu überprüfen und neu zu bewerten. ›Obwohl ich nicht offiziell für

Mrs. Jones zuständig bin‹, schrieb er, ›bin ich der Meinung, daß in ihren Unterlagen die Streßsituationen, unter denen sie litt, ausreichend dokumentiert werden sollten, damit sie auf einer zukünftigen Arbeitsstelle entsprechend beobachtet werden kann.‹ Die Oberin war offenbar nicht einer Meinung mit Robotham; in Jones' Akte wurde nichts weiter vermerkt.

Ein Jahr später, als San Antonios Gerichtsmediziner Dr. Vincent DiMaio erfuhr, daß zwischen 1979 und 1982 122 Patienten auf der Intensivstation des Medical Center verstorben waren, berief er eine Pressekonferenz ein. Er verkündete, daß entgegen klarer gesetzlicher Vorschriften, die fordern, daß seinem Büro verdächtige Todesfälle gemeldet werden müssen, vom Medical Center kein einziger Todesfall auf der Intensivstation bekanntgegeben worden war, seit er vor über zwei Jahren sein Amt übernommen hatte. Auch die Staatsanwaltschaft war nicht offiziell über die ungewöhnlichen Todesfälle von Jimmy Sawyer, Dora Rios, Carlos Olivarez, Patrick Zavala oder der anderen Kinder unterrichtet worden.

»Man hat das Gefühl«, erklärte DiMaio, »daß sie meinten, über dem Gesetz zu stehen.«

Der Ermittlungsbeamte

Tatsache ist, daß wir, das Büro des Staatsanwalts, *bis heute keinen einzigen* Bericht vom Medical Center Hospital, von der Universität oder irgendeiner anderen medizinischen Autorität erhalten haben, der belegt, daß irgend etwas auf der Intensivstation der Pädiatrie in irgendeiner Weise fragwürdig war.

Gab es noch andere Kinder außer Rolando Santos und Joshua Sawyer, bei denen durch Labortests dokumentiert wurde, daß es zu Überdosierungen gekommen ist?

Ja. Ein Kind, das nicht gestorben ist, ein Kind, das alle als das ›kleine Baby mit Down-Syndrom‹ bezeichneten, Albert Garza. Das war im Oktober '81. Bei ihm kam es zu starken

Blutungen, es waren die schlimmsten vor Rolando Santos im Januar '82, drei Monate später.

Albert Garza blutete unter Genene Jones' Obhut Tag für Tag wie verrückt, und schließlich war der Verdacht auf sie gefallen. Dr. Larry Houghuis nagelte sie fest, und Jones und Houghuis lagen sich von da an ständig in den Haaren. Houghuis war ein sehr selbstbewußter, kluger, scharfsinniger junger Assistenzarzt. Jones konnte ihn nicht ausstehen, und er hielt nicht viel von ihr. Aber er wußte, was lief, und schreckte vor einer Konfrontation zurück. Bis zu diesem Vorfall.

Dr. Houghuis erzählte mir: »Zu diesem Zeitpunkt wußte ich, daß sie dahintersteckte, aber ich wußte nicht, wie sie es anstellte. Niemand hatte sie bisher dabei erwischt, aber sie hatte diesen Kindern Heparin injiziert. Warum, weiß ich nicht.«

Dieses Kind blutete aus den Augen, den Ohren, dem After. *Es blutete einfach überall.* Es gab keinen klinischen Grund dafür, und es war dasselbe, was später mit Santos passiert.

Es gibt andere Patienten, bei denen es zu Blutungen kommt, die man erklären kann. Aber unter Jones' Patienten gab es viele Fälle, in denen man keine klinische Erklärung fand. Zu viele. Es handelte sich nicht nur um Blutungen. Es kam zu Herzryhthmusstörungen und sogenannten ›Krämpfen‹. Es gibt Krämpfe und Krämpfe. Natürliche Krämpfe lassen sich bei Kindern schwer einschätzen. Sie wissen ja, wie das ist mit Kindern. Wenn sie drei Monate alt sind und weinen oder aufgeregt sind, sehen sie sowieso ein bißchen verkrampft aus, und Jones meldete dann immer gleich einen Notfall.

Es waren unerfahrene Schwestern, Schwesternhelferinnen, die mit ihr in der Abteilung arbeiteten. Sie glaubten Genene, wenn sie sagte, es handle sich um einen Krampf. Dies war das Fundament für sie, mit ihrer ›Behandlung‹ des Kindes fortzufahren.

Theoretisch müssen die Ärzte die Medikamente auswählen, aber sie *bestand* darauf, daß die Ärzte *ihre* Medikamente verabreichten. Wenn der Arzt sagte: »Einen Augenblick, ich will erst ein paar Tests machen. Ich will nicht einfach irgendwelche Medikamente spritzen. Ob Krampf oder nicht, das Kind wird es durchstehen«, wurde Genene stinksauer: »Verdammte, blöde Ärzte« und andere Sachen sagte sie dem betreffenden Typen direkt ins Gesicht. Sie entwickelte einen regelrechten Haß auf bestimmte Ärzte, und in vielen Fällen sprach sie vor den anderen Schwestern schlecht von ihnen.

Das führt uns zu einem Punkt zurück, über den wir bereits gesprochen haben: das Motiv. Ich glaube, es gab vielfältige Gründe, aber kein spezielles Motiv für den gesamten Fall; es war eine Kombination aus verschiedenen Dingen. Ein Aspekt war ihr Haß gegenüber bestimmten Leuten, und sie konnte einen *intensiven* Haß entwickeln – es war angsterregend. Ich weiß das alles zwar nur aus dritter Hand, aber trotzdem konnte ich die Hitze dieses Hasses, wie ihn mir verschiedene Leute beschrieben, fühlen.

Genene haßte Houghuis leidenschaftlich. Eine andere Ärztin, eine der wenigen, die freiwillig zu uns kam, hatte ebenfalls unter ihrem Haß zu leiden. ...Hm, ich kann mich im Moment nicht an ihren Namen erinnern, aber ich weiß noch, daß sie sehr hübsch war. Genene haßte sie. Ich meine, mit einem intensiven Haß, wie man ihn sich nicht vorstellen kann. Einmal versuchte Genene, ihr eine Falle zu stellen. Es ist kristallklar, daß sie ihr eine Falle stellen wollte: Sie versuchte, sie dazu zu bringen, ein Medikament zu injizieren, das die Ärztin angefordert hatte, aber Genene hatte viel zu viel in der Spritze aufgezogen. Die Ärztin injizierte es, weil sie von Genene so bedrängt wurde. Sie arbeitete gerade in ihrem ersten Jahr als Assistenzärztin, und natürlich waren andere Ärzte ebenfalls anwesend – es war ein Notfall – und auf der Stelle fuhr Genene sie an, weil sie zuviel injizierte.

Die Frau – jetzt weiß ich es wieder, Dr. Richards hieß sie – hielt inne, und alle starrten sie an und sagten: »*Was tun Sie denn da?*« Das hat sie nie vergessen. Es war einer der Gründe, warum sie zu uns kam – nicht unbedingt, weil Genene ihr das angetan hatte, sondern weil sie sich Sorgen machte, daß Genene irgendwie verrückt sei... Damals, als alles ans Tageslicht kam und Genene mit so vielen unerklärlichen Ereignissen in Zusammenhang gebracht wurde.

Sie glauben also, daß Genene einige dieser Vorfälle nutzte, um einem Arzt, den sie haßte, irgendwie zu schaden; daß das Teil ihres Motivs war, diese Kinder zu quälen?

Ich glaube, dieser Punkt wird am besten durch Dr. Larry Houghuis illustriert. Er sagte ganz klar, daß er etwa im Oktober 1981 den Verdacht hatte, daß es den Kindern gutginge, wenn die behandelnden Ärzte in Genene Jones' Gunst stünden und gut mit ihr auskämen, aber daß die Kinder im umgekehrten Fall eine gute Chance hatten, zu sterben. Er sagte das ganz klar und deutlich.

Genene war besonders wütend auf Houghuis, weil er vor ihr nicht auf die Knie fiel, weil er nicht nachgab. Houghuis hat so eine Persönlichkeit, bei der ganz klar ist, daß er das Sagen hat, ohne daß er es besonders betonen muß. Er ist kein Angeber, man hat einfach das Gefühl, daß er den Ton angibt, wenn er ins Zimmer kommt. Und damals war er nur Assistenzarzt. Ich bin überzeugt davon, daß er heute ganz oben steht, weil er den Ehrgeiz hat, das, was er macht, gut zu machen, und weil er außerdem sehr klug ist.

Wie war die Einstellung der Leute, die Sie befragt haben, der Kollegen, die mit Genene zusammengearbeitet haben? Welchen Eindruck hatten Sie von ihnen? Waren sie durch die offizielle Untersuchung irgendwie verstört? Schienen sie wütend oder mißtrauisch?

Ja, genau so war es. Mit der üblichen Einstellung, die die meisten gegenüber der Polizei haben, komme ich zurecht. Meistens fällt es mir sehr leicht, eine Beziehung zu den Leuten herzustellen. Die meisten gehen darauf ein und sind im Grunde ehrlich. Die Leute lügen, wenn sie etwas zu verbergen haben, wenn sie in die Defensive gehen. Wenn man Fragen stellt, auf die die Leute reagieren, kann man sich ein Bild machen – man versteht plötzlich, worum es bei der Untersuchung geht. So ist das eben bei unserem Job.

Offenheit führte auch in diesem Fall bei den meisten Befragten zu einer positiven Reaktion. Es waren einfache Leute, die hart arbeiteten. Sie glauben an das, was sie tun – und sie bekommen nicht besonders viel Geld für ihre Arbeit. Es ist eine reine Hetzjagd in dieser Abteilung des Krankenhauses. Auf den Leuten lastet unheimlicher Druck, weil es *kleine* Kinder sind, die sie am Leben erhalten müssen. *Kranke* Kinder auf der *Intensivstation*. Medikamente den ganzen Tag, Überwachung und Behandlung.

Als wir den Leuten klargemacht hatten, wie wichtig es war, die Wahrheit herauszufinden, haben sie uns unterstützt. Sie wußten, daß ihre Aussagen aufgezeichnet werden würden und daß das unbedingt notwendig war. Sie gaben uns die notwendigen Informationen. Wir sagten einfach: »Nicht so schlimm, wenn Sie sich nicht an die genauen Ereignisse und Namen erinnern, sagen Sie uns nur, was Sie noch wissen.« Damit haben wir ehrliche Zeugenaussagen bekommen.

Haben alle im Krankenhaus mit Ihnen zusammengearbeitet?

Nein. Es gab Ausnahmen. Doch je weiter unten diese Leute standen, um so hilfsbereiter waren sie. Die meisten Schwestern und eine große Anzahl der Assistenzärzte waren sehr hilfreich. Als wir die Professoren befragten, war deren Bedürfnis, die Bürokratie zu schützen, eher ein Hindernis für uns. Und es war offensichtlich, daß die Rechtsanwälte des Krankenhauses eine Reihe von Ärzten eingeschüchtert hatten. Ich glaube, man hatte ihnen klargemacht, daß sie nicht zu viele Informationen weitergeben sollten, da dies nachteilige Folgen für sie haben könnte.

Ich möchte ein Beispiel geben. Zu Anfang der Untersuchung fragte ich einen der Ärzte, ob er mir sagen könne, was wirklich auf der Intensivstation vor sich gegangen war. Ich fragte ihn: »Wann haben Sie mal ein paar Stunden Zeit?«

Er antwortete: »Ich habe nie Zeit.«

»Okay, wie sieht's mit Sonntag aus?«

Er war einverstanden und widmete mir den Sonntagnachmittag. Auf Band wollte er nicht sprechen, aber ich wollte Hintergrundinformationen, also war das in Ordnung.

Nach ein paar Minuten dachte ich, du meine Güte. Ich

schrieb mir einfach die Begriffe auf, die ich nicht kannte, eben die wichtigsten medizinischen Begriffe, die mich interessierten. Er erwähnt Heparin, und ich denke mir: Was, zum Teufel, ist Heparin? Woher stammt es? Wofür wird es eingesetzt? Ich versuche also, einige Hintergrundinformationen zu bekommen, und er hält für fünf und sechs Stunden einen Monolog.

Wir kamen gut miteinander aus, und er sagte: »Okay, ich werde Ihnen auf jede erdenkliche Weise helfen.«

Ich erklärte: »Wir müssen es auf Band aufnehmen. Wir müssen alle Einzelheiten wissen. Sind Sie dazu bereit?«

Er sagte: »Ja.«

»Sie müssen mir wieder alle Hintergrundinformationen geben, auf Band sprechen, und dann werden wir von da aus auf ein paar bestimmte Dinge näher eingehen.«

Er sagte: »Großartig.«

Wir schüttelten einander die Hand, und ich war mir sicher, daß ich etwas erreicht hatte. Die Leute sind Profis, und ich hatte überhaupt keine Vorstellung, worum es auf einer Intensivstation ging. Worum geht es überhaupt in der Medizin? Was ist mit den Ärzten, wie arbeiten sie? Was ist mit den Medikamenten? Wie funktioniert so ein Krankenhaus? Er wollte mir alles erzählen.

Kurz darauf – vielleicht ein, zwei Wochen später – rief ich ihn an, und er verweigerte jede weitere Auskunft. Die Ärzte, die sich weigerten, mit uns zusammenzuarbeiten, waren nur ein Pfand in den Händen anderer, die langfristige Entscheidungen darüber trafen, was für die Stadt von Vorteil ist. Von mir aus können diese Leute zur Hölle gehen.

Niemand schien sich weiter um diese kleinen Kinder zu kümmern. Diese Kinder können nur weinen oder schreien. Einige waren wahrscheinlich zu krank, um selbst das zu tun – sie konnten sich nicht einmal beklagen. Ein Erwachsener kann sagen: »Diese Schwester hat mir eine Spritze gegeben, und mir wurde schwindelig«, oder: »Ich fing an zu bluten. Was war es?« Bei kleinen Kindern ist das anders. Diese Kinder sind erst ein paar Wochen alt oder ein paar Tage. Joshua Sawyer war ein Jahr alt.

Wer sorgte sich um diese Patienten – um diese winzigen, hilflosen Kinder auf der Intensivstation –, als diese Dinge passierten? Wer sorgte sich um diese Kinder am 25. Januar, als irgendeine blöde Entscheidung von einem Rechtsanwalt getroffen wurde, diese höchst verdächtigen Vorfälle *nicht* der Polizei zu melden?

Zu diesem Zeitpunkt hätten sie so leicht die Last von ihren Schultern wälzen können. Von einem moralischen Standpunkt aus hätten sie es tun *sollen,* aber sie taten es nicht. Sie behielten es für sich. Ganz abgesehen vom moralischen Standpunkt wäre es das Intelligenteste gewesen, zur Polizei zu gehen, und dann hätten sie sagen können: »Auch wenn der Staatsanwalt die Sache nicht weiterverfolgen will, haben wir sie dennoch angezeigt.« Darüber bin ich sehr verbittert.

Zweiter Teil

Die Entdeckung

Kathleens Praxis in Kerrville

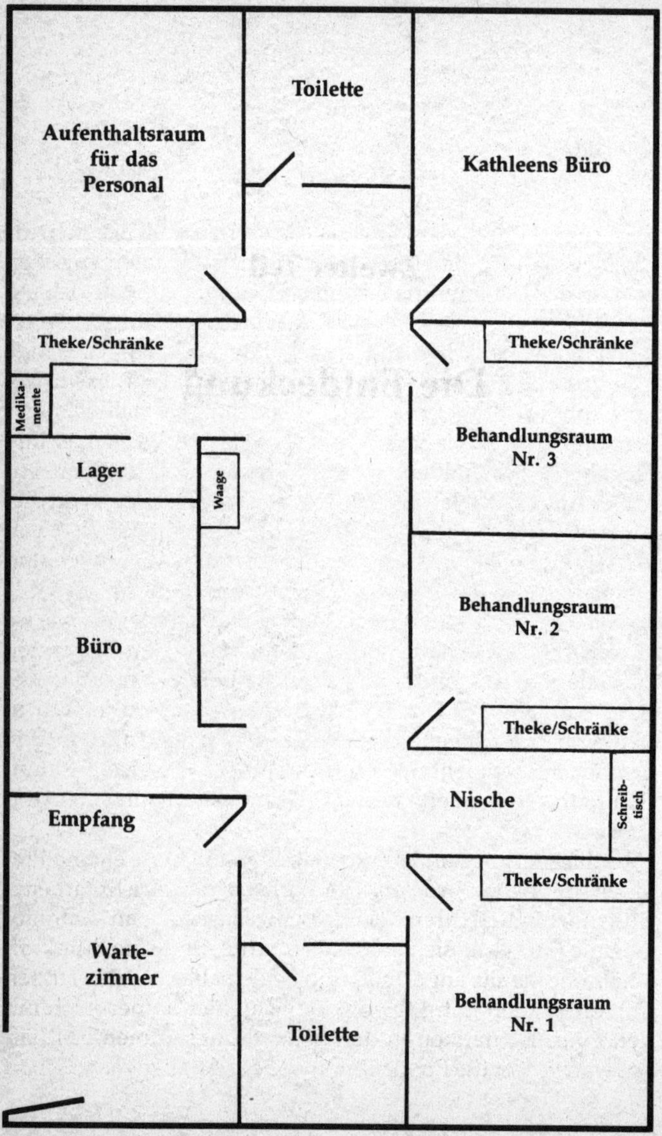

Erstes Kapitel

Am Anfang ist immer alles am besten.

Pascal, Lettres Provinciales, Nr. 2

Der August in Texas bringt eine Art Verrücktheit mit sich, die die meisten Einheimischen nicht einmal zu bemerken scheinen. In der Dämmerung ertönt in Stadt und Land die texanische Sommermusik – das ständige Rascheln und Zirpen erwachender Heuschrecken. Jeden Tag krabbeln Tausende von großen, grünen, leuchtenden Insekten aus ihrem Kokon, um ihre Flügel trocknen zu lassen. Innerhalb weniger Stunden werden sie vom Wind davongetragen, wobei ihre Flügel blau und golden, schwarz und karmesinrot glänzen.

Der August des Jahres 1982 war auch für Kathleen von dieser Art Verrücktheit erfüllt. Obwohl sie sich mehr als zweieinhalb Jahre auf die Eröffnung ihrer Praxis vorbereitet hatte, arbeitete sie in den letzten Wochen härter, als sie es je für möglich gehalten hätte. Doch klappte endlich alles so, wie sie es sich vorgestellt hatte – alles auf einmal. Jeden Tag erhielt sie neue Lieferungen: Geräte, Möbel, Medikamente, Bürobedarf, Baumaterial. Die Tischler hämmerten und bauten in den Zimmern Theken und Schränke ein. Die Wände wurden gestrichen, Teppichboden wurde verlegt. Der leere Raum, den Kathleen gemietet hatte, verwandelte sich in eine Arztpraxis.

Kathleens langsam herangereifter Traum, eine eigene Praxis zu eröffnen, wurde endlich Wirklichkeit. Ihre Mitarbeiterinnen – eine erfahrene Kinderschwester aus San Antonio, Genene Jones, die sie von früher kannte, und eine Bürokraft – hatte sie bereits angestellt, und beide halfen bei den letzten Vorbereitungen mit. Obwohl die Schreiner immer noch mit den Einbauschränken in den Behandlungsräumen beschäftigt waren, war die Praxis in der zweiten Augustwoche schon fast fertig. Der Kühlschrank und die Schränke waren mit allem gefüllt, was eine Praxis brauchte: Zungenspatel und Wattestäbchen, Plastikhandschuhe und Papierhemden, Spritzen, Rezeptblocks, Verbandszeug, Medikamente, elektrische Geräte, Thermometer – Kathleen war sich sicher, daß sie nichts vergessen hatte. Auf den Tischen im Wartezimmer lagen Zeitschriften für die Patienten bereit. Aufnahmen von schlafenden Babys hingen in den Bilderrahmen über den Sofas im Wartezimmer. An der Wand in der Spielecke war ein Bild angebracht, auf dem sich eine Straße durch einen dunklen Wald an Rittern und Drachen, Prinzessinnen und Räubern entlangschlängelte und zu einem weit entfernten Schloß führte.

Kathleens Praxis fehlten nur noch die Patienten.

»Am Eröffnungstag«, erinnerte sich Kathleen später, »am Montag, dem 23. August, hatte ich nur einen Patienten. Am Dienstag kam der zweite, Chelsea McClellan. Chelseas Mutter, Petti, hatte gegen Mittag angerufen, um einen Termin zu vereinbaren, und die Arzthelferin Judith Johnson* sagte ihr, daß sie sofort kommen könne.« Eine Stunde später wartete man noch immer auf die McClellans. Kathleen bat Judith, noch einmal anzurufen. Judith berichtete, daß Petti bis nach dem Mittagessen hatte warten wollen, weil sie glaubte, daß die Praxis mittags geschlossen sei. »Ich habe gesagt, daß wir erst Pause machen, wenn alle Patienten behandelt worden sind«, erklärte Judith. Kathleen dankte ihrer Helferin und meinte, daß sie genau das Richtige gesagt habe.

»Mrs. McClellan und ihre Tochter trafen etwa gegen ein Uhr ein«, erinnert Kathleen sich. »Ich bat sie in mein Büro, damit wir einander kennenlernen konnten.«

Die besorgte Mutter, die Kathleen gegenübersaß, war eine freundliche, zugängliche Frau mit vollen Lippen, die leicht lächelten. Petti schien etwas jünger als Kathleen, ihre Sprache war einfach. Das kleine Mädchen in Pettis Armen war ungeheuer lieb – blonde Locken, blaue Augen und der rundliche, rosige Körper eines vierzehn Monate alten Babys. Das Kind blickte sich um und schien nach allem in seiner Umgebung greifen zu wollen. Es war ein wenig aufgeregt, aber als es Kathleen erblickte, lachte es freundlich.

Petti schien etwas verlegen, als sie der neuen Ärztin von ihrem Problem berichtete. »Es ist eigentlich nichts. Chelsea ist etwas erkältet, ein Schnupfen. Aber vielleicht könnten Sie ihr etwas verschreiben...«

»Ich spürte ein leichtes Unbehagen in ihrer Stimme«, sagte Kathleen später aus, »daher fragte ich sie, ob sie sich aus irgendeinem besonderen Grund wegen der Erkältung Sorgen machte.

Sie erklärte, daß alles in Ordnung sei, daß Chelsea aber etwa sechs Monate zuvor eine Erkältung gehabt habe, die sich zu einer Lungenentzündung entwickelt hatte, daher war sie vorsichtig. Ich ließ mir das näher erklären.«

Im Juni 1981 war es bei Petti, als sie im siebenten Monat schwanger war, zu Blutungen gekommen. Ihr Mann Reid, mit dem sie seit einem Jahr verheiratet war, hatte sie ins Sid Peterson Hospital gefahren, wo das Kind mit einem Kaiserschnitt geholt wurde. »Ich hatte Angst, daß ich sterben müßte«, erinnerte sich Petti, »ich war furchtbar schwach. Gleich nach Chelseas Geburt ließ der Arzt mich mit dem Krankenwagen in ein größeres Krankenhaus in Fredericksburg fahren.«

Chelsea Ann, der zu früh geborenen Tochter der McClellans, ging es ebenfalls schlecht. Sie wog nur vier Pfund, und ihre Lungen waren nicht voll entwickelt. Sie hatte Schwierigkeiten beim Atmen. Die Ärzte ließen sie künstlich beatmen, und sie erholte sich, aber als das Gerät entfernt wurde, lief sie blau an. Der Arzt diagnostizierte eine akute Atemstörung bei ihr, wie sie bei Frühgeburten häufig ist. Chelsea wurde auf der Stelle mit dem Hubschrauber nach San Antonio ins Santa Rosa Medical Center geflogen, wo man sich besser um sie kümmern konnte. In der Abteilung für Neugeborene kam sie in einen Brutkasten und wurde an einen Tropf und ein Atemgerät angeschlossen.

Täglich war Reid die vielen Meilen zwischen den Krankenhäusern in San Antonio und Fredericksburg hin und her gefahren, um seine Frau und seine Tochter zu besuchen. Nach ein paar Tagen ging es Petti schon sehr viel besser, aber ihre Tochter machte langsamere Fortschritte. Erst als drei Wochen vorüber waren, atmete sie selbständig. Obwohl sie immer noch untergewichtig war, schien sie zu gedeihen, so daß die Ärzte sie aus dem Krankenhaus entließen.

Petti und Reid waren überglücklich. Sie hatten zwar bereits einen Sohn, aber mit der Tochter war ihnen ein Traum in Erfüllung gegangen. Als sie sich nach ein paar Monaten sicher waren, daß Chelsea ganz gesund war, suchte Petti ihren Gynäkologen auf und ließ sich sterilisieren. Sie würde keine Kinder mehr bekommen.

Mit acht Monaten bekam Chelsea eine Erkältung, die sich nicht besserte. Der Arzt in Kerrville diagnostizierte eine Lungenentzündung. Er riet Petti, Chelsea nach San Antonio in ein Krankenhaus zu bringen. Pettis Freundin DeAnna Armour erklärte sich bereit, Mutter und Tochter in die Stadt zu fahren. DeAnna erinnert sich an ein schreckliches Gewitter, das auf der langen Fahrt nach Süden herrschte. Es goß in Strömen, und die Fahrt war schwierig. Die beiden Frauen waren ängstlich, aber Chelsea schien nicht weiter bekümmert. Obwohl sie so krank war, lachte und spielte sie auf der ganzen Strecke und griff nach dem Steuerrad, wie DeAnna sich erinnert. Die Ärzte im Santa Rosa Hospital behielten Chelsea zehn Tage lang im Krankenhaus, bis das Penicillin seine Wirkung zeigte.

»Wir hatten uns lange unterhalten«, erinnert Kathleen sich, »und Chelsea wurde ungeduldig. Petti konnte sie kaum noch festhalten.«

Chelseas Kampf, sich aus den Armen ihrer Mutter zu befreien, wurde unterbrochen, als eine lächelnde Frau den Kopf durch die offene Tür steckte. »Mrs. McClellan, soll ich mich um Chelsea kümmern, während Sie und Dr. Holland noch alles weitere besprechen?«

»Es war die Arzthelferin«, erinnert sich Petti, »ich kannte sie nicht, aber ich nahm an, daß ich ihr Chelsea für ein paar Minuten überlassen könne.«

Genene Jones hob Chelsea vom Schoß der Mutter. »Komm, wir beiden werden ein bißchen spielen«, sagte sie und hob das lachende Kind hoch in die Luft.

Später ließ Kathleen diesen Nachmittag noch einmal an sich vorbeiziehen und versuchte sich an den Augenblick zu erinnern, als es zu dem Vorfall kam. Während sie sich weiter mit Petti unterhielt, hörte Kathleen in der Ferne, daß ihre Helferin am anderen Ende des Flurs etwas recht Merkwürdiges sagte: »Baby, schlaf nicht ein. Wach auf. Wach auf, Chelsea. Schlaf nicht ein.«

»Ich hörte nicht mehr so richtig, was Petti mir erzählt«, erinnert Kathleen sich, »und bat sie, es zu wiederholen, als Genene mich rief: ›Dr. Holland, könnten Sie eben mal kommen!‹ Ich wußte, daß es ein Problem gab, denn ihre Stimme hatte etwas Drängendes an sich.«

Als Kathleen das Behandlungszimmer betrat, sah sie Chelsea, die gerade noch sehr aktiv gewesen war, auf der Behandlungscouch liegen. Sie dämmerte vor sich hin und atmete nicht. Genene, die wie immer bei einem Notfall alles im Griff hatte, hielt bereits eine Atemmaske auf das Gesicht des Kindes. »Sie hatte einen Krampf, und hat aufgehört zu atmen«, berichtete die Schwester.

Kathleen hörte das Kind mit dem Stethoskops ab. Der Herzschlag war kräftig und regelmäßig, obwohl er etwas langsamer wurde; das gedämpfte Brausen funktionierender Lungen fehlte jedoch ganz.

»Weiter beatmen!« Kathleen schrie die beiden Worte fast heraus, bevor sie hinauseilte, um Hilfe zu holen.

Die Helferin an der Rezeption war noch in der Mittagspause, daher befahl Kathleen den Schreinern, die noch im zweiten und dritten Behandlungszimmer arbeiteten, Hilfe zu holen. »Holen Sie *auf der Stelle Hilfe*, ich habe einen Notfall.« Ohne auf eine Antwort zu warten, hastete Kathleen zurück in das Behandlungszimmer. Die Ärztin übernahm die Beatmung, aber sie merkte sofort, daß das Kind nicht genug Luft erhielt. Chelseas Haut war ganz fleckig, und sie atmete immer noch nicht selbständig.

»Also dann, intubieren«, sagte sie.

»In Ordnung«, entgegnete Genene nach kurzem Zögern, »die Rohre sind hier unten.«

Kathleen öffnete einen der Schubkästen, holte das richtige sterile Rohr heraus und riß die Packung auf.

»Womit werden Sie intubieren?« fragte Genene. »Das Laryngoskop ist noch nicht da.«

Ohne Kehlkopfspiegel bestand die Gefahr, die Stimmbänder zu beschädigen oder die Speiseröhre zu verletzen. Kathleen entschied sich also dafür, ein Rohr in den Mund einzuführen, um zumindest zu verhindern, daß Chelseas Zunge nach hinten fiel und den Rachen blockierte.

Genene gab der Ärztin einen kurzen Bericht: »Wir haben in der Rezeption auf dem Boden gespielt – mit einem Tennisball –, als sie plötzlich in sich zusammenfiel. Ich dachte, sie sei müde geworden, und hob sie auf. Auf meinem Arm schien sie sich wohlzufühlen und kuschelte sich an mich. Aber nach kurzer Zeit spürte ich, daß sie sich nicht mehr bewegte. Ich merkte, daß sie nicht mehr atmete, begann mit einer Mund-zu-Mund-Beatmung, rief nach Ihnen und brachte sie hierher.«

Das Rohr war jetzt an Ort und Stelle, und Genene konnte Chelsea wirkungsvoller mit der Sauerstoffmaske beatmen. Langsam bekam sie wieder Farbe. Kathleen ging auf den Flur hinaus, um mit der Mutter des Kindes zu sprechen.

»Ein Anfall?« wiederholte Petti. »Was meinen Sie damit, ›sie hat einen Anfall‹?«

»Machen Sie sich keine Sorgen, alles ist unter Kontrolle.« Kathleen eilte zurück ans andere Ende der Praxis.

»Ich fragte mich, was hier vorging«, erinnert sich Petti. Voller Panik trat sie auf den Flur und sah Dr. Holland im ersten Behandlungszimmer verschwinden.

Um 13 Uhr 22 kam eine Schwester aus einer benachbarten Praxis dazu, nachdem sie von einem Schreiner informiert worden war. Sie schob sich an Petti, die das Geschehen weinend von der Tür aus beobachtete, vorbei. »Ich bin Terry* aus Dr. Webbs Praxis von nebenan«, erklärte sie, »der Rettungswagen ist unterwegs.«

Terry übernahm das Atemgerät, so daß Genene eine Infusion anlegen konnte. Kathleen bat um 2,5 Milligramm Bikarbonat, um eine Übersäuerung des Blutes zu verhindern.

»In diesem Augenblick«, erinnert sich Kathleen, »bekam Chelsea einen Krampf – ihre Arme und Beine machten zukkende Bewegungen. Dann wurde sie ziemlich steif. Sie war nicht mehr so schlaff, wie sie es noch vor ein paar Minuten gewesen war. Als die Sanitäter kamen, gab ich ihr eine Dosis Dilantin – ein Mittel gegen Krämpfe –, weil ich den Eindruck hatte, daß der Krampf die Rückkehr zur normalen Atmung behinderte. Wenn das Dilantin den Krampf löste, wie es normalerweise der Fall sein sollte, würde sich die Atmung schneller wieder normalisieren.«

Hoffnungsvoll wartete Kathleen darauf, daß Chelsea spontan atmen würde, aber nichts geschah.

Die Sanitäter trafen drei Minuten später in der Praxis ein. Die Fahrt in die Notaufnahme des Sid Peterson Hospital verlief ebenfalls schnell. Petti saß vorne neben dem Fahrer, während Genene und Dr. Holland sich hinten bei der Patientin aufhielten. Der Sanitäter schloß das Gerät zur Herzüberwachung an. Petti saß völlig verkrampft in ihrem Sitz und betete.

Als Chelsea um 13 Uhr 35 in der Notaufnahme ankam, schien es ihr schon viel besser zu gehen. Offenbar hatte das Dilantin endlich gewirkt. Chelsea atmete jetzt kräftig, und ihre Haut schien gut durchblutet. Das Atemgerät konnte abgeschaltet werden und wurde durch eine einfache Sauerstoffmaske ersetzt.

Petti rief ihren Mann an. Reid McClellan ließ alles stehen und liegen und eilte nach Kerrville. Als Petti die Telefonkabine verließ, kam eine Schwester auf sie zu. »Wenn Sie möchten, können Sie hineingehen, damit Sie in ihrer Nähe sind.«

In der Tür hielt Petti inne. Tränen stiegen in ihr hoch, und alles verschwamm vor ihren Augen.

»Chelsea lag da auf der Trage und versuchte, die Maske vom Gesicht zu schieben. Aber ihre kleinen Arme zuckten nur hin und her – Chelsea konnte sie nicht mehr koordiniert bewegen. Es war merkwürdig und erschreckend. Sie hatte... Ihre Bewegungen waren einfach nicht koordiniert.«

Als die Lebensfunktionen des Kindes wiederhergestellt waren, überließ Kathleen es dem Krankenhauspersonal und führte Petti wieder in die Halle. Die Ärztin brauchte weitere Informationen. Kathleen nahm an, daß Chelsea unter einer Anfallkrankheit litt, die vielleicht mit dem Stoffwechsel zu tun hatte, aber sie brauchte genauere Hinweise, bevor sie über die Behandlung entscheiden konnte. Sie fragte Petti, ob sie im Verhalten ihrer Tochter irgend etwas Ungewöhnliches festgestellt habe.

Petti schloß die Augen und dachte angestrengt nach. Ihr fiel nichts ein.

»Bitte«, drängte Kathleen, »auch ganz unbedeutende Dinge.«

Petti zählte Dinge auf, die eigentlich trivial schienen. Manchmal hatte Chelsea, wenn sie wütend war, den Atem angehalten. Einmal war ihr Bruder Cameron mit ihr zusammengestoßen, und sie hatte aufgehört zu atmen, aber nachdem der Babysitter ihr ins Gesicht geblasen hatte, kam die Atmung wieder. Ein-, zweimal war es auch vorgekommen, daß Petti Schwierigkeiten gehabt hatte, ihre Tochter zu wecken, aber das war alles, abgesehen davon, daß Chelsea manchmal nur in ihrem Laufstall saß und ›so merkwürdig in die Luft starrte‹.

»Danke, Mrs. McClellan. Wenn Ihr Mann eintrifft, würde ich gerne auch mit ihm sprechen.«

Kathleen wußte, daß das Verhalten, das Petti beschrieben hatte, mögliche Anzeichen für Anfälle beinhaltete, die bei Kindern bisweilen schwer zu diagnostizieren sind. Zusammen mit Genenes klinischer Beschreibung des Notfalls war die Ärztin sich ziemlich sicher, daß das Kind unter einer solchen Störung litt.

Fünfundvierzig Minuten nach ihrer Einlieferung ins Krankenhaus wurde Chelsea auf die Intensivstation verlegt, wo Kathleen sie gründlich untersuchte. Obwohl das kleine Mädchen übersensibel wirkte, ging es ihr gut. Kathleen ordnete eine Reihe von Tests an.

Es war bereits 14 Uhr 30, als Reid und Petti endlich ihre Tochter besuchen durften. Reid betrat die Intensivstation und erwartete seine Tochter halbtot im Bett vorzufinden, aber statt dessen begrüßte Chelsea ihre Eltern mit einem freundlichen Lachen.

»Obwohl sie Schläuche an ihrem Fuß und am Kopf hatte und ein paar von diesen Dingern, die mit dem Herzmonitor verbunden sind, stand sie aufrecht im Bett, hielt sich am Gitter fest und wiegte sich hin und her«, erinnert sich Reid. »Als sie uns sah, lächelte sie und zog die Nase kraus – das tat sie immer, wenn sie aufgeregt war –, dann hob sie die Arme und sagte ›Mama‹ und ›Daddy‹. Mein Gott, sie war ein so glückliches kleines Kind.«

Kurz nach 15 Uhr, als die Oberschwester Martha Carlson zum Spätdienst eintraf, schaute sie schnell in alle Betten. Sie erinnert sich daran, daß Chelsea ihren Blick auffing und lächelte.

»Es überraschte mich, weil ich noch nie ein Kind gesehen hatte, daß dreißig Minuten nach seiner Einlieferung im Bett steht und einen Fremden anlächelt. Es war ungewöhnlich. In meinen Augen schien Chelsea kein krankes Kind zu sein.« Während der nächsten Tage bestätigte sich dieser Eindruck bei Martha. »Wenn ich das Zimmer betrat und die Arme ausstreckte, hielt Chelsea ebenfalls ihre Arme hoch und kam auf mich zu. Sie stand ständig in ihrem Bett und lief am Gitter entlang, und immer spielte sie irgend etwas. Sie war eins der freundlichsten, mitteilsamsten, klügsten Babys, die ich je gesehen hatte.

Ich fand die ganze Sache merkwürdig, aber ich wollte keinen Ärger machen. Als Dr. Holland zu uns in die Stadt kam, waren wir alle ziemlich beeindruckt und aufgeregt und versuchten alles, damit sie sich bei uns willkommen fühlte. Wenn sie der Meinung war, daß dieses Kind besondere Fürsorge brauchte – und nachdem, was in ihrer Praxis vorgefallen war, schien es *tatsächlich* so –, wollten wir dafür sorgen, daß sie die bekam.«

Zehn Tage lang, vom 24. August bis zum 2. September, wurde Chelsea abgetastet, gepikt, wurden Röntgen- und Ultraschallaufnahmen gemacht. Um auszuschließen, daß der Krampf durch eine Infektion hervorgerufen worden war, ordnete Dr. Holland eine schmerzhafte Rückenmarkspunktion an, eine Blasenpunktion und eine Reihe von Blutuntersuchungen. Doch jeder Test, den Kathleen durchführen ließ, war negativ; man konnte einfach nichts Unnormales finden.

Während dieser Zeit hatte Chelsea fast immer jemanden an ihrem Bett. Für die ersten beiden Tage hatte sich Petti freigenommen und blieb selbst den ganzen Tag über da. Als dann Chelseas Babysitter, Bardetta Kreiwitz, eintraf und bemerkte, wie müde Petti war, schickte sie sie nach Hause und nahm ihren Platz ein.

»Sie brauchte Ruhe«, erinnerte sich Bardetta, »und ich hatte nichts dagegen, ein wenig auf Chelsea zu achten. Sie war ein ganz besonderes Kind, ein richtiger kleiner Engel. Wenn man mit irgend etwas beschäftigt war, saß sie still da und beobachtete einen; fing man dann ihren Blick auf, brach sie in Gelächter aus. Sie spielte immer solche Spiele.«

Pettis Freundin DeAnna kümmerte sich ebenfalls um Chelsea. »Dr. Holland hatte befohlen, daß jeder – Petti, ich, die Schwester oder wer auch immer – Chelsea genau beobachten sollte. Neben ihrem Bett hing eine Tabelle an der Wand, und wenn sie irgend etwas Ungewöhnliches tat, sollte es dort vermerkt werden, selbst wenn sie nur einschlief. Aber ich mußte nie etwas aufschreiben, weil mir nichts auffiel.« Obwohl Chelsea immer noch Schläuche an ihrem Kopf hatte, berichtete DeAnna: »Wenn sie nicht schlief, schien sie ganz glücklich. Sie spielte und lachte die ganze Zeit über.«

Kathleen war überrascht. Ihre vierzehn Monate alte Patientin hatte eine Krankengeschichte, die eine Lungenentzündung umfaßte, mindestens einen Atemstillstand und verschiedene andere subtile Anzeichen für Krämpfe; das kleine Mädchen war fast in ihrer Praxis gestorben. Dennoch schien nichts auf eine Krankheit hinzuweisen.

»Damit blieb für mich nur die Möglichkeit offen, daß Chelsea irgendein neurologisches Problem hatte, auf das wir noch nicht gestoßen waren. Ich wollte weitere Tests durchführen lassen.« Kathleen veranlaßte, daß Chelsea nach Hause entlassen wurde und verschrieb ihr Dilantin, um möglichen weiteren Krämpfen vorzubeugen. Dann arrangierte sie einen Termin bei Dr. Mackey, einem Neurologen, den sie aus San Antonio kannte, damit er Chelsea gründlich untersuchen könne. Der Termin wurde für Montag, den 20. September, angesetzt.

Petti war Kathleen und Genene so dankbar, daß sie das Leben ihrer kleinen Tochter gerettet hatten, daß sie all ihren Freundinnen riet, mit ihren Kindern zu Dr. Holland zu gehen. »Sie ist eine großartige Ärztin.«

Der Ermittlungsbeamte

Hatten Sie Gelegenheit, Dr. Holland zu befragen? Wir haben uns kürzlich mit ihr getroffen, aber sie schien noch immer sehr zurückhaltend.

Nun, ich nehme an, daß sie einfach genug von der Geschichte hat. Eine interessante Frau. Diese Sache hat sie ihre Karriere gekostet. Ich meine, es ist jetzt ein ständiger Kampf für sie. Während der ganzen Verhandlung hatte sie furchtbare Angst; ihre Antworten waren sehr knapp, sehr strukturiert, genau und präzise. Eigentlich ist sie sehr still, hat eine sehr dicke Mauer um sich. Sie stand kurz davor, selbst angeklagt zu werden, und ich hatte das Gefühl, daß die Geschworenen sie für die Vorgänge fast genauso verantwortlich machten wie Genene Jones. Sie wollten nicht akzeptieren, daß sie angeblich nicht wußte, was vor sich ging, daß sie nicht auch Anteil daran gehabt hatte. Aber ich kann mir einfach nicht vorstellen, daß Kathleen Holland es war, die die Spritzen setzte. Absolut nicht.

Zweites Kapitel

Etwas Böses kommt des Weges.

Shakespeare, Macbeth

In all den Jahren, als Kathleen als Ärztin ausgebildet wurde, hatte ihr niemand gesagt, was sie von einer kleinstädtischen Praxis erwarten konnte, und sie hatte ihrerseits nie jemanden gefragt. Als sie ihre Praxis eröffnete, wußte sie nicht, wie viele Patienten wohl zu ihr kommen oder wie lange es dauern würde, einen Patientenstamm aufzubauen. Sie wußte auch nicht, ob die Eltern, die sie kennenlernte, sie so sehr mögen würden, daß sie immer wieder kamen, und hatte keine Ahnung davon, wie schwer es ist, Geschäftsfrau zu sein und gleichzeitig Medizin zu praktizieren. Und was am wichtigsten war: Nachdem Kathleen sich jahrelang in San Antonio um schwerkranke Kinder gekümmert hatte, wußte sie nicht, daß Kerrvilles ältester Arzt in mehr als vierzig Jahren nie einen Atemstillstand in seiner Praxis erlebt hatte.

Kathleen gab ihr Bestes, um jedes neue Problem in den Griff zu bekommen, und an dem ersten Freitag nach einer arbeitsreichen Woche freute sie sich aufs Wochenende.

Kathleen ging davon aus, daß die Wochenenden in den nächsten drei, vier Monaten die einzige Zeit sein würden, die sie mit Carleigh, ihrem neuen Ehemann, verbringen könnte. Für das Haus, das sie kurz vor Center Point, vierzehn Meilen südlich von Kerrville, bauten, waren gerade erst die Fundamente gelegt worden. Obwohl Carleigh aus ›Sicherheitsgründen‹ sieben Tage pro Woche dort draußen in einem Zelt schlief, waren die Bedingungen noch zu primitiv, so daß Kathleen nicht jede Nacht hinausfahren konnte. Ohne Bett und Dusche wäre es ihr nicht möglich gewesen, am nächsten Morgen präsentabel an ihrem Arbeitsplatz zu erscheinen.

Bill Schick, Kathleens Steuerberater, hatte eine praktische

Lösung für Kathleen Wohnungsproblem und das ihrer Helferin gefunden. Genene hatte Schwierigkeiten gehabt, eine Wohnung zu finden, in der Kinder und Haustiere willkommen waren. Schick schlug vor, daß Kathleen sich ein Haus kaufen solle, das sie Genene für die Höhe der Hypothekenzahlungen vermieten würde, unter der Bedingung, daß für Kathleen fünf bis sechs Nächte pro Woche ein Zimmer reserviert war. Kathleen sah Genene also nicht nur den ganzen Tag über am Arbeitsplatz, sondern wurde fast zu einem fünften Mitglied in ihrem Haushalt.

Die anderen vier, die in dem Haus in der Nixon Lane wohnten, waren Genene und ihre beiden Kinder, der neunjährige David und die fünfjährige Amanda.* Um die Kinder kümmerte sich Bonnie Gunderson*, während Genene arbeitete. Genene hatte die achtzehnjährige schwangere Frau, die nicht wußte wohin, in das Haus aufgenommen. Gelegentlich übernachtete auch Sally Benkert – Genenes Freundin aus San Antonio – in dem Haus. Sally war vor ein paar Monaten nach Kerrville gezogen und hatte am örtlichen Krankenhaus eine Stelle angenommen, um in Genenes Nähe sein zu können. Sie hatte Schwierigkeiten, einen elektrischen Anschluß für ihren Wohnwagen zu bekommen, und Genene lud sie zu sich ein, bis es soweit war.

Obwohl es für Kathleen sehr streßig war, ständig von Menschen umgeben zu sein, die ihr eigentlich fremd waren, wollte sie das Beste aus der Sache machen. »Ich sah, wie Genene sich bemühte, eine gemütliche, christliche Atmosphäre zu schaffen. Vor dem Essen sprachen wir ein Gebet; jeder hatte seine bestimmten Aufgaben; abends spielten wir gemeinsam.«

Vielleicht wurden die beiden Frauen durch die aufgezwungene Gemeinschaft schnell bessere Freundinnen, als das normalerweise der Fall gewesen wäre. In vielerlei Hinsicht hatten sie ja auch viel gemeinsam: Sie waren beide in einer Arbeiterfamilie aufgewachsen, die geliebten Väter waren gestorben, als sie noch jung gewesen waren, beide interessierten sich leidenschaftlich für die Medizin. Kathleen lernte mit der Zeit, über Genenes derben Humor zu lachen und ihre aggressive Lebensauffassung zu akzeptieren, ja sogar zu schätzen. Genene andererseits zeigte eine schützende, loyale Bewunderung für Kathleen, weil Kathleen all das verkörperte, was Genene sich für sich selbst gewünscht hatte.

Dennoch sehnte Kathleen sich am Ende der ersten Woche danach, daß der anstehende Arbeitstag schnell vorübergehen würde, damit sie entrinnen konnte – weg aus der Praxis, weg von ihrer aufgezwungenen Familie, weg von dem Zwang, anderen ihre Zeit und Aufmerksamkeit zu schenken, zurück zu Carleigh und einem behaglicheren Leben. Es würde ein langer Tag werden.

Am frühen Freitagmorgen, dem 27. August, sorgte sich die achtzehnjährige Nelda Benites über den Zustand ihrer drei Monate alten Tochter Brandy, der sich ständig verschlimmerte. Das Baby litt seit etwa einer Woche unter Durchfall. »Sie nahm nicht viel Nahrung zu sich«, erinnert Nelda sich, »und sie weinte viel – zu viel.« Nelda und ihr Mann Gabriel entschlossen sich, Brandy in die Notaufnahme des Sid Peterson Hospital zu bringen. Dort verwies man sie an Kathleen Hollands Praxis. Kathleen hatte der örtlichen Medizinergemeinde eines klargemacht: Sie würde keinen Patienten abweisen, weil er nicht ausreichend versichert war oder nicht zahlen konnte.

Kathleen und ihre Helferin empfingen die Familie kurz nach 11 Uhr im Wartezimmer. Genene nahm das Kind aus Neldas Armen und begab sich in Kathleens Büro. Kathleen bemerkte, daß das Kind aschfahl war und sehr lethargisch. »Obwohl das Mädchen wach war, kam es mir nicht sehr aktiv vor, und weil Nelda so erregt schien, machte ich mir Sorgen. Ich ließ mir schnell einen Bericht geben und bat Judith, die an der Rezeption saß, die nötigen Formulare auszufüllen. Dann begab ich mich gleich in mein Zimmer, um das Kind zu untersuchen.«

Kathleen legte die Sauerstoffmaske bereit, untersuchte das Kind gründlich und achtete dabei auf ungewöhnliche Anzeichen. Brandy war bei der Untersuchung ruhiger als andere Kinder ihres Alters. Als Kathleen vorsichtig den Bauch des

Babys befühlte, begann es zu wimmern. Kathleen war alarmiert. »Ich dachte: Es handelt sich um ein drei Monate altes Baby, das zwei Monate zu früh geboren wurde. Seit drei Tagen hat es blutigen Stuhl, leidet jetzt unter einer Übersäuerung des Blutes und hat einen empfindlichen, aufgeblähten Bauch. All das deutet auf eine schwere Erkrankung hin – etwa eine Darmverschlingung oder eine Darmentzündung, die manchmal bei Frühgeburten vorkommt und den Blutkreislauf behindert.«

In der Tür zum Wartezimmer erklärte Kathleen Nelda und Gabriel die Situation. »Es könnte sich um eine einfache Virusinfektion handeln, es könnte jedoch auch etwas Ernsteres sein. Wir müssen einige Tests durchführen.«

Während Kathleen mit Brandys Eltern sprach, bereitete Genene das Baby für die Verlegung ins Sid Peterson Hospital vor und legte eine Infusion an. Vom ersten Tag hatte Kathleen darauf bestanden, daß jedes Kind, das aus ihrer Praxis ins Krankenhaus eingewiesen werden mußte, eine Infusion erhalten würde, wenn nötig intubiert war, und daß zwei oder drei Blutproben mitgeschickt wurden, damit diese sofort analysiert werden konnten. Damit wollte sie sicherstellen, daß es nach der Einlieferung keine Verzögerung bei der Behandlung gab. Das Krankenhauspersonal hatte ihr offen mitgeteilt, daß man eher darauf eingestellt war, Erwachsene und ältere Menschen zu behandeln. Daher übernahm Kathleen es, bestimmte Dinge, die für Personal ohne große Erfahrung in der Kinderheilkunde oft sehr schwierig sind, selbst durchzuführen.

Als Kathleen in das Untersuchungszimmer zurückkehrte, sah sie, daß der Tropf schon lief und Genene die zweite Blutprobe entnahm. Sie merkte jedoch auch, daß es Brandy jetzt schlechter ging als noch vor ein paar Minuten – ihre Farbe war fahler geworden, und Finger und Zehen waren dunkelviolett bis blau. Kathleen drehte am Ventil der Sauerstoffflasche, um die Sauerstoffzufuhr zu erhöhen, plazierte die Maske fest über dem Gesicht des Kindes und pumpte mehrmals. Brandys Farbe verbesserte sich etwas, aber als sie aufhörte zu pumpen, sackte das Kind ab. »Mit jedem Atemzug wurde die Atmung flacher. Dann setzte die Atmung ganz aus, und es lag ganz schlaff da.«

Genene eilte ans Telefon, um einen Krankenwagen zu rufen.

Auf der Fahrt ins Krankenhaus begann Brandy wieder allein zu atmen und schien wacher. Die Röntgenaufnahmen, die Kathleen anordnete, zeigten einen Darmbereich, der verdächtig schien, ließen aber keine genauen Schlüsse zu. Die Ärzte kamen zu dem Schluß, daß es sich um eine Darmentzündung handelte: »Diese Diagnose erklärte die meisten der Probleme, die das Kind hatte.«

Brandy, die immer noch allein atmete, wurde intubiert, mit einem Tropf versehen und, an einen Herzmonitor angeschlossen, wieder in den Krankenwagen verfrachtet. Kathleen folgte in ihrem eigenen Wagen, während Brandy im Krankenwagen von Genene Jones und den Sanitätern Phillip Kneese und Sarah Maudlin überwacht wurde.

Als die den Parkplatz des Krankenhauses verließen, erinnert sich Sarah, war Brandys Atmung in Ordnung. Nach ein paar Meilen bemerkte die Schwester, daß der Brustkorb sich nicht mehr hob und senkte. Sie legte ihre Hand auf Brandys Brust und fühlte keine Bewegung, aber wegen der holprigen Straße war sie sich nicht ganz sicher. »Ich bat Genene, sich das Kind anzusehen.«

Jones untersuchte das Kind kurz und teilte Sarah mit, daß die Atmung ihrer Meinung nach in Ordnung sei. Sarah war beruhigt.

»Seht mal«, sagte der Pfleger und deutete auf den Herzmonitor.

Der Krankenwagen fuhr auf halbem Weg zwischen Kerrville und Comfort – der nächsten kleinen südlich gelegenen Stadt – auf den Seitenstreifen des Highway und hielt an.

Kathleen parkte direkt dahinter, sprang aus dem Wagen und öffnete die Hintertür des Krankenwagens. Genene hatte sich über das Kind gebeugt und drückte auf den Brustkorb. Brandy hatte einen völligen Herzstillstand erlitten.

»Wiederbelebung einstellen«, befahl Kathleen, als sie hineinkletterte und ihr Stethoskop auf die Brust des Kindes setzte. »Ich hörte einen schleppenden Herzschlag, so als ob das Herz gerade wieder begonnen habe zu schlagen.«

»Medikamente?« fragte Genene, deren Hände bereits im Arztkoffer herumsuchten.

»Nein, ich glaube nicht«, erwiderte Kathleen, denn das schneller schlagende Herz klang jetzt kräftiger. »Wie lang dauert die Fahrt nach San Antonio?«

»Etwa fünfundvierzig Minuten«, erwiderte der Fahrer.

Kathleen wandte sich an Genene. »Wir wollen es mit einer Dosis Bikarbonat versuchen. Beatmen Sie das Kind hin und wieder mit der Sauerstoffmaske, um ihm etwas zu helfen.« Dem Fahrer befahl sie: »Das Kind muß so schnell wie möglich ins Krankenhaus geschafft werden.«

Kathleen lief wieder zu ihrem Wagen, und der Konvoi fuhr weiter in südlicher Richtung. Im Krankenwagen rief der Fahrer über Funk seinen Fahrdienstleiter an und bat, daß man Santa Rosa per Telefon von den Problemen unterrichten solle – der Krankenwagen war noch zu weit entfernt, um direkten Funkkontakt aufzunehmen. Sarah übernahm es als erste, Brandy mit der Maske zu beatmen. Phillip kümmerte sich um den Herzmonitor. Fast geistesabwesend fragte Genene: »Haben wir sterile Spritzen dabei?«

Später erinnerte sich Sarah, daß sie damals dachte: Spritzen? Wofür?

Phillip, der sich in dem Krankenwagen auskannte, schaute extra in ein paar kleinen Schränken nach. »Nein, leider, keine Spritzen.«

Genene nickte. Sehr zielbewußt legte sie einen zweiten Schlauch am Fuß des Kindes an – obwohl der Tropf an Brandys Arm problemlos lief. Weder Sarah noch Phillip stellten irgendwelche Fragen. »Da es an Bord des Krankenwagens keine Vorrichtungen für einen Tropf gab, mußte sie das Material mitgebracht haben«, stellte Phillip später klar, »und daher... da sie, wie soll ich sagen... Sie schien so energisch, daß man den Eindruck hatte, daß sie genau wußte, was sie tat. Ich dachte mir eben, daß das Kind aus irgendeinem Grund, den ich nicht kannte, einen zweiten Tropf brauchte.«

Kurz nachdem der zweite Tropf angelegt war, hob Genene

Brandys Bein an und ließ es auf die Trage fallen. »Es fiel wie ein Bleigewicht herunter, völlig schlaff«, erinnert sich Phillip.

Genene wandte sich an Sarah, schaute ihr in die Augen und sagte »ziemlich erregt«, wie Sarah sich erinnert, »›das Kind ist nicht in Ordnung. Stärker beatmen.‹ Und das tat ich.«

Nach zwanzig Minuten übergab Sarah das Atemgerät an Phillip, der das blasse Kind beatmete, bis er wiederum dreißig Minuten später von einer Schwester des Santa Rosa Hospital abgelöst wurde.

Es blieb Genene überlassen, ihrer Chefin von den Einzelheiten der zweiten Krise zu berichten. Doch Kathleen erfuhr erst fast ein Jahr später von der ganzen Geschichte, die sich im Krankenwagen zugetragen hatte.

Jetzt hatte es in ihrer Praxis den zweiten Atem- und Herzstillstand gegeben, aber Kathleen brachte die beiden Vorfälle nicht miteinander in Verbindung. Ihrer Ansicht nach hatten die beiden Kinder völlig unterschiedliche medizinische Probleme gehabt, wobei bei beiden eine Krankengeschichte mit potentiell ernsten Symptomen vorlag. »Bei Brandy bin ich mir nicht so sicher, selbst heute nicht«, erklärt Kathleen, »ich meine, bei ihr hat es mich am wenigsten überrascht. Sie war eine Frühgeburt, hatte drei Tage lang blutigen Stuhl gehabt und war im Wartezimmer aschfahl gewesen. Es überraschte mich überhaupt nicht, daß es zu einem Herzstillstand kam. Natürlich war ich enttäuscht. Bitte verstehen Sie mich nicht falsch, ich war *betroffen* wegen des Vorfalls, ich machte mir Sorgen, aber aus medizinischer Sicht war ich nicht überrascht. Ich weiß nicht, ob Genene etwas mit diesem Atemstillstand zu tun hatte oder nicht. Wahrscheinlich werde ich es nie wissen.«

Wir glauben nicht, daß Kathleen Holland je den Kindern absichtlich etwas angetan hat. Wir sind nur der Meinung, daß sie irgend etwas hätte merken müssen. Sie hätte einen Verdacht haben müssen. Ich meine, sie muß doch etwas von den Gerüchten in San Antonio gehört haben. Und als diese Dinge passierten, hätte sie doch zwei und zwei zusammenzählen können.

Sie geben Ihr also die Schuld an dem, was mit Ihrem Kind passiert ist.

Ich gebe ihr nicht die *Schuld*, aber ich meine, sie hätte etwas merken müssen. Warum gab sie dieser Frau so viele Vollmachten? Warum achtete sie nicht mehr darauf, wenn Jones all diesen Kindern Spritzen gab? Warum ließ sie Genene im Krankenwagen mitfahren, statt selbst mitzufahren? Ich weiß es wirklich nicht. Wenn ich mit meinem Kind zu einem Arzt gehe, erwarte ich, daß dieser Arzt sich um alles kümmert, daß er mein Kind beschützt.

Die anderen Ärzte in der Stadt sagen, daß sie es hätte merken müssen. Sie sagen, daß es vorher in der Stadt nie zu einem Atemstillstand bei einem Patienten gekommen war. Dr. Holland hätte es wissen müssen, hätte einen Verdacht haben müssen. Sie hätte diese Frau stärker überwachen sollen. Warum hat sie nicht gemerkt, daß all diese Notfälle kein bloßer Zufall waren? Ich weiß, daß sie neu war, aber das ist nicht meine Sache. Ich vertraute ihr. Ich gab mein Baby in ihre Hände, und dann passierten all diese Sachen – weiß Gott, unter welchen Spätfolgen mein Kind noch leiden wird. Irgend jemand muß die Verantwortung dafür übernehmen. Es war Dr. Hollands Praxis; sie hätte alles genau überwachen müssen.

Aus diesem Grund haben wir sie verklagt. Jemand muß dafür verantwortlich sein.

Drittes Kapitel

Es gibt Versuchungen, bei denen es aller Kraft bedarf, ihnen nicht nachzugeben.

Elbert Hubbard, The Philistine, XX.86

James August Pearson war ein besonderes Kind. Fremde sahen nur seine Probleme, von denen es viele gab, und die waren schwerwiegend. Sein Körper schien entstellt, er war winzig und wog mit sieben Jahren nur zwölf Kilo. Er war stark geistig behindert und konnte nicht sprechen. Außerdem litt er unter einer chronischen Herzerkrankung, ständigen Atemproblemen und gelegentlichen Krampfanfällen. Seit dem Tag seiner Geburt hatten die Ärzte damit gerechnet, daß er jederzeit sterben könne.

Jimmys Familie sah ihr geliebtes Kind hinter den vielen Problemen. Sie erinnert sich an ein freundliches, sanftes Wesen, das lange Jahre des Schmerzes und der Isolation durchlitten hatte. Obwohl die Behinderung seine Fähigkeit, mit anderen zu kommunizieren, begrenzten, wurde er geliebt, und nach Meinung der Eltern erwiderte er diese Liebe.

Am Morgen des 30. August 1982 erlitt Jimmy plötzlich einen unkontrollierten Krampf, der trotz seiner Medikamente anhielt. Seine Mutter, Mary Ellen, eilte mit Jimmy in die Notaufnahme des Sid Peterson Hospital, wo die Schwestern Frau Dr. Holland, die kurz zuvor eingetroffen war, baten, sich den Jungen anzusehen.

»Ich kümmerte mich gerade um einen anderen Patienten«, erinnert sich Kathleen, »um den sechs Monate alten Christopher Parker.« Mrs. Parker hatte Chris am Morgen in die Praxis gebracht, weil sie sich wegen seiner raschelnden Atmung Sorgen machte. Nachdem Kathleen schnell die verengten Atemwege untersucht hatte, war sie der Meinung gewesen, daß er vierundzwanzig Stunden lang im Krankenhaus beobachtet werden sollte. Sie ließ sich Mrs. Parkers Zustimmung geben und bestellte einen Krankenwagen. Gerade als Chris auf die Kinderstation verlegt worden war, fuhr Mary Ellen an der Notaufnahme vor.

»Es war ein Zufall«, berichtet Kathleen, »daß ich Jimmy vor mehreren Jahren schon einmal als Assistenzärztin behandelt hatte.« Sie kannte die Probleme des kleinen Jungen und stabilisierte seinen Zustand schnell mit einer Injektion von einem Milligramm Valium und 0,1 Milligramm Phenytoin. Dann brachte sie eine Nasenkanüle an, durch die Sauerstoff in seine Lungen geblasen wurde. Nachdem Kathleen sich am Telefon mit den beiden behandelnden Ärzten von Jimmy beraten hatte, teilte sie Mrs. Pearson mit, daß alle es für das Beste hielten, wenn Jimmy ins Santa Rosa Hospital eingeliefert werden würde. Dann rief Kathleen Fort Sam Houston in San Antonio an, um einen Armeehubschrauber für den Transport zu bestellen.

In den Vereinigten Staaten bietet die Armee den Militärangehörigen, aber auch den zivilen Gemeinden, die in der Nähe von Kasernen liegen, medizinische Transporte an. Das Personal, bei dem es sich um ausgebildete Sanitäter und Piloten handelt, die speziell für medizinische Zwecke gebaute Hubschrauber fliegen, bringt bei Notfällen Patienten aus entfernten Städten in die größeren Krankenhäuser der Umgebung.

Im Protokoll von Fort Sam Houston steht, daß die Einheit an diesem Tag um 12 Uhr 32 den Notruf einer Kinderärztin namens Holland aus Kerrville erhielt, die für einen sieben Jahre alten Jungen, der unter plötzlichen, unkontrollierbaren Krampfanfällen litt, um einen Transport bat. Der Transport schien dringend notwendig, und es war ein perfekter Tag zum Fliegen. ›Klarer blauer Himmel und 22° C.‹ Sergeant David Maywhort, Ausbilder der Einheit und wahrscheinlich einer der besten seines Fachs, übernahm den Auftrag persönlich.

»Wir hoben sofort ab und landeten auf dem Hubschrauberlandeplatz in Kerrville«, sagte Maywhort später vor Gericht aus. »Er liegt etwa eineinhalb bis zwei Meilen vom Sid Peterson Hospital entfernt. Als unser Krankenwagen am Krankenhaus eintraf, wurden wir von einer Schwester und Dr. Holland begrüßt. Die Ärztin informierte Sergeant Garcia – den Leiter der Mission –, daß da noch ein Patient sei. Christopher Parker, der ebenfalls verlegt werden müsse. Sie fragte, ob dies möglich sei.«

Seit ihrem Anruf im Fort Sam Houston hatte Kathleen entschieden, daß Christopher, der immer noch unter Atembeschwerden litt, besser in einem Krankenhaus in San Antonio beobachtet werden solle. Da sich Christophers Zustand auf der einstündigen Fahrt nach San Antonio möglicherweise verschlechtern konnte, entschied sie sich dafür, ihn zusammen mit Jimmy im Hubschrauber transportieren zu lassen.

»Garcia sagte der Ärztin, daß wir den Jungen untersuchen müßten«, fuhr Maywhort fort. »Ich folge der Krankenschwester nach oben, um mir Christopher anzusehen, während Sergeant Garcia die Ärztin begleitete, um den Jungen für den geplanten Transport zu begutachten.«

Die Armee überläßt die Entscheidung über den Transport dem jeweiligen Flugpersonal. Die Sanitäter allein bestimmen, ob ein Transport stattfindet oder nicht. »Die Philosophie der Flugsanitäter lautet, einen Patienten zu transportieren, wenn es von Vorteil für ihn ist«, erklärte Maywhort. »Unser Ziel ist es, einen sicheren Transport von Punkt A nach B zu gewährleisten, daher zögern wird, sehr unstabile Patienten zu transportieren, oder Patienten, deren Leben durch den Flug in Gefahr gerät. In diesem Fall ist der Patient an seinem bisherigen Aufenthaltsort besser aufgehoben. Wir entscheiden uns nur anders, wenn wir mit ziemlicher Sicherheit wissen, daß es dem Patienten schlechter gehen oder daß er sterben wird, wenn wir ihn *nicht* transportieren.

Bei diesen zivilen Missionen spielen auch die Umstände insgesamt eine Rolle. Wenn man uns in eine kleine Gemeinde ruft, wird oft versucht, einen Patienten loszuwerden, der bald sterben wird – das passiert meiner Meinung nach ziemlich oft, weil es ihnen lieber ist, daß der Patient woanders stirbt. Daher tragen wir in jedem einzelnen Fall die

Verantwortung, ob der Flug gerechtfertigt ist oder nicht. Die Armee will schließlich nicht ständig Leichen abliefern.«

Obwohl Sergeant Maywhort der älteste Sanitäter an Bord war, hatte Sgt. Gabriel Garcia offiziell die Leitung dieser Mission übernommen. Wie Maywhort war Sergeant Garcia ein erfahrener Spezialist mit über dreijähriger Erfahrung. Er und Maywhort waren schon oft miteinander geflogen; sie respektierten einander als Menschen und als medizinisch Sachkundige.

»Nachdem Dr. Holland die Situation erklärt hatte und Maywhort hinaufgegangen war«, erinnerte sich Garcia, »begab ich mich in die Notaufnahme, um mir den Pearson-Jungen anzusehen – es war ein schlecht entwickelter Siebenjähriger, der offenbar mehrfach behindert war. Er war nur etwa einen Meter groß und wog etwa elf Kilo. Ich erinnere mich, daß Jimmy nur halb bei Bewußtsein war – fast die ganze Zeit über war er in einer Art Betäubungszustand, wie er nach Krampfanfällen häufig ist. Ich sprach mit Dr. Holland und mit der Mutter über die Art der Behandlung, über die Medikamente, darüber, wieviel Sauerstoff er brauchte, und ob sein Verhalten heute anders wäre als sonst – um zu sehen, wie stabil er physiologisch insgesamt war. Er schien in einem ganz guten Zustand zu sein, obwohl er einige Schwierigkeiten mit der Atmung hatte. Er hatte viel Flüssigkeit in den Bronchien, und sein Atem ging schwer. Es handelte sich fraglos um ein krankes Kind, aber seine Mutter sagte, daß diese Symptome normal für ihn seien. Ich war daher der Meinung, daß wir den Jungen in demselben Zustand in San Antonio abliefern konnten, wie wir ihn hier mitnahmen. Also sagte ich der Ärztin, daß wir ihn transportieren würden.«

Auf der Kinderstation überprüfte Sergeant Maywhort Christophers Lebensfunktionen. »Die Schwester erklärte mir, daß es sich um einen vierzehn Monate alten Jungen handelte, der unter Atemschwierigkeiten gelitten hatte, aber als ich ihn mir ansah, schien er keinerlei Probleme zu haben. Er schien mir ganz gesund. Ich weiß eigentlich immer noch nicht, warum er in ein anderes Krankenhaus transportiert werden sollte, aber da ziemlich offensichtlich war, daß wir keine Probleme mit ihm haben würden, sah ich keine Notwendigkeit, die Bitte abzuschlagen.«

Maywhort legte Chris in einen Brutkasten und trug ihn nach unten, wo er Garcia empfahl, beide Jungen zusammen zu transportieren. Sergeant Garcia wandte sich an Kathleen und fragte, wie sie sich ihrer Meinung nach bei einem Notfall verhalten sollten: Wer müsse, falls es bei beiden Patienten gleichzeitig zu Problemen kam, vorrangig behandelt werden? Dr. Holland erklärte, daß wir Christopher Parker zuerst behandeln sollten.

Kathleen stellte Genene die beiden Sanitäter vor und erklärte ihnen, daß ihre Helferin die beiden Patienten begleiten würde. »Nach kurzer Diskussion«, erinnert sich Garcia, »wurde die Ärztin weggerufen, und ich war mit der Schwester allein. Sie schaute recht ernsthaft drein und sagte: ›Ich glaube, wir könnten Schwierigkeiten mit dem Pearson-Jungen bekommen.‹«

In zwei Krankenwagen wurden die Kinder zum Hubschrauberlandeplatz transportiert. Sergeant Maywhort begleitete den Parker-Jungen, während Garcia mit Jimmy Pearson und Genene in dem zweiten Wagen folgte. Während der kurzen Fahrt erläuterte Garcia Schwester Genene einige Dinge, an die man bei einem Flugtransport denken mußte. »Ich erklärte ihr nicht alle Einzelheiten, weil sie meiner Meinung nach eine erfahrene Kraft war – man hatte den Eindruck, daß sie eine sehr kompetente, flugerfahrene, voll ausgebildete Schwester war. Aber ich erinnere mich, daß ich ihr sagte, daß es unmöglich sei, während eines Fluges die Lungen oder den Herzschlag mit einem Stethoskop abzuhören. Es geht einfach nicht. In der Kabine ist es sehr laut, und die Tragen, auf denen die Patienten liegen, sind direkt mit dem Rahmen des Fluggeräts verbunden. Die Vibrationen der Maschine übertragen sich also auf den Körper des Patienten und durch das Stethoskop ins Ohr hinein. Man kann einfach nichts hören.

Ich erklärte ihr auch, was wir von ihr erwarteten, falls es zu einem Notfall kommen sollte, sei es durch ein Versagen des Fluggeräts oder aufgrund von medizinischen Problemen. Ich erinnerte sie daran, wie die Kopfhörer funktionieren, wenn sie angeschlossen sind, und daß sie den Piloten nicht stören solle, es sei denn, daß es unbedingt nötig wäre. Es war nur eine kurze Besprechung. Ich hatte den Eindruck, daß sie schon alles wußte.

Dann bemerkte ich, daß sie eine Papiertüte mitgebracht hatte und fragte: ›Haben sie alles?‹

Sie antwortete: ›Ja.‹

Ich fragte: ›Was haben Sie dabei?‹

Sie sagte: ›Nur ein paar Sachen‹, und hielt die Tüte hoch.

Ich fragte: ›Darf ich mal sehen?‹ Ich wollte sichergehen, daß ich wußte, was uns in einem etwaigen Notfall zur Verfügung stand, und es machte mich auch neugierig, was wir ihrer Meinung nach möglicherweise brauchen würden. Ich griff in die Tüte, und neben einem Kehlkopfspiegel, einigen Schläuchen und einer Atemmaske fand ich eine aufgezogene Spritze, die ihren Angaben zufolge Neosynephrin enthielt und Lidocain [ein Mittel zur örtlichen Betäubung, das aber auch bei arhythmischen Störungen wirkt].«

»Dort hinten alles gesichert?«

»Alles gesichert.«

»Abheben.«

Die Passagiere füllten die kleine Kabine des Hubschraubers aus. Christopher, der in dem Brutkasten schlief, war direkt an die Rückwand der Kabine geschnallt worden, während Jimmy auf der Trage über ihm angeschnallt war. Beide lagen rechtwinklig zur Flugrichtung. Sergeant Garcia und Genene schauten in Richtung des Hecks; zwischen ihren Knien und den beiden Patienten waren etwa fünfzehn Zentimeter Platz. Sergeant Maywhort und Sgt. Ken Torrongeau saßen hinter der Rückwand und hielten Ausschau nach etwaigen anderen Flugzeugen.

Pilot David Butler zog eine glatte Kurve, bis sie in südwestlicher Richtung flogen. Als der Hubschrauber sich auf viertausend Fuß Flughöhe befand, schaute Maywhort von seinem Platz aus in die Kabine, um festzustellen, ob die Patienten irgendeine negative Reaktion auf die Veränderung des

Luftdrucks oder auf die Bewegung und den Lärm des Fluggeräts zeigten. Beiden schien es nichts auszumachen.

Etwa zur selben Zeit winkte Maywhort Garcia zu und deutete an, daß der Mannschaftsleiter sein Mikrofon anstellen solle. Er konnte sich nur dann mit Garcia verständigen, wenn dieser sein Mikrofon aktivierte.

»Was gibt's?« fragte Garcia.

»Sollten wir den Herzmonitor nicht mit der oberen Trage verbinden? Der kleine Parker scheint ihn nicht zu benötigen. Er schläft.«

»Roger.«

Bei dem Herzmonitor handelt es sich um ein tragbares Gerät, das speziell für den Einsatz im Hubschrauber konzipiert ist. Funkentstörung und Isolierung ermöglichen es, genaue Messungen der elektrischen Aktivität des Herzens vornehmen zu können.

In wenigen Minuten befestigte Garcia die drei farbkodierten Elektroden an den entsprechenden Stellen auf Jimmys kleiner Brust und stellte den Monitor an. Wie immer gab es einige Störungen, aber Garcia wußte, wie er die Anzeige auswerten mußte. Sie zeigte einen normalen Rhythmus von siebzig bis achtzig Schlägen pro Minute an.

Etwa fünf Minuten später, etwa auf halber Streckte, drehte Sergeant Maywhort sich wieder um und sah, wie Genene sich über den Patienten in der oberen Trage gebeugt hatte und das Stethoskop auf seine Brust drückte. Sie schien besorgt. »Ich winkte Sergeant Garcia zu und deutete in Zeichensprache an, daß er nachsehen solle, was die Schwester machte.«

Wieder legte Sergeant Garcia den Sicherheitsgurt ab, stellte sich hin und schaute nach den Patienten. Die Crew konnte bruchstückhaft hören, was gesagt wurde, aber nur durch das Mikrofon von Garcias Kopfhörern. Genenes Mikrofon war nicht aktiviert worden.

»Was tun Sie da?« fragte Garcia.

Genene schaute ihn verächtlich an.

»Ich war irgendwie überrascht«, erinnert sich Garcia, »ich sah, wie sie versuchte, bei diesem armen Kind das Stethoskop zu verwenden, und das war einfach absurd. Ich sagte: ›Das geht nicht.‹«

»Natürlich geht es!« schrie Genene und wandte ihre Aufmerksamkeit wieder dem Patienten zu.

»Aber Sie können nichts hören.«

»Ich höre alles«, gab sie zurück und setzte das Stethoskop ab. Verzweifelt begann sie zu gestikulieren. »Ihm geht es nicht gut!« rief sie, während Garcia versuchte, Wortfragmente zu ihren Lippenbewegungen in Beziehung zu setzen. »Es geht ihm schlecht. Er hat wieder einen Krampf. Schauen Sie ihn an, er wird blau. Er hat wieder einen Stillstand, genau wie ich es gesagt habe.«

Maywhort erinnert sich, daß Schwester Jones »irgendwie beunruhigt schien... nicht aufgeregt oder so, nur beunruhigt.«

Genene schnappte sich ihre Tüte und kehrte an ihren Platz zurück.

»Garcia, was, zum Teufel, hat sie gesagt?« fragte Maywhort.

»Ich bin mir nicht sicher. Irgend etwas ist mit dem Kind los – ein Krampf –, aber mir scheint er in Ordnung. Was meinen Sie?«

Auch Maywhort war der Meinung, daß es Jimmy gut zu gehen scheine.

Garcia überprüfte den Oszillographen des Geräts zur Herzüberwachung. Trotz der Störungen konnte er sehen, daß das regelmäßige Muster des Jungen sich nicht verändert hatte. Er drehte den Oszillographen so um, daß Maywhort ihn sehen konnte. Auch er war der Meinung, daß es sich um einen normalen Sinusrhythmus handelte.

Genene stand jetzt wieder an der Trage und hörte das Kind intensiv mit dem Stethoskop ab, während Garcia ihr zu erklären versuchte, daß sie sich keine Sorgen machen müsse, daß es dem Kind gut ginge. Genene tat dies mit einem Schulterzucken ab.

Garcia und Maywhort verständigen sich mit Handzeichen. Offenbar hatten sie es unerwarteterweise doch mit einer schlecht ausgebildeten, vielleicht inkompetenten Zivilistin zu tun, die darauf bestand, daß der Junge ernste Probleme habe. »Es ist nicht leicht für uns als Sanitäter, sich bei einer Schwester, die in unserem Hubschrauber ihren Patienten begleitet, einzumischen«, erklärte Sergeant Garcia. »Das verursacht immer eine Menge Probleme mit verschiedenen Krankenhäusern und Ärzten. Wenn wir es also tun, wenn wir uns bei der Behandlung eines Patienten einmischen, unterliegt er von diesem Augenblick an allein *unserer* Verantwortung. Dann müssen wir das bis zum Schluß durchstehen, und wir müssen recht behalten.«

Als Garcia sich umdrehte, um erneut den Monitor zu überprüfen, sahen Maywhort und Torrongeau, wie die Schwester eine Spritze herausholte und sie hochhielt, um die Luft herauszudrücken.

»Stop!« schrien sie von ihren Plätzen aus, als Genene den Inhalt schnell dem Jungen injizierte.

Garcia, der hinter Genene stand, aber nicht sehen konnte, was sie tat, konnte sich nicht überwinden einzugreifen. »Es ist normalerweise nicht unsere Praxis«, erläuterte Maywhort später, »Leute im Hubschrauber daran zu hindern, das zu tun, was ihr Aufgabe ist. Es bedarf schon einer starken Abweichung von der anerkannten Vorgehensweise, damit wir eingreifen und uns über einen medizinisch ausgebildeten Passagier stellen. Im Grunde sind sie es ja, die für ihre Patienten verantwortlich sind. Auch konnte ich sie nicht zu fassen kriegen; ich saß ja hinter der Rückwand. Garcia hätte ihr Einhalt gebieten können, aber er konnte nicht sehen, was sie tat.«

Maywhort brüllte: »Zeit aufschreiben«, um den Piloten darauf aufmerksam zu machen, daß in der Kabine etwas vor sich ging und daß er auf die Zeit achten solle. Genene zog die leere Spritze heraus und warf sie in ihre Tüte.

Dann drehte sie sich um und deutete mit den Händen an, daß es nichts weiter auf sich habe. »Es ist Neosynephrin«, schrie sie in Maywhorts Richtung, »um den Schleim zu verflüssigen, damit er leichter atmen kann!« Dann kehrte sie an ihren Platz zurück.

Maywhort und Garcia starrten sich schockiert an. Sie waren der Meinung, daß das Kind keine weiteren Medikamente brauchte, und Neosynephrin hatte sicherlich nicht viel mit dem Krampf zu tun, den Genene angeblich vorhin bemerkt hatte. Außerdem hatten sie allen Grund zu glauben, daß die Schwester aus irgendeinem unbekannten Grund versucht hatte, sie zu täuschen – sie wußten beide, daß sie nichts durch das Stethoskop gehört haben konnte. Besorgt sahen sie nach dem Kind.

Minuten vergingen; das Kind zeigte keine Veränderung, doch plötzlich schien Jimmy keuchend zu atmen, und die Haut wurde fleckig und blau. Garcia schaute Maywhort an, der andeutete, daß er die Veränderung ebenfalls bemerkt hatte. Jetzt wurde Jimmys Atmung flacher und schneller.

Genene schoß aus ihrem Sitz hoch – ihr Gesicht glänzte vor Schweiß: »Er hat einen Krampf!«

»Er hat einen Herzanfall«, entgegnete Garcia und schaute auf den Monitor – die Atemzüge pro Minute steigerten sich, waren diffus. »Mayday, Mayday!« rief Garcia, während er den schwarzen Knopf an dem Herzüberwachungsgerät drückte, um einen Ausdruck der Messungen zu erhalten. »Mayday. Ich brauche Platz, Butler, hier hinten gibt es einen Herzstillstand!« Er war nicht klug, den Jungen in der Enge der Kabine zu behandeln – sie mußten landen und die Hintertüren öffnen. Butler überblickte das Terrain unter sich und aktivierte sein Funkgerät. »San Antonio Tower, hier Medevac zwei vier, etwa vier null Meilen nordwestlich von eurer Station. Wir machen eine Notlandung – medizinischer Notfall bei einem Patienten an Bord. Wiederhole: medizinischer Notfall bei einem Patienten an Bord. Benachrichtigen Sie die Verwaltung in Kerrville, das Sid Peterson Hospital und das Santa Rosa Medical Center. Melde mich wieder, wenn wir in der Luft sind. Ende.«

»Medevac-zwei-vier, hier San Antonio Tower, Roger. Viel Glück. Ende.«

In der engen, schwankenden Kabine des Hubschraubers schaute Garcia sich den Jungen genau an. Jimmy hatte aufgehört zu atmen, und der Oszillograph zeigte jetzt Kammerflimmern an. Der Junge war in großer Gefahr.

Genene schob Garcia zur Seite und legte dem Jungen die mitgebrachte Sauerstoffmaske aufs Gesicht. Aufgrund seiner Mißbildungen paßte sie jedoch nicht. Maywhort, der auf seinem Sitz stand, forderte sie auf, zur Seite zu gehen. Er lehnte sich in die Kabine und begann mit der Mund-zu-Mund-Beatmung. Als der Hubschrauber sich zur Landung fertigmachte, sank Genene auf ihren Platz.

Butler erblickte ein kleines, fast ebenes Stück Land zwischen zwei Hügeln, und innerhalb von Sekunden landete er zwischen dem Buschwerk.

Garcia schlug die linke Tür weit auf, und Sergeant Torrongeau sprang heraus, um die rechte Tür zu öffnen. Augenblicke nach der Landung lag Jimmy trotz der unzähligen Drähte und Schläuche, die mit den verschiedenen Teilen seines Körper verbunden waren, auf dem Boden der Kabine. Maywhort hockte neben dem Jungen, während Genene und Garcia, die beide auf den Gleitkufen des Hubschraubers standen, sich durch die Tür hineinlehnten. Genene zog das Rohr aus ihrer Papiertüte und versuchte, Jimmy zu intubieren, aber sie schaffte es nicht. Garcia nahm das Rohr aus Genenes Hand und führte es geschickt ein. Sofort schloß Maywhort das Atemgerät an und begann zu pumpen.

»Zum Abflug fertigmachen!« brüllte Garcia.

Als alle wieder in den Hubschrauber kletterten, lockerte sich das Rohr. Garcia dachte einen Moment daran, es wieder einzuführen, aber jetzt war höchste Eile geboten. Er befahl Maywhort, sich um Atmung und Kreislauf zu kümmern und ordnete den sofortigen Abflug an.

Die Türen wurden zugeschlagen. Die Maschine heulte auf.

»Hinten alle angeschnallt?«

»Angeschnallt.«

»Abheben.«

Während der Hubschrauber immer höher stieg, befahl Garcia dem Piloten, in Richtung des Methodist Hospital im Nordwesten von San Antonio, das am nächsten lag, zu fliegen.

Maywhort hatte sich in der Nähe des vorderen Frachtraums hingehockt und hielt Jimmy auf dem Schoß. Er beatmete das Kind weiter, während Garcia mit der Herzmassage begann. »Wir hielten ab und zu inne, um zu überprüfen, ob der Puls zurückkehrte«, erinnerte sich Garcia, »aber wir konnten nicht viel tun, bis wir Jimmy etwa zwanzig Minuten später in der Notaufnahme des Methodist Hospital ablieferten.«

Während der Herzmassage bemerkte Garcia, daß Genene sich an ihrem Sitz festklammerte und daß die Knöchel ihrer Hand weiß hervortraten. »Sie schien blaß und atmete auffällig heftig. Es sah aus, als ob sie... nun, es ist schwer zu beschreiben. Sicher, es war eine schreckliche Erfahrung, und jeder würde vielleicht nach Luft schnappen, aber sie wirkte eher, nun, irgendwie *erregt*. Ich fragte sie, ob alles in Ordnung sei, und sie erwiderte, daß sie wohl etwas luftkrank wäre.«

Sergeant Garcia sagte später aus, daß er sich vage daran erinnerte, nach der Landung auf dem Methodist Hospital jemanden darum gebeten zu haben, sich den Ausdruck und die leere Spritze in Genenes brauner Papiertüte anzusehen – aber er konnte sich nicht erinnern, wer dies war. Weder die Tüte noch ihr Inhalt wurden je wieder gesehen.

Jimmys Mutter Mary Ellen Pearson, die aus Kerrville mit dem Auto angefahren kam, erreichte das Santa Rosa Hospital mehr als eine Stunde vor dem Hubschrauber. Erst am späten Nachmittag sah sie ihren Sohn, der von den Armeesanitätern vom Helikopterlandeplatz schnell hereingeschafft worden war, endlich wieder. Sofort war Genene mit ihr hinunter in die Notaufnahme gegangen.

»Ich erinnere mich besonders an ihr Aussehen«, berichtete Mary Ellen später, »sie zitterte und war blaß. Sie hatte einen ungewöhnlichen... ich kann den Blick in ihren Augen nicht erklären. So etwas hatte ich noch nie gesehen. Sie war ›high‹.

Als erstes berichtete sie mir, daß mit Jimmy alles in Ordnung sei, dann erzählte sie von dem Flug. Sie sagte, daß sie Jimmy kurz nach dem Abheben wegen seiner Krämpfe etwas Valium habe geben müssen. Während des Flugs hatte er dann aufgehört zu atmen, und sie mußten eine Notlandung auf einer Viehweide machen, um ihn zu retten. Und dann schaute sie mich an und sagte – ich werde es nie vergessen –: ›Es war einer der aufregendsten Nachmittage meines Lebens.‹«

Da Kathleen nicht Jimmys Hausärztin war, hielt keiner der Sanitäter an Bord des Hubschraubers es für nötig, ihr einen vollen Bericht zu geben. Kathleen erfuhr von der Krise während des Flugs von ihrer Helferin, von niemandem sonst. »Es klang aufregend. Als ich hörte, daß Genene das Leben des Kindes gerettet hatte, wünschte ich mir, daß ich selbst dabei gewesen wäre, um mich um meine Patienten zu kümmern.«

Jimmy, Mary Ellen Pearsons Sohn – ein Junge, der mit fünf starken Mißbildungen und einem genetischen Problem, das sein Knochenwachstum behinderte, geboren worden war, dessen Gelenke steif waren, der wahrscheinlich nicht hören und nicht besser sehen konnte als ein normales Kind unter Wasser –, verbrachte den Rest seines Lebens im Krankenhaus. Siebeneinhalb Wochen nach seinem ersten und einzigen Hubschrauberflug erlag Jimmy, der keine acht Jahre alt wurde, schließlich den Komplikationen, die durch seine Mißbildungen verursacht wurden, und einer schwächenden Infektion. Zu dem einzigen Atem- und Herzstillstand in seinem kurzen, leidvollen Leben war es am 30. August 1982 gekommen.

Nick Rothe

Wie wurden Sie in diesen Fall verwickelt?

Ich glaube, es ist Schicksal, wenn man mit etwas an der Reihe ist, und jetzt war ich an der Reihe. ›Schicksal‹, würde ich sagen, wenn man mich fragt, wie es dazu kam, daß ich als stellvertretender Staatsanwalt in der Mordverhandlung von Genene Jones tätig war.

Ich glaube, es ist noch nie zuvor passiert – zumindest nicht in Texas –, daß zwei Staatsanwälte aus benachbarten Counties an einem Fall zusammengearbeitet haben. Das kann sehr kompliziert werden – aber bei uns klappte es prächtig. Wir schlossen einen Pakt zur gegenseitigen Unterstützung und stellten die Untersuchungen im wesentlichen gemeinsam an. Wir teilten uns die ganze Arbeit. Ich glaube, die Ermittlungsbeamten aus San Antonio kümmerten sich um fast alle Befragungen in beiden Counties – und es mußten Hunderte von Leuten befragt werden. Wir mußten uns außerdem um unsere Seite des Falls kümmern, um den Pearson-Fall beispielsweise. Damit beschäftigten wir uns hier in San Antonio.

Aber was passierte oben in Kerrville?

Das Ganze begann zwar dort oben, aber es endete hier. Alle Leute, die vor den Geschworenen ihre Aussage machen mußten, lebten hier in San Antonio. Die Krankenhäuser liegen hier, und die Jungs von der Armee leben alle hier in Fort Sam. Daher fing ich mit diesem Teil des Falles ganz von vorne an.

Und aus diesem Grund befragten Sie die Männer von der Armee, während der Verhandlung, in der es um Chelsea ging?

Richtig. Ich war derjenige, der mit ihnen gesprochen hat; sie haben *mir* erzählt, was passiert war, nicht Ronnie. Außerdem hatte ich persönliches Interesse an diesem Fall. Jimmy war ein ganz besonderes Kind. Seine Eltern gaben mir ein kleines gerahmtes Bild. Es steht in meinem Büro.

Bei dieser Sache müssen Sie verstehen, daß... daß Genene... Sie müssen verstehen... Also, ich kenne sie nicht sehr gut, denn als Staatsanwalt spricht man normalerweise nicht viel mit den Angeklagten. Aber man bekommt wahrscheinlich eine ganz gute Vorstellung von dieser Frau, wenn man ihre Aussage über den Vorfall in dem Hubschrauber mit dem vergleicht, was die Sanitäter dazu sagten.

Sehen Sie, es sind Armeesanitäter, das Beste, was es auf diesem Gebiet gibt. Sie sind einfach top. Einer von ihnen hat, glaube ich, in Vietnam gedient, und der andere war... Maywhort unterrichtet jetzt an einer Universität, es geht um die

Behandlung von Traumen und so weiter. Außerdem unterrichtet er an der Militärschule Sanitäter für Lufttransporte. Ich meine, diese Jungs sind schon beeindruckend. Sie haben sich völlig unter Kontrolle.

Als ich hörte, wie Genene aussagte: »Sie ließen das Kind schwarz werden, und als ich sie darum bat, doch etwas zu tun, sagten sie: ›Soll er ruhig sterben, er schafft es doch nicht‹«, nun da...

[DER SPRECHER ZUCKTE MIT DEN SCHULTERN]

Wer beatmete denn das Kind mit dem Mund? Es waren diese beiden Jungs von der Armee – während sie in der Ecke saß und fast kotzen mußte. Vielleicht war sie luftkrank. Aber die Dinge, die sie über die Sanitäter sagte... Ich meine, es ist ihr Beruf, Leben zu retten – sie lassen niemanden sterben. Wenn jemand unter ihren Händen stirbt, liegt es nicht daran, daß sie nicht *ihr Möglichstes* getan haben. Besonders bei einem Kind. Bis ich sie aufklärte, dachten sie, daß Genene eine voll ausgebildete Schwester mit einer Zusatzausbildung für Lufttransporte wäre.

Ich fragte sie: »Wußten Sie, daß Sie nur eine Schwesternhelferin war?«

Sie sagten: »...o mein Gott.«

Es gehört alles zu dem Bild, das sie sich ausdenkt – Genenes Version der Realität. Sie hat sogar gesagt, daß Ron und ich ihr leid tun. Sie behauptete, daß Sutton davon besessen war, sie ins Gefängnis zu bringen, und sie meinte, daß ich von Millsap gezwungen wurde, sie einzulochen.

Sie denkt sich das alles aus, und wenn andere ihr ihre Geschichte nicht abkaufen, will sie es einfach nicht glauben. Sie ist verrückt, völlig verrückt. Sie muß verrückt sein.

Viertes Kapitel

Es ist zu spät, vorsichtig zu sein, wenn wir vom Bösen bereits umgeben sind.

Seneca

Am Freitag, dem 3. September, waren die Ohrenschmerzen der einundzwanzig Monate alten Misty Reichenau, unter denen sie fast vier Tage lang gelitten hatte, fast vergangen, aber die Entzündung der Mundschleimhaut hatte sich verschlimmert. Als Misty selbst beim Essen nicht aufhörte zu weinen, war die neunzehnjährige Kay der Meinung, daß es sich bei ihrer Tochter um mehr handelte als um eine Erkältung. Kurz nach 10 Uhr rief Larry Reichenau an diesem Morgen ihren Hausarzt Dr. Duan Packard an, dem Misty erst vor ein paar Tagen vorgestellt worden war. In Dr. Packards Praxis teilte man Larry mit, daß der Doktor nicht in der Stadt sei und verwies ihn an die neue Kinderärztin von Kerrville, Dr. Holland. Kay rief in Kathleens Praxis an und sprach mit Judith. Sie machten einen Termin für 14 Uhr aus.

Kurz nach 13 Uhr brachte Sally Benkert ein selbst zubereitetes Mittagessen für das Praxispersonal vorbei, um das Ende der zweiten Woche seit Bestehen der Praxis zu feiern. Die Frauen hielten sich in dem hinteren Aufenthaltsraum auf und waren fast mit dem Essen fertig, als es vorne läutete. Judith ging nach vorn und kam gleich zurück, um Kathleen mitzuteilen, daß die Patientin für den 14-Uhr-Termin eingetroffen war.

Kathleen begab sich ins Wartezimmer, um Misty, Kay und Kays Mutter Karla Jenson zu begrüßen. Während Kathleen sich das kranke Kind ansah, berichtete Kay der Ärztin und ihrer Helferin, daß Misty – die in den höchsten Tönen jammerte – schon seit vier Tagen hohes Fieber habe. Kay sagte auch, daß Dr. Packard vor ein paar Tagen Antibiotika gegen Mistys

Ohrenentzündung verschrieben hatte, daß sich aber während der letzten beiden Tage die Schleimhautentzündung verschlimmert habe.

»Sie muß wirklich krank sein«, berichtete Kay der Ärztin, »denn sie ißt nichts mehr, und Misty hat immer gut gegessen.«

Kathleen wollte sich das Kind näher ansehen und bat sie in das vordere Behandlungszimmer – die anderen beiden Räume waren immer noch nicht fertig. Dort untersuchte Kathleen schnell Augen, Ohren, Nase und Rachen des Kindes. »Ich hörte auch die Lungen ab, das Herz, tastete ihren Bauch ab und überprüfte den gesamten neurologischen Bewegungsstatus.«

Während die Ärztin das Kind abtastete, wies Genene darauf hin, daß Misty den Hals ziemlich steif zu halten schien.

Wenn ein Kind aufgeregt oder ängstlich ist, weigert es sich oft, den Hals zu beugen, besonders wenn ein Fremder es darum bittet, daher veranlaßte Kathleen Mistys Mutter, das Kind für einen Moment im Arm zu wiegen, um es zu beruhigen. Als Misty etwas ruhiger geworden war, versuchte Kathleen vorsichtig, den Kopf des Kindes nach vorne zu beugen. Misty leistete Widerstand und schrie noch lauter. »Selbst nachdem sie eine ganze Weile bei ihrer Mutter auf dem Schoß gesessen hatte«, erinnerte Kathleen sich später, »hielt sie die meiste Zeit über den Kopf nach hinten. Sie wollte ihn nicht nach vorne fallen lassen.«

Kathleen lehnte sich an den Untersuchungstisch und erklärte Kay vorsichtig, daß man aufgrund des Fiebers, das trotz der Gabe von Antibiotika anhielt, und wegen des steifen Halses an die Möglichkeit einer Hirnhautentzündung denken müsse – eine Infektion, die zwischen den Membranen, die das Gehirn umgeben, entsteht. Kathleen war der Meinung, daß Misty die klassischen Symptome zeigte: anhaltendes Fieber, Geschwüre im Mund, Gereiztheit, hohes Schreien und einen steifen Hals. Die Antibiotika, die Misty für ihre Ohrenentzündung verschrieben worden waren, hatten möglicherweise die Meningitisbakterien vorübergehend geschwächt, waren aber nicht stark genug gewesen, um sie ganz auszuschalten.«

»Natürlich ist es möglich, daß es sich *nicht* um eine Hirnhautentzündung handelt«, erklärte Kathleen. »Vielleicht ist alles ganz belanglos, aber wir müssen diese spezielle Diagnose mit Sicherheit ausschließen können, denn eine Hirnhautentzündung, die nur teilweise behandelt wurde, ist eine sehr ernste Sache.« Sie erklärte, daß die Infektion sehr leicht zurückkommen könne, wenn die verschriebenen Medikamente die Bakterien nicht völlig unschädlich machten. In einem solchen Fall leiden die betroffenen Kinder meistens unter ernsten neurologischen Problemen. Kathleen empfahl Kay, im Krankenhaus weitere Tests durchführen zu lassen.

»Aber ich glaube, wir sind früh genug darauf gekommen«, bemerkte Genene, »es ist noch nicht zu weit fortgeschritten, noch nicht ernst.«

Kay war unsicher und nervös. »Sie wird doch nicht sterben, oder?«

»Nein«, versicherte Kay ihr. Dann bat sie Genene, Misty für die Fahrt ins Krankenhaus vorzubereiten und erinnerte sie daran, dem Kind etwas Blut abzunehmen. Man würde im Krankenhaus sofort eine Kultur anlegen wollen, um festzustellen, gegen welche Infektion Misty ankämpfte. Dann bat sie Judith, einen Krankenwagen zu bestellen. Als sie das Wort ›Krankenwagen‹ erwähnte, merkte Kathleen, daß Kay nervös wurde, und fügte hinzu: »Weisen Sie darauf hin, daß es sich nicht um einen Notfall handelt.« Die Ärztin nahm einen Block zur Hand und ging in ihr Büro, um die nötigen Papiere auszufüllen.

Kay begab sich ins Wartezimmer und sprach kurz mit ihrer Mutter. Beruhigt, daß alles in Ordnung war, ging sie dann zurück ins Behandlungszimmer. Als sie eintrat, drehte Genene sich jäh um.

»Bitte gehen Sie hinaus, Mrs. Reichenau«, sagte Schwester Jones und trat einen Schritt vom Behandlungstisch zurück. »Es ist schwer für eine Mutter mitanzusehen, wie ihrem Kind eine Infusion angelegt wird«, erklärte sie Kay.

»Ich habe selbst zwei Kinder und weiß, wie das ist. Warten Sie doch an der Rezeption. Misty wird es bald wieder gut gehen.«

Kay wollte lieber bei ihrer Tochter bleiben. »Sie hatte furchtbare Angst«, erinnert sich Kay. »Ich meine, sie war krank, und da war das nur natürlich. Also half ich, sie ruhig zu halten. Etwa um diese Zeit kam Dr. Holland zurück. Ich lehnte mich über Misty – sie lag auf dem Tisch – und hielt ihren linken Arm, während die Helferin an dem anderen Arm den Tropf anlegte. Ich beugte mich über Misty und sprach mit ihr, damit sie nicht sehen konnte, was passierte, und um sie zu beruhigen.«

»Als ich in das Behandlungszimmer zurückkehrte«, sagte Kathleen später aus, »legte Genene den Tropf am Arm des Kindes an. Ich half Mrs. Reichenau, das Kind stillzuhalten. Kurz nachdem der Tropf lief, hörte Misty – die die ganze Zeit über geschrien hatte, wie alle Kinder das tun – plötzlich auf zu schreien und wurde für kurze Zeit schlaff.«

Kay erinnerte sich später lebhaft daran, was passierte, nachdem Genene den Tropf angelegt hatte. »Misty schaute mich an – ihre Augen waren offen, und sie schaute mich direkt an. Es war ein schrecklicher Blick, so als ob sie große Angst hätte. Das passierte etwa zwanzig bis dreißig Sekunden, nachdem der Tropf lief. Es dauerte wirklich nicht lange, aber lang genug, so daß ich Bescheid wußte. Misty hatte geweint und geschrien, und dann hörte sie plötzlich auf. Sie lag einfach nur regungslos da. Ich schrie auf: ›Irgend etwas ist nicht in Ordnung. Misty atmet nicht mehr!‹.

Genene sagte irgend etwas, ja, daß Misty wahrscheinlich wütend wäre, daß sie nur die Luft anhielte, weil sie einen Wutanfall hätte. Aber ich hielt ihren Arm und ich wußte, daß sie bewußtlos war. Sie ›schaute‹ mich immer noch an, aber sie regte sich überhaupt nicht mehr.«

Kathleen erinnert sich, daß »Misty, kurz nachdem der Tropf angelegt worden war, weinte und dann plötzlich tief aufschluchzte, aufhörte zu weinen und nicht mehr atmete. Ich hielt ihren Arm, versuchte, sie stillzuhalten und konnte fühlen, daß sie schlaff wurde. In diesem Augenblick bemerkte ich, daß sie nicht mehr spontan atmete. Zu diesem Zeitpunkt schien es so, als ob sie die Luft anhielte.

Ich versuchte, Mistys Problem zu analysieren. Manche Kinder beginnen zu weinen, wenn sie aufgeregt sind, und holen dann absichtlich oder unabsichtlich – genau kann man das nicht sagen – tief Luft und halten die Luft an. Sie hören für einen Augenblick auf zu atmen. Meistens verliert das Kind kurz darauf das Bewußtsein. Es wird dann schlaff und beginnt anschließend wieder zu atmen. Ich hatte gespürt, wie das Kind langsam schlaff geworden war, aber trotzdem hatten seine Muskeln noch etwas Tonus, daher dachte ich, daß Misty wahrscheinlich einen Krampfanfall hatte, aber ich kann mich auch erinnern, daß ich dachte: ›Vielleicht hat sie nur die Luft angehalten.‹«

»Als die Ärztin sagte, daß Misty vielleicht nur die Luft angehalten habe und dann in Ohnmacht gefallen sei, sagte ich: ›Nein‹«, erinnerte sich Kay Reichenau, »›Misty atmet nicht. Irgend etwas ist nicht in Ordnung.‹ Das war der Zeitpunkt, als sie mich baten, den Raum zu verlassen.«

Sally Benkert steckte den Kopf durch die Tür, um zu sehen, ob sie irgendwie helfen könne. Sally bezeugte später, daß »das Kind im Gesicht leicht blau war«, als sie den Raum betrat. »Es hatte die Zähne zusammengebissen, verdrehte die Augen und sah sehr steif aus; die Hände waren zusammengeballt und an den Körper gezogen, und seine Gliedmaßen zitterten. Es zitterte am ganzen Körper.« Sally erinnert sich auch, daß Dr. Holland in diesem Augenblick versuchte, das Kind festzuhalten und es zum Atmen zu bringen, während Genene sich bemühte, eine Infusion anzulegen. Kathleen dagegen behauptet, daß sie es war, die die Infusion anlegte.

Kathleen rief Judith zu, daß es sich nun doch um einen Notfall handele und daß sie diese der Krankenwagenzentrale mitteilen solle. Dann bat sie Sally, mit der Sauerstoffmaske behilflich zu sein. Als die Infusion angelegt war, versuchte Kathleen, das Kind zu intubieren, was ihr nicht gelang. »Sie biß die Zähne zusammen«, erinnert Kathleen sich, »und sie biß ständig auf den Kehlkopfspiegel.«

Um die Intubation zu erleichtern, schlug Genene vor, etwas Suxamethoniumchlorid zu verabreichen. Später erinnerte Kathleen sich, daß »ich sagte, ich könne mich im Augenblick nicht an die genaue Dosis erinnern, und daß ich ohne das Mittel auskommen wollte«.

Als das Medikament erwähnt wurde, fragte Sally Genene, bevor Kathleen sie aufhalten konnte, wo das Medikament aufbewahrt werde und eilte zum Kühlschrank, um es zu holen.

»Als ich kurz darauf zurückkam«, sagte Sally aus, »injizierte Genene offenbar Dilantin – ich bemerkte eine offene Spritze Dilantin, die auf dem Tisch lag und teilweise leer war. Ich holte mir eine leere Spritze und fragte Dr. Holland, wieviel Suxamethoniumchlorid sie brauche.« Sally sagte weiter aus (obwohl Kathleen dies verneint), daß Dr. Holland um 2,5 Kubikzentimeter bat. »Ich hob die Flasche hoch«, fuhr Sally fort, »und wollte die Spritze aufziehen, als Genene sagte: ›Nein, Sie meinen doch sicher 1,5.‹ Sie diskutierten eine Zeitlang. Genene war der Meinung, daß 2,5 Kubikzentimeter für Misty etwas zuviel sei, weil sie erst zwei Jahre alt war und ungefähr zwanzig bis fünfundzwanzig Pfund zu wiegen schien. Die richtige Dosis beträgt drei Milligramm pro Kilogramm, daher hätte in Mistys Fall die richtige Dosierung eher bei 1,5 Kubikzentimeter gelegen.«

Kathleen behauptet, daß sie Sally erklärte, sie würde ohne Suxamethoniumchlorid intubieren, und tat dies auch. Da das Mittel nicht mehr benötigt wurde, legte Sally die Spritze auf den Schrank beim Waschbecken und stellte die Flasche hinter den Behälter mit den Tupfern.

»Es fällt mir schwer, mich an die spezifischen Fälle zu erinnern«, sagte Kathleen, »bisweilen bringe ich Rolinda und Misty und Chelsea durcheinander, aber ich glaube, daß der Krankenwagen eintraf, als Misty sich noch bewegte. Ich erinnere mich, daß sich zuckende Bewegungen mit Perioden von Steifheit abwechselten. Sie hatte starken Speichelfluß, so daß ich Angst hatte, daß das Pflaster, das die Röhre im Rachen sicherte, zu naß werden würde, um sie an Ort und Stelle zu halten. Wir setzten das tragbare Absauggerät des Krankenwagens ein, um ihren Mund freizuhalten, aber das Rohr rutschte trotzdem heraus. Ich wollte es draußen lassen, aber ihre Atmung war flach, also intubierte ich sie erneut für den Transport.«

Kay Reichenau hörte, daß ihre Tochter einen Atemstillstand und einen Krampf erlitten hatte. Die Sanitäter erklärten der verängstigten Mutter, daß sie nicht zusammen mit dem Kind im Krankenwagen mitfahren könne. Sie baten sie, ebenfalls zum Sid Peterson Hospital zu fahren, wo sie auf der Intensivstation ihr Kind sehen könne.

Als Kay ihre Tochter etwa zwei Stunden später wieder sah, war Misty wach und versuchte, das Rohr aus ihrem Rachen zu entfernen. »Sie bekam zu viel Luft durch das Rohr«, erinnert sich Kay. »Ihre Augen waren weit geöffnet. Sie hatte Angst.«

Kathleen erklärte Kay ruhig, daß sie wegen Mistys Krampfanfall mit dem Test auf Hirnhautentzündung warten würde. Kay erfuhr auch, daß Dr. Holland einen Armeehubschrauber bestellt hatte, um Misty in eines der größeren Krankenhäuser in San Antonio fliegen zu lassen.

»Ich wollte mitkommen«, sagte Kay später, »aber sie erklärte mir, daß das nicht möglich sei und Genene Misty auf dem Flug begleiten würde.« Nach den Armeevorschriften darf nur medizinisches Personal in einem Hubschrauber mitfliegen.

Als das Hubschrauber-Team an diesem Nachmittag in San Antonio eintraf, sah die diensthabende Ärztin, daß Misty »erregt war, selbständig atmete und mit dem Atemrohr kämpfte«, so daß die Ärztin es entfernte.

Während der nächsten fünf Tage führten Mistys Ärzte eine Reihe ausführlicher Tests durch, die sich fast alle als negativ erwiesen. Der leitende Arzt, Dr. Mackey – ein Spezialist für Erkrankungen des zentralen Nervensystems –, pflichtete Kathleen Hollands Diagnose einer möglichen Hirnhautentzündung im Frühstadium bei. Aber weder Dr. Mackey noch Kathleen konnten erklären, warum Misty einen Atemstillstand erlitten hatte.

Sie haben Genene in der Schwesternschule kennengelernt, nicht wahr? Sie haben doch beide vom Juni '76 bis Juni '77 dieselbe Klasse besucht.

Das ist richtig.

Wann haben Sie Genene wiedergesehen, nachdem Sie die Schule abgeschlossen hatten?

Das letzte Mal traf ich sie bei der Prüfung, und dann sah ich sie erst am Samstag, dem 11. September 1982, im Sid Peterson Hospital wieder. Es war kurz nach zwei Uhr morgens – ich kümmerte mich an diesem Morgen um den sechsten Stock –, und ich bekam einen Anruf, daß eine Patientin namens Genene Jones eingeliefert werden würde.

Ich sagte zu ein paar Helferinnen: »Ich habe mit einer Frau, die so hieß, die Schwesternschule besucht. Ich frage mich, ob es dieselbe ist.« Da ich nicht viel zu tun hatte, ging ich in ihr Zimmer, und sie sagte: »Na so was, Mary Morris.«

Ich lächelte und erwiderte: »Hallo, Genene Jones.« Wir erkannten uns gleich wieder. Sie hatte offenbar ein Magengeschwür, eine sehr schmerzhafte Angelegenheit. Und da es bei einem Magengeschwür zu Komplikationen kommen kann, hatte man ihr mindestens eine Woche lang Bettruhe verordnet. Soviel ich weiß, hat sie sich jedoch nicht daran gehalten.

Worüber haben Sie miteinander gesprochen?

Ich fragte, was sie so treibe. Sie erzählte, daß sie in der Stadt für eine Kinderärztin arbeite, eine Dr. Holland. Es hörte sich interessant an. Dann erwähnte sie, daß sie auch bei der Einrichtung einer pädiatrischen Intensivstation im Sid Peterson Hospital, die sie dann leiten solle, mithelfen würde.

Das war mir unverständlich. Ich sagte: »Schraub deine Erwartungen nicht zu hoch. Erstens weiß ich nicht, ob der Staat oder die Verwaltung das zuläßt. Ich kenne die Gesetze nicht genau, aber ich weiß, daß bei uns eine *vollausgebildete* Schwester die Intensivstation leitet, keine Schwesternhelferin.«

Ziemlich ungerührt entgegnete sie: »Nun, wir werden aber mit Schwesternhelferinnen arbeiten.«

Ich sagte: »Die andere Sache ist die, Genene – natürlich haben wir kranke Kinder, aber ich weiß nicht, ob es *genug* kranken Kinder sind, die hier eine pädiatrische Intensivstation rechtfertigen.« Zu diesem Zeitpunkt arbeitete ich bereits seit ein paar Jahren auf der sechsten Station (die meisten kranken Kinder kamen zu uns), und ich konnte mir einfach nicht vorstellen, daß dies klappen würde.

In diesem Augenblick sagte sie: »Oh, es gibt schon genug. Man muß sie nur finden.«

Fünftes Kapitel

Sollte nichts anderes uns Sorgen bereiten, das Schicksal der Blumen würde uns traurig machen.

John Lancaster Spaulding, Aphorismen und Reflexionen

»Normalerweise brachte Petti ihre beiden Kinder Cameron und Chelsea auf dem Weg zur Arbeit bei mir vorbei«, erinnert sich Bardetta Kreiwitz, die großmütterliche Kinderfrau der Mc Clellans. »Meistens kam sie zwischen 7 Uhr und 7 Uhr 30, und wir tranken dann einen Kaffee zusammen. Sie holte die Kinder so zwischen 17 und 18 Uhr ab, abhängig davon, ob Petti zum Markt gehen mußte oder so; das tat sie immer zuerst.

Am Freitag, dem 17. September, kam Chelsea als erste herein. Sie marschierte schnurstracks in die Küche, setzte sich auf meinen Schoß und trank aus meiner Kaffeetasse. Sie trug ein rotweißes Baumwollkleid und einen passenden Hut. Etwa eine Woche zuvor war sie aus dem Krankenhaus entlassen worden und hatte immer noch eine leichte Kopfgrippe, aber insgesamt schien es ihr viel besser zu gehen. Chelsea genoß es, wenn ich ihr das Frühstück zubereitete, also machte ich ihr eine Schüssel Cornflakes. Petti legte Cameron ins Bett – er hatte eine Erkältung –, und dann setzten wir uns und quatschten eine Weile.«

Nachdem Petti gegangen war, streichelte Bardetta den Kopf von Cameron und unterhielt sich ein wenig mit ihm, bis er schläfrig wurde. Dann verließ sie das Zimmer und setzte sich zu Chelsea auf den Boden, um mit ihr zu spielen. »Sie liebte kleine Versteckspiele wie ›Guck-guck-Da-da.‹ Zwar konnte sie noch nicht sprechen, aber sie wußte, worum es ging.

Und sie konnte ganz schön wütend werden. Wenn sie zornig war, stampfte sie mit dem Fuß auf. Ihr Gesicht lief dann rot an, und sie fing an zu weinen, eigentlich schrie sie mehr, denn es flossen keine Tränen. Aber ich ließ das nie durchgehen, und sie wußte das. Ich mußte nur mit dem Finger auf sie zeigen und sagen: ›Hör auf damit, Chelsea. Laß es‹, und dann war es wieder gut. Sie war ein ganz besonderes Kind.«

Nachdem sie eine Weile gespielt hatten, schien auch Chelsea müde zu sein. Bardetta gab ihr etwas zu trinken und legte sie ins Bett. Sie schlief gleich ein.

Chelsea schlief noch immer, als Petti um 9 Uhr 30 vorbeikam, um die beiden Kinder zu ihrem Arzttermin bei Dr. Holland um 10 Uhr abzuholen. Petti hatte sich wegen Cameron Sorgen gemacht, »die Erkältung schien ihm alle Kraft zu rauben.«

»Komm, mein Liebling«, sagte Petti und hob Chelsea aus dem Bett. »Zeit zu gehen.«

Bardetta erinnert sich: »Petti nahm Cameron bei der Hand und trug Chelsea auf dem Arm. Chelsea schaute über die Schulter ihrer Mutter. Als sie aus der Tür gingen, lachte Chelsea und winkte. Vielleicht war sie noch ein bißchen schläfrig, aber sonst war sie in Ordnung.«

Die McClellans kamen zu ihrem zweiten Besuch in Kathleens Praxis etwas zu spät, daher war Petti erleichtert, daß die Ärztin auch etwas hinter ihrem Zeitplan zurücklag. »Sie war im Krankenhaus aufgehalten worden, aber sie würde gleich kommen.«

Judith, die sah, daß Petti eine Packung Zigaretten aus der Tasche zog, sagte: »Sie können in das hintere Zimmer gehen, Mrs. McClellan. Oder Sie müssen hinausgehen; im Wartezimmer ist Rauchen nicht gestattet.«

»Ja, natürlich. Kommt Kinder, wir gehen in den anderen Raum.« Sie gesellten sich zu Genene, die im Aufenthaltsraum saß. Die Helferin begrüßte sie freundlich und erklärte sich nach einem kurzen Gespräch mit Petti bereit, die Kinder zu messen, zu wiegen und die Temperatur zu nehmen, bis die Ärztin zurückkehrte. Das dauerte etwa zwanzig Minuten. Chelsea wog 10 Kilogramm.

Kurz nach 11 Uhr traf Dr. Holland ein und begrüßte das McClellan-Trio, das sich im Aufenthaltsraum mit Genene und Judith unterhielt. »Als ich eintraf«, erinnert sie sich, »untersuchte Chelsea gerade den Teppich.«

»Guten Morgen«, sagte Kathleen, »es tut mir leid, daß ich mich verspätet habe. Ich hoffe, Sie mußten nicht zu lange warten.«

»Nein, nicht weiter schlimm«, versicherte Petti ihr.

Kathleen erinnerte sich, daß »der Termin zwar für Cameron anberaumt worden war, daß ich aber noch immer nach etwas suchte, das Chelseas Anfall erklären konnte.« Sie untersuchte Chelsea schnell, fand aber nichts Unnormales. Auch die Nasenhöhlen des kleinen Mädchens waren in Ordnung, obwohl ihre Nase etwas lief. »Wie hoch ist die Temperatur?«

»Kein Fieber«, erwiderte Genene, »sie hat 36,8.«

Chelsea war gesund.

»Ich sprach kurz mit der Mutter über die noch ausstehenden Impfungen«, erinnert Kathleen sich, »dann verließ ich den Aufenthaltsraum und ging in mein Büro, um mir die Informationen, die ich gerade erhalten hatte, zu notieren. Bevor ich das Büro betrat, drehte ich mich um und ordnete an, daß Genene Chelsea zwei routinemäßige Kinderimpfungen geben solle: eine gegen Diphterie/Tetanus und eine gegen Mumps, Masern und Röteln.«

»Sie schmollte«, berichtet Petti von ihrer Tochter. »Ihre Augen waren weit geöffnet. Als Genene nach ihr griff, begann sie zu jammern.«

Genene sagte: »Warten Sie doch draußen, Mrs. McClellan. Die meisten Mütter schauen nicht gerne zu, wenn ihre Kinder geimpft werden.«

»Ich erklärte, daß ich dabei sein wollte und daß es mir nichts ausmachen würde, zuzusehen.«

Petti erinnert sich, daß Genene damit nicht einverstanden schien und daß sie plötzlich unfreundlich wurde.

Zusammen folgten Mutter und Tochter Genene in das vordere Behandlungszimmer, wo zwei Spritzen, die bereits aufgezogen waren, auf sie warteten. Genene überprüfte noch einmal die Serummenge und erklärte Petti, daß die erste Impfung gegen Tetanus und Diphterie sei, während die zweite ein Serum gegen Masern, Mumps und Röteln enthielte.

Genene betupfte Chelseas Oberschenkel mit einem Alkoholtupfer. »Okay, halten Sie ihre Hand.«

Petti nahm Chelseas Hand, hielt das Kind auf ihrem Schoß fest und sprach liebevoll mit ihm, als die Schwester mit der ersten Nadel in den linken Oberschenkel des Kindes einstach und die Spritzte entleerte. Chelsea jammerte.

Innerhalb von Sekunden bemerkte Petti, daß Chelsea sich merkwürdig verhielt. »Mein Gott, dachte ich, was ist mit ihr los? Sie schien nicht richtig zu atmen, und sie schaute mich so seltsam an. Sie wimmerte – als ob sie sagen wollte: ›Hilf mir‹, aber es nicht schaffte.«

Petti stammelte: »Da ist etwas passiert. Tun Sie doch etwas.«

»Sie ist nur wütend, weil sie geimpft wird«, erwiderte Genene, während sie die zweite Spritze vorbereitete. »Es ist nichts weiter – nur eine Reaktion auf den Schmerz.«

»Nein, hören Sie auf. Irgend etwas ist nicht in Ordnung. Sie hat wieder einen Anfall!«

Genene, die sich ganz darauf konzentrierte, dem Kind die zweite Impfung zu verabreichen, kümmerte sich nicht weiter um Petti. Statt dessen wischte sie schnell mit einem Tupfer über den anderen Schenkel des Kindes und stach mit der zweiten Nadel zu, während sie murmelte: »Ich muß ihr diese zweite Impfung geben.«

Als sie die zweite Spritze entleert hatte, atmete das Kind nicht mehr. Seine rosafarbenen Wangen wurden blau.

»Ich schaute sie an und sah, daß sie versuchte ›Mama‹ zu sagen. Und ich dachte: O mein Gott, sie versucht Mama zu sagen.«

»Dann wurde Chelsea ganz schlaff; sie hing da wie eine Lumpenpuppe. Zwar starrte sie mich noch immer an, aber ich hatte nicht das Gefühl, daß sie mich sehen konnte. Ihre Augen sahen ganz merkwürdig aus, sie waren nicht so, wie sie sein sollten.«

»Ich glaube es einfach nicht«, sagte Petti zu der Schwester. »Sie ist doch nicht krank! *Cameron ist krank. Aber sie ist nicht krank!*«

»Gerade als ich Chelseas Karteikarte unterschrieb«, berichtet Kathleen, »kam Genene angerannt. Ihre Augen waren weit geöffnet, und sie bat mich, daß ich Chelsea ansehen solle. Ich wußte nicht, was davon zu halten war, doch sie drängte mich und sagte, daß Chelsea wegen der Impfungen wütend geworden sei und flach atmete. Sie sagte: ›Ich habe ihr ein bißchen Sauerstoff mit der Maske gegeben, und sie schien sich wieder zu erholen, aber jetzt atmet sie wieder flach.‹

Als ich das Behandlungszimmer betrat, stand Mrs. McClellan am Ende des Tisches neben der Sauerstoffflasche. Sie wiegte Chelsea in den Armen und hielt die Atemmaske auf ihr Gesicht. Ich sah mir das Kind einen Augenblick lang an. Seine Farbe schien gut, aber die Atmung war flach. Sie war nicht völlig schlaff, die Arme bewegte sie ein wenig.

Ich forderte Petti auf, Chelsea auf den Tisch zu legen, damit wir sie besser beatmen konnten, und hoffte, daß sie reagieren und von selbst wieder atmen würde. In diesem Augenblick verlor Chelsea kurz ganz das Bewußtsein – nur ganz kurz –, und dann schien sie einen Krampf zu haben, eine Kontraktion der Arme.«

»Genene«, rief Kathleen, »80 Millgramm Dilantin!«

Petti war dabei, als eine Infusion am Kopf ihrer Tochter angelegt wurde. Danach forderte Kathleen Judith auf, einen Krankenwagen und das Sid Peterson Hospital anzurufen – Chelsea sollte wieder in die Notaufnahme gebracht werden.

Der Sanitäter Tommy James, der schon mehrere Jahre Berufserfahrung hatte, und sein Beifahrer Steven Brown erhielten Judiths Anruf um 10 Uhr 55. Der Krankenwagen traf um 10 Uhr 58 vor der Praxis ein. »Als Steven und ich in das Behandlungszimmer kamen«, berichtet Tommy, »sah ich, wie ein Kleinkind beatmet wurde – eine Arzthelferin hielt die Atemmaske fest. Sie erklärte, daß das Kind einen Krampfanfall gehabt habe, Atemschwierigkeiten hatte und daß es in die Notaufnahme des Krankenhauses gebracht werden sollte.

Wir kamen mit einer Trage, dem Herzkoffer und einer Sauerstoffflasche herein und schlossen das Rohr an unsere Flasche an, während die Helferin das Kind auf die Trage legte. Dann trugen wir es in den Wagen und beatmeten es dabei.«

Sekunden später raste der Krankenwagen davon. Petti fuhr wieder vorne bei dem Fahrer mit. Hinten kümmerte sich Tommy James um das Atemgerät, während Genene Jones die Lebensfunktionen des Kindes überwachte. Dr. Holland folgte dem Krankenwagen in ihrem Privatwagen. Als sie aus der Parklücke fuhren, befahl Tommy: »Blaulicht und Sirene.«

Am Krankenhaus angekommen, trug Genene Chelsea hinein. Es war 11 Uhr 07.

Fünfundzwanzig Minuten, nachdem Genene Chelsea in der Praxis geimpft hatte, war das kleine Mädchen wieder in den Händen der Fachärzte in der Notaufnahme des Sid Peterson Hospital. Kathleen erinnert sich, daß Chelsea sich jetzt »ziemlich stark bewegte. Sie verrenkte ihre Gliedmaßen und versuchte, gegen das Rohr in ihrem Rachen anzukämpfen. Ich ordnete an, ihr 0,8 Kubikzentimeter Valium zu verabreichen, und sie beruhigte sich wieder. Dann wechselten wir das Rohr gegen ein größeres aus, das besser paßte.« Aber auch jetzt schien das Kind nur flach zu atmen, und Tommy unterstützte die Atmung, indem er leicht auf den Beutel, der mit der Sauerstoffflasche verbunden war, drückte.

Kathleens Notizen erwähnen leichte Zuckungen von Chelseas Augen, aber Farbe, Herzschlag, Lungen und Reflexe des Kindes schienen normal zu sein. Kathleen war jetzt überzeugt, daß Chelsea unter irgendeinem neurologischen Problem litt, und riet Petti, Chelsea auf der Stelle in ein Krankenhaus in San Antonio bringen zu lassen und nicht erst die folgende Woche für die geplanten Tests abzuwarten.

Da Pettis Wagen und ihr Sohn Cameron noch immer in der Praxis waren, bat Schwester Cleo Meadows die Oberschwester des Frühdienstes, Mrs. Northington*, Petti zurückzufahren. Als sie hinausgingen, sagte Genene, daß sie mitfahren wolle, um Dr. Hollands Tasche und ihre eigene abzuholen.

»Wir waren nur ein paar Minuten in der Praxis«, sagte Petti aus, »und während ich Reid, meine Mutter und Mrs. Kreiwitz anrief, eilte Genene von Raum zu Raum und suchte sich verschiedene Dinge für ihre schwarze Tasche zusammen. Ich sagte Cameron, daß man ihn gleich abholen würde, und dann gingen wir wieder.«

Nach Pettis Anruf eilten Reid und Pettis Mutter ins Krankenhaus. Wie beim ersten Mal schien Chelseas Anfall bereits vorüber zu sein, als sie eintrafen. »Ich berichtete Reid, daß es ganz ähnlich wie beim ersten Mal abgelaufen war«, erzählt Petti, »und erzählte ihm auch von Chelseas Augen und ihren merkwürdigen Bewegungen. Ich hatte mir Sorgen gemacht, aber jetzt, da es ihr besser zu gehen schien, atmeten wir auf.«

Kathleen rief in San Antonio an und ließ ein Bett vorbereiten. Dann telefonierte sie mit Fort Sam Houston, aber die Flugambulanz war für einen anderen Transport abgerufen worden. Also arrangierte Kathleen einen Transport mit dem Krankenwagen.

Dreißig bis fünfunddreißig Minuten nach ihrer Ankunft in der Notaufnahme schoben Genene und Tommy Chelseas Trage zurück in den Krankenwagen. Genene schob die Trage, während Tommy das Beatmungsgerät bediente. Kathleen erinnert sich: »Als Chelsea aus der Notaufnahme geschoben wurde, sah sie sehr stabil aus, ganz rosig, und ich war sehr zuversichtlich. Ich hatte daran gedacht, das Rohr zu entfernen, aber es war wohl besser, die Atmung zu unterstützen, da wir durch ihre Krämpfe vorgewarnt waren.«

Im Hinausgehen kamen Tommy, Genene und Chelsea an Bardetta und ihrer Tochter DeAnna im Flur vorbei. »Chelsea lag flach auf dem Rücken«, berichtete DeAnna, »den Kopf hatte sie zur Seite gedreht. Es sah aus, als ob sie schliefe.« DeAnna folgte ihnen hinaus.

Kurz bevor sie Chelsea in den Krankenwagen luden und losfuhren, sah DeAnna, daß Genene eine Spritze aus ihrer schwarzen Tasche nahm und Chelsea eine Injektion gab, wie sie später aussagte. »Ich fragte sie, was es für ein Mittel wäre«, erinnert sich DeAnna, »und sie antwortete, daß es Valium sei. Ich fragte weshalb, denn eigentlich schien Chelsea ja sowieso fast bewußtlos – aber ich bin kein Arzt. Sie sagte, das Mittel solle verhindern, daß das Intubationsrohr während der Fahrt Reizungen verursache.«

Zwei Stunden, nachdem das McClellan-Trio zu Camerons Termin Dr. Hollands Praxis betreten hatte, begann die zweite Krankenwagenfahrt für Chelsea an diesem Tag. »Wir fuhren in nördlicher Richtung zum Highway«, erinnert sich Steven Brown, der Fahrer. »Dann bogen wir nach Südosten in Richtung San Antonio ab.«

Auf der Autobahn begleitete Chelsea dieselbe Mannschaft wie am Morgen, aber diesmal wurde nur das Blaulicht angeschaltet. Dr. Holland folgte wieder in ihrem Wagen. Reid und Petti fuhren am Ende der Karawane.

Hinten im Krankenwagen schaute Tommy James ständig auf Chelseas Herzmonitor und bediente das Beatmungsgerät. Genene überwachte Blutdruck und Puls des Kindes. Einmal, als sie über ein holpriges Stück Straße fuhren, ermahnte Genene Tommy: »Seien Sie vorsichtig, damit das Rohr sich nicht lockert. Wenn es sich löst, kriegen wir es nie mehr rein.«

Weniger als zehn Minuten nach der Abfahrt wurde das gleichmäßige elektronische Piepen des Herzüberwachungsgeräts zu einem durchdringenden Dröhnen. Chelsea, die noch keine zwei Jahre alt war, erlitt einen Herzanfall.

Steven erinnert sich: »Ich fuhr, und alles schien ganz in Ordnung, als ich merkte, daß hinten etwas los war. Ich hörte eine Menge Lärm, so als ob Sachen herumgeschoben würden, Kisten oder so. Im Rückspiegel hatte ich Augenkontakt mit Genene Jones.«

»Auf den Seitenstreifen fahren!« rief sie.

Die Karawane kam zu Stehen.

Steven sprang heraus, rannte nach hinten und winkte Dr. Holland heran. Dann öffnete er die Tür. »Wenn ich mich recht erinnere«, sagte Kathleen später, »sah ich, wie der Sanitäter Chelsea beatmete und Genene eine Herzmassage durchführte.«

»Sie hat einen Herzstillstand!« schrie Jones.

Auch Reid, der seine Frau bat, im Wagen zu bleiben, rannte zum Krankenwagen und hörte, was die Schwester sagte. Kathleen Holland setzte ihr Stethoskop auf Chelseas Brust. »Ich befahl, die Herzmassage kurz einzustellen, damit ich hören konnte, ob das Herz noch schlug. Nichts. Dann bemerkte ich die gerade Linie auf dem Monitor und begann selbst mit der Herzmassage.«

Tommy pumpte weiter, um die Atmung des Kindes aufrechtzuerhalten; Kathleen ordnete die üblichen Medikamente für den Notfall an. Genene griff in ihre schwarze Tasche, holte ein paar Spritzen heraus und injizierte Chelsea ein Herzmittel, Kalziumchlorid und Natriumbikarbonat. Das Kind zeigte keinerlei Reaktion.

»Schnell ins Krankenhaus!« rief Kathleen, während sie eine zweite Dosis anregender Mittel verabreichte.

»Welches?« fragte Steven und stellte neben dem Blaulicht die Sirene an, als wer wieder auf die Autobahn ausscherte.

»Das nächstliegende!«

Steven sprach über Funk mit seinem Büro, das wiederum das Comfort Community Hospital anrief, um mitzuteilen, daß in Kürze ein Krankenwagen mit einem Notfall eintreffen würde.

Um 13 Uhr 05, weniger als zehn Minuten nach Chelseas Herzstillstand, kam der Wagen quietschend vor dem kleinen einstöckigen Krankenhaus zum Stehen.

Das Personal führte die Gruppe durch die erste Tür links in die winzige Notaufnahme. Dr. Holland, Genene und Steven Brown wechselten sich dabei ab, auf Chelseas Brust zu drükken, während Tommy James weiter das Beatmungsgerät bediente.

Kathleen fragte den diensthabenden Arzt, Dr. Shepleigh, nach den vorhandenen Medikamenten. Gemeinsam berechneten sie die Dosis, die für ein Kind ein Chelseas Alter geeignet war. »Ich gab dem Kind zwei Dosen Natriumbikarbonat à 5 Milligramm, 0,8 Kubikzentiliter Epinephrin und 2,5 Kubikzentiliter Kalziumchlorid über ihre Kanüle«, berichtete Kathleen, »und hoffte, daß diese Mittel den Organismus des Kindes wieder wachrütteln würden, aber Chelsea zeigte keinerlei Reaktion.«

Nach sechs Dosen von anregenden Mitteln zermarterte Kathleen sich das Gehirn darüber, was sie noch tun konnte. »Wir zogen eine Elektroschockbehandlung in Erwägung, aber die Elektroden waren zu groß für eine so kleine Patientin.«

Kathleen versuchte es dann mit einer Dosis Lidocain, die auch Wirkung zeigte. Chelseas Herz begann zu schlagen, aber nur für kurze Zeit; ein paar Sekunden später stockte es zum letzten Mal.

Reid und Petti hielten sich in einem Raum auf der anderen Seite des Flurs auf. »Wir warteten dort eine ganze Weile«, erinnert Patti sich, »ich weiß nicht, wie lange. Einmal ging Reid hinaus und sprach mit dem Fahrer. Steven mußte ihm etwas gesagt haben, denn als er wiederkam, murmelte er immer wieder, daß ich mich vorbereiten solle, ›nur für den Fall‹. Ich wußte nicht, was los war, und schrie ihn an. Ich sagte, daß er so etwas nicht sagen solle, daß Chelsea *nicht* sterben würde. Sie war doch nicht krank.«

Fünfunddreißig Minuten lang bemühten sich die Anwesenden, Chelsea wieder zum Leben zu erwecken. In diesem Augenblick »wurde Chelseas Augenreaktion ›träge‹, wie wir sagen«, erinnerte sich Kathleen, »und wenn das passiert, wenn die Pupillen nicht auf Licht reagieren, ist es sehr wahrscheinlich, daß aufgrund des Sauerstoffmangels eine Gehirnschädigung eingetreten ist. Um 13 Uhr 20 erklärte ich Chelsea für tot.

In Augenblicken wie diesen ist es die Aufgabe des Arztes, stark zu bleiben. Ich ging hinaus zu den Eltern, um ihnen mitzuteilen, daß wir alles getan hatten, was in unseren Möglichkeiten stand.«

Petti, die einen Schock erlitt, konnte sich später nicht mehr an diese Ereignisse erinnern. Tommy erinnert sich jedoch, daß Petti weinte. »Schwester Jones brachte das Kind in eine Decke gewickelt heraus und reichte es der Mutter. Sie saß in einem Schaukelstuhl und begann, das Baby zu wiegen. Sie flüsterte: ›Nein, nein, nein. Sie wird gleich wieder aufwachen. Das ist schon einmal passiert. Sie wird wieder aufwachen.‹«

Kurz darauf kehrte Genene im Krankenwagen mit Steven und Tommy zum Sid Peterson Hospital zurück. Auf der ganzen Fahrt drückte sie das tote Kind an ihre Brust. Als sie im Krankenhaus eintrafen, begleitete eine Schwester die Sanitäter und die schluchzende Genene nach unten. Der Leichnam kam ins Leichenschauhaus, anschließend brachte der Krankenwagen Genene in die Praxis zurück.

Kathleen blieb noch im Comfort Hospital, um die nötigen Formulare auszufüllen. Als sie den Totenschein unterzeichnete, vermerkte sie als Todesursache: ›Herz- und Atemstillstand, verursacht durch Krämpfe unbekannten Ursprungs.‹

In der Praxis faßte Genene die Ereignisse im Protokoll so zusammen:

...WIEDERBELEBUNGSVERSUCHE EINGESTELLT, DIE ELTERN WURDEN VON DR. HOLLAND ÜBER DEN TOD DES BABYS INFORMIERT. LEICHNAM WURDE VON DEN SANITÄTERN UND MIR VOM COMFORT HOSPITAL ZUM SID PETERSON HOSPITAL TRANSPORTIERT UND INS LEICHENSCHAUHAUS GEBRACHT. ICH HÄTTE MEIN LEBEN FÜR SIE GEGEBEN.

AUF WIEDERSEHEN CHELSEA

Petti und Reid McClellan

PETTI Aus dieser Sache habe ich eines gelernt: Vieles, was man in den Zeitungen liest, ist einfach falsch. Mir wurden wirklich die Augen geöffnet. Die meisten Reporter *denken sich einfach Geschichten aus.* Bisweilen habe ich mich gefragt, warum sie uns überhaupt Fragen gestellt haben, denn wenn wir sie nicht beantwortet haben, dann erfanden sie einfach selbst etwas.

REID Außerdem verdrehen sie einem das Wort im Mund. Ich fühle mich sehr unwohl, jetzt hier zu sitzen und ernst mit Ihnen zu reden. Ich kann nur hoffen, daß hier wirklich die *Wahrheit* ans Licht kommt. Ich bin vorsichtig geworden, denn was ich gesagt habe, wurde oft genug falsch wiedergegeben.

Chelsea war das niedlichste Baby, das man sich vorstellen kann. Sie können sich die Collage dort an der Wand ansehen. Cameron hat sie gemacht.

Sehen Sie die Welt heute anders?

PETTI Ja, ganz anders. Dinge, über die ich nie nachgedacht und die ich als gegeben hingenommen habe, sehe ich heute ganz anders. Kleine Dinge, die jeden Tag vorkommen, aber auf die man nie achtet. Man glaubt zum Beispiel nie, daß der Familie etwas passieren könnte. Den Großeltern vielleicht, aber nie den jüngeren Familienmitgliedern.

Ich bin eine typische Amerikanerin und in einer Familie der Mittelschicht aufgewachsen. In der Highschool war ich Cheerleader, ein ganz normales Mädchen. Mir ist nie etwas Dramatisches oder Tragisches passiert. Ich habe nie an den Tod gedacht. Ich hatte keine Angst, aber ich habe auch nie darüber nachgedacht. Besonders nicht, was meine Kinder betraf. Selbst als Chelsea geboren wurde und ich so krank war. Ich hatte viel Blut verloren und war sehr schwach. Aber selbst damals habe ich nie geglaubt, daß Chelsea irgend etwas passieren könnte. Niemals.

Damals im Comfort Hospital, als Reid mir sagte, daß ich mit dem Schlimmsten rechnen müßte, war ich wirklich *wütend* auf ihn. Mir wollte es einfach nicht in den Kopf, daß etwas Schlimmes passieren könnte. Daher sehe ich das Leben heute ganz anders. Wenn ich morgens aufwache, lautet mein Motto: »Lebe von Tag zu Tag, tu alles, was du kannst, und versuche, glücklich zu sein. Erlebe jeden Tag ganz bewußt.«

REID Ich habe aufgehört, mich zu beklagen. Mein Ziel ist es, mich auf das zu konzentrieren, was ich noch habe.

Irgendwie bin ich dankbar für das, was geschehen ist. Ich habe Petti und meinen Jungen. Ich meine, das ist wichtiger als alles, was ich Ihnen aus der Vergangenheit berichten könnte. Das würde sowieso nichts ändern, und meine Familie ist wichtiger. Wir müssen hier und jetzt weiterleben.

Es fällt mir schwer, hier zu sitzen und von Ihnen zu hören, daß Sie ein Buch schreiben wollen. Ich sitze hier und merkte, daß Sie die Sache nicht ruhen lassen wollen. Verstehen Sie?

Das verstehen wir, und darum haben wir Sie heute abend aufgesucht.

PETTI Wahrscheinlich wäre es schwer, das Buch zu schreiben, wenn Sie *nicht* mit uns reden würden. Chelsea wäre dann wahrscheinlich mehr ein Objekt und nicht ein wirklicher Mensch, der einmal eine Familie hatte.

REID Und es gab Dinge... Sie würden es nicht glauben, was dieses Kind konnte. Sie war so... klug. Sie war ein wirklich großartiges Kind. Ich möchte, daß Sie etwas lesen, das mein Vater geschrieben hat. Es ist wirklich schön.

Bevor mein Vater in die Politik ging, war er Pfarrer. Ich möchte, daß Sie das lesen. Es war die Grabrede, die er bei Chelseas Beerdigung hielt.

PETTI Ein Freund gab mir ein Gedicht. Es ist wunderschön. Ich habe es noch immer und auch einen Brief von Scott Monroe. Das ist Rons Assistent. Er hat uns ein Gedicht geschrieben, als die Plädoyers gehalten wurden. Ich weiß nicht, wie er das geschafft hat; ich meine, er saß direkt in der Schußlinie, und er hat diesen schönen, vielsagenden Brief geschrieben.

REID Ein fantastischer Mann. Ich spiele mit ihm zusammen Gitarre.

Ich bin nicht als Zeuge aufgetreten, aber trotzdem durfte ich das Verhandlungszimmer nicht betreten. Man hielt mich für verrückt, aber ich denke, jeder Vater würde sich so verhalten.

Ich war aber anwesend, als die Plädoyers gehalten wurden. Mann, diese Anwälte, sie reißen einem das Herz aus dem Leibe. Sie haben mich wirklich überzeugt. Wissen Sie, bei uns galt immer die Devise: Auge um Auge, Zahn um Zahn. Aber sie haben mir gezeigt, daß es Gerechtigkeit gibt.

Sechstes Kapitel

Das Böse hat mich bezwungen.

Euripides, Medea

Die neunzehnjährige Lydia Evans wußte nichts von der Tragödie der McClellans an diesem Donnerstag. Wie die meisten anderen würde sie die Einzelheiten erst Monate später erfahren. Sie wußte nur das, was ihr Dr. Hollands Helferin am Telefon mitteilte.

»Hallo, Mrs. Evans?«

»Ja.«

»Hier ist Judith Johnston. Wir haben gerade gehört, daß Dr. Holland doch nicht nach San Antonio fahren wird; der Krankenwagen kehrt um. Wir müssen also Jacobs Termin doch nicht verlegen. Wenn Sie etwas später mit Ihrem Sohn vorbeikommen wollen, wird es wohl klappen.«

Lydia war einverstanden. Der fünf Monate alte Jacob war seit über eine Woche gereizt und schlecht gelaunt, und Lydia wußte nicht mehr, was sie tun sollte. »Ich dachte mir, daß ich *irgend etwas* für ihn tun müsse, aber ich selbst wußte nicht mehr weiter. Er zahnte gerade, und nichts schien ihn beruhigen zu können – er schrie und heulte einfach die ganze Zeit über. Am Tag zuvor, am 16. September, hatte ich bei unserem Kinderarzt in Fredericksburg angerufen, aber der machte gerade Urlaub. Dann rief ich den Arzt an, der bei seiner Geburt dabeigewesen war. Nachdem er mir einige Fragen gestellt hatte, meinte er, daß wahrscheinlich alles in Ordnung sei. Jacob war von Geburt an ein gesundes Baby gewesen, und der Arzt meinte, daß es sich wahrscheinlich nur um die Zähne handeln würde, und da machte ich mir schon weniger Gedanken.

Kurz darauf rief meine Schwester Elizabeth an. Ich war gerade beim Bügeln und erzählte ihr, wie reizbar Jacob war. Sie riet mir, mit ihm zu dieser tollen neuen Kinderärztin in Kerrville zu gehen – Dr. Holland. Ich hatte viel zu tun und sagte so was wie: ›Keine schlechte Idee‹, aber Jacob hatte sich eigentlich schon wieder beruhigt, und ich war nicht mehr so besorgt wie vorher.

Wir beendeten unser Gespräch, und ich legte Jacob in sein Bettchen, damit er etwas schlafen solle. Ungefähr eine halbe Stunde später erhielt ich einen Anruf aus Dr. Hollands Praxis. Die Helferin sagte, daß meine Schwester Elizabeth sie angerufen und mitgeteilt habe, daß ich wegen Jacob anrufen würde. Das beeindruckte mich schon – diese Fürsorge und Rücksicht. Also ließ ich mir für den nächsten Vormittag einen Termin geben.«

Lydias Schwester Elizabeth holte Jacob und seine Mutter am Donnerstagmorgen früh ab und fuhr sie vor dem Termin zu sich nach Hause nach Kerrville. Etwas später kamen Jacobs Großeltern – Donald und Loretta Lardie – dazu. Sie hatten versprochen, Mutter und Sohn in die Praxis und anschließend nach Hause zu fahren. Mrs. Lardie teilte Lydia jedoch mit, daß aus der Praxis angerufen worden wäre, um Jacobs Termin abzusagen. Es hatte irgendeinen medizinischen Notfall gegeben, und Dr. Holland würde für den Rest des Tages nicht in der Praxis sein.

»Wir blieben eine Weile bei meiner Schwester«, erinnerte sich Lydia, »und nach einiger Zeit rief man wieder aus der Praxis an – meine Mutter hatte die Nummer meiner Schwester angegeben. Die Helferin erklärte mit, daß der Krankenwagen mit der Ärztin auf dem Rückweg sei, und bot an, Jacobs Termin doch wahrzunehmen. Ich war einverstanden, und meine Eltern fuhren uns wie geplant zum Kinderarzt. Wir trafen etwa zwischen 15 Uhr 15 und 15 Uhr 30 ein.«

Judith begrüßte Jacobs Familie und sagte ihnen, daß Dr. Holland noch im Krankenhaus sei, und »einige Anordnungen treffe«, daß aber inzwischen die Schwester sich Jacob ansehen würde.

»Mrs. Jones kam aus einem der hinteren Räume« erinnert Lydia sich, »stellte sich vor und sagte, daß sie sich schon einmal um Jacob kümmern könne. Dr. Holland würde jeden Moment zurückerwartet.

Wir gingen in den Flur, wo Jacob gewogen und gemessen und seine Temperatur genommen wurde. Ich erzählte der Schwester, daß Jacob sehr reizbar gewesen war und daß er zeitweise nur geschrien habe. Während wir uns unterhielten, half meine Mutter der Schwester, Jacob auf der Waage festzuhalten. Es war alles ganz normal. Sie stellte einige Fragen – wie die Geburt verlaufen war und was geschehen war, seit er sich so reizbar verhielt. Ich erinnere mich, daß sie ihm ständig in die Augen schaute und seinen Kopf befühlte. Sie schien besorgt und sagte, daß sein linkes Auge nicht richtig auf Licht reagiere, daß die Pupille träge sei oder so etwas, aber das rechte Auge schien ihrer Meinung nach in Ordnung zu sein. Mir war noch nie etwas an Jacobs Augen aufgefallen, und auch damals fiel mir nichts auf, aber ich überprüfte ihre Aussage auch nicht weiter. Mehrmals wiederholte sie: ›Paß auf, daß du keinen Nystagmus bekommst, Jacob, das ist gar nicht komisch.‹ Nach dem zweiten oder dritten Mal fragte ich sie, was sie damit meinte. Sie erklärte, daß sich bei einem Nystagmus die Augen verdrehen und daß dies auf einen Krampfanfall hinweist.«

Genene erklärte der Mutter und Großmutter, daß sie es für ratsam hielte, einige Tests durchzuführen. Obwohl sie niemanden beunruhigen wolle, sei es besser, vorsichtig zu sein. Dann verließ sie den Raum.

»Ich nahm an, daß sie das Krankenhaus anrufen wolle, um Dr. Holland zu fragen«, berichtet Lydia. »Kurz darauf kam sie zurück und erklärte uns, daß Dr. Holland ihr aufgetragen habe, Blut für einige Tests abzunehmen und eine Infusion anzulegen. Sie wollten Jacob ins Sid Peterson Hospital bringen. Mit den Tests war ich einverstanden, aber die Sache mit der Kanüle bereitete mir Sorge. Ich dachte, daß sie mir vielleicht nicht die ganze Wahrheit gesagt habe und daß Jacob vielleicht wirklich krank sein könne. Also fragte ich sie, warum sie eine Kanüle anlegen müsse.«

»Für den Fall, daß er einen Krampf bekommt«, erwiderte Genene, »während die Test durchgeführt werden.«

»Ich war sprachlos«, erinnert sich Lydia, »und einen Augenblick lang wußte ich nicht, was ich sagen sollte. ›Derartige Probleme hat er noch nie gehabt‹, sagte ich schließlich, ›Jacob hat noch nie einen Krampf gehabt.‹«

Genene entgegnete: »Bei dieser Art Test kann man nie sicher sein, wie ein Baby reagiert.«

»Dann weiß ich nicht, ob ich damit einverstanden bin, daß solche Test durchgeführt werden«, erwiderte Lydia unsicher.

Genene legte ihre Hand auf Lydias Arm und versicherte ihr: »Ich weiß, wie Sie sich fühlen, aber machen Sie sich keine Sorgen. Er wird es schaffen.« Dann bat sie die beiden Frauen, das Behandlungszimmer zu verlassen. »Meine Damen, ich muß ihn fürs Krankenhaus fertigmachen. Vielleicht ist es besser, wenn Sie an der Rezeption warten. Ich bin selbst Mutter und weiß, wie das ist. Wahrscheinlich wird er weinen, wenn ich ihm Blut abnehme.«

Mrs. Lardie meldete sich zu Wort. »Lydia kann hinausgehen, wenn sie möchte, aber ich bleibe gerne und helfe.«

»Nein, tut mir leid«, beharrte Genene, »wir lassen nie einen Verwandten zusehen, wenn wir eine schwierige Behandlung durchführen.«

Im Wartezimmer berichteten die beiden Frauen Jacobs Großvater, was passiert war, als Jacob anfing zu schreien. »Es war kein normales Babygeschrei«, erinnert sich seine Großmutter, »es war ein verängstigtes Weinen. Er schrie mehrmals auf, und dann – mitten in einem Schrei – herrschte plötzlich Ruhe, Totenstille.

Mein Mann saß da, und ich bemerkte den schmerzlichen Ausdruck auf seinem Gesicht – er hatte die Schreie ebenfalls gehört. Ich ging zu ihm hinüber, und er schaute zu mir auf und sagte: ›Liebling, Jacob rührt sich nicht mehr.‹ Ich schaute Lydia an. Ich glaube, sie war sich in diesem Moment noch nicht bewußt, was passiert war. Also ging ich zu ihr hinüber und sagte: ›Schatz, irgend etwas ist mit Jacob nicht in Ordnung.‹ Lydia hob langsam den Kopf. ›Was? Was ist denn los?‹ – ›Jacob hat aufgehört zu schreien‹, sagte ich.«

Plötzlich hörten sie, daß hinten in der Praxis Unruhe

herrschte, daß Judith das Krankenhaus anrief und nach Dr. Holland fragte.

Mrs. Lardie stürzte in den Flur und erkundigte sich, was los war. »Die Tür zum Behandlungszimmer stand offen, und ich sah, daß Jacob völlig bewegungslos auf dem Tisch lag. Er zeigte keinerlei Reaktion und lag ganz schlaff da. Ich dachte, er sei tot. Genene nahm gerade eine Mund-zu-Mund-Beatmung vor. In diesem Augenblick forderte die Helferin mich auf, zurück ins Wartezimmer zu gehen und nicht im Weg herumzustehen.«

Judith schloß die Tür des Wartezimmers hinter Mrs. Lardie und machte einen zweiten Anruf. Wenig später eilte eine Schwester aus der Praxis nebenan ins Wartezimmer, gefolgt von zwei Sanitätern.

Dr. Phillip Webb, der neue praktische Arzt, der kürzlich die Praxis nebenan eröffnet hatte, trat kurz darauf ein. »Ich sah ein fünf Monate altes Baby, das schlaff und blau auf dem Behandlungstisch lag. Zwei Sanitäter, Schwester Jones und eine Schwester aus meiner Praxis befanden sich in dem Raum. Das Kind atmete nicht mehr. Als ich durch die Tür trat, hörte ich, daß Schwester Jones zu den Sanitätern sagte, sie habe versucht, das Kind zu intubieren, was ihr aber nicht gelungen sei. Sie sah mich und bat mich, es zu versuchen. Ich führte die Intubation durch und horchte dann, ob das Herz schlug; das Herzschlag war schwach, aber vorhanden. Wir hoben das Kind auf und brachten es schnell zum Krankenwagen.«

Nachdem Kathleen die Schreibarbeiten im Comfort Hospital erledigt hatte, war sie zum Sid Peterson Hospital gefahren, um sich um die Formulare zu kümmern, die wegen Chelseas Tod ausgefüllt werden mußten. Sie hatte auch bei Judith angerufen und gehört, daß Familie Evans doch den vereinbarten Termin einhalten würde. Geschafft von den Ereignissen des Tages, bat Kathleen ihre Helferin an der Rezeption, die Evans ins Sid Peterson Hospital zu schicken, sobald sie in der Praxis eintrafen. Die Botschaft wurde an Genene weitergegeben.

»Während ich im Sid Peterson Hospital Chelseas Autopsie vorbereitete«, erinnert sich Kathleen, »wartete ich darauf, daß man mir Jacobs Ankunft melden würde. Ich war gerade fertig und machte mich auf den Weg, als jemand von der Telefonzentrale des Krankenhauses mich aufhielt und mir mitteilte, daß es in einer Praxis einen Notfall gegeben habe. Ich sollte auf dem schnellsten Weg zurückkommen.

Ich rannte zu meinem Wagen und raste zurück in meine Praxis. Als ich von der Water Street abbog, sah ich den Krankenwagen, der aus der Parklücke fuhr. So schnell es ging parkte ich meinen Wagen und lief auf das Gebäude zu, aber bevor ich dort ankam, hupte der Krankenwagen, und die hintere Tür wurde geöffnet. Der Arzt, der die Praxis nebenan innehat, sprang heraus, deutete in den Wagen und sagte: ›Ich mußte ihn intubieren.‹«

Dr. Holland kletterte hinein und fragte Genene: »Was, zum Teufel, ist passiert?«

»Er kam mit einer angeschwollenen Fontanelle in die Praxis und hatte einen Krampf«, erwiderte sie, während sie das Beatmungsgerät bediente. »Ich mußte den Arzt und die Schwester von nebenan rufen. Er hat 180 Milligramm Dilantin angeordnet.« Sie hüstelte leicht und verdrehte die Augen. »Ich wußte, daß das zuviel war, also habe ich ihm nur 80 gegeben.«

Lydia Evans und ihre Eltern fuhren vor dem Krankenwagen her zum Krankenhaus und warteten vor der Notaufnahme. Als der Wagen eintraf, öffnete der Fahrer die hintere Tür. Der zweite Sanitäter stieg aus und bot an, Genene zu helfen, aber sie ignorierte ihn und sprang einfach heraus. In diesem Augenblick sah Lydia, die einen leichten Schock hatte, ihren Sohn zum ersten Mal wieder, seit Genene sie aufgefordert hatte, das Behandlungszimmer zu verlassen. Er hing völlig schlaff in den Armen der Schwester.

Während Kathleen Holland und das Krankenhaus-Team begannen, den neuen Patienten zu versorgen, zog Genene seine Mutter zur Seite. »Sie sagte, daß sie mir erklären müsse, was in der Praxis passiert war«, erinnert Lydia sich. »Wir setzten uns, und sie berichtete, daß sie Blut abgenommen und die Kanüle noch nicht angelegt hatte, als Jacob aus heiterem Himmel zu schreien begann. Er krümmte den Rücken, wurde blau, atmete nicht mehr, und dann hörte sein Herz auf zu schlagen.«

Als Jacobs Zustand sich stabilisiert hatte und das Kind auf der Intensivstation lag, überprüfte Kathleen Genenes erste Beobachtungen, die diese aufgeschrieben hatte. Jacobs Kopf war vorne ziemlich breit für ein Kind seines Alters, und zwischen den Fontanellen befand sich ein leichter Spalt, wie Genene berichtet hatte. Es konnte sich um eine normale Abweichung handeln, aber bei einem Kind, das einen Krampfanfall erlitten hatte, bedeutet es möglicherweise mehr. Aufgrund der Symptome, die Lydia erwähnt hatte, war Kathleen ursprünglich der Meinung gewesen, daß es sich bei den Schreianfällen um Wutanfälle handelte, die die junge Mutter übermäßig alarmiert hatten. Zusammen mit der vergrößerten Fontanelle und den schnellen Augenbewegungen, die Genene beobachtet hatte, kam Kathleen aber zu dem Schluß, daß es sich möglicherweise um einen sich langsam entwikkelnden Wasserkopf oder um eine Hirnhautentzündung handeln könne. Kathleen bat Mrs. Evans, ihren Sohn zur Beobachtung und zu weiteren Tests im Krankenhaus zu lassen.

Als Jacob etwa die Hälfte seines Klinikaufenthalts hinter sich hatte, kam Genene kurz an sein Bett, um nach ihm zu schauen. Lydia und ihre Mutter versicherten der Schwester, daß alles in Ordnung schien; Jacob schlief gerade. »Ich erwähnte zwei Tropfen Blut auf dem Laken neben seinem Kopf«, erinnert sich Jacobs Großmutter, »und sagte, daß ich die diensthabende Schwester danach gefragt habe; diese hatte gemeint, daß das Blut wahrscheinlich von der Intubationsröhre stamme, die in der Praxis in Jacobs Rachen geführt worden war, um ihn mit Sauerstoff zu versorgen. Ich fragte Schwester Jones deshalb und wollte wissen, ob alles in Ordnung sei. Sie untersuchte ihn ziemlich gründlich und sagte, daß das Blut aus der Kanüle stamme und daß der Sitz verändert werden müsse.«

Genene entschuldigte sich und kam kurz darauf mit Sally Benkert wieder. Sie erklärte den beiden Frauen, daß Sally ihr helfen würde, die Kanüle anders anzulegen. Lydia konnte die Prozedur nicht mit ansehen, aber Mrs. Lardie wollte Jacob nicht wieder aus den Augen lassen. Sie hielt den kleinen Jungen fest, während Genene geschickt den Sitz der Kanüle verändert.

In den sechs Tagen, die Jacob im Krankenhaus verbrachte, fanden die Ärzte nichts, das den Atemstillstand erklären konnte. Dr. Holland überwies Jacob an Dr. Mackey, den Neurologen in San Antonio. Auch Dr. Mackey konnte keine Ursache feststellen oder Beweise dafür finden, daß Jacob unter Krampfanfällen litt.

In Kathleens Praxis war es innerhalb von vier Wochen zu vier Herz- oder Atemstillständen gekommen, aber dennoch behauptet sie: »Mir kam noch immer kein Verdacht, weil ich die Vorfälle nicht miteinander in Zusammenhang brachte. In meiner Ausbildung hatte man mir nicht beigebracht, so zu denken. Für mich war jeder Patient einzigartig, hatte unterschiedliche Symptome, eine andere Krankengeschichte. Niemals dachte ich: ›Mein Gott, in soundsoviel Tagen ist es zu vier Notfällen gekommen oder zu zwei Atemstillständen.‹ Rückblicken muß ich zugeben, daß es wahrscheinlich schwerfällt, das zu verstehen, aber meiner Erfahrung nach haben Kinder mit einer derartigen Symptomologie oft ernste Störungen entwickelt.«

In den nachfolgenden Monaten und Jahren kam es bei Jacob nie wieder zu den merkwürdigen Anfällen, die er in Kathleens Praxis erlitten hatte, und seine Eltern gingen später davon aus, daß dieser Notfall künstlich hervorgerufen worden war. Schließlich machten sie sich keine Sorgen mehr. Niemals jedoch würde Lydia Evans vergessen, wie ihr Sohn geschrien hatte, als er instinktiv fühlte, wie ihm die Fähigkeit, sich zu bewegen und zu atmen, langsam entlitt.

Der Trauergottesdienst fand in der Friedhofskapelle statt. Ich glaube, es waren etwa dreißig Trauergäste anwesend. Reid kümmerte sich um Petti. Sie schien völlig außer sich und tat mir wirklich leid. Einmal sah ich, wie diese Schwester ihr eine Spritze gab, wahrscheinlich ein Beruhigungsmittel. Es schien zu helfen.

Es ist wirklich furchtbar. Wir dachten, es sei sehr anständig von der Ärztin und ihrem Personal, an der Beerdigung teilzunehmen. Reid und Petti ließen sogar eine Anzeige in die Zeitung setzen, um ihnen öffentlich für alles zu danken, was sie für Chelsea getan hatten. Auch später fiel es ihnen schwer zu glauben, daß Schwester Jones für das alles verantwortlich war.

Es war ein sehr schöner Gottesdienst. Chelseas Großvater hielt die Ansprache. Ich glaube, ich habe noch nie eine so bewegende Predigt gehört. Er war ein wunderbarer Redner, und es ging uns allen zu Herzen.

Wissen Sie noch, was er sagte?

Nicht mehr so genau. Er sagte ... Er sprach darüber, daß unser aller Leben einen Sinn hat, daß wir etwas erreichen müssen. Dann sprach er darüber, wieviel Chelsea in ihrem kurzen Leben erreicht hatte, wieviel Freude und Liebe sie ihrer Familie gegeben hatte. Er sagte, daß alle irgendwie von ihrem Leben berührt worden waren – und das stimmt wirklich, meinen Sie nicht?

Ja, da haben Sie recht.

Dann las er ein kurzes Gedicht vor. Es handelte davon, daß Gott Chelsea nur für eine Weile an Reid und Petti ausgeliehen habe, damit ihre Herzen für Freude empfänglich würden. Und jetzt hatte Gott sie wieder zu sich genommen. Er sagte, daß Chelsea jetzt bei ihrem großen Vater im Himmel sei und daß der wahrscheinlich gerade versuche, ihr das Pokerspiel beizubringen. Daran erinnere ich mich, weil die Anwesenden lächeln mußten.

Ich bekomme das, was er sagte, nur ziemlich schlecht zusammen. Es war sehr bewegend. Ich weiß, daß mir die Tränen in den Augen standen, genau wie vielen anderen Frauen. Es war eine sehr schöne Andacht.

Siebentes Kapitel

Niemand wird schuldig durch das Schicksal.

Seneca, Ödipus

An dem Montag, der auf Jacobs Atemstillstand und Chelseas Tod folgte, war die Praxis geschlossen. Alle besuchten die Beerdigung. Die Hitze und Feuchtigkeit des Septembers machte den Trauergästen zu schaffen, als Chelsea zwischen den knorrigen Eichen auf dem Friedhof von Kerrville beigesetzt wurde. Am Dienstag, dem 21. September, hatte die Praxis wieder geöffnet. Zwei Tage später wurde erneut ein Krankenwagen zu Kathleen Holland geschickt. Die Patientin war ein fünf Monate altes Mädchen, Rolinda Ruff, die unter Durchfall und Austrocknung litt und apathisch war. Während Kathleen einen Tropf anlegte, um die Flüssigkeit, die der Körper verloren hatte, zu ersetzen, schien das Baby plötzlich seinen Atem anzuhalten: es tat einen tiefen Seufzer und hörte dann ganz auf zu atmen.

Als Rolinda im Sid Peterson Hospital eintraf, waren mehrere Ärzte anwesend. In der Woche, die auf Chelseas Tod und Jacob Evans Notfall folgte, waren den Ärzten des Krankenhauses Zweifel an den Vorfällen in Kathleen Hollands Praxis gekommen. Dr. Duan Packard, der Direktor des Krankenhauses und Vorsitzende der Ärzteschaft von Kerrville, erwartete die junge Ärztin und ihre Patientin gemeinsam mit Dr. Earl Merrit und Dr. Larry Adams. Dr. Frank Bradley, der Anästesist des Krankenhauses, war noch im OP, als der Krankenwagen eintraf. »Ich ging hinunter, um zu sehen, ob ich irgendwie helfen könnte, und stand unten an der Treppe, als drei oder vier Leute durch die Tür der Notaufnahme stürmten. Sie trugen ein Kind. Am Ende des Flurs legten sie das Kind auf eine fahrbare Trage. Ich konnte sehen, daß es stoßweise atmete.

Dr. Holland sagte, daß sie das Kind wegen der Atemschwierigkeiten intubieren würde. Dr. Merrit stand neben mir und meinte: ›Das Kind scheint schon wieder richtig zu atmen.‹ Dr. Holland schaute mit einem Kehlkopfspiegel in den Mund des Kindes. An dem Ende dieses Instruments befindet sich eine Lampe, so daß man besser in den Rachen schauen und die Röhre anschließend genauer plazieren kann. Als sie dies tat, führte das Kind heftige motorische Bewegungen aus, die zwar absichtlich, aber nicht völlig kontrolliert wirkten. Schulter und Ellbogen bewegten sich, aber ich sah keinerlei Feinmotorik, beispielsweise Bewegungen der Handgelenke und Finger. Auch beobachtete ich, wie das Kind die Schulter ruckweise bewegte, so als ob es versuchte zu husten. Dann hob es den Arm und führte ihn schließlich an den Mund. Es fiel mir auf, daß das Mädchen dasselbe Verhalten zeigte, das ich jeden Tag im OP sehen, wenn ein intubierter Patient erfolglos nach dem Rohr greift, während die betäubende Wirkung des Suxamethoniumchlorid nachläßt – denn das Rohr tut weh und verursacht einen Würgereflex. Obwohl diese Bewegungen klar zweckgerichtet sind, kann der Patient sein Ziel nicht erreichen. Er hat zwar die *proximale* Muskelkontrolle wieder erlangt, aber der Körper hat das Medikament noch nicht so weit verarbeitet, daß er die *distale* Kontrolle besitzt.

Mir schien es, als ob das Kind aus einer Narkose erwachte, und ich erwähnte dies gegenüber Dr. Mason, dem Chef der Notaufnahme hier im Sid Peterson Hospital. Er drängte mich, mit Dr. Packard darüber zu sprechen.«

Bradley fand in Packard einen bereitwilligen Zuhörer, dessen Aufmerksamkeit auf Dr. Hollands Praxis gelenkt worden war, seit seine eigene Patientin, Misty Reichenau, dort in einen Notfall verwickelt gewesen war. Nachdem er Bradley angehört und über das nachgedacht hatte, was er selbst gerade beobachtet hatte, rief er Dr. Joe Vinas an (dieser Arzt hatte genau wie Dr. Holland an der medizinischen Hochschule von San Antonio studiert und war im Medical Center Hospital ausgebildet worden). Packard bat Vinas, Hollands beruflichen Werdegang zu überprüfen.

An diesem Abend, kurz nach 18 Uhr, rief Vinas einen Kollegen an, Dr. Terry Ryan*, der im Medical Center Hospital in der Abteilung für Herzchirurgie arbeitete. Aus kollegialer Gefälligkeit erklärte Ryan sich bereit, Joe Vinas zu erzählen, was er wußte. Er erinnerte sich an Dr. Kathleen Holland als an eine kompetente und interessierte Ärztin, die vielleicht nur etwas zu übereifrig war.

Vinas erwähnte die aufgetretenen Probleme allgemein und berichtete Ryan dann von den Gerüchten, die eine der Schwestern des Sid Peterson Hospital an diesem Nachmittag an ihn weitergegeben hatte: Genene Jones hatte eine Stelle im Medical Center Hospital innegehabt, als es dort zu Überdosierungen mit Heparin und zu anderen Problemen auf der Intensivstation gekommen war. Könnte Ryan mehr über diese Vorfälle herausfinden?

»Kurz darauf rief er mich wieder an«, berichtet Dr. Vinas. »Er sagte: ›Es sieht so aus, als ob ihr dort jemanden habt, der Babys umbringt.‹

Weiter erklärte er, daß es im vorhergehenden Jahr offenbar eine übermäßig hohe Zahl von Todesfällen und Herzstillständen auf der Intensivstation gegeben hatte, in die Schwester Genene Jones irgendwie verwickelt gewesen war. Dann deutete er an, daß er mich nicht persönlich an jemanden verweisen wolle, der mit der Untersuchung zu tun gehabt hatte, aber sicherlich wüßte ich, zu wem ich Kontakt aufnehmen sollte. Ich sagte, daß dies so wäre, und dankte ihm für seine Hilfe. Dann rief ich Dr. Arthur McFee an.

Dr. McFee war sehr hilfsbereit. Nachdem ich die Situation kurz erklärt hatte, deutete er an, daß er sich freuen würde, mir zu helfen, und berichtete mir von einigen Einzelheiten der Untersuchungen. Die Ergebnisse waren beunruhigend. Genene Jones war bei den fragwürdigen Ereignissen im Medical Center, bei denen es unerklärlicherweise zu Todesfällen bei bestimmten Kindern gekommen war, diejenige gewesen, auf die alles hinauslief. Es gab jedoch keine *Beweise für ein Verbrechen* – zumindest nicht genug, um eine strafrechtliche Verfolgung zu rechtfertigen.

Er erklärte, daß man das Problem gelöst habe, indem alle nicht voll ausgebildeten Schwestern der Intensivstation entlassen worden waren.

Auf der Stelle gab ich diese Informationen an Dr. Packard weiter, der eine Dringlichkeitssitzung einberief.«

»Es waren einfach zu viele Ungereimtheiten«, sagte Dr. Packard später. »Seit über vierunddreißig Jahren arbeitete ich als Arzt, und noch nie hatte ich etwas von einem Atemstillstand gehört. So viel ich weiß, war es bis zu diesem Zeitpunkt in Kerrville noch nie zu einem solchen Vorfall gekommen. Irgend etwas stimmte hier nicht.«

Diejenigen, die an der Sitzung am 23. September teilnahmen, waren sich einig, daß etwas geschehen mußte. Der Verwaltungsdirektor des Krankenhauses, Tony Hall, rief Dr. Holland an und teilte ihr mit, daß man sie am nächsten Tag um 10 Uhr erwarte. »Seien Sie darauf vorbereitet, über Ihre Praxis und die Patienten zu berichten, die Sie im Krankenhaus behandelt haben.«

Am nächsten Tag erwarteten Tony Hall und der Ausschuß, dem Dr. Packard, Dr. Vinas, Dr. Bradley und einige andere angehörten, die neue Kinderärztin.

Kathleen trat ein. Im Raum war es still. An einem rechteckigen Tisch saßen elf Männer. Kathleen nahm den noch leeren Platz ein.

Dr. Packard begann: »Eine ziemlich große Anzahl von Kindern scheinen in ihrer Praxis plötzlich in Schwierigkeiten zu geraten. Worauf ist das Ihrer Meinung nach zurückzuführen?«

Kathleen, die angespannt, aber konzentriert seinen Ausführungen lauschte, holte einen Stapel Karteikarten aus ihrer Tasche, auf denen die Krankengeschichte, die Symptome und die Behandlung jedes Kindes aufgeführt waren. Nachdem sie die Anwesenden kurz über ihre Notfallpatienten unterrichtet hatte, erklärte sie, daß sie ihre Besorgnis zu schätzen wisse und für jeden Rat offen sei; soweit sie es jedoch beurteilen könne, sei nichts Ungewöhnliches passiert.

»Dann fragten sie mich nach einem Antibiotikum, von

dem nur ich zu wissen schien, daß es seit längerer Zeit wieder für Kinder verwendet wurde. Sie fragten mich auch nach dem Einsatz von Suxamethoniumchlorid in meiner Praxis; ich erklärte, daß ich das Medikament nie eingesetzt habe. Sie wiesen darauf hin, daß ich ihre Intensivstation zu stark nutze, was mir merkwürdig erschien, auch gaben sie mehrere Beschwerden weiter, die sie wegen Sally Benkerts und Genenes aggressivem Verhalten erhalten hatten. Ich entschuldigte mich für beide Schwestern und versprach, mit ihnen deswegen zu reden. Dann fragten sie nach der Kompetenz meines Praxispersonals – ob ich meinen Mitarbeitern vertraue. Ich antwortete mit Ja.«

Kathleens Piepser ertönte, und sie verließ den Raum, um ein Telefon zu suchen. Einen Augenblick später kehrte sie zurück, um den Anwesenden mitzuteilen, daß Jimmy Pearson, der wieder auf der Intensivstation des Krankenhauses lag, einen Atemstillstand erlitten hatte. Sie entschuldigte sich und fragte an der Tür: »Möchte jemand von Ihnen assistieren?«

Niemand schien dazu bereit.

Bevor die Sitzung aufgehoben wurde, stimmten die anwesenden Ärzte darin überein, daß ihr Verdacht stärker wog als Dr. Hollands Erklärungen. Packard und Hall verließen das Zimmer gemeinsam. Beide waren der Meinung, daß es an der Zeit sei, die Angelegenheit in andere Hände zu geben. Hall rief die Prüfbehörde für Schwestern an und sprach mit dem Ermittlungsbeamten der Behörde, Ferris Aldridge. Aldridge war nicht der Meinung, daß er für diesen Fall zuständig wäre, versprach aber, daß er sich weiter darum kümmern würde. Er führte die Telefongespräche, die schließlich den Kontakt zu dem Texas Ranger Joe Davis herstellten.

Als Kathleen in die Praxis zurückkehrte, fragte Genene, was bei der Sitzung herausgekommen wäre. »Ich berichtete ihr, daß man mich nach meinen Methoden in der Pädiatrie befragt hatte, nach meinen Kriterien und Techniken bei Intubationen und nach meinen Kenntnissen im Hinblick auf Krampfanfälle. Ich erwähnte auch, daß sie mich nach dem

Einsatz von Suxamethoniumchlorid gefragt hatten und sagte, daß man sich wegen ihrer Aggressivität Gedanken machte und mich gefragt hatte, ob ich meinem Personal vertraue.

In diesem Augenblick wurde sie sehr erregt«, erinnert Kathleen sich. »Sie sagte: ›Da setzt jemand Gerüchte in die Welt‹, oder etwas ähnliches.«

Am folgenden Wochenende, dem 25. und 26. September, hielt Kathleen sich auf der Baustelle in Center Point bei Charleigh auf. Kurz nach dem Abendessen kehrte sie am frühen Sonntagabend in das Haus an der Nixon Lane zurück. Die Frauen unterhielten sich noch ein wenig miteinander, und bevor Kathleen zu Bett ging, sagte Genene: »Übrigens, ich habe die fehlende Flasche Suxamethoniumchlorid gefunden.«

»Welche fehlende Flasche?«

»Sicher erinnern Sie sich.«

»Genene redete weiter«, berichtet Kathleen, »und rief mir den Tag ins Gedächtnis zurück, an dem sie von der fehlenden Flasche berichtet hatte und wo ich ihr angeblich aufgetragen hatte, sie zu ersetzen. Meine Erinnerung an diesen Tag sah etwas anders aus – ich wußte nichts von einem potentiell gefährlichen Medikament. Ich erinnerte mich, daß es irgendein harmloses Mittel gewesen war, das gefehlt hatte, aber niemals Suxamethoniumchlorid.«

Die Ärztin war leicht beunruhigt: »Und wo war die Flasche?«

»In der unteren Schublade des Behandlungszimmers, unter irgendwelchen Papieren.«

»Wie ist sie dorthin gekommen?«

»Das weiß ich nicht.«

»Gut, in Ordnung, zumindest ist sie wieder aufgetaucht.«

»In diesem Augenblick«, erinnert sich Kathleen, »fühlte ich mich sehr unwohl. Plötzlich handelte es sich bei dem fehlenden Medikament um jenes, das von dem Sid-Peterson-Komitee erwähnt worden war. Und auf einmal rückte Genene mit allen möglichen Informationen heraus. Ich wußte nicht, was ich als nächstes fragen sollte und wartete einfach ab. Genene erzählte weiter.«

»Da ist nur ein Problem«, sagte Genene, »die Versiegelung wurde geöffnet.«

»Wie ist das passiert?«

»Ich weiß nicht.«

»War der Verschluß auch in der Schublade? Vielleicht ist er abgefallen, als die Flasche hineingeriet.«

»Nein.«

»Also dann... Wo ist der Verschluß? Wie ging er auf?«

»Ich weiß nicht. Schließlich waren in letzter Zeit eine Menge Leute in der Praxis.«

Kathleens Unbehagen stieg. »›Mißtrauen‹ ist eigentlich nicht das richtige Wort, aber ich war beunruhigt. Etwas stimmte hier nicht. Ich schaute sie an, hörte zu und nickte ab und zu. Die meiste Zeit über starrte sie auf den Tisch. Nur manchmal schaute sie kurz auf und senkte den Blick dann gleich wieder.«

»Auf jeden Fall ist die Flasche in Ordnung«, sagte Genene schließlich lächelnd. »Ich habe sie anhand der Ersatzflasche überprüft, und alle 10 Kubikzentiliter sind da. Wenn jemand sie aufziehen will, steht dem nichts im Weg. Sie ist ganz voll.«

»Nach dieser Aussage hielt sie inne«, berichtet Kathleen, »und ich saß regungslos da. Irgendwo habe ich mal gehört, daß es eine Bedeutung hat, wenn jemand unverlangte Informationen anbietet. Ich wußte nicht, was ich damit anfangen sollte. Als letztes sagte sie: ›Ach ja, ich habe nachgesehen, in der Gummimembran sind keine Löcher!‹«

Kathleen war völlig entnervt. »In dieser Nacht dachte ich über all die Kinder nach, und immer wieder stieß ich auf eine Sache: An allen Kindern, die ich persönlich gesehen hatte, war mir eine Sache aufgefallen – sie waren alle schlaff gewesen, einige nur für kurze Zeit, aber bei allen war dies der Fall gewesen.«

Am nächsten Morgen, einem Montag, dem 27. September, waren erst für den Nachmittag Termine angesetzt. Kathleen fuhr im Sid Peterson Hospital vorbei, um nach ihren Patienten zu sehen, bevor sie sich in die Praxis begab. Genene ging gerade mit Sally zum Mittagessen, als Kathleen dort um 11 Uhr 30 eintraf.

Kathleen legte Tasche und Mantel in ihrem Büro ab und ging an den Kühlschrank. Sie öffnete die Tür und nahm die beiden Flaschen Suxamethoniumchlorid heraus. »Sie schienen in Ordnung. Ich hielt sie gegen das Licht und sah einen ganz leichten Unterschied in der Wölbung der Flüssigkeitsoberfläche – aber das war wahrscheinlich auf die Form der Flaschen zurückzuführen. Gerade wollte ich die beiden Flaschen zurücklegen, als ich sie mir von oben anschaute. Die eine Flasche war ganz versiegelt, aber die andere, deren Versiegelung abgerissen war, hatte eindeutig zwei Löcher in der Mitte der roten Gummimembran.

Ich wußte nicht, was ich tun sollte, lief in der Praxis auf und ab und fragte mich, was ich unternehmen, wen ich anrufen könne – und was ich sagen würde.«

Kurz nach 13 Uhr 30 kehrte Genene vom Mittagessen zurück. Sie schien gut gelaunt, hielt eine Schleife in der Hand und erzählte Kathleen, daß sie gerade das Grab von Chelsea McClellan besucht habe. (Petti, die an diesem Tag ebenfalls um die Mittagszeit auf dem Friedhof gewesen war, hatte beobachtet, wie Genene am Grab ihrer Tochter gekniet hatte. »Sie schaukelte mit dem Körper hin und her, schluchzte und rief immer wieder Chelseas Namen.«)

Kathleen bat Genene, mit ihr an den Kühlschrank zu gehen. »Genene, bitte nehmen Sie die beiden Flaschen Suxamethoniumchlorid heraus.«

»In Ordnung.«

»Schauen Sie sich die Flaschen genau an.«

»Ja.«

»Schauen Sie sich die Gummimembran bei beiden an.«

»Ja.«

»Was ist mit den Membranen?«

»Was denn?«

»Eine davon hat Löcher. Woher kommen diese Löcher?«

»Das weiß ich nicht.«

»Genene, gestern abend haben Sie mir doch gesagt, es seien keine Löcher vorhanden, wie...«

»An diesem Tag waren eine Menge Leute in dem Zimmer.«

»In welchem Zimmer und an welchem Tag?«

»An dem Tag, als Misty Reichenau einen Atemstillstand hatte.«

»Genene, ich habe Misty Reichenau kein Suxamethoniumchlorid injiziert.«

»Ich weiß, aber erinnern Sie sich nicht mehr, daß ich Sie gefragt habe, ob Sie es nicht doch verwenden wollten, weil Sie Schwierigkeiten beim Intubieren hatten?«

Kathleen hielt einen Moment inne und dachte nach. »Ja, ich erinnere mich, aber ich habe es verneint, weil ich die Dosis nicht auswendig wußte und versuchen wollte, ohne dieses Mittel auszukommen. Und schließlich hat es ja auch geklappt.«

»Ja, ich weiß, aber ich hatte Sally gebeten, es aus dem Kühlschrank zu holen für den Fall, daß Sie es sich anders überlegen würden.«

Dr. Holland rief Sally an und bat sie, sofort in die Praxis zu kommen. Kathleen wartete an der Rezeption auf Sally, und gemeinsam gingen sie an den Kühlschrank. »Sally, Genene hat mir erzählt, daß Sie an dem Tag, als Misty den Atemstillstand hatte, an den Kühlschrank gegangen sind, um eine Flasche Suxamethoniumchlorid zu holen. Stimmt das?«

»Ja.«

»In Ordnung. Sagen Sie mir, was Sie mit der Flasche gemacht haben, oder besser, *zeigen* Sie mir, was Sie gemacht haben.« Mit diesen Worten reichte Kathleen ihr eine versiegelte Flasche Salzlösung.

Gemeinsam gingen sie in das vordere Behandlungszimmer. »Auf dem Weg habe ich die Versiegelung aufgebrochen«, sagte Sally, »und dann wollte ich das Mittel aufziehen, aber niemand hat mir eine Dosis genannt.«

»In Ordnung, Sie haben also nichts aufgezogen. Was haben Sie dann mit der Flasche gemacht?«

»Ich habe sie dort hinten hingelegt, hinter den Behälter mit den Tupfern.«

»Meine nächste Frage, die an Sally und Genene gerichtet war, lautete: ›Wie sind dann die Löcher in die Membran gekommen?‹

Beide erwiderten: ›Das weiß ich nicht.‹«

Kathleen bedankte sich, daß Sally gekommen war, und verließ das Zimmer. Nachdem sie die Flaschen wieder in den Kühlschrank gelegt hatte, drehte sie sich um und stieß fast mit Genene zusammen, die in der Türöffnung stand. »Wie kann man diese Löcher erklären, Genene?«

In einem Ton, den Kathleen später als kühl und defensiv beschrieb, antwortete Genene: »Ich meine, Sie sollten sie überhaupt nicht erklären. Schmeißen Sie die Flasche weg. Sagen Sie einfach, daß sie irgendwie verloren gegangen ist. Das wäre keine Lüge. Schließlich *haben* wir sie ja verloren. Ich weiß, daß wir sie wieder gefunden haben, aber das muß ja niemand erfahren. Schmeißen Sie sie einfach weg.«

»Genene«, erklärte Kathleen so ruhig wie möglich, »vom medizinischen und gesetzlichen Standpunkt aus kann ich das nicht tun, und im Hinblick auf meinen eigenen Seelenfrieden kann ich es auch nicht tun.«

In diesem Augenblick teilte Judith mit, daß der Patient für den ersten Termin an diesem Nachmittag eingetroffen war. Jäh drehte Kathleen sich um, um Mutter und Kind in das vordere Behandlungszimmer zu führen, und schloß die Tür hinter sich.

Nachdem Kathleen ihren Patienten zur Tür begleitet hatte – es war etwa 15 Uhr oder 15 Uhr 30 –, ging Genene auf sie zu und sagte: »Ich habe heute Mittag etwas Dummes getan.«

»Ja?«

»Ich habe ein paar Oxazepam genommen.«

Kathleen betrachtete Genene genau und sah, daß ihre Augen glasig waren und die Lider schwer. »Wie viele haben Sie genommen, Genene? Wie viele waren es?«

»Ich weiß nicht, nur ein paar.«

»Wie viele, Genene?« Kathleens Stimme wurde lauter.

»Ein paar, ich weiß nicht, nicht viele.«

»Wo ist dic Packung?«

»Zu Hause.«

Kathleen rief in der Nixon Lane an, aber die Packung mit den Beruhigungstabletten war nicht auffindbar. Kathleen zwang sich, die Tasche ihrer Helferin zu durchsuchen. Die Flasche, die sie dort fand und die ursprünglich dreißig Tabletten enthalten hatte, war leer.

»Wie viele haben Sie genommen? Haben Sie alle genommen, Genene?«

Schwester Jones blinzelte. »Nein, nur ein paar. Die übrigen habe ich weggeworfen. Ich fühle mich einfach nur ein bißchen unwohl.«

»Genene, Sie müssen sofort ins Krankenhaus, ich werde einen Krankenwagen rufen.«

»Nein, tun Sie das nicht«, sagte sie und legte sich auf die Couch im Flur, »ich muß mich nur ein bißchen hinlegen.«

»Es tut mir leid, Genene«, erwiderte Kathleen mit scharfer Stimme, »Sie müssen ins Krankenhaus.« Während Judith mit dem Sid Peterson Hospital telefonierte, eilte Kathleen in die Praxis nebenan zu Dr. Webb. »Meine Helferin hat mir gerade mitgeteilt, daß sie eine Überdosis Oxazepam genommen hat. Erstens bin ich kein Arzt für Erwachsene«, verkündete sie leicht hysterisch, aber mit Entschiedenheit, »und zweitens will ich mit dieser Frau nichts mehr zu tun haben.«

Der Krankenwagen traf kurz vor 17 Uhr zum letzten Mal vor Dr. Hollands Praxis ein. Kathleen beobachtete, wie ihre Helferin hinaus getragen wurde. Die Frau, die sie sah, war eine Fremde, ein Mensch, hinter dem sich erschreckende, unbekannte Dinge verbargen.

Die Ärztin kehrte an den Kühlschrank zurück, öffnete die Tür und starrte die Flaschen an, ohne sie zu berühren. Sie dachte an Chelsea und spürte, daß die Zukunft nichts Gutes verhieß. Endlich schloß sie den Schrank, ging in ihr Büro und rief Dr. Joe Vinas und Dr. Frank Bradley an. »Ich muß mit Ihnen reden«, hörte sie sich sagen, »bitte kommen Sie in meine Praxis, es ist dringend.«

Jim Brookshire im Gespräch mit der Presse nach dem Spruch der Geschworenen. (*Foto von* Williamson County Sun)

Richter John Carter vor dem Gericht von Williamson County. (*Foto von Jay Godwin vom* Austin American-Statesman)

Bo Holmstedt nach seiner Aussage über das Prüfverfahren. (*Foto von* Williamson County Sun)

Nichtidentifizierter Gerichtsbeamter und die Sergeants Maywhort, Garcia und Torrongeau auf ihrem Weg zum Gericht. (*Foto von* Williamson County Sun)

»Ich traf etwa gegen 17 Uhr 15 ein«, berichtete Dr. Vinas, »und Dr. Holland bat mich, gleich hereinzukommen. Sie schien sehr erregt und teilte mir mit, daß sie Genene Jones entlassen wolle, weil sie einen Selbstmordversuch unternommen hatte und, noch wichtiger, weil Dr. Holland an diesem Morgen eine Flasche Suxamethoniumchlorid gefunden hatte, die geöffnet worden war und deren Membran eindeutig Einstiche aufwies. Dann zeigte sie mir die Flasche. Ich hatte den Eindruck, daß eine Nadel mehrmals durch die Membran eingestochen worden war – immer durch diese beiden Löcher. Aber die Flasche war voll.

Dr. Holland erklärte mir, daß sie nicht wisse, von wem diese Flasche geöffnet worden wäre. Während des ganzen Gesprächs verhielt sie sich sehr defensiv. Auf eine Sache wies sie besonders hin: Sie hatte Genene nur die Möglichkeit gegeben, bei ihr zu arbeiten, weil das Medical Center Hospital ihr ein gutes Zeugnis ausgestellt hatte. Man hatte ihr gesagt, daß es Genene gut tun würde, in eine andere Umgebung zu kommen.

Dann traf Dr. Bradley ein, und wir drei besprachen, was wegen des Suxamethoniumchlorids unternommen werden sollte. Wir gingen Dr. Hollands Bestelliste durch und stellten fest, daß sie drei Flaschen bestellt und empfangen hatte. Eine Flasche fehlte.

Dr. Holland schien über die Anzahl überrascht und erklärte, daß sie eigentlich nicht so viele hätte bestellen wollen. Obwohl Dr. Hollands Name auf allen drei Rechnungen auftauchte, waren zwei von Genene Jones unterschrieben worden.

Wir riefen den Krankenhausdirektor Tony Hall an. Er kam sofort und nahm die beiden Flaschen zusammen mit fünf anderen geöffneten Flaschen Salzlösung an sich. Einige von ihnen waren ebenfalls eingestochen worden. Am nächsten Tag übergab er sie der Kriminalpolizei.

Als wir gemeinsam die Praxis verließen, bemerkte Dr. Holland drei Kisten in einer Ecke ihres Büros, die mit Babykleidung und Spielsachen vollgestopft waren. Sie waren offenbar ein paar Tage zuvor von Mrs. McClellan vorbei gebracht worden. Dr. Holland begann zu weinen. »Mein Gott«, sagte sie, »wenn Genene das Kind umgebracht hat, werde ich mir nie vergeben.«

Später an diesem Abend rief Tony Hall den Texas Ranger Joe Davis an, der von dem Ermittlungsbeamten Aldridge von der Prüfbehörde für Schwestern gebeten worden war, sich mit den Beschwerden des Krankenhauses gegen Dr. Hollands Praxis zu befassen. Hall informierte Davis, daß Hollands Helferin aufgrund eines Selbstmordversuchs ins Krankenhaus eingeliefert worden war.

»Ich dachte mir, daß diese Dinge sie möglicherweise belasteten«, erinnerte sich Davis. »Vielleicht war sie bereit, darüber zu reden. Also begab ich mich um zehn Uhr in die Klinik. Wir unterhielten uns ein wenig, und sie verneinte meine Frage, ob sie irgend etwas Falsches getan habe. Die Vorfälle in der Praxis hielt sie für ganz normal – sie war der Meinung, daß Kinder häufig Anfälle hätten. Sie sagte zu mir: ›Das Personal des Sid Peterson Hospital kennt sich mit Kindern nicht aus – sie haben keine Ahnung von Kinderheilkunde.‹ Was das Suxamethoniumchlorid in der Praxis betraf, verneinte sie, es je einem Patienten injiziert zu haben.

Kurz bevor ich ging, fragte ich sie, ob sie bereit wäre, sich einem Lügendetektortest zu unterziehen. Darauf antwortete sie: ›Nur, wenn Dr. Holland auch einen macht.‹«

Am nächsten Morgen, Dienstag, dem 28. September, traf Genene um 10 Uhr in ihrer Arbeitskleidung in der Praxis ein.

»Was tun Sie denn hier?« fragte Kathleen.

»Ich bin hier, um zu arbeiten.«

Kathleen war sprachlos. »Ich war ganz allein mit ihr, und sie jagte mir Angst ein. Ich wußte nicht, zu was sie möglicherweise fähig war und dachte: ›Wie kann ich es freundlich ausdrücken, aber trotzdem erreichen, daß sie geht?‹«

»Genene, ich bin der Meinung, daß es nach allem, was

vorgefallen ist, besser für uns beide wäre, wenn Sie nicht mehr hier arbeiten.«

Genene begann, sie zu beschimpfen. Sie war wütend, drohte und forderte die Ärztin auf, sich einem Lügendetektortest zu unterziehen. Bevor sie aus der Praxis stürmte, starrte sie Kathleen an und sagte mit leiser Stimme: »Mir tut nur eines leid: Daß jemand Sie davon überzeugt hat, daß ich schuldig bin.«

Kurz darauf rief Ranger Davis aus Tony Halls Büro an, um Kathleen davon zu unterrichten, daß Jones aus dem Krankenhaus entlassen worden sei.

»Das weiß ich bereits«, bemerkte Kathleen und berichtete von ihrer Auseinandersetzung mit Genene. Als sie den Hörer auflegte, erschien Judith in der Tür: »Genene ist am anderen Apparat und möchte mit Ihnen sprechen.« Kathleen weigerte sich. Ein paar Minuten später überreichte Judith Kathleen einen Brief, den Genene in einer Schublade des Büros hinterlegt hatte. Kathleen rief sofort im Büro des Krankenhausdirektors an, in der Hoffnung, daß Joe Davis noch bei Tony Hall war.

»Tut mir leid, Davis ist gerade gegangen«, erklärte Hall.

»Meine Helferin hat einen Brief hier gelassen, und ich möchte, daß er ihn an sich nimmt.«

»Was hat sie geschrieben?« fragte Hall.

Kathleen riß den Umschlag auf und begann zu lesen:

ICH KANN DIR NICHT ERKLÄREN, WARUM ALLES ANDERS WIRD: MANCHMAL MUSS MAN DAS AKZEPTIEREN, WAS DAS LEBEN BRINGT, AUCH WENN ES FALSCH SCHEINT. WENN DU ÄLTER BIST, WIRST DU VERSTEHEN, WARUM ICH WEGGEHEN MUSS. DAS HEISST NICHT, DASS ICH DICH NICHT LIEBE. BITTE GLAUBE MIR, KEIN GELD AUF DER WELT KÖNNTE JE MEINE LIEBE KAUFEN. SIE IST TIEF UND STARK UND WIRD EWIG DAUERN.

Hier hielt Kathleen inne, unfähig weiterzulesen.

»Was meint sie damit?« Sie hatte Angst zu spekulieren,

was Tony von Genenes Ergüssen hielt. »Ich weiß nicht, was es zu bedeuten hat, aber ich kann nicht... Hören Sie, wenn Davis diesen Brief haben will, kann er ihn sich abholen. Ich will ihn nicht einmal anfassen.«

Der Brief, den Kathleen nicht zu Ende lesen wollte, setzte sich noch über einige Absätze fort, die vom Ton her immer kindischer wurden.

BITTE ERKLÄRE AMANDA UND DAVID, WIE SEHR ICH SIE LIEBE. MEINE LIEBE IST SO STARK, DASS ICH SIE NICHT ZU PAPIER BRINGEN KANN. ICH WEISS, ICH VERLANGE VIEL VON DIR. ABER DU BIST DIE EINZIGE, DIE ES SCHAFFEN KANN.

ICH BIN KEINE MÖRDERIN, UND ICH HOFFE, DU GLAUBST MIR. ABER DADDYS WEG IST DER RICHTIGE. ER NIMMT ALLEN DRUCK VON DIR UND DEN SIEBEN MENSCHEN, DEREN LEBEN ICH VERÄNDERT HABE.

NIEMAND KANN MIR WEH TUN MIT MEINEM DADDY. ER WIRD ALLES IN ORDNUNG BRINGEN, UND DANN WERDEN WIR NACH HAUSE GEHEN, UND ALLES WIRD WIEDER GUT SEIN. KEINE PROBLEME MEHR FÜR DICH, KEINE ALPTRÄUME MEHR FÜR MICH.

BITTE SORGE DAFÜR, DASS AMANDA UND DAVID NICHT GETRENNT WERDEN. ICH WEISS, WIE MEINE MUTTER ZU AMANDA STEHT, ABER ICH WEISS AUCH, WIE SIE ZU DAVID STEHT. WENN SALLY ODER DU SIE NICHT NEHMEN KANNST, SORGE DAFÜR, DASS SIE ZU GUTEN MENSCHEN KOMMEN. ZU MENSCHEN MIT VIEL LIEBE.

BITTE SEI MIR NICHT BÖSE. ICH GEHE MIT DADDY, WEIL ICH IHN VERMISSE UND WEIL ICH BEI IHM SEIN WILL. ER WIRD FÜR UNS BEIDE SORGEN.

DU MUSST DIR KEINE SORGEN MACHEN. BITTE GLAUBE MIR.

ICH LIEBE DICH,
GENENE

Am Spätnachmittag traf Ranger Davis in Kathleens Praxis ein, um den merkwürdigen Brief abzuholen. Er und Tony Hall suchten Genene im Haus an der Nixon Lane auf. Beide begleiteten sie nach Austin zu dem Lügendetektortest. Nach einigen Fragen wertete der Prüfer den Test von Jones aus. Er kam zu dem Schluß, daß Jones mehrere relevante Fragen nicht wahrheitsgemäß beantwortet hatte.

Bevor Kathleen am Dienstag ihre Praxis schloß, wurde ihr mitgeteilt, daß sie das Sid Peterson Hospital nicht mehr betreten dürfe, bis das Ergebnis der Untersuchung vorliege.

Am Mittwoch um 11 Uhr trafen Polizeibeamte in Kathleens Praxis ein, um die Ärztin zum Polizeipräsidium nach Austin zu begleiten. Ihre Befragung durch die Kriminalbeamten begann um 13 Uhr, und während der nächsten fünf Stunden berichtete Kathleen in allen Einzelheiten, was sie über die sieben Notfälle in ihrer Praxis wußte und was ihr über die Gerüchte bekannt war, die sich um Jones Aktivitäten auf der Intensivstation des Medical Center Hospital rankten.

Kurz nach 18 Uhr fragte einer der Beamten, ob sie mit einem kurzen Lügendetektortest einverstanden sei. »Natürlich«, erwiderte Kathleen. Sie wurde in demselben Stuhl angeschnallt, in dem Genene am Tag zuvor gesessen hatte. Dann trat der Beamte vor und machte Kathleen zu ihrer Überraschung auf ihre Rechte aufmerksam. Die bekannten Worte, die Kathleen schon so oft im Fernsehen aus dem Mund von Serien-Polizisten gehört hatte, versetzten ihr einen Schock: Auch sie galt also bei dem vermuteten Mord als Verdächtige.

So ruhig sie konnte, beantwortete Kathleen die zwei Dutzend Fragen des Prüfers und beantwortete sie nach seiner Aufforderung ein zweites Mal. Während der Prüfer die Antworten einschätzte, schnallten die Polizisten Kathleen wieder von dem Gerät los.

»Es sieht so aus«, informierte der Prüfer Kathleen ein paar Minuten später frei heraus, »als ob wir hier einen Wettstreit zwischen zwei Lügnerinnen vor uns haben.«

Auch Kathleen hatte, wie schon Genene zuvor, den Test nicht bestanden.

Die Rückfahrt von Austin war lang und still. Als sie sich Kerrville näherten, bat Kathleen Ranger Davis, an der Praxis zu halten, damit sie die Dinge abholen könne, die Bonnie Gunderson für sie aus dem Haus an der Nixon Lane abgeholt hatte. Zumindest während der nächsten Nächte wollte Kathleen in einem Hotel in Kerrville übernachten.

Kathleen öffnete die Reisetasche und sah sofort, daß obenauf zwei Medikamentenflaschen und ein Brief lagen.

»Ich erinnere mich, daß ich die Tasche fallen ließ, als ob ich mich verbrannt hätte«, berichtete Kathleen, »ich war wirklich entsetzt. Dann schrie ich die beiden Polizisten an: ›Diese Frau will mir etwas anhängen. Als Sie mich abgeholt haben, war diese Tasche nicht hier! Ich habe sie gerade geöffnet. Überprüfen Sie sie auf Fingerabdrücke. Ich habe dieses Zeug noch nie gesehen!‹«

Die Flaschen enthielten Salzlösung. Der Brief stammte von Genene und war kurz vor Kathleens Fahrt nach Austin geschrieben worden. Genene gab darin zu, daß sie einmal ein Medikament verabreicht habe, ohne daß die Ärztin sie dazu aufgefordert hatte, und daß sie gelegentlich die Dosierung bei anderen Mitteln abgeschwächt oder verstärkt habe, so wie es ihrer Meinung nach richtig gewesen wäre. Genene informierte Kathleen außerdem, daß sie den Lügendetektortest nicht bestanden hatte, und erwartete, daß Kathleen den ihren ebenfalls nicht bestehen würde. »Vielleicht wird diese Sache mich zugrunde richten«, schrieb sie, »aber ich werde nicht die einzige sein.«

Dritter Teil

Die Enthüllung

Erstes Kapitel

»Ah, die Amerikaner sind verschlagen und clever«, sagte Tan, woraufhin die anwesenden Amerikaner in unbeherrschtes Gelächter ausbrachen. Der Dolmetscher erklärte Tan, daß die Amerikaner sich selbst nie für verschlagen oder clever halten.

Bernard B. Fall, Letzte Gedanken über einen Krieg

Wie ein Schauspieler rekonstruiert ein Ermittlungsbeamter die Gedanken und Motive des Verdächtigen aus Teilen seiner eigenen Persönlichkeit. Er muß einfühlsam sein und den wahren Hergang eines Verbrechens rekonstruieren, bevor er es aufdecken kann.

Der Kriminalbeamte und der Staatsanwalt sind beides Ermittlungsbeamte, aber unterschiedlicher Art. Der Kriminalbeamte hat eine engere Beziehung zu den tatsächlichen Geschehnissen. Sein Ziel ist es, die Wahrheit zu *finden* – daher sind alle Tatsachen von gleicher Bedeutung für ihn, jede Teil einer ganzen Geschichte. Die Aufgabe des Staatsanwalts dagegen besteht darin, die Wahrheit *offenzulegen*, um die Geschworenen zu überzeugen – daher betrachtet der Staatsanwalt die Tatsache mit zynischerem Blick. Er bewertet die Ergebnisse seiner Ermittlung danach, ob sie ihm nutzen und ob er mit ihnen eine Verurteilung erzielen kann.

1982 war Ron Sutton der Staatsanwalt für Kerr County, zu dem auch Kerrville gehört. Seiner bulligen Statur merkt man an, daß er einst Football-Spieler gewesen ist. Er hat ein rötliches Gesicht, einen starken Nacken und blondgraue Haare, die langsam dünner werden. Seiner scheinbar unkomplizierten Persönlichkeit widersprechen die schlauen Augen unter der schweren Stirn. »Während meines Jurastudiums habe ich gelernt zu denken«, sagt er, »logisch zu denken, vernünftig und geradlinig. Ich übe meinen Beruf gerne aus: er ist gleichzeitig Berufung für mich.«

Sutton, der 1982 achtunddreißig Jahre alt war, übte seinen Beruf bereits seit sechzehn Jahren aus. 1977 übernahm er die Stelle des Staatsanwalts für die fünf Distrikte nördlich von San Antonio, ein dünn besiedeltes Gebiet von mehr als 800 Quadratmeilen Größe.

»Natürlich bringt der Job viel Arbeit mit sich«, erzählt Sutton, »ich bin viel unterwegs, aber ich mag die Lässigkeit hier. Das merkt man, wenn ich in meinem Büro arbeite: ich trage kein Jackett und keine Krawatte. Ich hasse Krawatten, weil sie mir das Gefühl geben zu ersticken.«

Wie die meisten Staatsanwälte in diesem Teil von Texas ist Ron ein Einheimischer. »Nach meinem Examen arbeitete ich für einen pensionierten Richter und anschließend als Strafverteidiger. Das gefiel mir nicht besonders. Dann wurde ich Staatsanwalt, was schon besser war, aber bald war ich wieder unzufrieden. Irgendwann bewarb ich mich dann mal um eine Richterstelle und wurde geschlagen – das war wahrscheinlich das Beste, was mir je passiert ist, denn jetzt stand ich zur Verfügung, als der Gouverneur mich im September '77 zum Oberstaatsanwalt ernannte. Wahrscheinlich war es Glück. Mir gefiel diese Aussicht zwar zuerst nicht so gut, aber ich sagte: ›Okay, ich will es versuchen.‹ Und zu meiner Überraschung machte mir die Sache immer mehr Spaß.

Natürlich verdient man auf der Gegenseite viel mehr Geld, aber es ist die Herausforderung, die ausschlaggebend für mich ist. So ein Fall wie der Jones-Fall beispielsweise macht mir einfach Spaß. Einen Fall von Anfang an aufzubauen – herauszufinden, was passiert ist, dann zu überlegen, wie man die Sache vor den Geschworenen darstellt –, das ist für mich die allergrößte Herausforderung. Im Gerichtssaal zu stehen und an einer Sache wirklich zu *arbeiten*, das ist für mich eine ungeheure Aufgabe und sehr aufregend. Man steht unter starkem Druck, besonders bei einem so großen Fall. Es ist sehr ermüdend, aber man hat das Gefühl, daß man genau den richtigen Job hat, wenn man einen

Mörder hinter Gitter bringt. Es gibt einem ein gutes Gefühl, auch wenn es anstrengend ist. Man erntet nicht viel Dank, aber persönliche Befriedigung gibt es einem.

Was den Chelsea-Fall betrifft«, sagt Sutton, »glaubte ich zuerst, daß diese Leute – das Krankenhaus, die Prüfbehörde für Schwestern – vielleicht nur falschen Alarm schlugen. Schließlich ist es möglich, daß solche Dinge passieren. Vielleicht war dieses Kind ja eines natürlichen Todes gestorben. Aus diesem Grund ging ich sehr vorsichtig vor.

Richtig los ging es Ende September '82. Am 24. begann das Krankenhaus mit seinen Untersuchungen. Am 27. übergab Kathleen Holland die Flaschen. In derselben Woche machten sie und Jones den Lügendetektortest. Dann schickte das Polizeipräsidium die Testergebnisse für die Flaschen. Am nächsten Dienstag, dem 5. Oktober, suchte Ranger Joe Davis Genene auf, um sie speziell wegen des Suxamethoniumchlorids zu befragen. Er verlas ihre Rechte und nahm ein schriftliches Protokoll auf.«

Ich heiße Genene Jones und war bei Dr. Kathleen Holland als Arzthelferin angestellt. Mein Arbeitsverhältnis begann am 16. 8. 82 und endete am 28. 9. 82.

Medikamente für die Praxis wurden am 18. 8. 82 von mir sowie von Dr. Holland bei Pampell bestellt, unter anderem eine (1) 10 Kubikzentiliter-Flasche Suxamethoniumchlorid.

Die Flasche Suxamethoniumchlorid ging am 3. 9. 82 verloren oder wurde nach dem Vorfall in der Praxis mit Misty Reichenau verlegt. Das Medikament wurde nicht bei diesem Kind verwendet, aber von Sally Benkert (Krankenschwester auf der Intensivstation des Sid Peterson Hospital) ins Gespräch gebracht.

Ein paar Tage später fragte ich Dr. Holland, ob sie eine zweite Flasche Suxamethoniumchlorid bestellen wolle, und sie bejahte dies. Ich bestellte die zweite Flasche in der Apotheke des Sid Peterson Hospital. Ich habe sie nicht abgeholt. Ich weiß nicht, wer diese Bestellung abgeholt hat.

Irgendwann um den 19. September herum fand ich die erste Flasche Suxamethoniumchlorid wieder und legte sie zurück in den Kühlschrank. Sie lag in der unteren Schublade des Untersuchungstisches (im vorderen Behandlungszimmer) zusammen mit zwei Blutproben. Ich unterrichtete Dr. Holland am selben Tag von dem Fund. Ein oder zwei Tage später bat Dr. Holland mich, mir die erste Flasche anzusehen. Sie hatte zwei Einstichstellen in der Gummimembrane, was ich nicht bemerkt hatte, als ich die Flasche fand.

Dr. Holland fragte mich, wie die Einstichstellen dort hinein gelangt seien. Ich konnte es nicht erklären. Dann stellte ich ihr dieselbe Frage. Auch sie wußte keine Antwort.

Dr. Holland rief Miß Benkert an und bat sie, in die Praxis zu kommen, was sie auch tat. Dann befragte Dr. Holland Miß Benkert.

Als ich ging, befanden sich zwei Flaschen Suxamethoniumchlorid in der Praxis. Die erste und die zweite, die bestellt wurde, als die erste verloren gegangen oder verlegt worden war.

Von anderen Bestellungen dieses Medikaments weiß ich nichts. Die erste Flasche wurde geliefert, und ich weiß nicht, wer die zweite abgeholt hat.«

»Der Laborbericht über die beiden Flaschen, den ich vom Polizeipräsidium erhielt, zeigte, daß der Inhalt der ersten Flasche mit Salzlösung verdünnt worden war«, erinnert sich Sutton. »Die Konzentration betrug etwa ein Sechstel der anderen Flasche. An demselben Tag erfuhr ich, daß die Leute vom Krankenhaus erfahren hatten, daß von Hollands Praxis sogar drei Bestellungen für Suxamethoniumchlorid aufgegeben worden waren.

In diesem Moment wußte ich, daß irgend etwas in der Praxis nicht mit rechten Dingen zuging. Da war die fehlende Flasche und verschiedene Geschichten darüber, was mit ihr passiert war. Mit dem Inhalt einer Flasche hatte jemand herumgepfuscht, und ich kannte die Ergebnisse der Lügendetektortests. Ich hatte zwei Verdächtige; aber ich wußte nicht, wer von ihnen (vielleicht waren es auch beide) in die Sache verstrickt war.«

Am 7. Oktober begann die Schlacht seines Lebens, als

Ron Sutton Ranger Davis davon unterrichtete, daß im McClellan-Fall eine Untersuchung durch eine Anklagejury beginnen würde. »Ich erklärte ihm, daß ich ihn am Dienstag, dem 12. Oktober, in Kerrville aufsuchen würde, und daß Dr. Holland, Tony Hall, Dr. Packard und Petti McClellan vorgeladen werden sollte.«

Eine Anklagejury bot Sutton mehrere Vorteile. Da außer Zeugen und Beamten niemand die Kammer der Anklagejury betreten durfte, konnte er seine Untersuchung in relativer Ruhe beginnen und unter Kontrolle halten. Die Zeugen standen unter Eid und konnten wegen Meineides angeklagt werden. Es stand ihnen jedoch kein Berater zur Seite, sie waren also dem Staatsanwalt in gewisser Weise ausgeliefert. Alle Zeugenaussagen wurden schriftlich festgehalten, so daß die Zeugen daraufhin festgenagelt werden konnten. Außerdem durften die Zeugen mit niemandem darüber reden, was in diesen geheimen Sitzungen ans Tageslicht kam. Absprachen waren also eigentlich nicht möglich.

Sutton hatte bereits festgestellt, daß es ein gutes halbes Dutzend Vorfälle gab, die von der Krankenhausverwaltung als ›fragwürdig‹ bewertet wurden, daher forderte er Dr. Holland in ihrer Vorladung auf, der Jury die Krankenblätter dieser Kinder vorzulegen. Die Vorladung sollte zu Feindseligkeiten und Mißtrauen zwischen dem Oberstaatsanwalt und Dr. Holland führen, die zum Nachteil beider Seiten viele Monate lang anhielten.

Während Sutton langsam begann, sich an diesen merkwürdigen Fall heranzutasten, kämpfte Kathleen darum, ihr Leben normal weiterzuführen. Eine lähmende Unwirklichkeit schien sich über sie zu senken. Selbst normale Aufgaben kamen ihr absurd vor, denn auf ihr lastete das vernichtende Gefühl von Sinnlosigkeit und drohendem Versagen.

Von Anfang an hatte sie erkannt, daß ihr die Schuld für diese Ereignisse zugeschoben werden würde, egal ob dies richtig oder falsch war. Sie hatte sich gezwungen, die Versicherung, bei der sie eine Versicherung für ärztliche Kunstfehler abgeschlossen hatte, anzurufen, wußte aber nicht, was sie sagen sollte, als die freundliche Dame am anderen Ende sie bat, ihr Problem zu beschreiben. »Wie erklärt man jemandem, daß man glaubt, die eigene Helferin habe einen Patienten umgebracht?«

Die Versicherung verwies Kathleen an einen ihrer Rechtsanwälte, William Dickson Wiles. Wiles, ein freundlicher Mann in den mittleren Jahren, der die Hälfte seines Lebens Ärzte wegen der Vernachlässigung beruflicher Sorgfalt verteidigt hatte, erinnert sich an das erste Gespräch mit Dr. Holland: »Es war eine der seltsamsten Geschichten, die ich je gehört hatte.«

Gegen Ende des zweistündigen Gesprächs, bei dem Wiles in erster Linie zuhörte, schlug er Kathleen vor, einen Strafverteidiger zu Rate zu ziehen.

»Einen Strafverteidiger?« protestierte Kathleen. »Aber ich habe doch nichts getan.«

Wiles tat sein Bestes, um seine neue Klientin zu beruhigen. »Man muß kein Verbrecher sein, um einen Spezialisten zu Rate zu ziehen.« Wiles wußte, daß Kathleen vor einer Reihe von Auftritten vor einer Anklagejury stand, daß sie von der Polizei vernommen werden würde, daß möglicherweise der Verdacht der Mitwisserschaft oder Mittäterschaft bestand und daß vielleicht sogar Anklage erhoben werden würde. Sie brauchte einen Experten, der sie über dieses Minenfeld leitete. Wiles empfahl Kathleen, Kontakt zu Jack Leon, einem Strafverteidiger aus San Antonio, aufzunehmen.

Leon gab seiner neuen Klientin den Rat, den alle Strafverteidiger ihren Klienten geben, in der Hoffnung, daß die Warnung nicht zu spät kommt und daß der Klient nicht zu arrogant oder dickköpfig ist, auf diesen Rat zu hören: »Sagen Sie nichts. Man könnte versuchen, Sie festzunageln. Rücken Sie nicht freiwillig mit Informationen heraus. Legen Sie keine Aufzeichnungen vor – vom gesetzlichen Standpunkt aus sind es vertrauliche Dokumente. Ich möchte Sie auch daran erinnern, Doktor, daß Sie wahrscheinlich vor Schadenersatzforderungen in Millionenhöhe stehen. Halten Sie also den Mund, dann brauchen sie sich auch keine Sorgen zu machen, daß Sie Fehler begehen.«

Kathleen war nicht sehr glücklich über diesen Rat. »Aber ich habe doch nichts verbrochen«, argumentierte sie, »ich habe nichts zu verbergen.« Leon blieb unerbittlich: »Das spielt überhaupt keine Rolle. Eine Anklagejury kann sie anklagen, indem sie irgend etwas in ihrer Aussage aus dem Zusammenhang reißt. Und wenn Sie angeklagt werden, haben Sie wirklich Probleme, Probleme, die Sie eine schöne Stange Geld kosten werden. Tun Sie sich selbst einen Gefallen und sagen Sie nichts.«

Mr. Leon ging nicht davon aus, daß er Kathleens Zeugenaussage auf Dauer würde verhindern können, vielleicht aber lange genug, um mit Sutton zu verhandeln. Er wollte als Gegenleistung für ihre volle Zusammenarbeit Immunität vor der Strafverfolgung für sie erreichen. Sutton lehnte ab. »Wenn sie nichts getan hat, braucht sie von mir nichts zu befürchten. Aber ich gewähre niemandem Immunität.«

Als am 4. Oktober Joe Davis mit der Vorladung für Kathleen in ihrer Praxis eintraf, erklärte sie ihm, daß sie keine weiteren Aussagen machen und die geforderten Krankenblätter nicht vorlegen würde, da es sich um vertrauliche Dokumente handle.

Sutton war nicht gewillt, Kathleens Weigerung zu akzeptieren. Er schickte Joe Davis zu den Eltern der Kinder, bei denen es in Kathleens Praxis zu einem Notfall gekommen war, um deren Einwilligung für die Freigabe der Krankenblätter einzuholen: Durch ihre Unterschrift galten die Unterlagen nicht mehr als vertraulich. Am 11. Oktober kehrte Joe Davis mit einer neuen Vorladung und der Aufforderung, die Krankenblätter vorzulegen, in Dr. Hollands Büro zurück. Kathleen hatte keine andere Wahl, als die vollständigen Unterlagen für die folgenden Patienten zu übergeben: Chelsea, Misty, Jimmy, Brandy, Jacob und Rolinda.

Am nächsten Tag hatte Kathleen, die sehr nervös war, ihren ersten Auftritt vor der Anklagejury von Kerr County. Rechtsanwalt Sam Bayless, Jack Leons Mitarbeiter, hatte ihr genaue Instruktionen erteilt: Nach jeder Frage sollte sie um die Möglichkeit bitten, sich mit ihrem Anwalt zu beraten, der vor der Kammer auf sie wartete; dann sollte sie die Frage vor Sam so genau wie möglich wiederholen und sich bei bestimmten Fragen, die ihr Anwalt festlegen würde, auf das Aussageverweigerungsrecht berufen.

Sutton bat Kathleen, ihren Namen zu nennen. Er zeigte ihr die Unterlagen, die sie Joe Davis am Tag zuvor übergeben hatte: »Stammen diese Unterlagen aus Ihrem Büro?«

»Ja.«

»Sind diese Unterlagen vollständig und enthalten sie keine Zusätze, Veränderungen oder Abwandlungen?«

Wieder bejahte Kathleen seine Frage.

Bei der nächsten Frage bat sie jedoch darum, sich mit ihrem Anwalt beraten zu dürfen. Sutton, der sehr frustriert schien, ließ sie hinausgehen. Vor der Kammer wiederholte Kathleen die harmlose Frage vor Bayless, der sie in seinem Notizbuch notierte. »Berufen Sie sich auf Ihr Recht«, wies er sie an.

»Sam, ich möchte die Frage aber beantworten.«

»Berufen Sie sich auf Ihr Recht«, wiederholte er, »wenn Sie einige Fragen beantworten, können Sie dieses Recht ganz verlieren. Wir müssen konsequent vorgehen.«

Nachdem Kathleen zurückgekehrt war, wiederholte Sutton die Frage, Kathleen zog einen kleinen, zusammengefalteten Zettel aus der Tasche und las vor: »Ich weigere mich, diese Frage zu beantworten, für den Fall, daß die Antwort mich belasten oder benachteiligen könnte.«

Dem Oberstaatsanwalt riß der Geduldsfaden: »Haben Sie Angst, daß Ihre Antwort uns etwas verraten würde, von dem wir nichts wissen sollten?«

Wieder las Kathleen die vorbereitete Antwort vor.

Sutton versuchte alles, was in seiner Macht stand, um Kathleen aus der Fassung zu bringen. Er stellte harmlose Fragen und schimpfte, wenn sie wieder ihren Zettel verlas: »Glauben Sie wirklich, daß es Sie irgendwie belasten kann, wenn Sie uns verraten, wann Sie Ihr Examen abgeschlossen haben?«

Kathleen ließ sich nicht aus der Ruhe bringen. Stoisch hörte sie sich an, daß der Staatsanwalt aufbrausend sagte, er würde sie am liebsten wegen Mißachtung des Gerichts vorladen, aber als Reaktion auf seine nächste Frage berief sie sich wieder auf ihr Recht.

Verärgert schickte Sutton die Zeugin nach Hause und versuchte dann die Anklagejury davon zu überzeugen, daß man die Ärztin wegen Mißachtung anklagen sollte.

Am nächsten Morgen erfuhr Kathleen aus der Zeitung, daß die neue Kinderärztin von Kerrville wegen Mißachtung des Gerichts angeklagt worden sei, da sie sich geweigert habe, bei der Untersuchung von Chelsea McClellans Tod mit der Anklagejury zusammenzuarbeiten. Speziell warf die Jury Kathleen vor, daß sie die Krankenblätter bestimmter Patienten nicht ausgehändigt habe.

Verständlicherweise verwirrte diese Anklage Kathleen; schließlich hatte sie alle geforderten Aufzeichnungen ja vorgelegt. Jack Leon fand heraus, daß die Anklage auf einer Formsache beruhte: Eine der Fragen, die Kathleen vor der Anklagebank nicht beantwortet hatte, war die, ob sie irgendwelche Änderungen an den Aufzeichnungen, die sie Joe Davis übergeben hatte, vorgenommen habe. Die Jury konnte daher nicht wissen, argumentierte Sutton, ob Kathleen der Aufforderung in ihrer Vorladung voll nachgekommen sei, oder ob sie die Aufzeichnungen gelöscht oder verändert habe. Drei Wochen später, am 5. November, kam die Anklage wegen Mißachtung schließlich vor Richter Murray Jordan. Kathleens Rechtsanwalt wies darauf hin, daß Kathleen zu Beginn ihrer Aussage geschworen habe, daß die Aufzeichnungen ›vollständig sind und keine Zusätze, Veränderungen oder Abwandlungen enthalten‹. Daher sei die Frage, auf der die Mißachtungsklage beruhte, bereits gestellt und beantwortet worden. Aus diesem Grund sei die Anklage unbegründet, argumentierte Leon.

Richter Jordan stimmte mit Leons Einlassung überein und lehnte die Klage ab. Unglücklicherweise berichtete die Zeitung von Kerrville nichts von Kathleens Entlastung.

Kathleens Patientenzahl, die bereits stark zurückgegangen war, verebbte fast völlig, nachdem die Presse von ihrer angeblichen Weigerung, bei der Untersuchung mitzuarbeiten, berichtet hatte. Zum ersten Mal spürte sie, daß man ihr in der Stadt mit Mißtrauen begegnete. Sie zwang sich, die Eltern jedes neuen Patienten mit folgenden Worten zu begrüßen: »Ich weiß nicht, ob Sie von der Untersuchung gehört haben, die sich mit den Kindern befaßt, die in meiner Praxis erkrankt sind, aber Sie sollten informiert werden, bevor ich mit meiner Untersuchung beginne.« Die meisten Patienten blieben dann, einige auch nicht.

Genene Jones hatte Kerrville bereits verlassen. Sie und Sally räumten das Haus in der Nixon Lane innerhalb einer Woche nach Genenes Entlassung. Sie nahmen die Kinder, Bonnie Gunderson und Genenes ganze Habe, packten alles in Sallys Wohnanhänger und fuhren 100 Meilen in nördlicher Richtung nach San Angelo. Dort bezogen sie und Sally einen Platz in einem Wohnwagenpark und sahen sich nach neuen Jobs um.

Am 18. Oktober rannte Sutton gegen die erste Wand. Er und Joe Davis begaben sich zum Sid Peterson Hospital, um Aussagen von allen einzuholen, die während Chelseas zweitem Notfall in der Notaufnahme gewesen waren. Einer der Befragten war Dr. Frank Bradley, der Arzt, der erkannt hatte, daß Rolinda Ruff möglicherweise gegen die Auswirkungen von Suxamethoniumchlorid ankämpfte und sich deswegen nicht von einem Krampfanfall erholte. Bradley war der erste, der ihnen klarmachte, mit was für einem Medikament sie es hier eigentlich zu tun hatten.

»Bradley erklärte, daß wir in Schwierigkeiten seien, wenn es sich *tatsächlich* um Suxamethoniumchlorid handle«, erinnerte sich Sutton, »weil dieses Medikament *schnell* im Körper verschwindet. Er sagte zu uns: ›Es hinterläßt keine Spuren. Wenn dieses Kind tatsächlich mit Suxamethoniumchlorid umgebracht wurde, können Sie es nie beweisen. Das Mittel läßt sich nicht nachweisen.‹«

Sutton berichtete weiter: »Wissen Sie, man konnte auf

den Titelseiten der Zeitungen in Paris, Hawaii, allen skandinavischen Ländern, Japan und Kanada von diesem Fall lesen. Und meiner Meinung nach nicht nur, weil der Fall so merkwürdig war, sondern weil er merkwürdig war *und weil es außerdem um dieses seltsame Medikament ging*: Suxamethoniumchlorid – synthetisch hergestelltes Curare. Bei diesem Medikament bleiben Sie bei Bewußtsein. Sie werden nicht ohnmächtig, sondern sind nur gelähmt. Sie können nicht die geringste Bewegung ausüben, selbst wenn Sie es wollten. Wenn niemand Sie behandelt, ersticken Sie – völlig bewegungslos und *bei vollem Bewußtsein*. Das ist das Alptraumhafte daran, besonders für die Mütter.

Ich habe einmal eine Dosis Suxamethoniumchlorid bekommen, als man mir die Mandeln herausnahm, bevor ich mein Studium abgeschlossen hatte. Eigentlich soll das Narkosemittel seine Wirkung tun, so daß man nicht bei Bewußtsein ist, bevor das Suxamethoniumchlorid wirkt; aber wenn sie für die Injektionen nicht den richtigen Zeitpunkt wählen, wirkt das Suxamethoniumchlorid vor dem Narkosemittel – und genau das ist bei mir passiert. Ich werde nie vergessen, wie ich auf dem Tisch lag und der Arzt mich aufforderte, rückwärts von fünf bis eins zu zählen. Ich fing an und konnte dann plötzlich nicht mehr atmen! Ich lag da, starrte den Arzt an und war völlig hilflos! Dann begann Gott sei Dank die Narkose zu wirken, und ich verlor das Bewußtsein. Das Ganze dauerte nur ein paar Sekunden, aber ich kann mich noch gut daran erinnern. Ich hatte panische Angst.«

Ron Sutton überlegte genau, was Frank Bradleys Information bedeutete. Er erkannte, daß er nun vor einem großen Problem stand. Wenn er der Jury keine Mordwaffe liefern konnte, mußte er sich vollständig auf Indizienbeweise verlassen. Diese Aussicht war wenig angenehm; ein Schuldspruch ließ sich immer leichter erzielen, wenn die Jury einen konkreten und direkten Beweis für ein Verbrechen vor sich hatte. Sutton wußte daher, daß er sich sehr anstrengen mußte, um Dr. Bradley zu widerlegen; irgendwo mußte es einen Menschen geben, der dieses nicht nachweisbare Medikament aufspüren konnte. Also ließ er überall verbreiten, daß er alle verfügbaren Informationen über Suxamethoniumchlorid brauchte.

Ende Oktober schnitt Charleigh, Kathleens Ehemann, das Thema Scheidung an – nur um sein persönliches Eigentum davor zu schützen, daß es in den Schadenersatzklagen, die folgen würden, verlorenginge, wie er erklärte. Kathleen versuchte, ihn zu verstehen, fühlte sich aber dennoch betrogen. Sie weigerte sich zuerst, aber Charleigh blieb hart. »Ich wollte sichergehen«, erklärte er später, »daß Kathleen noch ein Heim hatte, selbst wenn sie alles verlieren würde.«

Obwohl Kathleen eigentlich nicht damit einverstanden war und sich gekränkt fühlte, suchte sie sich einen preiswerten Rechtsanwalt, der eine einfache Scheidung ohne Verschulden der beiden Partner organisierte. Ihre Ehe mit Charleigh Appling wurde noch vor Jahresende geschieden. Sie waren gerade sechs Monate lang verheiratet gewesen.

In der Zwischenzeit kümmerte Sutton sich weiter um seine Untersuchung und ließ ständig Zeugen vor die Anklagejury vorladen, um einen juristischen Bericht der Ereignisse zu erstellen, solange sie den Beteiligten noch frisch im Gedächtnis waren. Abends mühte er sich mit medizinischen Texten und Artikeln in Ärztezeitschriften ab, um sich die nötigen Kenntnisse für diesen schwierigen Fall anzueignen. Dr. Bradley unterstützte ihn dabei, genauso wie Dr. Vinas, aber beide kannten die Ereignisse nicht aus erster Hand. Sutton war frustriert, daß Kathleen ihre Zusammenarbeit verweigerte, war aber dennoch nicht bereit, ihr Immunität zu gewähren. »Das ist etwas, das ich nie tue.«

Mitte Dezember 1982 hatte Sutton endlich Zeit, nach San Antonio zu fahren, um Dr. Kathleen Kagan-Hallet zu befragen, die Pathologin, die bei der Autopsie eine detaillierte Untersuchung an Chelseas Gehirn vorgenommen hatte. Dr. Kagan-Hallet informierte Sutton, daß sie von seiner Untersuchung noch nichts gehört habe. Ihrer Meinung nach war der Tod des Kindes auf einen atypischen Fall von plötzlichem Kindstod zurückzuführen.

»Dann fragte ich sie«, erinnerte sich Sutton, »ob ihrer Meinung nach eine Injektion von Suxamethoniumchlorid möglicherweise den Tod des Kindes verursacht oder zu ihm beigetragen haben *könnte*. Sie schien etwas verwirrt, antwortete aber mit Ja. Eine derartige Injektion könne wahrscheinlich sehr direkt mit dem Tod in Verbindung gebracht werden.«

Sutton bat die Pathologin, ihre Untersuchungsergebnisse im Licht dieser Möglichkeit zu überdenken und ihn über eine mögliche Änderung ihres Urteils zu informieren.

Ein paar Tage vor den Weihnachtsferien erwähnte Dr. Kagan-Hallet ihr merkwürdiges Gespräch mit Sutton auf einer Pathologen-Konferenz gegenüber einer Kollegin, Dr. Corrie May. May, die früher einmal im Medical Center Hospital gearbeitet hatte, stellte die Verbindung zwischen den Namen Jones und Holland und den Problemen des vergangenen Jahres auf der Intensivstation her. Beunruhigt erwähnte sie die Untersuchung in Kerrville vor ihrem jetzigen Chef, dem Gerichtsmediziner von San Antonio, Dr. Vincent DiMaio.

DiMaio gab die Informationen an den neu berufenen Assistenten des Oberstaatsanwalts, Nick Rothe, weiter, der sich wiederum direkt an den neu gewählten Oberstaatsanwalt von San Antonio, Sam Millsap, wandte. Millsap war noch keine zwei Wochen im Amt – seit 12 Uhr 01 des ersten Tages des neuen Jahres. Und Millsap begann auf der Stelle mit einer Untersuchung des merkwürdigen Berichts.

In der letzten Januarwoche 1983 hörte sich die Anklagejury von San Antonio Zeugenaussagen an, die mit den Ereignissen zusammenhingen. Von der Presse wurde das Ganze schließlich ›Der Fall der toten Babys‹ genannt.

Ich habe mein Amt am 1. Januar 1983 angetreten. Etwa gegen Ende des Monats kam der Gerichtsarzt von San Antonio auf mich zu. Er sagte sinngemäß: »Ich bin froh, daß Sie hier sind. Am Medical Center Hospital sind einige merkwürdige Dinge passiert. Ich weiß nicht genau was, aber zwei Dinge sind mir klar: Erstens, man scheint dort das Gesetz zu mißachten, das eine Autopsie fordert, wenn es unter bestimmten Umständen zu einem Todesfall kommt, und zweitens geht in der Ärzteschaft das Gerücht um, daß in diesem Krankenhaus zu viele Babys sterben. Ich habe mir die Akten angesehen, und es gibt Fälle, in denen ich eine Autopsie hätte vornehmen sollen, aber offiziell nie informiert worden bin. Die Autopsien wurden entweder privat vorgenommen oder gar nicht.«

Ich mußte also gleich am Anfang meiner Amtszeit über diesen Fall entscheiden. Bald war klar, daß es nicht nur ein Konflikt zwischen meinem Büro bzw. dem Gesetz und Genene Jones war, sondern gewissermaßen auch zwischen den Anklägern und zwei der mächtigsten Instituten hier: dem Bexar-County-Krankenhausdistrikt und der Universität von Texas.

In ganz Texas gibt es keine Organisation, die mächtiger ist als die Universität von Texas. Keine einzige. Ihre Macht ist einfach enorm. Ich mußte also am Anfang die Entscheidung treffen, diesen Fall zu untersuchen und mich dann, falls nötig, mit diesen Institutionen auseinanderzusetzen.

Ich glaube, ich war ziemlich naiv, als ich meine Entscheidung traf.

Als wir anfingen, hatte ich überhaupt keine Ahnung, ob wir schließlich etwas finden würden, es bestand also ein gewisses Risiko. Und zweitens wußte ich nicht, daß ich mich schließlich – persönlich – mit diesen Einrichtungen würde messen müssen. Das Universitätssystem ähnelt in gewisser Weise der chinesischen Regierung: Die Leute nehmen einfach an, daß sie ewig weiter machen werden und tun grundsätzlich so, als ob nichts passiert sei.

Meine Aufgabe bestand nun darin, zu entscheiden, wen ich auf diesen Fall ansetzen würde. Eine der besten Entscheidungen, die ich getroffen habe, war, (den Ermittlungsbeamten) mit diesem Fall zu betrauen. Er ist ein großartiger Beamter. Wahrscheinlich wäre er entsetzt, wenn er mich so reden hörte, aber er ist in vielerlei Hinsicht der Star der ganzen Sache. Natürlich braucht man Leute wie Ron Sutton und Nick Rothe, die im Gerichtssaal stehen und die Sache aufrollen. Ich meine, das Plädoyer, das Nick Rothe in Georgetown gehalten hat, war einfach großartig. Ich saß da im Gerichtssaal und habe fast geheult... es war irgendwie erregend. Wahrscheinlich ist das eine merkwürdige Beschreibung, aber so war es. Sehr *bewegend*. Beide, Ron und Nick, haben ihre Aufgabe großartig erledigt, aber ohne (den Ermittlungsbeamten) hätten sie gar nichts sagen können. Und genau das ist es. Man kann die großartigsten Staatsanwälte der Welt haben, aber ohne einen Ermittler, der die Wahrheit herauszufinden versucht, haben sie gar nichts vorzubringen.

Daneben mußte ich mich um finanzielle Unterstützung von meinen Regierungskommissaren für diesen speziellen Fall kümmern. Das war ein besonders schwieriges Unterfangen, denn das Medical Center Hospital ist ein Arm der Distrikt-Regierung hier. Als ich also die Distrikt-Kommissare aufsuchte und sagte, daß ich eine bestimmte Summe für eine Untersuchung brauchte, mußte ich klarstellen: »Ich brauche das Geld, um *gegen euch* eine Untersuchung durchzuführen.«

Wieviel hat das Ganze schließlich gekostet?

Das weiß ich wirklich nicht. Ich könnte es nicht einmal schätzen.

Wissen Sie, die meisten Leute in dieser Stadt kümmern sich viel mehr um Raub, Handtaschendiebstähle und tätliche Angriffe. Diese Verbrechen betreffen sie direkt, und sie erwarten, daß der Oberstaatsanwalt etwas unternimmt, damit diese Probleme weniger häufig vorkommen. Fälle wie der Jones-Fall kosten eine Menge Geld; bei den Geschäftsleuten sind sie nicht gerade sehr populär.

Was haben Sie gedacht, als DiMaio mit dieser Geschichte zu Ihnen kam? Wie sah Ihre Reaktion aus?

Meine vorherrschende Reaktion am Anfang war die gleiche wie bei vielen anderen: »Das ist einfach unmöglich, es kann einfach nicht wahr sein. Für diese Gerüchte muß es irgendeine rationale Erklärung geben. Wer würde – oder könnte – schon Babys auf einer Intensivstation umbringen?«

Menschen sind einfach sehr verletzlich, wenn sie im Krankenhaus liegen. Man begibt sich dorthin, um geheilt zu werden und nicht, um einem Mörder in die Hände zu fallen. Es ist völlig unverständlich, daß eine Verrückte herumgeht und Babys tötet, das ist so absonderlich und unwirklich, daß man es einfach nicht glauben mag. Man widersetzt sich. Man sagt sich: »Es *muß* einen Grund geben, warum diese Dinge passieren, es *muß* eine rationale Erklärung geben.« Das ist die eine Reaktion, an die ich mich erinnere.

Eine andere Reaktion, die mir sehr klar im Gedächtnis geblieben ist, war: »Warum ausgerechnet ich?« Das fragte ich mich immer wieder. Warum passierte das a) ausgerechnet in San Antonio, und b) warum um alles in der Welt passierte es, als ich noch nicht einmal dreißig Tage im Amt war?

Wenn Vincent DiMaio heute in mein Büro käme und sagte: »Es ist wieder so weit, wir haben wieder einen ähnlichen Fall« – ehrlich gesagt, ich wüßte nicht, ob ich heute den Mut besäße, das alles noch einmal mitzumachen. Wenn man als Sieger hervorgehen will, muß man eben dies mehr wollen als alles andere. Und wenn man es wirklich will, kann man immer weiterkämpfen und wird nicht verlieren. Aber wenn alles vorbei ist, merkt man möglicherweise, daß der Preis etwas zu hoch gewesen ist. Wie bei einem Boxer, der zu viele Schläge eingesteckt hat – er ist zwar der Champion, aber jetzt sind bei ihm auch ein paar Schrauben locker. Genauso kann es einem Oberstaatsanwalt ergehen, und ich war derjenige, der die ganze Zeit über diese Schläge einstecken mußte.

Warum haben Sie die Herausforderung angenommen?

Mein persönlicher Test für all meine Entscheidungen lautet: Könnte ich heute nachmittag nach Hause gehen, und wäre mein neunjähriger Sohn, wenn er so viel über die Situation wüßte wie ich, stolz über die Entscheidung seines Vaters, oder würde er sich schämen? Das ist mein Test.

Wir wissen, daß Ihr Büro Genene Jones schließlich nur wegen der Überdosis bei Rolando Santos angeklagt hat? Warum?

Sehen Sie, man könnte von einem moralischen und menschlichen Standpunkt aus argumentieren, daß jeder, der wußte, was Jones tat – der zuließ, daß sie aus dem Krankenhaus verschwinden und weiteren Babys Leid antun konnte –, des Mordes schuldig ist; besonders des Mordes an Chelsea McClellan. Aber vor dem Gesetz hat dieser Standpunkt keinen Bestand. Selbst wenn all diese Leute gesagt hätten: »Genene, du bist ein Scheusal, wir werden uns an den Oberstaatsanwalt wenden und wir werden dir auch kein Empfehlungsschreiben geben«, ist es möglich, daß sie Chelsea McClellan trotzdem umgebracht hätte.

Denken Sie einmal an B. H. Corum, Marvin Dunn, Virginia Mousseau, Pat Belko, Judy Harris – das alles sind im Grunde ehrenwerte Leute. Es sind keine Einbrecher, Vergewaltiger, Räuber, Mörder, Betrüger. Es sind gute Menschen, die in eine Situation gerieten, mit der sie nicht fertig wurden, die sie nicht so handhabten, wie sie es hätten tun sollen.

Was die Leute im Krankenhaus betrifft, so ging es für sie bei dieser Untersuchung hauptsächlich um zwei Dinge: Erstens um das Image des Krankenhauses und der medizinischen Fakultät – und die Auswirkungen, die diese Sache auf die Ärzteschaft dort haben würden; und zweitens stand für sie die große Sorge um das schlimmste Schreckgespenst aller Ärzte – falsche ärztliche Behandlung – im Vordergrund.

Ich hoffe, daß es für jeden Menschen einen Punkt gibt, an

dem er keine Kompromisse eingeht, einen Punkt, an dem er die Grenze zieht und sagt: »Okay, jetzt geht es hart auf hart, ich kann nicht weiterleben, wenn die Wahrheit nicht ans Tageslicht kommt.« Aber niemand hat das gesagt. Kein einziger.

Zweites Kapitel

Ich bin kein Betrüger.

Richard Nixon, 1973

»Ich war nicht anwesend, als die Anklagejury damit begann, die Zeugen zu befragen«, erinnert sich der Ermittlungsbeamte, »daher las ich später die Protokolle dieser ersten Aussagen durch. Eine, an die ich mich besonders erinnere, war die von Dr. Dunn. Nicht nur, weil er später wegen Mißachtung des Gerichts angeklagt wurde.

Ich habe in meinem Leben schon viele Zeugenaussagen gehört, inoffizielle Aussagen, wenn ich Leute befragt habe, und offizielle, wenn die Zeugen unter Eid standen. Die meisten Leute sind ein bißchen nervös, angespannt. Selbst wenn sie nichts zu verbergen haben, sind sie vorsichtig, wenn sie mit einem Beamten reden. Dunn dagegen war, nun, wie soll ich es ausdrücken, ein recht bemerkenswerter Zeuge. Er verliert seine Haltung nur sehr selten. Er ist wohlwollend. Er bleibt ruhig, scheint sich sogar wohlzufühlen. Er beantwortet eine Frage nicht nur mit einem Satz, sondern spricht oft für längere Zeit, ohne daß er dazu aufgefordert wird. Was mich am meisten beeindruckte, war, daß er genau zu wissen schien, was er an diesem Morgen sagen wollte. Er sagte es und ging wieder. Natürlich, die Staatsanwälte wußten am Anfang nicht, wonach sie suchten, aber Dunn hatte die Situation unter Kontrolle. Und das wünscht man sich nicht gerade von einem Zeugen in einer Morduntersuchung.«

»Guten Morgen«, begann der junge Assistent des Oberstaatsanwalts, der den Zeugen etwas aufwärmen und die Befragung beginnen sollte. »Ich heiße Luis Vallejo, und wie ich bereits erwähnt habe, arbeite ich für das Büro des Oberstaatsanwalts.« Zwei weitere Assistenten – Nick Rothe und Terry MacDonald – saßen hinter Vallejo, hörten zu und machten sich Notizen. »Sie wissen, daß dies hier eine offizielle Zusammenkunft der Anklagejury von Bexar County, Texas, ist?«

»Ja, Sir«, erwiderte der schmächtige, bärtige Herr, der eine Brille trug. Es war der 3. Februar 1983 um 9 Uhr 46.

»Ich will gleich zum Kernpunkt kommen, Doktor«, fuhr Vallejo fort, »damit wir nicht unsere Zeit verschwenden, sondern die Sache vorantreiben. Wir interessieren uns für spezielle Informationen, die wir über eine Untersuchung eines Ärzteteams erhalten haben. Dabei ging es um eine ungewöhnlich oder übermäßig hohe Zahl von Todesfällen auf der Intensivstation der Pädiatrie. Wir wissen, daß es eine Untersuchung gab und daß ein Bericht erstellt wurde. Kennen Sie diesen Bericht?«

»Ja.«

»Könnten Sie uns erklären, warum es zu dieser Untersuchung kam?«

»Gerne. Aber zuerst möchte ich den Mitgliedern der Jury sagen, wer ich bin und warum ich mit dieser Sache zu tun hatte. Wenn Sie nichts dagegen haben.«

»Doktor, das ist eine ausgezeichnete Idee. Ich hätte Sie das selbst fragen sollen. Würden Sie bitte Ihren Namen nennen?«

»Ja. Ich bin Dr. Marvin Dunn und Dekan der medizinischen Fakultät hier in San Antonio. Die Fakultät nutzt mehrere Krankenhäuser für Ausbildungszwecke, unter anderem Krankenhäuser wie Santa Rosa und das V. A. Hospital, aber das wichtigste Lehrkrankenhaus ist das Medical Center Hospital. Wir haben einen Vertrag mit dem Krankenhaus, daß die medizinische Fakultät das Ärztepersonal zur Verfügung stellt. Dazu zählen die Fakultätsmitglieder, bei denen es sich um voll ausgebildete Ärzte handelt, und die Assistenzärzte. Dies sind Ärzte, die ihr Examen an der medizinischen Fakultät abgelegt haben und dann ihre Ausbildung in einem Zeitraum von drei bis fünf Jahren in den verschiedenen Fachgebieten fortsetzen. Außerdem sind noch die Medizinstudenten da. Haben Sie schon erklärt, was eine pädiatrische Intensivstation ist?«

»Nein, Sir«, erwiderte Vallejo.

»Dann sollte ich das vielleicht tun. Mit der Zeit haben wir die Erfahrung gemacht, daß es Patienten gibt, die äußerst krank sind und die einer besonderen Behandlung bedürfen, um sie wieder gesund zu pflegen. Es reicht nicht aus, daß man sie in ein Bett legt und daß eine Schwester alle drei bis vier Stunden nach ihnen schaut. Daher haben wir Intensivstationen eingerichtet – bitte seien Sie nachsichtig mit mir, wenn einige unter Ihnen sich mit dieser Thematik bereits auskennen.

Auf einer solchen Intensivstation stehen meistens nur ein paar Betten. Unsere Station in der Pädiatrie hat zur Zeit etwa vier Betten, die ständig von Schwestern überwacht werden, meistens ist auch ein Arzt anwesend oder zumindest in der Nähe. Die Babys und Kinder dort sind sehr krank, und oft sind besondere Behandlungsmethoden erforderlich, um sie am Leben zu erhalten. Es ist schade, daß Sie mir nicht vorher gesagt haben, um welches Thema es hier geht, denn dann hätte ich spezifische Informationen mitbringen können. Obwohl ich also geschworen habe, die Wahrheit zu sagen, kann ich Ihnen wahrscheinlich keine genauen Daten mitteilen. Ich werde versuchen, mich zu erinnern, und wenn Sie genaue Daten brauchen, werde ich sie gerne zur Verfügung stellen.

Ich wurde am 17. Dezember 1980 zum Dekan ernannt. Damals war Dr. Phillip Brunell der Leiter der pädiatrischen Abteilung in der medizinischen Fakultät. Dr. Brunell trat Juli 1981 von seinem Amt zurück, und wir stellten Dr. John Mangos im Sommer 1982 als seinen Nachfolger ein.

Von Juli 1981 bis zum Amtsantritt von Dr. Mangos kümmerte sich Dr. Robert Franks um die Abteilung für Kinderheilkunde.

Dr. Franks sprach mich zum ersten Mal Anfang Januar 1982 in dieser bestimmten Angelegenheit an. Ich glaube, wir verließen am Spätnachmittag gemeinsam den Parkplatz. Er sagte: ›Ich möchte Sie darauf hinweisen, daß auf der Intensivstation der Pädiatrie irgend etwas vorgeht. Ich weiß nicht, was, aber wir müssen uns darum kümmern, und ich beschäftige mich bereits damit. Wenn ich genaueres weiß, werde ich es Ihnen mitteilen‹, und ich antwortete: ›Ja, gut.‹

Etwa eine Woche später suchte er mich auf, berichtete mir, was er herausgefunden hatte, und ich bat ihn um einen schriftlichen Bericht. Es war jetzt etwa die zweite oder dritte Januarwoche. Also – was war vor sich gegangen?

Die Intensivstation der Pädiatrie bestand erst seit etwa einem Jahr. Im Verlauf des Jahres wurden aus einer Vielzahl von Gründen immer mehr Patienten eingeliefert. Erstens erkannten die Ärzte langsam den Wert einer solchen Abteilung und überwiesen mehr Patienten dorthin, und zweitens hatte es während des Winters eine Epidemie gegeben. Grippe oder so etwas was, und es war zu mehreren Todesfällen gekommen. Mehr als im Jahr zuvor, und deshalb machten sich einige Leute Gedanken.

Ich glaube, die Anzahl der Todesfälle kann eigentlich außer acht gelassen werden, aber es fiel dem Personal eben auf. Wenn man die Zahl der eingelieferten Patienten betrachtet und die Schwere ihrer Erkrankungen, ist die tatsächlich aufgetretene Zahl der Todesfälle nichts Ungewöhnliches. Im Jahr zuvor hatten wir einfach nicht so viele schwerkranke Kinder, und die Zahl der Neuzugänge war nicht so hoch gewesen.

Ich möchte Sie daher bitten, sich nicht so sehr auf die Todesfälle zu konzentrieren, sondern auf die Vorfälle, die sich ereigneten. Eigentlich handelt es sich um keine so große Zahl, es ist eben so..., daß man so etwas nicht erwartet; wenn also häufiger Probleme auftreten, ist das etwas Ungewöhnliches. Es kam zu Vorfällen, die sich nicht erklären ließen oder die zumindest nicht zu unserer Befriedigung erklärt werden konnten. Worum geht es hier also?

Nehmen wir einmal an, daß ein Kind unter einer Herzerkrankung leidet und deshalb auf der Intensivstation liegt. Es kommt zu einem Herzversagen und zu einem Herzstillstand. So etwas wäre zu erwarten. Aber wenn dort ein Kind liegt und nicht herzkrank ist, sondern unter einer anderen

Krankheit leidet, und wenn es dann zu unregelmäßigem Herzschlag kommt und das Herz stillsteht, dann ist das ungewöhnlich. Die zweite Art der Vorfälle und die Dinge, die meiner Meinung nach häufiger aufgetreten sind...« Dr. Dunn hielt für einen Augenblick inne und sprach dann weiter.

»Die meisten Kinder auf der Station sind schwerkrank, wie ich bereits gesagt habe. Möglicherweise sind sie am Herzen operiert worden, und während der Herzoperation wird das Kind an eine Pumpe angeschlossen, die die Blutzirkulation des Körpers aufrecht erhält, während die Chirurgen am Herz operieren. Dabei muß ein Mittel verwendet werden, das die Bildung von Blutgerinseln, die sonst die Pumpe verstopfen würden, verhindert. Das Mittel, das im allgemeinen dazu verwendet wird, heißt Heparin. Man gibt also das Heparin ins Blut, während operiert wird, aber anschließend muß man das Heparin wieder loswerden, denn schließlich ist es wichtig, daß das Blut gerinnt... Wenn das Blut nicht gerinnen würde, käme es zu inneren Blutungen, es würde z. B. durch die Blutgefäße ins Gehirn sickern. Was wird also dagegen unternommen? Es gibt ein anderes Medikament, welches das Heparin neutralisiert, und dies wird dem Patienten injiziert. Aber man muß sehr vorsichtig sein, daß man nicht zuviel verabreicht, denn in dem Fall würde das ganze Blut gerinnen.«

»Wie heißt dieses Medikament, Sir?«

»Am häufigsten wird Protamin eingesetzt. Ein großer Teil des Heparin wird also neutralisiert, aber nicht alles. Den Rest verarbeitet der Körper selbst. Diese Methode ist am sichersten, und wir wissen, wie lang es etwa dauert, bis die Leber den Rest des Heparins abgebaut hat. In der Zwischenzeit kann es jedoch beim Patienten zu Blutungen kommen; daher achtet man speziell darauf.

Man erwartet, daß derartige Blutungen nach einer Herzoperation bei einem Patienten etwa während der nächsten vierundzwanzig Stunden auftreten. Aber wenn dieser Patient zwei Tage später zu bluten beginnt, oder drei Tage später, wie läßt sich dann so ein Vorfall erklären? Nun, vielleicht liegt ein Leberschaden vor, und die Leber kann das Medikament nicht abbauen. Diese Dinge lassen sich erklären, aber natürlich ist man beunruhigt, wenn so etwas passiert.

Was die Sache noch kompliziert macht, ist, daß es sich bei den Fällen, mit denen wir es hier zu tun haben – schwerkranke Säuglinge und Kinder – um Patienten handelt, die nicht selbständig essen können. Sie müssen intravenös ernährt werden, hängen am Tropf und erhalten manchmal spezielle Medikamente (wenn sie eine sehr schwere Infektion haben, bekommen sie bisweilen Antibiotika, die so stark sind, daß sie intravenös verabreicht werden müssen). Diese Kinder haben nicht viele Venen, die man nutzen kann, um eine Kanüle anzulegen. Daher macht man einen Einschnitt in der Haut, lokalisiert eine Vene und bringt dort einen Kunststoffkatheder an. Dieser ist praktisch die Lebensader für das Baby... Wenn es irgend etwas braucht, kann es durch diesen Katheder verabreicht werden, und man muß sich nicht die Mühe machen, eine Vene zu finden, wenn man es eilig hat.

Dieser Katheder muß natürlich auch dann offengehalten werden, wenn keine Infusion angelegt wird, denn sonst gerinnt das Blut am Ende des Katheders, und die Kanüle wird verstopft. Um dies zu verhindern, gibt man eine exakt abgemessene Menge Heparinlösung in diese Kanüle. Sie enthält also jetzt eine Haparinlösung, die verhindert, daß das Blut hier gerinnt. Wenn Medikamente oder andere Flüssigkeiten verabreicht werden, spülen die Schwester den Katheder mit einer geringen Menge Heparinlösung aus. Nicht so viel, daß das Kind zu bluten beginnt, aber genug, um die Zuleitung frei zu halten.

Nun, einige der Kinder, bei denen es zu Blutungen kam, hatten derartige Katheder. Eine Möglichkeit war also, daß beim Spülen der Zuleitung zu viel Heparin verwendet wurde. Bei einem kleinen Säugling verwendet man eine sehr schwache Lösung, während sie bei einem Dreijährigen, der möglicherweise im Bett daneben liegt, stärker konzentriert ist. Es könnte also vorkommen, daß jemand die falsche Flasche nimmt und die konzentrierte Lösung verwendet.

Ich kann mich nicht an die einzelnen Vorfälle erinnern, aber irgendwie lassen sie sich alle erklären – die Leber hat das Heparin nicht so schnell abgebaut, wie es hätte sein sollen, oder jemand hat die falsche Flasche benutzt oder hat zuviel verwendet. Trotzdem macht man sich natürlich seine Gedanken, wenn mehrere derartige Vorfälle zusammentreffen.

Was Dr. Franks' Aufmerksamkeit erregte und dann wiederum meine, war ein Fall, bei dem drei verschiedene Dinge auftraten, die sich nicht erklären ließen. Das Kind blutete, obwohl es an keinen Katheder angeschlossen war. Unseres Wissens lagen bei ihm keine Herzprobleme vor, und trotzdem kam es zu Unregelmäßigkeiten. Und dann schien das Kind eine Lähmung zu bekommen und konnte nicht mehr atmen – eine Sache, die sich niemand erklären konnte. All diese Dinge wurden auf der Intensivstation aber rasch erkannt, und es wurden alle Maßnahmen ergriffen, um das Kind am Leben zu erhalten, und soviel ich weiß, lebt dieses Kind noch heute. Aber der Arzt, der sich für dieses Kind verantwortlich fühlte, war sehr bestürzt, weil er keine Erklärung fand. Er ließ das Kind aus der Intensivstation verlegen, und danach erholte es sich sehr schnell.«

»Handelte es sich um denselben Arzt bei allen drei Vorfällen?«

Dr. Dunn schien sich nicht ganz sicher, was mit der Frage gemeint war, dennoch versuchte er die Sache zu klären: »Wenn ich mich recht erinnere, war es Dr. Copeland.«

»Bei allen drei Vorfällen?« Vallejo schien offenbar zu glauben, daß Dr. Dunn sich auf drei Patienten bezog und nicht auf einen einzigen, bei dem es sich wahrscheinlich um Rolando Santos handelte.

»Nun, er war sein Patient und daher... Ich glaube nicht, daß er anwesend war, als sich die drei Vorfälle ereigneten. Aber er war der verantwortliche Arzt für das Kind. Und aus diesem Grund ließ er das Kind verlegen. Anschließend suchte er Dr. Franks auf und sagte: ›Wissen Sie, eine Menge

Dinge, die vorgefallen sind, lassen sich auf die eine oder andere Art erklären. Aber in dem Fall meines Patienten reichen derartige Erklärungen nicht aus. Sie sollten diese Sache näher untersuchen.‹ Daraufhin suchte Dr. Franks mich auf und erklärte mir kurz die Sachlage, von der ich Ihnen gerade ausführlich berichtet habe. Das Ganze spielte sich wohl in der dritten Januarwoche des Jahres 1982 ab.

Nun, ich bin kein Kinderarzt, daher würde ich mich nicht für kompetent genug halten, diese Dinge genauer zu untersuchen, aber die Probleme an sich habe ich sehr gut verstanden. Für den nächsten Montag berief ich deshalb eine Versammlung ein.

Dr. Franks' schriftliche Zusammenfassung erreichte mich an einem Mittwoch, und ich bat die Leitenden Angestellten des Krankenhauses für den folgenden Montag zu einer Konferenz. Dazu zählten Dr. Corum als Direktor des Krankenhauses, Dr. Franks, Dr. Robotham, der damals Chef der pädiatrischen Intensivstation war, und Virginia Mousseau, die Oberin des Krankenhauses. Ich glaube, daß John Quest ebenfalls anwesend war, aber ich bin mir nicht sicher, Mr. Vallejo.«

»Wie war der Nachname?«

»Quest«, wiederholte Dr. Dunn und identifizierte damit John Guest falsch. »Er ist der Vizedirektor des Krankenhausdistrikts.«

»Sind Sie sich ganz sicher?«

»Ja, Sir. Er ist Dr. Corums Vertreter. Ich glaube, er war auch dabei. Bei den anderen bin ich mir ganz sicher. Jedenfalls waren wir uns alle des Problems bewußt, und wir versuchten, die Informationen, die uns zur Verfügung standen, zu sichten.

Damals waren wir der Meinung, daß es drei Möglichkeiten gab. Erstens: Wir hatten statistisch gesehen zur Zeit eben Pech. Das mag Ihnen anmaßend erscheinen, aber ich möchte es erklären. Es gibt bestimmte Operationen, bei denen man beispielsweise eine Sterblichkeitsrate von fünf auf tausend Personen erwartet. Blinddarmoperationen beispielsweise werden häufig durchgeführt, und nur sehr wenige Patienten sterben daran. Aber über eine lange Zeitdauer hinweg sterben einige eben doch, und meistens können wir das dann einfach nicht erklären. Wenn man beispielsweise im eigenen Krankenhaus zweihundert Blinddarmoperationen pro Jahr durchführt, könnte man erwarten, daß ein Patient stirbt. Wenn es also zu einem Todesfall kommt, macht man sich keine Gedanken, daß irgend etwas Merkwürdiges vor sich geht. Und innerhalb von fünf Jahren erwartet man natürlich fünf Todesfälle bei eintausend Operationen. Was passiert aber, wenn es in einem Jahr zu drei Todesfällen kommt? Heißt das, daß in den nächsten beiden Jahren kein Patient stirbt, so daß man in fünf Jahren nur fünf Todesfälle hat und eben nur zufällig drei Fälle hintereinander auftraten?

Das war die eine Möglichkeit. Bis auf die Ausnahme des erwähnten Falls, bei dem es sich aber nicht um einen Todesfall handelte, ließ sich alles erklären. Es waren Dinge, die zufällig gehäuft auftraten. Das war die eine Möglichkeit.

Die zweite Möglichkeit war die, daß der Standard der Intensivstation einfach nicht gut war. Vielleicht war das Personal nichts so gut ausgebildet, wie es unserer Meinung nach sein sollte, und möglicherweise wurden die Kinder nicht gut genug überwacht. Vielleicht hatten wir nicht die Qualitätskontrolle, die nötig war.

Die dritte Möglichkeit war die, daß jemand absichtlich etwas tat, was er eigentlich nicht tun sollte. Und bis auf diesen einen Fall gab es keinen Grund anzunehmen, daß jemand absichtlich etwas Falsches getan hatte. Nun, im Grunde wußten wir nicht, welche der drei Möglichkeiten zutraf.«

In diesem Augenblick stand Nick Rothe auf, Assistent des Oberstaatsanwalts, und wandte sich an den Dekan. Genau wie Vallejo zuvor war er sich nicht im klaren darüber, wie viele Patienten Dr. Dunn genau meinte. »Eine Zwischenfrage. Von welchem Fall sprechen wir hier? Von der plötzlichen Lähmung?«

»Ja«, antwortete Dunn. »Das Kind, das eine Lähmung und anschließend Probleme mit dem Herzen hatte. Fragen Sie mich nicht nach den genauen medizinischen Daten, aber es gab drei unterschiedliche Probleme in diesem einen Fall, und ich glaube, ich habe sie genannt. Glücklicherweise starb das Kind nicht. Andererseits – wenn das Kind gestorben wäre, hätten wir eine Autopsie vornehmen können, die möglicherweise alle drei Probleme erklärt hätte.

Nun, wir konnten diesen Fall nicht einfach abtun. Daher beschlossen wir auf dieser Sitzung, ein Team von Fachleuten einzuladen, die sich unsere Intensivstation, unser Personal und unsere Behandlungsmethoden in den unerklärlichen Fällen genau ansehen sollten. Vielleicht waren wir zu sehr von der Sache betroffen und konnten die Situation nicht richtig beurteilen.

Wir hatten Glück, daß damals gerade ein Gastprofessor aus Toronto zu Besuch war, Dr. Cown, und...«

»Wie schreibt sich sein Name?«

»C-o-w-n«, erwiderte Dr. Dunn und gab damit Dr. Conns Namen falsch wieder. »Ich glaube, sein Vorname ist Alan.«

»Erinnern Sie sich, für welches Krankenhaus er arbeitet?«

»Er ist am Kinderkrankenhaus von Toronto beschäftigt. Das kann man sich leicht merken, denn es ist wahrscheinlich das bekannteste Kinderkrankenhaus der Welt. Er hatte gerade Studienurlaub – vielleicht wissen Sie, daß ein Professor alle paar Jahre eine andere Institution besuchen kann, um dort zu arbeiten und zu forschen –, und er hatte Interesse an unserer Universität gezeigt. Wir fühlten uns geehrt, ihn bei uns zu haben, und es war ein glücklicher Zufall, daß er da war. Wir fragten ihn, ob er so freundlich sein würde, ein Untersuchungskomitee zu leiten, und er willigte ein. Teilweise, weil er ein herzensguter Mensch ist, und zweitens, weil es in Toronto ähnliche Vorfälle gegeben hatte. Er wußte, daß man diese Dinge im eigenen Haus vielleicht nicht objektiv genug sieht.«

»Doktor«, unterbrach Terry MacDonald, der plötzlich interessiert schien, »ich möchte Sie hier kurz unterbrechen. Wissen Sie, worum es bei diesen ›ähnlichen Vorfällen‹ im einzelnen ging?«

»Nicht so genau.«

»Könnten Sie der Anklagejury erklären, mit welchen Einzelheiten Sie vertraut sind?«

»Nun, ich weiß nicht, zu welchem Ergebnis man schließlich dort kam, aber da war... man nahm an, daß eine Schwester einigen Kindern etwas injiziert hatte – ich erinnere mich nicht genau an das Medikament, aber es könnte sich um Digitalis gehandelt haben. Es führte zu Herzproblemen bei den Kindern, und ich weiß nicht, ob sie irgend etwas unternahm, um die Kinder wiederzubeleben, oder ob einige von ihnen starben, aber da diese Dinge vorgefallen waren, war er sich der Probleme eben bewußt. Er wußte, wie schwierig es war, so etwas nachzuweisen: Handelte es sich um ein medizinisches Problem, haben wir uns nicht gut um den Patienten gekümmert, oder handelte es sich um ein Verbrechen?«

MacDonald fragte: »Er kannte sich also mit einer Situation aus, in der man eine strafrechtliche Handlung vermutet?«

»Ja.«

»Das heißt, er hatte Erfahrung, was die dritte Möglichkeit, die Sie der Anklagejury dargelegt haben, betraf?«

»Oh, absolut. Absolut. Und aus diesem Grund war er wohl auch gewillt, seine kostbare Zeit in einem Forschungsjahr zur Verfügung zu stellen und die Leitung einer Untersuchungskommission zu übernehmen.

Die zweite Sache, die er für uns tat und die sicherlich auch auf seine Sensibilität zurückzuführen ist, war, daß er sehr kurzfristig drei Top-Leute auf diesem Gebiet besorgen konnte... Ich werde Ihnen sagen, um wen es sich handelte, wenn ich mich genau erinnern kann.«

»Wenn nicht, nehme ich an, daß Sie Berichte über diese Untersuchung in Ihrem Büro haben.«

»Ja, Sir.«

»Könnten Sie uns später wohl Kopien dieser Berichte zur Verfügung stellen?«

»Wenn wir hier fertig sind, können Sie mir sagen, was Sie brauchen, und ich werde mich darum kümmern.« Der Dekan fuhr mit seiner Aussage fort und nannte die einzelnen

Mitglieder des Conn-Komitees. »Ich glaube, Sie können jeden Kinderarzt fragen, und er wird diese Ärzte als die Top-Leute in diesem Land benennen. Dr. Cown und die anderen begannen also ihre Untersuchung; ich glaube, das war am 15. Februar.«

»1981 oder 1982?« fragte MacDonald.

»'82. Dr. Franks hatte mich in der ersten Januarhälfte auf die Sache aufmerksam gemacht. Ich erhielt seine Aktennotiz in der dritten Januarwoche, und an diesem Tag hielten wir auch unsere Konferenz ab: an einem Montag, wobei es sich wahrscheinlich um den letzten Montag im Januar handelte. Das Team kam etwa drei Wochen später zu uns. Die Untersuchung dauerte drei Tage. Ich würde sagen, daß sie sich auf der Intensivstation sehr genau umsahen. Sie schauten sich die Behandlungsmethoden an und die Arbeitsweise des Personals. Sie lernten das gesamte Personal kennen: Schwestern, Schwesternhelferinnen, Assistenzärzte und Chefärzte. Sie überprüften die wichtigsten Fälle, die uns beunruhigt hatten, und sie schrieben einen Bericht.«

MacDonald hakte nach: »Doktor, Sie haben die ›wichtigsten Fälle‹ gesagt. Um wie viele Fälle handelte es sich?«

»Ich weiß nicht mehr, wie viele Fälle sie überprüften, aber ich weiß, daß Sie den einen Fall, von dem ich gerade berichtet habe, in allen Einzelheiten untersuchten – Dr. Copelands Fall.«

»Das war der Fall mit den...«

»... drei Vorfällen, die niemand sich erklären konnte, und ich werde darauf zurückkommen, weil dies Teil ihrer Untersuchung war.«

»Doktor«, fragte Nick Rothe, der etwas verwirrt schien, ungläubig, »wollen Sie der Anklagejury sagen, daß wir hier hauptsächlich nur von drei Vorfällen reden und einem Todesfall?«

»Nein, nein.«

»Es gab also mehr?«

»Erstens wissen wir nicht, um wie viele Fälle es hier geht, denn mit den Patienten passiert ständig irgend etwas, und man meint, die Ursachen zu verstehen und macht eben weiter. Die drei Vorfälle, von denen ich berichtet habe, fanden alle bei demselben Patienten statt.«

»Bei *einem* Patienten also.« Rothe verstand endlich.

»Ja, bei einem Patienten.«

»Nun, wie viele... Sie wissen nicht, wie viele andere verdächtige Fälle es gab – Fälle, die Sie nicht erklären konnten?«

»Nun, es wird zu einem ganzen Spektrum.«

Rothe sprach Dunn direkt an: »Ich kann also davon ausgehen, daß es sieben, acht, zehn oder zwanzig Fälle gewesen sein könnten?«

»Ich möchte mich nicht festlegen«, erwiderte Dunn, »aber in dem gesamten Zeitraum waren es vielleicht ein Dutzend Fälle.«

»Zwölf?«

»Ja. Denn rückblickend findet man natürlich andere Gesichtspunkte. Man sagt sich: ›Wenn dies in diesem Fall passiert ist, ist es vielleicht auch in jenem Fall damals im Juli passiert.‹«

»Doktor«, fragte Vallejo, »gab es einen schriftlichen Bericht über die Ergebnisse dieser Untersuchung?«

»Ja, Sir, den gab es.«

»Befindet sich dieser Bericht noch in ihrem Besitz?«

»Ja.«

»Wir können diesen Bericht also einsehen...«

»Ich möchte Ihnen eine Frage stellen – auf die ich die Antwort wahrscheinlich kenne. Ich glaube nicht, daß die Rechtsanwälte der Universität irgendeinen Grund hätten, den Bericht nicht herauszugeben, aber wenn der Rat der Universität sich weigert, könnten Sie den Bericht dann beschlagnahmen?«

»Gestern habe ich mit dem Rechtsanwalt der Universität telefoniert«, erklärte Rothe, »und nach Abschluß der Untersuchung heute werde ich ihn wieder anrufen. Er hat mir mitgeteilt, daß er starkes Interesse daran hat, mit uns zu kooperieren. Von seiner Seite wird es wohl keine Probleme geben.«

»Ich persönlich habe nichts dagegen einzuwenden, Ihnen

den Bericht zu überlassen, und wenn es von anderer Seite keine Probleme gibt, ist das ja in Ordnung.«

»Dieser Bericht«, beharrte Vallejo, »enthält er die Zahl der Fälle, die untersucht wurden?«

»Ich bin mir nicht ganz sicher. Lassen Sie mich kurz zusammenfassen, zu welchem Ergebnis die Kommission kam, Sie können es ja dann selbst nachlesen. Ich werde die Sache ganz allgemein zusammenfassen, denn wir hatten neben dem schriftlichen Bericht auch eine ziemlich lange Besprechung.

Im wesentlichen sagten die Kommissionsmitglieder, daß sie auch nicht wüßten, um welche der drei Möglichkeiten es sich auf der Intensivstation handelte, aber da sie nicht wußten, um welche Möglichkeit es ging, waren sie der Meinung, daß wir etwas unternehmen sollten. Und eine der Empfehlungen lautete, daß sich das Personal in Zukunft nur aus voll ausgebildeten Schwestern zusammensetzen sollte. Warum? Nun, die Schwesternhelferinnen, die bei uns arbeiten... sind weniger gut ausgebildet als die normalen Krankenschwestern, aber in vielen Fällen haben sie große Arbeitserfahrung. Es ist also im Grund nichts daran auszusetzen, daß Schwesternhelferinnen auf der Intensivstation arbeiten, speziell, wenn sie Erfahrung haben, und unsere Angestellten hatten beträchtliche Erfahrung.

Bei ein oder zwei Schwesternhelferinnen gab es Gerüchte, denen zufolge sie etwas falsch gemacht hatten. Aber wir hatten keine Beweise, die dies wirklich belegten.«

MacDonald unterbrach den Arzt. »Könnten Sie das näher ausführen, Doktor? Es hat also Vorfälle gegeben?«

»Ja. Wir hörten von einer Schwester, daß eine der Schwesternhelferinnen Babys umgebracht habe.«

»Von wem haben Sie das gehört?« fragte Rothe.

»Aus dritter Hand. Die Schwester hatte es einem Arzt mitgeteilt, und dann kam die Sache auf unserer Sitzung am 25. Januar, die ich bereits erwähnt habe, zur Sprache.«

»Von welchem Arzt stammte diese Information?« fragte Rothe.

»Ich kann mich nicht erinnern. Ich weiß nur, daß auf der

Sitzung gesagt wurde, eine Schwester habe gesagt, daß eine der Schwesternhelferinnen Babys umbringe.«

»Besteht die Möglichkeit«, fragte Rothe, »daß Sie Ihre Notizen durchgehen, oder war jemand auf der Sitzung anwesend, der den *Namen* des Arztes kennt oder den...?«

»Das ließe sich wahrscheinlich rekonstruieren, aber lassen Sie mich mit der Zusammenfassung der Diskussion fortfahren.«

»Bitte.« Der Anwalt setzte sich und kritzelte eine Notiz auf den gelben Block, der vor ihm lag.

Dunn nahm den Faden wieder auf. »Nachdem wir von dieser Beschuldigung gehört hatten, stellten wir fest, daß es unter den Schwestern große Persönlichkeitskonflikte gab und daß es zu Eifersüchteleien und Verleumdungen kam. Es gab viele Konflikte untereinander, und irgendwie war auch der Vorwurf aufgetaucht, daß es zu viele unerklärliche medizinische Notfälle gegeben habe. Daraus hatte man geschlossen, daß irgend jemand irgend etwas mit diesen Babys anstellte.

Natürlich kann man solche Dinge nicht einfach so stehen lassen. Das Team versuchte, in seiner Untersuchung ein Muster zu etablieren. Kam es beispielsweise immer während des Spätdienstes oder während des Nachtdienstes zu all diesen unerklärbaren Vorfällen? Doch es war kein klares Muster erkennbar, so daß wir zunächst niemand identifizieren konnten, der für diese Unregelmäßigkeiten verantwortlich war.

Trotzdem ließ sich die Möglichkeit, daß irgend jemand dafür verantwortlich war, nicht ausschließen, denn man hätte ja ein Medikament verabreichen können, das erst später wirkt. Daher wollten wir diese Möglichkeit nicht ausschließen. Und eine der Schwesternhelferinnen schien uns dann auch involviert...«

»Darf ich Sie hier kurz unterbrechen«, sagte Rothe. »Wie heißt die fragliche Schwester?«

»Ich bin mir nicht absolut sicher, aber ich glaube, es ist Genene Jones. Kann ich das überprüfen und später bestätigen?«

»Natürlich«, versicherte Vallejo ihm, »das ist ein Punkt, den wir auf eine Liste setzen können, wenn wir mit unserer Befragung fertig sind.«

»Kann ich mir Ihren Block ausleihen?«

»Natürlich. Wir werden Sie bitten, eine Menge der Dinge, die wir heute diskutieren, zu bestätigen, und wir werden diese Punkte dann entweder noch heute oder morgen mit Ihnen durchgehen.«

»Darf ich fragen«, sagte der Sprecher der Jury. »Warum Sie sich an diesen Namen erinnert haben?«

»Weil er während unserer Diskussion mehrmals gefallen ist«, erwiderte Dunn.

»In dieser Woche oder vor mehreren Jahren?« fuhr der Sprecher fort.

»Nein, es war vor einem Jahr. Die andere Frage war, ob dies ausreichte, um die Schwester zu entlassen. Die Schwestern arbeiten für den Krankenhausdistrikt, nicht für die medizinische Fakultät. Ich konnte diese Entscheidung also nicht treffen, aber ich konnte zumindest etwas Einfluß ausüben.

Das Team war der Meinung«, fuhr Dunn fort, »daß keine Schwesternhelferinnen mehr auf der Intensivstation arbeiten sollten. Es gab ihrer Meinung nach nicht genug Beweise, die belegten, daß sie etwas falsch gemacht hatten, aber wir durften kein Risiko eingehen.«

»Eine Sekunde, Doktor«, sagte Rothe, »ich möchte Sie hier noch einmal unterbrechen. Sie sagten, das Team habe vorgeschlagen, alle Schwesternhelferinnen aus der Abteilung zu entfernen, dennoch erinnern Sie sich speziell an Genene Jones. Wurde Sie aus der Abteilung entlassen?«

»Alle Schwesternhelferinnen wurden entlassen.«

»Alle?«

»Ja, Sir.«

»Genene Jones ging also mit allen anderen. Aber Genene Jones war diejenige, die im Mittelpunkt jener Bemerkung stand, daß eine Schwesternhelferin Babys tötete, nehme ich an?«

»Ich glaube, ja. Aber ich werde nachsehen. Es handelte

sich um eine Schwesternhelferin, und ich glaube, sie war es.«

»Okay, aber unabhängig davon erinnern Sie sich speziell an ihren Namen?«

»Ja.«

»Ich nehme an, daß Sie sich wahrscheinlich nicht an die Namen der anderen Schwesternhelferinnen erinnern?«

»Nein, nicht an einen einzigen.«

»Aber Sie erinnern sich an diesen Namen?«

»Ja.«

Der Anwalt bat den Dekan, mit seiner ursprünglichen Aussage fortzufahren.

»Ich glaube, ich war gerade bei einer Zusammenfassung der Empfehlungen des Komitees, und wie ich bereits erwähnt habe, hatten wir anschließend eine lange Diskussion. Was ich Ihnen hier berichte, wurde möglicherweise nur in der Diskussion gesagt, teilweise mag es aus dem Bericht stammen. Sie erfahren also möglicherweise mehr, als in dem Bericht zu lesen steht.

Das Team empfahl uns, daß wir einen neuen Chefarzt für die Intensivstation einstellen sollten, und daß die Station einem Komitee mit Mitgliedern aus drei Abteilungen unterstellt werden sollte: aus der Chirurgie, der Anästhesie und der Pädiatrie. Dieses Komitee sollte die Intensivstation überwachen. Das haben wir befolgt, und wir haben dann Dr. Arthur McFee zum Vorsitzenden des Komitees ernannt. Warum Dr. McFee? Dr. McFee ist Professor der Chirurgie und Chefarzt der Intensivstation der Chirurgie; daher werden alle operierten Patienten – mit Ausnahme kleiner Kinder – auf seine Intensivstation verlegt. Das Team hat sich die chirurgische Intensivstation angesehen, mit dem Personal und Dr. McFee gesprochen und festgestellt, daß es eine großartige Intensivstation unter exzellenter Leitung ist und daß Dr. McFee außergewöhnlich kompetent ist. Daher nahmen wir die Empfehlung an, ihn zum Vorsitzenden des Komitees zu machen.

Dieses Komitee wurde also zusammengestellt, und die Gruppe ist bis auf den heutigen Tag verantwortlich für die

Intensivstation der Pädiatrie. Aus unserem Mitarbeiterstab ernannten wir Dr. Jan Puckett zur Chefärztin. Sie ist Anästhesistin, interessiert sich aber besonders für Atemprobleme bei Kleinkindern und Kindern und hat große Erfahrung auf diesem Gebiet. Sie war daher die logische Wahl, um die Leitung der Abteilung zu übernehmen, und sie ist noch immer als Chefärztin dort tätig.«

»Doktor«, sagte Rothe und kehrte wieder zu seiner früheren Frage zurück, »nachdem die Schwesternhelferinnen entlassen worden waren – ließen die Vorfälle oder unerklärlichen Probleme auf der Station nach, als sie durch voll ausgebildete Schwestern ersetzt worden waren? Oder setzten die Probleme sich fort?«

»Meines Wissens gab es seither keine Probleme mehr mit unerklärbaren Vorfällen.«

»Wenn wir hier von unerklärbaren Problemen bei der Blutgerinnung und von Atemstillständen sprechen – kam es Ihres Wissens auf der Intensivstation auch zu Todesfällen?«

»In dem vorhergehenden Zeitraum?«

»Ja, Sir. Irgendwann innerhalb eines Zeitraums von zwei bis drei Wochen.«

»Daran kann ich mich nicht mit Sicherheit erinnern, aber ich glaube, man kann sagen, daß es einige Todesfälle gab, bei denen nicht genau geklärt werden konnte, welche Ereignisse zum Tod des Kindes führten.«

»Waren diese Todesfälle ähnlicher Natur, oder waren es unterschiedliche Situationen?«

»Ich kann mich an die Einzelheiten nicht erinnern. Ich habe nicht alle Fälle durchgesehen, kann Ihre Frage aber vielleicht ungefähr beantworten. – Daran können Sie übrigens erkennen, daß ich Professor einer Universität bin, weil ich ungefähre Antworten gebe, statt Fragen präzise zu beantworten. – Eine weitere Empfehlung des Teams betraf die Tatsache, daß wir unsere Aufmerksamkeit auf Fälle innerhalb der letzten sechs Monate gerichtet hatten. Bei diesen überprüften Fällen gab es nach Meinung der Untersuchenden nicht genug Beweise, daher empfahlen sie, die Fälle eines ganzen Jahres zu überprüfen. Vielleicht würden wir dann einige Beispiele – entweder unerklärbare Vorfälle oder Todesfälle – finden, die vielleicht zu der Zeit nicht auffällig gewesen waren, aber im Zusammenhang betrachtet doch Schlüsse zuließen. Okay. Das ist der erste Punkt.

Der zweite Punkt, auf den das Team hinaus wollte – und Ihre Frage erinnert mich jetzt daran – war folgendes: Die Leute sagten: ›Sie haben sich nur auf die Todesfälle konzentriert. Vielleicht sind die Todesfälle gar nicht wichtig. Vielleicht sind es die unerklärbaren Vorfälle. Vielleicht gab es gar keine übergroße Zahl an Todesfällen, aber eine große Zahl an Vorfällen, die Sie übersehen haben. Schauen Sie sich daher diese Fälle genauer an.‹

Nun, Dr. Franks hatte sich wahrscheinlich alle Fälle angesehen. Er leitete die Pädiatrie. Dr. Robotham hatte sie sich angeschaut, sowie andere Mitglieder der Fakultät, die beunruhigt gewesen waren, und sie sagten: ›Wir sind zu sehr persönlich davon betroffen, wir können diese Fälle immer wieder durchgehen und finden doch nichts Neues. Wir brauchen neue Einblicke.‹

Als dann Dr. Mangos, der mit der ganzen Sache nichts zu tun gehabt hatte und keinen der Beteiligten kannte, zum neuen Leiter der Abteilung ernannt wurde, baten wir ihn, gemeinsam mit einer der Oberschwestern – ihr Name ist mir entfallen, aber sie hatte mit der Sache nichts zu tun – und John Quest, dem stellvertretenden Direktor des Krankenhausdistrikts, sich die Aufzeichnungen anzusehen. Sie gingen also alle Fälle des letzten Jahres auf der Intensivstation durch, um möglicherweise herauszubekommen, ob sie irgendein Muster entdecken könnten.

Damit sind sie jetzt schon seit einiger Zeit beschäftigt, und, ehrlich gesagt, weiß ich nicht, ob sie bereits zu einem Schluß gekommen sind. Als ich mich vor einiger Zeit erkundigt hatte, waren sie zu keinen ungewöhnlichen Ergebnissen gekommen.«

»Doktor«, sagte Nick Rothe, »ich möchte Ihnen ein paar Fragen stellen. Sie haben angedeutet, daß es nach Ihrer Analyse der Situation drei mögliche Erklärungen gab. Die eine war, daß die Abteilung einfach Pech hatte. Wie lautete die zweite?«

»Die zweite lautete, daß unsere Ausbildung, Kontrolle und Leistung nicht der Norm entsprach.«

»In Ordnung«, fuhr Rothe fort, »und die dritte war, daß jemand möglicherweise etwas Unrechtes tat?«

»Ja, daß jemand absichtlich etwas tat.«

»Ich glaube, Sie haben der Anklagejury gesagt, daß dem Berichtsergebnis eines herausragenden Arztes aus Toronto zufolge kein Muster festgestellt wurde und daß Sie nicht speziell herausfinden konnten, daß eins dieser drei Dinge Ursache des Problems war. Ist das richtig?«

»Das stimmt.«

»Daraus folgere ich, daß damals die Möglichkeit bestand und auch jetzt noch besteht, daß eine dieser drei Möglichkeiten die Ursache des Problems war. Ist das richtig?«

»Ja, oder eine Kombination aus diesen Dingen.«

»Und diese Einschätzung ist auch heute noch korrekt, Sir?«

»Die ist korrekt.«

»In Ordnung«, fuhr Rothe fort. »Berichtete irgend jemand in diesem Krankenhausdistrikt, der mit dieser Untersuchung zu tun hatte, Ihres Wissens jemals einem Außenstehenden von diesen Dingen...«

»Nun...«

»...beispielsweise der Polizei von San Antonio, dem Staatsanwalt von Bexar County oder einer Untersuchungsbehörde mit dem Hinweis, daß die dritte Möglichkeit eine Rolle spielen könnte?«

»Ja. An dem Tag, als wir unsere Sitzung in Dr. Corums Büro abhielten – an dem besagten Montag – und als wir uns darüber unterhielten, wie wir die Sache angehen würden...«

»Wann war das?« unterbrach der Sprecher. »An welchem Montag war das?«

»Das war der Montag der letzten Januarwoche.«

»1981?«

»Ja. Nein, 1982. Vor einem Jahr.«

»Gut.«

»Ich schnitt dieses Thema an«, fuhr Dr. Dunn fort, »weil niemand von uns genug Gesetzeskenntnisse hatte, um zu wissen, an welchem Punkt man eine solche Sache melden sollte oder nicht. Daher baten wir den Rechtsanwalt des Krankenhauses zu uns. Ich glaube, er kam noch an demselben Nachmittag. Dr. Corum war dabei, und ich selbst, aber ich weiß nicht, ob noch jemand anwesend war.«

»Wer war damals der Rechtsanwalt des Krankenhauses?« fragte Rothe.

»Ich glaube, das war Paul Green, aber ich müßte das nachprüfen.«

»In Ordnung.«

»Wir teilten ihm alles mit, was wir damals wußten – die Dinge, über die wir am Vormittag gesprochen hatten –, und stellten ihm diese Frage. Wir wollten ihn unterrichten, falls wir ein beunruhigendes Untersuchungsergebnis erhalten würden, und erklärten, daß er sich mit dem Büro des Oberstaatsanwalts in Verbindung setzen sollte, falls irgendwelche Informationen weitergegeben werden mußten.

Ich glaube, bei einem nachfolgenden Zusammentreffen – ich weiß nicht mehr, wann das war – ich glaube, daß Green da Dr. Corum mitteilte, daß er mit jemandem im Büro des Staatsanwalts gesprochen habe. Ob er die ganze Geschichte erzählt oder eine hypothetische Frage gestellt hat, weiß ich nicht, aber er war der Meinung, daß die Informationen, die ihm zur Verfügung standen, nicht ausreichten und daß keine Anzeige erstattet werden müsse. Das ist alles, was ich weiß.«

»Ja, Sir.« Rothe kritzelte etwas hin und blickte den Dekan an. »In allen Fällen, um die es hier geht, Sir, bei diesen unerklärbaren Problemen... Angenommen, daß es dabei auch zu Todesfällen kam, was wurde als Todesursache vermerkt? Wissen Sie das?«

»Das weiß ich nicht. Diese Informationen liegen mir nicht vor.«

Rothe drängte weiter. »Ist es die Praxis der medizinischen Fakultät und des Krankenhauses, bei einem unerklärlichen

Todesfall den Gerichtsmediziner von Bexar County hinzuzuziehen?«

»Ja, Sir.«

»Wurden Ihres Wissens diese unerklärbaren Vorfälle und Todesfälle je der Gerichtsmedizin von Bexar County gemeldet?«

»Das weiß ich nicht.«

»Können Sie das selbst nachprüfen, Sir? Oder müßten Sie sich bei jemandem erkundigen?«

»Es wäre nicht...«

»Oder hätte das nicht in Ihrem Verantwortungsbereich gelegen?«

Die implizite Anschuldigung hing im Raum. Der Dekan verneinte die Frage aber fest.

»Nein, Sir, das ist nicht so. Ich würde diese Sache gerne für Sie verfolgen, aber ich habe nicht direkt damit zu tun. Ich kann Ihnen sagen, daß in der Fakultät alle wissen, daß bestimmte Fälle der Gerichtsmedizin gemeldet werden müssen und daß dies in der Mehrheit der Fälle auch getan wird. Sicher, es hat Fälle gegeben, bei denen dies versäumt wurde. Ich glaube aber nicht, daß es eine strafbare Handlung von seiten der Fakultät oder des Krankenhauspersonals ist, wenn es zu einer solchen Unterlassung kommt.«

»Ist es möglich«, fuhr Rothe fort, »daß diese Vorfälle, von denen wir sprechen – ohne eine mögliche strafbare Handlung dabei in Betracht zu ziehen –, ist es möglich, daß sie der Gerichtsmedizin nicht mitgeteilt wurden?«

»Ja. Und es ist auch möglich, daß der Arzt zum Zeitpunkt des Todes glaubte, die Todesursache zu kennen. Ich weiß beispielsweise nicht, ob es nach Herzoperationen zu Todesfällen kam, aber es muß wohl so gewesen sein, denn der Herzchirurg war einer der Ärzte, die Dr. Franks aufgesucht und gesagt hatten, daß sie sich wegen der ärztlichen Versorgung auf der pädiatrischen Kinderstation Sorgen machten. Wir wollen also annehmen, daß es nach einer Herzoperation zu einem Todesfall gekommen ist. Nun, Operationen am offenen Herzen bei Säuglingen – da ist die Sterblichkeitsrate sowieso hoch.«

Rothe erklärte seine Frage näher: »Ich meine mit meiner Frage unerklärbare Todesfälle – und nicht derartige Fällc.«

»Aber ich sage doch nur«, erwiderte Dr. Dunn, »daß man zurückblickend sagen könnte, daß dieser oder jener Fall nicht ganz geklärt wurde, während man damals gesagt hatte: ›Wir haben eine Erklärung‹, und den Fall nicht angezeigt hat.«

»Gab es nach dem Januar 1982 noch weitere derartige Fälle?« fragte Rothe.

»Nicht, daß ich wüßte.«

»Es hat also keine solchen Vorfälle mehr gegeben?«

»Sagen wir mal nach dem Februar nicht mehr, denn im Februar haben wir die Empfehlungen des Teams umgesetzt.«

»Derartige Vorfälle gab es also nicht mehr, nachdem die Schwesternhelferinnen aus der Abteilung entfernt worden waren?« fragte der Oberstaatsanwalt weiter.

»Ja«, bestätigte Dunn.

»Und Genene Jones war unter diesen Schwestern?«

»Damals passierten eine Menge Dinge«, erklärte der Dekan. »Die Schwesternhelferinnen wurden entlassen, und diese Person war auch darunter, aber ich weiß nicht, ob Jones der korrekte Name ist. Wir haben einen neuen Chefarzt benannt. Wir haben unsere Schwestern zu Weiterbildungskursen geschickt. Wir haben die Station von einer Expertengruppe überprüfen lassen. Und diese Epidemie von Atemwegserkrankungen, die in diesem Winter aufgetreten war, hatte auch ein Ende. Es sind also viele Dinge auf einmal passiert, und man konnte nicht direkt den Schluß ziehen, daß wir dieses und jenes getan haben und daß die Dinge danach aufhörten.«

Rothe faßte zusammen: »Es gab, wie gesagt, drei Möglichkeiten, einschließlich krimineller Aktivität, die diese Dinge erklären konnten, und es wurde Verschiedenes unternommen, um die Situation zu entspannen. Es könnte also jede der durchgeführten Maßnahmen gewesen sein, die zu einer plötzlichen Beendigung dieser seltsamen Vorfälle geführt hat?«

»Das ist korrekt.«

»Der einzige gemeinsame Faktor, den Sie in diesen Fällen gesehen haben, wäre also...« Rothe schüttelte den Kopf und verwarf die Frage. »Welches ist Ihr Fachgebiet, Doktor?«

»Die Pathologie.«

Rothe dankte dem Dekan, und Luis Vallejo übernahm wieder die Befragung. »Doktor, haben Sie jemals Kontakt zu Dr. Kathleen Holland gehabt oder den Namen gehört?«

»Ja. Ich bin mir nicht sicher, ob es sich um dieselbe Kathleen Holland handelt, von der ich gehört habe, aber Sie können mir da wohl weiterhelfen. Ich glaube, Kathleen Holland machte ihre Ausbildung zur Kinderärztin hier an der medizinischen Fakultät des Medical Center Hospital. Ist das richtig?«

»Ja, Sir.«

»Und kürzlich habe ich gehört, daß Dr. Holland eine Praxis in Kerrville eröffnet und Genene Jones als Arzthelferin angestellt hat und daß es dort zu einigen unerklärbaren Vorfällen gekommen ist, die von einer Anklagejury in Kerrville untersucht werden.«

»Wurde ihr Name während der Untersuchung, die von dem Arzt aus Toronto geleitet wurde, jemals erwähnt?« Dies war eine wichtige Frage für die Ermittlungsbeamten, und Vallejo wiederholte sie: »Wurde ihr Name während dieser Untersuchung jemals erwähnt?«

»Meines Wissens nein. Ich habe den Namen damals nicht gehört.«

»Haben Sie Informationen darüber oder wissen Sie, ob Dr. Holland für die Intensivstation der Pädiatrie zuständig gewesen war oder nur für die pädiatrische Abteilung, als es zu diesen unerklärlichen Vorfällen kam?«

»Das weiß ich nicht.«

»Wissen Sie, oder haben Sie Grund zu glauben, daß es zwischen ihr und Genene Jones irgendeine Verbindung gab?«

»Nein, überhaupt nicht«, versicherte Dunn ihm. »Die einzige Verbindung zwischen den beiden ist wohl, daß sie Genene Jones für ihre Praxis angestellt hat, und auch das weiß ich nur vom Hörensagen.«

»Doktor, könnte man behaupten, daß sich die Zahl der Todesfälle auf der Intensivstation der Pädiatrie während einer bestimmten Zeit in den letzten zwei oder drei Jahren vervierfacht hat?«

»Ich weiß nicht, ob sie sich ›vervierfacht‹ hat; sie hatte zugenommen. Aber wenn ich mich recht erinnere, schien sie nicht übermäßig hoch, wenn man die Zahl der Patienten in Betracht zieht und die Schwere der Erkrankungen.«

»Dann möchte ich Sie folgendes fragen, Doktor«, unterbrach Rothe wieder. »Wenn dies der Fall war, warum wurden dann vom Krankenhaus ein Experte aus Toronto, zwei Fachärzte vom Kinderkrankenhaus in Boston und so weiter bemüht, um eine Situation zu untersuchen, die aufgrund der Statistiken eigentlich nicht ungewöhnlich war?«

»Das geschah aus zwei Gründen. Der eine war, wie ich bereits erläutert habe, daß man eine bestimmte Zahl von Todesfällen in fünf Jahren erwartet. Wenn es dann beispielsweise zu drei Fällen in einem Jahr kommt, sieht man sich die Sache etwas genauer an.

Der zweite Grund – und eigentlich der Hauptgrund – war der: Bei einem Patienten hatte es drei unerklärliche Vorfälle gegeben, die man nicht einfach so erklären konnte, aber er war nicht gestorben. Wir konnten keine medizinischen Erklärung für diese drei Vorfälle finden.«

Damals war die Bedeutung dieses Eingeständnisses für Rothe und die anderen Staatsanwälte nicht offensichtlich. Die Anklage wollte einen anderen Punkt klären.

»Aber würde das Krankenhaus die Kosten und Mühen aufbringen, Leute vom Kinderkrankenhaus in Boston und so weiter zu holen, um einen unerklärlichen Todesfall auf der Station aufzuklären? Dies geschah doch nicht auf Grund eines Vorfalls, Sir, nicht wahr? Es ging um viel mehr.«

»Natürlich geschah es nicht wegen eines Vorfalls. Aber es gab eben nur diesen einen klaren Fall, den wir nicht erklären konnten.«

Wieder wurde dieses Eingeständnis nicht weiter überprüft. Den Staatsanwälten ging es vielmehr darum, eine Häufung von unerklärbaren Todesfällen aufzuhellen, statt sich auf eine unerklärbare Erkrankung zu konzentrieren, die noch dazu nicht tödlich geendet hatte.

»Aber das führte doch nicht zu der Untersuchung, oder?« bohrte Rothe weiter.

»Doch. Bis zu diesem Punkt konnte man immer eine Erklärung für jeden dieser fragwürdigen Vorfälle finden – auch wenn es keine sehr wahrscheinliche Erklärung war. Aber wenn die Frage lautete: ›Gibt es eine Erklärung?‹ – dann mußte man antworten: ›Ja, die gibt es.‹«

»Worauf ich hinaus will«, erklärte Roth etwas frustriert, »ist dies: Es gab zwar einen bestimmten Fall, bei dem drei Probleme von niemandem erklärt werden konnten, aber all diese Berichte und unsere bisherige Befragung drehten sich doch nicht um diesen einen Fall, nicht wahr? Sicherlich ging es doch darum, die Gesamtzunahme an seltsamen Vorfällen auf der Kinderstation zu erklären.«

»Das ist richtig.«

»Es war also nicht *ein* Fall, sondern viele Fälle. Ist das richtig? Und die gesteigerte Zahl der Fälle erregte Ihre Aufmerksamkeit – können wir das so sagen?«

»Das ist richtig.«

»Aus welchem Grund auch immer – durch kriminelle Aktivität oder aus einem anderen Grund?«

»Richtig«, stimmte der Dekan zu.

»Ich möchte eine weitere Frage stellen«, fuhr Rothe fort. »Wissen Sie, ob bei irgendeinem der Kinder, die in dieser Zeit gestorben sind, eine Autopsie vorgenommen wurde?«

»Nun...«

»Und wenn ja, wer sie durchführte?«

»Das weiß ich nicht.«

»Wissen Sie, wie viele Autopsien durchgeführt wurden?«

»Nein, Sir. Diese Informationen liegen mir nicht vor.«

»Eine letzte Frage noch: Wie können wir an die Aufzeichnungen der Fälle, die von dem Untersuchungskomitee geprüft wurden, herankommen?« fragte Rothe.

»Ich bin mir nicht ganz sicher, ob ich die Frage richtig verstehe. Meinen Sie, wie Sie die spezifischen Fälle identifizieren können, oder geht es Ihnen darum, die medizinischen Unterlagen zu erhalten?«

»Beides. Können Sie die Fälle identifizieren und dieser Anklagejury die medizinischen Unterlagen zur Verfügung stellen?«

»Nun, die einzelnen Namen der Patienten liegen mir nicht vor... Dazu müßten Sie mehrere Leute befragen. Dr. Robert Franks, der damals die Abteilung leitete, hat wahrscheinlich keine umfassende Liste der Namen, aber er könnte sie zusammenstellen. Die Krankenblätter sind Eigentum des Krankenhausdistrikts. Sie müßten sie sich also über Dr. Corum beschaffen, der für die medizinischen Unterlagen zuständig ist. Und im Augenblick weiß ich nicht, wie viele dieser Krankenblätter in Händen von Dr. Mangos, John Quest und der Oberschwester sind.«

»Aber sie sind in einer Akte zusammengefaßt?«

»Ja.«

»Wir können also die Namen der einzelnen Patienten erfahren, die bei dieser Untersuchung überprüft wurden«, fuhr Rothe fort, »und können von dort aus an die Krankenblätter gelangen?«

»Ja. Sie beginnen mit einem Fall, der die Spitze des Eisbergs darstellt – der Fall, von dem ich hier ständig rede – und dann stoßen Sie auf eine Gruppe von Fällen, bei denen es Vorfälle gab, die sich schwer zu erklären lassen, aber erklärt werden können. Und dann sind da noch die übrigen Fälle, und Sie müssen sich die Frage stellen: ›Gab es dort Dinge, die wir unserer Meinung nach verstanden und erklärt haben, die wir aber nicht so hätten akzeptieren sollen?‹«

Rothe befragte Dunn kurz nach dem Begriff des plötzlichen Kindstods und wollte wissen, ob dieses Syndrom bei Kindern in Chelsea McClellans Alter häufig auftrat. Dann ging Vallejo die Liste der Dokumente durch, die das Büro des Oberstaatsanwalts gerne vom Dekan haben wollte.

Der Dekan war sich nicht sicher, ob er die Dokumente zur Verfügung stellen würde – würde dies nicht einen Bruch des Eides, den er geschworen hatte, bedeuten, demzufolge er nicht offenbaren durfte, was vor der Anklagejury diskutiert worden war? Terry MacDonald versicherte ihm, daß er zu Informationen, die er zusammenstellen sollte, Fragen stellen dürfe und daß er seine Zeugenaussage mit einem Rechtsanwalt besprechen könne.

Vallejo bat um drei Dinge: eine Kopie des Conn-Reports, eine Liste der Ärzte und Schwestern, aus denen sich das Untersuchungs-Komitee zusammengesetzt hatte, und um den Namen des Arztes, der von der Schwester berichtet hatte, die ihm von einer Todesschwester auf der Intensivstation der Pädiatrie erzählt hatte.

Rothe erhob sich, als Vallejo fertig war. Er wollte dem Dekan noch eine Frage stellen. Später erinnerte er sich: »Die Frage war für die Anklage von großer Bedeutung. Ich hatte den ganzen Morgen darüber nachgedacht: wann ich sie stellen würde, wie ich sie unterbringen konnte – und jetzt war der Zeitpunkt gekommen. Ich mußte sie jetzt stellen... und da verlor ich den Faden. Aber ich redete bereits.«

»Also, Doktor«, sagte Rothe, »dies ist eine Frage, keine Forderung: Wie müßten wir...« Er stockte und begann von neuem: »Genene Jones Name wurde genannt...« Er ging auf und ab und machte wieder eine Pause.

Dunn ermutigte ihn weiterzusprechen: »Ja?«

»Wie müßten wir...« Nick hielt zum dritten Mal inne und klopfte sich mit einem Bleistift gegen die Stirn.

»Nun, schließlich fragte ich Dunn gerade heraus: ›Ist es möglich, Genene Jones Namen mit den Fällen, um die es hier geht, in Zusammenhang zu bringen?‹« erklärte Nick später. »›Kann man irgendwie feststellen, ob sie Dienst hatte und ob sie Kontakt zu diesen Patienten hatte?‹«

»Ja«, erwiderte der Dekan.

»Wie müssen wir dabei vorgehen?« fragte Rothe und nahm seinen Platz wieder ein, bereit, sich Notizen zu machen.

»Lassen Sie mich überlegen, wie Sie dies am einfachsten bewerkstelligen können. Zu Beginn der Untersuchung...« Jetzt hielt Dunn kurz inne. »Als Dr. Franks von dieser Sache erfuhr, noch bevor er zu mir kam und einige Leute der Abteilung sich mit den Fällen beschäftigten, suchten sie nach derartigen Mustern, und ich nehme an, daß es deshalb eine Antwort für Sie gibt.«

»Dann wollen wir Dr. Franks dazu befragen«, sagte Rothe zu seinen Kollegen.

»Wenn dies nicht ausreicht«, fuhr Dunn fort, »können Sie vom Krankenhaus den Dienstplan erhalten. Und zweitens, wenn Sie die Krankenblätter haben... also, die Schwestern müssen ihre Notizen über außergewöhnliche Vorfälle unterschreiben, und zweifellos war sie bei einigen dieser Fälle die Schwester, die die Patienten überwachte.«

»Aber sie hätte sich auch um einen Patienten kümmern können, ohne das Krankenblatt zu unterschreiben, nicht wahr?« fragte Rothe. »Vielleicht war ein Patient einer anderen Schwester zugeteilt, und sie kam herein und kümmerte sich um den Patienten.«

»Ja, das könnte sein. Aber wenn die Krankenblätter korrekt geführt werden... Nehmen wir einmal an, daß es einem Kind schlecht geht und daß sie nicht die zuständige Schwester ist, aber bemerkt, daß etwas nicht stimmt und sich deshalb um das Kind kümmert. In diesem Fall sollte die Schwester, die das Krankenblatt führt, notieren: ›Mrs. Jones sah sich das Kind an und tat dies und jenes.‹ Auch dies sollte also in den Unterlagen vermerkt sein.«

»Ich nehme an, daß im Krankenblatt festgehalten wird, wenn ein Arzt oder eine Schwester eine Behandlung einleitet, um ein Kind wiederzubeleben. Wenn beispielsweise ein Arzt dazu gerufen wurde oder eine Schwester kam, um zu assistieren?«

»Ja, auch das müßte in den Unterlagen stehen.«

MacDonald merkte, daß eigentlich schon längst Zeit für die Mittagspause war und daß die Staatsanwälte so ziemlich alle Fragen gestellt hatten, die sie fragen konnten, und erkundigte sich deshalb: »Hat irgendein Mitglied der Anklagejury eine Frage, die es gerne stellen würde?«

»Ja«, erwiderte eine Frau. »Wer schreibt die Informationen über die einzelnen Patienten ins Krankenblatt?«

»Es gibt zwei Krankenblätter: einmal das Krankenblatt der Schwester, und dann das des Arztes. Die beiden werden an verschiedenen Stellen aufbewahrt. Die Schwestern vermerken, wann sie ihren Dienst beginnen, wann sie nach dem Patienten sehen. Sie machen sich Notizen über den Zustand des Patienten, darüber, welche Medikamente sie verabreichen, ob es besondere Vorfälle gibt und solche Dinge. Dann gibt es da noch Unterlagen für den Arzt, in denen er den Zustand des Patienten beschreibt und die weitere Behandlung festlegt, meistens auch eine Notiz darüber, was zu erwarten ist. Es gibt noch eine dritte Spalte in dieser Tabelle, die ›Verordnungen‹; wenn ein Patient eine besondere Behandlung oder ein Medikament braucht, schreibt der Arzt in diese Spalte: ›Dieses Medikament verabreichen, diese Menge, so und so oft‹, und wenn eine Schwester diese Anordnung durchführt, zeichnet sie sie ab. Auch wenn sie das Medikament verabreicht, sollte sie dies in ihrem Krankenblatt vermerken.«

Dieselbe Geschworene stellte eine zweite Frage: »Besteht die Möglichkeit, daß eine Schwester oder Schwesternhelferin das Krankenblatt fälscht?«

»Was meinen Sie damit?« fragte der Dekan.

Die Geschworene zögerte, da sie sich selbst nicht ganz sicher war, was genau sie meinte: »Ich meine, warum sollten sie unbedingt das hinschreiben, was tatsächlich gemacht wurde?«

»Hier geht es im Grunde um zwei Dinge. Natürlich könnten sie nach Belieben alles aufschreiben, was sie wollen, aber ich glaube, die meisten sind sich bewußt, daß diese Krankenblätter zu Dokumenten werden, wenn es beispielsweise um ärztliche Kunstfehler geht.«

»Aber auch Schwesternhelferinnen können Informationen aufschreiben«, beharrte die Geschworene.

»Ja«, bestätigte Dunn, »immer derjenige eben, der verantwortlich ist. Die meisten Schwestern und Ärzte wissen, daß sie niemals eine Eintragung im Krankenblatt nachträglich verändern dürfen. Wenn sie etwas Falsches aufgeschrieben haben, sollten sie nicht hingehen und diese Eintragung ausradieren, vielmehr müssen sie aufschreiben, daß diese Eintragung falsch war. Um Ihre Frage zu beantworten: Ja, viele Leute können die Krankenblätter fälschen, aber natürlich sollten sie es nicht tun, und ich glaube, daß die meisten sich auch daran halten.«

»Und diese Krankenblätter könnten uns vorgelegt werden, falls es nötig sein sollte?« fragte die Geschworene.

»Sie sind die Anklagejury, und ich nehme an, daß Sie alles anfordern können, was Sie brauchen.«

Rothe übernahm erneut die Befragung: »Doktor, in dem Fall, in dem Genene Jones...« Er machte eine Pause und kratzte sich an der Stirn. »Sie sagten, daß es da eine Verbindung gab und – ich glaube, es handelte sich um diesen speziellen Fall, von dem Sie uns berichtet haben, der Fall, bei dem es dreimal zu einem Vorfall kam. Hatte sie mit diesem Fall zu tun?«

»Ich bin mir nicht sicher, ob sie bei allen drei Vorfällen beteiligt war«, sagte Dunn.

»Aber sie hatte damit zu tun oder war zumindest einmal oder mehrmals anwesend?«

»Ich möchte auf Ihre ursprüngliche Annahme zurückkommen«, erklärte Dunn, »daß es unerklärbare Vorfälle gegeben hat und daß Genene Jones mit diesen zu tun hatte, aber nicht mit allen – nur mit einigen.«

»Wenn sie also damit zu tun hatte«, fuhr Rothe fort, »würden wir erwarten, daß Genene Jones eine Eintragung über den Vorfall machte. Ist das richtig?«

»Ja, und wenn sie nicht die verantwortliche Schwester war, würde die andere Schwester schreiben, daß Jones mit dem Kind zu tun hatte.«

»In Ordnung. Danke, Doktor.« Rothe setzte sich wieder. Er hatte genug gehört. Klar war, er brauchte diese Krankenblätter. Jetzt meldete sich der Sprecher der Jury zu Wort: »Wie viele Schwestern haben jeweils während einer Schicht Dienst?«

»Ich glaube, damals waren es... wir hatten damals acht Betten, glaube ich, und im Durchschnitt hatten jeweils zwei Schwestern Dienst, manchmal vielleicht auch drei.«

»Handelte es sich dabei um voll ausgebildete Schwestern oder Schwesternhelferinnen?« fragte der Sprecher.

»Das war unterschiedlich und hing davon ab, wie das Personal wechselte. Als diese ganze Geschichte begann, fragte ich in der Verwaltung wegen Genene Jones nach, und man sagte mir: ›Sie ist Schwesternhelferin, aber sie hat viel Erfahrung und ist wahrscheinlich fähiger als viele voll ausgebildete Schwestern. Allerdings gibt es einige Probleme, denn zwischen ihr und den voll ausgebildeten Schwestern kommt es zu Reibereien, weil sie das Gefühl hat, daß sie mehr weiß, und in einigen Fällen trifft dies auch zu.‹«

»Doktor, wissen Sie, wie lange sie Schwester war oder welchen beruflichen Hintergrund sie hat?«

»Nein. Ich weiß nichts über ihre Schulausbildung, ihre berufliche Ausbildung oder ihre Erfahrung, bis auf die Dinge, von denen ich Ihnen berichtet habe.«

»Dr. Dunn wurde später von der Anklagejury wegen Mißachtung des Gerichts angeklagt«, berichtete uns der Ermittlungsbeamte, »nicht wegen seiner Aussage am 3. Februar, sondern weil er einige Dokumente nicht aushändigte. Nachdem die Jury mit Dr. Mangos und Dr. Franks und anderen Ärzten des Medical Center gesprochen hatte, forderte sie einige Unterlagen an, um so viele dokumentarische Beweise wie möglich zu erhalten.

Etwa acht oder neun Monate später hörten wir Gerüchte über einen ›Conn-Bericht Nr. 1‹, mit anderen Worten, einen ›vorläufigen Bericht‹, eine frühere Version des Dokuments, das Dunn uns damals im Februar überlassen hatte – nämlich die endgültige Fassung von Conns Bericht. Dieser vorläufige Bericht enthielt einige Aussagen, die zeigten, daß das Medical Center damals im Februar 1982 ein spezielles Interesse an Genene Jones Aktivitäten gehabt hatte.

Wir blufften die Krankenhausverwaltung. Ich suchte B. H. Corum auf und sagte: ›Wir wissen, daß es einen Conn-Bericht Nr. 1 gab, und wir brauchen ihn. Wo finde ich ihn?«
Corum gab zu, daß er von seiner Existenz wußte, daß er ihn aber nicht vorliegen habe. Ein paar Tage später erschien

Dunn vor der Anklagejury, um einige zusätzliche Fragen zu beantworten und unabhängig davon einige Aufzeichnungen vorzulegen. ›Zufällig‹ brachte er auch den fehlenden Conn-Bericht mit, zusammen mit einigen detaillierten Notizen über das abschließende Gespräch mit dem Conn-Team, so in der Art: ›Ach, übrigens, diese Unterlagen habe ich noch gefunden. Sie waren in der falschen Akte abgelegt.‹

Das war im *November*. Wir bemühten uns seit Monaten, die Geschichte zusammenzusetzen, und diese Dokumente enthielten einige äußerst wichtige Informationen.

Nun, die Anklagejury war nicht sehr glücklich darüber, daß das Krankenhaus diese Informationen zurückgehalten hatte, daher wurde Dunn wegen Mißachtung angeklagt. Er bekam eine Geldstrafe, was ihm wahrscheinlich nicht weiter weh tat, der Gesichtsverlust war wohl schlimmer. Offenbar mußte Dunn seinen Kopf hinhalten – zweifellos war er nicht der einzige, der von der Existenz dieser Dokumente wußte.«

Der Ermittlungsbeamte

Wie kam es, daß Sie mit diesem Fall betraut wurden?

Ich wurde ungefähr drei Wochen, nachdem diese Informationen schließlich zugänglich gemacht worden waren, mit einbezogen. An einem Freitagnachmittag in der dritten Februarwoche 1983 hörte ich, daß es um 17 Uhr mit einigen Staatsanwälten eine Unterredung in Sam Millsaps Büro geben würde, und das wunderte mich irgendwie: »Um fünf Uhr an einem Freitag? Wer zum Teufel macht denn da einen Termin? Was ist da los?« Wissen Sie, die ganze Sache fing an... also, Sam Millsap, ich will ihnen da ein paar Hintergrundinformationen geben. Sam Millsap hatte am 1. Januar 1983 seinen Amtseid als Oberstaatsanwalt von Bexar County geleistet. Ich legte an demselben Abend meinen Amtseid ab, genau wie andere neue Leute, die zusammen mit Sam anfingen.

Sam Millsap hat sie angestellt?

Nein, nicht er persönlich. Es waren die Leute in seinem Büro, die sich um Einstellungen kümmerten. Ich glaube, ich war wohl der erfahrenste in diesem Team. Immerhin habe ich jahrelang für den militärischen Abschirmdienst und als Ermittlungsbeamter für Verbrechen unter Armeeangehörigen gearbeitet. Ich hatte Erfahrung mit Schwerverbrechern, und ich habe in der Armee wahrscheinlich mehr Mordfälle bearbeitet als die anderen zehn Ermittlungsbeamten des Militärs. Nun, es handelte sich hier um einen schwierigen Fall, doch wir waren engagiert. Und wir waren Profis. Diese Ermittlung beispielsweise war gleichzeitig schwer und doch einfach. Es wäre ziemlich leicht gewesen, den Fall zu einem logischen Schluß zu bringen, aber hinauszugehen und Informationen zu sammeln, das war schwer, weil irgendwo immer die Politik mitspielte.

Und offensichtlich führte man eine Ermittlung so *nicht* durch. Man beginnt nicht am ersten Tag mit einer Anklagejury. Zuerst stellt man Fragen, redet um die Sache herum und versucht, sich kundig zu machen – in diesem Fall auf medizinischem Gebiet. Man findet heraus, mit wem man zuerst sprechen sollte. Selbst wenn jemand nicht mit einem reden will, kann man herausbekommen, was er eventuell in bestimmten Bereichen weiß. Man kann das Rätsel knacken und die logische Struktur der Sache, um die es in der Untersuchung geht, kenntlich machen.

Aber die Anwälte *begannen,* indem sie die leitenden Ärzte des Krankenhauses und die Leitung der medizinischen Fakultät vernahmen. Rückblickend kann man ohne weiteres sagen, daß die Aussagen der Zeugen alle bedeutungslos waren. Niemand wußte irgend etwas. »Natürlich kam es zu diesen Todesfällen«, sagten sie, »aber das war nichts Ungewöhnliches. Natürlich gab es keine ›unerklärlichen‹ Vorfälle auf der Intensivstation.« Bei den ersten Aussagen der Zeugen hatte man fast das Gefühl, daß sie beleidigt waren, weil man ihnen solche Fragen stellte.

Jedenfalls hörte ich bei diesem Treffen am Freitag zum ersten Mal von dem Fall. Nachdem ich unterrichtet worden war, wußte ich, daß es ein Riesenunternehmen sein würde, denn damals kam auch Kerrville ins Spiel. Das wenige, das ich über Kerrville gehört hatte, brachte ich zu unserem Fall in Beziehung. Ich sagte: »Meine Herren, das wird eine Weile dauern.«

»Etwa einen Monat?«

»Einen Monat? Eher ein Jahr.«

Nun, am Ende waren es etwa sechzehn bis siebzehn Monate reiner Untersuchungsarbeit. Sie war nicht leicht, aber es war richtig, daß wir sie geleistet haben.

Drittes Kapitel

Mein lieber Freund, das Leben ist unendlich merkwürdiger als alles, was der menschliche Geist erfinden kann.

Sir Arthur Conan Doyle, Sherlock Holmes
im Gespräch mit Dr. Watson

Der Mann, den Sam Millsap als obersten Detektiv für den Jones-Fall aussuchte – der Ermittlungsbeamte –, hat es sich in den dreißig Jahren seiner Berufstätigkeit angewöhnt, als harmloser, gutmütiger, zwar hart arbeitender, aber keineswegs ungewöhnlicher Kriminalbeamter aufzutreten. Er trägt mit Vorliebe Polyester-Anzüge und sieht immer etwas zerknittert aus. Er spricht mit dem Akzent des Mittleren Westens, scheint etwas umständlich zu sein und trifft den Nagel wie zufällig auf den Kopf. Sein Gesicht ist freundlich, und jeder Hinweis auf Aggressivität ist sorgfältig ausgelöscht. Er wirkt nicht sehr eindrucksvoll, aber tatsächlich ist er ein unnachgiebiger und unheimlich sicherer Beurteiler der menschlichen Seele. Seine einzige auffällige Eigenschaft ist seine unerschütterliche Rechtschaffenheit.

»In den ersten drei Monaten unserer Untersuchung erreichten wir im Grunde gar nichts. Der erste Schritt – und der allerwichtigste – ist es, hinauszugehen und die Leute kennenzulernen. Obwohl jeder Mensch seine Eigenarten hat, kann man Abweichungen von der Norm ziemlich leicht erkennen. Man muß ständig nach mehr Informationen suchen, nach mehr Kontakt. Die Leute müssen sich unwohl in ihrer Haut fühlen, damit man sehen kann, wie sie reagieren. Man achtet auf Unruhe, Abwehrreaktionen, Anspannung, Nervosität, empfindliche Bereiche. Man beobachtet, und langsam versteht man ihre Motive. Allmählich entsteht ein Mosaik der Ereignisse, so wie sie sich zugetragen haben müssen. Man hofft, daß das Mosaik klar genug ist, damit der Abschlußbericht so solide ist, daß einer unguten Situation ein Ende gesetzt werden kann.

Die Frage, die wir in jedem Fall am Ende zu beantworten versuchen, lautet: ›Was ist passiert?‹«

Sam Millsap rief die Sonderkommission für den Jones-Fall am Freitag, dem 18. Februar 1983, zu ihrer ersten Sitzung zusammen. In der Morgendämmerung des Samstag saß der Ermittlungsbeamte noch immer über den Dokumenten, die man ihm am Abend zuvor ausgehändigt hatte. Er wußte von Anfang an, daß eines der größten Probleme in diesem Fall die Unmengen an Informationen sein würden, welche die Ermittler zusammentragen mußten.

»Ich habe sofort damit begonnen, eine alphabetische Namensliste aufzustellen; sie war bereits sehr lang. Auf dem Nachhauseweg hielt ich an einem Laden an und kaufte mir einen roten Taschenkalender für 1983. Ich führe ein persönliches Tagebuch, wenn ich einen interessanten Fall bekomme, und mache jeden Abend eine Eintragung. Von Anfang an wußte ich, daß es sich hier um einen solchen Fall handelte.

Nachdem ich die vorhandenen Papiere schließlich durchgesehen hatte, muß es 6 Uhr morgens gewesen sein. Meine Frau war bereits aufgestanden. Wir tranken gemeinsam Kaffee. Dann machte ich meine erste Eintragung. Sie war lang, wenn ich mich recht erinnere. Die erste ist meistens lang.«

NOTIZ DES ERMITTLUNGSBEAMTEN:
1. TAG, FREITAG, 18. 2. 83

Wurde um 17 Uhr 05 an meinen Amtseid erinnert, dann hörte ich, daß ich mich um einen Fall kümmern sollte, bei dem es um den fragwürdigen Tod mehrerer Babys und Kleinkinder im Medical Center Hospital ging, einem Teil des Klinikums der Universität von Texas hier in San Antonio. Die Informationen würden streng vertraulich sein. Von allen relevanten Dokumenten, die bis zum heutigen Tag vorlagen, wurden Kopien zur Verfügung gestellt.

Die Dokumente berichten von einer Dr. Kathleen Holland und einer Schwester Genene Jones, die eine Praxis in Kerrville haben und bei denen der Verdacht besteht, daß sie bei acht Patienten der Praxis einen Atemstillstand verursacht oder herbeigeführt haben. Das lähmende Medikament Suxamethoniumchlorid könnte möglicherweise die Ursache sein: es ist offenbar bei einer Autopsie nicht nachweisbar. Dr. Holland und Schwester Jones verneinen beide, dieses Mittel bei der Behandlung der betroffenen Kinder eingesetzt zu haben. Lügendetektortests, die im Polizeipräsidium durchgeführt wurden, zeigen, daß sowohl Holland als auch Jones auf relevante Fragen die Unwahrheit gesagt haben.

Bericht der Intensivstation, 2. Fassung, 1/83:

Der sogenannten Mangos-Report erklärt die Untersuchungsergebnisse eines Medizinerteams, das sich vierundneunzig Krankenblätter von Patienten vorgenommen hatte, die in einem längeren ›fraglichen Zeitraum‹, etwa 1981–82, auf der Intensivstation versorgt worden waren. Einunddreißig dieser Kinder starben. Dreizehn Krankenblätter sind von besonderem Interesse. Der Statistik zufolge verstarben elf von fünfzehn Kindern während der Spätschicht von 15–23 Uhr. Meistens arbeitete Jones zu dieser Zeit. Aufgrund dieses Reports stimme ich der Auffassung zu, daß Jones' Gegenwart auf der Intensivstation während der Todesfälle auf folgende Dinge zurückzuführen sein könnte: (a) Zufall, (b) die Tatsache, daß Jones sich freiwillig um die kränksten Kinder kümmerte, oder (c) Fahrlässigkeit oder Verbrechen von seiten Jones'.

Der Mangos-Report, auf den der Ermittlungsbeamte sich in seiner ersten Eintragung bezog, war derselbe, von dem Marvin Dunn vor der Anklagejury berichtet hatte. Der Report, der immer noch nicht vollständig war, wurde zusammengestellt und dem Oberstaatsanwalt zugestellt. Dieses

Dokument war das Skelett, um das herum die Ermittlungsbeamten ihren Fall aufbauen würden.

Der kurze Bericht enthielt die Ergebnisse einer offenbar ausführlichen Überprüfung der medizinischen Unterlagen der Patienten, die von dem neuen Chefarzt der Pädiatrie, Dr. John Mangos, mit Hilfe des zweiten Direktors des Krankenhauses, John Guest, und der Krankenschwester Jean Foster durchgeführt wurde. Die drei hatten die Krankenblätter von vierundneunzig Kindern untereinander aufgeteilt, angeblich all der Kinder, die in einem Zeitraum, der ungefähr dem Jahr 1981 entsprach, unerwartet auf der Intensivstation gestorben waren oder bei denen es zu einem fragwürdigen Vorfall gekommen war. Alle drei sahen ihren Anteil der Fälle unabhängig voneinander durch und suchten die rätselhaftesten heraus. Dann beschrieben sie gemeinsam die Krankengeschichte dieser Kinder in einem kurzen Text; diese Zusammenfassung bildeten den Kern des endgültigen Berichts.

Nur bei sechzehn Fällen waren die Prüfer der Meinung, daß der Tod oder Notfall nicht mit der Krankengeschichte des Kindes in Einklang zu bringen war. Doch selbst in diesen ausgewählten Fällen schien die medizinische Krise in der Zusammenfassung nicht sehr alarmierend.

Joshua Sawyer gehörte zu den Kindern, deren Aufenthalt auf der Intensivstation in dem Bericht vermerkt wurde:

DER ZWÖLF MONATE ALTE JUNGE WURDE AM 8. 12. 81 AUFGRUND EINER STARKEN RAUCHVERGIFTUNG WÄHREND EINES FEUERS ZU HAUSE INS MCH EINGELIEFERT. ER HATTE EINEN ATEMSTILLSTAND ERLITTEN, WURDE INTUBIERT UND KÜNSTLICH BEATMET. ER WURDE WEGEN VERSTÄRKTEM GEHIRNDRDUCK ÜBERWACHT UND LITT UNTER LEICHTEN KRÄMPFEN. SEIN NEUROLOGISCHER ZUSTAND BLIEB WÄHREND DES GESAMTEN AUFENTHALTS SCHLECHT, AM ABEND DES 12. 12. 81 KAM ES ZU EINEM HERZSTILLSTAND. BEI DEM ERSTEN

STILLSTAND GELANG ES, IHN WIEDERZUBELEBEN, ABER NACH DEM ZWEITEN WURDE ER UM 21 UHR 22 FÜR TOT ERKLÄRT. SCHWESTER GENENE JONES KÜMMERTE SICH WÄHREND DIESER EREIGNISSE UM DEN PATIENTEN.

Merkwürdigerweise wurde in dieser Zusammenfassung der extrem hohe Dilantin-Spiegel, den der medizinisch-technische Assistenz Tony Ferinacci in Joshuas Blut fand, oder die Theorie, daß die Nieren versagt hatten, nicht erwähnt.

Auch Rolando Santos wurde nur eine kurze Zusammenfassung in dem Bericht gewidmet:

DER VIER WOCHEN ALTE JUNGE WURDE AM 27. 12. 81 ZUR BEHANDLUNG EINER ›TRILOBÄREN‹ LUNGENENTZÜNDUNG UND VON ATEMSCHWIERIGKEITEN EINGELIEFERT. WURDE AUF DER INTENSIVSTATION KÜNSTLICH BEATMET. AM VIERTEN TAG SEINES AUFENTHALTS LITT ER PLÖTZLICH UNTER KRÄMPFEN. EINE ULTRASCHALLUNTERSUCHUNG DES GEHIRNS ZEIGTE EIN NORMALES ERGEBNIS. AUF DIE KRÄMPFE FOLGTE EIN HERZSTILLSTAND. KURZFRISTIG NIEDRIGER BLUTDRUCK AM SECHSTEN TAG. BLUTUNGEN AUS EINSTICHSTELLEN UND VERLÄNGERTE BLUTGERINNUNGSZEIT. AM 6. 1. 82 KAM ES ZU EINER WEITEREN BLUTUNG (HEPARIN-NACHWEIS WAR POSITIV). WÄHREND EINER DRITTEN BLUTUNG WURDE DAS PROBLEM MIT PROTAMIN KORRIGIERT. WURDE AM 12. 1. 82 NACH RÜCKGANG ALLER SYMPTOME AUF DIE NORMALE STATION VERLEGT UND AM 16. 1. 82 NACH HAUSE ENTLASSEN.

Jedem, der den Verlauf von Rolandos Aufenthalt auf der Intensivstation kannte, muß die Zusammenfassung mit der Bewertung seiner Symptome und der Nichtbeachtung der großen Heparinmengen, die sich während des letzten Notfalls im Körper des Jungen befanden, geradezu arrogant erscheinen.

Zum Abschluß der einzelnen Analysen der sechzehn fragwürdigen Fälle vermerkte das Mangos-Team, daß ›Schwester G. Jones bei den tödlich verlaufenen Fällen während des Spätdienstes (15–23 Uhr) jedesmal anwesend war‹. Im Bericht wurde auch darauf hingewiesen, daß von den fünfzehn anderen Fällen, die es 1981 auf der Intensivstation gegeben hatte, elf während der Schicht von 15–23 Uhr aufgetreten waren.

Das Team war der Meinung, daß Jones' häufige Verknüpfung mit den Krisen der Abteilung zwar beunruhigend war, berichtete jedoch von Pat Belkos Beobachtung, daß Jones sich immer um die schwerkranken Patienten kümmerte. Weiterhin kommentierten die Prüfer, daß man beeindruckt war, daß ›G. Jones die lesbarsten, detailliertesten und informativsten Notizen im Stationsbuch niedergeschrieben hatte. Sie verzeichnete immer die Medikamentengaben, Behandlungen und die Anwesenheit eines Arztes. Nur in einem Fall (Nr. 8, Dora Rios)‹, hieß es in dem Report ferner, ›ging Schwester Jones über das normale Maß hinaus und schrieb eine ziemlich emotionale Bemerkung über den Tod des Kindes am Ende ihres Protokolls.‹

Der Mangos-Report kam zu dem Schluß, daß Jones' Verbindung mit dem Tod in den untersuchten Fällen ›zufällig sein könnte‹; ›Fahrlässigkeit oder Vergehen können jedoch nicht ausgeschlossen werden.‹

Obwohl der Mangos-Report sich als sehr oberflächlich erweisen sollte, bot er doch eine Möglichkeit, in das Labyrinth der Todesfälle bei Babys in San Antonio einzudringen. Der Ermittlungsbeamte hatte 16 Spuren – 16 Namen, 16 Krankenblätter, die zusammengetragen werden mußten, 16 Babys, über die er Ärzte, Schwestern und Eltern befragen konnte. Es war ein Anfang.

Kathleens Leben schien gegen Ende des Jahres 1982 einen Tiefpunkt erreicht zu haben. Ihr Patientenaufkommen war auf vier bis fünf Kinder pro Tag zusammengeschrumpft.

Ihre Gläubiger wurden bei ihren Forderungen auf Zahlung überfälliger Rechnungen unnachgiebiger. Ihre Scheidung von Charleigh wurde am 31. Dezember rechtsgültig.

Das neue Jahr brachte jedoch einen Aufschwung. Die Praxis lief wieder besser. Nach drei Monaten, in denen sie mit Zeitkräften gearbeitet hatte, fand Kathleen eine ständige Kraft – eine offenherzige, ältere Frau, die Kathleen auf der Stelle ins Herz geschlossen zu haben schien. Mitte Februar, als die Anklagejury von San Antonio mit der Untersuchung des Jones-Falles begann, konnte Kathleens Rechtsanwalt sie überzeugen, daß seine Klientin wenig zu berichten hatte, besonders da sie sich auf das Aussageverweigerungsrecht berief; Kathleen mußte nicht erscheinen. Die schrecklichen Ereignisse, die in ihrer Praxis vorgefallen waren, schienen ein wenig in den Hintergrund zu treten.

Am 15. Februar 1983 erhielt Kathleen jedoch unerwarteten Besuch in ihrer Praxis. Die Visitenkarte wies den Mann als Ted Dracos aus, einen Reporter von einem Fernsehsender in San Antonio. Er war gekommen, erklärte er Kathleen, um ihr ein paar Fragen über ihre ehemalige Angestellte Genene Jones zu stellen.

»Etwa zehn Sekunden lang schien er ein ganz angenehmer junger Mann zu sein«, erinnert Kathleen sich.

»Wir haben Informationen erhalten«, begann Dracos in freundlichem, halb entschuldigendem Ton, »daß es auf der pädiatrischen Intensivstation des Medical Center Hospital zu einigen recht geheimnisvollen Todesfällen gekommen ist. Sie haben dort mit Genene Jones gearbeitet, bevor Sie sie hier in Ihrer Praxis angestellt haben. In Anbetracht der Tatsache, daß Sie und Genene Jones zur Zeit unter Mordverdacht stehen...«

Kathleen entschuldigte sich und ging in ihr Büro, um Jack Leon anzurufen.

Ihr Rechtsanwalt rief ihr, keine Fragen zu beantworten. »*Seien Sie freundlich*«, sagte er. »Sie dürfen sich die Presse auf keinen Fall zum Feind machen, aber beantworten Sie keinerlei Fragen.«

Kathleen kehrte in das Wartezimmer zu dem Reporter zurück, um ihm so diplomatisch wie möglich klarzumachen, daß ihr Anwalt Interviews mit der Presse nicht zuließ. Dracos wurde daraufhin weniger freundlich. Er erklärte, daß er bestimmte Informationen erhalten habe und wirklich glaube, daß es in Kathleens ureigensten Interesse sei, sie mit ihm durchzugehen und sie zu kommentieren. Auf jeden Fall wolle er die Story senden. Kathleen lehnte höflich ab. »Ich würde Ihnen wirklich gern helfen, Mr. Dracos, aber ich kann es einfach nicht. Ich muß mich an die Vorschriften meines Anwalts halten.«

Am nächsten Abend, am Mittwoch, dem 16. Februar, sendete Ted Dracos, ein Reporter, dessen Zuschauer seine oftmals schockierenden und zu Kontroversen führenden Enthüllungen liebten, die erste Folge eines exklusiven Berichts über mysteriöse Todesfälle auf der Intensivstation des Medical Center und ihre Verbindung zu den Ereignissen in Dr. Hollands Praxis in Kerrville. Am nächsten Tag war jede Zeitung der Stadt am Ball. ›Untersuchung geheimnisvoller Todesfälle erschüttert Krankenhaus‹, hieß es in den Schlagzeilen. Zum ersten Mal erfuhren die Bewohner von San Antonio, daß ein Babykiller in ihrem Krankenhaus ein Jahr zuvor sein Unwesen getrieben hatte.

Drei Tage später, am Dienstag, dem 22. Februar, gab Jeff Duffield, zuständig für Öffentlichkeitsarbeit im Bexar-County-Krankenhausdistrikt eine kurze Presseerklärung ab, die von Dr. William Thornton, dem Vorstandsvorsitzenden, autorisiert worden war.

WÄHREND DER LETZTEN WOCHE IST VIEL ÜBER ANGEBLICHE VORFÄLLE AUF DER PÄDIATRISCHEN INTENSIVSTATION DES MEDICAL CENTER HOSPITAL UND IN KERRVILLE IN DEN JAHREN 1981 UND 1982 ZU SEHEN UND ZU LESEN GEWESEN. DA DER KRANKENHAUSDISTRIKT AUF DIE LEISTUNGEN IN DER VERGANGENHEIT UND AUF DIE PÄDIATRISCHE INTENSIVSTATION STOLZ IST, HABEN WIR OFFIZIELLE KOMMENTARE ZURÜCKGEHALTEN. IN BERICHTEN HIESS ES, DASS EINE UNTERSUCHUNG

DURCH EINE ANKLAGEJURY STATTFINDET. DER KRANKENHAUSDISTRIKT WAR IN JEDER WEISE KOOPERATIV UND WIRD DIES AUCH WEITERHIN SEIN. WIR WOLLEN, DASS DIE WAHRHEIT ANS LICHT KOMMT, UND WERDEN DIE BEHÖRDEN IN JEDER WEISE UNTERSTÜTZEN. ABER UM BEI DER UNTERSUCHUNG BEHILFLICH ZU SEIN, MÜSSEN WIR DIE VERTRAULICHKEIT UND DIE GEHEIMHALTUNGSPFLICHT DER UNTERSUCHUNG EINER ANKLAGEJURY WAHREN.

UNS LIEGEN KEINE BEWEISE FÜR EIN VERBRECHEN VOR, UND WIR HABEN DEN BEHÖRDEN ALLE INFORMATIONEN ZUGÄNGLICH GEMACHT, DIE UNS ZUR VERFÜGUNG STEHEN.

Dr. Thornton war auch damit einverstanden, sich im Fernsehen befragen zu lassen. In den Nachrichtenprogrammen um 18, 22 und 23 Uhr versicherte er den Bewohnern von San Antonio, daß der ›Krankenhausbetrieb professionell geführt wird‹.

Dr. Vincent DiMaio von der Gerichtsmedizin war bei seinem Fernsehauftritt nicht so nachsichtig. Er informierte die Zuschauer vor laufender Kamera, daß er nie von fragwürdigen Todesfällen unter Kindern im Medical Center Hospital erfahren habe, und wies ausdrücklich darauf hin, daß man ihn hätte unterrichten müssen und daß eine solche Unterlassung gegen das Gesetz sei.

Dracos Story wurde gesendet, als die ersten Zeugen des Ermittlers gehört werden sollten; das Ermittlungsteam hatte somit keine Möglichkeit mehr, eine ruhige, unauffällige Untersuchung anzustellen. Jetzt war sich jeder Zeuge bewußt, welche potentiellen indirekten Folgen jede Frage und jede darauf gegebene Antwort haben konnte.

Bonnie Gunderson, die manchmal auf Genenes Kinder aufpaßte und bei ihr lebte, wurde als eine der ersten befragt. Sie erwies sich als sehr aussagefreudige Zeugin; der Ermittler hatte jedoch das Gefühl, daß die junge Frau eine lebhafte Fantasie besaß, die ihrem Gedächtnis ab und zu einen

Streich spielte. Suzanna Maldonado erwies sich auf ihre gelassene Art hilfreich und berichtete dem Ermittler von den Informationen, die sie und Pat Alberti in dem Stationsbuch entdeckt hatten. Eine weitere Zeugin – eine Schwester, die zusammen mit Genene Dienst getan hatte – war ausgesprochen feindselig eingestellt, als sie befragt wurde. Sie beklagte sich darüber, daß versucht würde, sie in eine Ecke zu drängen, und daß der Ermittler sie unter Druck setzte, damit sie Genene für die Todesfälle auf der Intensivstation verantwortlich machte. Sie weigerte sich beharrlich, an die Möglichkeit zu glauben, daß irgend jemand absichtlich einem kranken Kind ein Leid antun würde.

Sehr schnell machte sich der Ermittlungsbeamte ein Bild von den Problemen, vor denen er stand, von den medizinischen Kenntnissen, die er sich aneignen mußte, und von den Menschen, von denen er wahrscheinlich Widerstand zu erwarten hatte.

Am Donnerstag, dem 24. Februar, hörte San Antonios Anklagejury von zwei Zeugen aus Kerrville: Genene Jones und Sally Benkert.

»Sie ist allen auf der Nase herumgetanzt«, berichtete der Ermittlungsbeamte später über Jones' Auftritt vor der Jury, »sie hatte großes Selbstvertrauen, führte sie direkt zu den Themen, über die sie reden wollte, und sang dann das alte Lied, das sie bereits seit Monaten über Kathleens Praxis angestimmt hatte: Es habe zwar Probleme im Medical Center Hospital gegeben, aber sie hatte nichts damit zu tun.«

Genene beklagte sich über die ausgebildeten Schwestern, die für die Stellen, die sie auf der Intensivstation inne hatten, nicht qualifiziert wären. Sie berichtete von Kommunikationsschwierigkeiten zwischen den Krankenhausabteilungen und den Streitigkeiten zwischen der Pädiatrie und der Chirurgie. Sie erzählte von Assistenzärzten, die aus Angst, ihr Gesicht zu verlieren, falls sie ihre Unkenntnisse zugaben, falsche Behandlungen durchführten. Sie ging sogar soweit, über bestimmte Ärzte und Schwestern abfällig zu reden, indem sie andeutete, daß sie für bestimmte gefährliche Vorfälle verantwortlich waren.

»Ich habe nichts zu sagen, meine Herren«, war das einzige, was Reporter von Genene und ihrer Freundin Sally hörten, bevor sie schnell in einem wartenden Auto verschwanden. Aber William Chenault, Genenes Anwalt, nahm die Gelegenheit wahr, die Presse zu kritisieren und die Aufmerksamkeit auf andere Punkte zu lenken.

»Die Medien sollten nicht irgendwelche Leute namentlich nennen, wenn diese nichts verbrochen haben. Weder in San Antonio noch in Kerrville hat irgend jemand ein Verbrechen begangen. Ich glaube nicht, daß Genene je fahrlässig gehandelt hat. Sie ist eine großartige Krankenschwester.

Was den Kerrville-Fall betrifft, glaube ich nicht, daß es zwischen der medizinischen Fürsorge und dem Tod des Kindes einen Zusammenhang gibt. In San Antonio sind zum einen die genannten Zahlen völlig falsch. Die Quellen, auf die sich die Presse beruft, sind nicht korrekt. Die Zahl der Todesfälle wird von Tag zu Tag größer. Bevor die Sache abgeschlossen ist, wird man uns den Tod jedes Kindes, das im Medical Center Hospital innerhalb der letzten fünf Jahre gestorben ist, in die Schuhe schieben wollen.«

Hinsichtlich Dr. Conns früherer Untersuchung der Abteilung im Jahr 1982 meinte Chenault: »Man hat alle Berichte durchgesehen, die Autopsieberichte aller Kinder, und man hat auf niemand mit dem Finger gezeigt. Warum man sich ausgerechnet meine Klientin herausgepickt hat, kann ich auch nicht erklären.«

Nach Genenes Auftritt vor der Anklagejury war die Öffentlichkeit in heller Aufregung, und Kathleens Patientenaufkommen ging rapide zurück. Ende Februar hatte sie einen neuen Tiefpunkt erreicht: nur zwei bis drei Kinder kamen pro Tag.

Kathleen erhielt auch Telefonanrufe, in denen sie beschimpft wurde. Zum ersten Mal in ihrem Leben fühlte sie sich bedroht. Die Presse schien fest entschlossen, den Fall als Sensation auszuschlachten. Schließlich fragte sie sich: »Was passiert, wenn meine Seite der Geschichte nie ans Tageslicht kommt?«

Sie erfuhr auch hin und wieder Unterstützung: Völlig

Fremde schickten ihr Briefe oder Postkarten, und die Eltern der noch verbliebenen Patienten hatten freundliche Worte für sie. Kathleen war überrascht, daß sie Trost von unerwarteter Seite fand: Sie las in einer Bibel, die eine Mutter ihr geschenkt hatte, als die Schwierigkeiten fünf Monate zuvor begonnen hatten. Eines Abends setzte sie sich hin, öffnete die erste Seite – die Schöpfungsgeschichte – und begann zu lesen. »Als Kind habe ich einmal versucht, die Bibel zu lesen, aber ich konnte nicht viel damit anfangen. Wahrscheinlich muß man bereit dafür sein. Ich habe wirklich gespürt, daß Gott immer gegenwärtig ist.«

Anfang März 1983 gab Millsap seine Entscheidung bekannt, Nick Rothe, dem Assistenten des Oberstaatsanwalts, die Leitung des Jones-Falls in San Antonio zu übertragen. Rothe, der früher einmal Strafverteidiger gewesen war, hatte sich von Millsap überzeugen lassen, es einmal auf der anderen Seite vor Gericht zu versuchen. An Rothe fällt besonders seine Energie auf. Diese Energie machte ihn (zusammen mit seinem aggressiven, ruhelosen Geist) zur idealen Wahl für eine Persönlichkeit, welche die schwierige Untersuchung zu handhaben wußte. In seiner ersten offiziellen Amtshandlung zeigte er, wie er die Angelegenheit anzugehen gedachte: Jeden Morgen um 8 Uhr 10 mußten alle Anwälte und Ermittlungsbeamten in seinem Büro antreten, um über Strategien und Einsatz zu beraten. Eineinhalb Jahre lang verbrachten sie mehr Zeit miteinander als mit ihren Familien.

Seit der zweiten Märzwoche erschienen in den Medien fast täglich neue Nachrichten über den Fall der gestorbenen Babys. Reporter jagten die Jones unablässig, aber ihr schien die Aufmerksamkeit zu gefallen. Von Sallys Wohnwagen aus wiederholte sie ständig ihre Stellungnahme: Falls die vielen Todesfälle auf der Intensivstation in San Antonio während ihrer dortigen Anstellung durch irgendeinen Eingriff von außen verursacht worden waren, lag das nur an den unerfahrenen Ärzten und Schwestern – es hatte nichts mit ihr zu tun. »Ich habe die meisten Mädchen in dieser Abteilung erst einmal *angelernt.*« Was die Notsituation in Kathleens Praxis betraf, so führte sie diese auf Zufall zurück; sie waren keinesfalls ungewöhnlich. Der ganze Aufruhr war einfach lächerlich. Sie hatte niemand umgebracht. »Ich kann mir einfach nicht vorstellen, daß andere so etwas von mir denken können. Ich bin Mutter und Krankenschwester. Ich liebe Babys.«

Während Genene ihre Unschuld immer wieder vehement beteuerte, eigene Pressekonferenzen einberief und häufig Stoff für Schlagzeilen abgab, wurde Kathleen immer zurückhaltender. Ihre Anwälte Jack Leon und Sam Bayless warnten sie davor, sich auf diese Auseinandersetzungen einzulassen. Sie wußten aus Erfahrung, wie sehr ein Satz, der aus dem Zusammenhang gerissen wird, schaden kann.

Neben den ständigen Belästigungen durch die Reporter war Kathleen weiterhin den Anrufen eines Verrückten ausgesetzt, der sie bedrohte. Kathleen ließ ein Privattelefon in der Praxis installieren, dessen Nummer nicht im Telefonbuch stand.

Mitte März erhielt Kathleen die erste Vorladung zum Gericht. Die McClellans hatten sie – und nicht Genene – auf sieben Millionen Dollar verklagt und machten geltend, daß sie den Tod ihrer Tochter verursacht hatte. Außerdem erhielt Kathleen die Kündigung für ihre Praxis in der Water Street 320. Sie sollte sie in zwei Wochen räumen. Der Vermieter hatte seit Monaten keine Miete mehr erhalten und konnte den Verlust nicht mehr auffangen. Charleigh drängte sie, aufzugeben. »Niemand wird dir Räume vermieten. Versuch, deine Verluste so gering wie möglich zu halten und zieh weg. Du kannst doch woanders neu anfangen.«

Kathleen weigerte sich. »Ich muß bleiben. Wenn ich weggehe, sieht es so aus, als ob ich weglaufe.«

In der dritten Woche seiner Befragungen unterhielt sich der Ermittlungsbeamte mit Virginia Mousseau, der Oberin im Medical Center, die auf der Sitzung am 25. Januar des Vorjahres anwesend gewesen war. Sie berichtete, daß sie bereits im September oder Oktober 1981 durch Pat Belko und Judy Harris von Problemen auf der Intensivstation gehört hatte. Ende Oktober hatte auch Dr. Franks ihr gegenüber fragwürdige Todesfälle erwähnt und in diesem Zusammenhang Jones' Namen genannt. Mousseau war jedoch der Meinung, daß die Art und Weise, wie die Presse in letzter Zeit über Jones hergefallen war, nicht gerecht sei. Sie konnte den Verdacht, daß Jones den Kindern auf der Intensivstation jemals Leid zugefügt hatte, nicht erhärten.

Am Ende dieser Woche wechselte die Sonderkommission ihr Quartier. Aufgrund des riesigen Interesses der Presse an diesem Fall sorgte Rothe sich um die Sicherheit der Aufzeichnungen, die seine Ermittlungsbeamten sammelten. Ihre Berichte enthielten eine große Menge an vertraulichem und stark emotionsgeladenem Material, und Rothe wollte nicht, daß die Vollständigkeit und Vertraulichkeit der Dokumente gefährdet wurde. Die Sonderkommission wurde in einem alten Gefängnis, das nicht mehr genutzt wurde, untergebracht. Die Männer hatten es dort zwar nicht so bequem, aber ihre Akten waren erheblich sicherer verwahrt.

Als Millsaps Mitarbeiter sich näher mit dem Fall befaßten, erkannte der Oberstaatsanwalt, wie eng seine Untersuchung mit Ron Suttons Fall verknüpft war. Vielleicht ist es auf seine Unerfahrenheit im Amt zurückzuführen, daß er einen ganz neuartigen Vorschlag machte. Er wußte, daß Sutton nicht genug Männer und Geldmittel zur Verfügung standen, um den Fall mit der erforderlichen Hartnäckigkeit zu verfolgen. Daher schlug Millsap eine gemeinsame Untersuchung unter der Schirmherrschaft der Staatsanwälte von Kerr und Bexar County vor. Sutton stimmte bereitwillig zu; er wußte, daß er Hilfe gebrauchen konnte. Millsap war erleichtert. Er wollte eine Verurteilung in diesem Fall erreichen und setzte sein Vertrauen in Nick Rothe, wobei er noch gar nicht wußte, was für ein guter Mann Ron Sutton war.

In seiner ersten Amtshandlung nach diesem ›gegenseitigen Hilfspakt‹ befaßte sich das Untersuchungsteam aus Bexar County mit dem Jimmy-Pearson-Notfall im Hubschrauber. Als erstes telefonierte der Ermittlungsbeamte mit Fort Sam Houston, um einen Termin mit der Hubschrauberbesatzung abzustimmen, mußte sich aber zuerst mit dem Bürokratismus in der Armee auseinandersetzen. ›*Schwierigkeiten wurden durch Mr. Rothe, der aktiver Reservist der US-Armee ist, aus dem Weg geräumt*‹, schrieb er, ›*erster Kontakt in der nächsten Woche.*‹

Allmählich bekam die Sonderkommission von San Antonio durch die Befragung von Ärzten aller Fachgebiete, von Pathologen, medizinisch-technischen Assistenten, Schwestern, Sekretärinnen und Verwaltungsbeamten ein Gefühl dafür, mit welchen Fragen und Institutionen sie es hier zu tun hatten. »Die meisten von uns betraten völliges Neuland mit diesem Fall«, erinnert sich der Ermittlungsbeamte. »Es ging um medizinische Notfälle, Forschung und Entwicklung in der Zukunft, die Persönlichkeit und die geistigen Fähigkeiten eines Arztes, einer Schwester oder eines Verwaltungsbeamten.«

Täglich trafen kistenweise medizinische Aufzeichnungen in dem alten Gefängnis ein; alles wurde gelesen, sortiert, miteinander in Zusammenhang gebracht, registriert und in Akten abgelegt. Die Befragungen wurden fortgesetzt; sie reichten von informellen Gesprächen bei einer Tasse Kaffee bis zu Zeugenaussagen unter Eid vor der Anklagejury.

Am 11. März 1983 rief Schwester Carla Tieman, die 1980 ihr Examen abgelegt und gemeinsam mit Jones im Medical Center gearbeitet hatte, den Oberstaatsanwalt an und erklärte, daß sie gern vor der Anklagejury in San Antonio gehört werden wolle, um ›die andere Seite zu zeigen‹.

Während ihrer Zeugenaussagen am 16. März unterstützte Schwester Tieman ihre Freundin Genene mit Gefühlsäußerungen und Erklärungen. Tieman erklärte, daß sie seit Jones' Umzug in den Norden »immer noch sehr gut mit Genene auskomme, die meiner Meinung nach früher eine der erfahrensten Schwestern war«. Tieman gab zu, daß sie die steigende Anzahl von Todesfällen auf der Intensivstation im Herbst 1981 auch bemerkt habe, meinte aber, daß Jones nicht dafür verantwortlich sei.

»Im Winter 1981 bemerkte das ganze Schwesternpersonal, daß die Todesfälle regelmäßig auftraten und daß es meistens während des Spätdienstes dazu kam«, erklärte Tieman der Anklagejury. Sie war jedoch der Meinung, daß die Probleme dieser Schicht teilweise auf die Unerfahrenheit der Schwestern zurückzuführen waren. Außerdem vertrat sie die Ansicht, daß Kinder am Spätnachmittag oder frühen Abend eher sterben.

»Mir schien es so«, sagte der Ermittlungsbeamte später, »als ob sie sich ständig von diesem letzten Punkt selbst überzeugen wollte, doch wir fanden bald heraus, daß eine höhere Sterblichkeitsrate zwischen 15 und 23 Uhr eine höchst fragwürdige Erklärung ist.«

Am Ende des ersten Monats der Untersuchung lagen der Sonderkommission Berichte und Aufzeichnungen von dreiundvierzig Todesfällen von Kindern auf der Intensivstation des Medical Center zwischen dem 1. Januar 1981 und dem 13. März 1982 vor. Mehr als 74 Prozent dieser Todesfälle waren während des Spätdienstes aufgetreten.

»Das waren interessante Informationen«, erinnert sich der Ermittlungsbeamte, »aber bevor Entscheidungen getroffen werden konnten, brauchten wir mehr Daten; wir brauchten eine breitere Grundlage. Es ging jetzt darum, folgende Punkte zu klären: (a) die Namen der Schwestern, die sich zum Zeitpunkt des Todes um den Patienten kümmerten; (b) die Namen der Ärzte, die sich zum Zeitpunkt des Todes um den Patienten kümmerten; (c) die ursprüngliche Diagnose bei der Einlieferung, und natürlich (d) zusätzliche interessante Faktoren.«

Am 25. März sprach der Ermittlungsbeamte schließlich mit der Stationsschwester Pat Belko. Wie die anderen erklärte Belko, daß sie zum ersten Mal im Herbst 1981 Gerüchte über Todesfälle bei Kindern gehört hatte. Der Ermittlungsbeamte erinnert sich, daß »sie, was Jones betraf, sehr defensiv schien und uns vorwarf, daß wir keine Befragungen durchführten, die Jones unterstützten«. Zu Beginn verneinte Belko, daß Schwester Eva Diaz nach einer Auseinandersetzung mit Jones von der Intensivstation versetzt worden war, sondern behauptete, daß Diaz nicht von der Arbeit auf der Intensivstation an sich ausgeschlossen worden sei; sie erklärte, daß »es aufgrund der Arbeitsbedingungen und der Spannungen auf der Station besser war, daß Jones und Diaz getrennt wurden«.

Am 30. März erschien die neunzehnjährige Bonnie Gunderson, die zusammen mit Jones und Holland in dem Haus in der Nixon Lane gelebt hatte, vor Sutton, Rothe und der Anklagejury von Kerr County. Die erste Stunde ihrer Anhörung verlief im großen und ganzen harmlos, aber dann gab sie der Anklagejury einige provozierende Antworten.

Als Rothe meinte, daß es »sehr seltsam« sei, daß es zu so vielen Vorfällen in der Praxis gekommen war, als Jones sich dort aufhielt, stimmte Gunderson zu und spekulierte, daß Genene Notfallsituationen möglicherweise herbeigeführt habe, weil »sie jemand darstellen wollte«. Dann nahm die Befragung eine merkwürdige Wendung, als Bonnie sechs Séancen ins Gespräch brachte, welche die Helferin der Praxis, Judith Johnston, angeblich für Genene und ihre Freunde durchgeführt hatte. »Zweimal wurden Tarotkarten verwendet«, erklärte sie, »und viermal ein Ouijabrett.« Gunderson sagte, daß sie nicht selbst an diesen Sitzungen teilgenommen hatte, sondern statt dessen Jones' Kinder zu einer Nachbarin begleitet hatte, um dort fernzusehen und sich zu unterhalten. Dennoch konnte sie diese angeblichen Sitzungen in allen Einzelheiten beschreiben, behauptete, daß das Licht ausgeschaltet und dafür Kerzen angezündet wurden und daß die Teilnehmer, sich an den Händen haltend, im Kreis saßen. Der Zweck dieser Sitzungen, behauptete Bonnie unbekümmert vor den ungläubigen Anwälten, Detektiven und Geschworenen, sei gewesen, »Geister zu rufen, die sich dann mit den toten Babys unterhielten«.

Eine solche Geschichte konnte nicht geheimgehalten werden. Innerhalb weniger Tage brachten die Zeitungen Schlagzeilen wie ›Angebliche Hexerei‹ und ›Hexerei im Fall der toten Babys bestritten‹.

Der Ermittlungsbeamte befragte später Kathleen Holland

wegen dieser angeblichen Séancen und, wie erwartet, bestritt Kathleen entschieden, daß es je dazu gekommen sei. Sie gab zu, daß Judith und Genene ein paarmal mit einem Ouijabrett gespielt hatten, aber nur »zur Unterhaltung«. Den Rest von Bonnies Geschichte beschrieb sie jedoch als »völligen Blödsinn – eine reine Fantasterei«.

In der zweiten Märzhälfte förderte der Oberstaatsanwalt von Kerrville eine zweite faszinierende Entwicklung zutage. Sutton hatte einen Pathologen gefunden, der bei dem einzigen anderen Mordfall, bei dem Suxamethoniumchlorid verwendet worden war, an den Untersuchungen teilgenommen hatte: Dr. Frederic Reiders aus Philadelphia. Reiders hatte Sutton auf einen zweiten Wissenschaftler, Dr. Bo Holmstedt, aufmerksam gemacht, einen Schweden, der vor dreißig Jahren bei der Entwicklung von Suxamethoniumchlorid mitgewirkt und angeblich eine neue Möglichkeit entwickelt hatte, das nicht nachweisbare Medikament aufzuspüren.

Obwohl diese Information Suttons Interesse erweckte, warnte Reiders den Staatsanwalt, daß die Möglichkeit, die Verwendung dieses Mittels bei Chelsea McClellan nachzuweisen, äußerst gering war. Reiders erklärte, daß die meisten Lösungen, die von Pathologen zur Aufbewahrung von Gewebeproben verwendet wurden, Holmstedts geplanten Test unwirksam machten. Möglicherweise ließen sich Chelseas Gewebeproben gar nicht testen. Aber selbst wenn dies möglich sein sollte, hatte Sutton wahrscheinlich Pech: Chelsea war bereits vor sechs Wochen beerdigt worden, und Reiders machte Sutton wenig Hoffnung, daß durch eine Exhumierung neue Gewebeproben gewonnen werden konnten. Der Staatsanwalt konzentrierte seine Hoffnungen ganz auf die Gewebeproben, die von Severance & Associates, dem Pathologen-Team, das Chelseas Autopsie durchgeführt hatte, aufbewahrt wurden.

In der Zwischenzeit überprüfte der Ermittlungsbeamte Bonnie Gundersons sensationelle Berichte über Séancen und Hexerei. Da er Judith Johnston, welche die Aussage bestätigen oder widerlegen sollte, nicht ausfindig machen konnte, vereinbarte er einen Termin mit ihrem Ex-Ehemann, der von Judith mit liebevoller Toleranz sprach. Die Ehe war nach mehreren Monaten gescheitert, da sich die beiden nicht über moralische Fragen einigen konnten. »Judith meditierte«, berichtete er, »und glaubte an die Lehren der Eckankar-Gruppe.« Er verstand Eckankar als eine verschwommene Lebensphilosophie, welche die Bedeutung der biblischen Lehren heruntergespielt und für die Freiheit von moralischen Vorschriften eintritt.

Zielstrebig ließ der Ermittlungsbeamte sich aus Austin eine der vielen Akten schicken, die der Staat dort über verschiedene kleine religiöse Organisationen oder Sekten aufbewahrt. Aus der Akte ging hervor, daß Eckankar eine Gesellschaft mit Hauptsitz in Las Vegas, Nevada, ist. Sie tritt für die Philosophie eines völlig freien Geistes ein und für den Glauben, daß das Böse nicht existiert. Der Ermittlungsbeamte schlug im Telefonbuch eine örtliche Niederlassung nach und besuchte am Dienstag, den 12. April, sogar eine Versammlung der Vereinigung, bei der neue Mitglieder gewonnen werden sollten.

»Der Verfasser schien der einzige Neue zu sein«, vermerkte er in seinem Notizbuch; »vier Anwesende, einschließlich des Leiters der örtlichen Gruppe, eines älteren Mannes um die Siebzig; intelligent, erfahren und in kosmischen Fragen bewandert.« Der vierzigminütige Vortrag über die Lehren von Eckankar, der vor und nach einem Einführungsfilm über den Hintergrund des Mannes, der die Gruppe landesweit gegründet hatte, von dem Leiter gehalten wurde, schien dem Ermittlungsbeamten flüssig und überzeugend. Er notierte, daß die Eckankar-Philosophie besagt, die Wahrheit liege nur im einzelnen begründet, der sie in sich selbst findet.

»Kein Anzeichen für geheimnisvolle oder finstere Vorgänge«, schloß er, »kein Versuch, etwas zu verkaufen: die Betonung lag darauf, daß die individuelle Wahrheit aus dem Innern kommt... Die Gegenwart ist entscheidend. Keine Diskussion über Preis oder Kostenfaktor.«

Die Versammlung schien die Neugier des Ermittlungsbeamten, was metaphysische Dinge betraf, für die Dauer der Ermittlung gestillt zu haben. »Dank Bonnie Gundersons Aussage hatten die Ereignisse für eine Weile einen ziemlich okkulten Beigeschmack angenommen«, erinnert sich der Ermittlungsbeamte. »Séancen, Hexerei, Ahnungen, Außerirdische, Telepathie. Die Presse hat großen Wirbel darum gemacht. Für mich war es nur ein Blickwinkel unter vielen, der überprüft werden mußte. Ich kam zu dem Schluß, daß die Eckankar-Sache keine besondere Bedeutung hatte.«

Mitte April 1983 lagen den Ermittlungsbeamten von San Antonio fünfunddreißig schriftliche Aussagen oder Tonbandaufnahmen (fünfundvierzig weitere waren geplant) und die Niederschriften von fünfundzwanzig Aussagen vor der Anklagejury vor. Man bereitete Ablaufdiagramme vor, damit wichtige Informationen von anderen, die sich mit den Tatsachen und Persönlichkeiten in diesem Fall nicht so gut auskannten, leicht aufgefunden werden konnten.

Unzählige Ärzte und Schwestern hatten inzwischen Jones' Verhalten unter verschiedenen Umständen als merkwürdig, hysterisch, allzu energisch, herabsetzend und falsch beschrieben. Die Ermittlungsbeamten hatten den Eindruck, daß sie möglicherweise Erregung suchte und im Mittelpunkt stehen wollte.

Dem Ermittlungsbeamten zufolge enthielten die immer stärker anwachsenden Akten über die Todesfälle auch eine große Zahl von Informationen, die darauf hinwiesen, daß die Krankenhausverwaltung es versäumt hatte, rechtzeitig auf Beschwerden der Angestellten über unklare Todesfälle und fragwürdige Behandlungsmethoden auf der Intensivstation zu reagieren.

Am 19. April heiratete Genene Jones den neunzehnjährigen Garron Turk, der gerade die Highschool absolviert hatte. Sie hatten sich im März im Park-Plaza-Schwesternheim in West Texas City außerhalb von San Antonio kennengelernt, wo Genene Aushilfen darin unterrichtete, Patienten beim Umkleiden zu helfen, ihre Betten zu machen und sie zu baden. Garron war einer ihrer Schüler gewesen. James Loudermilk, Besitzer des Schwesternheims, sagte über Genene: »Sie wirkte sehr freundlich und gewissenhaft und war sehr um das Wohlergehen der Patienten besorgt. Außerdem möchte ich darauf hinweisen, daß sie nichts mit der Pflege der Patienten zu tun hatte. Nicht hier.«

Garrons Stiefvater, Jay Chatham aus Odessa, bemerkte nichts von der stürmischen Beziehung der Jungverheirateten. »Seine Mutter und ich waren bei der Hochzeit nicht anwesend«, sagte er, »wir hatten keine Ahnung.« Über Genene hatte er nichts zu sagen. »Ich habe diese Frau nur ein einziges Mal mit eigenen Augen gesehen und meinem Stiefsohn zuliebe werde ich nichts sagen.«

Am letzten Apriltag trafen sich Kathleen, Charleigh, ihre Helferin – Kathy Marshall – und die Freundin, die Kathleen die Bibel geschenkt hatte, mit einem Kleinlaster, Kisten und Kreppband vor der Praxis. Kathleen und ihre Mannschaft machten sich daran, die Praxis auszuräumen, während der Vermieter sich im Hintergrund herumtrieb. Um die Mittagszeit kam ein Reporter vorbei, um zu sehen, ob Dr. Holland bereit war, ein paar Fragen zu beantworten. Obwohl Kathleen das Interview ablehnte, blieb er und half beim Umzug. Am Abend war Kathleens Praxis bis auf einen einzigen Stuhl leer geräumt.

»Ich ging hinein, um den Stuhl zu holen«, erinnert sich Kathleen, »und sah mich um – alles war weg. Ich setzte mich hin und weinte. Ich hatte das Gefühl, daß ich verloren hatte.«

Anfang Mai wurde Bonnie Gunderson – die sich mit ihrem neugeborenen Sohn Travis wieder Genenes Haushalt angeschlossen hatte – nach dem Abendessen sehr übel. Sie erlitt einen Krampf. Ihre Gastgeberin mußte sie in dieselbe Notaufnahme bringen, in der schon ein paar Wochen zuvor der kleine Travis wegen eines plötzlichen Atemstillstands behandelt worden war.

In der Zwischenzeit hatte Sutton erfreuliche Nachrichten

von Dr. Reiders erhalten: Dr. Holmstedt, der schwedische Wissenschaftler, der weltweit als einziger Spuren von Suxamethoniumchlorid in einem Leichnam nachweisen konnte, hatte zugestimmt, Sutton bei seiner Untersuchung zu helfen. Sutton war hocherfreut. »Er war teuer«, erklärte er, »aber ich dachte mir, wenn man mit jemand über das Neue Testament reden will und Christus in der Nähe ist, muß man sich an ihn wenden.«

Reiders hatte jedoch auch schlechte Nachrichten. Die chemische Lösung, in der die Gewebeproben von Chelsea aufbewahrt wurden, war mit Holmstedts Tests nicht vereinbar. Wenn der Schwede die Tests durchführen sollte, brauchte er neue Proben.

»Das Schlimmste an der ganzen Sache war für mich, daß ich diese armen Leute darum bitten mußte, ihre Tochter ausgraben lassen zu dürfen«, erinnerte sich Sutton. »Ich habe es nicht gern getan, aber es mußte sein.«

Zögernd stimmten Reid und Petti zu. Am 7. Mai, einem Samstag, wurde Chelseas Grab um 8 Uhr 30 geöffnet. Zwanzig Minuten später wurde der Sarg herausgehoben. Die Exhumierung wurde von Dr. Vincent DiMaio und Dr. Frederic Reiders durchgeführt. Dr. Theodore Boyce vom Gesundheitsamt assistierte. Sie waren um 9 Uhr 45 fertig. Der Körper war noch sehr gut erhalten.

Reiders brachte die neuen Gewebeproben in Trockeneis verpackt nach Philadelphia. Am nächsten Abend nahm er das Flugzeug nach Europa.

Sieben Tage lang wartete Sutton ungeduldig auf eine Nachricht aus Schweden. »Ich glaube, es war am 15. Mai«, erinnert er sich, »so gegen 6 Uhr 30 oder 7 Uhr morgens. Ich saß gerade in der Badewanne. Seitdem Reiders losgeflogen war, fühlte ich mich wie ein Kind vor Weihnachten. Das Telefon klingelte und... Ich hatte das Telefon bei mir im Badezimmer, denn ich ging nie irgendwo ohne Telefon hin. Ich lag also in der Wanne, es klingelte und eine ausländische Telefonistin sagt: ›Da ist ein Anruf aus Schweden für Sie‹, und ich spritze wie verrückt mit dem Wasser um mich.«

Dr. Holmstedt hatte Suxamethoniumchlorid gefunden.

In San Antonio setzte die Anklagejury ihre Untersuchung der Ereignisse im Medical Center Hospital fort. Am 19. Mai wurde schließlich Pat Belko in den Zeugenstand gerufen. Der Ermittlungsbeamte erinnert sich, daß »sie von Anfang an empfindlich auf Fragen reagierte, die sich damit befaßten, warum es zwei Schwestern der Abteilung gewesen waren, die versucht hatten, herauszufinden, was zu den zahlreichen Todesfällen geführt hatte. Nach knapp dreißig Minuten bat Belko, ihren Anwalt sprechen zu dürfen, und die Befragung wurde unterbrochen.«

In derselben Woche erhielt Kathleen einen Anruf von Jack Leon. Die Jury in Kerrville wollte sie für den 25. Mai erneut vorladen. Leon skizzierte die Strategie für seine Klientin. »Wir werden es diesmal genauso handhaben wie beim ersten Mal – berufen Sie sich auf Ihr Aussageverweigerungsrecht.«

Kathleen sträubte sich. Sie wußte, daß ihre Freunde und Nachbarn in Kerrville annehmen würden, daß sie etwas zu verbergen hatte. »Jack, das kann ich nicht. Nachdem diese Sache in San Antonio so viel Staub aufgewirbelt hat, muß ich jetzt meine Geschichte erzählen, sonst macht mich diese Sache völlig fertig.«

Leon rückte nicht von seiner Forderung ab. »Das können Sie nicht riskieren, ich lasse es nicht zu.«

Kathleen quälte sich einige Tage, bevor sie ihren Anwalt für ärztliche Kunstfehler, Dick Wiles, anrief. Er war zu einem Freund geworden, dem sie vertraute und dessen Rat sie schätzte. »Sagen Sie mir, ob ich die Sache falsch sehe«, bat sie, »ich brauche Hilfe bei dieser Entscheidung.«

Wiles zögerte und teilte ihr dann seine ehrliche Meinung mit: »Ich spreche jetzt als Freund zu Ihnen, nicht als Anwalt. Ich meine, Sie sollten es riskieren. Wenn man Sie anklagt, klagt man Sie eben an, aber es wird Sie umbringen, wenn Sie nur herumsitzen. Immerhin besteht die Möglichkeit, daß Sie sich entlasten.«

Als Leon erfuhr, daß Kathleen beschlossen hatte, zu reden, erklärte er ihr, daß sie eine Erklärung unterzeichnen müsse, die bestätigte, daß sie entgegen seinem Rat aussagte. Damit war Kathleen einverstanden; sie würde ihre Meinung nicht ändern.

Am Abend vor ihrer Vorladung versuchte Charleigh sie von ihrem Vorhaben abzubringen. »Schließlich zahlst du diesen Anwälten eine Menge Geld, und du solltest ihren Rat befolgen.« Kathleen hielt an ihrer Entscheidung fest. Nach einer schlaflosen Nacht traf sie sich am nächsten Morgen mit ihren Anwälten. Leons Mitarbeiter Bayless war aus San Antonio gekommen und brachte die Erklärung mit, die Kathleen unterzeichnen sollte. Dick Wiles war ebenfalls aus Kerrville gekommen, um den Tag mit Kathleen im Gericht zu verbringen und ihr moralische Unterstützung zu geben.

Den ganzen Morgen und den ganzen Nachmittag warteten sie auf Kathleens Auftritt. Sie wurde erst um 16 Uhr aufgerufen.

»Als ich mit meiner Aussage begann«, erinnert Kathleen sich, »bombardierte Ron Sutton mich nur so mit Fragen. Er schien mir sehr feindlich gesinnt. Wenn ich versuchte, einige Hintergrundinformationen oder eine vollständige Antwort zu geben, zeigte er sich frustriert. Er wurde ungeduldig und verdrehte die Augen. Er unterbrach mich, seufzte dann und ließ mich fortfahren. Er war ganz offensichtlich frustriert.

Irgendwann in der zweiten Stunde verschwand die Feindseligkeit plötzlich. Ron begann, sich die Antworten anzuhören. Ich glaube, er spürte, daß ich mich ernsthaft bemühte, ihm die Informationen zu geben, die er brauchte. Als ich um 18 Uhr den Raum verließ, hatte ich das Gefühl, daß man mich nicht anklagen würde – daß ich die richtige Entscheidung getroffen hatte.«

Als Kathleen schließlich den Saal verließ, hakten sich Sam Bayless und Dick Wiles zu beiden Seiten bei ihr ein und geleiteten sie durch das Gedränge von Reportern, die alle eine Aufnahme machen oder ein paar Worte hören wollten. Die drei sagten nichts, bis einer der Journalisten rief: »Stimmt es, daß Ihrer Klientin Immunität gewährt wurde?«

Bayless hielt inne und sagte mit Entschiedenheit: »Meine Klientin *braucht* keine Immunität.«

Als Sutton an diesem Abend das Gericht verließ, hatte er andere Dinge im Kopf. Am vorhergehenden Tag hatte ein Polizeispitzel Sutton angerufen, um ihm mitzuteilen, daß Genene, die über eine Woche verschwunden gewesen war, wieder aufgetaucht war – im Haus eines Verwandten ihres jungen Ehemannes. Sutton, der Angst hatte, daß Genene untertauchen würde, beschloß, seine Verdächtige festnehmen zu lassen. Kurz bevor Kathleen mit ihrer Aussage begann, erteilte er den Polizeibeamten Bob Favor und Maurice Cook von den Texas Rangers in Midland den Befehl, sie festzunehmen. Wahrscheinlich waren Genene und ihr Mann in einem silberblauen Fort Ranger mit dem texanischen Kennzeichen SV 6772 unterwegs.

An diesem Abend parkten Favor und Cook vor einem bescheidenen Haus in Odessa, Texas, das nur zwanzig Meilen von der mexikanischen Grenze entfernt lag. Als sie sich dem Gebäude näherten, bemerkten sie einen silberblauen Kleinlaster, dessen Motorhaube unter der halb geschlossenen Garagentür hervorschaute. Der Laster schien mit einem Bett und mehreren Kisten persönlicher Habe beladen zu sein.

Die Beamten klopften an die Tür, wiesen sich aus und fragten, ob Genene Ann Jones zu Hause sei.

»Ja«, antwortete eine junge Frau und machte die Tür weiter auf, »kommen Sie herein. In diesem Haus herrscht mehr Spannung, als Sie sich vorstellen können.«

»Nach dem üblichen Gejammer und Zähneknirschen nahmen wir sie fest«, erinnerte sich Favor später.

In der ersten Nacht der Untersuchungshaft im Ector-County-Gefängnis kam es bei Genene Jones zu Blutungen. Sie erklärte dem Wachpersonal, daß sie aufgrund des Schocks wegen der falschen Verhaftung eine Fehlgeburt erlitten habe.

Am nächsten Morgen sagte William Chenault, Genenes Anwalt, vor der Presse: »Sie wurde in einer Zelle mit mehreren anderen Frauen untergebracht, und ich glaube, fünf oder sechs haben sie zusammengeschlagen. Es war keine sehr angenehme Erfahrung.«

Captain George Olesh vom Ector-County-Gefängnis widersprach beiden Geschichten. Er erklärte, daß Genene die ganze Nacht über allein in einer Zelle verbracht habe. »Wenn wir Gefangene für einen anderen Distrikt haben, versuchen wir, sie getrennt unterzubringen. Bei der Blutung handelt es sich um ihre normale Menstruation.«

Noch am selben Tag fuhr der Polizeibeamte Joe Davis nach Odessa, um Jones abzuholen und sie zurück nach Kerrville zu begleiten. Unterwegs beklagte Genene sich bei Davis über ihre Fehlgeburt. »Es war alles Suttons Schuld«, erklärte sie, »sagen Sie ihm, daß wir jetzt quitt sind.«

»Das war die einzige Aussage von ihr«, sagte Sutton, »die einem Eingeständnis nahe kam.«

Kathleen Holland

Den emotionalen Tiefpunkt hatte ich wahrscheinlich in der Nacht vor meinem zweiten Auftritt vor der Anklagejury erreicht. Ich glaube, ich war noch nie so sehr am Boden wie damals. Aber es gab andere Zeiten, zu denen ich mich am Schopf packen und mir sagen mußte: »Du mußt jetzt mutig sein; du hast keinen Grund, vor etwas wegzulaufen.«

Ein Jahr später wurde ich im Fernsehen interviewt, und man fragte mich: »Warum sind Sie geblieben? Warum sind Sie nicht woanders hingegangen?«

Und ich sagte dasselbe: »Ich mußte vor niemand weglaufen.«

Ich wußte, daß ich mir nichts hatte zu Schulden kommen lassen, und ich hatte das Gefühl, daß die anderen dies schließlich auch erkennen würden, wenn ich nur lang genug ausharrte.

Haben Sie das Gefühl, daß dies klar geworden ist?

(Lange Pause) Nein, eigentlich nicht. Teilweise liegt es daran, daß Kerrville eine Kleinstadt ist. Die Leute hier lesen vorwiegend die Lokalzeitung, und nach der richten sie sich. Ich kann es zwar nicht beweisen, aber ich hatte das Gefühl, daß alle negativen Schlagzeilen über mich auf der ersten Seite der Zeitung erschienen und die *positiven* Dinge nur auf der letzten Seite. Wissen die Leute in Kerrville also Bescheid? Vielleicht heute mehr als gleich nach der Verhandlung trotz all der Publicity, welche die Verhandlung umgab. Meine Patienten setzen sich für mich ein. Es gibt Mütter, die mir ihre Kinder bringen (einige von ihnen waren von Anfang an meine Patienten) und die sich für mich eingesetzt und buchstäblich für mich gekämpft haben.

Was haben Sie aus der Sache gelernt?

Daß ich stärker bin, als ich geglaubt habe. Mein Selbstvertrauen wuchs, als ich meinen Glauben an Gott wieder entdeckte. Ich glaube, das hat mir wirklich Mut gegeben. Ich mußte nicht nur gegen die Menschen in meiner Umgebung ankämpfen, die mich für schuldig hielten, sondern auch gegen Menschen, die mir nahestanden und mir rieten wegzulaufen. Ich fühlte mich in meiner Entscheidung bestärkt, nachdem ich begonnen hatte, die Bibel zu lesen.

Ich habe auch gelernt, besser zwischen den Zeilen zu lesen. Hauptsächlich meine ich damit die Reaktion des Krankenhauses. Ich hätte etwas ahnen müssen, als alle Schwesternhelferinnen die Intensivstation verlassen mußten, weil angeblich der Standard gehoben werden sollte.

Vertrauen Sie anderen jetzt weniger?

(Lange Pause) Vielleicht nicht weniger, aber nicht so schnell. Ich glaube, es wäre nicht gerecht, weniger zu vertrauen – ich hätte ein ungutes Gefühl dabei. Es hängt davon ab, wem man Vertrauen schenkt und wann. Vielleicht brauche ich heute einfach mehr Beweise, bevor ich sage »Ja, okay«.

Sind sie zynischer geworden?

Ja und nein. Ich glaube... Ich weiß nicht recht – das ist eine schwere Frage. Ich glaube, in mancher Hinsicht bin ich zynischer geworden, aber ich glaube, ich mische meinen Zynismus mit Humor. Ich könnte nicht als zynischer Mensch leben.

Bedauern Sie irgend etwas?

Ich bedaure, daß ich das glaubte, was man mir sagte, und daß ich nach diesen Informationen meine Entscheidung traf. Ich bedaure, daß ich Genene hierher geholt habe.

Und ich bedaure, daß Chelsea gestorben ist.

Viertes Kapitel

Die Wahrheit ist nicht umwandelbar. Die Panik mag ihr dies übelnehmen, die Unkenntnis mag sie verspotten, die Bosheit mag sie verdrehen, aber sie ist dennoch da.

Sir Winston Churchill

»Als ich Ron zum ersten Mal traf«, erinnert sich der Ermittlungsbeamte, »fragte ich ihn: ›Sind Sie damit einverstanden, daß ich mich um diesen Fall kümmere?‹ Und er sagte: ›Natürlich, es ist Ihr Fall.‹ Das war großartig. Ich mag solche Leute. Das hieß nicht, daß ihm die Sache egal war, aber er vertraute mir.

Die Leute aus dem Hill Country sind wahrscheinlich die großartigsten Leute der Welt. Wenn sie einen einmal akzeptiert haben, sind es wirklich großartige Leute. Sie waren freundlich. Sie wußten, warum ich da war. Sie haben sich unter diesen Umständen ganz richtig verhalten. Die Vorfälle hier in Kerrville waren nicht auf irgendwelche Aktionen oder Unterlassungen des Krankenhauses zurückzuführen. Ganz anders als hier in San Antonio. Dort oben gab es niemand, der nicht behilflich war. Es gab einige Befürchtungen: die Leute betrachten die Kriminalpolizei als eine Art – vielleicht als eine Bedrohung. Das Element der Angst spielt eine Rolle. Aber es sind sehr realistische Leute, und die meiste Zeit über kann man sehr gut mit ihnen arbeiten. Der wichtigste Faktor, was ihre Zusammenarbeit betraf, ist meiner Meinung nach, daß sie nicht das Gefühl hatten, etwas verbergen zu müssen.«

Während die Untersuchung in San Antonio ihren Fortgang nahm, wurde der Skandal immer größer. Die Mitarbeiter der Krankenhausverwaltung im County wurden immer unruhiger. Um der negativen Publicity entgegenzuwirken, gaben die medizinische Fakultät und das Krankenhaus regelmäßig Berichte an die Presse heraus und machten auf ›Verbesserungen der letzten Zeit, steigende Nachfrage nach Dienstleistungen und neue medizinische Talente‹ im Medical Center aufmerksam.

Dr. William Thornton, Vorsitzender des Bexar-County-Krankenhausdistrikts, fand sich in der Rolle des inoffiziellen Sprechers in dieser Angelegenheit wieder und wurde oft um Stellungnahmen gebeten. Er betrachtete es als die Pflicht seines Büros, darauf zu antworten.

Im Mai sagte er: »Wir wurden Anfang 1982 auf die Probleme der Intensivstation aufmerksam, aber es gab nie einen Hinweis auf kriminelle Handlungen von irgendeiner Seite.« Im August beklagte er sich, daß die Ermittlungen wie eine schwere, schwarze Wolke über dem Krankenhaus hingen und die Moral der Angestellten niederdrückten. Immer wieder betonte Thornton, daß das Medical Center eine gute Einrichtung sei, und trotz der negativen Schlagzeilen, die sich aufgrund der Untersuchung der Anklagejury auf die Klinik konzentrierten, war die Zahl der Patienten, die in den letzten Monaten eingeliefert worden waren, gestiegen.

»Wir haben uns den Problemen immer gestellt«, sagte Thornton, »und wir haben Schritte unternommen, um sie zu lösen. Wir haben nichts verheimlicht.«

Notiz des Ermittlungsbeamten:
105. Tag, Donnerstag, 2. 6. 83

Erhielt Anruf von Rechtsanwalt Sharp, der meinte, daß eine Anklage gegen Jones nicht haltbar sei. »Ich möchte nicht, daß irgend jemand, der Babys absichtlich Schaden zugefügt hat, frei herumläuft, aber hier scheint es keine Beweise zu geben.« Hat alles getan, um Ärzte vom Büro des Staatsanwalts befragen zu lassen und hat mit allen gesprochen, die von den Ermittlungsbeamten befragt wurden, sieht aber dennoch keine Indizienbeweise, die

Jones mit Körperverletzungen oder Todesfällen in Zusammenhang bringen.

Sharp erklärte auch, daß er jetzt *alle* Ärzte und Assistenzärzte im MCH vertritt und daß von nun ab Ärzte nur in seinem Beisein befragt werden dürfen. Habe Sharp mitgeteilt, daß diese Ärzte keine Verdächtigen sind, sondern nur Zeugen, und daß festgestellt werden soll, ob sie Informationen besitzen, die für die Untersuchung wichtig sind. Sharp wiederholte seine Position, woraufhin der Verfasser erklärte, daß er dies nicht akzeptieren würde. Dann teilte Sharp mit, daß der Verfasser nicht zu der für 8 Uhr 30 angesetzten Befragung von Dr. Filmore* zu kommen brauche, da dieser nicht da sein werde.

In der ersten Juniwoche erklärte Bonnie Gunderson dem Ermittlungsbeamten, daß sie ihm keine weiteren Informationen über Jones geben könne und in keiner Verhandlung mehr aussagen würde. Sie hatte einen anonymen Anruf von einem Mann erhalten, der sie bedroht hatte: »Wenn du aussagst, bist du dran.«

Am 14. Juni setzte sich eine ehemalige Klassenkameradin von Jones mit dem Büro des Staatsanwalts in Verbindung, um einige positive Aussagen über Genene und ihre Vergangenheit zu machen. Suzanne Hubert kannte Genene seit 1965 und erinnerte sich, daß sie immer offen, gesellig und gut gelaunt gewesen war.

Suzanne wußte nur von einem dunklen Flecken in Genenes Vergangenheit – ein Ereignis, das ihrer Freundin großen Schmerz verursacht hatte. Nachdem Genene die Highschool abgeschlossen hatte, war sie freiwillig im Methodist Hospital, einer Privatklinik nahe dem Medical Center, tätig gewesen. Jones hatte Hubert berichtet, daß sie an jenem Tag im Krankenhaus gewesen war, als ein Krankenwagen ihren jüngeren Bruder einlieferte, der infolge der Explosion einer selbst gebastelten Bombe starb.

Nachdem Genene aus Tennessee zurückgekehrt war, unterhielten Suzanne und ihr Mann etwa vier oder fünf Jahre Kontakt zu Genene und ihrem Mann; sie trafen Genene auch weiterhin nach ihrer Scheidung. Obwohl der Kontakt seltener wurde, hörte Hubert immer wieder von ihrer Freundin, auch als sie auf der Intensivstation des Medical Center arbeitete. Die einzige Veränderung, die Suzanne in dieser Zeit wahrnahm, war, daß Genene ständig müde, ja erschöpft zu sein schien. »Ich kann über Genene nur sagen, daß sie ein wunderbarer Mensch ist. Sie war immer eine sehr gute Freundin, und ich kann es einfach nicht glauben, daß sie irgend jemand ein Leid zufügen könnte.«

NOTIZ DES ERMITTLUNGSBEAMTEN:
130. TAG, MONTAG, 27. 6. 83

Beträchtliche Schwierigkeiten, Erklärungen von verschiedenen Schwestern zu erhalten. Der Begriff ›Schikane‹ wird für die Bemühungen des Ermittlungsbeamten verwendet, der versucht, wahrheitsgemäße Erklärungen für verschiedene Punkte in bezug auf das Hintergrundwissen einiger Schwestern der Intensivstation zu erhalten. Schwester Hollenbeck* reagierte emotional und brach zweimal bei relativ kurzen Befragungen in den letzten Tagen in Tränen aus.

War heute im Norden in Kerr County bei der Anhörung über Jones' Kaution. Sutton ließ die Sache hochgehen – er enthüllte, daß sie beabsichtigte, ihn umbringen zu lassen.

Am Morgen des 27. Juni machte William Chenault eine Eingabe, um die Kautionssumme für seine Klientin von 225000 $ auf 45000 $ zu reduzieren, damit er sie aus dem Gefängnis in Kerrville, in dem sie seit über einem Monat in Untersuchungshaft saß, frei bekommen konnte. Während der Anhörung vor Richter Murray Jordan im Gericht von Kerrville eskalierte die unterschwellige Fehde zwischen Sutton und Jones.

Sutton verhörte Genene im Zeugenstand. »Was würden Sie tun, wenn Sie aus dem Gefängnis frei kämen?«

»Ich würde mich auf den Kampf mit Ihnen vor Gericht

vorbereiten«, antwortete Jones. Sie hielt die Beine überkreuzt und hatte die Hände gefaltet.

»Sie würden nicht versuchen, einen Job zu bekommen?«

»Nein, das wäre nicht möglich, und das habe ich Ihnen und all dieser Publicity zu verdanken.«

»Was Sie wirklich planen, ist doch, mich um die Ecke bringen zu lassen?«

»Ich weiß nicht, was Sie meinen.«

»Sie haben gerade gesagt, daß Sie das Gefängnis verlassen wollen, um gegen mich zu kämpfen. Wußten Sie, daß von einem Mr. Howard Lennon* Vorbereitungen getroffen wurden, mich zu töten, weil ich Sie wegen Mordes anklage?«

Alle Augen im Gerichtssaal waren auf Genene gerichtet. Beschuldigungen, einen Mord zu planen, hörte man nicht oft bei einer Anhörung wegen Kaution.

»Nein, Sir«, erwiderte Genene schockiert. Sie wandte sich an Richter Jordan und protestierte. »Das ist unglaublich.«

»Wo waren Sie am Nachmittag des 25. Mai?« fuhr Sutton fort.

»Ich besuchte die Abschlußfeier meines Mannes in der Highschool.« Jones deutete auf Garron, einen schmalen, jungen Mann mit blasser Hautfarbe, dessen hellblauer Anzug auf sein rotes Haar abgestimmt zu sein schien. Er saß in der ersten Zuschauerreihe.

»Und in der Woche vor Garrons Abschluß«, fragte Sutton Genene, »haben Sie sich da nicht versteckt gehalten mit der Absicht, sich aus dem Staub zu machen?«

»Das ist einfach lächerlich. Ich habe mich nicht versteckt. Ich machte mit meinem Mann Flitterwochen in Colorado.«

»Und Sally Benkert?« fügte Sutton hinzu.

»Ja, sie war auch dabei.«

»Gemütlich.«

»Sally kam mit, um sich den Arbeitsmarkt dort anzusehen – genauso wie ich.«

»Entspricht es nicht den Tatsachen, daß Sie Garron Turk geheiratet haben, damit Sie mit neuem Namen nach Colorado verschwinden konnten, und niemand wissen würde, wer Sie eigentlich sind?«

»Nein, Sir.«

»Entspricht es nicht den Tatsachen, daß Sie, bevor Sie von Chelseas Exhumierung lasen, gegenüber Freunden zuversichtlich gesagt haben, daß diese Untersuchung im Sande verlaufen würde?«

»Nein, Sir«, antwortete Jones mit zusammengekniffenen Lippen.

Richter Jordan lehnte Chenaults Antrag ab. Am nächsten Tag übergab Genenes Adoptivmutter Gladys 10000 $ und eine Hypothek auf ihr Haus an das Kautionsbüro, um die 225000 $ für Genenes Freilassung aufzubringen.

Sutton wurde von Reportern gefragt, ob er sich wegen Genenes Entlassung Sorgen machte. Er erwiderte: »Das Kautionsbüro sollte sich Sorgen machen.«

Am 13. Juli, einem Mittwoch, erschien B. H. Corum vor der San-Antonio-Anklagejury, die sich bereits seit sechs Monaten mit dem Fall beschäftigte. Corum sagte aus, daß er am 10. November 1981 zum ersten Mal von den Problemen auf der Intensivstation gehört hatte. Dr. Franks hatte Corum mitgeteilt, daß Genene Jones' Name häufig im Zusammenhang mit den Todesfällen genannt wurde. Corum erklärte vor den Geschworenen, daß er seinen Verwaltungsassistenten John Guest beauftragt hatte, mit Virginia Mousseau und Dr. Franks Kontakt aufzunehmen, um zu erfahren, was vor sich ging.

John Guest erschien auch vor der Anklagejury und bestätigte im großen und ganzen Corums Aussage. Guest erklärte, daß Franks keine Beweise für ein Verbrechen habe finden können. Auf der Sitzung am 25. Januar habe er nach den Vorfällen mit den Kindern Santos und Zavala außerdem den Rechtsanwalt Paul Green gefragt, ob das Krankenhaus die Behörden unterrichten solle. Er berichtete, daß Green zu dem Schluß gekommen sei, daß die Informationen dazu nicht ausreichten.

Dr. Franks trat an diesem Tag als letzter Zeuge auf. Er erklärte, daß es unter dem Pflegepersonal eine neue Theorie für den Santos-Vorfall gab. Man spekulierte, daß eine Teilzeitkraft eine Flasche Heparin mit einer Flasche Ampicillin verwechselt haben mußte, so daß die starke Überdosis zufällig verabreicht wurde. Franks gab zu, daß es ihm schwerfiel, diese Erklärung zu akzeptieren.

Ende Juli erhielten die McClellans beunruhigende Anrufe von Unbekannten, die ihnen neugierige und feindselige Fragen stellten. Sie ließen sich eine andere Telefonnummer geben, brachten einen anderen Namen an ihrem Briefkasten an und beauftragten die Post, nur solche Briefe auszuliefern, die den Code-Namen trugen. Auch Kathleen erhielt weitere Anrufe, die sie als drohend empfand, obwohl sie nicht mehr so häufig waren. Anfang August jagte ihr ein Anruf besondere Angst ein. Eine männliche Stimme sagte, als sie ihren Anrufbeantworter abhörte: »Ist diese Schlampe noch immer in der Stadt und bringt Babys um?«

Am 7. August berief Jones eine Pressekonferenz ein und erzählte den Journalisten, daß sie »Angst habe, aber bereit sei«, die bevorstehende Verhandlung in drei Wochen durchzustehen. »Die Verhandlung kann nicht schnell genug für mich kommen. Ich möchte die Sache hinter mich bringen. Ich habe es satt, ständig den Sündenbock zu spielen. Ich will nicht dauernd als Mörderin tituliert werden. Ich habe die Anschuldigungen satt. Es überrascht mich, daß Ron Sutton mich für solch eine große Mörderin hält. Er scheint davon besessen zu sein.«

Zwei Tage später lud Genene die Presse in ihr Haus in Kerrville ein, um sich in aller Öffentlichkeit zu beklagen. »Fünfmal sind in dieser Woche Vandalen in mein Haus eingedrungen, haben Obszönitäten und Mordandrohungen auf die Wände, Spiegel und Türen geschmiert und Dokumente gestohlen, die ich mir für die Verhandlung zusammengestellt hatte. Ich möchte, daß diese Leute uns in Ruhe lassen. Sie haben kein Recht, Gott zu spielen. Irgend jemand wird dabei Schaden nehmen, und es haben schon genug Menschen Schaden genommen. Es reicht jetzt.«

Am 9. August wurde Rothe bei seiner Rückkehr von der

Ostküste und aus Toronto, wo er Mitglieder des Conn-Untersuchungsteams befragt hatte, am Flughafen von Reportern bedrängt. Am nächsten Tag berichteten die Zeitungen von Nick Rothes Sorge über Unstimmigkeiten zwischen den Aussagen des Krankenhauses und den Informationen, die ihm die Mitglieder des Untersuchungsausschusses über den Zweck der Überprüfung gegeben hatten. Die Verfasser des Conn-Reports hatten alle ausgesagt, daß sie zu einer Einschätzung der Qualitätskontrolle und einer Managementstudie aufgefordert worden waren – zu nichts anderem: »Obwohl wir Gerüchte über eine gestiegene Sterblichkeit bei Kindern vernahmen«, sagte Conn, »wurden wir nie aufgefordert, uns speziell mit diesen Behauptungen auseinanderzusetzen.«

Notiz des Ermittlungsbeamten:
179. Tag, Montag, 15. 8. 83

Der Fall führt uns rund um die Welt: letzte Woche Stuttgart, um den Mechaniker des Hubschrauberfluges zu finden, und jetzt Afrika. Schwester Margie Peace ist jetzt verheiratet und lebt mit ihrem Mann im afrikanischen Busch; beide arbeiten für CARE. Es ist äußerst schwierig, sie zu finden. Sie sind irgendwo ›den Fluß hinauf im Busch‹ und müssen zu der nächst gelegenen Funkstation in einer amerikanischen Botschaft gebracht werden.

Untersuchung der Krankenhausaufenthalte und Arztbesuche von Jones während ihrer Anstellungszeit im MCH beendet. Jones besuchte den Arzt zehnmal in einer Zeit von etwa sechs Monaten (März bis Anfang September 1991) wegen verschiedener Krankheiten. Jones lag auch in einem Zeitraum von etwa neun Monaten wegen verschiedener Leiden im Krankenhaus (10. März bis 6. Dezember 1981): (1) Bronchitis aufgrund chronischen Rauchens, (2) Asthma, (3) akutes Asthma mit akuter Sinusitis, (4) chronische Verstopfung und (5) eine kleine Wucherung im Darm.

Von besonderem Interesse ist, daß es während dieser fünfundzwanzig Tage Aufenthalt im Krankenhaus auf der Intensivstation zu keinen Todesfällen kam.

Einige Schwestern haben jetzt Angst, vor der Anklagejury auszusagen. Sie fürchten sich vor der Berichterstattung in den Medien, vor einer Offenlegung ihrer Identität und der sich daraus ergebenden Publicity. Offensichtlich haben sie Angst vor Vergeltungsmaßnahmen von Jones.

Es scheint, als ob wir es schaffen, eine Anklage wegen der Sache mit dem kleinen Rolando Santos zu erheben.

Am 12. September gab John Carter, Richter im 227. Distrikt nördlich von Austin, bekannt, daß er – und nicht Kerrvilles Richter Murray Jordan – die Verhandlung im Fall Genene Jones übernehmen würde. Richter Jordan hatte der Bitte der Angeklagten nach einem Ortswechsel zugestimmt. Aufgrund der überhandnehmenden Berichterstattung waren die Anwälte beider Seiten der Meinung, daß Jones wahrscheinlich keine unvoreingenommenen Geschworenen unter den Bewohnern von Kerr County finden konnte. Die Verhandlung war daher 200 Meilen in Richtung Osten nach Georgetown verlegt worden – in das Revier von Richter Carter.

Ebenfalls am 12. September gab Genenes neuer Rechtsanwalt, Jim Bob Brookshire aus Georgetown, bekannt, daß er Genenes Verteidigung von William Chenault, der ihm als Ratgeber zur Seite stehen solle, übernehmen würde. »Ich habe mich bereit erklärt, diesen Fall zu übernehmen, weil Richter Carter mich darum gebeten hat«, erklärte Brookshire den neugierigen Presseleuten. »Außerdem verspricht es interessant zu werden, und sie hat das Recht, vertreten zu werden wie alle anderen auch.«

Virginia Mousseau erschien am 19. September 1983 vor der Anklagejury von San Antonio. Sie gab wie die anderen Angehörigen des Krankenhauses vor ihr an, daß sie zum ersten Mal im Herbst 1981 von einer Häufung von Todesfällen auf der Intensivstation während der Spätschicht gehört hatte.

Sie erklärte, daß sie aus diesem Grund Maßnahmen ergriffen hatte, um sicherzustellen, daß die Schwestern dort bei der Behandlung der Patienten richtig vorgingen.

Als sie gefragt wurde, was das Personal speziell nach dem Santos-Fall getan hatte, erwiderte sie, daß sie darauf geachtet habe, daß die Schwestern sich nach den Regeln verhielten. Sie konnte sich jedoch nicht erinnern, daß irgend etwas unternommen wurde, um herauszufinden, wie oder warum es zu Rolandos Krisen gekommen war.

NOTIZ DES ERMITTLUNGSBEAMTEN:
221. TAG, MONTAG, 26. 9. 83

Gewöhne mich langsam an medizinische Statistiken, Formulare, Berichte, Abkürzungen usw. Fange an, wie ein Arzt oder Pfleger zu denken.

Telefongespräch mit Dr. Steve Fordek* in Houston. Er sagte aus, daß er sich lebhaft daran erinnere, wie die älteren Assistenzärzte ihn gewarnt hatten, im Umgang mit Jones ›vorsichtig zu sein‹, als er in der zweiten Hälfte des Jahres 1980 sein erstes Jahr als Assistenzarzt begann; alles, was Jones über den Zustand und die Behandlung ihrer Patienten sage, sei mit Vorsicht zu genießen. Bald merkte er durch den persönlichen Kontakt mit Jones (der auf der Intensivstation unvermeidbar war), daß diese Warnungen gerechtfertigt waren. Er war der Meinung, daß sie bereits in der zweiten Hälfte des Jahres 1980 überreagierte. Ständig beklagte sie sich, daß die Ärzte sich nicht um die Patienten kümmerten, beschimpfte Ärzte und Schwestern und setzte sie herab, war oft sehr kritisch gegenüber Kollegen und stark emotionsgeladen. Oft weinte sie und unterstrich immer wieder ihre große Sorge um die Patienten, so daß alle es hören konnten. Er empfand sie oft als sehr störend auf der Station. Seiner Meinung nach war sie für die Schwierigkeiten zwischen Ärzten und Schwestern hauptverantwortlich. Sie wollte das Sagen haben und sah meistens auf junge Assistenzärzte und auch auf die älteren herab, wenn sie nicht gleich ihren Bitten – oder Forderungen – nachkamen. Erinnert sich, daß Jones ständig so tat, als ob sie ein Kind vor dem Tod bewahren konnte.

Fordek erinnert sich besonders an ihre Weinanfälle und die emotionalen Ausbrüche, ihre ständigen Klagen über Ärzte und einige Schwestern und ihr unablässiges Gerede darüber, wie sehr sie die Patienten liebe.

Am 26. September lehnte Richter Carter einen Antrag der Verteidigung auf einen weiteren Aufschub der Verhandlung ab. Sie würde, wie geplant, am 17. Oktober beginnen. Nach der Anhörung sprach Jones wieder ausführlich mit den Journalisten, was ihren Anwälten nicht gerade lieb war. »Es geht einfach nicht, daß die Klienten ständig Pressekonferenzen abhalten«, beklagte Chenault sich, »aber wir können nichts dagegen unternehmen.«

»Ich weine bereits seit drei Tagen«, sagte Genene vor der Presse, »ich habe Todesangst. Vielleicht bekomme ich lebenslänglich. Die Mindeststrafe dürfte zwanzig Jahre betragen; meine Kinder werden dann schon erwachsen sein, und sie werden mich nicht mehr kennen. Es ist einfach nicht fair. Bis zum 17. Oktober hat Brookshire nur vier Wochen Zeit gehabt, den Fall vorzubereiten, die Anklage dagegen über ein Jahr. Mir wurde fast übel, als ich die Nachricht hörte. Aber ich muß daran glauben, daß die Wahrheit ans Licht kommt. Das ist das einzige, was mir hilft, die Nerven zu bewahren. Angst ist, glaube ich, ein ganz normales Gefühl.«

Brookshire erneuerte seine Bitte um Aufschub am 11. Oktober und argumentierte, daß die Anklage es versäumt hatte, der Anordnung des Gerichts nachzukommen und die Verteidigung über die Methodik der Tests in Holmstedts Labor zu unterrichten. »Ich brauche Zeit«, erklärte er dem Richter, »dreißig Tage reichen einfach nicht aus.«

Vielleicht weil das Gericht gerade Chenaults Bitte, sich von dem Fall zurückzuziehen, stattgegeben hatte, beschloß Richter Carter nachzugeben. Er gewährte Brookshire einen Aufschub bis Anfang Januar.

»Die Verteidigung braucht mehr Zeit zur Vorbereitung des Falles«, war alles, was der Richter sagte, »ich möchte, daß die Frau eine faire Verhandlung bekommt.«

»Am Anfang war ich wirklich enttäuscht«, erinnert Sutton sich, »ich hätte am liebsten aufgegeben. Aber dann erkannte ich, daß ich dadurch ebenfalls *mehr* Zeit zur Vorbereitung erhielt, und das war gut.«

Jones schien erleichtert über die Verzögerung. »Sie ist sehr glücklich«, berichtete Brookshire bei dem Versuch, die öffentlichen Auftritte seiner Klienten unter Kontrolle zu bekommen, »sie hatte Angst gehabt, daß sie keine faire Verhandlung bekommen würde, und sie ist froh, daß sie Weihnachten mit ihren Kindern verbringen kann.«

Aber schon nach wenigen Tagen war Jones wieder hinter Gittern – die Kautionsbehörde von Hill County hatte Gladys' Kaution zurückgenommen. Jones wurde wieder verhaftet.

Mitte Oktober begann der Ermittlungsbeamte, Örtlichkeiten in Kerr County, die von Zeugen während der Ermittlung genannt worden waren, zu überprüfen und persönlich aufzusuchen. Er bat Kathleen, ihn zu dem Hügel zu führen, auf den Genene sich oft zurückgezogen hatte, um ›mit E. T. zu reden‹ oder um die Sterne anzustarren und nachzudenken. Er sah sich um, ob Jones möglicherweise etwas zurückgelassen hatte, fand aber nichts. Den Landeplatz ausfindig zu machen, auf dem der Hubschrauber, der Jimmy Pearson transportiert hatte, zwischengelandet war, erwies sich als schwieriger. Nach einigem Hin und Her konnte der Ermittlungsbeamte die Stelle schließlich mit Hilfe zweier Farmer bestimmen. Beide erinnerten sich, daß sie den Hubschrauber im Herbst gesehen hatten, aber beide waren nicht mehr an diese Stelle zurückgekehrt. Der Ermittlungsbeamte suchte das Gebiet sorgfältig ab, mußte aber mit leeren Händen zurückkehren. Die Tatsache, daß er nichts gefunden hatte, bewies nichts mit Sicherheit, aber der Ermittlungsbeamte war zufrieden: Wenn während der Landung etwas aus dem Hubschrauber gefallen wäre, hätte er es gefunden.

Anfang November gab der Oberstaatsanwalt von San Antonio, Sam Millsap, wütend bekannt, daß Dr. Marvin Dunn, Dekan der medizinischen Fakultät, wegen Mißachtung des Gerichts angeklagt werden würde, da er nach Meinung der Anklagejury die Todesfälle im Medical Center Hospital nicht gründlich genug untersucht hatte. Am Tag zuvor hatte Dr. Dunn einen Report übergeben – eine Kopie von Dr. Conns vorläufigem Report –, den er neun Monate zuvor nicht weitergegeben hatte.

»Die Zurückhaltung der Dokumente«, erklärte Millsap, »hat unser Büro Tausende von Dollars an Steuergeldern gekostet, denn ein großer Teil der Untersuchung in diesem Jahr hat sich damit befaßt, Informationen zu erhalten, die in diesem vorläufigen Bericht bereits enthalten sind.«

»Sie machen Witze«, sagte Dr. Conn in Toronto, als er von der Anklage gegen Dr. Dunn hörte, »wir haben uns grobe Notizen gemacht, aber keinen vorläufigen Bericht erstellt. Ich kann mich jedenfalls nicht daran erinnern.«

Dr. Conns Antwort war nicht so unehrlich, wie sie schien. Der einzige Unterschied zwischen dem vorläufigen und dem endgültigen Conn-Report bestand darin, daß der Satz, der besagte, daß Genene Jones und Pat Alberti aus der Abteilung entfernt werden sollten, gestrichen worden war. Conn war wahrscheinlich nicht der Meinung, daß diese Einzelheit ausreichte, um die Fassungen als ›vorläufig‹ und ›endgültig‹ zu bezeichnen, und wußte nicht, welche Bedeutung dies für das Büro des Staatsanwaltes hatte.

Dunn selbst leugnete jegliche Schuld auf seiner Seite. Als er in einer späteren Anhörung gefragt wurde, ob er je absichtlich Dokumente zurückgehalten habe, die der Anklagejury hätten vorgelegt werden müssen, erwiderte er: »Nein, ganz im Gegenteil.« Er erklärte, daß er nach Erscheinen von Zeitungsartikeln, in denen Rothe dunkel auf ›Ungereimtheiten‹ anspielte, die Rechtsanwälte der Universität aufgesucht und erklärt habe, daß er vor den Geschworenen erscheinen und seine handschriftlichen Notizen vorlegen wolle, um die Verwirrung zu klären.

Als Nick Rothe für die Anklage sprach, deutete er an, daß

es sich um mehr als ein Dokument handle und daß diese Dokumente »in einer Sache übereinstimmen, die den anderen vorgelegten Beweisstücken fehlt; sie nennen Namen. Das Wichtigste ist, daß Dunn nicht der ursprünglichen Aufforderung zur Herausgabe dieser Dokumente nachgekommen ist.«

Dunn wurde von Richter David Berchelman aus San Antonio schuldig gesprochen und zu einer Geldstrafe von 100 $ verurteilt. »Ich glaube, daß diese Beweisstücke von besonderer Bedeutung für die Untersuchung waren«, erklärte der Richter, »ich glaube nicht, daß die Untersuchung ohne diese Dokumente weitergekommen wäre.«

Mitte November traf Dr. Murray Pollack vom Kinderkrankenhaus in Washington, D. C., ein, um bei der Untersuchung zu helfen. Er begann mit der Analyse der Krankengeschichten der zwanzig bis dreißig Kinder, auf die sich die Sonderkommission des Oberstaatsanwalts konzentrierte. Der Ermittlungsbeamte war beeindruckt von der Hartnäkkigkeit und Hingabe des jungen Mannes.

Am 21. November erhob die Anklagejury von San Antonio Anklage gegen Genene Jones wegen Körperverletzung im Fall Rolando Santos. Der Ermittlungsbeamte nahm sich die Zeit, Jesusa und Esubio Santos anzurufen, um sie über die Anklage zu informieren und sie auf eine Invasion der Presse vorzubereiten.

Am 28. November trat die Anklagejury von San Antonio zum letzten Mal zusammen. Nach einiger Diskussion beschlossen die Mitglieder der Jury und der Oberstaatsanwalt, daß es neben der Anklage gegen Jones wegen des Vorfalls mit Rolando Santos keine weiteren Anklagepunkte gab. Sie bereiteten jedoch eine Erklärung vor, in welcher der Staatsanwalt empfohlen wurde, ihre Untersuchungen fortzusetzen. Die Jones-Untersuchung, die in Kerr County im Oktober 1982 begonnen und in Bexar County über ein Jahr lang fortgesetzt worden war und mehrere Hunderttausend Dollar gekostet hatte, war zu Ende.

In den letzten Tagen des Jahres 1983 fuhren Rothe und der Ermittlungsbeamte nach Kerrville, um sich dort mit Sutton, dem Assistenten des Staatsanwalts, Scott Monroe, und Suttons Verwaltungsassistentin Janet Jones zu treffen. Gemeinsam umrissen sie die Strategie für die bevorstehende Verhandlung in Georgetown. Sutton hatte eine Liste mit 73 möglichen Zeugen vorbereitet, würde aber möglicherweise nur 43 in den Zeugenstand rufen.

Das Team der Anklage wollte sich am Sonntagabend, dem 15. Januar, in Georgetown treffen. Die Auswahl der Geschworenen sollte am Montag beginnen und am Dienstag abgeschlossen sein. Die Eröffnung der Verhandlung war für Mittwoch, den 19. Januar, geplant. Die Beweisaufnahme zu den Vorfällen bei anderen Kindern außer Chelsea McClellan würde wahrscheinlich am Donnerstag, dem 17. Januar, beginnen, wenn Richter Carter über die Darstellung vor den Geschworenen entscheiden würde.

Am Sonntag, dem 15. Januar 1984, einen Tag vor Prozeßbeginn, berief Richter Carter eine Pressekonferenz ein. Von einem Podium des Pressezimmers aus, das in einem Hörsaal der Southwestern-Universität eingerichtet worden war, machte Richter Carter den Versammelten in einer sympathischen, aber diktatorischen Art Vorschriften. Die Journalisten sollten nicht versuchen, die Geschworenen zu befragen, zu fotografieren oder sonstwie zu belästigen. Niemand würde Zutritt zum Gerichtssaal erhalten oder ihn außerhalb der festgelegten Pausen verlassen dürfen. Kameras oder Aufnahmegeräte waren im Gerichtssaal und im gesamten ersten Stock des Gebäudes, in dem sich die Gerichtssäle befanden, nicht gestattet.

»Wenn Sie alle so wie ich wünschen, daß diese Frau ein faires Verfahren bekommt, werden Sie mit mir zusammenarbeiten. Ich habe die Verantwortung, alles, was in meiner Macht steht, zu unternehmen, damit dieser Veranstaltung nicht zu einem großen Zirkus wird. Mir geht es hier um unsere Zusammenarbeit, aber es ist gleichzeitig auch ein richterlicher Befehl.« Carter machte eine Pause, damit seine Worte wirken konnten. Er hatte noch eine weitere Warnung parat.

»Bei der ersten Überschreitung müssen alle dafür leiden. Es ist so sicher wie das Amen in der Kirche, daß ich das Fernsehen verbannen werde.«

Genene Jones hatte in den Tagen vor der Verhandlung eine Verwandlung erfahren. Monatelang war sie vor den Journalisten in Jeans, Bluse, mit wenig oder keinem Make-up und einer gerade geschnittenen Kurzhaarfrisur aufgetreten. Patty Jones, Brookshires Sekretärin und Assistentin, hatte alles unternommen, um sie attraktiver herzurichten. Sie hatte darauf bestanden, daß Genene es Patty und einer Freundin erlaubte, ihr eine Dauerwelle zu machen, und jetzt kringelte sich Genenes kurzes Haar weich um ihr Gesicht. Patty hatte auch eine Kleidersammlung für die Anklage organisiert; für den ersten Gerichtstag lagen ein frisch gereinigtes braun-weißes Polyesterkleid, eine preiswerte Goldbrosche und braune Pumps bereit.

Genene, die sich noch immer von einem Angriff einer Mitgefangenen vor zwei Tagen zu erholen hatte (Kindesmißhandler sind im allgemeinen die am meisten verachteten Mitglieder der Gefängnisbevölkerung), schien gefaßt, wenngleich ein bißchen nervös, als sie kurz mit ausgewählten Reportern am Telefon sprach.

»Ich muß einfach daran glauben, daß die Wahrheit ans Tageslicht kommt. Ich setze Vertrauen in mich. Mein Vater sagte immer, daß man keine Probleme bekommt, wenn man an sich selbst glaubt.«

Genenes Rechtsanwälte Jim Brookshire und der vor kurzem dazu gestoßene Burt Carnes, ein Strafverteidiger aus dem benachbarten Taylor, hatten keine Erklärungen für die Presse vorbereitet. Sie arbeiteten noch immer so schnell wie möglich, um die notwendigen Eingaben vorzubereiten, Notizen zu überprüfen, die Fragestellung zu umreißen und ihrer Strategie den letzten Schliff zu geben.

Reid und Petti McClellan hatten seit Monaten auf diese Verhandlung gewartet. Sie wünschten, daß sie endlich anfangen und enden würden, denn für sie bedeutete die Verhandlung eine Art Schlußstrich unter Trauer, Schmerz und Frustration. Dennoch fürchteten sie die kommenden Tage.

Petti war darum gebeten worden, den Tod ihrer Tochter im Zeugenstand für die Geschworenen noch einmal durchzuleben, und davor konnte auch Reid sie in keiner Weise schützen.

Der Ermittlungsbeamte wartete ungeduldig, aber auch mit einiger Resignation, die aus jahrzehntelanger Erfahrung erwachsen war, auf die Verhandlung. »Was Kerrville betraf, war mein Job zu Ende. Ich hatte alles, was in meiner Macht stand, getan und jeden Stein umgedreht. Jetzt kam es auf die Anwälte an.«

Sutton war unruhig. Seit Oktober war er vorbereitet gewesen; in den folgenden Wochen ging es nur noch um die Feinabstimmung seiner Verhandlungsstrategie. Als Veteran langwieriger Gerichtsverhandlungen hatte er eine Kaffeemaschine und einen gut sortierten Kühlschrank (der unter anderem mit Sechserpackungen Bier gefüllt war) in sein Motelzimmer im Georgetown Inn (der Kommandoposten der Anklage) bringen lassen.

»Ich bin froh, daß es jetzt nach fünfzehn Monaten endlich losgeht«, erklärte er vor der Presse, »ich fühle mich nur dann wohl, wenn ich im Gerichtssaal bin. Nichts ist spannender, als unter Druck zu arbeiten, und das ist der anspruchsvollste Fall, den ich je hatte.« Er grinste, so daß seine auffallend großen, weißen Zähne sichtbar wurden. »Ich bin bereit, öffnet die Tore und laßt mich loslegen.«

Nick Rothe teilte Suttons Gefühle, war aber etwas vorsichtiger: »Wir haben in den letzten Wochen nichts Neues mehr gefunden. Wir wollen endlich anfangen. Wir sind bereit.«

Kathleen war froh, daß die Verhandlung endlich begann, aber gleichzeitig fürchtete sie sich. Das Patientenaufkommen hatte weiter abgenommen, seit sie im Mai in das Haus in der Nixon Lane umgezogen war. Im April hatte sie jämmerliche 1000 $ Bruttoeinnahmen gehabt, im Dezember waren es nur 250 $ gewesen. In den Tagen vor Verhandlungsbeginn kamen nur noch zwei bis drei Patienten pro Woche zu ihr. Sie hatte 150000 $ Schulden und lötete schließlich bei einem Studentenlohn von 5 $ Rohre für Charleigh.

Kathleen versuchte, nicht an den bevorstehenden Kampf vor Gericht zu denken. Sie wußte, was kommen würde, denn Sutton hatte sie gewarnt. Sie würde tagelang im Zeugenstand sitzen. Sie würde einen Teil ihrer Geschichte erzählen können, aber nicht alles – es war Suttons Forum, nicht das ihre. Im Zeugenstand würde sie nicht erklären können, warum sie nicht in der Lage gewesen war, den Ereignissen Einhalt zu gebieten. Brookshire und Carnes würden ihr Bestes geben und sie schmoren lassen. Natürlich war dies nicht persönlich gemeint, aber Brookshire und Carnes mußten alles tun, damit es den Anschein hatte, daß Kathleen Holland die Schuldige war, so daß ihre Klientin eine reelle Chance hatte.

»Sie müssen dafür sorgen, daß sie ihnen glauben, Kathy«, bedrängte Sutton sie. »Sie dürfen nicht wütend werden. Sie dürfen keine Erregung zeigen und nicht ins Schwitzen kommen. Sie müssen nur dasitzen und alles hinnehmen.«

Vierter Teil

Das Urteil

Erstes Kapitel

Gerechtigkeit. Bereit sein zuzugeben, daß ein anderer Mensch ganz anders ist als das, was wir in ihm lesen, wenn er anwesend ist (oder wenn wir an ihn denken). Oder vielmehr in ihm zu lesen, daß er mit Sicherheit anders ist, vielleicht ganz anders, als das, was wir in ihm gelesen haben.

Simone Weil, Schwerkraft und Gnade

Eine Gerichtsverhandlung ist kein Forum für die Offenbarung der Wahrheit, wie man vielleicht erwarten würde; sie ist vielmehr ein seltsames, unbeholfenes Ritual, in dem eine Annäherung an die Gerechtigkeit heraufbeschworen werden soll. Die Hauptdarsteller – die Anwälte und der Richter – lassen sich auf ein Menuett mit drei Partnern ein, in dem sie aufeinander zu- und auseinandergehen, sich im Kreis bewegen und nach einer Melodie verbeugen, die nur sie wahrnehmen. Dieser Tanz verleiht der Geschichte, die langsam vor jenen, die freisprechen oder verurteilen, enthüllt wird, Form.

Es ist niemals die ganze Geschichte und auch nicht die ganze Wahrheit: es sind nur jene Teile, die für die Alchimie des Urteils für notwendig erachtet werden.

Die Verhandlung des *Staates Texas* gegen *Genene Jones* begann am Montag, dem 16. Januar 1984. Ron Sutton, Nick Rothe und Scott Monroe vertraten die Anklage. J. B. Brookshire, Burt Carnes und Laura Little traten als Verteidiger auf.

Am ersten Verhandlungstag behandelt das Gericht nur zwei Punkte, bei denen die zukünftigen Geschworenen nicht anwesend waren. Nachdem die Verteidigung die Fragebogen der ersten zweiunddreißig Geschworenen durchgesehen hatte, stellt sie die Forderung, eine neue Jury zu bilden. Brookshire wollte die Würfel erneut werfen, um eine günstigere Zusammensetzung zu erhalten.

Als zweiter Punkt stand Brookshires Antrag auf der Geschäftsordnung, die Geschworenen hinauszuschicken, damit sie nichts von Jones' angeblichen Aktivitäten in San Antonio hören würden. Brookshire hatte bereits einen Antrag durchgedrückt, in dem verboten wurde, die Todesfälle auf der Intensivstation des Medical Center überhaupt zu erwähnen. Bei der Wahl der Geschworenen würde er sein Bestes geben, um zwölf zu finden, die so gut wie nichts über die Jones-Affäre wußten. Brookshire forderte das Gericht nun auf, die Geschworenen für die Dauer des Prozesses abzuschotten, damit sie nicht von der Prozeßberichterstattung beeinflußt werden würden.

»Wir sind der Meinung, daß die Geschworenen abgesondert werden müssen, damit solche Informationen nicht in ihre Hände gelangen«, argumentierte er, »ich würde gern darauf verzichten, aber ich weiß keinen anderen Ausweg.«

»Ich bin der Meinung«, erwiderte Richter Carter, dem nicht wohl war bei dem Gedanken, die Geschworenen über einen Monat lang einzusperren, »daß wir diese Probleme lösen können, indem wir der Jury mehrere Anweisungen geben und ihr verbieten, fernzusehen, Radio zu hören, Zeitungen oder Zeitschriftenartikel zu lesen oder die Angelegenheit mit Familie, Freunden oder anderen zu diskutieren. Ich werde diese Warnung vor jeder Pause, an jedem Abend, jedem Morgen und bei jeder sich bietenden Gelegenheit wiederholen.«

Am Dienstagmorgen, dem 17. Januar, warf Richter Carter ein väterliches Auge auf die 312 potentiellen Geschworenen, die im Gerichtssaal versammelt waren. »Also, meine Damen und Herren, wir beginnen jetzt mit der Vernehmung, um festzustellen, ob Sie geeignet sind, in diesem Fall in der Jury zu sitzen. Die Anklage und die Verteidigung werden Ihnen Fragen stellen, um zu sehen, ob Sie irgendwelche Kenntnisse oder Vorurteile bezüglich dieser Verhandlung haben. Dabei gibt es keine richtigen oder falschen Antworten. Sie müssen nur eine völlig der Wahrheit entsprechende Antwort auf alle Fragen geben.«

Nachdem Richter Carter seine einleitenden Bemerkungen

beendet hatte, waren die Anwälte an der Reihe. Beide Seiten kannten dic Männer und Frauen bereits. Alle 312 angehenden Geschworenen hatten lange Fragebögen ausgefüllt, die Temperament und Persönlichkeit offenbaren sollten. Sie enthielten Fragen zu Gewohnheiten wie Kirchenbesuche, Lieblingszeitschriften und -fernsehshows, politische und soziale Zugehörigkeit, Größe und Zusammensetzung der Familien und das letzte Buch, das sie gelesen hatten.

Sutton hatte beschlossen, konservative, gebildete Mütter, Väter und Großeltern auszuwählen, während eine Psychologin Brookshire geraten hatte, eine möglichst gemischte Gruppe von Individualisten auszusuchen. »Sie erklärte mir, daß ich aufgrund des emotionsgeladenen Themas keinen Freispruch erwarten konnte. Das *Beste,* das ich erzielen konnte, war eine Jury, die sich in der Schuldfrage nicht einigen konnte. Daher suchte ich nach einer Mischung aus unterschiedlichen Typen, Individualisten mit starker Meinung, die dickköpfig waren und sich nicht von der Mehrheit überzeugen ließen.«

»Guten Morgen, meine Damen und Herren«, begann Sutton sehr förmlich, »ich werde versuchen, diese Sache so korrekt und rasch wie möglich abzuwickeln, aber ich kann Ihnen schon jetzt sagen, daß mir wahrscheinlich bald warm werden wird. Ich hoffe, Sie entschuldigen es, wenn ich meine Krawatte lockere. Ich mag Krawatten nämlich nicht besonders.« Er zeigte sein freundlichstes Lächeln.

»Sicherlich kennen Sie alle Jim Brookshire, Mr. Burt Carnes und Miß Laura Little, welche die Verteidigung übernommen haben; schließlich stammen sie alle von hier. Aber wahrscheinlich fragen sie sich, wer diese anderen Leute hier sind.« Sutton deutete auf die Mitglieder seines Teams, die sich kurz erhoben. »Janet Jones ist meine Sekretärin. Sie hilft uns bei der Organisation und dabei, die Zeugen vorzuladen und so weiter. Clay Barton, unser Hilfssheriff in Kerrville, assistiert mir, genau wie Ranger Joe Davis. Mein Assistent, Scott Monroe, und natürlich mein Kollege aus San Antonio, Mr. Nick Rothe.

Es hat mich sehr beeindruckt, was das Gericht vorhin über die Verantwortung von Bürgern gesagt hat, die ihrem Land dienen, indem sie Mitglieder einer Geschworenenjury werden. Auch ich glaube, daß es ein Privileg ist, auf diese Weise seinem Land, seinem Staat und seiner Nation zu helfen. Ich weiß, daß die finanzielle Entschädigung für diesen Dienst nicht sehr hoch ist, aber ich möchte Sie daran erinnern, daß der Lohn der Freiheit groß ist.

Jetzt möchte ich die Dinge ansprechen, die Sie möglicherweise über diesen Fall gehört haben. Ich bin seit mehreren Tagen hier, und ich kann Ihnen versichern, daß ich bestimmte Dinge in den Zeitungen gelesen habe, die einfach nicht wahr sind. Aus diesem Grund muß man sich seiner selbst sicher sein und diesen Fall offen angehen, wenn man ein fairer und unparteiischer Geschworener sein will. Sind Sie alle der Meinung, daß Sie dazu in der Lage sind?« Sutton nickte den Geschworenen aufmunternd zu.

Keiner der Geschworenen schien damit Schwierigkeiten zu haben. Sutton stellte seine nächste Frage: »Hat jemand von Ihnen Probleme damit, Mr. Brookshire oder Mr. Carnes zu bevorzugen, weil sie aus dem Ort sind – Mitglieder Ihrer Gemeinde, Ihrer Kirche, Ihrer Clubs?« Er lächelte ermutigend.

»Meine nächste Frage: Könnten Sie in einem Fall, bei dem die Umstände es rechtfertigen, in einem Mordfall also, eine Strafe von neunundneunzig Jahren Gefängnis oder lebenslänglich aussprechen? Ist unter den Anwesenden irgendeiner, der mit einer so langen Strafe Schwierigkeiten hätte?

Okay. Viele von Ihnen haben sicherlich vor einigen Jahren die Fernsehserie ›Perry Mason‹ gesehen. Es war eine meiner Lieblingssendungen, und ich glaube, durch sie wurde mein Interesse an diesem Beruf geweckt. In dieser Serie ging es immer darum, etwas so zu beweisen, daß ›kein Schatten eines Zweifels‹ mehr bestand. Aber in keinem juristischen Fachbuch finden wir den Ausdruck ›Schatten eines Zweifels‹. In unserem juristischen System geht es darum, daß die Anklage ihre Punkte so beweist, daß kein ›*berechtigter* Zweifel‹ mehr besteht. Wenn Sie nach der Beweisaufnahme das Gefühl haben, daß es berechtigte Zweifel gibt und daß Sie nicht an die Schuld der Angeklagten glauben, müssen Sie mit ›Nicht schuldig‹ stimmen, denn ein Angeklagter gilt vor dem Gesetz als unschuldig, bis seine Schuld bewiesen ist.

Wie sehen Ihre Pflichten als Geschworene aus? Als Repräsentanten Ihrer Gemeinde werden Sie entscheiden, welche Tatsachen vorliegen. Das ist die Hauptrolle und die Verantwortung des Geschworenen. Wenn Sie gewählt werden, werden Sie vor Seiner Ehren, Richter Carter, einen Eid schwören, daß Sie ein faires Urteil gemäß dem Gesetz und den Tatsachen fällen werden, so wahr Ihnen Gott helfe. Woher bekommen Sie diese Tatsachen? Aus dem Zeugenstand und durch die zugelassenen Beweise – Dinge, die man berühren kann und die wir mit einer kleinen Nummer versehen. Von nirgendwo sonst.

Oft fragen die Geschworenen, ob sie sich während der Verhandlung Notizen machen dürfen. Ich weiß nicht, wie Richter Carter dazu steht, aber im allgemeinen ist es nicht gestattet. Vielleicht schreiben Sie etwas falsch auf, so daß es für Sie zur Tatsache wird, obwohl es gar keine Tatsache ist. Und damit dies nicht passiert, sieht es das Gericht lieber, daß Sie sich auf Ihr Gedächtnis verlassen, um sich an die Zeugenaussagen zu erinnern.

Was die Anwälte des Staates oder der Angeklagten sagen, gilt nicht als Beweis. Was ich Ihnen heute hier sage, ist kein Beweis. Was Mr. Brookshire Ihnen später heute oder morgen sagen wird, ist kein Beweis. Als Beweise gelten nur die Dinge, die Sie im Zeugenstand hören und die Dinge, die von Richter Carter als Beweismittel zugelassen werden. Wenn Sie diese Beweismittel logisch einordnen, wird Ihnen Ihre Entscheidung am Ende leichter fallen.

Eine weitere Funktion des Geschworenen, eine der wichtigsten überhaupt, besteht darin, die Glaubwürdigkeit der einzelnen Zeugen einzuschätzen. In unserem Privatleben tun wir das jeden Tag. Wir beurteilen die Glaubwürdigkeit anderer. Vor Gericht ist das sogar noch wichtiger. Wenn ein Zeuge in den Zeugenstand tritt, haben Sie die Gelegenheit, diesen Menschen visuell zu überprüfen. Das Verhalten des Zeugen ist sehr wichtig – wie verhält er sich im Zeugenstand? Ist er zurückhaltend, sucht er sich zu verstecken? Welches Interesse hat er am Ausgang der Verhandlung? Was für Vorurteile hat er? Welche Erfahrung hat er? Sie müssen für sich entscheiden: ›Welches Gewicht hat seine Zeugenaussage für mich?‹ Vielleicht glauben Sie alles, was ein bestimmter Zeuge sagt, vielleicht glauben Sie es nur teilweise oder vielleicht glauben Sie ihm kein einziges Wort.

Ich werde jetzt die Anklage verlesen und erläutern, was der Staat beweisen muß. Die Anklage lautet, ›daß am oder um den 17. September 1982 Genene Jones an einem Menschen, nämlich Chelsea McClellan, mit der Absicht der schweren Körperverletzung vorsätzlich und wissentlich eine Handlung begangen hat, die eindeutig eine Gefahr für das menschliche Leben darstellt‹. Die besagte Genene Jones hat der besagten Chelsea McClellan vorsätzlich und wissentlich ein Medikament, nämlich Suxamethoniumchlorid, injiziert, was zum Tod der besagten Chelsea McClellan führte. Der Staat muß erstens beweisen, daß es die Angeklagte Genene Jones war, zweitens, daß sich das am oder um den 17. September zugetragen hat, drittens, daß diese Tat in Kerr County stattfand, viertens, daß sie die Absicht hatte, eine schwere Körperverletzung zu verursachen, also vorsätzlich und wissentlich eine Tat begangen hat, die menschliches Leben gefährdete, und schließlich: Hat sie Chelsea McClellan Suxamethoniumchlorid injiziert und dadurch den Tod von Chelsea McClellan verursacht? Das sind die Punkte, die wir Ihnen beweisen müssen.

Wie wählen wir also jetzt eine Jury aus den hier anwesenden möglichen Geschworenen aus?« Sutton breitete die Hände aus. »Zuerst werden wir herausfinden, wer die ersten zweiunddreißig Leute sind, die qualifiziert sind, als Geschworene zu fungieren – das heißt, zweiunddreißig Leute, die fair und unparteiisch sein können und welche die Gesetzeskonzepte, um die es hier geht, handhaben können. Dann sind beide Seiten berechtigt, Namen von dieser Liste zu streichen. Jede Seite darf zehn Namen streichen. Zwanzig von zweiunddreißig Namen – es bleiben also zwölf übrig, die Jury. Ich werde mich kurz fassen, vielleicht werde ich etwa zwanzig Minuten brauchen. Als erstes werde ich einige Fragen stellen, wobei ich mit dem möglichen Geschworenen Nummer eins anfange.«

»Diese Verhandlung wird möglicherweise eine Weile dauern«, entschuldigte Sutton sich zum Abschluß, »aber ich kann Ihnen versichern, daß ich die Sache so schnell wie möglich hinter mich bringen will. Das gilt auch für Mr. Brookshire und wahrscheinlich auch für die Angeklagte. Aber ich möchte Sie noch einmal an Ihre Pflichten und an Ihre Verantwortung erinnern, falls Sie in die Jury gewählt werden. Alles was wichtig und lohnend ist, braucht ein wenig Zeit, und ich glaube, daß es sich sicherlich lohnt, wenn zwölf gute Bürger hier für die Verhandlungsdauer sitzen, um die Wahrheit herauszufinden.«

Nach der Mittagspause übernahm Rothe das Wort und erklärte, daß er sich kurz fassen wolle. »Ich sehe, daß einige lächeln, weil sie der Meinung sind, daß kein Anwalt es fertigbringt, sich kurz zu fassen, aber ich werde mein Bestes tun.«

Rothe erklärte den Geschworenen, warum er, ein Oberstaatsanwalt aus Bexar County, mit einem Mordfall in Kerr County zu tun hatte. »Weil es in unserem Amt fast 70 Staatsanwälte gibt, sind wir in der Lage und gewillt, benachbarte ländliche Gebiete zu unterstützen.« Die Geschworenen sollten nichts über die Verbindung zwischen San Antonio und Genene Jones erfahren.

Rothe verbrachte den Rest des Tages damit, jedem einzelnen möglichen Geschworenen dieselben Fragen zu stellen. Kannte der Geschworene Brookshire? Hatte er irgendwelche vorgefaßten Meinungen über den Fall? Konnte er jede Strafe, angefangen bei einer Bewährungsstrafe bis zu 99 Jahren aussprechen? Einige wurden vom Gericht aus gesundheitlichen Gründen entschuldigt – es würde eine lange Verhandlung werden, welche die Jury auch körperlich beanspruchen würde. Andere gaben zu, daß sie Presseberichte gehört oder gelesen hatten, die es ihnen nicht mehr ermöglichten, unvoreingenommen ein Urteil zu sprechen; ein Mann entschuldigte sich, weil er sich nicht in der Lage sah, ein Urteil über einen anderen Menschen zu sprechen.

Am Mittwoch, dem 18. Januar, übernahm Jim Brookshire die Regie. Genau wie Sutton versuchte er, den Geschworenen die Befangenheit zu nehmen. Schnell stellte er der Jury die Mitglieder der Verteidigung vor und bat Genene, aufzustehen und die Anwesenden anzusehen. »Das ist Genene Jones«, sagte er und zwang die Geschworenen, sie als individuellen Menschen zu sehen, der ihr Mitleid verdiente.

Dann sprach er ein paar Minuten über die einzelnen Mitglieder seines Teams, das die Angeklagte verteidigen würde. »Ich heiße Jim Brookshire«, begann er, »oder, wie Mr. Sutton freundlicherweise sagte, ›Jim Bob‹. Das ist wirklich ein schmutziger Trick«, gestand er, »leider lautet mein Name so, aber ich versuche, ihn zu vermeiden. Ich bin in Texas geboren, in einer kleinen Stadt, die es nicht mehr gibt. Eine Stadt, die Friendship hieß und nun auf dem Grund des Lake Granger liegt. Ich habe hier in Texas studiert. Ich war bei der Marine und habe in Vietnam gedient. Ich bin verheiratet und habe zwei Kinder im Alter von drei und sechs Jahren.

Burt Carnes besteht auch darauf, Texaner zu sein, aber er ist in New York geboren. Miß Laura Little assistiert uns. Sie hat kürzlich ihr Jurastudium abgeschlossen und ein Jahr lang für das Berufungsgericht gearbeitet. Im Frühjahr will sie ein Medizinstudium aufnehmen, wollte aber in der Zwischenzeit etwas Interessantes tun. Wir haben ihr gestattet, für uns ohne Entgeld zu arbeiten.«

Brookshire war nun an der Reihe, die Geschworenen zu befragen. Zu Anfang konzentrierte er sich auf die Kenntnisse, die einzelne Geschworene möglicherweise über den Jones-Fall hatten. Alle Antworten waren sehr allgemein gehalten, da weder die Verteidigung noch Richter Carter eine Beeinflussung wollten.

Am Ende des Tages strichen beide Seiten abwechselnd zehn Namen von der Liste. Schließlich waren beide recht zufrieden mit der Jury, die aus sieben Frauen und fünf Männern bestand. Sutton hatte drei Manager, einen Ingenieur, drei Hausfrauen, einen Vertreter, zwei Sekretärinnen, einen Beamten und eine Mikrobiologin ausgewählt, die insgesamt zweiunddreißig Kinder und Enkel hatten. Aus Brookshires Sicht hatten sie so viel Vielfalt gefunden, wie man sich wünschen konnte.

Der Ehrenwerte Richter John Carter

Ich habe den Fall Genene Jones *freiwillig* übernommen.

Warum?

Manchmal frage ich mich das auch.

[DER RICHTER LACHTE]

Also, die Verteidiger von Jones hatten um eine Verlegung der Verhandlung nach Williamson County gebeten, und unser Oberstaatsanwalt empfahl, dieser Bitte zu entsprechen. Dann las ich zufällig in der Zeitung, daß Richter Murray Jordan (dessen Fall dies eigentlich in Kerrville *war*) erklärte, er habe einen Distrikt, der fünf Counties umfaßt. Mein Gericht dagegen ist nur für ein County zuständig. Jedenfalls beklagte er sich, daß ihn diese Verhandlung in seiner Arbeit zurückwerfen würde.

Nun, hier in unserem Gericht haben wir nur zwei Verhandlungssäle, und wenn man meinen Saal fünf oder sechs Wochen lang belegen würde, würde ich auch mit meiner Arbeit nicht nachkommen, weil ich dann keinen Platz für meine Verhandlungen hätte. Ich dachte darüber nach und rief ihn an. »Hören Sie, Murray«, sagte ich, »es ergibt nicht viel Sinn, wenn wir *beide* nicht mit unserer Arbeit nachkommen. Lassen Sie mich doch diesen Fall übernehmen. Ich weiß zwar nichts darüber, aber ich müßte mich nur für fünf Wochen an meinen Schreibtisch setzen und die Papiere durcharbeiten.«

[DER RICHTER LACHTE]

Murray stimmte zu, und so kam es dazu, daß ich die Sache freiwillig übernahm. Ich bin mir nicht so sicher, daß ich es *wieder* tun würde, obwohl es wirklich ein guter Fall war – der beste Fall, bei dem ich je den Vorsitz hatte.

Die Anwälte waren wirklich ausgezeichnet. In meinem Gericht werden Zivil- und Strafrechtsverfahren verhandelt; ich sehe also verschiedene Fälle. Ich sehe Anwälte, die ihre Arbeit wirklich großartig machen. Ich habe auch weniger gute gesehen, aber das kommt nicht so häufig vor. Aber ich habe noch nie vier Staatsanwälte und Verteidiger erlebt, die bessere Arbeit geleistet haben als diese vier Jungs im Jones-Fall.

Wie viele Fälle verhandeln Sie pro Jahr?

O Gott, das weiß ich wirklich nicht. Ein oder zwei größere Kriminalfälle im Monat und eine ganze Reihe kleiner Zivilfälle, Bagatellfälle. Ich habe den Fall Genene Jones und den Fall Henry Lucas hintereinander verhandelt. Wissen Sie, wer Henry Lucas ist? Die Verhandlung hat sich über sechs Wochen hingezogen. Ich habe mir mein Geld in diesem Jahr wirklich verdient.

Ich habe viel zu tun, aber ich mag meinen Job. Ich würde ihn nie aufgeben. Mir gefällt der Kampf im Gerichtssaal. Ich habe Spaß daran, ihn zu inszenieren.

Was passiert im Beratungszimmer der Geschworenen nach einem Fall wie diesem?

Also, die Geschworenen haben hinterher immer ein paar Fragen, die unbeantwortet geblieben sind. Aufgrund unserer Gesetze kann man sie während der Verhandlung nicht beantworten. Daher sprechen wir anschließend darüber. Außerdem erhalten sie ein kleines Zertifikat, mit dem wir uns bedanken und auf dem vermerkt ist, bei welchem Fall sie in der Jury saßen. Ich meine, wenn uns jemand fünf oder sechs Wochen seiner Zeit opfert, ist dies das Mindeste, was wir tun können. Diese Leute erhalten nur zehn Dollar pro

Tag für ihre Mühe, und damit können sie nicht einmal ihre Mahlzeiten bezahlen. Sie werden hier also nicht reich, aber sie tun ihre Pflicht, und sie erhalten von mir diese kleine Anerkennung für ihre Mühe.

Auch die Anwälte sprechen mit den Geschworenen, um herauszufinden, was sie falsch gemacht haben, was gut war und was nicht. Manchmal sagen die Geschworenen ihnen ganz ordentlich die Meinung. Aber im Jones-Fall war das nicht so. Ich erinnere mich, daß sie die Verteidiger sehr gelobt haben.

Es gab viele interessante Randprobleme in diesem Fall. Unser Gerichtssaal war beispielsweise jeden Tag bis auf den letzten Platz besetzt. An wichtigen Tagen, etwa dem ersten, und an dem Tag, als der Wissenschaftler aus Schweden seine Aussage machte, konnten einfach nicht alle Platz finden. Es waren jede Menge Leute vom Radio und vom Fernsehen hier, und wenn wir die gesamte Presse hereingelassen hätten, hätte niemand anders mehr einen Platz gefunden.

Nun, unsere Gerichtssäle sind für die Öffentlichkeit zugänglich, und da dieser Fall in den Nachrichten Schlagzeilen machte, wollten viele Schulkinder für eine Weile zuschauen. Wir hatten mehrere Highschool-Klassen in dieser Zeit hier zu Besuch. Meiner Meinung nach ist das Teil des Erziehungsprozesses. Ich wünschte mir, daß noch mehr kommen würden. In einem Gerichtssaal kann man viel über das Leben lernen.

Und natürlich waren da eine Menge Leute, die sich für die Kinder interessierten, um die es hier ging, und es gab mehrere Familien, die dabei sein wollten. Diejenigen, die eine Zeugenaussage machen mußten, konnten natürlich nicht im Gerichtssaal sitzen, aber von denen, die nicht als Zeugen auftraten, waren einige anwesend.

Heißt das, daß die Verwandten die Verhandlung nicht im Gerichtssaal verfolgen konnten?

Nun, in Texas gibt es die sogenannte ›Geschäftsordnung‹. Alle Zeugen schwören vor der Verhandlung ihren Eid, und wenn jemand darum bittet, daß nach der Geschäftsordnung verfahren wird, müssen alle Zeugen draußen vor dem Gerichtssaal warten, bis sie aufgerufen werden, damit sie nicht hören, was die anderen aussagen. Die Zeugen kommen nacheinander herein, und so lange sie draußen warten, können sie den Fall mit niemand außer mit den Anwälten besprechen. Draußen sitzt ein Polizist, der darauf achtet. Wenn die Zeugen gegen diese Regel verstoßen, können sie deshalb belangt werden. Aber ich habe nie derartige Probleme mit Zeugen gehabt. Sie müssen manchmal nur daran erinnert werden.

Zweites Kapitel

Keine Bedingungen außer einer bedingungslosen und sofortigen Aufgabe können akzeptiert werden. Ich beabsichtige, sofort Ihre Befestigungen anzugreifen.

U. S. Grant

Die eigentliche Verhandlung begann am Donnerstag, dem 19. Januar 1984. Der Gerichtssaal war bis auf den letzten Platz gefüllt. Genene trug ein kastanienbraunes Kleid mit einem Spitzenkragen; es reichte knapp bis unter die Knie und schmeichelte ihrer kräftigen Statur.

Am Morgen des ersten Tages wurden nur Eingaben diskutiert, wobei die Geschworenen nicht anwesend waren. Die Anwälte reizten noch immer ihre Positionen aus, indem sie die Richtlinien für die Verhandlung festlegten. Die Verteidigung hatte mit ihrem Antrag Erfolg, Genenes Selbstmordbrief oder den nicht bestandenen Lügendetektortest in der Verhandlung nicht zu erwähnen. Anschließend vertagte Richter Carter die Entscheidung über die beiden noch verbleibenden Anträge der Verteidigung – die beiden wichtigsten. Durch den ersten Antrag wollte die Verteidigung verhindern, daß die anderen Kinder, die neben Chelsea McClellan eine Krise in Dr. Hollands Praxis erlitten hatten, erwähnt würden. Mit dem zweiten sollten Dr. Bo Holmstedt und sein neuer Test aus der Verhandlung ferngehalten werden. Ein Sieg bei einer dieser Eingaben würde Brookshires Chance, zumindest einen Teil der Geschworenen von der Unschuld der Angeklagten zu überzeugen, stark vergrößern. Der Richter wollte über beide Forderungen erst noch nachdenken.

Am Nachmittag nahmen die Geschworenen an der Verhandlung teil, und Ron Sutton begann mit seinen Eingangsbemerkungen. »Während der nächsten Wochen sollen Sie sich einfach die tragische Geschichte des Lebens und Todes von Chelsea McClellan anhören, die hier vor Ihnen dargelegt werden wird. Während Sie beobachten und zuhören, werden Sie sich sicherlich fragen, wie ein Mensch zu einer solchen Tat fähig sein kann. Wie konnte derartiges passieren? Das ist ganz natürlich, aber wie ich bereits erwähnt habe, muß der Staat kein Motiv beweisen. Wir müssen Ihnen nicht erklären, *warum* Genene Jones sich entschloß, Chelsea McClellan ernsten Schaden zuzufügen. Wir müssen Ihnen nicht erklären, *warum* sie diesem kleinen Mädchen Suxamethoniumchlorid injiziert und so seinen Tod verursachte. Aber ich versichere Ihnen, daß Sie nicht nur völlig überzeugt sein werden, daß Genene Jones Chelsea McClellan ermordet hat – auch der Grund, warum Sie es getan hat, wird völlig klar sein, ohne daß ich ihn je erklären muß.«

Sutton hatte seine Zeugen geschickt gewählt. »Der Trick dabei ist die Reihenfolge, die Struktur, die hinter der Vorstellung vor Gericht steckt. Ob man nun fünf Zeugen aufruft oder dreißig bis vierzig, wie ich es tat – man muß den Geschworenen bereits am ersten Tag eine interessante Geschichte erzählen, damit ihre Aufmerksamkeit geweckt wird. Ich habe mir tagelang die Geschworenenliste angesehen, um für mich zu entscheiden, wie ich diesen Fall vor einer Jury am besten präsentieren und beweisen konnte. Ich legte mir vier oder fünf unterschiedliche Strategien zurecht, bis ich mich für eine entschied. Ich wählte einen Weg, der das Interesse aufrechterhalten und der leicht nachzuvollziehen sein würde. Bei einem so großen Fall kann man leicht abgelenkt werden und den Faden verlieren.

Wenn Sie den Fernseher anstellen und einen Krankenwagen sehen, der mit quietschenden Reifen vor der Notaufnahme eines Krankenhauses zum Stehen kommt, wird Ihr Interesse auf der Stelle erweckt. Etwas ist passiert. Was ist los? Wer hat es getan? So etwas Ähnliches wollte ich den Geschworenen vermitteln. Diese Fragen sollten während der gesamten Verhandlung in ihrem Kopf bleiben: ›Etwas ist passiert. Was ist los? Wer hat es getan?‹«

Suttons erste Zeugin, Schwester Sharon Keith, Oberschwester der Notaufnahme des Sid Peterson Hospital, berichtete den Geschworenen von Chelsea McClellans Krisen am 24. August und am 17. September 1982, die sie in Dr. Kathleen Hollands Praxis erlitten hatte. Während ihrer Aussage stellte Sutton zwei große leere Kalender auf. Auf dem einen war der Monat August, auf dem anderen der September 1982 dargestellt. Mit einem großen roten Stift wollte Sutton während des Verfahrens die Ereignisse in Kathleens Praxis graphisch dokumentieren, so wie sie allmählich von den Zeugen dargelegt werden würden. Seine ersten beiden Eintragungen in den Quadraten vom 24. August und 17. September lauteten: ›McClellan, Atemstillstand.‹

Ein junger Arzt, Dr. Richard Mason, der sich auf die Notfallmedizin spezialisiert hatte, saß als nächster im Zeugenstand. Er berichtete, daß er am 17. September Dr. Holland bei der Behandlung von Chelsea in der Notaufnahme geholfen hatte. »Als ich in die Notaufnahme kam, konnte ich keine Bewegungen bei dem Kind feststellen. Es wurde auf einen Tisch gelegt, und kurz darauf begann es, nach dem Rohr in seinem Rachen zu greifen. Chelsea lag auf dem Rükken, bewegte ihre Hände im Bereich ihres Kopfes herum« – der Arzt demonstrierte den Geschworenen, was er meinte – »und hob die Arme.« Auf eine Nachfrage von Sutton charakterisierte Dr. Mason Chelseas Aktionen als »grobe motorische Bewegungen«. Sie konnte die großen Armmuskeln bewegen, aber nicht die kleineren, die Gelenke und Finger kontrollieren.

»Ihren Beobachtungen zufolge, Doktor – entsprach das Verhalten des Kindes dem eines Patienten, der nach der Gabe des Medikaments Suxamethoniumchlorid wieder zu sich kommt?«

»Ja, Sir.«

Die Geschworenen hatten jetzt zwei Puzzlestücke in Händen: Am 17. September hatte ein kleines Mädchen einen Atemstillstand erlitten und zeigte dann in der Notaufnahme merkwürdige Reaktionen, die durch ein Medikament namens Suxamethoniumchlorid verursacht werden konnten.

Im Kreuzverhör zwang Brookshire Dr. Mason dann zu

bestätigen, daß Chelseas ziellose Bewegungen auch das Ergebnis eines schläfrigen, halbbewußten Zustands nach einem Krampf gewesen sein konnten. Während der gesamten Verhandlung kam die Verteidigung bei fast jedem Zeugen wieder auf dieses Thema zu sprechen – eine andere, natürliche Erklärung für Chelsea McClellans medizinische Probleme.

Sutton hatte ein Medikament namens *Suxamethoniumchlorid* eingeführt; jetzt mußte er erklären, was es war. Der erste Experte war Dr. Roland Proust, ein Forscher des Pharmakonzerns Burroughs Wellcome in North Carolina. Dr. Proust lieferte den Geschworenen eine detaillierte Analyse der zwei Hauptbestandteile des speziellen Typs Suxamethoniumchlorid, das Dr. Holland für ihre Praxis eingekauft hatte.

Sobald die meisten Puzzleteile zusammengefügt waren, rief Sutton den Sanitäter Steven Brown auf, der den Krankenwagen in beiden Fällen gefahren hatte. Er berichtete den Geschworenen, was auf Chelseas letzter Reise geschehen war. Mit leiser Stimme erzählte Brown von Chelseas unerwartetem Herzstillstand, von der schnellen Fahrt nach Comfort und von Dr. Hollands Anordnung fünfunddreißig Minuten später, die Herzmassage einzustellen.

Im Kreuzverhör befragte Carnes den Sanitäter zu Chelseas körperlichem Erscheinungsbild am 17. September, als sie in den Krankenwagen geladen wurde. »Sie sah gut aus«, erinnerte er sich, »stabil. Ihre Farbe war wieder normal. Es schien alles in Ordnung zu sein.« Die Verteidigung verfolgte mit dieser Frage eine bestimmte Absicht. Brookshire wollte, daß die Geschworenen über die Möglichkeit nachdachten, daß Chelsea sich bereits wieder erholt hatte, als sie in den Wagen geladen wurde, denn wenn das der Fall war, stimmten möglicherweise auch zwei logische Schlußfolgerungen. Erstens, falls Genene dem Kind irgend etwas in der Praxis angetan hatte, konnte das nicht die Ursache für seinen Tod sein, da es sich bereits wieder erholt hatte. Zweitens, falls Chelsea tatsächlich an den Folgen einer Injektion gestorben war, hätte dieses Medikament injiziert werden müssen, nachdem sie in den Krankenwagen geladen worden war.

Zwei weitere Zeugen, Schwester Trixie Anthony und Lynn Isham, die Chefin des örtlichen Bestattungsunternehmens, gaben die nötigen Informationen darüber, was mit Chelseas Leichnam vor der Autopsie geschehen war. Sutton beendete den ersten Tag mit einer Zeugenaussage über Chelseas Ankunft in dem Bestattungsunternehmen.

»Die Geschworenen erfuhren also alles bis zu ihrem Tod«, berichtete Sutton später, »mit einer kurzen Serie von Zeugenbefragungen breiteten wir den Fall vor ihnen aus. Wir begannen mit einem aufregenden Ereignis – mit dem Notfall. Wir erklärten das Medikament – was es ist und was es vermag. Dann hatten wir den Tod, eine Beerdigung und eine Exhumierung, so daß nur noch die Frage blieb: ›Wer war der Täter?‹ Und das passierte alles am ersten Tag.«

Am Freitag, dem 20. Februar, entschuldigte sich Richter Carter für seine rauhe Stimme: Er litt unter einer schweren Kopfgrippe. Dann befahl er der Anklage, den nächsten Zeugen aufzurufen. Dr. James Robert Fletes war der Pathologe, der Chelseas Autopsie vorgenommen hatte. Dr. Fletes erklärte der Jury, daß seine pathologischen und toxikologischen Testes keine Anomalität des Herzens, der Lungen und der anderen Organe gezeigt hatten.

Im Kreuzverhör verlieh Brookshire seiner Verteidigung Substanz; er ging mit Dr. Fletes jede einzelne Information durch, die er von Chelseas Krankengeschichte kannte. Er bat den Arzt auch, eine Reihe von Dias zu kommentieren, die er mitgebracht hatte, Dias, die eine Vernarbung in Chelseas Hirnstamm zeigten, in dem Teil des Gehirns also, das die Herz- und Atemfunktion kontrolliert. Brookshire malte das Bild eines Kindes, das unter einer Reihe von medizinischen Problemen gelitten hatte, die zu einer Vernarbung des Hirnstammes geführt oder dazu beigetragen hatten und somit seinen Tod erklären *konnten*.

Dr. James Robert Galbreath, ein ehemaliger Professor für Medizin und Mitglied einer Gesellschaft von Pathologen, trat als nächster in den Zeugenstand. Galbreath führte Fletes' Aussage weiter aus – Chelsea war körperlich völlig gesund gewesen. Außerdem erklärte er, daß die Vernarbung des Hirnstammes »sehr subtil« war.

Die nächsten drei Zeugen berichteten über Chelseas Exhumierung. Der Kriminalbeamte Lonnie Agold hatte den Vorgang fotografiert, Gene Hutzler hatte die sterblichen Überreste wieder in den Sarg gelegt, und Stanley Zerkel, der Leiter des örtlichen Friedhofs, versicherte den Geschworenen, daß das Grab vor der Exhumierung nicht angetastet worden war.

Gegen 14 Uhr rief Sutton Dr. Theodore Boyce auf, der als Arzt des Gesundheitsamts von Kerrville die Exhumierung geleitet hatte. Mit Boyce's Aussage stellte Sutton klar, daß die Gewebeproben, die schließlich Dr. Reider und Dr. Holmstedt zur Verfügung gestellt worden waren, tatsächlich von dem toten Kind stammten und nicht in irgendeiner Weise verfälscht worden waren.

Da Dr. Boyce zufällig auch der Arzt gewesen war, der Chelsea kurz nach der Entbindung versorgt hatte, nutzte Carnes bei diesem Zeugen seine Chance, sich mit Chelseas erstem Lebenstag genauer zu befassen. Carnes konzentrierte sich auf die Frühgeburt, die Atemschwierigkeiten, unter denen sie gelitten hatte, und die Verzögerung, bevor Boyce sie intubiert hatten. Erneut war Carnes' Botschaft klar: Chelsea war ein empfindliches Kind mit einer langen Vorgeschichte medizinischer Probleme gewesen.

Der letzte Zeuge des Tages und Suttons dramatisches Finale in der ersten Woche der Zeugenbefragungen war Dr. Vincent DiMaio, der Gerichtsmediziner von Bexar County mit fast zwanzig Jahren Erfahrung. Seine Fachkenntnis war unumstritten: Während seiner Berufszeit hatte er Tausende von Autopsien durchgeführt, unter anderem bei Hunderten von Kindern. Der Arzt war zur Zeit der Verhandlung ein behäbiger Mann Anfang vierzig, der eine Brille trug und auffällig mit seinem linken Auge und der linken Schulter zuckte.

Später bezeichnete Brookshire DiMaio als ›den lächelnden

Attentäter aus San Antonio‹. »Man merkte«, erklärte Brookshire, »daß er im Gegensatz zu den vorhergehenden Zeugen schon oft vor einer Jury ausgesagt hatte. Er schaute dem Fragesteller aufmerksam und direkt ins Gesicht, und bevor er antwortete, drehte er sich zu den Geschworenen um. Über sein Gesicht breitete sich ein Lächeln aus, als ob jemand auf einen Knopf gedrückt hatte. Er war sehr selbstsicher, hatte große Fachkenntnis und wurde respektiert.«

Dr. DiMaio erklärte den Geschworenen, daß die Pathologie der Zweig der Medizin ist, der sich mit der Untersuchung von Krankheiten befaßt. »Der Pathologe am Gericht befaßt sich mit der Anwendung der medizinischen Wissenschaften auf das Gesetz. Er befaßt sich mit der Auswirkung von Traumen auf den Körper. Er befaßt sich mit gewaltsamen Todesfällen, Unfällen, Selbstmorden und Morden.« In einem Fall wie diesem, erklärte DiMaio, sollten die Geschworenen auf den Gerichtsmediziner hören.

Da DiMaio aus San Antonio kam, übernahm Nick Rothe zum erstenmal die Befragung für die Anklage. Eine der ersten Fragen befaßte sich mit der Erfahrung des Arztes mit dem plötzlichen Kindstod, der Todesursache, die ursprünglich auf Chelseas Totenschein vermerkt worden war. »Der plötzliche Kindstod«, begann DiMaio, »ist keine einzelne, isolierte Krankheit wie Tuberkulose oder eine Blinddarmentzündung. Es ist viel mehr eine Sammeldiagnose für Todesfälle mit unterschiedlichen Ursachen, die wir mit unserem gegenwärtigen medizinischen Wissen nicht unterscheiden können. Die meisten Todesfälle dieser Art haben wahrscheinlich natürliche Ursachen, bei einigen handelt es sich um Unfälle und bei einigen geht es um Mord. Typisch für dieses Syndrom ist, daß ein Baby ins Bett gelegt wird und tot ist, wenn die Eltern versuchen, es wieder aufzuwekken. Die Altersgruppe, in der dies vorkommt, sind Kinder unter einem Jahr. 91 Prozent der Fälle treten sogar auf, bevor das Kind sechs Monate alt ist. Ich selbst weigere mich, einen Fall als plötzlichen Kindstod zu diagnostizieren, wenn das Kind älter als zehn Monate ist.«

»Alle Gerichtsmediziner«, fuhr der Arzt fort, »wissen,

daß es sich bei einem Prozentanteil der Fälle, die als plötzlicher Kindstod diagnostiziert werden, um ein Tötungsdelikt handelt. Die Zahl ist irgendwo zwischen 1 und 20 Prozent angesiedelt. Zwanzig Prozent sind wahrscheinlich viel zu hoch gegriffen, aber wir wissen das nicht mit Sicherheit. Daher ist es wichtig, einen toxikologischen Test durchzuführen, wenn der Verdacht auf plötzlichen Kindstod gegeben ist.«

Dann begann die Anklage, sich mit der Theorie der Verteidigung auseinanderzusetzen, daß Chelseas Notfall die natürliche Folge von Fehlern in ihrem Körper gewesen war. »Doktor, wurden jemals Tests durchgeführt, die mögliche Fälle von plötzlichem Kindstod bei Kindern mit einer Vernarbung des Hirnstamms mit Kindern verglichen haben, die beispielsweise bei einem Autounfall, durch eine Schußverletzung oder durch ein Feuer ums Leben gekommen waren, und hat man festgestellt, ob diese Vernarbungen in der Kontrollgruppe weniger häufig waren als bei den Fällen von plötzlichem Kindstod?«

»Ja, Sir«, bestätigte DiMaio, »und man fand heraus, daß einige Kinder in der Kontrollgruppe *stärkere* Vernarbungen hatten als Kinder, die am plötzlichen Kindstod gestorben waren. Heute ist man allgemein der Meinung, daß diese Vernarbungen eine sehr subjektive Sache sind: einige Kinder haben mehr, einige haben weniger, und es gibt zur Zeit keine Beweise, daß eine Beziehung zwischen diesen Vernarbungen und dem plötzlichen Kindstod besteht.«

Im Kreuzverhör gab Brookshire sich damit zufrieden, drei wichtige Argumente gegen diesen ernstzunehmenden Zeugen anzubringen. »Doktor, sind Sie ein *Neuro*pathologe?«

»Nein, Sir.«

»Haben Sie in diesem Fall das Gehirngewebe untersucht?«

»Nein, Sir.«

»Wollen Sie behaupten, daß es unmöglich ist, daß eine Vernarbung im Gehirn die Körperfunktionen beeinflußt?«

»Nein, Sir.«

»Danke, keine weiteren Fragen, Euer Ehren.« Brookshire

wußte, daß es oft besser war, sich kurz zu fassen, um dem Zeugen keine weitere Möglichkeit zu geben, seine Position auszubauen, wenn er so überzeugend war wie Dr. DiMaio.

Die Geschworenen wurden um 15 Uhr 55 entlassen, nachdem Richter Carter sie gewarnt hatte: »Denken Sie daran: keine Zeitungen, keine Zeitschriften, kein schriftliches Material in irgendeiner Form, keine Fernseh- und keine Radiosendungen. Ich wünsche Ihnen allen ein schönes Wochenende. Bis Montagmorgen um neun Uhr.«

Am Samstag rief Sutton Kathleen an, um ihr mitzuteilen, daß sie bald an der Reihe sei. Kathleen hatte schon auf diesen Anruf gewartet. Sie hatte genau wie alle Bürger von Texas den Verlauf der Verhandlung in den Zeitungen und im Fernsehen verfolgt. Sutton telefonierte auch mit Petti und fragte, ob es ihr möglich sei, am nächsten Abend nach Georgetown zu kommen, um ihm bei einigen Aufzeichnungen zu helfen.

»Als Petti eintraf«, erinnert Sutton sich, »brachte ich sie auf unsere Zimmer, bat sie, Platz zu nehmen und sagte: ›Petti, Sie müssen etwas für mich tun.‹ Sie wurde ganz weiß im Gesicht: ›Was denn?‹ ›Sie müssen morgen früh in den Zeugenstand.‹ Sie fiel fast in Ohnmacht – aber sie hatte wenigstens nicht zwei oder drei Tage darüber nachdenken müssen, so daß sie nicht noch aufgeregter wurde. Wir sprachen die Sache die ganze Nacht über durch. Ich saß vor ihr, hielt ihre Hand, und Dr. Reiders und Dr. Holmstedt saßen neben ihr. Wir gingen alles langsam durch, damit es keine Überraschungen für sie geben würde, aber sie weinte und schluchzte die ganze Zeit über.«

Am Montag, dem 23. Januar, begann Suttons zweite Verhandlungswoche, und er bat die Mutter des toten Kindes, außer der Reihe in den Zeugenstand zu treten. Langsam und vorsichtig ging Sutton mit Petti die frühe Krankengeschichte ihrer Tochter durch: die Frühgeburt und die Lungenentzündung einige Monate später. Durch Petti gelang es Sutton, den Geschworenen ein echtes kleines Mädchen vorzuführen, das gerade anfing zu laufen und seine ersten

Sam Millsap bei einem Gespräch mit der Presse während der Verhandlung von San Antonio. (*Foto von* San Antonio Express-News)

Nick Rothe im Gespräch mit der Presse während der Verhandlung von San Antonio. (*Foto von* San Antonio Light)

Wörter lernte: ›Mama‹, ›Papa‹, ›nein‹, ›bah‹. Er und Petti zeigten, wie Chelseas Besuch in Dr. Hollands Praxis am 24. August und die zehn darauffolgenden Tage im Krankenhaus verlaufen waren.

»Welchen Eindruck hatten Sie von Chelsea nach diesem ersten Notfall?«

Mit fester Stimme antwortete Petti: »Es ging ihr gut. Sie wollte nicht einmal in ihrem Bett bleiben; es ging ihr gut. Sie spielte, und die Schwestern beschäftigten sich mit ihr, und sie lief im Flur herum.«

Petti erklärte, daß sie in diesen zehn Tagen nie irgendwelche Atemprobleme oder fehlende Koordination festgestellt hatte; ihre kleine Tochter schlief gut, aß gut und schien guter Dinge. Den Gesundheitszustand ihrer Tochter nach der Entlassung beschrieb Petti als ›fantastisch‹.

Anschließend ging Sutton mit Petti die Ereignisse am 17. September durch. Langsam, mit fast unhörbarer Stimme, erinnerte Petti sich an die Einzelheiten des letzten Tages ihrer Tochter. Sie berichtete, daß Chelsea »ein rotweißes Baumwollkleid mit Spitzenbesatz trug und einen dazu passenden Hut«. Vor der Öffentlichkeit erlebte Petti den Tod ihrer Tochter erneut, erinnerte sich an den seltsamen, ängstlichen Ausdruck in Chelseas Augen, die Schlaffheit, die über ihren Körper gekommen war. Petti brach zusammen, und einige Geschworene hatten ebenfalls Tränen in den Augen, als Sutton das Gericht um eine kurze Pause bat, damit die Zeugin sich sammeln konnte, bevor sie ihre Aussage fortsetzte. Als das Gericht wieder zusammentrat, überließ Sutton seine Zeugin der Verteidigung. Burt Carnes handhabte das Kreuzverhör sehr vorsichtig: »Niemand wird sich auf eine weinende Mutter stürzen«, erklärte er später. Er konzentrierte sich bei seiner Befragung auf die vielen medizinischen Probleme von Chelsea und stellte eine Sache fest: Nachdem Dr. Holland ihrer Helferin aufgetragen hatte, Chelsea zu impfen, *ging* Genene *nicht* mehr an den Kühlschrank mit den Medikamenten in einem der hinteren Praxisräume – sie ging direkt mit Mutter und Kind in das Behandlungszimmer.

Als Petti fertig war, schloß der Richter die Verhandlung für diesen Vormittag. Am Nachmittag hatten die Geschworenen frei. Der Richter wollte sich Beweise anhören, welche die Eingabe der Verteidigung unterstützen sollten, daß die Anklage Dr. Holmstedts neuen Test zum Nachweis von Suxamethoniumchlorid nicht einsetzen dürfe. Brookshire berief sich dabei auf einen gesetzlichen Grundsatz in Texas: Keine neue wissenschaftliche Methode kann als Beweis dienen, bis sie von der Wissenschaft allgemein anerkannt ist. Brookshire ließ drei Zeugen aussagen, darunter Dr. Bo Holmstedt selbst, um seine Behauptung zu unterstützen, daß dieser Test allgemein *nicht* akzeptiert wurde, sondern sich noch im Experimentierstadium befand. Der Test war noch von keinem anderen Team durchgeführt worden, und selbst Holmstedts Team hatte bisher nur mit dem Gewebe von Ratten und mit Menschenblut gearbeitet, doch niemals zuvor mit den verschwindend geringen Mengen des Medikaments, das in Chelseas Gewebe nachgewiesen worden war. »Schließlich geht es hier für die Anklage um eine mögliche Gefängnisstrafe von *99 Jahren*«, erinnerte er den Richter. »Der Test sollte allgemein akzeptiert und verläßlich sein.«

In seiner Antwort bot Sutton Zeugen an, die belegen würden, daß die *Methode*, die Holmstedt und sein Team verwendeten, identisch war mit Methoden, die bereits seit Beginn der siebziger Jahre zum Nachweis von Acetylcholinchlorid verwendet wurden, einem nahen chemischen Verwandten von Suxamethoniumchlorid. Da der Gaschromatograph-Massenspektrometer-Test seit vielen Jahren für den Nachweis von Acetylcholinchlorid eingesetzt wurde und als allgemein akzeptierte Methode galt, sei gegen den Holmstedt-Test nichts einzuwenden.

Nach einer Stunde verkündete Richter Carter seine Entscheidung: Dr. Holmstedts Test zum Nachweis von Suxamethoniumchlorid im Körper des angeblichen Opfers würde zugelassen werden. Die Geschworenen würden die Zeugenaussagen am nächsten Morgen hören.

Am Dienstagmorgen machte Richter Carter eine Ankündigung, bevor die Geschworenen hereingeführt wurden: »Nach der Verhandlung am gestrigen Vormittag haben die Geschworenen mir berichtet, daß sie von unzähligen Kameraleuten des Fernsehens belästigt wurden. Sie wurden bis zu ihren Autos verfolgt und in ihren Wagen gefilmt. Dies ist eine direkte Verletzung der Anordnung dieses Gerichts. Die Geschworenen sollten nicht fotografiert werden. Was sie durchmachen, ist schwer genug. Wir werden die Sache untersuchen, und ich werde herausfinden, wer es war. Jene Fernsehsender, die sich etwas haben zu Schulden kommen lassen, werden aus diesem Gericht verwiesen. Wenn Sie sich nicht an meine Anordnung halten können, müssen Sie die Konsequenzen tragen.« Carter wandte sich jetzt an den Sheriff: »Marvin, führen Sie jetzt die Geschworenen herein.«

Sutton rief Dr. Holmstedt in den Zeugenstand. Der Staatsanwalt befragte den Arzt nach seiner Ausbildung – seine Referenzen waren eindrucksvoll. Holmstedt bestätigte, daß er Professor für Toxikologie sei und Mitglied der Königlichen Akademie der Wissenschaften, die jedes Jahr den Nobelpreis für Chemie und Physik vergibt. Brookshire erinnert sich an den Arzt als »einen netten alten Herrn«, einen großväterlich wirkenden Mann, sehr ruhig, sehr angenehm und überhaupt nicht hochmütig. Dr. Holmstedt, der seit 1948 toxikologische Forschungen betrieb, hatte vor mehreren Jahren zwei Reisen in das Regenwaldgebiet des Amazonas unternommen, um zu studieren, wie die Eingeborenen dort die Droge herstellten. Er war einer der Wissenschaftler, welche die ursprüngliche synthetische Form von Curare, Suxamethoniumchlorid, entwickelt hatten.

Sutton bat Dr. Holmstedt, den Geschworenen die Wirkung des Medikaments zu erklären. »Der Nerv endet an der sogenannten motorischen Endplatte«, begann Holmstedt seine Aussage auf englisch, das er mit leichtem Akzent sprach. »Diese befindet sich im Muskel. Curare wie auch Suxamethoniumchlorid blockieren an diesem Punkt – an der motorischen Endplatte – die Aktion des Nervs zum Muskel hin. Die normalen Reize, welche die Muskeln aktivieren, erreichen sie nicht. Die Augenmuskeln und die Muskeln der Augenlider sind am schwersten davon betroffen, dann die kleinen Muskeln der Hände und Füße, anschließend die Beinmuskel, der blockiert wird, ist das Zwerchfell. In der umgekehrten Reihenfolge werden die Muskeln dann wieder aktiviert.«

»Was passiert bei der Auswirkung auf die Atemmuskulatur?« fragte Sutton.

»Man hört auf zu atmen.«

»Was passiert, nachdem das Medikament in den Körper gelangt ist?«

»Es wird schnell hydrolisiert – das heißt, es wird von einem Enzym im Blut in seine Bestandteile aufgespalten und auf diese Weise sehr schnell inaktiviert, so daß die Wirkung nur sehr kurz anhält.«

Anschließend sprachen Sutton und Holmstedt mehr als eine Stunde lang über den komplizierten Gaschromatograph-Massenspektrometer-Test und die winzige Maßeinheit, die er messen konnte: ein Nanogramm, also ein Milliardstel Gramm. Dr. Holmstedt erklärte den Geschworenen, daß der GCMS-Test, wie er ihn nannte, eigentlich eine Kombination aus zwei Geräten ist, die durch eine Vorrichtung miteinander verbunden sind. Durch diese gelangen die Testsubstanzen von dem einen Gerät in das andere. Der Gaschromatograph trennt die Moleküle einer Testsubstanz, während das Massenspektrometer die voneinander getrennten Moleküle mißt.

Während des Kreuzverhörs konzentrierte Brookshire sich darauf, den Test insgesamt fragwürdig erscheinen zu lassen. Wie kann man, fragte er, die Verläßlichkeit von Testergebnissen aus dem Gewebe eines Kindes, dessen Körper mit allen möglichen Chemikalien vollgepumpt war, mit jenen aus dem Gewebe weißer Albinoratten vergleichen, die ihr Leben lang in steriler Umgebung gelebt und mit spezieller, chemisch reiner Nahrung ernährt worden waren? Schließlich hatte Chelsea während der letzten Monate ihres Lebens drei Krisen erlebt und hatte unzählige Tests im

Krankenhaus über sich ergehen lassen müssen. Ihr Gewebe war mit Konservierungsmitteln behandelt worden und war mehrere Monate alt, als Holmstedts Tests durchgeführt wurden. Würden derartige Variable nicht die Verläßlichkeit der Testergebnisse beeinträchtigen? argumentierte Brookshire. Holmstedt stimmte zu, daß diese Möglichkeit bestand.

Brookshire wollte mit einer weiteren Frage den Geschworenen noch einen weiteren Grund zum Zweifeln geben. Zuerst fragte er Dr. Holmstedt, ob die beiden Bestandteile von Suxamethoniumchlorid im menschlichen Körper auch natürlich auftreten. Dann fragte er: »Doktor, haben Sie je zuvor einen Test durchgeführt, bei dem Sie unter die 100-Nanogramm-Grenze gegangen sind, um festzustellen, ob Suxamethoniumchlorid möglicherweise als natürlicher Bestandteil im Körper vorkommt?«

»Ich kann nicht ausschließen, daß dieser Cholin-Ester in sehr geringen Mengen im Körper vorhanden ist, aber nicht in Mengen, die eine Lähmung verursachen würden.«

»Aber ist es vorstellbar«, beharrte Brookshire, »daß Suxamethoniumchlorid in sehr geringen Mengen im Körper vorhanden ist – wenige Nanogramm beispielsweise?«

»Das kann ich nicht ausschließen, aber es ist nicht bewiesen.«

Bei der abermaligen Vernehmung des Zeugen bemühte Sutton sich, Brookshires neue Theorie, daß das in Chelseas Gewebeproben gefundene Suxamethoniumchlorid natürlicher Bestandteil ihres Körpers gewesen war, umzustoßen. Die Geschworenen mußten sich ganz sicher sein, daß die aufgefundenen Spuren des Medikaments auf eine Einwirkung von außen zurückgeführt werden konnten.

»Doktor, wie stellt man Suxamethoniumchlorid her?«

»Man läßt Succinsäure mit Cholin in einer trockenen, wasserfreien Chloroform-Lösung miteinander reagieren.«

»Und ist das alles, was für die Herstellung nötig ist?« drängte Sutton weiter.

»Und Wärme«, fügte der Arzt hinzu.

»Bei welcher Temperatur?«

»Achtzig Grad Celsius.«

Sutton kam nun zu seiner entscheidenen Schlußfrage: »Doktor, glauben Sie, daß es wahrscheinlich ist, daß sich Suxamethoniumchlorid nach dem Tod im menschlichen Gewebe bildet?«

»Ein solcher Fall ist nicht bekannt. Ich glaube nicht, daß dies möglich ist.«

Suttons letzter Zeuge an diesem Tag war Dr. Frederic Reiders, ein kleiner, rundlicher Mann mit Glatze, der ständig an einer Pfeife zog. Dr. Reiders, der in Wien geboren war, war als Jugendlicher in die Vereinigten Staaten gekommen. Nachdem er im Zweiten Weltkrieg bei den amerikanischen Streitkräften gedient hatte, begann er ein Studium der analytischen Chemie und forensischen Toxikologie und schrieb schließlich seine Doktorarbeit in Pharmakologie.

Obwohl Dr. Reiders unbestritten ein ausgezeichneter Toxikologe war, war er als Zeuge nur teilweise zu gebrauchen. Anders als der charismatische und immer freundliche Dr. Holmstedt zeigte Dr. Reiders eine gewisse intellektuelle Arroganz bei seiner Aussage, was die Verteidigung freute und Ron Sutton zur Verzweiflung brachte.

Da die Verteidigung mehrfach die unmöglich kleine Größe eines Nanogramms betont hatte, schloß Sutton, den Geschworenen einen weiteren Ansatzpunkt zu geben. Er begann seine Befragung von Dr. Reiders, indem er fragte, wie *groß* ein Nanogramm ist. »Es wiegt ein Milliardstel Gramm. Normalerweise würde man dies als sehr geringe Menge betrachten, aber wir messen derartige Mengen im Labor regelmäßig bei vielen unterschiedlichen Dingen. Man kann sich ein Nanogramm auch auf andere Weise vorstellen«, erklärte Reiders, »indem man sich vor Augen führt, aus wievielen Molekülen es besteht. Die Anzahl der Moleküle in einem Nanogramm beträgt etwa zehn mit vierzehn Nullen dahinter; es handelt sich also um eine sehr große Anzahl von Molekülen. Und wenn wir wissen wollen, wieviele Elektronen dies sind, müssen wir *diese* Zahl mit 2000 multiplizieren. Die Größe hängt also ganz von der Betrachtungsweise ab.«

Sutton ging an die Tafel, um die Anzahl der Moleküle anzuschreiben, die Dr. Reiders ihm genannt hatte: 100000000000000. Während er die Nullen anschrieb, lächelte er: »Sagen Sie mir ruhig, Doktor, wann ich aufhören kann.«

Während er sich den Kreidestaub von den Händen klopfte, brachte er sein Argument an: »Doktor, kennen Sie irgendeine Substanz, die bereits in einer Menge von einem Nanogramm tödlich wirkt?«

»Viele«, bestätigte Reiders, »das Tetanustoxin beispielsweise. Bei einer Tetanuserkrankung ist es dieses Gift, das den Menschen krank macht und tötet. Das Diptherietoxin ist ebenfalls in dieser Menge potentiell tödlich. Einige sogenannte Bakterientoxine und bestimmte andere Toxine sind äußerst giftig und sind bereits in Nanogramm-Mengen potentiell tödlich.«

Dann begannen Sutton und Dr. Reiders eine lange Diskussion über den Gaschromatograph-Massenspektrometer-Test. Reiders erklärte, daß man zum Nachweis von Suxamethoniumchlorid ein kleines Gewebestück – in diesem Fall waren es zehn Gramm – nimmt und es in mehreren Schritten mit verschiedenen chemischen Lösungen verbindet. Jede Lösung bindet sich chemisch an eine bestimmte Materie in dem Gewebe, so daß die Materie von dem Endprodukt eliminiert werden kann. Nach diesen »Waschungen« am Anfang, bleiben nur noch »vierbindige Ammoniakverbindungen« bestehen, einschließlich Suxamethoniumchlorid, »in einer Methyl-Ethyl-Keton-Lösung«. Diese Lösung wird dann getrocknet, und durch die Entfernung der Methylgruppe aus dem Suxamethoniumchlorid-Molekül bildet sich ein tertiäres Amin, eine Verbindung, die sich in Gas verwandeln läßt. »Es ist dieses tertiäre Amin«, erklärte Dr. Reiders, »das man im Gaschromatographen testen kann.«

Dr. Reiders verglich den Prozeß der Chromatographie mit dem Eintauchen eines tintenverschmierten Taschentuchs in Wasser. »Das Taschentuch saugt sich mit Wasser voll, wobei der Tintenklecks sich ausbreitet.« Ähnlich dringt bei der flüssigen Chromatographie eine Lösung in einen Bereich des Testmaterials ein und trennt die Bestandteile. »Einige

Komponenten bewegen sich schneller, andere etwas langsamer. Schließlich hat man eine Reihe von Bändern, die bis zu dem Punkt verlaufen, an dem das Lösungsmittel endet. Nun kann man diese Bänder mit unterschiedlichen Methoden sichtbar machen. Dann schätzt man die Ergebnisse ein. Normalerweise geschieht das, indem man sie mit einer Tabelle vergleicht.« In der Gaschromatographie wird im Gegensatz zur flüssigen Chromatographie der ›Tintenklecks‹ in eine erhitzte Hohlröhre injiziert, die ein Trägergas enthält, das hilft, die Moleküle der Probe zu verbreiten.

Die zu testende Probe wird in flüssiger Form in einer Spritze aufgezogen. Die Spritze dringt durch eine Membran am oberen Ende des Gaschromatographen in eine Zone ein, die mit dem Rest der Kolonne verläuft, aber auf eine recht hohe Temperatur erhitzt ist. Aufgrund der Hitze wird die Flüssigkeit sehr schnell verdampft. Die Kolonne enthält ein Gas, meistens Stickstoff oder Helium, und die Innenwände sind mit einem dicken, flüssigen Medium ausgekleidet. Die verdampfte Verbindung – die injizierte Flüssigkeit – wird von dem Trägergas aufgenommen und strömt durch die Kolonne. Dabei interagieren die Substanzen mit der flüssigen Schicht an den Wänden, gehen eine Verbindung mit der Flüssigkeit ein und werden dann wieder verdampft. Die verschiedenen Teile der Mischung lösen sich in unterschiedlichem Ausmaß und in verschiedener Geschwindigkeit auf, weil sie alle eine unterschiedliche Affinität mit der Flüssigkeit im Kolonneninnern haben. Die Hauptsache dabei ist, daß die unterschiedlichen Bestandteile mit ihren unterschiedlichen Affinitäten sich voneinander trennen, so daß die Bestandteile am anderen Ende des Geräts ordentlich getrennt nacheinander wieder herauskommen.«

Sutton frage: »Durchläuft Suxamethoniumchlorid diesen Prozeß mit einer bestimmten Geschwindigkeit?«

»Ja«, erklärte Reiders entschieden, »es ist eine spezifische Geschwindigkeit, die durch die Länge der Kolonne, durch die Dichte der Flüssigkeit, die Art des Gases, die Fließgeschwindigkeit des Gases und durch die Temperatur des Gesamtsystems bestimmt wird.«

Die Bestandteile, die den Gaschromataographen verlassen, gehen jetzt in ein anderes Instrument über: das Massenspektrometer. Genau wie ein Juwelier einen Edelstein entlang der Spaltebene aufbricht, bricht dieses zweite Gerät die Moleküle durch chemische Ionisierung auf: auf vorhersehbare Weise. Das Massenspektrometer nimmt die Teile auf, betrachtet sie und wiegt die einzelnen Teile. Im Grunde handelt es sich bei dem Massenspektrometer um eine Waage für Moleküle.

Die Erklärung war meisterhaft gewesen, und Sutton war höchst zufrieden. Reiders hatte den Geschworenen nicht nur deutlich machen können, wie die fast magischen Prozesse in einem Gaschromatographen-Massenspektrometer abliefen, sondern er hatte sich auch als wahrer Fachmann erwiesen, der einen komplizierten Prozeß in Worten wiedergeben konnte, die für einen Laien verständlich waren.

Anschließend fragte Sutton Dr. Reiders nach den Einzelheiten bei Chelseas Exhumierung und bat den Arzt, die Körperteile zu identifizieren, die entfernt und von ihm persönlich nach Schweden gebracht worden waren: »Ein Teil des Muskels von der Vorderseite beider Oberschenkel, Teile der Nieren, Teile der Leber, die Gallenblase und die Harnblase.« Reiders hatte auch Proben der Balsamierungssubstanzen und Proben von Gehirn, Niere, Leber, Lunge, Herz und Milz mitgenommen, die von Dr. Galbreath bei der Autopsie entfernt und in Formalin aufbewahrt worden waren.

Dann umriß Dr. Reiders die einzelnen Schritte, die er bei den bereits erwähnten Tests durchgeführt hatte und führte Sutton endlich zu der Frage, auf die bereits alle gewartet hatten:

»Doktor, konnten Sie das Vorhandensein von Suxamethoniumchlorid nachweisen, nachdem Sie mit diesen Proben die erwähnten Tests durchgeführt hatten?«

Burt Carnes sprang auf. »Einen Augenblick, Doktor, bevor Sie antworten.« Er wandte sich an Richter Carter: »Bitte lassen Sie im Protokoll vermerken: Wir möchten Einspruch erheben, basierend auf den Gründen, die wir bereits in unserem Antrag, der dem Gericht vorliegt, kundgetan haben.«

Richter Carter nickte. »Einspruch abgelehnt.«

Sutton forderte seinen Zeugen zur Antwort auf: »Ihrer wissenschaftlichen Meinung nach, Dr. Reiders?«

»Ja. Meiner Meinung nach habe ich Suxamethoniumchlorid in einer Reihe der bereits erwähnten Proben entdeckt, identifiziert und gemessen.«

Nachdem die Bombe des Tages geplatzt war, trat Sutton an den Richtertisch. Es war 16 Uhr 45. Nach einer kurzen Besprechung im Flüsterton wünschte Richter Carter allen Anwesenden einen angenehmen Feierabend und verschob die Verhandlung auf den nächsten Morgen.

Am Mittwoch nahm Sutton seine Befragung von Dr. Reiders wieder auf. Sie gingen jetzt die Tests, die Reiders an Chelseas Gewebeproben durchgeführt hatte, genauer durch. Der Zeuge benannte die Suxamethoniumchlorid-Mengen, die er in den einzelnen Proben gefunden hatte: 3,4 ng (Nanogramm) in der Harnblase, 7,0 ng in der Gallenblase, 3,6 ng in der von Dr. Galbreath mit Formalin konservierten Nierenprobe, 0,3 ng in der Nierenprobe, die bei der Exhumierung entnommen worden war, 1,3 ng in der mit Formalin konservierten Leberprobe, 0,8 ng in der Leberprobe, 1,8 ng im linken Oberschenkelmuskel und 6,7 ng im rechten Oberschenkelmuskel. Dr. Reiders fand keinen Nachweis für Suxamethoniumchlorid im Gehirn- oder Lungengewebe.

Nach der Pause und bevor die Verteidigung Gelegenheit bekam, Dr. Reiders ins Kreuzverhör zu nehmen, bat die Anklage das Gericht um die Erlaubnis, einen weiteren Zeugen außer der Reihe zu vernehmen. Es handelte sich um Ron Williamson, den Apotheker der Krankenhausapotheke des Sid Peterson Hospital. Mr. Williamson fühlte sich nicht wohl und wollte nach Hause gehen.

Vom taktischen Standpunkt aus kam Williamsons Erkrankung Sutton gelegen. Gleich nach Reiders' Zeugenaussage, der zufolge Suxamethoniumchlorid in Chelsea McClellans Gewebe vorhanden war, erfuhren die Geschworenen anhand von zwei Rezepten, die von Williamson identifiziert wurden, daß an zwei verschiedenen Tagen von Dr. Hollands Praxis Suxamethoniumchlorid eingekauft worden war. Zweifellos hatte die Angeklagte Zutritt zu der angeblichen Mordwaffe gehabt. Das Gericht entschuldigte Mr. Williamson, und Dr. Reiders trat zu Brookshires Kreuzverhör wieder in den Zeugenstand. Wieder versuchte der Verteidiger, mögliche Schwachstellen an Dr. Reiders' Schlußfolgerung bloßzulegen.

Brookshire wies darauf hin, daß Dr. Reiders' angebliche Ergebnisse ohne Präzedenzfall waren. Gemeinsam gingen Anwalt und Zeuge alle bisher veröffentlichten Artikel über die Identifizierung von Suxamethoniumchlorid und vorherige Tests, die persönlich von Dr. Reiders durchgeführt worden waren, durch. Niemand hatte das Medikament bisher in Mengen, die unter der 100-Nanogramm-Grenze lagen, nachweisen können.

»Sie haben also zum ersten Mal den Gaschromatographen-Test an menschlichem Gewebe mit diesen äußerst niedrigen Werten durchgeführt?« nagelte Brookshire den Arzt fest.

»Ja, zum ersten Mal mit Erfolg«, gab Reiders zu, »zu anderen Zeiten ohne Erfolg.«

»Wenn ich ihre Aussage recht verstehe, Doktor, besteht selbst nach der Einbalsamierung noch jede Menge an Aktivierung in den Körpergeweben, wenn Sie so wollen. Die chemische Aktivität setzt sich doch fort, weil Chemikalien vorhanden sind, nicht wahr?«

»Ja, Sir«, stimmte Dr. Reiders zu, »außerdem sind Mikroorganismen vorhanden, also lebende Organismen.«

»Ist es da nicht möglich, Sir«, fuhr Brookshire fort, »daß sich unter gewissen Umständen im menschlichen Körper die Elemente Succinsäure und Cholin – die natürlicherweise in den Geweben vorhanden sind – auf sehr niedrigem Niveau wieder zu dem künstlichen Produkt Suxamethoniumchlorid verbinden könnten?«

»Die Möglichkeit läßt sich nicht ausschließen«, gab Reiders zu, fügte aber sofort hinzu: »Diese Möglichkeit ist jedoch äußerst gering und wird meiner Meinung nach nicht eintreten.«

Brookshire, der überzeugt war, daß der Arzt seine Meinung nicht belegen konnte, drängte weiter: »Haben Sie in diesem Bereich geforscht?«

Reiders wollte sich nicht einschüchtern lassen: »Ja, Sir, und das Ergebnis war negativ. Alle Arbeiten, die ich mit sauberem, kontrolliertem Gewebe durchgeführt habe, haben niemals dazu geführt, daß ich Suxamethoniumchlorid entdeckt habe, obwohl Cholin und Succinsäure immer vorhanden sind.«

Brookshire bedauerte bereits, diese Fragen gestellt zu haben, aber fühlte sich gezwungen, noch einen Schritt weiter zu gehen: »Durch Ihre Forschung wird diese Möglichkeit aber nicht *ausgeschlossen*, oder?«

»Nichts schließt sie aus«, erwiderte Reiders, »aber es macht sie äußerst unwahrscheinlich.«

Brookshire wandte sich nun der Testmethode selbst zu und erfuhr, daß Reiders nicht nach dem Suxamethoniumchlorid-Molekül an sich gesucht hatte, sondern nur nach molekularen Stücken, die man anhand ihres Gewichts identifizieren konnte. »Also«, faßte Brookshire zusammen, »Sie suchten in diesem Test nach drei einzelnen Fragmenten von Suxamethoniumchlorid.«

»Richtig, Sir«, bestätigte der Arzt, »die Fragmente sind Anzeiger für die Identität dessen, was ich suche, nämlich Suxamethoniumchlorid. Dabei handelt es sich um bekannte Markierer.Diese Markierer ermöglichen es mir, zusammen mit anderen Testdaten mit ziemlicher Sicherheit zu sagen, daß in der Tat Suxamethoniumchlorid vorhanden ist.«

»Gibt es noch etwas anderes mit dem Molekulargewicht 58?« fragte Brookshire und bezog sich auf das Identifikationsgewicht eines der drei Markierer, auf die Reiders sich bezogen hatte.

»Ja.«

»Gibt es noch etwas anderes, das das Molekulargewicht 71 hat?« Damit meinte Brookshire den zweiten Markierer.

»Sicherlich gibt es etwas.«

»Wie sieht es mit dem Molekulargewicht 190 aus – Gewicht des dritten Fragments?«

»Viele Flüssigkeiten haben dieses Gewicht.«

»Also haben viele mögliche Substanzen dasselbe Molekulargewicht von 58, 71 und 190. Doktor, wenn Sie Fragmente dieser Gewichte gefunden haben, wieso glauben Sie dann, daß es sich um Suxamethoniumchlorid handelt? Wie können Sie die anderen Möglichkeiten ausschließen?«

»Man kann niemals *alle* Möglichkeiten ausschließen«, erwiderte Reiders. »Wissenschaftler schließen genau wie Rechtsanwälte oder Ärzte nicht alle Möglichkeiten aus.«

»Wäre es dann fair zu sagen«, fuhr Brookshire fort und erzielte endlich einen Treffer, »daß es sich hier nur um eine Wahrscheinlichkeit handelt?«

»Das ganze Leben ist voller Wahrscheinlichkeiten«, gab Reiders zu, »aber die Wahrscheinlichkeit ist in diesem Fall so hoch, daß ich mit ziemlicher Sicherheit sagen kann, daß es sich um Suxamethoniumchlorid handelt. Und diese Meinung basiert nicht nur auf diesen drei Zahlen«, fuhr er fort, »sondern auf der Retentionszeit, auf der Art und Weise, wie sie gewonnen wurden, und auf der Art und Weise, wie die Proben vorbereitet wurden. Mit anderen Worten: Ich hege keinen Zweifel, daß es sich um Suxamethoniumchlorid handelt.«

Brookshire fragte Dr. Reiders dann, warum man das Medikament nicht im Lungen- und Gehirngewebe hatte nachweisen können, schien aber durch seine Befragung keinen Vorteil für sich erzielen zu können. Vor der Pause am Nachmittag entließ er den Zeugen.

Als das Gericht um 15 Uhr 10 wieder zusammentrat, war Ron Sutton fest entschlossen, Brookshires irreführende Theorien über die Möglichkeit, daß ein toter Körper Suxamethoniumchlorid herstellen kann, ein für alle Mal zu widerlegen.

»Wie wird Suxamethoniumchlorid hergestellt, Dr. Reiders?«

»Man nimmt Succinsäure und Cholin und gibt beides in einer sehr trockenen Stickstoffatmosphäre in Chloroform, das wasserfrei ist, und erhitzt diese Mischung mehrere

Stunden lang bei 80 Grad Celsius; dann fügt man etwas trockenes Wasserstoffchloridgas hinzu, um das Suxamethoniumchlorid auszufällen.«

»Achtzig Grad Celsius, Doktor«, unterbrach Sutton, »das ist ziemlich heiß, nicht wahr? Über welchen Zeitraum?«

»Ich glaube, es sind mehrere Stunden erforderlich.«

»Doktor, Sie haben ausgesagt, daß Sie bei der Exhumierung von Chelsea McClellan anwesend waren – richtig?«

»Ja, Sir.«

»Haben Sie etwas an ihrem Körper oder an ihrem Sarg festgestellt, das darauf hinweisen würde, daß über mehrere Stunden hinweg eine Temperatur von 80 Grad Celsius geherrscht hat?«

»Nein, dann wäre der Körper ja gekocht worden.«

Sutton konnte an den Gesichtern der Geschworenen ablesen, daß er einen Punkt gemacht hatte – es war unmöglich, daß die Spuren von Suxamethoniumchlorid, die Reiders in den Gewebeproben gefunden hatte, spontan in Chelseas Körper erzeugt worden waren. Sutton dankte Dr. Reiders und Rothe stand auf, um den letzten Zeugen der Verteidigung für diesen Tag aufzurufen.

»Die Anklage ruft Dr. Kathleen Kagan-Hallet auf.«

Dr. Kagan-Hallet, die eine Fachausbildung als Kinderärztin und Neuropathologin hatte, zählte zu den vielleicht 250 Spezialisten dieser Art im Land. Sie hatte die pathologische Überprüfung der Gewebeproben aus dem Gehirn von Chelsea McClellan durchgeführt. Da sie ursprünglich den Tod auf einen atypischen plötzlichen Kindstod zurückgeführt und dann ihr Urteil *geändert* hatte, war ihre Glaubwürdigkeit in Frage gestellt. Als erstes versuchte Rothe daher, die Bedeutung der irreführenden Informationen zu klären, die Kagan-Hallet über Chelseas Krankengeschichte erhalten hatte.

»Doktor, ganz allgemein gesagt: Ist die Krankengeschichte, die dem Pathologen mitgeteilt wird, wichtig bei der Festlegung der Todesursache?«

»Ja, sehr wichtig. Man kann sich sehr leicht von einer falschen oder unvollständigen Krankengeschichte irreführen lassen, so daß man bei der Art des Todes oder bei der Art der Läsionen oder Anormalitäten, die man durchs Mikroskop betrachtet, irregeführt wird.«

Bevor Rothe weiterfragte, was man Kagan-Hallet über Chelsea McClellan mitgeteilt hatte, wollte er erst noch ein wenig Hintergrundinformation erhalten. Er machte die Geschworenen mit den etwas makabren Methoden bekannt, die bei einer Gehirnautopsie angewendet werden, so daß ihr Mitleid wuchs und eine emotionale Reaktion erzeugt wurde, die für die Anklage von Vorteil sein würde. Dann wandte er sich den Ergebnissen von Kagan-Hallets Untersuchung an Chelseas Gehirngewebe zu, wobei er sich nicht darauf konzentrierte, was die Ärztin gefunden, sondern auf das, was sie *nicht* gefunden hatte. Kagan-Hallet berichtete, daß sie nach sieben spezifischen Anomalitäten gesucht hatte, die im Einklang stehen würden mit Chelseas Frühgeburt und den späteren Krampfanfällen und Atemstillständen. Die Folgerung war klar: Der Zustand von Chelseas Gehirn zum Zeitpunkt ihres Todes entsprach nicht dem, was Kagan-Hallet aufgrund Chelseas vorgelegter Krankengeschichte erwartet hatte.

Die einzige Anomalität, die Kagan-Hallet vorfand, war eine Vernarbung in Chelseas Hirnstamm und im Nervenstrang im Nackenbereich. Die Ärztin kam zu folgendem Schluß: »Aufgrund der mir vorgelegten Krankengeschichte und meinen Funden zufolge war das Kind meiner Meinung nach einem plötzlichen Kindstod erlegen.«

Diese Diagnose, erklärte Kagan-Hallet, bezieht sich auf »einen klinischen pathologischen Zustand, in dem zu früh geborene Kinder wiederholt aufhören zu atmen, es den Eltern aber gelingt, sie wiederzubeleben, meistens, indem sie sie schütteln. Gelegentlich kommt es auch zum Tod eines solchen Kindes, und in diesem Fall zeigt die Gehirnuntersuchung Schädigungen, die auf diese Atemstillstände zurückzuführen sind. Die Krankengeschichte, die man mir vorgelegt hatte, ließ den Schluß zu, daß dies bei Chelsea so gewesen sein dürfte.«

Jetzt begann Rothe den kniffligen Prozeß, Kagan-Hallets

Änderung ihres Urteils über die Todesursache zu rechtfertigen, indem er die Tatsachen erwähnte, die der Ärztin nicht vorlagen, als sie das ursprüngliche Urteil gefällt hatte. »Wäre es nicht sehr wichtig für sie gewesen zu wissen, ob Chelsea McClellan vor ihrem Tod bei einem Notfall Medikamente erhalten hatte?«

»Ja, das wäre sehr wichtig gewesen.«

»Wußten Sie, daß Chelsea McClellan im August für einige Tage im Krankenhaus gelegen hatte?«

»Das wußte ich nicht. Wenn ich gewußt hätte, daß es Aufzeichnungen und Beobachtungen im Krankenhaus und andere Laboruntersuchungen gab, hätte ich eine viel bessere Vorstellung davon gehabt, was hier passiert war.«

»Wissen Sie jetzt, daß das Kind nach einem Atemstillstand ins Sid Perterson Hospital eingeliefert, behandelt und wiederbelebt wurde?«

»Ja, das weiß ich jetzt.«

»Ich frage Sie jetzt, Dr. Kagan-Hallet: Ausgehend von dem, was Sie jetzt wissen – den Tatsachen, von denen Sie über einen Zeitraum von mehreren Monaten erfahren haben und den Untersuchungen, die Sie in dieser Zeit angestellt haben –, ändern alle diese Dinge Ihre Schlußfolgerungen über Chelsea McClellans Todesursache?«

»Ja.«

Schließlich stellte Rothe die Frage, auf welche die Geschworenen bereits warteten: »Ich werde Sie jetzt fragen, Doktor, was Ihrer Meinung nach die Todesursache von Chelsea McClellan war.«

Dr. Kagan-Hallet wandte sich mit all der ihr zur Verfügung stehenden Autorität an die Geschworenen: »Meiner Meinung nach ist die Todesursache auf einen Atemstillstand zurückzuführen, der zu einem Herzstillstand führte, und der Tod des Kindes auf eine Injektion mit Suxamethoniumchlorid.«

»Danke, Doktor. Keine weiteren Fragen mehr.«

Rothe war mit seiner Befragung kurz nach 16 Uhr fertig – etwas zu früh. An diesem Tag sollte zur Abwechslung die Verteidigung das letzte Wort haben.

Brookshire erhob sich.

»Doktor, Sie sind hier die verschiedenen Untersuchungsergebnisse durchgegangen, die zur Ihrer ersten Diagnose eines plötzlichen Kindstodes geführt hatten.«

»Ja.«

»Offenbar waren Sie sich dieser Diagnose ziemlich sicher, als Sie sie aufstellten.«

»Ja.«

»Sie fügten auch einen Artikel bei, der belegt, daß eine Vernarbung wie die vorhandene zum Tod führen kann.«

»Sie wird mit dem plötzlichen Kindstod in Zusammenhang gebracht.«

»Sie hatten also damals keinen Zweifel?«

»Das ist richtig.«

Brookshire zog jetzt seine beste Waffe hervor: »Letzte Woche«, erklärte er der Ärztin, »hat Dr. DiMaio Sie dafür kritisiert, daß Sie den plötzlichen Kindstod als Todesursache festgelegt hatten. Seiner Meinung nach ist jeder, der diese Feststellung bei einem über zehn Monate alten Kind trifft, ein *Dummkopf*.«

Rothe sprang auf. »Ich erhebe Einspruch gegen Mr. Brookshires Bemerkung. Ich glaube nicht, daß Dr. DiMaio jemand einen Dummkopf genannt hat, Euer Ehren.«

»Einspruch stattgegeben.«

Der Rechtsanwalt blieb beharrlich. »Was halten Sie von Dr. DiMaios Auffassung?« Brookshire wußte, daß jede Rechtfertigung, die Kagan-Hallet jetzt für ihr ursprüngliches ›dummes‹ Urteil anbieten würde, die Theorie der Verteidigung, daß Chelsea McClellans Tod durchaus auf natürliche Ursache zurückgeführt werden konnte, unterstützen würde.

»Nun, ich glaube, daß es in der pädiatrisch-pathologischen Literatur keine absolute Altersgrenze beim plötzlichen Kindstod gibt«, begann Kagan-Hallet. »Es heißt nirgendwo, daß ein dreizehn Monate altes Kind *nicht* am Krippentod sterben kann. Es wird sogar betont, daß ein Kind, wenn es sehr früh geboren wurde, einiges aufholen muß, so daß derartige Attacken später auftreten können.«

»Wenn ich Sie recht verstehe«, ermutigte Brookshire sie, »sagen Sie damit, daß es im Gegensatz zu Dr. DiMaios Meinung selbst bis zu einem Alter von fünfzehne Monaten zum plötzlichen Kindstod kommen kann.«

»Mit Sicherheit.«

»Gibt es Untersuchungen, die das belegen?«

»Es gibt ein Fachbuch von Warren Gunteroth, das im letzten Jahre erschienen ist, mit dem Titel *Krippentod* (Das Syndrom des plötzlichen Kindstods), in dem dieselben Beobachtungen gemacht werden. Außerdem gibt es unzählige Artikel von Maria Valdez-Dapeña, die diese Theorie ebenfalls unterstützen.«

Brookshire hatte, was er wollte: Nicht nur Kagan-Hallet widersprach DiMaios absoluter Überzeugung, daß der Krippentod bei über einjährigen Kindern nicht mehr auftrat, sondern es gab auch zwei bekannte Autoritäten und Autoren, die dem ebenfalls widersprachen. Brookshire hatte begründet, daß die *Möglichkeit* bestand, daß Chelsea am plötzlichen Kindstod gestorben war.

Der Verteidiger wollte noch zwei weitere Punkte an diesem Tag begründen. Zuerst sprach er mit der Pathologin über die Art der Vernarbung, die bei Chelsea vorhanden gewesen war – eine fibrulare Gliose im Hirnstamm oder Medulla oblongata. »Welche Körperfunktion werden von der Medulla kontrolliert, Doktor?«

»Die Medulla kontrolliert Atmung, die Regelung der Körpertemperatur, den Blutdruck und andere sogenannte autonome Funktionen – Dinge, über die man nicht nachdenken muß.«

»Den Herzschlag und solche Dinge?«

»Ja. Auch den Herzschlag.«

»Wenn es in diesem Bereich Vernarbungen gibt, was für Auswirkungen könnte das auf die autonomen Funktionen haben?«

»Wenn jemand aufhört zu atmen«, räumte Kagan-Hallet ein, »kann die Wiederaufnahme der Atmung erschwert werden. Die Betroffenen können auch unter Unregelmäßigkeiten beim Herzschlag leiden.«

»Könnte es passieren, daß das Herz aufhört zu schlagen, oder würde der Herzschlag nur verlangsamt oder schneller werden?«

»Ich nehme an, daß es möglich wäre, daß es zu einem Herzstillstand kommt.«

Brookshire sprach seine Folgerung nicht aus – Chelseas Herz- und Atemstillstand war *möglicherweise* durch die Gliose verursacht worden. Er nickte nur und wandte sich seinem letzten Punkt zu. Er mußte begründen, daß die Vernarbung, die ja eine mögliche Todesursache bei Chelsea war, nicht auf Genenes Tun zurückgeführt werden konnte. »Doktor, können Sie uns sagen, wie alt diese Vernarbungen waren?«

»Nein. Wenn sie sich einmal gebildet haben, können sie drei Jahre oder dreißig Jahre alt sein. Es läßt sich kein Unterschied feststellen.«

»Lassen Sie mich die Frage so stellen: Waren sie eine Woche oder zwei Wochen alt?«

»Nein. Zu Vernarbungen kommt es erst... Es dauert mindestens drei Wochen, bis es zu derartigen Vernarbungen kommt, sie sind also älter als drei Wochen, aber wieviel älter läßt sich nur schwer sagen.«

Brookshire konnte sein Ziel nicht ganz erreichen. Kagan-Hallets Antwort begründete zwar, daß Chelseas letzter Atemstillstand am 17. September nicht zu der Vernarbung in ihrem Gehirn geführt hatte, aber es war möglich, daß die erste Krise am 24. August die Ursache gewesen sein konnte. Wenn Genene die erste Krise herbeigeführt hatte, hatte sie damit möglicherweise die Schwäche – die Gliose – hervorgerufen, auf welche die Verteidigung Chelseas Tod zurückführte.

Am nächsten Morgen, am Donnerstag, dem 26. Januar, nahm Brookshire die Befragung von Dr. Kagan-Hallet wieder auf. Sein Ziel: den Geschworenen zu zeigen, daß die Pathologin ihr Urteil vom plötzlichem Kindstod auf Mord umgestellt hatte, weil Sutton ihr berichtet hatte, daß Chelsea Suxamethoniumchlorid injiziert worden war, nicht weil sie (wie Sutton angedeutet hatte) wichtige zusätzliche

Informationen über Chelseas Krankengeschichte erhalten hatte.

Brookshire und die Zeugin gingen nun all die kleinen Unterschiede zwischen der Krankengeschichte, die Kagan-Hallet vor ihrem ersten Urteil vorgelegen hatte, und der Geschichte, die ihr danach vorlag, durch. Der Verteidiger hoffte, daß die Geschworenen erkennen würden, daß der einzige bedeutsame Unterschied darin bestand, daß Chelseas verzeichnete Atemschwierigkeiten auf ihre Lungenentzündung zurückzuführen waren. Die Verteidigung wollte belegen, daß diese zusätzlichen Informationen nicht ausreichten, um Kagan-Hallets Änderung ihres Urteils zu rechtfertigen. Brookshire argumentierte, daß die Pathologin ihr Urteil *nur* geändert hatte, weil Sutton ihr mitgeteilt hatte, daß Chelsea Suxamethoniumchlorid injiziert worden war.

Als Kagan-Hallet die zusätzlichen Informationen, die sie erhalten hatte, zusammenfaßte, bestätigte sie am Ende unabsichtlich Brookshires Behauptung: »Ich wußte nicht, daß Chelsea am 24. August wegen einer Entzündung der oberen Atemwege beim Arzt gewesen war, daß sic eigentlich nicht sehr krank war und daß der Krampf nicht spontan eintrat.«

»Wenn Sie sagen, der Krampf trat nicht spontan ein, Doktor, was meinen Sie damit?«

»Ich meine, daß das Kind von einem Arzt in seiner Praxis untersucht worden war und daß es möglicherweise eine Injektion erhalten hat, auf die der Krampf folgte.«

Brookshire lehnte sich über den Tisch und sagte mit geduldiger Stimme: »Sind Sie sich irgendwelcher Aufzeichnungen bewußt, *irgendwo,* die nahelegen würden, daß Chelsea ein Mittel gespritzt wurde, das einen Krampf verursachen kann?«

Die Ärztin gestand, daß dem nicht so war. Erfreut wies Brookshire die Geschworenen darauf hin, daß Kagan-Hallet ihre Schlußfolgerung auf etwas begründen mußte, das jemand ihr *erzählt* hatte, und nicht, wie sie zuvor behauptet hatte, auf Zusätze in Chelseas Krankengeschichte.

Kagan-Hallet, die Brookshires Strategie jetzt erkannte, erhob Einspruch: »Nun, ich glaube, daß die zweite Einlieferung in die Praxis wirklich viel aufschlußreicher war als die erste.«

»Gut«, sagte Brookshire, der gewillt war, die teilweise Kapitulation der Ärztin zu akzeptieren, »bis zu dem Vorfall am 24. August in Dr. Hollands Praxis gelten Ihre Ergebnisse der ursprünglichen Autopsie noch. Sie haben nichts, womit Sie eine Veränderung ihres Urteils begründen können.«

»Das ist richtig«, räumte Kagan-Hallet ein.

»Dann wollen wir uns näher mit dem Vorfall am 17. September befassen.« Brookshire schien ganz zufrieden mit seinen Fortschritten, denn jetzt war die Frage beträchtlich eingegrenzt: Hatte Kagan-Hallet tatsächlich etwas durch die Ereignisse am 17. September erfahren, das zu der Änderung ihres Urteils geführt haben könnte? Wieder begann Brookshire mit einer schrittweisen Analyse von Chelseas Geschichte. Er war zufrieden und überrascht, daß die Informationen, die Kagan-Hallet über diese Ereignisse hatte, nicht besonders akkurat waren. Sie hatte offensichtlich mit bestimmten Mißverständnissen gekämpft, als sie ihr Urteil änderte.

»Sie hatten doch Zugang zu den Aufzeichnungen, in denen vermerkt war, was auf dieser Fahrt geschehen ist?«

»Nur der Beschreibung nach. Was tatsächlich passiert ist, ob sie einen Herzanfall hatte, das weiß ich nicht, nein.«

»Wissen Sie, was die Todesursache war? Die unmittelbare Todesursache?«

»Die unmittelbare Todesursache«, lautete die Antwort, »war wohl ein Atemstillstand, nehme ich an. Es gibt zu viele Möglichkeiten, wenn man die Sache näher betrachtet.«

»Wollen Sie damit sagen, daß Sie gar nicht wissen, was die Todesursache war?«

Kagan-Hallet erkannte zu spät, daß sie einen taktischen Fehler begangen hatte, und versuchte auszuweichen: »Ich spreche nicht gern über die philosophische Idee, was eine Todes*ursache* ist, und ich glaube, die spezifische Ursache genau nachzuweisen ist in den meisten Fällen wahrscheinlich nicht möglich, ausgenommen bei Schußverletzungen oder Vergiftungen oder ähnlichem. In anderen Fällen ist das jedoch manchmal schwer zu sagen.«

Zufrieden mit dieser mehrdeutigen Antwort und voll Optimismus, daß die Geschworenen erkennen konnten, daß es nicht die angeblichen Veränderungen gewesen waren, die zu einer Urteilsänderung der Ärztin geführt hatten, bohrte Brookshire weiter: »Doktor, Sie haben angedeutet, daß Sie Informationen über eine Injektion mit Suxamethoniumchlorid erhalten haben? Woher hatten Sie diese Informationen?«

»Diese Information erhielt ich von Mr. Sutton.«

»Und wann war das?«

»Im Januar 1983.«

»Sie haben also eine Veränderung in der klinischen Todesursache auf etwas begründet, das Mr. Sutton Ihnen *erzählt* hat?« fragte Brookshire in anklagendem Ton.

»Ich bin mir sicher, daß zu diesem Zeitpunkt die Tests durchgeführt worden waren.«

»Doktor, ich glaube, Sie gehen da von einer Mutmaßung aus. Ich glaube, die Beweise werden zeigen, daß die Tests noch *nicht* durchgeführt worden waren.«

»Nicht im Januar«, räumte sie ein, »vielleicht nicht.«

»Sie haben demnach Ihr Urteil über die klinische Todesursache allein auf das, was Mr. Sutton ihnen mitgeteilt hat, begründet?«

Kagan-Hallet wollte nicht aufgeben. »Ich habe meine Meinung über die klinische Todesursache geändert, ja«, betonte sie, »und zwar aufgrund der zusätzlichen Krankengeschichte.«

»Erklären Sie mir noch einmal, Doktor«, fuhr Brookshire hartnäckig fort, »was Chelseas Todesursache war.«

»Meiner Meinung nach starb das Kind aufgrund einer Injektion mit Suxamethoniumchlorid und erlitt einen Atemstillstand, der aufgrund der Injektion zu einem Herzstillstand führte.«

Brookshire nickte geduldig. Er wußte, was Kagan-Hallet offensichtlich nicht wußte, nämlich, daß Chelseas ursprünglicher Atemstillstand mehr als *zwei Stunden* vor dem Herzstillstand erfolgt war.

»Doktor, woher wußten Sie, daß Chelsea einen Herzstillstand erlitten hatte?«

»Mr. Sutton hat mir diese Information gegeben.«

Wieder nickte der Verteidiger. »Wissen Sie, was diesem Herzstillstand vorausging?«

»Nein.«

»Wie ist es dann möglich, Doktor, daß Sie eine Diagnose wie die Ihre stellen können, nämlich daß der Herzstillstand durch einen Atemstillstand verursacht wurde, wenn Sie nicht wissen, was diesem Herzstillstand vorausging?«

»Weil das die übliche Todesursache bei den meisten Menschen ist. Man muß wirklich nicht...« Verlegen kam die Ärztin ins Stocken. »Also, meiner Meinung nach werden wahrscheinlich alle Anwesenden in diesem Saal schließlich an einem von zwei Dingen sterben: an einem Herzstillstand oder einem Atemstillstand. Ich glaube, das kann man mit Sicherheit sagen.«

»Aber wie konnte es zu einem Atemstillstand kommen, wenn der Patient richtig beatmet wurde?« beharrte Brookshire. »Was wäre, wenn das Kind selbständig geatmet hätte? Würde das Ihre Diagnose in irgendeiner Weise ändern?«

»Das wäre schwer zu sagen, da ich nicht weiß, ob es wahr wäre oder nicht.«

»Nehmen wir einmal einen Augenblick lang an, daß es so war.«

»Nun, dann muß es zu irgendeinem Zeitpunkt nicht so gewesen sein, denn es starb ja.«

»Wenn es allein weiteratmete«, wiederholte Brookshire, »was würde dann den Herzstillstand verursachen?«

»Ich weiß nicht, ob ich diese Frage je beantworten könnte, weil ich nicht weiß, wann es zum Herzstillstand gekommen ist. Da es hier keine Zeugen gab, muß die Patientin – *könnte* sie einen Atemstillstand erlitten haben. Das ist sogar wahrscheinlich.«

»Sie stellen Ihre Diagnose in einem Vakuum, Doktor«, bemerkte der Rechtsanwalt, »Sie wissen nicht, ob irgend jemand anwesend war, und Sie wissen nicht, was dem Tod vorausging.«

»Aber die Patientin atmete doch nicht allein, oder?«

»Nun Doktor, woher wissen Sie das, wenn Sie mit niemand *gesprochen* haben?«

»Also«, erwiderte sie verwirrt, »ich weiß nicht, ob sie atmete oder nicht.«

Brookshire war sehr zufrieden. Das war genau die Antwort, die er gewollt hatte. Die Zeugin – eine junge Ärztin, die nie zuvor vor Gericht eine Aussage gemacht hatte – wurde nach über zwei Stunden im Zeugenstand müde. Brookshire bedrängte sie weiter. Unter seiner geschickten Fragestellung gab Kagan-Hallet zu, daß bei Chelseas Gehirnschädigung andere Ereignisse, einschließlich eines Krampfes, einen Atemstillstand hätten verursachen können. Schließlich gab sie zu, daß die Todesursache möglicherweise auf eine Injektion von Suxamethoniumchlorid zurückgeführt werden konnte, aber es bestand auch die Möglichkeit, daß dem nicht so war.

Als Brookshire sein zermürbendes Kreuzverhör beendet hatte, erhob Rothe sich, um die schwierige Aufgabe zu übernehmen, Kagan-Hallets Glaubwürdigkeit wiederherzustellen. Als erstes stellte er fest, daß die zweite Bestimmung der Todesursache, der zufolge eine Injektion mit Suxamethoniumchlorid den Tod verursacht hatte, *eine hypothetische Ursache* für den Tod gewesen sein könnte. Zweitens erinnerte Rothe die Geschworenen daran, daß das Medikament anschließend durch Reiders' chemischen Test nachgewiesen worden war – es handelte sich also nicht mehr nur um eine Hypothese. Bevor Rothe die Zeugin entließ, bat er sie, noch einmal zu bestätigen, daß ihrer Meinung nach, unabhängig ob das vorhergehende Ergebnis ein Atem- oder ein Herzstillstand gewesen war, der Tod durch eine Injektion mit Suxamethoniumchlorid verursacht worden war. Er ließ sich auch von ihr bestätigen, daß dieses Medikament manchmal zu einem Herzstillstand führen kann, »wenn gleichzeitig ein anderes Problem, beispielsweise eine Gliose oder ein empfindliches Neuralsystem vorliegt«. Schließlich lenkte er die

Aufmerksamkeit der Geschworenen auf eine Tatsache, die Brookshire selbst vorgelegt hatte: Schon innerhalb von drei bis dreieinhalb Wochen kommt es nach einem Atemstillstand zu einer Vernarbung in der Medulla. Rothe bot den Geschworenen eine Alternative zu der Theorie der Verteidigung, daß Chelseas Frühgeburt zu dieser Vernarbung geführt hatte. Er war der Meinung, daß diese angeblich tödliche Vernarbung durch die Vorfälle am 24. August ausgelöst worden war.

Der nächste Zeuge der Anklage war Dr. Sheila Schwartzman, eine stattliche Frau mit eindrucksvollen Referenzen, die Leiterin der kardologischen Anästhesie an der Universität von Texas in San Antonio. »Ich rief sie in den Zeugenstand, um einen speziellen Beweis zu führen«, erinnert Sutton sich, »aber ich ging langsam vor.« Es war noch eine Stunde bis zur Mittagspause, und Sutton wollte die Bombe kurz davor platzen lassen. Daher schlug er ein wenig die Zeit tot, indem er Dr. Schwartzman bat, den Geschworenen die Auswirkungen von Suxamethoniumchlorid vor Augen zu führen.

»Kurz nach der Injizierung«, erklärte sie, »stellt man zunehmende Körperbewegungen fest, und die Augen jagen hin und her. Die Augenlider können sich schließen, weil alle Muskeln, einschließlich der Augenmuskeln, gelähmt werden, so daß das Auge fixiert wird. Es kann auch zu leichten Muskelzuckungen kommen. Meistens geschieht das, wenn man das Suxamethoniumchlorid allein verabreicht, nicht jedoch, wenn vorher ein anderes Medikament injiziert wird.«

»Nach der Injektion von Suxamethoniumchlorid«, fragte Sutton und beobachtete, wie die Zeiger der Uhr sich langsam auf die Zwölf zubewegten, »dauert es bei ausreichender Dosierung normalerweise wie lange, bis es von den ersten sichtbaren Symptomen zu einer völligen Muskelentspannung kommt?«

»Es kann eine Minute lang dauern, vielleicht eineinhalb Minuten bei einem gesunden Kind.«

Fünfundvierzig Minuten lang vergrößerte Sutton die Kenntnisse der Geschworenen über das Medikament, so daß sie Chelseas Symptome mit den Auswirkungen in Verbindung bringen konnten. Als nur noch wenige Minuten bis zwölf Uhr verblieben, zeigte Sutton endlich, warum er diese Ärztin aufgerufen hatte. »Doktor, haben Sie während Ihres Unterrichts an der medizinischen Fakultät der Universität von Texas jemals Gelegenheit gehabt, Krankenschwestern zu unterrichten?«

»Ja, das habe ich.«

»Was hatte dieser Vortrag zum Thema?«

»Medikamente in der pädiatrischen Anästhesie.«

»Zählte dazu auch das Medikament Suxamethoniumchlorid?«

»Ja, das wurde auch behandelt.«

»Sprachen Sie in Ihrem Vortrag auch über das Medikament Atropin?«

»Ja.«

»Dr. Schwartzman, war auch Genene Jones anwesend während dieses Vortrags?«

»Ja.«

»Und wer hatte darum gebeten, daß Sie vor dieser Gruppe diesen Vortrag hielten?« Sutton wandte sich den Geschworenen zu, um deren Reaktion auf Dr. Schwartzmans Antwort zu beobachten.

»Genene Jones hatte darum gebeten.« Alle Augen schauten auf die Angeklagte, die der Ärztin einen finsteren Blick zuwarf. Sutton nickte, lächelte innerlich und kehrte auf seinen Platz zurück.

»Keine weiteren Fragen mehr.«

Nach der Mittagspause setzte Sutton die Befragung von Dr. Schwartzman fort, wobei er noch einen Punkt zur Sprache brachte, der später eine Rolle spielen sollte. »Werden die Medikamente Atropin und Suxamethoniumchlorid zusammen verwendet?«

»Eine der Nebenwirkungen von Suxamethoniumchlorid kann eine Verlangsamung des Herzschlags sein, besonders bei Kindern. Daher verabreichen viele Anästhesisten eine

Dosis Atropin, also ein anregendes Mittel, bevor sie Suxamethoniumchlorid injizieren, um einer Verlangsamung des Herzschlags vorzubeugen.«

Burt Carnes übernahm das Kreuzverhör der Ärztin, in der es um eine lange, detaillierte Analyse der Wirkungen von Suxamethoniumchlorid ging. Der Rechtsanwalt besprach mit der Ärztin das Einsetzen der Symptome, die Lähmungsdauer und die Bewegungen, die ein Patient ausführt, wenn die Wirkung des Medikaments nachläßt.

»Diese Bewegungen würden innerhalb von zehn Minuten auftreten, wenn der Patient sich von der Injektion erholt, Doktor?« stellte Carnes klar.

»Ja.«

»Wie würden die Auswirkungen aussehen, falls das Medikament überdosiert würde?«

»Die Auswirkungen verändern sich nicht. Die meisten Patienten reagieren ganz genauso, wenn sie eine zu hohe Dosis erhalten.«

»Eine letzte Frage, Doktor. Sie haben ausgesagt, daß Genene Sie wegen dieses Vortrags angesprochen hat.« Carnes beobachtete die Geschworenen, um sicherzugehen, daß sie zuhörten. »Hat sie nicht darum gebeten, einen Vortrag über die pädiatrische Anästhesie *im allgemeinen* zu halten?«

»Ja, Sir.«

»Keine weiteren Fragen mehr.«

Die Anklage rief Mary Mahoney auf, eine dunkelhaarige Frau Ende Zwanzig, die als Aushilfsschwester arbeitete. Als Genene wegen Magenblutungen vom 13. bis 16. September im Krankenhaus gelegen hatte, hatte Mary sie in der Praxis ersetzt. Sie war vorgeladen worden, um den Geschworenen von einer Inventur zu berichten, die sie in dieser Zeit durchgeführt hatte.

Mary war eine ausgezeichnete Zeugin, die klar, präzise und fest aussagte, daß sie die Vorräte in der ganzen Praxis einschließlich der Behandlungsräume, wo sie alle Schränke und Schubladen der Untersuchungstische überprüft hatte, durchgesehen hatte. Obwohl die Bedeutsamkeit ihrer Zeugenaussage noch nicht klar war, erklärte sie unerschütterlich, daß sie in den Schubladen der Untersuchungstische keine Medikamente gefunden hatte.

Kurz vor 15 Uhr rief die Anklage Dr. Kathleen Holland in den Zeugenstand.

»Natürlich war ich nervös«, erinnert Kathleen sich, »ich war noch nie in einem Gerichtssaal gewesen, abgesehen von meiner Scheidung, und das ist ja fast nur eine Formsache. Außerdem wußte ich, daß ich *nicht* nervös wirken sollte – ich wollte aufgrund der Dinge, die Ron Sutton und Nick Rothe gesagt hatten, glaubwürdig erscheinen. Ich war angespannt und versuchte, natürlich zu wirken, aber ich war erschöpft, bevor ich überhaupt mit meiner Aussage begonnen hatte. Ich wußte nicht, was mich erwartete.

Am ersten Tag versuchte Ron Sutton, mich heimlich ins Gerichtsgebäude zu schmuggeln, aber die Presseleute erblickten uns und schwärmten aus, um Fragen zu stellen. Es jagte mir richtig Angst ein. Man hat dieses verrückte Gefühl, das man erdrückt wird – es ist völlig unwirklich.«

Sutton ging seine Befragung langsam an. Als erstes sprachen sie über Kathleens Hintergrund und, da diese Frage gestellt werden würde, warum sie zusammen mit Genene in dem Haus in der Nixon Lane gelebt hatte. Innerhalb weniger Minuten hatten die Geschworenen das Bild einer vernünftigen, offensichtlich normalen Frau, die sich aufgrund ihrer Intelligenz und ihrer Ausbildung zur Ärztin in bemerkenswerten Details an zurückliegende Ereignisse erinnerte. Sutton zog einen Plan der Praxis hervor und bat Kathleen die einzelnen Räume und deren Einrichtung zu beschreiben, so daß die Geschworenen eine konkrete Vorstellung der Räumlichkeiten bekamen, in denen sich ein großer Teil der Ereignisse abgespielt hatte.

Zum ersten Mal schien auch Genene an der Gerichtsverhandlung Anteil zu nehmen. Patty Jones, Brookshires Assistentin, erinnert sich, daß »Genene uns die ganze Zeit über gesagt hatte: ›Kathy wird nichts sagen, das mir weh tun könnte. Kathy wird mir niemals weh tun.‹«

Zwanzig Minuten später führte Sutton das erste Thema ein, das von wirklichem Interesse war. Er bat die Ärztin, eine Empfangsbestätigung für einige Medikamente, die zur Grundausstattung der Praxis gehört hatten, zu identifizieren.

»Ist auf dieser Empfangsbestätigung eine Name vermerkt?«

»In der unteren linken Ecke«, erwiderte Kathleen, »steht über ›Name des Empfängers‹ ›G. Jones‹.«

»Doktor, würden Sie den Geschworenen bitte vorlesen, welche Medikamente hier aufgeführt sind?«

»Fünf Ampullen Chloromycetin, drei Phiolen Kalziumglukonat, zwei Phiolen Lanoxin, eine Phiole Suxamethoniumchlorid, eine Phiole Neosynephrin, zwei Phiolen Aminophyllin.«

»Doktor, wir wissen das Suxamethoniumchlorid ein sehr starkes Medikament ist, das normalerweise bei großen Operationen verwendet wird. Könnten Sie uns erklären, warum es in Ihrer Praxis vorhanden war?«

»Ich hatte mit einem Mitglied der medizinischen Fakultät darüber gesprochen, ob es nicht angebracht sei, das Medikament vorrätig zu haben, für den Fall, daß ein älteres Kind in einer Notfallsituation intubiert werden müßte, sich aber wegen seiner Größe wehren würde und auch nicht von mehreren Erwachsenen festgehalten werden könnte.«

Sutton nickte, um zu betonen, daß die Antwort vernünftig war, bevor er den Assistenten des Oberstaatsanwalts, Scott Monroe, bat, eine weitere Eintragung auf dem Kalenderblatt des Monats August vorzunehmen: ›18. August, Lieferung von 10 Kubikzentiliter Suxamethoniumchlorid‹.

Anschließend lenkte Sutton Kathleens Aufmerksamkeit auf den 24. August 1982, und gemeinsam rekonstruierten sie langsam die Ereignisse des Tages. Während der gesamten Verhandlung zeigte Kathleen ein wirklich unbestechliches Gedächtnis; sie erinnerte sich sogar an ganze Gespräche. Sutton machte sich Sorgen, daß dies ihre Glaubwürdigkeit in Frage stellen könnte, aber sie sagte mit so viel Ruhe und Würde aus, daß ihre Ernsthaftigkeit nicht angezweifelt werden konnte.

Als Kathleen ihren Bericht über Chelseas zehntägigen

Aufenthalt im Sid Peterson Hospital zur Beobachtung und Analyse beendet hatte, holte Sutton einen zweiten Lieferschein über den Kauf von Medikamenten hervor, der auf den 7. September 1982 datiert war.

»Kennen Sie diesen Lieferschein, Dr. Holland?«

»Ja, das ist die Durchschrift eines Lieferscheins, von dem ich das Original besitze.«

»Was wurde bestellt, Dr. Holland?«

»Eine Phiole Suxamethoniumchlorid. Und Atropin.«

»Hatten Sie die Bestellung autorisiert?«

»Ich erinnere mich, daß ich indirekt die Bestellung von Suxamethoniumchlorid genehmigt hatte. Genene war ungefähr eine Woche, nachdem die Praxis eröffnet worden war, zu mir gekommen und hatte gesagt: ›Ein Medikament fehlt.‹ Ich war auf dem Weg ins Krankenhaus und hatte keine Zeit, mich näher damit zu befassen, daher sagte ich zu ihr: ›Suchen Sie es. Schauen Sie in allen Schränken nach, und wenn Sie es nicht finden, tragen Sie es als fehlend ein.‹ Bevor ich zur Tür hinausging, sagte sie: ›Einen Augenblick noch, soll ich Ersatz bestellen?‹ und ich sagte: ›Ja, tun Sie das.‹«

Wieder bat Sutton Monroe, die Lieferung auf dem Septemberblatt festzuhalten. Dann befragte Sutton Kathleen zu den Ereignissen an dem Tag, als Chelsea starb. Als sie die Ereignisse in der Praxis durchgegangen waren, fragte Sutton: »Litt Chelsea an diesem Tag unter irgendeiner Form von Bradykardie, von langsamer Herztätigkeit also, wie am 24.?«

»Ja. Und beim zweiten Mal war sie auffälliger als beim ersten Mal.«

»Auffälliger?«

»Das Herz schlug langsamer als beim ersten Mal, als es dazu kam.« Sutton nickte grimmig und beobachtete die Reaktionen der Geschworenen. Er hoffte, daß sie annehmen würden, daß das kleine Mädchen aufgrund der vorhergegangenen Vorfälle geschwächt gewesen war.

Der Staatsanwalt holte Chelseas Krankenblatt hervor und lenkte Kathleens Aufmerksamkeit auf die verzeichnete Körpertemperatur 37,4. »Doktor, war das die Zahl, die Genene Jones nannte, als sie Ihnen mündlich berichtete, welche Temperatur Chelsea hatte?«

»Sie erklärte mir, daß das Kind kein Fieber habe, daß die Temperatur nur 36,8 Grad betrug.«

»Besteht ein bedeutsamer Unterschied zwischen einer Temperatur von 36,8 und einer von 37,4?«

»Ja, bei einem Kind wird die Fiebergrenze bei 37 Grad gezogen. Bei einer Temperatur von 37,4 würde jeder Kinderarzt zögern, eine Schutzimpfung vorzunehmen.«

»Wenn Sie gewußt hätten, daß Chelsea eine Temperatur von 37,4 Grad hatte, hätten Sie Genene Jones dann aufgetragen, sie zu impfen?«

»Nein.«

»Warum nicht, Doktor?«

»Ich gebe keinem Kind eine Schutzimpfung, dessen Temperatur klar oberhalb der Fiebergrenze liegt.«

Sutton und die Ärztin konzentrierten sich auf andere Notizen, die Genene auf Chelseas Krankenblatt eingetragen hatte und die im Widerspruch zu Kathleens Erinnerung an die Ereignisse standen. Kathleen übersetzte Genenes Notizen am 17. September für die Geschworenen: »›Auf dem Arm der Mutter krümmte die Patientin den Rücken, während sie wild mit den Armen um sich schlug. Ächzende Atmung. Verschlimmerung der Zyanose. Dr. Holland dazugerufen. Keine spontane Atmung. Mund-zu-Mund-Beatmung. Patientin intubiert und mit 40prozentigem Sauerstoff beatmet. Infusion in den rechten Unterarm. Ende des Krampfanfalls, Baby schläfrig und lethargisch. Krankenwagen gerufen, Fahrt ins Sid Peterson Hospital, Beatmung mit reinem Sauerstoff.‹«

»Danke, Doktor. Unterscheidet sich dieser Bericht in irgendeiner Weise von dem, was Sie beobachtet haben?«

»Die Beschreibung zu Anfang, als das Kind auf dem Arm der Mutter war, entspricht weder dem, was Genene mir berichtet hatte, als wir auf dem Weg ins Behandlungszimmer waren, noch dem, was ich beobachtete. Als wir ins Behandlungszimmer gingen, berichtete sie mir, daß das Kind wegen der Impfung wütend geworden sei und flach geatmet hätte. Sie hatte etwas Sauerstoff verabreicht, und die Farbe des Kindes war ein wenig dunkel gewesen. Farbe und Atmung hatten sich verbessert, aber dann hatte es begonnen, flach zu atmen.«

Sutton schnitt die Ereignisse auf der Fahrt ins Krankenhaus und anschließend in Comfort an. Er fragte Kathleen, ob sie irgendwelche Anordnungen für eine Autopsie getroffen hatte. Die Ärztin legte dar, daß sie die Gerichtsmedizin in Bexar County um Hilfe gebeten hatte. »Ich beschrieb die Ereignisse in allen Einzelheiten, erwähnte, daß das Kind zu früh geboren worden war, berichtete von möglichen Atemstillständen sowie von den Ereignissen des Tages und den Ergebnissen aller Tests, die ich im Krankenhaus hatte vornehmen lassen, einschließlich des EEG. Der Arzt, mit dem ich sprach, erklärte: ›Das scheint mir ein sehr interessanter Fall zu sein, aber ich glaube nicht, daß es ein Fall für die Gerichtsmedizin ist.‹ Aus diesem Grund ließ ich die Autopsie im Labor von Severance & Associates vornehmen. Ich wollte, daß irgend jemand eine neuropathologische Untersuchung durchführte.«

»Gut. Wir wollen uns nun mit dem 20. September befassen. Hatten Sie an diesem Morgen irgendeinen Grund, in Ihrer Praxis zu sein?«

»Ja.«

»War Schwester Jones an diesem Morgen auch anwesend?«

»Ja.«

»Erinnern Sie sich an ein Gespräch mit Schwester Jones über den Kauf von Medikamenten oder Vorräten?«

»Ja. Ich erinnere mich, daß sie in mein Büro kam und mir berichtete, daß die Medikamente im Behandlungszimmer aufgrund der Notfälle, die wir gehabt hatten, aufgefüllt werden müßten.«

Sutton überreichte der Ärztin einen weiteren Lieferschein über den Einkauf von Medikamenten. »Das Medikament ganz oben, Doktor, worum handelt es sich da?«

»Suxamethoniumchlorid.«

»Suxamethoniumchlorid? Haben Sie den Einkauf einer weiteren Flasche dieses Mittels autorisiert?«

»Nein.«

»Hatte Ihre Praxis an diesem Nachmittag geöffnet, Dr. Holland?«

»Nein. Wir hatten an diesem Nachmittag geschlossen, damit wir an Chelseas Beerdigung teilnehmen konnten.«

»Sie haben an Chelseas Beerdigung am Nachmittag des 20. teilgenommen?« Sutton verlieh seiner Stimme einen leicht ungläubigen Klang.

»Ja.«

»Und am Morgen des 20. wurde eine weitere Flasche Suxamethoniumchlorid gekauft?«

»Ja.«

Diesmal trug Sutton persönlich auf dem Kalenderblatt am 20. September in großen roten Buchstaben ein: ›Eine Flasche Suxamethoniumchlorid.‹ Es ging bereits auf 17 Uhr zu, und Sutton war entschlossen, den Tag dramatisch zu beenden. Schnell ging er mit Kathleen ihren Auftritt vor dem Untersuchungskomitee des Sid Peterson Hospital am Freitag, dem 24. September, durch, die Gespräche, die sie mit Genene an diesem Wochenende über die Flasche Suxamethoniumchlorid geführt hatte und die nachfolgende Entdeckung, der Flasche mit den Einstichstellen am Montag, dem 27., die schließlich zu ihrer Konfrontation mit Genene geführt hatte.

»Ich bat sie, sich beide Flaschen anzusehen«, erinnerte Kathleen sich, »und sie sagte: ›Ja und?‹ Ich fragte: ›Genene, wie sind die Löcher da hineingelangt?‹ Sie antwortete: ›Das weiß ich nicht, in dem Raum waren viele Leute.‹«

»In welchem emotionalen Zustand befand sie sich?« fragte Sutton.

»Irgendwie war sie kühl und defensiv«, erwiderte Kathleen. »Ich sagte: ›Genene, wie werden wir diese Löcher erklären können?‹«

»Und was antwortete sie?«

»›Ich meine wir sollten sie einfach wegwerfen und sagen, daß wir sie verloren haben.‹«

An die Geschworenen gerichtet, wiederholte Sutton diesen Schlüsselsatz. »Wir sollten sie einfach wegwerfen.«
Kathleen bestätigte dies: »Ja, ›einfach wegwerfen‹ hat sie gesagt.«

»Die Verhandlung wurde vertagt.« erinnert sich Patty Jones vom Team der Verteidigung, »und Genene war völlig am Boden zerstört. Sie war in Tränen ausgebrochen und weinte die ganze Zeit, ich konnte sie fast nicht aus dem Gerichtssaal bekommen. Zuerst weigerte sie sich, überhaupt zu gehen, aber schließlich riß sie sich zusammen, damit wir hinausgehen und in die Kameras schauen konnten. Wir wurden von Reportern umringt, und ich mußte sie fast zum Wagen des Sheriffs zerren. Es war ein wirklich schlimmer Tag für sie gewesen.
Als wir in unserem Büro waren, beschlossen wir, daß ich an diesem Abend zu ihr gehen und mit ihr reden sollte. Sie war mit den Nerven am Ende. Sie war nicht wütend, aber sehr verletzt. Wahrscheinlich hat sie zum ersten Mal erkannt, daß die Anklage aufs Ganze ging und daß es sich hier nicht um ein Spiel oder eine Starrolle für sie handelte. Sie war sich der Realität bewußt geworden und wirkte wie ein verletzliches, ängstliches Kind.«

Am nächsten Morgen, am Freitag, dem 27. Januar, warteten die Geschworenen unten, während das Gericht und die Anwälte sich wegen technischer Einzelheiten berieten. Vor dem Mittagessen wurden die Geschworenen hereingeführt, um die weitere Befragung der Hauptzeugin Kathleen Holland durch Sutton anzuhören.
Der Ton in Kathleens Aussage hatte sich leicht geändert. Am Abend zuvor hatten Sutton und Rothe der Ärztin einige Anweisungen gegeben. »Sie machen Ihre Sache großartig, Kathy, Ihre Aussage ist klar, ernsthaft und sehr präzise. Aber Sie haben sich so sehr unter Kontrolle, daß Sie wie eine Maschine ohne jedes Gefühl wirken. Sie müssen bei dem, was Sie sagen, doch etwas *fühlen*. Lassen Sie die Geschworenen daran teilhaben. Teilen Sie Ihre Erfahrung mit ihnen.«

Kathleen tat ihr Bestes, um diesem Wunsch nachzukommen.

»Gestern haben Sie uns gesagt, Doktor, daß Sie die Angeklagte am Montag, dem 27., auf die Löcher in der Flasche Suxamethoniumchlorid angesprochen haben. Hat sie Ihnen je eine mögliche Erklärung dazu gegeben, wie die Löcher da hineingelangt sind?«

»Ja. Sie sagte: ›An dem Tag waren eine Menge Leute in dem Raum‹, und ich fragte: ›In welchem Raum? Und an welchem Tag?‹ Sie antwortete: ›An dem Tag, als Misty Reichenau den Krampfanfall hatte.‹ Ich sagte: ›Aber ich habe bei Misty kein Suxamethoniumchlorid verwendet.‹ Darauf antwortete sie: ›Ich weiß, aber ich habe Sie doch gefragt, ob Sie es benutzen wollten, da es Schwierigkeiten bei der Intubation gab.‹ Und ich sagte: ›Ja, ich erinnere mich, daß Sie es erwähnt haben, aber ich habe auch gesagt, daß ich es ohne versuchen würde. Und schließlich *habe* ich sie ja auch ohne intubiert.‹ Sie erwiderte: ›Das weiß ich, aber ich hatte Sally gebeten, das Mittel zu holen, falls Sie es sich anders überlegen sollten.‹«

Anschließend bat Sutton Kathleen, den Geschworenen zu berichten, was sich ereignete, als sie Sally in die Praxis bat, um mit ihr über die Flasche zu sprechen.

Kathleen versuchte das, was Sutton ihr am Abend zuvor gesagt hatte, in die Tat umzusetzen. »Ich versuchte, mich nicht nur an die Geschehnisse zu erinnern, sondern auch an meine Gefühle an diesem Tag – an meine Verwirrung und Angst. Es war nicht einfach für mich.«

Sie berichtete in langen Monologen, die kaum von Sutton unterbrochen wurden, von den Geschehnissen. Ihre Stimme, die normalerweise kräftig klang, wurde weicher und nahm einen höheren Tonfall an, als sie den Geschworenen von Sallys Bericht über Mistys Anfall erzählte und daß Sally und Genene jede Kenntnis über die Löcher in der Flasche von sich wiesen.

Dann erzählte Kathleen von ihrer Auseinandersetzung mit Genene, nachdem Sally gegangen war. »Erneut fragte ich: ›Wie kann ich diese Löcher erklären, Genene?‹ Und Genene sagte: ›Ich finde, wir sollten gar nichts erklären. Wir sollten die Flasche einfach wegwerfen.‹«

Tränen liefen über Kathleens Gesicht, als sie mit ihren Erinnerungen kämpfte. »Ich sagte ihr, daß ich das vom medizinischen und gesetzlichen Standpunkt aus nicht tun konnte und daß ich es um meines eigenen Seelenfriedens willen nicht tun konnte.«

Auf Suttons Drängen hin berichtete Kathleen von Genenes Selbstmordversuch, von der Übergabe der Flaschen an die Verwaltung des Sid Peterson Hospital und von Genenes Entlassung am nächsten Morgen. In einer der letzten Fragen, die Sutton stellte, bevor die Zeugenbefragung für diese Woche zu Ende war, ging es darum, ob Genene nach Chelseas Beerdigung den Tod des Kindes je wieder erwähnt hatte.

»Ja,« bestätigte Kathleen. »Es war am 23. oder 24. September. Wir verließen gerade die Intensivstation des Sid Peterson Hospital. Genene blieb vor der Tür stehen und betrachtete ein Porträt, das dort hing. Sie sagte: ›Vielleicht wird diese Intensivstation eines Tages nach Chelsea Ann McClellan benannt werden.‹«

»Die Chelsea-Ann-McClellan-Intensivstation«, wiederholte Sutton.

»Ja.«

»Es war ein schweres Wochenende für mich«, erinnerte Kathleen sich, »einmal, weil alle Nachrichtensender von dem Fall berichteten und weil ich wußte, daß ich am Montag ins Kreuzverhör genommen werden würde. Nicht, daß ich Angst vor Brookshire und Carnes hatte, aber ich freute mich auch nicht gerade auf die Auseinandersetzung. Ich hatte Angst, daß ich die Sache verpatzen würde, indem ich zu dickköpfig erscheinen oder in Wut geraten würde.«

An diesem Wochenende brach der Winter über Hill Country herein. »Es war der kälteste Winter seit Menschengedenken«, erinnert Brookshire sich, »Temperaturen um Null Grad, sogar *unter* Null Grad, was wir hier sonst nie erleben. Bäume starben ab, und Burt und ich hatten beide die

Grippe. Wir schleppten uns nur noch durch die Verhandlung. Es war furchtbar.«

Burt Carnes hatte für die Verteidigung das Kreuzverhör von Kathleen übernommen. Als die Verhandlung am Montag begann, beschäftigte er sich zuerst mit Nebenfragen, klärte fast unbedeutende Details und baute schnell ein Muster auf, indem er schnelle Fragen auf Kathleen abfeuerte, die diese nur mit Ja oder Nein beantworten konnte. Auf diese Weise hielt er die Kontrolle über die Aussage der Ärztin aufrecht und lockte Antworten aus ihr hervor, die Genenes Glaubwürdigkeit unterstützten und von der eigenen ablenkten. Bald fühlte Kathleen sich unbehaglich und kämpfte sichtlich mit ihrer Regung, in die Defensive zu gehen.

»Was stand auf Genenes Namensschild?« fragte er sie und bezog sich damit auf eine frühere Aussage, die Sutton genutzt hatte, um zu zeigen, daß Genene ständig ihre eigene Bedeutung unterstrich.

»Genene Jones, pädiatrische Klinikerin« – eine leicht übertriebene Bezeichnung.

»Und dieses Schild trug sie in der Praxis?«

»Ja.«

»Sie trug es regelmäßig?« fragte er und fuhr dann mit ungläubiger Stimme fort: »Und Sie haben das *zugelassen?*«

»Warum nicht?« erwiderte Kathleen, wie es vorauszusehen gewesen war, so daß Carnes sein Argument anbringen konnte.

»Ich bin ganz Ihrer Meinung, Doktor: Warum nicht?«

Jetzt, da Kathleen klar in der Defensive war, begann Carnes mit der richtigen Befragung und ging mit Kathleen die Symptome durch, die sie und andere Ärzte und Schwestern in Chelseas Krankengeschichte vermerkt hatten. Carnes konzentrierte sich auf spezielle Symptome wie Atemstillstand, Starren, Augenflackern, Schwierigkeiten aufzuwachen, bläuliche Hautfarbe, Fleckigkeit und zukkende Bewegungen – alles Dinge, die auf Krämpfe hinwiesen und welche ernsthafte Zweifel an der Gesundheit des kleinen Mädchens aufkommen ließen. Er erwähnte ein Medikament, das bisher während der Verhandlung noch nicht diskutiert worden war, obwohl der Name mehrmals gefallen war: Dilantin, ein Mittel gegen Krämpfe, das Chelsea nach ihrem Atemstillstand täglich verabreicht worden war. »Doktor, wie sehen die möglichen Nebenwirkungen von Dilantin aus?«

»Herzrhythmusstörungen und Herzprobleme«, erläuterte Kathleen. »Diese sind jedoch äußerst selten, und fast jedes Medikament kann unter bestimmten Umständen derartige Probleme verursachen. Die häufigsten Symptome sind abnorme Bewegungen. Augenflackern kann ebenfalls auftreten, genau wie eine Ataxie, eine Koordinationsstörung – wie bei einem Betrunkenen etwa. Auch Sprachstörungen und Atemstillstand.«

Carnes war zufrieden. Fast jedes Symtom, das Kathleen erwähnt hatte, konnte man irgendwo in Chelseas Krankengeschichte wiederfinden. Die Geschworenen sollten die Möglichkeit in Betracht ziehen, daß die ungeeignete Gabe von Dilantin einige oder alle medizinischen Probleme bei Chelsea verursacht hatte.

Anschließend fragte Carnes Kathleen nach Krankenblättern im allgemeinen und danach, wie derartige Aufzeichnungen während eines medizinischen Ereignisses oder kurz darauf gemacht werden. Er hoffte, daß die Geschworenen erkennen würden, daß medizinische Aufzeichnungen aufgrund ihrer Natur einen größeren Wahrheitsgehalt hatten als das Gedächtnis eines Zeugen, der siebzehn Monate später seine Aussage machte. Kurz nach 11 Uhr, nach etwas mehr als zwei Stunden Befragung, wandte Carnes sich schließlich den Ereignissen am 24. August 1982 zu.

Als er mit Kathleen Chelseas Krankengeschichte Blatt für Blatt durchging, konzentrierte er sich auf jedes Symptom, das die Theorie unterstützte, daß es sich bei Chelsea in der Tat um ein sehr krankes Kind handelte, das unter irgendeinem neurologischen Problem litt. Er stellte aggressive Fragen, nahm Kathleens Antworten auseinander und suchte immer nach Möglichkeiten, ihre Glaubwürdigkeit in den Augen der Geschworenen herabzusetzen.

Eine solche Möglichkeit bot sich dem Verteidiger, als Kathleen auf seine Frage nach Chelseas Bewegungen, während sie sich nach dem ersten Stillstand erholte, antwortete.

»Es schien sich um ein paar tonische Schläge zu handeln.«

»Doktor, der Ausdruck ›es schien sich zu handeln‹ bereitet mir Schwierigkeiten. Sie waren die Ärztin, Sie waren dabei, Sie beobachteten und behandelten das Kind. *Waren* es klonische Bewegungen?«

»Klonische Bewegungen ist ein Begriff, der bei definitiver Krampfaktivität angewandt wird«, parierte Kathleen die Frage, »Chelseas EEG wies keine Krampfaktivität nach – daher muß ich vom ärztlichen Standpunkt aus sagen, daß es sich um klonische Bewegungen zu handeln schien.«

»Doktor, mit dem EEG werden wir uns gleich befassen.«

»In Ordnung.«

»Sie waren die Ärztin, und Sie waren dabei.«

»Hm.«

»Nicht ›es *schien* sich zu handeln?‹« sagte Carnes und schüttelte den Kopf. »*Waren* es tonisch-klonische Bewegungen?«

»Unter den damaligen Umständen«, sagte Kathleen vorsichtig, »interpretierte ich sie als tonisch-klonische Bewegungen.«

»Das ist richtig«, schloß Carnes, der das Patt akzeptierte und zum nächsten Punkt überging. Er konzentrierte sich auf die Tatsache, daß Kathleen ihre falsche Diagnose bei Chelsea auf die falschen Informationen zurückzuführen schien, die sie von Genene erhalten hatte.

»Ich bekomme den Eindruck, Doktor, daß alles nach Chelseas erstem Atemstillstand, alles, was im Krankenhaus mit ihr geschah, all die Tests, die Sie anordneten, daß alles auf dem basierte, was Genene Ihnen berichtet hatte. Das stimmt doch nicht, oder? Was genau hatte Genene Ihnen gesagt, als Sie sich bei Ihrer ursprünglichen Diagnose darauf verließen, daß es sich um einen Anfall handelte?«

»Ich verließ mich auf ihre Beschreibung des Atemstillstands bei dem Kind.«

»Und was hat sie Ihnen gesagt? Das Kind war in sich zusammengesackt und war schlaff geworden, richtig?«

»Hm.«

»Und als Sie den Raum betraten, sahen Sie ein schlaff daliegendes Kind, richtig?«

»Hm.«

»Sie sahen also, was die Aktivität des Kindes betraf, alles, was auch Genene Jones gesehen hatte, richtig?«

»Nein, Sir, ich habe nicht gesehen, wie das Kind zusammensackte.«

»Das Kind bricht zusammen, während es auf dem Boden sitzt. Wollen Sie uns erzählen, daß *das* der *Schlüssel* für alles war, das in den nächsten zehn Tagen geschah – die Art und Weise, wie das Kind zusammengebrochen war?«

»Nein, Mr. Carnes, ich habe nicht gesagt, daß das der Schlüssel zu allem war.«

»Doktor, Tatsache ist doch, daß das Kind zusammengebrochen war und Sie sofort in den Raum gerufen wurden, richtig?«

»Das ist richtig.«

»Dann verstehe ich nicht ganz, wie Sie sagen können, daß das, was während der nächsten zehn Tage passierte, auf einer akkuraten klinischen Beschreibung basierte, die Ihnen Ihre Arzthelferin gab.«

»Mr. Carnes, ich habe niemals gesagt, daß das, was während der nächsten zehn Tage passierte, allein darauf beruhte.«

»Beruhte es denn *zum Teil* darauf?«

»Ja.«

»Wie sehr?« fuhr er fort.

»Ich lege mich nicht auf Zahlen fest«, sagte sie, während Zorn in ihr hochstieg, »aber es war eine sehr wichtige Information, wenn man die Geschichte des Kindes und die nachfolgenden Ereignisse im Krankenhaus in Betracht zieht.«

Anschließend bat Carnes Kathleen, den Geschworenen bestimmte Teile aus Chelseas Krankenblatt von ihrem Aufenthalt im Sid Peterson Hospital vorzulesen. Am 26. August hieß es da: ›Zitternde und zuckende Bewegungen am ganzen Körper.‹ Am 27. August eine Bemerkung von Kathleen: ›Mögliche Krampfaktivität von der Mutter festgestellt.‹ Ebenfalls am 27. eine Notiz der Schwester: ›Dunkles Blut sickert aus dem rechten Nasenloch; Injektion, begann zu weinen und wurde sehr blau.‹ Und sechs Stunden später: ›Die Großmutter berichtet von leichten Zuckungen der unteren Gliedmaßen im Schlaf.‹ Am 29. August wieder eine Notiz von Kathleen: ›Gestern morgen zwei Krampfanfälle von ein bis zwei Minuten Dauer.‹ Am selben Tag eine Notiz der Schwester: ›Kleine Finger zucken gelegentlich.‹ Eine weitere Eintragung in dieser Nacht: ›Eine weitere Krise, wurde blau nach Injektion.‹ Und wieder am 30. August: ›Atmung stand so lange still, daß das Licht des Apnea-Monitors zweimal aufleuchtete, aber Patientin nahm Atmung wieder von allein auf.‹ Am 31. August: ›Die Großmutter bemerkt Zuckungen des rechten Fußes und der Finger.‹ Und zehn Minuten später: ›Alle zwei bis drei Minuten leichte zuckende Bewegungen der Finger und Füße während des Schlafes.‹ Und am 1. September kurz vor Beendigung von Chelseas Krankenhausaufenthalt: ›Zuckende, unregelmäßige Bewegungen des rechten Beins, der Hand und Finger.‹ Insgesamt betrachtet konnte man den Eindruck bekommen, daß Chelsea aufgrund der beobachteten Krampfsymptome ein sehr krankes Kind war.

Carnes wandte sich nun bei seiner Befragung Chelseas Todestag zu und konzentrierte sich wieder auf jedes Detail in ihrer Krankengeschichte, das zeigte, daß Chelsea unter einer neurologischen Störung litt. Bei seiner letzten Frage ließ er sich bestätigen, daß Petti und Reid McClellan *Kathleen* als Verantwortliche für den Tod ihrer Tochter angeklagt hatten.

Sutton stellte in der abermaligen Befragung seiner Zeugin

sicher, daß die Geschworenen den wahrscheinlichen Grund für diese Schadensersatzanklage verstanden: Die Ärztin war gegen Kunstfehler versichert, was nicht hieß, daß die McClellans notwendigerweise glaubten, daß Kathleen ihre kleine Tochter umgebracht hatte. Was Carnes' lebhaftes Interesse an den geringfügigen Anzeichen von Krampfaktivitäten betraf, ließ der Kathleen ausführlich erklären, daß all diese Anzeichen auch bei ganz normalen Kindern auftreten können.

Bevor Sutton seine Zeugin wieder an die Verteidigung übergab, nahm er sich einen Augenblick Zeit, auf Carnes' frühere Fragen einzugehen, warum Kathleen an dem Tag, als Chelsea den Atemstillstand erlitten hatte, keine Injektionsstellen festgestellt hatte. »Doktor, gibt es eine Körperstelle, an der man ein Kind injizieren kann, ohne daß eine Einstichstelle sichtbar ist?«

»Ja, es gibt eine Reihe von Stellen.«

»Zum Beispiel?«

»Unter der Zunge oder zwischen den Pobacken.«

»Keine weiteren Fragen.«

Bei seiner erneuten Befragung wandte sich Carnes wieder den möglichen Injektionsstellen zu. »Doktor«, fragte er, »hörten Sie Chelsea weinen oder schreien, bevor Genene Sie am 24. aus Ihrem Büro rief?«

»Ich erinnere mich nicht, etwas gehört zu haben.«

»Würden Sie erwarten, daß ein Kind, das unter der Zunge oder zwischen den Pobacken injiziert wird, anfängt zu schreien?«

»Ich glaube, das würde man erwarten.«

Als Carnes fertig war und sich gesetzt hatte, erhob Sutton sich, um eine letzte Frage zu stellen: »Doktor, gibt es eine Möglichkeit, ein Kind am Weinen zu hindern, wenn es bei einer Injektion nicht schreien soll?«

»Ich nehme an, man könnte ihm den Mund zuhalten.«

»Danke, Doktor, das ist alles.«

Kathleen hatte ihre erste Aussagerunde überstanden. »Ich hatte ein gutes Gefühl. Meiner Meinung nach war es ganz gut gelaufen.«

Am Dienstag, dem 31. Januar, rief die Anklage John R. McCutcheon auf, den Leiter der toxikologischen Abteilung des Polizeilabors für Texas in Autin. Er bestätigte, daß die Flasche mit den Löchern im Stöpsel, die Kathleen den Behörden übergeben hatte, zu 80 Prozent verdünnt gewesen war, wahrscheinlich mit Salzlösung. Glenn Harrison, der als Chemiker für das Labor arbeitete, bestätigte McCutcheons Aussage.

Gegen Ende des Vormittags trat Bardetta Kreiwitz, Chelseas Kinderfrau, in den Zeugenstand. Sutton brauchte Bardettas Aussage, um der Annahme der Verteidigung zu widersprechen, daß Chelsea den Aufzeichnungen in ihrem Krankenblatt zufolge während des Krankenhausaufenthalts eine ganze Reihe von Krampfsymptomen gezeigt hatte. Bardetta bestätigte, daß sie selbst viele Notizen in Chelseas Krankenblatt niedergeschrieben hatte: »Ich war fast die ganze Nacht über wach, wenn ich bei Chelsea im Krankenhaus war, weil ich mir große Sorgen machte. Wenn sie einmal ihren Finger bewegte, schrieb ich eben Uhrzeit und Dauer auf. Dr. Holland hatte darum gebeten. Das einzige, das ich feststellte, war, daß sie ab und zu einmal den kleinen Finger bewegte oder ihre Zehen. Das war alles.«

»Kamen Ihnen diese Bewegungen in irgendeiner Weise ungewöhnlich vor?«

»Nun, ich bin keine Ärztin«, antwortete Bardetta vorsichtig, »aber ich hatte das Gefühl, daß sich nur die Muskeln entspannten.«

Als nächstes rief Sutton Bardettas Tochter DeAnna Armour auf, die bestätigte, daß sie beobachte hatte, wie Genene Chelsea am 17. September vor der Fahrt nach Santa Rosa eine Spritze gegeben hatte.

»Rückblickend muß ich sagen, daß dies unserer Verteidigung am meisten schadete«, spekulierte Jim Brookshire später, »aber damals war uns das nicht einmal bewußt. Den Aussagen der meisten Mediziner zufolge hätte Chelseas Tod nicht auf die Gabe von Suxamethoniumchlorid zurückgeführt werden können, wenn das Kind sich bei Verlassen der Praxis ausreichend von dem Atemstillstand erholt hatte.

Und dann sagte diese DeAnna, daß eine zweite Spritze verabreicht wurde.

Damals habe ich nicht weiter darauf geachtet. Ich meine, sie war ein richtiges Mädchen vom Land, sehr einfach, und ich glaubte, die Geschworenen würden sie durchschauen. Ich fand ihre Aussage nicht sehr glaubwürdig.«

DeAnna beendete ihre Aussage um 11 Uhr, und Richter Carter schickte die Geschworenen mit der Anweisung nach Hause, am nächsten Tag erst um 13 Uhr 30 zu kommen. Anschließend hörte sich das Gericht Argumente für die wichtigste Eingabe der Verteidigung an, in der sie forderte, Beweise für fünf *weitere* Notfälle, die sich in Kathleens Praxis ereignet hatten, nicht zuzulassen.

An diesem Nachmittag ließ Rothe, als die Geschworenen nicht anwesend waren, ein paar Zeugen aufrufen, welche die Anklage im Zusammenhang mit diesen Vorfällen hören wollte: Sergeant David Michael Maywhort, Sergeant Gabriel Garcia und Dr. Holland. Die beiden Armeeangehörigen berichteten in ihrer militärisch präzisen Art über Jimmy Pearsons Krise im Hubschrauber und von Genenes merkwürdigem Verhalten während des Flugs. Kathleen lieferte anschließend einige Einzelheiten zu den noch verbleibenden vier Vorfällen in ihrer Praxis.

Sutton hoffte, Richter Carter davon überzeugen zu können, daß diese Vorfälle genau wie Chelseas Krise ein ›Verhaltensmuster‹ darstellten. Ein solches Verhaltensmuster galt als einzige Ausnahme für die Regel, welche die Zulassung von Beweisen verbot, die andere Verbrechen des Angeklagten betrafen.

Carnes dagegen wollte zeigen, daß kein derartiges Muster vorhanden war. Als er Suttons Zeugen ins Kreuzverhör nahm, wies er darauf hin, daß die Kinder bei allen anderen Vorfällen Symptome gezeigt hatten, die sich stark von denen bei Chelsea unterschieden. Die Verteidigung rief keine eigenen Zeugen auf.

Der Antrag wurde von beiden Seiten mit einem Schlußwort beendet. Rothe, der für die Anklage sprach, erinnerte das Gericht daran, daß die Zulassung dieser Art von Beweisen unter zwei Umständen möglich war: »Als Beweis für eine wissentlich oder vorsätzlich begangene Handlung und als Beweis für ein Motiv.« Rothe argumentierte, daß die anderen Vorfälle in der Praxis aus diesen Gründen zugelassen werden sollten.

Als Rothe sich gesetzt hatte, erhob Laura Little sich. Es war ihre erste Gelegenheit, für die Verteidigung zu sprechen. Sie behauptete, daß die Anklage den Beweis eines fortgesetzten Verhaltensmusters in diesem Fall schuldig geblieben sei und daß es von keinem der Zeugen eine Aussage gegeben habe, daß auch nur *eins* der Kinder Suxamethoniumchlorid erhalten hatte.

»Unserer Meinung nach«, schloß Little, »versucht sich die Anklage hier nur an einer Art Vernebelungstaktik. Ihr liegen keinerlei Beweise vor, die zu der Hauptfrage dieses Falls beitragen – ob Genene Jones Chelsea McClellan in der Tat Suxamethoniumchlorid injiziert hat oder nicht. Euer Ehren, wir beantragen daher, daß diese Beweise in der Verhandlung nicht zugelassen werden.«

Richter Carter versprach, nach der Mittagspause seine Entscheidung zu verkünden, und hob die Sitzung auf.

»Das Gericht hat entschieden, daß die Beweise zugelassen werden«, erklärte Carter bei seiner Rückkehr.

»Meiner Meinung nach«, kommentierte Brookshire später, »war das einer der ernstesten Rückschläge für die Verteidigung. Ich hatte das Gefühl, daß wir sehr gut argumentiert hatten und daß Richter Carter sich auch anders hätte entscheiden können.«

Als die Geschworenen ihre Plätze wieder einnahmen, begann Sutton seine Anhörung der nicht direkt zum McClellan-Fall gehörenden Verbrechen mit dem am besten dokumentierten und dramatischsten Vorfall – Jimmy Pearsons Krise im Hubschrauber. Als erste rief er Jimmys Mutter Mary Ellen auf, so daß die Geschworenen Jimmy als Kind, das trotz seiner vielfältigen Behinderungen von seiner Mutter geliebt wurde, kennenlernen konnten. Dann gaben Suttons wichtigste Zeugen – Sergeant Maywhort und Sergeant

Garcia neben Sergeant Torrongeau – den Geschworenen ein detailliertes Bild von dem Geschehen um Jimmy auf dem Flug nach San Antonio.

Bei dem Kreuzverhör dieser Männer konzentrierte sich Carnes auf kleine Unterschiede in den Berichten und auf Widersprüche zwischen ihren Beobachtungen und dem, was man bei einem durch Suxamethoniumchlorid hervorgerufenen Atemstillstand erwarten würde. Carnes konzentrierte sich auch auf die Tatsache, daß niemand den Verdacht gehegt hatte, daß Genene das Kind absichtlich verletzt hatte. »Sergeant«, sagte er an Maywhort gewandt, »mich interessiert nur eine Sache: Haben Sie hinterher irgendeiner Behörde von diesem Vorfall Bericht erstattet?«

»Ich hatte keinen Grund dazu.«

Am Donnerstagmorgen trat Kathleen erneut in den Zeugenstand. Ihre Vernehmung dauerte über zwei Tage.

Suttons Fragen bezogen sich jetzt auf eine genaue Auflistung der Ereignisse im August und September. Gemeinsam gingen der Staatsanwalt und die Ärztin die einzelnen Tage durch, wobei sie mit der Zeit vor der Praxiseröffnung und Kathleens erstem Einkauf von Medikamenten begannen. Scott Monroe stellte sich mit einem Stift in der Hand neben dem Kalender auf. Während Kathleen ihre Aussage machte, füllte er die einzelnen Quadrate mit roter Tinte. Beim 17. August schrieb er auf: ›Anfangsinventur: zwölf Flaschen Atropin.‹

Sutton und Kathleen übergingen den 23. und 24. August, an denen bereits die Praxiseröffnung und Chelseas Fall vermerkt waren. Sie gingen zum 27. August über, zu dem Tag, an dem Brandy Benites einen Atemstillstand erlitt. Bei Brandy und allen nachfolgenden Kindern ging Sutton mit Kathleen sorgfältig die Vorfälle durch.

Dann ging Sutton zum 30. August und zu dem Vorfall über, den die Geschworenen bereits kannten: Jimmy Pearsons Hubschraubertransport.

»Was berichtete Genene Ihnen von dem Flug?«

»Sie sagte mir, daß das andere Kind, Chris Parker, während des gesamten Flugs geschlafen habe. Jimmy habe dagelegen, während sie ihn genau beobachtete. Irgendwann während des Flugs habe sie dann anomale Augenbewegungen festgestellt.«

»Anomale Augenbewegungen. Hatte sie dafür eine genauere Bezeichnung?«

»Ich erinnere mich, daß sie zuerst etwas über seine Augen sagte und dann, daß er wieder einen Krampf hatte. Dann berichtete sie mir, daß sie ihm wegen seines Anfalls etwas Valium gegeben hatte und daß es zu einem Atemstillstand gekommen war. Sie landeten auf einem Feld und zogen Jimmy aus dem Hubschrauber, aber es gab Probleme, daher luden sie das Kind zurück in den Hubschrauber und flogen schnell nach San Antonio.«

»Sagte sie irgend etwas zu den technischen Fähigkeiten oder Qualifikationen der Besatzung?«

»Sie sagte, daß sie Jimmy nicht intubieren wollten, da sie dafür keinen Grund sahen. Ich erinnere mich nicht genau an ihre Worte, aber sinngemäß sagte sie, daß sie nicht einsahen, warum man etwas unternehmen sollte.«

»Das hat sie Ihnen berichtet?«

»Ja, und sie war verärgert darüber.«

»Sagte sie, was mit der medizinischen Ausrüstung geschehen ist, die sie mitgenommen hatte?«

»Sie berichtete, daß die Spritze mit dem Valium beim Abflug von der Weide aus dem Hubschrauber gefallen sei, und daß sie sich ziemlich sicher sei, daß der Kehlkopfspiegel ebenfalls herausgefallen war.«

»Sie behauptete also, daß die Spritze *während* des Abflugs herausgefallen sei.«

»Das ist richtig.«

Sutton hatte noch eine Frage, bevor er zum nächsten Punkt überging: »Doktor, gibt es ein Medikament oder eine Kombination von Medikamenten, die nach der Injektion in den Blutkreislauf die Herztätigkeit steigern und anschließend einen Atemstillstand hervorrufen würden?«

»Ja, dazu käme es bei einer Kombination von Atropin und Suxamethoniumchlorid.«

Dann gingen Sutton und Holland zum 3. September über, zu dem Tag, an dem Misty Reichenau einen Atemstillstand erlitten hatte. Auch diesen Vorfall besprachen sie in allen Einzelheiten.

Als nächstes legte Sutton ein Beweisstück vor: eine Rechnung vom Sid Peterson Hospital, auf dem der Kauf von ›10 ccl Atropin, 10 ccl Suxamethoniumchlorid‹ am Dienstag, dem 7. September, vermerkt war. Vom 8. bis 11. September gab es keine ungewöhnlichen Vorfälle, und am Sonntag, dem 12. Semptember, war die Praxis wieder geschlossen. Über die Quadrate des 13., 14., 15. und 16. September schrieb Monroe ›Mary Mahoney‹, den Namen von Kathleens Aushilfsschwester.

Am Donnerstag, dem 17.September, war bereits Chelseas erneuter Atemstillstand vermerkt. Monroe fügte nach einer detaillierten Diskussion auch Jacob Evans Namen am 17. hinzu. Am Freitag, dem 18., war die Praxis wieder für einen halben Tag geschlossen und am 19. für den ganzen Tag. Am 20. war bereits der Kauf von weiteren Kubikzentilitern Suxamethoniumchlorid und Chelseas Beerdigung vermerkt. Monroe fügte noch hinzu, daß an diesem Tag zusätzlich 6 Ein-Milliliter-Dosen Atropin eingekauft worden waren.

Sutton und Holland gingen nun zum 23. September über, dem Tag, als es bei Rolinda Ruff zu dem letzten Vorfall in der Praxis kam. »Ich erinnere mich«, berichtete Kathleen, »daß Rolinda weinte. Sie hatte sehr laut geschrien, denn wie alle Kinder ihres Alters wehrte sie sich, wenn man sie festhielt. Meistens jagt das den Kindern mehr Angst ein als das, was eigentlich passiert. Sie weinte und schluchzte und holte tief Luft. Kurz nachdem ich die Kanüle angelegt hatte, holte sie wieder tief Luft, aber statt jetzt wieder laut zu weinen, gab sie keinen Ton von sich.« Kathleen rutschte unruhig auf ihrem Platz hin und her, als sie zu dem Schluß kam, daß sie in diesem Fall möglicherweise unwissend ihre Patientin vergiftet hatte.

Während Kathleen weiter erzählte, schrieb Monroe für den 23. in den Kalender: ›Ruff, Atemstillstand‹, am 24.: ›Sitzung der Krankenhausverwaltung wegen Genene Jones‹, am 26.: ›Gespräch mit Genene, Flasche wieder aufgetaucht, keine Löcher‹, am 27.: ›Holland findet Löcher – Einfach wegwerfen –, Holland ruft Hall an, Holland übergibt Flaschen‹. Der Kalender war jetzt fertig.

Sutton war jedoch noch nicht fertig. Seit Wochen hatte er an einem zweiten Beweisstück gearbeitet. Er bezeichnete es als die ›100-Prozent-Tabelle‹ und war sich sicher, daß sie die Geschworenen überzeugen würde, falls er die Erlaubnis erhielt, sie einzusetzen. In der Spalte auf der Tabelle links waren alle Tage aufgeführt, an denen Kathleens Praxis geöffnet gewesen war. Oben waren vier Überschriften aufgeführt: (1) Kinder unter zwei, (2) Injektion, (3) Infusion von Jones und (4) Potentiell ernste Erkrankung. Sutton wollte damit das Muster, das den Vorfällen in der Praxis zugrunde lag, aufdecken.

Als die Anklage die leere Tabelle hervorholte, sprang Carnes auf. »Euer Ehren, ich bitte darum, diese Tabelle nicht als Beweismittel zuzulassen, bis ihre Relevanz belegt wurde.«

Richter Carter frage Sutton: »Wie werden Sie die Relevanz dieser Tabelle belegen, Herr Staatsanwalt?«

»Ich versichere dem Gericht, daß ich im Lauf meiner Erläuterungen die Verbindung herstellen werde.«

Suttons ernsthafte Versicherung reichte Carter nicht aus. »Lassen Sie uns diese Tabelle zuerst in Abwesenheit der Geschworenen zusammenstellen, bis ihre Relevanz offensichtlich *wird*.«

Die Geschworenen gingen hinaus, und Sutton begann, die Tabelle auszufüllen. Dazu fragte er Kathleen nach Patienten unter zwei Jahren. Wenn Kleinkinder behandelt worden waren, fragte er sie, ob diese Patienten eine Injektion oder Infusion erhalten oder Symptome einer potentiell ernsten Erkrankung gezeigt hatten. Während Kathleen die Informationen lieferte, füllte Monroe die Tabelle aus.

Datum	Kinder unter 2	Injektion	Infusion von Jones	Potentiell ernste Erkrankungen	[Notfall]
23.8.	1	Ja	Nein	Nein	
24.8.	1	Nein	Ja	Ja	[Chelsea]
25.8.	Keine Patienten				
26.8.	Keine Patienten unter zwei				
27.8.	1	Nein	Ja	Ja	[Brandy]
28.8.	Geschlossen				
29.8.	Geschlossen				
30.8.	2	Nein	Nein	Nein	
31.8.	2	Ja – 1	Nein	Nein	
1.9.	3	Nein	Nein	Nein	
2.9.	Keine Patienten unter zwei				
3.9.	1				
4.9.	Keine Patienten unter zwei				
5.9.	Geschlossen				
6.9.	Geschlossen				
7.9.	3	Nein	Nein	Nein	
8.9.	1	Nein	Nein	Nein	
9.9.	5	Nein	Nein	Nein	
10.9.	Keine Patienten				
11.9.	Keine Patienten unter zwei				
12.9.	Sonntag–geschlossen				
13.9.	1	Nein	Nein	Nein	
14.9.	1	Nein	Nein	Nein	
15.9.	Keine Patienten unter zwei				
16.9.	1	Nein	Nein	Nein	
17.9.	2	Ja	Ja – beide	Ja – beide	[Chelsea & Jacob]

18.9.	2	Ja – 1	Ja – aber Kathleen bereitete vor		
19.9.	Sonntag – geschlossen				
20.9.	Keine Patienten				
21.9.	5	Nein	Nein	Nein	
22.9.	1	Nein	Nein	Nein	
23.9.	1	Nein	Ja	Ja	[Rolinda]
24.9.	1	Nein	Nein	Nein	
25.9.	Geschlossen				
26.9.	Geschlossen				
27.9.	1	Nein	Nein	Nein	

Sutton zufolge kam es bei jedem einzelnen Kind, das mit einer potentiell ernsten Erkrankung in die Praxis gekommen war, zu einem Atemstillstand, nachdem Genene für das Kind eine Infusion vorbereitet hatte. Nachdem Sutton die Tabelle ausgefüllt hatte, »schien Richter Carter so wütend, daß es schon fast unwirklich war«, erinnert sich Sutton. »Er war fuchsteufelswild, und man hatte das Gefühl, daß er Genene Jones hätte umbringen können.«

Auch Carnes war wütend, aber aus einem anderen Grund. Instinktiv wußte er, daß die Kategorien subjetktiv waren – offen für Interpretationen und Zweideutigkeiten –, aber er konnte seine Einwände nicht klar formulieren.

Richter Carter erklärte, ohne zu zögern: »Das Gericht hält die Tabelle für relevant und wird sie zulassen.«

Daraufhin präsentierte Sutton seine ›100-Prozent-Tabelle‹ den Geschworenen.

Kathleens Kreuzverhör durch Carnes begann am Freitag, dem 1. Februar. Der Verteidiger verfolgte dieselbe Strategie, die er bereits vorher bei der Befragung zu den Vorfällen bei Chelsea eingesetzt hatte. Er wies die Geschworenen auf die Menge und Schwere der alarmierenden Symptome hin, die jedes Kind aufwies, bevor es je mit Genene Jones zusammentraf. Auf diese Weise versuchte er, Zweifel bei den Geschworenen zu wecken: Wurden diese Kinder tatsächlich vergiftet oder war es möglich, daß es sich einfach um sehr kranke Kinder handelte? Bei jeder Möglichkeit beleuchtete er für die Geschworenen die Ungenauigkeiten und Zweideutigkeiten in Suttons Tabelle und versuchte, den Verdacht auf Kathleen abzuwälzen. »Da sie als Hauptzeugin der Anklage und Hauptanklägerin von Genene auftrat«, erläuterte Brookshire später, »wurde die Anklage gegen Genene beträchtlich abgeschwächt, wenn wir die Geschworenen dazu bringen konnten, Kathleens Motive oder Aussage anzuzweifeln.«

Was Chelseas Notfall am 24. August anbetraf, so betonte Carnes, daß Kathleen kein Schreien gehört und keinen Einstich festgestellt hatte, und wies darauf hin, daß Chelseas Atemstillstand eintrat, *bevor* die Infusion gelegt worden war. Daher hielt Carnes die Eintragung in der Tabelle »vielleicht nicht für wertlos, aber doch zumindest für irreführend«.

Als nächstes sprachen Carnes und Holland über Brandy Benites Krise am 27. August. Wieder bestätigte Kathleen, daß bei Brandy der Notfall eingetreten war, bevor die Infusion gelegt worden war, und Carnes beklagte sich, daß der Vorfall in der Tabelle nicht korrekt wiedergegeben war.

Er bat die Ärztin, ihre Notizen über Brandys Notfall durchzugehen und wies sie und die Geschworenen daraufhin, daß dort die »Schlaffheit«, die Kathleen wiederholt erwähnt hatte, nicht auftauchte. »Doktor, wir wollen praktisch sein«, redete er ihr zu, »nach dem 27. September war es Ihnen und allen anderen doch klar, daß es in jedem Fall, zu dem Sie ausgesagt haben, um den Gebrauch von Suxamethoniumchlorid ging.«

»Ich wußte, daß es in Betracht gezogen wurde«, räumte Kathleen ein.

Ich meine, ist das nicht der springende Punkt bei all Ihren Aussagen? Sie drehen die Sache so, daß es Suxamethoniumchlorid hätte gewesen sein können, richtig?« Carnes kümmerte es nicht weiter, ob Kathleen kooperativ war oder nicht; er wollte den Geschworenen diese Möglichkeit vor Augen führen.

»Ich bin mir nicht sicher, was Sie mit ›die Sache so drehen‹ meinen«, erwiderte Kathleen.

»Nach dem 27. September wußten Sie, daß Suxamethoniumchlorid in all diesen Fällen eine Hauptrolle spielen würde – ist das richtig?«

»Nach dem 27. September ließ ich mir die Ereignisse, als sie mir noch sehr gut im Gedächtnis waren, durch den Kopf gehen. Damals konnte ich mich besser daran erinnern, was speziell mit diesen Kindern passiert war.«

Carnes fuhr fort: »Und Schlaffheit ist ein sehr wichtiges Symptom, wenn es um den möglichen Gebrauch von Suxamethoniumchlorid geht, nicht wahr?«

»Schlaffheit oder fehlende Muskelspannung ist ein Hauptsymtom bei Suxamethoniumchlorid, ja.«

»Ich meine, selbst wenn Sie es am 27. September nicht für wichtig hielten, wußten Sie doch *nach* dem 27., daß dies äußerst wichtig war.«

»Ich wußte, daß es in Betracht gezogen wurde«, räumte Kathleen ein.

»Sie wußten, daß es äußerst wichtig war« – der anklagende Ton in seiner Stimme war unverkennbar –, »und dennoch erwähnten Sie es in Ihrer Aussage, die im Mai 1983 zu Protokoll genommen wurde, überhaupt nicht, als Sie über Brandy Benites sprachen.«

»Ich verstehe nicht, was Sie damit sagen wollen, Mr. Carnes.«

»Das ist unwichtig, Doktor, beantworten Sie nur meine Fragen.«

Endlich sprang Rothe auf und erhob Einspruch, so daß der Angriff auf die Zeugin unterbrochen wurde. Als Richter Carter schließlich den Einspruch abgelehnt hatte, war Carnes' Frage hinfällig geworden; daher ging er zum nächsten Punkt über. Er hatte bereits alles, was für ihn wichtig war, geklärt: Bevor es zu Brandys Notfall gekommen war, hatte sie keine Medikamente und keine Infusion erhalten, und niemand hatte Nadeleinstiche feststellen können.

Anschließend bombardierte Carnes Kathleen mit Fragen über Jimmy Pearson: »Wer bereitete Jimmys Infusion vor?«

»Wahrscheinlich nicht Genene.«

»Wer zog die Spritze auf, die Sie ihm in der Notaufnahme verabreichten?«

»Wahrscheinlich nicht Genene.«

»Wer zog die Valiumspritze auf, die sie mit in den Hubschrauber nahm?«

»Eine der Schwestern vom Sid Peterson Hospital, glaube ich.«

»Wann sollte Genene dem Kind das Valium geben?«

»Falls es zu so schweren Krämpfen wie in der Notaufnahme kam, sollte sie ihm eine weitere Dosis injizieren.«

Carnes schlug ein Textbuch für Ärzte auf und fragte Kathleen, ob sie wußte, was darin über den Gebrauch von Valium stand. »Äußerste Sorgfalt ist nötig, wenn injizierbares Valium durch eine Infusion verabreicht wird«, las er laut vor, »besonders bei schwerkranken Patienten und Patienten mit begrenzter Lungenreserve, da es zu einem Atem- und/oder Herzstillstand kommen kann.« Was Carnes damit sagen wollte, war klar: Seiner Meinung war es das von Kathleen angeordnete Valium, das zu Jimmys Atemstillstand im Hubschrauber geführt hatte, nicht irgendein geheimnisvolles Medikament, das von Genene an Bord des Hubschraubers gezaubert worden war.

Carnes hatte noch eine letzte Frage, die den Jimmy-Pearson-Fall betraf. »Überraschte es Sie, Doktor, als Sie später an diesem Tag erfuhren, daß Jimmy während des Flugs nach San Antonio einen Atemstillstand erlitten hatte?«

»Nein. Als Genene mir berichtete, daß Jimmy einen Anfall und einen Atemstillstand erlitten hatte, war ich nicht überrascht.«

Jetzt wandte Carnes seine Aufmerksamkeit Misty Reichenau zu. Er stellte fest, daß Kathleen sich genau wie bei Chelsea an keinen Aufschrei des Kindes erinnern konnte, der darauf hätte hinweisen können, daß das Kind gerade mit einer Kanüle gestochen worden war, und daß Kathleen, genau wie bei Brandy, keine ›Schlaffheit‹ in ihren Aufzeichnungen vermerkt hatte – die Ärztin hatte sich erst anschließend daran ›erinnert‹.

Als Carnes den Notfall bei Jacob Evans durchging, konzentrierte er sich auf die Schwere von Jacobs Symptomen. »›Seit zwei Monaten Schreianfälle‹«, faßte Kathleen die Krankengeschichte zusammen, »›eine geschwollene Fontanelle, aufgeplatzte Nahtstellen der Knochen, die auf Druck im Schädel hinweisen, leichte, seitwärts gerichtete Bewegungen der Augen und blaue und orangefarbene Flecken auf der Haut.‹« Kathleen bestand jedoch darauf, daß Gesundheit und Entwicklung des Kindes, abgesehen von seinem Krampf, im normalen Bereich lagen.

Schließlich befaßte Carnes sich mit Rolinda Ruffs Fall. Als er das Krankenblatt mit Kathleen durchging, stellte er fest, daß Rolinda von einem anderen Arzt wegen Durchfall mit Parepectolin behandelt worden war und daß der Hauptbestandteil dieses Medikamentes ein Narkosemittel ist. Er deutete an, daß dieses Narkosemittel eine der möglichen Ursachen für die Probleme des Kindes hätte sein können. Und wieder wies er darauf hin, daß Kathleen in ihren Notizen nicht das Wort ›Schlaffheit‹ vermerkt und dies auch nicht im Mai 1983 zu Protokoll gegeben hatte.

»Sie haben ausgesagt, daß Sie eine sehr gut ausgebildete Ärztin sind«, sagte Carnes mit leichtem Sarkasmus, »mit siebenjährigem Studium, fähig, klinische Beobachtungen bei Menschen zu machen, wenn ein körperliches Problem vorliegt. Dennoch haben Sie in *jedem einzelnen dieser Fälle* in *keinem* Krankenblatt und auch nicht im Protokoll vom Mai 1983 darauf hingewiesen, daß auch nur *eins* dieser Kinder für längere Zeit schlaff war.«

»Das mag richtig sein, aber das bedeutet nicht, daß es nicht so war.«

»Also, Doktor«, fuhr Carnes fort und ignorierte Kathleens Einwurf, »Sie haben heute vor diesem Gericht plötzlich rückblickend in jedem einzelnen dieser Fälle ausgesagt, daß die Kinder eine Zeitlang schlaff gewesen waren. Aber Sie können sich nicht daran erinnern, wie lang, wann die Schlaffheit anfing und wann sie aufhörte. Und immer folgte dieser Schlaffheit etwas, das Sie in Ihren klinischen Beobachtungen als ›eine Art‹ Krampfaktivität bezeichnen. Worauf begründet sich das alles, Doktor?«

»Es beruht auf einem Rückblick«, wiederholte Kathleen mit fester Stimme, »mit dem ich in der Woche des 27. Septembers begann, als ich gebeten wurde, mich an die Vorfälle zu erinnern.«

»Sie haben sich aber nicht daran erinnert, Doktor, als Sie im Mai 1983 Ihre Aussage zu Protokoll gaben. Sie erinnern sich erst jetzt im Gerichtssaal daran, sechzehn oder siebzehn Monate später.«

»Mr. Carnes, ich kann mich nicht erinnern, daß mir während meiner Aussage die Frage gestellt wurde: ›Sind die Kinder zu irgendeinem Zeitpunkt schlaff geworden?‹ Daran erinnere ich mich nicht.«

»Hören Sie, Doktor, Sie wußten doch, worum es in dem Protokoll ging. Man versuchte, Beweise für den Gebrauch von Suxamethoniumchlorid zu finden, nicht wahr?«

»Ich weiß nur, daß versucht wurde, die Tatsachen herauszufinden, und dabei versuchte ich zu helfen.«

Wieder ignorierte Carnes die Antwort und brachte sein Argument an: »Und dann fragte man Sie, ob Suxamethoniumchlorid Ihrer klinischen Meinung nach bei diesen Kindern verwendet worden war, und Sie sagten ›Nein‹.«

Carnes hatte meisterhafte Arbeit geleistet. Er hatte sich auf jeden einzelnen Zweifel konzentriert, auf jede Tatsache, die Kathleens Aussage, die Gesundheit des Kindes und die Übereinstimmung der Symptome des Kindes mit dem Vorhandensein von Suxamethoniumchlorid in Frage stellte.

Obwohl es erst 15 Uhr 30 war, als Carnes seine Befragung abschloß, konnte er eine Pause gebrauchen. Wahrscheinlich wollte er seine Befragung erst am Montag beenden, um am Wochenende seine Gedanken sammeln zu können. Vielleicht wollte er auch nicht zu einem Ende kommen, um auf diese Weise Ron Sutton nicht wieder die dramatische Möglichkeit zu geben, die letzten Fragen der Woche zu stellen. Die Verteidigung bat um eine frühzeitige Aufhebung der Sitzung.

»Dr. Holland fühlt sich nicht wohl«, erklärte das Gericht den Geschworenen, »die Anwälte auf beiden Seiten sind krank, und alle sind der Meinung, daß uns eine Pause guttun wird. Wir heben daher die Sitzung auf und treten am Montagmorgen um 9 Uhr wieder zusammen.«

Am Montagmorgen erhob sich Carnes, um Kathleen die eine Frage zu stellen, die ihm am Wochenende in den Sinn gekommen war. »Von den zusätzlichen Kindern, über die wir in der letzten Woche gesprochen haben – Brandy Benites, Misty Reichenau, Jacob Evans, Rolinda Ruff und Jimmy Pearson –, haben wieviele Eltern haben gegen Sie Schadensersatzklagen erhoben, Dr. Holland?«

»Die Eltern von dreien der fünf Kinder. Die Familien Reichenau, Evans und Pearson.«

Die Verteidigung hatte keine weiteren Fragen.

In seiner erneuten Vernehmung versuchte Sutton, Kathleens Glaubwürdigkeit so gut wie möglich wiederherzustellen, obwohl er seine Fragen auf ein Minimum beschränkte. Er bat sie, erneut zu beschreiben, wie Genene von der Chelsea-Ann-McClellan-Intensivstation gesprochen hatte. Dann bat er sie, die möglichen Nebenwirkungen einer Gabe Suxamethoniumchlorid zu beschreiben, die unter der empfohlenen Dosierung lag.

»Soviel ich weiß«, erklärte Kathleen, »können kleine Dosen Suxamethoniumchlorid eine Krampfaktivität nachahmen.«

Suttons letzte Bitte an seine Hauptzeugin war, die Frau zu identifizieren, gegen die sie ausgesagt hatte, ihre ehemalige Angestellte und Freundin Genene Jones. »Würden Sie bitte auf Sie zeigen?«

»Ich schaute ihr in die Augen«, erinnert Kathleen sich.

Sie deutete mit dem Finger auf die Angeklagte und sagte klar und deutlich: »Es ist die Frau in dem gestreiften Kleid, die dort sitzt.«

Die restlichen zwölf Zeugen für die Anklage wurden schnell hintereinander befragt. Am nächsten Nachmittag wollte Sutton seine Befragungen beenden, damit die Verteidigung mit ihrer Beweisaufnahme beginnen konnte.

An diesem Morgen bekam Scott Monroe zum ersten Mal die Gelegenheit, die Befragung für die Anklage durchzuführen. Seine erste Zeugin, Nelda Benites, wurde aufgerufen, um zusätzliche Einzelheiten zu dem Atemstillstand ihrer Tochter mitzuteilen. Es ließ sich kaum ausmachen, wer nervöser war: Nelda oder der junge Anwalt. Beide schienen nicht zu merken, daß Nelda auf Monroes Frage nach dem Altersunterschied zwischen ihren beiden Kinder mit »vier oder fünf Monate« antwortete.

Monroes nächste beiden Zeugen, Sarah Maudlin, die stellvertretende Leiterin des Atmungszentrums im Sid Peterson Hospital, und der Sanitäter Philip Kneese berichteten dem Gericht von Brandys zweitem Atemstillstand im Krankenwagen auf dem Weg nach San Antonio.

Anschließend sagte Kay Reichenau über Mistys Fall aus. Als Brookshire im Kreuzverhör die vielen Symptome beschrieb, widersprach Kay, als er den steifen Hals erwähnte.

»Okay«, erwiderte Brookshire, »hatte sie nun einen steifen Hals oder nicht?«

Kay, eine junge Frau mit dunklen, zarten Gesichtszügen, die bemerkenswerte Haltung gezeigt hatte, nahm kein Blatt vor den Mund. »Meiner Meinung nach hatte sie keinen steifen Hals. Ich bin keine Ärztin, aber als man ihren Hals untersuchte, wurde gerade rektal ihre Temperatur gemessen. Ich glaube, es ist darauf zurückzuführen, daß sie sich so wand.«

Jacobs Mutter, Lydia Evans, berichtete von dem Notfall bei ihrem Sohn; anschließend trat ihre Mutter, Loretta Lardie, in den Zeugenstand. Sie berichtete von dem Abend, als sie Jacob im Sid Peterson Hospital besucht hatte und Jacobs Kanüle mit Blut verstopft war und gewechselt werden mußte.

»Genene war zufällig da und kümmerte sich darum. Als sie die Kanüle wechselte, sagte Genene, daß sie und Dr. Holland zu beweisen oder zu zeigen hofften (ich weiß nicht mehr genau, welches Wort sie verwendete), daß das Krankenhaus in Kerrville eine pädiatrische Intensivstation braucht«, sagte Lardie aus. »Sie sagte: ›Babys und Kleinkinder können auf der normalen Intensivstation nicht ausreichend versorgt werden.‹«

»Sie hoffte also zu beweisen, daß das Krankenhaus eine Intensivstation für Kinder brauchte?« fragte Sutton.

»Ja«, erwiderte Lardie, »genau das sagte sie.«

Dr. Bradley, der Anästhesist des Krankenhauses, der Rolinda Ruff in der Notaufnahme beobachtet hatte, beschrieb den Geschworenen die groben motorischen Bewegungen, die ihm bei dem Kind aufgefallen waren. »Dieses Kind zeigte dasselbe Phänomen, das wir normalerweise immer beobachten, wenn wir im OP Suxamethoniumchlorid verabreichen, um leichter ein Rohr in den Rachen einsetzen zu können. Wenn die Wirkung bei den Patienten nachläßt, greifen sie nach dem Rohr, aber wenn sie es mit der Hand berühren, fehlt ihnen die Fingerkontrolle. Sie können nur die Schultern und Ellbogen kontrollieren.«

Sutton fragte den Arzt, was wohl passieren würde, wenn man einem wachen Patienten Suxamethoniumchlorid verabreichen würde, nicht einem Patienten unter Narkose. »Ich würde erwarten«, erklärte Dr. Bradley, »daß es zu Muskelzuckungen kommt, bevor der Muskel ganz gelähmt ist – das wäre eine Art Angstreaktion –, aber ich habe das Mittel noch nie einem wachen Patienten verabreicht.«

Dann wollte Sutton wissen, ob bei einer geringeren Dosis Suxamethoniumchlorid möglicherweise eine Krampfaktivität nachgeahmt werden würde.

»Ja, es kommt zu Muskelzuckungen – zu groben, ruckartigen Muskelbewegungen, denn wenn man weniger als die optimale Dosis verabreicht, kommt es nicht zur optimalen Entspannung. Der Patient würde noch etwas Muskelkontrolle haben, und wenn er merkt, daß Sauerstoff nicht in ausreichender Menge vorhanden ist, würde er anfangen zu zucken.«

»Wann würde das Suxamethoniumchlorid zu wirken beginnen, wenn es intravenös statt intramuskulär verabreicht würde?«

»Abhängig von der Dosis, vom Alter und vom Zustand des Patienten würde die Wirkung etwa nach einer halben

Minute bis zu eineinhalb oder zwei Minuten später einsetzen. Es hängt davon ab, wie gut die Blutversorgung in dem Gebiet, in dem injiziert wurde, war.«

»Könnte die Wirkung auch schon nach fünfzehn Sekunden einsetzen?«

»Das wäre möglich, aber es müßte ein sehr gefäßreiches Gebiet sein.«

Im Kreuzverhör stellte Carnes ebenfalls einige Fragen zu den Auswirkungen von Suxamethoniumchlorid und erhielt eine unwillkommene Antwort. Anders als die übrigen Experten vor ihm sagte Bradly aus, daß die Wirkung von Suxamethoniumchlorid abhängig von Dosis, Zustand des Patienten und seiner Fähigkeit, das Medikament zu verarbeiten, verschieden lang anhalten könnte. Carnes war überrascht. »Sie wollten damit doch nicht sagen, Doktor, daß eine größere Dosis die Wirkung des Medikaments verlängern würde?«

»Doch, so ist es.«

»Beruht diese Beobachtung auf eigener Erfahrung?« fragte er den Arzt.

»Ja, auf eigener Erfahrung.«

Ungläubig fragte Carnes: »Die Wirkung des Medikaments hält also um so länger an, je größer die Dosis ist?«

»Ich habe Patienten eine etwas größere Dosis verabreicht, um sicherzugehen, daß es bei einer Intubation zu keinerlei Bewegungen kam. Und ich habe herausgefunden, daß Suxamethoniumchlorid *tatsächlich* länger wirkt, wenn die Dosis größer ist.«

Im Verlauf der Befragung erwies Dr. Bradley sich wiederholt als hartnäckiger Zeuge. Am Ende des Kreuzverhörs versuchte Carnes Bradley dazu zu bringen, zuzugeben, daß die Bewegungen bei Rolinda Ruff auch durch etwas anderes als Suxamethoniumchlorid hätten hervorgerufen werden können, aber Bradley blieb hartnäckig. »Ich kenne kein anderes Medikament, das heute eingesetzt wird«, erklärte er, »das derartige Wirkungen hervorrufen würde.«

»Wenn wir Medikamente einmal außer acht lassen, Doktor«, meinte Carnes, »gibt es absolut keinerlei andere Erklärung für diese Bewegungen? Könnten sie nicht auf ein anderes körperliches Phänomen zurückgeführt werden?«

»Mir ist kein derartiges körperliches Phänomen bekannt.«

»Sie halten also daran fest, daß es Suxamethoniumchlorid war und nichts anderes?«

»Ich kenne nichts, was diese Symptome in diesem kurzen Zeitraum nachahmen könnte.«

»Wissen Sie dies aufgrund von Forschungen, die Sie angestellt haben, oder durch Untersuchungen, von denen Sie gelesen haben, oder ist...«

»Ja«, unterbrach Bradley.

»Was nun?«

»Beides.«

Anschließend trat Richard Mason in den Zeugenstand und sagte aus, daß auch er Rolinda Ruff in der Notaufnahme beobachtete hatte, ebenso Chelsea und Jacob Evans. Er erklärte, daß alle definitiv »grobe motorische Bewegungen« gemacht hatten.

Danach trat Dr. Vincent DiMaio zum zweiten Mal in den Zeugenstand. Seine interessanteste Aussage machte er diesmal, als er von Carnes ins Kreuzverhör genommen wurde. »Angenommen, Doktor, daß die angebliche Injektion mit Suxamethoniumchlorid in Dr. Hollands Praxis vorgenommen wurde, und angenommen, daß sie eineinhalb bis zwei Stunden vor dem Tod verabreicht wurde, sind Sie dann immer noch der Meinung, daß Suxamethoniumchlorid den Tod des Kindes verursacht?«

»Das ist möglich«, erwiderte DiMaio, »es ist jedoch wahrscheinlich, daß im Krankenwagen eine weitere Injektion mit Suxamethoniumchlorid verabreicht wurde.«

»Ihr Urteil über die Todesursache basiert also allein auf einer zweiten Injektion im Krankenwagen?«

»Nein, Sir«, erwiderte DiMaio, der sich von Carnes nicht in die Ecke drängen lassen wollte, »meiner Meinung nach ist das die wahrscheinlichste Erklärung, aber es ist auch möglich, daß das elektrolytische Ungleichgewicht und das Trauma, das durch die ursprüngliche Injektion zuvor verursacht worden war, bei einem Kind zu arhythmischen Störungen oder zum Tod hätte führen können.«

Sutton beendete seine Darstellung des Falls, indem er zur Motivfrage zurückkehrte. Die letzte Zeugin, die für die Anklage aufgerufen wurde, war Schwester Mary Morris. Mary berichtete von ihrem Gespräch mit Genene, in dem Jones davon gesprochen hatte, eine pädiatrische Intensivstation im Sid Peterson Hospital zu eröffnen, und Mary ihre Zweifel ausgedrückt hatte, ob es genug Patienten gab, die eine solche Abteilung rechtfertigen.

»Was genau sagte sie?« fragte Sutton.

»Sie sagte: ›Es gibt genug Patienten. Man muß sie nur finden.‹«

Kurz nach 17 Uhr trat Sutton an den Richtertisch und verkündete: »Euer Ehren, hiermit hat die Anklage ihren Beweisvortrag abgeschlossen.«

Es folgte eine eintägige Pause, damit die Verteidigung die Möglichkeit hatte, sich vorzubereiten. Am Donnerstag, dem 9. Februar, rief die Verteidigung dann ihren ersten Zeugen auf, nachdem sie vierzehn Tage lang nur gekontert hatte.

Ron Sutton

Warum durfte Reid den Gerichtssaal in Georgetown nicht betreten?

Reid war emotional äußerst feindselig eingestellt. Das war – ich weiß nicht, es läßt sich nur schwer erklären, wie sehr er an dem Kind hing. Er war Jones und Holland gegenüber eben äußerst feindselig eingestellt. Er hätte Petti durch seine Gefühlsäußerungen nur noch weiter aufgeregt. Aus diesem Grund wollte ich sie getrennt halten und ihn nicht in den Gerichtssaal lassen. Ich machte mir Sorgen, daß er aufspringen und irgend etwas sagen würde, wenn er Genene Jones oder Dr. Holland sah, was zu einem ergebnislosen Prozeß geführt hätte, wo wir doch gut Chancen hatten, eine Verurteilung herbeizuführen und Tausende von Dollars dafür ausgegeben hatten.

Reid verstand das. Es gefiel ihm nicht, aber er verstand es.

Was für Gefühle hatten Sie, als Sie mit Ihrer Beweisaufnahme fertig waren?

Zu dem damaligen Zeitpunkt hoffte ich, daß Genene selbst in den Zeugenstand treten würde, um sich zu verteidigen. Ich hatte eine zwei Seiten lange Liste und wollte sie mit all den Lügen, die Sie erzählt hatte, konfrontieren. Wir wollten über die Einstichlöcher in den Flaschen reden, über ihren Namen auf dem Lieferschein und über die Notizen, in denen sie etwas anderes aufgeschrieben hatte als das, was sie Dr. Holland oder einer Mutter mündlich mitgeteilt hatte. Dann gab es da noch eine Reihe von falschen Angaben vor der Anklagejury in Kerrville und der in San Antonio über die Vorfälle mit all den Kindern. Ich hatte eine lange Liste. Ich war bereit für sie.

Das klingt ganz so, als ob Sie schon im vornherein alles bis ins kleinste Detail geplant hatten.

Nun, nicht bis ins kleinste Detail. Im allgemeinen planen wir im Groben, was wir tun werden und welche Absicht wir verfolgen, aber das Ganze darf nicht zu sehr geprobt wirken, denn da machen die Geschworenen nicht mit. Es muß alles ganz spontan aussehen. Außerdem gibt es noch eine ganze Menge Tricks, die man anwenden kann, während die Verteidigung ihren Fall vorträgt.

Ich glaube, man befragte Dr. Holmstedt eineinhalb Tage lang. Wissen Sie, ich spiele gern ein wenig herum, denn wenn die Geschworenen müde werden, beobachten sie einen. Ich spiele beispielsweise mit dem Buch oder – ich hatte diese Spritzen, ungefähr vier in unterschiedlichen Größen. Diese Spritzen baute ich auf meinem Tisch auf wie kleine Raketen. Und die Geschworenen konnten während der Verhandlung nicht umhin, auf sie zu schauen. Ich stellte sie jeden Tag erneut auf, diese kleinen Raketen.

Einmal zog ich die Taschenuhr meines Vaters heraus. Die Sache zog sich in die Länge (ich glaube, sie hämmerten gerade auf Dr. Holland ein). Ich holte also die Uhr hervor, nahm sie auseinander und reinigte sie. Ich schaute auf, und die Geschworenen – alle Geschworenen – beobachteten, wie ich meine Uhr reinigte.

Sie scheinen in ihrem Beruf aufzugehen.

Das stimmt. Ich versuche, immer am Ball zu bleiben.

Janet, was sagte man damals über mich und diesen Fall? Daß ich besessen war?

(JANET) Ja, besessen. Das wurde in der Presse mehrmals wiederholt.

(SUTTON) Sie sagten also, daß ich besessen war. Wahrscheinlich hatten sie recht. Aber so ein Fall geht mir eben unter die Haut. Und während der Verhandlung setzten sich all die Einzelheiten zu einem Bild zusammen. Die Zeugen zur rechten Zeit vorzuladen war eine schwierige Sache, wir alle hatten die Grippe und es war schwer, wochenlang nur mit zwei, drei Stunden Schlaf auszukommen, aber wir hatten mit all unseren Anträgen Erfolg und konnten all unsere Beweismittel vorbringen.

Das größte Problem für die Verteidigung war, daß sie eigentlich gar keinen Fall hatte; sie konnte nur anzweifeln. Normalerweise ist es nicht schwierig, so etwas zu handhaben, aber dieser Fall hatte so viele Facetten, er war so kompliziert, daß es schwer ist, Zweifel unter Kontrolle zu halten. Daher gab ich mein Bestes, um die Sache konkret anzugehen.

Drittes Kapitel

Mit seinen Fragen muß er die Beweise gegen seinen Klienten zerstören – er muß sie abschwächen, begrenzen, einleuchtende Erklärungen finden. Während die Anklage versucht, etwas aufzubauen, bemüht die Verteidigung sich, es niederzureißen

F. Lee Bailey, The Defense Never Rests

Burt Carnes führte die Befragung der ersten Zeugin der Verteidigung durch. Es war Suzie Bateman, eine Sanitäterin aus Kerrville. Bateman hatte Misty Reichenau auf ihrer Fahrt ins Krankenhaus begleitet – es ging um den Vorfall, bei dem Sally Benkert und die nie verwendete Flasche Suxamethoniumchlorid eine Rolle spielten. Carnes wies darauf hin, daß Kathleens scheinbar so klare Erinnerungen an diesen Vorfall nicht mit den Erinnerungen anderer glaubwürdiger und unvoreingenommener Zeugen übereinstimmten.

Bateman sagte aus, daß »sie noch immer versuchten, Misty zu intubieren, und daß sie krampfartige Bewegungen machte«, als sie das Behandlungszimmer betrat. Kathleen hatte ausgesagt, daß Misty bei Ankunft des Krankenwagens bereits Dilantin erhalten hatte, intubiert war und sich nicht mehr bewegte. Bateman sagte auch, daß sie anwesend war, als das Dilantin injiziert wurde.

Die Vernehmung der Zeugin dauerte weniger als eine Stunde. Anschließend wurde Sally Benkert in den Zeugenstand gerufen, und Laura Little erhob sich, um die lange, immer in freundlichem Ton gehaltene Befragung durchzuführen.

Sally hatte ihr Bestes getan, um einen guten Eindruck zu machen. Sie trug ein dunkles, auf Figur geschnittenes Kostüm, hatte ein dezentes Make-up aufgetragen und ihr Haar sorgfältig frisiert. Während der gesamten Aussage schien sie sich jedoch in der Gegenwart der vielen Reporter und

Zuschauer unwohl zu fühlen. Sie war bemüht, sich förmlich auszudrücken, aber ihre Sprechweise war stockend, fast steif. Sie hatte sich nie an das Interesse gewöhnen können, das ihre Freundschaft mit Genene hervorgerufen hatte. Um die Glaubwürdigkeit der Zeugin zu untermauern und um sie nicht nur als treue Freundin der Angeklagten zu porträtieren, fragte Laura Sally, wie es dazu gekommen war, daß sie in dem Haus in der Nixon Lane lebte.

»Einige Freunde baten mich, bei ihnen einzuziehen«, antwortete Sally, »bis mein Wohnwagen mit Strom versorgt werden konnte.«

»Und wer waren diese Freunde?«

»Genene Jones und Dr. Kathleen Holland.«

»Kannten Sie sie bereits längere Zeit?«

»Ja.«

Die Verteidigung hatte das Mißtrauen der Geschworenen zerstreuen und zeigen wollen, daß Sally keine voreingenommene Zeugin war, hatte aber nur teilweise Erfolg gehabt. Sallys arglose Antwort verriet ganz klar, daß sie sich ›*Dr.* Kathleen Holland‹ nicht so nahe fühlte wie Genene.

Little bat Sally, den Geschworenen zu berichten, wie Misty Reichenau an dem Tag, als es zu dem Notfall kam, aussah.

»Das Kind war leicht blau im Gesicht«, sagte sie schnell und fast automatisch, »es war sehr steif und zitterte. Misty hatte die Hände zu Fäusten geballt und hatte sie an den Körper gezogen, und ihre Gliedmaßen bebten.«

»Wie sah ihr Gesicht aus?«

»Sie hatte die Zähne zusammengebissen und verdrehte die Augen.«

Anschließend ging Little mit Sally die Ereignisse in der Praxis durch, um den Geschworenen zu zeigen, daß sie sich genauso detailliert an Mistys Krise erinnerte wie Kathleen, vielleicht sogar noch besser.

»Als ich ins Zimmer kam, versuchte Genene gerade, der Patientin eine Infusion anzulegen. Sie hatte Schwierigkeiten, eine Vene zu finden. Dr. Holland versuchte, das Kind ruhig zu halten und einen Luftkanal aufrechtzuerhalten. Auch sie hatte große Schwierigkeiten.«

»Was taten Sie, Sally?«

»Ich schaute mich um, wer noch im Raum war. Die Mutter stand an der Wand und sah aus, als ob sie gleich hysterisch werden würde; daher bat ich Mrs. Johnston, sie hinauszubegleiten, damit wir uns nicht um eine weitere Patientin kümmern mußten. Und dann trat ich an den Tisch, um den anderen zu helfen.«

»Was taten Sie dann?«

»Ich beugte mich herüber, nahm die Sauerstoffmaske und hielt das Kind fest. Dr. Holland versuchte, dem Kind ein Rohr einzuführen, damit es Luft bekam, aber es hatte die Zähne zusammengebissen, und wir konnten den Kehlkopfspiegel nicht einsetzen. Daher versuchte Dr. Holland eine blinde Intubation durch die Nase. Wir hatten einen Schlauch befestigt, als Misty sich erbrach, so daß Pflaster und Schlauch sich lockerten. Wir versuchten es erneut, und in diesem Augenblick bat Dr. Holland um Suxamethoniumchlorid.«

»Erinnern Sie sich genau daran, daß Dr. Holland um das Medikament bat?«

Sally erinnerte sich genau. »Ja, denn ich schaute sie an. Sie bat um Suxamethoniumchlorid, und ich fragte, wo ich es finden würde. In diesem Augenblick schaute Genene auf und sagte, daß es im Kühlschrank aufbewahrt würde. Ich ging hinaus, um es zu holen.«

»Beobachteten Sie noch etwas, als Sie den Raum verließen?«

»Ich hörte, wie Miss Jones Dr. Holland fragte, ob sie es zuerst mit Dilantin versuchen sollten.«

Laura fragte Sally, ob sie die Versiegelung der Flasche geöffnet habe, aber Sally konnte sich nicht genau erinnern. Wahrscheinlich hatte sie sie jedoch nicht geöffnet, da sie sich nur darauf vorbereitete, die Spritze aufzuziehen. »Normalerweise«, erklärte sie, »hat man Spritze und Kanüle vorbereitet, um die Lösung aufzuziehen. Man hält die Flasche bereit, die Versiegelung zu lösen und die Spritze zu öffnen, wenn der Arzt die Dosis nennt.«

»Würden Sie das als automatischen Reflex bezeichnen?«

»Ja.«

Little fragte Sally jetzt nach dem Tag, als Kathleen sie aufgefordert hatte, in die Praxis zu kommen. »Haben Sie je mit Dr. Holland über diese Flasche gesprochen?«

»Ja. Sie rief mich eines Morgens an, es dürfte etwa eine Woche später gewesen sein. Ich bin mir über den Zeitpunkt nicht ganz sicher, da ich damals sehr viel gearbeitet habe.«

»Können Sie ungefähr schätzen, welcher Tag es war?«

»Wenn ich mich recht erinnere, war es der erste Tag, nachdem Genene aus dem Krankenhaus gekommen war«, erklärte Sally. »Sie war wegen Magenblutungen im Krankenhaus gewesen, und es war gleich nach ihrer Entlassung. Ich hatte gearbeitet, und Bonnie Gunderson hatte mich aufgeweckt und gesagt, daß Dr. Holland mit mir sprechen wolle. Ich war wirklich überrascht, daß Genene an diesem Tag zur Arbeit gehen wollte.«

»Wie bitte?« fragte Little, die die Antwort entweder nicht gehört oder nicht verstanden hatte.

»Ich war wirklich überrascht, daß Genene an diesem Tag zur Arbeit gehen wollte, denn meiner Meinung nach hätte sie zu Hause bleiben sollen.«

»Könnte sich das irgendwann nach dem Wochenende des 25. ereignet haben?«

»Nein, es war vor diesem Wochenende.«

»Gibt es einen Grund, daß Sie sich dessen so sicher sind?«

»Ich erinnere mich nicht daran, Dr. Holland an diesem Wochenende gesehen zu haben. Ich glaube, sie war an diesem Wochenende bei ihrem Mann, und am Montag sah ich Dr. Holland nur einmal und danach nie wieder.«

Littles letzte Frage an die Zeugin, die scheinbar harmlos war, sollte ein wichtiger Beweis werden, dessen ganze Bedeutung erst im Plädoyer der Verteidigung gezeigt werden würde. »Als Sie am 3. September diese Flasche aus dem

Kühlschrank holten und in das vordere Behandlungsszimmer zurückgingen, befand sich da der Deckel auf der Flasche?«

»Ja.«

Als Sutton sich zu Benkerts Kreuzverhör erhob, wollte er drei Dinge klarmachen. Als erstes wollte er zeigen, daß die Freundschaft zwischen Genene und Sally schon seit Jahren bestand. Zweitens wollte er beweisen, wie stark Sallys Treue zu Genene war. Und drittens sollten die Geschworenen wissen, daß sich Genene und Sally schon Monate, bevor Kathleen die Praxis überhaupt eröffnet hatte, mit der Wirkung von Suxamethoniumchlorid befaßt hatten.

Suttons Fragen waren kurz und schlau gestellt. Er wechselte oft das Thema. Wie ein junger, schneller Preisboxer hämmerte er mit seinen Fragen auf seinen älteren, langsameren Gegner ein, brachte Sally aus dem Gleichgewicht, war aber immer freundlich. Er wollte die Geschworenen nicht befremden, indem er diese einfache, unerschütterliche Frau einschüchterte. Auf keinen Fall sollte diese Zeugin das Mitgefühl der Geschworenen bekommen.

»Wissen Sie, ob Genene je eine gültige Lizenz als Schwester hatte, als sie in Kerrville war?«

»Ja, die hatte sie.«

»Sind Sie sich dessen sicher?«

»Ja, denn ich habe ihr das Geld dafür geliehen.«

»Wissen Sie, ob Sie das Geld je überwiesen hat?«

»Ich glaube ihr und... Doch ja. Wir sind nach Austin gefahren und haben es direkt eingezahlt.«

»Aber ihre Lizenz wurde erst im November 1982 erneuert, und sie war im Juli abgelaufen. Ist das nicht richtig, Miß Benkert?«

»Ich weiß nicht, wann sie abgelaufen ist. Ich hatte sie nicht danach gefragt, aber sie bekam von mir das Geld, um sie zu erneuern.«

»Sie haben Genene Jones viel Geld gegeben, nicht wahr?«

»Wir haben zusammen gearbeitet.«

»Aber Sie bezahlten den größten Teil der Rechnungen, nicht wahr?«

»Ja, das stimmt.«

Um einen Beweis für diese enge Freundschaft zu erhalten, befragte Sutton sie nun nach einem Vorfall im Mai 1983, als Sally sich geweigert hatte, einem Polizeibeamten Genenes Aufenthaltsort zu verraten und ihn statt dessen an Genenes Rechtsanwalt verwiesen hatte.

Als Sutton schließlich auf Misty Reichenaus Notfall zu sprechen kam, war Sally bereits seit mehr als fünfundvierzig Minuten seinen Fragen ausgesetzt. Er bat die Zeugin erneut, die Bewegungen von Misty zu beschreiben, die ihr auffielen, als sie den Raum betrat. Wie erhofft, lieferte sie fast wortwörtlich dieselbe Beschreibung, die sie zuvor Laura Little gegeben hatte. »Sie war blau. Ihre Gliedmaßen waren steif und zitterten. Sie hatte die Hände zu Fäusten geballt und an den Körper gezogen. Sie hatte die Zähne zusammengebissen und verdrehte die Augen.« Offenbar war die Antwort gut geprobt worden.

Sutton stellte eine weitere bedeutungsvolle Frage. Sally hatte zuvor ausgesagt, daß das Kind um sich schlug und einen Krampf hatte, als es in der Praxis eintraf, aber Suttons Zeugen – die Sanitäter, die gerufen worden waren –, hatten ausgesagt, daß das Kind bewußtlos gewesen war. Da er wußte, welchem Zeugen die Geschworenen glauben würden, fragte er sie: »Wenn die Sanitäter das Kind als bewußtlos beschreiben würden, hätten sie dann unrecht?«

Sally merkte, daß es sich um eine Falle handelte und schreckte vor einer direkten Antwort zurück, aber Sutton nagelte sie fest: »Würden sie unrecht haben?«

»Was Misty Reichenau betrifft«, antwortete Sally, »ja.«

»Sie hätten unrecht.«

»Ja.«

Bevor Sutton die Zeugin entließ, wies Sutton Sally darauf hin, daß es *Genene* gewesen war, *nicht* Kathleen, die bei Mistys Notfall die richtige Dosis Suxamethoniumchlorid gekannt hatte. Alle hatten ausgesagt, daß Dr. Holland sich nicht sicher gewesen war, und Sally selbst hatte bestätigt, daß sie sich nicht sicher war, welches die richtige Menge war. »Aber Genene wußte es«, drängte Sutton sie.

»Vielleicht hat sie mehr darüber gelesen als ich«, äußerte Sally.

»Vielleicht.«

Am Nachmittag rief die Verteidigung den Sanitäter Tommy James auf, der zu der Besatzung des Krankenwagens gehörte, der Chelsea an ihrem Todestag transportiert hatte. Er sollte nur zu einem Punkt aussagen: »Falls Genene Jones Chelsea irgend etwas injiziert hätte, hätten Sie das gesehen?«

»Ja, das hätte ich.«

»Mr. James, haben Sie auf der Fahrt nach San Antonio gesehen, daß Genene Jones Chelsea irgend etwas injiziert hat?«

»Nein, ich erinnere mich nicht daran.«

Während des Kreuzverhörs versuchte Sutton, Tommys felsenfeste Überzeugung zu unterminieren, aber der Sanitäter wich nicht von seiner Aussage ab. »Er war beim Militär gewesen«, erklärte Brookshire, »bei der Marine. Sehr glaubwürdig. Er beschrieb Genene als sehr professionell, sehr selbstbewußt und sehr selbstsicher. Er hielt viel von ihr. Er war einer der wenigen Zeugen, die wir hatten, der sie als Freundin betrachtete.«

Die vierte Zeugin der Verteidigung war Dr. Angela Clark, Professorin für Krankenpflege und eine anerkannte Expertin im Lesen und Interpretieren von Krankenblättern. Sie half Carnes, einen Demonstrationsbeweis vorzubereiten, der es mit der großen, dramatischen Tabelle aufnehmen konnte, welche die Anklage seit dem ersten Verhandlungstag vor den Geschworenen aufgebaut hatte. Die Verteidigung hatte Dr. Clark Chelseas Krankenblätter zur Verfügung gestellt und sie gebeten, daraus eine Zusammenfassung »wichtiger medizinischer Details« zu ziehen. Über drei Stunden gingen Carnes und Clark Chelseas Krankengeschichte durch, angefangen bei ihrer Kaiserschnittgeburt bis hin zu ihrem Tod am 17. September.

Obwohl Sutton schließlich zustimmte, daß Carnes' Tabelle als Beweismittel zugelassen werden sollte, griff er ihre

Glaubwürdigkeit bei seiner Befragung von Dr. Clark aus drei Gründen an: Erstens enthielt die Tabelle nur negative Symptome, keine positiven; zweitens waren Dr. Clark bestimmte positive Berichte über Chelseas Gesundheit nicht vorgelegt worden; und drittens wurde der Urheber der negativen Symptome in Chelseas Tabelle nicht genannt – ob es sich um einen Arzt, eine Schwester, einen Sanitäter oder die Angeklagte selbst handelte. Aus diesen Gründen, argumentierte Sutton überzeugend, stellte die Tabelle Chelseas Krankengeschichte nicht auf faire Weise dar.

Als nächsten Zeugen rief Brookshire Dr. Eric Comstock auf, den Gründer und Präsidenten der Amerikanischen Akademie für Klinische Toxikologie. Comstock hatte sich in den letzten dreißig Jahren auf die Behandlung von Vergiftungen spezialisiert und sollte im Detail über die Wirkungen von Suxamethoniumchlorid berichten. Er ergänzte das Wissen der Geschworenen um ein weiteres Stück Information: Eine zu niedrige Dosierung des Medikaments würde nur die Aktivität der Muskeln unterdrücken, welche die Arme, Beine und Finger bewegen, »während die Atmungsmuskulatur im wesentlichen funktionstüchtig bleibt. Man würde nicht erwarten«, erklärte er, »daß es aufgrund einer zu niedrigen Dosierung zu krampfartiger Aktivität kommt.«

Anschließend stellte Sutton dem Zeugen der Verteidigung eine hypothetische Frage: »Nehmen wir einmal an, Doktor, daß ein Kind in einer Arztpraxis in beide Beine eine Injektion erhält und innerhalb kurzer Zeit schlaff wird und einen Atemstillstand erleidet. Später stirbt dieses Kind, und bei Autopsie und Exhumierung wird im Körpergewebe Suxamethoniumchlorid gefunden. Würde dies auf eine Injektion von Suxamethoniumchlorid schließen lassen?«

»Sie gehen also davon aus, daß Suxamethoniumchlorid tatsächlich vorhanden war?«

»Ja.«

»Wenn Sie mir das sagen und ich akzeptieren muß, daß man Suxamethoniumchlorid im Körper fand, mußte es irgendwo herkommen.«

»Keine weiteren Fragen mehr an den Zeugen.«

Am Montag, dem 13. Februar, rief die Verteidigung ihren Hauptzeugen Dr. Joseph Balkon auf, einen forensischen Toxikologen aus New York. Brookshire hatte seinen Zeugen sorgsam ausgewählt. Dr. Balkon war ein junger, sympathischer und glaubwürdiger Zeuge, ein Mann, der bei der Zusammenfassung seines akademischen und intellektuellen Hintergrunds zweimal liebevoll seine Frau erwähnte.

Brookshire meinte über ihn: »Er war ein sehr sachkundiger Zeuge. Meiner Meinung nach so sachkundig wie Dr. Holmstedt. Er war mit Sicherheit ein viel besserer Zeuge als Dr. Reiders. Er war sehr professionell und sachlich, aber ich glaube, seine Jugend war ein Nachteil für uns.« Als erstes stellte Dr. Balkon klar, daß er ein forensischer, kein klinischer Toxikologe war, und betonte, daß seine Interessen darauf hinausliefen, in Verhandlungen Beweise für die Anklage zu liefern. Er wußte, welche Art Tests und welche Ergebnisse einen ›Beweis‹ darstellten. Offenbar wollte er damit ausdrücken, daß Dr. Holmstedt und Dr. Reiders, die beide *klinischen* Toxikologen waren, das nicht wußten. Er sollte die Ergebnisse des schwedischen Tests kritisieren und in Zweifel ziehen und den Geschworenen erklären, daß man niemals wirklich klare, definitive Ergebnisse erhielt.

Dr. Balkons Aussage beruhte allein auf der Analyse der Messungen, die Dr. Reiders mit dem Gaschromatographen-Massenspektrometer erzielt hatte. Die Messungen dieses Geräts haben die Form einer gezackten Reihe von Spitzen in einem Diagramm, ähnlich wie bei einem EKG. Die Entfernung zwischen den Spitzen zeigt die Reihenfolge an, in der die Fragmente der getesteten Materie aus dem Rohr des Gaschromatographen ausgetreten sind. Die Höhe der einzelnen Spitzen zeigt das Molekulargewicht des Fragments an. »Wir wollen eine deutliche, gut definierte Spitze in dem Diagramm sehen, die mit der Kontrollprobe, dem mit Wasserstoff angereicherten Suxamethoniumchlorid, übereinstimmt. Wenn ein Suxamethoniumchlorid-Molekül aus dem Gaschromatographen austritt, bricht das Massenspektrometer das Molekül in drei Ionen mit dem Molekulargewicht 58,

71 und 190 auf. Das mit Wasserstoff angereicherte Suxamethoniumchlorid-Molekül wird in dieselben drei Ionen aufgebrochen, mit dem Unterschied, daß diese das Molekulargewicht 62, 75 und 194 haben. Das schwerere Ion wird immer zuerst aufgezeichnet, eng gefolgt von dem leichteren, natürlichen Ion.«

Dr. Balkon nahm Dr. Reiders' Messungen aller durchgeführten Tests zur Hand und analysierte sie vor den Geschworenen.

»Es gibt fünf verschiedene Aufzeichnungen hier für den rechten Oberschenkelmuskel«, erklärte Balkon und sichtete den kleinen Papierstapel. »Auf der oberen Aufzeichnung ist das Ion mit dem Molekulargewicht 58 und das mit Wasserstoff angereicherte Ion 62 abgebildet. Die Spitze des Ions 62 ist etwas 14,35 cm hoch und hat eine schöne, sauber ausgebildete Spitze. Die Spitze des Ions 58 ist jedoch ziemlich diffus, was darauf hinweist, daß mehrere Ionen gemessen wurden. Die Spitze scheint jedoch die richtige Form zu haben und stimmt mit dem Ion 62 überein, daher kann man davon ausgehen, daß man weitersuchen sollte, um zu sehen, ob sich Suxamethoniumchlorid möglicherweise nachweisen läßt.

Bei der zweiten Aufzeichnung verhält es sich ähnlich. Daher könnte man, bezogen auf den rechten Muskel, sagen, daß die Aufzeichnungen eins und zwei in Ordnung sind. Aufgrund dessen sollte man die Sache weiter untersuchen.

In der dritten Aufzeichnung sehen wir eine Spitze, die ganz und gar nicht zu den ursprünglich etablierten Kriterien paßt. Es ist eine sehr dicke Spitze, und es scheint ausgedehnte Versuche gegeben zu haben, um festzustellen, wo genau die Spitze liegt. Wenn mir nur diese Aufzeichnung vorliegen würde, müßte ich sagen: Nein, in diesem speziellen Fall handelt es sich nicht um Suxamethoniumchlorid. Die Form der Spitze paßt einfach nicht.‹ Wir können also sagen, daß wir zwei Anzeigen haben, die in Ordnung sind, und eine dritte, bei der wir zögern müßten.

In der vierten Aufzeichnung sind die Ionen 71 und 75 aufgezeichnet. Die 75er Spitze ist eine schöne, große Spitze, aber dann tauchen zwei wirklich dicke Spitzen in ihrer Nachbarschaft auf. Sie passen an dieser Stelle nicht dazu und sie passen ganz sicher in der Form der Spitze nicht dazu.«

»Was heißt das eigentlich«, unterbrach Brookshire, »›die Form der Spitze‹?«

»Die Form sagt etwas über die chemische Eigenschaft der Verbindung aus. Bei einer breiten Spitze sind zusätzliche Sauerstoff- oder Stickstoffmoleküle in dem Fragment vorhanden. Außerdem sehen wir, daß die Spitze der ›Probe‹ [die 71er Spitze] *vor* der Kontrollprobe – der 75er Spitze, die mit Wasserstoff angereichert ist – aufgeführt ist. Aber normalerweise tritt diese Kontrollprobe immer vor der tatsächlichen Probe aus. Diese Materie, die als Suxamethoniumchlorid bezeichnet wird, tritt also an einer Stelle auf, an der sie nicht auftreten sollte. Bei der vierten Aufzeichnung müßten wir also sagen, daß sie ebenfalls die ursprüngliche Hypothese nicht bestätigt.

In der fünften Aufzeichnung geht es um die Ionen 190 und 194. Die 194er Spitze scheint eine recht gut aufgelöste Spitze zu sein, aber an der Stelle, an der sich die 190er Spitze befinden sollte, haben wir eine merkwürdige Mischung von Materie. Es ist schwer zu sagen, welche Spitze uns eigentlich hier genau interessiert. Aufgrund der fehlenden Auflösung können wir nicht sicher sein, ob wir etwas messen, das für Suxamethoniumchlorid spezifisch ist. Wir müßten also über diese fünfte Aufzeichnung sagen, daß sie unsere ursprüngliche Hypothese auch nicht bestätigt.«

»In Ordnung, Sir«, sagte Brookshire, »ich möchte Ihnen eine Frage stellen: Können Sie, auf den Tatsachen basierend, die Sie anhand dieser Aufzeichnung dargestellt haben, sagen, daß in dem rechten Oberschenkel Suxamethoniumchlorid gefunden wurde?«

»Nein, das kann ich nicht.«

»Und warum nicht?«

»Weil die Aufzeichnung nicht den Kriterien einer positiven Identifizierung entsprechen.«

Anschließend besprach Dr. Balkon die Aufzeichnungen, die Dr. Reiders für den linken Oberschenkelmuskel vorbereitet hatte. Wieder erklärte Balkon, daß sie für eine positive Identifizierung nicht ausreichten. Seine Überprüfung der Aufzeichnungen der konservierten Nierenprobe war schon etwas günstiger. »Ich glaube, hier liegt uns eine Aufzeichnung vor«, schloß er, »die uns ein positives Anzeichen gibt, aber die übrigen Aufzeichnungen belegen das nicht. Aufgrund dieser Ergebnisse könnte ich nicht auf das Vorhandensein von Suxamethoniumchlorid schließen.«

Auch das Gallengewebe enthielt Dr. Balkon zufolge kein Suxamethoniumchlorid. Seine Kritik an den Aufzeichnungen der mit Formalin konservierten Leberprobe war noch härter, da zwei der drei Aufzeichnungen in keiner Weise auf Suxamethoniumchlorid schließen ließen. Als Brookshire mit seinem Zeugen fertig war, hatte Dr. Balkon starke Zweifel aufkommen lassen.

In einem Duell zwischen zwei widersprüchlichen Zeugen, bei denen es sich um Fachleute handelt, besteht die Aufgabe der Anwälte darin, den eigenen Experten besser aussehen zu lassen als den anderen. Um das zu erreichen, begann Sutton sein Kreuzverhör mit der Bitte an Dr. Balkon, aus einem seiner eigenen Aufsätze vorzulesen: »›Ein neuer Bericht zeigt einen beträchtlichen Fortschritt bei der Auffindung von Suxamethoniumchlorid. Dazu werden selektive Auszugstechniken in einem sehr spezifischen kapillaren Gaschromatographen-Massenspektrometer-Test verwendet.‹« Das zitierte Material, auf das er sich bezog, war ein Artikel von Dr. Forney, Dr. Carol, Dr. Nordgren und Dr. Holmstedt über die Möglichkeit, Suxamethoniumchlorid zu entdecken.

Sutton fragte Balkon: »Sie beglückwünschen also Dr. Forney, Dr. Carol, Dr. Nordgren und Dr. Holmstedt zu ihrem Testverfahren.«

»Das ist richtig.«

»Und ihre Forschung bildet eine Art Grundlage für Ihren eigenen Artikel, nicht wahr?«

»Absolut.« Balkon zögerte nicht, Holstedt und seinen

Mitarbeitern Lob auszusprechen. Dennoch war Sutton zufrieden, daß er gezeigt hatte, wer die wichtigere Autorität auf diesem Gebiet war.

»Doktor, Sie wollen doch mit Ihrer Aussage nicht sagen, daß Suxamethoniumchlorid in diesen Proben *nicht* vorhanden war, oder?«

»Ich behaupte«, antwortete Balkon, »daß auf der Grundlage der durchgeführten wissenschaftlichen Untersuchung Suxamethoniumchlorid nicht nachgewiesen wurde.«

»Sie stimmen also nicht mit Dr. Reiders überein?«

»Nein.«

»Welche Befähigung haben Sie, an Dr. Reiders' Test etwas auszusetzen, wenn Sie, wie Sie selbst zugegeben haben, nie versucht haben, den Test in dem Bereich von weniger als zehn Nanogramm durchzuführen?«

»Die Gründe, warum ich sozusagen den Mut habe, diesen Test anzuzweifeln«, antwortete Baklon etwas verwirrt, »basieren auf soliden, wissenschaftlichen Kriterien – sie basieren auf seinen Unterlagen und der Tatsache, daß er diesen Kriterien in keiner Weise entsprochen hat.«

»Ist es richtig, Doktor, daß Sie und Dr. Reiders zur Zeit auch über die Testergebnisse in einem Pferdefall streiten?«

»Das ist richtig.«

»Sie sind also in jenem Fall nicht einer Meinung und auch nicht in diesem Fall.«

»Wenn ich die Möglichkeit dazu erhalte, *werde* ich ihm sicherlich in jenem Fall widersprechen. Denn seine in dem anderen Fall bewiesenen Kriterien sind sogar noch dünner als in diesem.«

»Sie haben noch keinen Nobelpreis erhalten, Sir?« fragte Sutton und deutete damit fälschlicherweise an, daß seinen Experten diese Ehre zuteil geworden war.

»Nein, Sir.«

Brookshire zielte in seiner erneuten Befragung nur auf zwei Punkte ab: »Als Dr. Reiders vor diesem Gericht aussagte, erklärte er, daß die Interpretation dieser Aufzeichnungen eine Kunst sei. Würden Sie sie auch als eine Kunst bezeichnen, Dr. Balkon?«

»Eine *Kunst*?« wiederholte der Arzt und überlegte sich seine Antwort einen Augenblick lang. »Das würde heißen, daß es auf eine subjektive Einschätzung der in diesen Tests gewonnenen Informationen ankommt. Meiner Meinung nach spielt die subjektive Komponente eine viel kleinere und die objektive eine viel größere Rolle. Ich will damit sagen, daß die Testergebnisse nicht grau sind, sondern schwarzweiß.«

»Das heißt also, daß der Test anhand von etablierten Kriterien interpretiert wird.«

»Das ist richtig. Dr. Forney, Dr. Carol, Dr. Nordgren und Dr. Holmstedt weisen in ihrem Artikel speziell auf die Kriterien für die Identifizikation von Suxamethoniumchlorid hin – es wurde durch die Retentionszeit und durch das Massenspektrum im Elektronen-Impakt-Modus identifiziert.«

»Und ist Dr. Reiders diesem Kriterium für ein volles Massenspektrum in der Gewebeanalyse, die Sie kommentiert haben, gerecht geworden?«

»Nein.«

Dr. William Goldie trat als nächster auf. Er war ein respektierter Neurologe in der Krankenheilkunde, dessen Hauptinteressengebiet die Epilepsie war, die Entwicklung sensorischer Pfade durch den Hirnstamm und Störungen des Hirnstamms, die bei Kindern auftreten können. Zusammen mit Brookshire konzentrierte Dr. Goldie sich auf die vielen besorgniserregenden Aspekte in Chelseas Krankengeschichte. Als erstes kommentierte er das Medikament, das zur Behandlung von Chelseas Zyanose nach ihrer Geburt angewendet worden war. »Theophyllin«, erläuterte er, »ist ein Mittel, das die Atmung anregt, wenn etwas mit der Gehirnaktivität nicht stimmt.«

»Und was würde der Einsatz dieses Medikaments Ihnen hinsichtlich Chelsea McClellan sagen?«

»Es würde bedeuten, daß sich jemand Sorgen um den zentralen Atmungsantrieb des Kindes machte.«

»Konnten Sie die Notizen der Schwestern über Chelseas Verhalten im Krankenhaus einsehen?«

»Ja. Es fiel mir auf, daß das Kind viel schlief und nicht als sehr aktiv beschrieben wurde. Das ist natürlich immer ein bißchen besorgniserregend.«

»Warum?«

»Normalerweise erwartet man, daß ein Kind spezifische Schlafstadien durchläuft. In den aktiven Schlafstadien (und natürlich, wenn das Kind wach ist) erwartet man ziemlich viel Aktivität – Bewegungen, Saugverhalten, Grimassen, Bewegungen der Hände und Beine und so weiter. Wenn dieses Verhalten fehlt, besteht der Verdacht, daß das Kind neurologisch nicht normal ist.«

»Sie haben sich auch eine Notiz zum Kopfumfang gemacht?«

»Ja. Bei ihrer Geburt in San Antonio wurde der Kopfumfang mit 32 Zentimetern angegeben. Bei der Entlassung des Kindes, als es etwa neunzehn oder zwanzig Tage alt war, wurde der Kopfumfang mit 31,5 cm angegeben – es handelt sich also um einen Verlust von einem halben Zentimeter.«

»Was bedeutet der Verlust eines halben Zentimeters für einen Arzt?«

»Für mich als Neurologen zeigt der Kopfumfang das Wachstum des Gehirns und damit seinen Gesundheitszustand an. Wenn der Kopf nicht genug wächst, bereitet mir das Sorgen. Es könnte dann etwas mit der Qualität der Anfangsentwicklung des Kindes nicht in Ordnung sein.«

Brookshire befragte Dr. Goldie nach einigen ausgewählten Notizen und Tabellen aus Chelseas Krankengeschichte. Dr. Goldie hatte dort eine Diagnose von autonomer Instabilität gefunden, die ein Dr. Ruthland vermerkt hatte. »Das heißt«, erläuterte Dr. Goldie, »daß es beim Fehlen anderer Anzeichen für eine Störung des Nervensystems zu recht ernsten Folgen kommen kann.«

»Welche beispielsweise?«

»Atemstillstand, fehlende Atmung und instabile Herztätigkeit.«

»Gut«, erwiderte Brookshire, »am 24. August vermerkt das Krankenblatt aus Dr. Hollands Praxis einen Atemstillstand. Das Kind wurde als schlaff beschrieben und erlitt anschließend einen Anfall. Würde die Beschreibung dieses Verhaltensmusters Sie in irgendeiner Weise beunruhigen?«

»Das ist sehr beunruhigend. Ich würde in der Tat die Möglichkeit in Betracht ziehen, daß dieses Kind ein sehr hohes Risiko für neurologische Erkrankungen hat, einschließlich Epilepsie oder einer Form einer Dysfunktion des Hirnstamms.«

Anschließend gingen Brookshire und Dr. Goldie die vorhandenen Notizen von Chelseas Aufenthalt im Sid Peterson Hospital nach dem Notfall am 24. August durch. Brookshire wies den Arzt auf die Notiz von 27. hin: ›Nach einer Injektion wurde das Kind blau.‹

»Hat das irgendeine Bedeutung für Sie, Doktor?«

»Es paßt sicherlich zu dem Bild, daß dieses Kind sehr unstabil ist – ein Kind mit ungewöhnlichen Reaktionen auf Streß, ein Kind, dessen Kontrolle von Atmung und Herztätigkeit nicht stabil ist.«

Brookshire wandte sich jetzt dem 17. September zu. »Angenommen, daß das Kind keinerlei Bewegung zeigte, oder anders ausgedrückt, daß es nicht atmete und völlig schlaff war, gibt es in diesem Fall eine medizinische Erklärung dafür, warum eine Dosis von 80 Milligramm Dilantin verabreicht wurde?«

»Vorausgesetzt, daß der Arzt gut ausgebildet und erfahren ist, kann ich nicht verstehen, warum es irgendeinen Grund gibt, Dilantin zu injizieren – es sei denn bei einer vorhandenen Krampfaktivität.«

»Wir können also mit Sicherheit annehmen, daß eine Krampfaktivität vorhanden *war*, um eine Dosis dieser Größenordnung zu rechtfertigen?«

»Ja.«

Nach der Zusammenfassung der Ereignisse am 17. September stellte Brookshire Dr. Goldie eine hypothetische Frage zu den Auswirkungen von Suxamethoniumchlorid. »Doktor, angenommen ein fünfzehn Monate altes Kind, das ungefähr zwanzig Pfund wiegt, erhält um 10 Uhr 30 oder 11 Uhr eine Injektion Suxamethoniumchlorid und wird in die Notaufnahme des Krankenhauses gebracht. Dort ist seine

Gesichtsfarbe in Ordnung, das Kind wird intubiert, es atmet selbstständig und ist stabil genug, um in ein anderes, außerhalb liegendes Krankenhaus verlegt zu werden. Könnte in solch einem Fall die Gabe von Suxamethoniumchlorid eineinhalb Stunden zuvor zu einem Herzstillstand führen?«

»Nein.«

»Könnten Sie bitte erklären, warum nicht?«

»Intravenös verabreicht, hält die Wirkung etwa fünf bis zehn Minuten an. Intramuskulär (womit ich mich nicht so gut auskenne) könnte die Wirkung bis zu zwanzig Minuten andauern, höchstenfalls vielleicht eine halbe Stunde.«

Bei der Durchsicht der Aufzeichnungen der Autopsie berichtete Dr. Goldie den Geschworenen, daß Dr. Kagan-Hallets Beschreibung einer fibrilaren Gliose und des Verlusts von Nervenzellen bedeutsam war. »Bei Kindern, die am plötzlichen Kindstod sterben, wird dies in der Literatur als wichtiger Befund aufgeführt. Er darf keinesfalls außer acht gelassen werden.«

»Können derartige Vernarbungen, wie sie im Gehirngewebe von Chelsea McClellan gefunden wurden, als Todesursache in Betracht kommen?«

»Wenn ich den Fall insgesamt betrachte, einschließlich der perinatalen Geschichte, der Risikofaktoren der Geburt, der Geschichte von Instabilität bei der Atmung, der Diagnose der autonomen Instabilität und der ungewöhnlichen Reaktivität, die das Kind zeigte, würde ich in meiner eigenen Beurteilung davon ausgehen, daß diese pathologischen Befunde eine Hauptrolle beim Tod dieses Kindes spielten.«

Zum Abschluß stellte Brookshire eine weitere Frage: »Hätte Suxamethoniumchlorid den Tod dieses Kindes verursachen können?«

Dr. Goldie wägte seine Antwort sorgsam ab. »Die medizinischen Aufzeichnungen, die mir zur Verfügung standen – Dr. Hollands Notizen, die Notizen aus der Notaufnahme, die Notizen der Sanitäter usw. –, weisen nicht auf einen länger andauernden Sauerstoffmangel im Gehirn hin. Meiner Meinung nach weist nichts darauf hin, daß der Tod durch eine Injektion von Suxamethoniumchlorid verursacht wurde.«

»Keine weiteren Fragen an den Zeugen mehr.«

Vorsichtig begann Sutton sein Kreuzverhör. »Doktor, Sie behaupten doch nicht, daß dieser Tod nicht durch Suxamethoniumchlorid verursacht wurde, sondern Sie sagen nur, daß es Ihrer Meinung nach nicht so war, insoweit Sie sich auf die Geschichte, wie Mr. Brookshire sie Ihnen vorgelegt hat, stützen?«

»Ich kann nur meine Meinung anbieten.«

»Ja, aber Ihre Meinung basiert doch auf der Geschichte, wie Mr. Brookshire Sie Ihnen erzählt hat, und auf den Berichten, die Ihnen zur Verfügung gestellt wurden, richtig?«

»Speziell auf der Überprüfung der Berichte, die mir zur Verfügung standen, ja.«

»Doktor, ich werde Ihnen nun Beweisstück Nr. 6 [das Foto von Chelsea] zeigen, und Sie fragen, ob das Mädchen wie ein gesundes Kind aussieht.«

»Das Kind sieht gesund aus, wie es bei vielen Kindern mit neurologischen Erkrankungen der Fall ist.«

»Sie gehen doch nicht von einer neurologischen Krankheit aus, Doktor?«

»Ich kann diese Möglichkeit nicht ausschließen.«

»Sie haben dieses Kind nie in Ihrem Leben gesehen, oder?«

»Nein, niemals.«

»Sie haben dieses Kind nie in Ihrem Leben untersucht.«

»Das ist richtig.«

»Und Sie machen all diese Annahmen auf der Grundlage einiger Krankenberichte, von denen Sie nicht wissen, ob Sie echt oder falsch sind. Habe ich recht?«

»Wenn ich mich mit einem Fall befasse, verlasse ich mich hauptsächlich auf die Krankenberichte und Aufzeichnungen und füge dem meine eigene Untersuchung hinzu.«

»Wenn es hier falsche Aufzeichnungen gäbe, falsche Berichte von Krämpfen, dann würden Ihre Aufzeichnungen doch nicht mehr zutreffen, Doktor?«

»Ja.«

Anschließend stellte Sutton seine eigene hypothetische Frage, für die er fast zehn Minuten brauchte und die von Carnes mit drei Einsprüchen unterbrochen wurde. In diesem hypothetischen Fall lieferte Sutton Goldie eine anonyme, aber recht detaillierte Zusammenfassung der anderen fünf Notfälle in Kathleens Praxis. Zum Schluß fragte er: »Nun, Doktor, Sie sind ein Experte in der Kinderheilkunde und leiten selbst eine Praxis. Könnte man meiner Beschreibung zufolge darauf schließen, daß in dieser Praxis jemand Suxamethoniumchlorid so einsetzte, daß es bei diesen anderen Kindern zu Atemstillständen kam?«

Wieder erhob Carnes Einspruch – die Frage war zu allgemein gehalten. Das Gericht wies Sutton an, sie enger zu fassen.

»Ich glaube, ich könnte es so ausdrücken, Euer Ehren«, sagte er und wandte sich wieder an den Zeugen, »wenn diese Situation in Ihrer Praxis auftreten würde, Doktor, wären Sie dann besorgt?«

»Darauf kann ich nur antworten, daß dies zu Sorgen Anlaß geben würde und untersucht werden müßte.«

»In Ordnung, Doktor, ich glaube, diese Antwort ist fair. Wenn es sich hier in der Tat so verhielte, Doktor, würden Sie dann möglicherweise Ihre Meinung über den Tod von Chelsea McClellan ändern?«

»Meine Meinung über den Tod von Chelsea McClellan basiert auf den Angaben, die man mir zur Verfügung gestellt hat, die ich gelesen habe, zu denen ich mir Notizen gemacht habe, die ich in allen Einzelheiten aufgenommen habe und aus denen ich meine Schlüsse gezogen habe.«

»Würde es Sie überraschen, Doktor, zu erfahren, daß einige der Angaben, die Sie überprüft haben, völlig falsch waren?«

»Ich glaube, daß wir uns hier nach der Geschichte richten müssen, die uns vorliegt.«

»Haben Sie es je erlebt, Doktor, daß Menschen, die Ihnen eine Geschichte vorlegten, Sie angelogen haben?«

»Ja.«

»Und dadurch werden doch sicherlich die Gedanken, mit denen man die Wahrheit finden will, verwirrt, Doktor?«

»Ich versuche immer herauszufinden, ob es einen bestimmten Grund dafür gibt. Das hilft oft weiter, aber natürlich stört es dabei, die Wahrheit herauszufinden. Die Angaben müssen sehr spezifisch sein.«

»Und wahr und akkurat. Nicht wahr, Doktor?«

»Das läßt die ganze Sache natürlich in einem ganz anderen Licht erscheinen.«

»Das kann ich mir sehr gut vorstellen. Danke, Sir.«

Am Dienstagmorgen, dem 14. Februar, trat Genene Jones selbst in den Zeugenstand, während die Geschworenen abwesend waren. Sie bestätigte jedoch nur, daß sie auf ihr Recht auszusagen verzichten würde.

»Es wird wahrscheinlich immer fraglich bleiben, ob Genene hätte aussagen sollen«, äußerte Brookshire später, »ich bin immer noch der Meinung, daß die Entscheidung richtig war, und Burt Carnes sieht das ebenso. Zuvor hatten wir mehrmals mit Genene offen darüber gesprochen. Wir waren der Meinung, daß sie im Grunde nichts Neues hinzufügen konnte, und ein persönlicher Auftritt vor den Geschworenen hätte ihre Chancen wahrscheinlich nicht unbedingt vergrößert.

Ehrlich gesagt, Genene fällt es schwer, sich unter Kontrolle zu halten. Sie und Sutton verabscheuten einander. Ich wußte, daß er es darauf anlegen und sie soweit bringen würde, die Kontrolle zu verlieren. Wir waren der Meinung, daß sie emotional nicht stabil genug war, Ron standzuhalten. Genene traf ihre Entscheidung, die Aussage zu verweigern, selbst. Ich glaube, sie wußte, daß Ron Sutton fähig war, sie auf die Palme zu bringen, wenn er es darauf anglegte. Sie sagte mehrmals: ›Ron Sutton ist der böseste Mensch, den es gibt. Er ist der Teufel höchstpersönlich.‹«

Bevor Genene ihren Platz wieder einnahm, gab sie zu Protokoll, daß sie mit der Leistung von Brookshire,

Carnes und Little zufrieden war. Dann wurden die Geschworenen wieder hereingeführt, und Brookshire verkündete, daß er seinen Beweisvortrag abschließen würde.

Anschließend las die Anklage eine weitere Zeugenaussage vor, die fast zwei Wochen zuvor von Dr. Holmstedt und Dr. Reiders in Abwesenheit der Geschworenen gemacht worden war, als die beiden sich noch in der Stadt befanden. Rothe übernahm die Rollen von Holmstedt und Dr. Reiders, während Sutton die Fragen vorlas, die er den beiden Zeugen gestellt hatte. Es ging dabei um eine Reihe von Tests, die Dr. Holmstedts Assistentin, Dr. Ingrid Nordgren, an Chelseas Gewebeproben vorgenommen hatte. Die Ergebnisse bestätigten Dr. Reiders' frühere Tests.

Brookshires Kreuzverhör der Zeugen, das ebenfalls aus dem Protokoll verlesen wurde, lenkte die Aufmerksamkeit der Geschworenen auf die Möglichkeit, daß Suxamethoniumchlorid möglicherweise im Körper durch eine Enzymreaktion hergestellt werden könnte, da die einzelnen Bestandteile alle natürlich im Körper vorhanden sind. »Nicht genug Suxamethoniumchlorid, um eine Lähmung hervorzurufen«, erklärte Brookshire, »aber genug, um Spuren zu hinterlassen.« Vielleicht sogar mehrere Nanogramm.

Brookshire lenkte die Aufmerksamkeit der Geschworenen auf einen weiteren interssanten Punkt. Dr. Holmstedts Meinung zufolge befand sich die größte Menge Suxamethoniumchlorid in Chelsea rechtem Oberschenkel, weil ihr dort wahrscheinlich intramuskulär das Mittel injiziert worden war. Der Zeuge war zu dem Schluß gekommen, daß Genene Chelsea das Suxamethoniumchlorid in der Praxis injiziert haben mußte, als sie ihr angeblich eine Schutzimpfung verabreichte. Da Chelsea sich anschließend bei ihrem Aufenthalt in der Notaufnahme des Sid Peterson Hospital erholt und wieder normal geatmet hatte, war es vermutlich nicht das Suxamethoniumchlorid, das sie getötet hatte, sondern natürliche Schwächungen ihres Nervensystems.

Anschließend rief die Anklage Dr. James Garriott auf, den Leiter der forensischen Toxikologie in der Gerichtsmedizin von San Antonio und Professor an der Universität von Texas in San Antonio. Das Labor der Gerichtsmedizin (in dem unter Garriotts Leitung fünf Toxikologen arbeiten) setzte ständig (etwa zehn– bis zwanzigmal pro Tag) den Gaschromatographen-Massenspektrometer-Test ein, so daß Garriott sich mit den Ergebnissen dieses Testverfahrens sehr gut auskannte.

Sutton überreichte Dr. Garriott die Aufzeichnungen der Testergebnisse von Dr. Reiders. »Dr. Garriott, was stellen diese Tabellen dar?«

»Diese Tabellen sind ausgewählte Ionen-Chromatogramme aus einem Massen-Spektrometer, die einige bestimmte Ionen zeigen, die charakteristisch für das demethylierte Derivat von Suxamethoniumchlorid sind.«

Sutton bat Dr. Garriott nun, Reiders' Aufzeichnungen zu analysieren. »Doktor, wenn Sie sich die erste Aufzeichnung ansehen, was erkennen Sie dann?«

»Ich bin mir nicht sicher, wie ich Ihre Frage beantworten soll. Ich würde es als eine spezifische 58er/62er Ionenanzeige aus dem rechten Oberschenkel bezeichnen.«

»Gibt es einen Hinweis in dieser Tabelle, daß Suxamethoniumchlorid in dem Testgewebe vorhanden ist?«

Wie es vorauszusehen gewesen war, wiedersprach der Zeuge der Anklage Dr. Balkon, dem Toxikologen aus New York. »Ja, meiner Meinung nach ist diese Tabelle ein positiver Nachweis für Suxamethoniumchlorid. Obwohl einige dieser Diagramme sehr niedrige Konzentrationen aufweisen, bin ich mir aufgrund dieser Tabellen und aufgrund der mir bekannten Untersuchungsmethoden sicher, daß diese Ergebnisse positiv sind.«

»Ihrer Meinung nach«, fragte Sutton, »wird das Vorhandensein von Suxamethoniumchlorid also überzeugend nachgewiesen?«

»Ja, meiner Meinung nach ist das Ergebnis überzeugend.«

Im Kreuzverhör fragte Carnes, ob die Möglichkeit bestände, daß die winzigen Mengen Suxamethoniumchlorid, die in Chelseas Gewebe gefunden worden waren, dort möglicherweise während einer früheren medizinischen Behandlung abgelagert worden waren. »Doktor, wird Suxamethoniumchlorid nicht durch den Blutkreislauf im ganzen Körper verteilt?«

»Ja, das ist richtig.«

»Könnte man dann nicht annehmen, daß zumindest die Möglichkeit besteht, daß das Medikament, falls es der Mutter verabreicht und durch ihren Blutkreislauf verteilt wird, auch in den Körper des ungeborenen Kindes gelangt?«

»Ich sagte nicht, daß diese Möglichkeit nicht besteht. Ja, das könnte sein.«

»Wir beschäftigen uns hier mit einem Fall, bei dem das Medikament angeblich entdeckt wurde, nachdem das Kind neun Monate lang begraben war. Bis dieser Test durchgeführt wurde, hätten Sie das sicherlich nicht für möglich gehalten, nicht wahr?«

»Nun, das wurde noch nie zuvor erreicht; es ist sicherlich ein großer Fortschritt in der forensischen Toxikologie. Ja, ich wäre skeptisch gewesen.«

»Wie lange glauben Sie, Doktor, daß das Suxamethoniumchlorid im Körper bleibt?«

»Es verschwindet innerhalb von sechs bis zehn Minuten aus dem Blutplasma.«

»Wie sieht es mit dem Gewebe und den Organen aus?«

»Ich weiß nicht, ob es darüber endgültige Untersuchungen gibt, aber es hängt vom Blutkreislauf ab. Suxamethoniumchlorid geht vom Blut ins Gewebe über, aber ich muß Ihnen ehrlich sagen, daß ich nicht weiß, wie lange danach es noch nachzuweisen ist. Davon auszugehen, daß es nach mehreren Tagen oder sogar Monaten noch vorhanden ist, ist meiner Meinung nach lächerlich.«

»Aber Sie wissen es nicht.«

»Nein, ich weiß es nicht.«

»Danke.«

Jetzt wandte Carnes sich Garriotts Widerspruch zu der Aussage des Hauptzeugen der Verteidigung. Dr. Balkon, zu. »Doktor, ich würde gern wissen, wie Sie diese Testergebnisse interpretieren und lesen. Wenn man Ihnen eine solche Aufzeichnung überreicht, was tun Sie dann damit? Setzen Sie sich mit einem Lineal hin und messen Sie bestimmte Dinge ab, oder schauen Sie sich das Diagramm nur an?«

»In unserem Labor hat unser Gerät einen Schreiber, der automatisch die Retentionszeit der wichtigsten Ionen aufzeichnet, so daß man die Spitzen auf einen Blick erkennt. In den meisten Fällen geht es um ein, zwei oder drei dieser Ionen, und diese überprüft man dann, um zu sehen, ob sie an der richtigen Stelle sind und das richtige Verhältnis zueinander haben.«

»Ich frage mich immer noch, wie Sie das genau anstellen. Ich meine, schauen Sie sich die Aufzeichnung an und sagen dann: ›Ja, so und so verhält es sich‹?«

»Ja.«

»Sie schauen sich die Aufzeichnung also nur an«, wiederholte Carnes, »und wann haben Sie sich diese Tabellen angesehen?«

»Heute morgen.«

»Und auf der Grundlage dieser Betrachtung heute morgen, können Sie den Geschworenen sagen, daß Sie mit wissenschaftlicher Sicherheit sagen können, worum es sich hier handelt?«

»Ja.«

»Das ist sehr interessant«, erwiderte Carnes skeptisch, »selbst Dr. Reiders hat immer gesagt, daß es sich um eine medizinische *Wahrscheinlichkeit* handelt.«

»Nachdem, was ich hier gesehen habe, nämlich Chromatogramme, die nach der Methode von Dr. Holmstedt erstellt wurden, kann ich davon ausgehen, daß sie das Suxamethoniumchlorid überzeugend identifizieren.«

Brookshire rief erneut seinen Zeugen Dr. Balkon auf, jedoch in derselben geisterhaften Form, wie Dr. Holmstedt und Dr. Reiders zuvor ausgesagt hatten. Diesmal übernahm der Gerichtsschreiber beide Rollen und las die Zeugenaussage vor. Balkon überprüfte und kritisierte Dr. Nordgrens Testergebnisse, genau wie er zuvor Dr. Reiders kritisiert hatte. Jedesmal wenn die Verteidigung die Frage stellte: »Weist diese Aufzeichnung das Vorhandensein von Suxamethoniumchlorid nach?« antwortete der Zeuge mit

»Nein«. Bevor die Verteidigung ihren papiernen Zeugen der Anklage überließ, verlas der Gerichtsschreiber eine verblüffende Beobachtung Balkons: »Ich möchte noch einen Punkt hinzufügen, der die Überprüfung der anderen Aufzeichnungen von Dr. Reiders betrifft. Dieses Material [Dr. Reiders'] enthält Aufzeichnungen, die *genau* den hier vorliegenden Aufzeichnungen [Dr. Nordgrens] entsprechen.«

Suttons Kreuzverhör wurde ebenfalls mit monotoner Stimme von dem Gerichtsschreiber vorgelesen. Dennoch war offensichtlich, daß Sutton über Dr. Balkons Schlußbemerkung erzürnt war oder dies zumindest die Geschworenen glauben machen wollte.

»Okay, Doktor, Sie sagen, daß diese Aufzeichnungen sich genau entsprechen. Was wollen Sie damit sagen?«

»Ich habe nicht das gesamte Material bei mir, aber wenn wir diese Aufzeichnungen hier ausbreiten und sie mit Dr. Reiders' vergleichen würden, würden wir sehen, daß sie sich Spitze für Spitze genau entsprechen.«

»Wollen Sie damit sagen, daß Dr. Nordgren Dr. Reiders Arbeit einfach fotokopiert hat?«

»Ich behaupte nichts dergleichen. Ich mache nur eine Beobachtung.«

»Sie sind der Meinung, daß sie seine Arbeit kopiert hat.«

»Ich weiß nicht, warum ihre Aufzeichnungen so aussehen.«

»Aber Sie wollen damit sagen, daß sie Dr. Reiders' Arbeit einfach fotokopiert hat.«

»Das sagen Sie, Herr Staatsanwalt.«

»Nein, Sie sagen, daß sich die Aufzeichnungen genau entsprechen.«

»Ich habe nur eine Beobachtung gemacht.«

»Sie haben Sie nicht nachgemessen?«

»Was hätte ich messen sollen?«

»Die Spitzen.«

»Sie meinen, ob ich ein Lineal zur Hand genommen und sie nachgemessen habe?«

»Ja, Doktor.«

»Nein, ich habe nur diese Aufzeichnung zur Hand genommen, die andere Aufzeichnung dahinter gelegt und beide gegen das Licht gehalten. Die Linien waren identisch.«

»Und Sie können einen Punkt von einem Hundertstel Nanogramm unterscheiden, wenn Sie die Blätter gegen das Licht halten?«

»Die Antwort darauf, Herr Staatsanwalt, ist ganz einfach. Nehmen Sie zwei Aufzeichnungen und halten Sie sie hoch«, schlug Dr. Balkon vor.

»Wie bitte?«

»Nehmen Sie diese chromatographische Aufzeichnung und halten Sie sie zusammen mit der anderen hoch – sie zeigen beide dieselben Merkmale, was heißt, daß es sich möglicherweise um dieselbe Aufzeichnung handelt.«

»Aber Sie haben nicht nachgemessen.«

»Nein, das habe ich nicht.«

»Und Sie können nicht feststellen, ob es eine Abweichung von einem Hunderstel Nanogramm gibt, wenn Sie sie einfach nur hochhalten.«

»Nein, das könnte ich nicht.«

»Ist es nicht so, Doktor, daß es mehr Anlaß zur Sorge gäbe, wenn sie nicht übereinstimmten?«

»Möglicherweise ja.«

Die Anklage und die Verteidigung waren mit ihrer Beweisaufnahme fertig. Jetzt ergriff Richter Carter das Wort.

»Ich wende mich an die Damen und Herren Geschworenen. Wir haben die Beweisaufnahme in dieser Verhandlung nunmehr abgeschlossen. Morgen geht die Verhandlung in ihr zweites Stadium. Morgen früh um neun Uhr hören wir die Plädoyers in diesem Fall, wobei beide Seiten die Möglichkeit erhalten, den Fall zusammenzufassen. Danach ruht der Fall in Ihren Händen.«

Ich glaube fest, daß die Geschworenen sich die Beweise, die wir vorgelegt haben, überhaupt nicht angehört haben, und alles wegen dieser verdammten großen Kalenderblätter, die aufgestellt wurden. Genene war auch keine große Hilfe.

Sie saß da und schrieb Briefe, starrte die Leute an und lutschte Bonbons – sie benahm sich einfach unmöglich. Die Geschworenen waren sauer auf sie, sie mochten sie nicht. Genene schien überhaupt nicht besorgt. Die meiste Zeit über schien sie irgendwie gelangweilt.

Ich erinnere mich, daß sie Holland anstarrte. Sie konnte einfach nicht glauben, daß Holland gegen sie aussagte. Wissen Sie, Genene ist eine sehr intensive Persönlichkeit; ich will damit sagen, daß ihr Antrieb, ihre Entschlossenheit sehr, sehr stark ist. Sie war völlig fertig, als Holland gegen sie aussagte, aber am nächsten Tag saß sie schon wieder mit unbewegtem Gesicht da.

Wir haben ihr von Anfang an gesagt, daß sie bei einem Schuldspruch mit lebenslänglich rechnen müßte, daß sie nicht mit zehn Jahren davonkommen würde.

Wie wurden Sie zum Verteidiger von Genene?

Während der letzten Jahre habe ich mich mehr mit dem Strafrecht befaßt, weil es mir besser gefällt. Es gibt mir Freiheiten, die ich bei Zivilprozessen oder bei der Arbeit im Büro nicht habe. Ich hasse Büroarbeit, sie macht mir keinen Spaß. Aber Strafprozesse – vielleicht ist es die Aufregung, vor Gericht aufzutreten. Es ist eine riesige Herausforderung, aber wenn man gewinnt, hat es sich gelohnt. Man hat etwas zustande gebracht. Wissen Sie, für einen Zivilverteidiger sind Siege sehr selten. Vielleicht erspart man dem Angeklagten zwanzig Jahre bei einer möglichen Strafe von vierzig Jahren. Die Anklage weiß von Anfang an, ob der Fall sich lohnt, und wenn das nicht der Fall ist, bietet sie der Verteidigung einen Handel an. Wenn man nicht auf diesen Handel eingeht, erweist man seinem Klienten keinen guten

Dienst, daher nimmt man das Angebot meistens an. Als Strafverteidiger tun wir unser möglichstes.

Was waren die schlimmsten Tage in diesem Fall für Sie?

Genau kann ich mich nicht erinnern. Ich glaube, es gab ein paar, aber welche genau es waren, weiß ich nicht mehr. Am schlimmsten waren wohl, zwei Wochen lang dazusitzen und sich Tag für Tag anzuhören, wie wir fertiggemacht wurden. Wir erzielten ein paar Punkte im Kreuzverhör, aber dann kamen sie schon wieder mit dem nächsten Zeugen. Natürlich hatte das Auswirkungen auf unser Leben außerhalb des Gerichts. Sutton verlor wegen dieses Falles seine Frau. Fälle wie Genenes können Ehen zerstören, da besteht kein Zweifel. Wenn man Punkte macht, ist man guter Dinge, aber ich kann mich an Tage erinnern, an denen wir völlig am Boden waren. Es war furchtbar. Verrückt, wie wir waren, kamen wir jeden Morgen um 6 Uhr an, um sie zu frisieren; wir kauften ihr Kleider, damit sie nett aussah. Sie trug eine Jeans, als sie hierher kam. Wir besorgten ihr sechs oder sieben Kleider – unsere Sekretärinnen schenkten ihr ein paar – und wir kümmerten uns um die Reinigung. Patty schminkte sie.

Patty, welchen Eindruck hatten Sie von ihr?

(PATTY) Also... Ich besuchte Genene jeden Tag – fast jeden Tag. Ich durfte zu ihr in die Zelle, und ich blieb für ein paar Stunden, manchmal auch nur für zehn Minuten oder auch den ganzen Tag; es hing ganz von ihrer Stimmung ab. Rückblickend würde ich sagen, daß Genene sich selbst der größte Feind war. Sie besaß einen schönen Füller, und sie schrieb gern. Sie liebte Interviews und genoß es, wenn andere ihr zuhörten. Als wir diesen Fall übernahmen, schaute uns ihr Gesicht von jeder Zeitung und in jeder Nachrichtensendung an. Ständig zeigte sie sich dem Publikum. Sie wollte es so, aber es war nicht gut für sie. Wenn Jim sagt, daß wir vierundzwanzig Stunden am Tag gearbeitet haben, dann stimmt das. Sieben Tage pro Woche. Jeden Tag. Neulich habe ich in meinen alten Kalender geschaut und festgestellt, daß ich ungefähr 28 Tage lang hintereinander gearbeitet habe. Wir versuchten, ihr Leben zu retten, und man hatte fast das Gefühl, daß es ihr eigentlich egal war.

(BROOKSHIRE) Ich erinnere mich, daß sie ab und zu eine Shownummer abriß – einmal tat sie so, als ob sie wegen einer Stirnhöhlenentzündung in Ohnmacht fallen würde. Ein anderes Mal, ganz am Anfang der Verhandlung, mußte sie ins Krankenhaus gebracht werden, weil sie jemand erzählt hatte, daß sie glaubte, schwanger zu sein. Als sie im Krankenhaus war, stellte sich heraus, daß sie unter Verstopfung litt. Genene tat sich einfach immer selbst weh.

Was meinen Sie? Hat sie es getan?

Ich werde nie wissen, ob sie das Kind getötet hat oder nicht. Burt und ich sind da einer Meinung, und ich glaube, Patty und Laura ebenfalls. Ihre Geschichte klingt ganz glaubhaft – wenn da nicht diese Flasche Suxamethoniumchlorid gewesen wäre, die Holland den Behörden übergeben hat, könnte ich ihr glauben. Aber dies Flasche ist für mich ein echtes Problem. Was ist mit ihr passiert? Angeblich war sie nicht einmal geöffnet worden, aber trotzdem war fast der gesamte Inhalt verschwunden und verdünnt worden. Warum?

Ich werde nie wissen, was passiert ist. Irgend jemand hat das Medikament verdünnt, aber wer? Wir hatten Ärzte, die sagten: »Vielleicht hat sie diese Kinder umgebracht, aber sie hat es auf keinen Fall mit Suxamethoniumchlorid getan. Unmöglich.«

Es bleiben also Fragen.

Ja, die werden wollen immer unbeantwortet bleiben.

Viertes Kapitel

So endet das blutige Geschäft des Tages.

Homer

Am Mittwoch, dem 15. Februar, wurde die Regel, nur eine bestimmte Anzahl von Reportern im Gerichtssaal zuzulassen, aufgehoben; alle, denen es gelang, sich in den überfüllten Saal zu zwängen, konnte den letzten Akt der Verhandlung verfolgen. Alle waren da. Für die Eltern und Anverwandte der Kinder, die von diesem Fall betroffen waren, hatte man Plätze reserviert, und die meisten Zeitungen und Fernsehstationen hatten Vertreter geschickt.

»Meine Damen und Herren«, begann Richter Carter und wandte sich an die Geschworenen, »guten Morgen. Wir sind jetzt in dem Stadium der Verhandlung angelangt, in dem ich die Anklage verlesen werde. Anschließend bekommen die Anwälte die Gelegenheit, ihr Schlußplädoyers zu halten. Sind die Plädoyers gehalten worden, nehmen Sie die Anklageschrift mit in das Beratungszimmer und beginnen mit Ihrer Urteilsfindung.«

Richter Carter holte seine Lesebrille hervor, räusperte sich und begann vorzulesen: »Fall Nr. 83 – 297 – K, der *Staat Texas gegen Genene Jones*. Das Gesetz, das für diesen Fall anzuwenden ist, lautet folgendermaßen:

›Ein Mensch ist des Mordes schuldig, wenn er beabsichtigt, einem anderen eine schwere Körperverletzung zuzufügen, und vorsätzlich oder wissentlich eine Handlung begeht, die menschliches Leben gefährdet und den Tod des anderen herbeiführt. Ein Mensch ist für diese Handlung verantwortlich, wenn das Ergebnis nur durch sein Tun allein oder zusammen mit einer anderen Ursache eingetreten ist, es sei denn, die mitwirkende Ursache reichte aus, um das Ergebnis herbeizuführen.‹

Wenn Sie den Beweisen zufolge nicht zweifelsfrei sagen können, daß der Tod von Chelsea McClellan durch eine Injektion mit Suxamethoniumchlorid, verabreicht durch die Angeklagte Genene Jones, verursacht wurde, muß Ihr Urteil lauten: ›Nicht schuldig.‹

Unser Gesetz gibt der Angeklagten die Möglichkeit, selbst auszusagen, wenn sie es wünscht. Es handelt sich jedoch um ein Privileg der Angeklagten, und wenn sie sich dafür entscheidet, nicht auszusagen, darf diese Tatsache nicht als Umstand bewertet werden, der gegen sie spricht.

Falls Ihnen in diesem Fall Zeugnisse vorliegen, denen zufolge die Angeklagte noch andere Straftaten begangen hat, dürfen Sie die besagten Zeugnisse nur dann einbeziehen, wenn Sie der Meinung sind, daß ohne berechtigte Zweifel bewiesen wurde, daß die Angeklagte die anderen Straftaten tatsächlich begangen hat, und selbst in diesem Fall dürfen diese Zeugnisse nur bei der Betrachtung des Motivs, der Absicht oder der Planung der Angeklagten im Zusammenhang mit der hier gegen sie vorgebrachten Anklage in Betracht gezogen werden und zu keinem anderen Zweck.

Sie allein sind die Richter, was die bewiesenen Tatsachen, die Glaubwürdigkeit der Zeugen und das Gewicht, das Sie ihren Aussagen geben, betrifft, aber Sie sind auch an das Gesetz des Gerichts gebunden, das Ihnen hiermit übergeben wird, damit Sie von ihm geleitet werden.

In allen Kriminalfällen liegt die Last der Beweisführung bei der Anklage, und der Angeklagte gilt als unschuldig, bis seine Schuld durch gesetzliche Beweise zweifelsfrei begründet wurde. Wenn Sie in diesem Fall nicht zweifelsfrei erklären können, daß die Angeklagte schuldig ist, müssen Sie die Angeklagte freisprechen und in Ihrem Urteil mit ›Nicht schuldig‹ stimmen.

Meine Damen und Herren Geschworenen, das ist die Rechtsbelehrung des Gerichts.« Carter übergab das Schriftstück dem Gerichtsdiener und wandte sich an die Anwälte. »Sind Sie bereit?«

»Ja, Euer Ehren«, erwiderte Sutton, »die Anklagevertreter sind bereit.«

»In Ordnung, es ist jetzt 9 Uhr 20. Bitte fangen Sie an.«

Scott Monroe trat hervor. Er dankte den Geschworenen erneut für ihre Zeit und Aufmerksamkeit und erklärte ihnen dann, was dem Gesetz zufolge in den nächsten Stunden von ihnen erwartet wurde.

»Die Rechtsbelehrung des Gerichts wird Ihnen überreicht, wenn Sie sich zurückziehen. Das Dokument umfaßt mehrere Seiten, in denen Sie, falls nötig, nachschlagen können. Jeder von Ihnen hat einen Eid geschworen, daß Sie das Gesetz befolgen und Ihr Urteil diesem Eid zufolge sprechen werden.

Vielleicht haben Sie gehört, daß der heutige Tag für Genene Jones der wichtigste Tag vor Gericht ist, und in vielerlei Hinsicht stimmt das auch; aber ich gebe Ihnen zu bedenken, meine Damen und Herren, daß dieser Tag auch für viele andere Leute wichtig ist. Es ist ein wichtiger Tag für Texas, ein wichtiger Tag für die Vereinigten Staaten«, er deutete auf die Zuschauer, »und es ist ein wichtiger Tag für viele Familien dort draußen. Besonders für eine.

Die zwölf hier anwesenden Geschworenen wissen um die Bedeutung dieser Verhandlung. Ihre Entscheidung wird von vielen Leuten geprüft werden. Es bedeutet ein Privileg für Sie, in dieser Jury zu sitzen. Sie bestimmen den Kurs für viele Ereignisse, die kommen werden. Und Sie treffen eine Entscheidung, die viele andere Menschen gern treffen würden.

Vor mehreren Wochen erklärten Ihnen Mr. Sutton und Mr. Brookshire, daß Sie als Geschworene etwas getan haben, das einigen Menschen schwerfällt: ihre Mitmenschen zu beurteilen und ihre Glaubwürdigkeit abzuwägen. Sie müssen also darüber entscheiden, was Sie glauben und was Sie nicht glauben wollen. Das ist bisweilen schwer, aber Sie haben uns an den ersten Tagen bestätigt, daß Sie dazu in der Lage sein werden, und heute fordern wir Sie dazu auf, genau das zu tun. Denken Sie daran, daß die Entscheidung, die Sie treffen, allen lange im Gedächtnis bleiben wird.

Ich möchte Sie noch an eins erinnern: Alle Anwälte, Mr. Sutton, Mr. Rothe und Mr. Carnes, werden Sie so an die Tatsachen erinnern, wie Sie sie interpretieren, welche Tatsa-

Der Komplex des Medical Center Hospital im Nordwesten von San Antonio. (*Foto des Autors*)

Das Gericht von Williamson County in Georgetown, Texas. (*Foto des Autors*)

Der stacheldrahtgeschützte Zaun um die Mountain View Unit des Frauengefängnisses von Huntsville. (*Foto des Autors*)

»Dr. Kathys« Kinderarztpraxis in dem kleinen gelben Haus in Kerrville, Texas. (*Foto des Autors*)

chen für Sie gelten und welche Ihnen unwichtig erscheinen. Ich kann Ihnen versichern, daß Sie heute mehr als eine Version der Geschehnisse zu hören bekommen, da jede Geschichte ihre zwei Seiten hat, aber wie wir Ihnen erklärt haben, ist die Anklage dafür verantwortlich, bestimmte Tatsachen zu beweisen. Wir mußten beweisen, daß ›am 17. September 1982 Genene Jones in Kerr County, Texas, an einem Menschen, nämlich Chelsea McClellan, mit der Absicht der schweren Körperverletzung vorsätzlich und wissentlich eine Tat begangen hat, die eindeutig eine Gefahr für das menschliche Leben darstellte, indem sie Chelsea McClellan Suxamethoniumchlorid injiziert und damit ihren Tod verursacht hat‹. Meine Damen und Herren, ich behaupte, daß Sie sich, nachdem Sie sich die Plädoyers angehört haben und sich zu Ihrer Entscheidung zurückziehen, *gezwungen* fühlen werden, die Angeklagte Genene Jones dieser Tat schuldig zu befinden. Ich danke Ihnen.«

»Sie haben zehn Minuten lang gesprochen, Herr Staatsanwalt. Mr. Rothe, bitte.«

»Danke, Euer Ehren«, begann Rothe und trat ans Rednerpult. Er sah auf seine Armbanduhr und auf die Uhr an der Wand; er hatte knapp eine Stunde Zeit für sein Plädoyer. »Wenn ich in meiner Karriere so zurückblicke, habe ich bereits vor vielen Geschworenen gestanden, mein Plädoyer aus vielen verschiedenen Gründen gehalten, aber noch nie in meinem Leben habe ich vor einer Jury gestanden, die dazu aufgerufen war, eine Ansammlung von Tatsachen zu beurteilen, wie wir sie hier in Georgetown gehört haben. Etwas Derartiges habe ich noch nie erlebt, und ich hoffe, daß ich es nie wieder erleben werde.

Ich glaube, es ist wichtig, sich daran zu erinnern, daß Sie bei Ihrer Berufung zu Geschworenen als Bürger aufgerufen wurden, als Menschen, die hier leben und ihre Arbeit tun. Sie wurden nicht wegen irgendeiner einzigartigen Fähigkeit ausgewählt. Sie wurden einfach gebeten, als ehrliche Steuerzahler dieses Land und als Menschen diese Aufgabe zu übernehmen. Und eine Fähigkeit, die wir alle haben – oder haben sollten –, ist der gesunde Menschenverstand. Unglücklicherweise«, erklärte er und drehte sich zu der Angeklagten um, »besitzen nicht alle Menschen diesen gesunden Menschenverstand.

Sie müssen sich also mit dieser Situtation befassen – mit einer sehr komplexen Situation, die ich sogar als bizarr bezeichnen würde. Warum? Wegen ihres Hintergrunds. Hier geschah ein Mord in einer Umgebung, in der es eigentlich um das genaue Gegenteil geht. Wir haben hier einen Mord, der vor einem medizinischen Hintergrund passierte. Der hippokratische Eid sagt uns, daß alle, die in der Medizin tätig sind, Leben *bewahren* müssen. Aus diesem Grund ist dieser Fall so absonderlich, so einzigartig und so erschreckend – es geht um einen Mord in einer medizinischen Situation. Zudem geht es hier um Babys, Babys als Opfer, und das ist einzigartig. Und weil dieser Fall so einzigartig ist, müssen Sie sich auf das ganze Bild konzentrieren, nicht nur auf einen kleinen Ausschnitt, sondern auf das ganze Bild.

Wenn Sie sich in das Beratungszimmer zurückziehen, werden Sie diese Beweisstücke mitnehmen, die Kalender. Schauen Sie sie sich genau an. Sie werden auch Ihre Erinnerungen an die Verhandlung mitnehmen: die Zeugen, ihre Aussagen, ihre Glaubwürdigkeit. Wir möchten, daß Sie zurückschauen und sich an alles nach besten Kräften erinnern. Wir meinen, daß Sie die richtige Entscheidung treffen werden, wenn Sie das tun.

Wenn man über fünfzig Zeugen gehört hat, kann es natürlich passieren, daß man das, worum es hier eigentlich geht, aus den Augen verliert. Leicht denkt man: *›Es gibt so viele Einzelheiten!‹* Vielleicht fühlen sie sich dadurch ein wenig überwältigt. Hier gab es große Streitigkeiten, Argumente, lange, widersprüchliche Zeugenaussagen über äußerst komplexe, schwierige wissenschaftliche Geräte, über Pharmakologie, Toxikologie, Fachärzte, die stunden-, tage- und wochenlang über EEG und anderes gefachsimpelt haben. Dabei kann man leicht etwas aus den Augen verlieren. Daher möchte ich Sie jetzt daran erinnern, worum es in diesem Fall geht und worüber Sie entscheiden müssen. Es geht um zwei Dinge.« Rothe nahm Chelseas Foto von dem Tisch mit den Beweisstücken und ging zu den Geschworenen hinüber. »Es geht um ein kleines, totes Mädchen.« Das Bild zeigte ein kleines, blondes Kind in einem blauen Kleid mit weißem Spitzenbesatz und einem passenden blauen Hut. Das kleine Mädchen lachte jemand an, wahrscheinlich die Mutter, die rechts hinter dem Fotografen stand. Rothe ließ die Geschworenen in der ersten Reihe das Foto betrachten, drehte sich dann zu Genene um und entzog das Foto ihren Blicken. »Und es geht um eine Krankenschwester. Um eine ›Pädiatrische Klinikerin‹, wie sie sich selbst bezeichnete« – er drehte sich wieder zu den Geschworenen um – »und die sie nicht ist. Darum geht es hier.«

Nachdem wochenlang Tatsachen ausgebreitet worden waren, sprach jemand endlich über etwas anderes, etwas Emotionelles, und alle hörten zu. Rothe hielt das Foto jetzt den Geschworenen in der zweiten Reihe, die es noch nicht klar gesehen hatten, hin. »Hier geht es also darum: Was hat diese Schwester diesem Baby angetan, daß wir uns heute damit befassen müssen? Darüber müssen wir reden.« Rothe trat an den Anklagetisch.

»Wie kam es, daß Chelsea McClellan, ein vierzehn Monate altes Kind, das unter einem Schnupfen litt, Augenblicke später in der Notaufnahme des Sid Peterson Hospital landete, weil es nicht mehr atmen konnte? Wie ist das passiert? Es passierte, weil diese Schwester« – er deutete mit dem Finger auf Genene – »mit diesem Kind allein war«; er hielt das Foto hoch. »Weil die Mutter« – jetzt deutete er auf die Zuschauerreihe, in der Petti und Reid saßen – »sich mit der Ärztin unterhielt.

Dieses Kind war also allein mit der Schwester, und was geschah? Es bricht zusammen.« Sorgfältig legte Rothe Chelseas Foto auf dem Beweistisch ab und trat an den Richtertisch. »Was ist passiert? Es hat ›einen Anfall‹.

Davon habe ich in der letzten Zeit ziemlich viel gehört. Es scheint mir fast so, als ob sich eine Krampfepidemie dort in Kerrville ausgebreitet hat, wenn ich die Verteidigung recht verstehe. Merkwürdigerweise kam es zu diesen Anfällen nur in der unmittelbaren Umgebung einer Schwester, nirgendwo sonst. Und, so möchte ich hinzufügen, nicht davor und nicht danach.«

Die Aufmerksamkeit der Zuhörer war völlig auf Rothe gerichtet. Er berichtete, wie es zu dem letzten Vorfall kam, erzählte von den Fakten, wie er sie im Gedächtnis behalten hatte.

»Chelsea war in der Praxis, weil ihr Bruder krank war, aber sie sollte eine Schutzimpfung erhalten.

Interessanterweise ist zu diesem Zeitpunkt die Ärztin wieder nicht im Zimmer. Die *Schwester* ist da, ebenso wie Chelsea und Chelseas Mutter. Und das Interessante ist, daß zu diesem Zeitpunkt die verwegene Absicht dieser Schwester ganz klar wird. Das Baby sitzt bei der Mutter auf dem Schoß, um eine Schutzimpfung zu bekommen. Chelsea McClellan, die nicht behandelt werden sollte, bekommt also eine Spritze in den Oberschenkel, und was passiert?«

Er deutete wieder auf Petti. »Was hat die Mutter Ihnen berichtet? Petti McClellan, die dort gesessen hat – eine sehr schwierige Sache, wie Sie sich sicher vorstellen können.

Das Kind beginnt zu zittern und zu zucken. Und die Mutter sagt: ›Etwas ist nicht in Ordnung mit ihr.‹

Und was sagt die Schwester? ›Ach was, sie ist nur wütend. Sie mag die Impfungen nicht.‹

›Sie zittert. Etwas ist nicht in Ordnung.‹

›Sie ist nur wütend.‹« Rothe sah den Geschworenen in die Augen und schüttelte ungläubig den Kopf. »Können Sie sich das vorstellen?

Also bekommt das Kind eine *zweite* Spritze. Und was passiert dann? Man kann nicht mehr sagen, ob sie noch wütend ist, denn sie schaut ihrer Mutter direkt in die Augen und *kann sich nicht mehr bewegen*.

Und was sagte die Mutter? ›So etwas habe ich noch nie gesehen.‹

Sie haben sicherlich alle schon einmal gesehen, daß ein Kind Angst hatte. Ich habe es gesehen. Ich hatte selbst schon Angst. Was sagt Ihnen Ihr Verstand? Wenn Sie jemand in die Augen blicken, der Angst hat, merken Sie es. Sie sehen es dem anderen an, daß er Angst hat. Und hier in diesem Gerichtssaal mag es jemand geben«, sagte er und schaute Genene an, »der vor mir Angst hat. Aber können Sie sich vorstellen«, fuhr er fort und wandte sich wieder an die Geschworenen, »was ein Kind...« Zum ersten Mal versagte Rothe die Stimme. »Können Sie sich das vorstellen? Ein Kind, das sich nicht wehren kann, das noch nicht einmal sprechen kann, schaut seiner Mutter in die Augen. Es kann sich nicht bewegen und nicht atmen, und die Mutter weiß nicht, was ihm fehlt, und sagt zu der Schwester: ›Tun Sie doch etwas‹.

›Sie ist nur wütend‹«, wiederholte er, damit die Worte einwirken konnten.

»Das Kind ist schlaff wie eine Lumpenpuppe, es bricht zusammen. Und es ist nicht zum ersten Mal, daß dies passiert. Sie können auf dem Kalender nachsehen.« Er ging hinüber zu den Kalenderblättern und lenkte die Aufmerksamkeit der Geschworenen auf die Eintragungen in roter Tinte. »Sie können die Namen zusammenzählen. Überall in diesem Kalender sind Lumpenpuppen vermerkt.

Dann betritt die Ärztin den Raum. Was hören wir? ›Sie hatte einen Anfall.‹ Es geht also um einen Krampf, und alle die nicht dabei waren, müssen sich auf das Gesagte verlassen und die Behandlung entsprechend durchführen. Sie wissen es nicht besser, außer der Schwester, die Bescheid weiß, aber nichts sagt.

Was passiert auf der Fahrt ins Sid Peterson Hospital? Code Blau. Das Herz setzte aus. Die Atmung hatte bereits ausgesetzt. Dr. Mason ist in der Notaufnahme. Was sagt er rückblickend, nachdem er weitere Kinder in diesem Zustand gesehen hat? Er sagt: ›Ich hatte das Gefühl, daß dieses Kind unter den Nachwirkungen von Suxamethoniumchlorid litt.‹

Suxamethoniumchlorid. Auch darüber haben wir eine Menge gehört. Über eine Sache sind wir uns wohl einig: Es ist eins der tödlichsten Medikamente, die dem Menschen bekannt sind. Wenn jemand eine Injektion mit diesem Zeug erhält, wird er Sie erschreckt ansehen *und kann nichts tun.* Stellen Sie sich vor, was für ein Gefühl das sein muß, jemand anzusehen und um Hilfe bitten zu wollen, aber Sie *können* es einfach nicht. Das Mittel wirkt nicht auf Ihr Gehirn, aber Sie können sich nicht *bewegen*.

Das Kind wird also in den Krankenwagen geladen, weil es nach San Antonio gebracht werden soll. Und während alle in den Krankenwagen steigen, erklärte uns eine Zeugin, ein Mädchen namens DeAnna Armour, gibt Jones dem Kind eine Spritze ins Bein.«

Erneut spielte Rothe die Unterhaltung durch und übernahm beide Rollen. Zuerst DeAnna: »›Was ist das?‹«

Und dann Genene: »›Valium.‹«

»Aber das Kind hatte gerade erst Valium erhalten«, erinnerte er seine Zuhörer.

»Sie fahren also mit dem Krankenwagen in Richtung San Antonio los, und was passiert? Die Schwester schreit – denken Sie daran, daß sie eine kleine Tasche mit Naschereien dabei hat: ›Sofort den Wagen anhalten.‹

›Was ist los?‹ Dr. Holland steigt eilends in den Krankenwagen, das Kind atmet nicht mehr. Sie fahren nach Comfort, und Chelsea McClellan wird am 17. September für tot erklärt. Das war das Ende für das kleine Mädchen.

Sie haben gehört, wie Dr. Galbreath und Dr. Fletes erklärt haben, daß dem Kind ihrer Meinung nach nichts fehlte, daß *nichts* den Tod erklären konnte. Also schickten sie Proben des Gehirns an Dr. Kagan-Hallet, die, wie Dr. Goldie, ein Zeuge der Verteidigung, erklärt hat, eine anerkannte pädiatrische Neuropathologin ist. Sie schaut sich die Proben an und sagt ›Subtile Gliose‹. Sie kann nichts anderes sagen, denn sie kennt nicht die ganze Geschichte. Was erzählt man ihr? Krämpfe. Also sucht Kagan-Hallet nach Beweisen dafür. Sie findet eine Vernarbung im Gehirn, wahrscheinlich das Ergebnis von Chelseas Frühgeburt fünfzehn Monate zuvor. Aber das Kind war normal herangewachsen, hatte in seiner Entwicklung aufgeholt, und es ging ihm gut. Bis es zweimal mit dieser Schwester zusammentraf.

Kagan-Hallet sagt, daß es sich um einen atypischen plötzlichen Kindstod handelte, aber sie ist sich nicht sicher. Sie wird gebeten, sich die Proben noch einmal anzusehen und eine mögliche Gabe von Suxamethoniumchlorid, aus welchem Grund auch immer, in Betracht zu ziehen.

Und das tut sie. Was hat sie unter Eid hier vor Ihnen ausgesagt? ›Jetzt da ich weiß, was wirklich passiert ist, jetzt, da ich das Gesamtbild kenne‹, sagte sie, ›verursachte meiner Meinung nach Suxamethoniumchlorid den Tod des Kindes.‹ Sie ging sogar noch weiter. Sie erklärte, daß die Vernarbung nichts mit dem Tod zu tun hatte. Dieses Kind könnte heute noch leben, wenn es nicht die Injektion mit Suxamethoniumchlorid erhalten hätte. Das ist die Todesursache. Anschließend haben Sie Vincent DiMaio gehört, den forensischen Pathologen. Er beschäftigt sich mit Mordfällen. Das ist seine tägliche Aufgabe als Leiter der Gerichtsmedizin von San Antonio. Was sagt er? Der Tod wurde in diesem Fall von Suxamethoniumchlorid verursacht, die Vernarbung hatte nichts damit zu tun. Dieses Kind könnte also heute noch leben, wenn ihm nicht Suxamethoniumchlorid injiziert worden wäre.

Dr. Goldie sagte für die Verteidigung aus. Erinnern Sie sich an ihn? Wir hatten Sie am Anfang gebeten, auf die Reaktionen der Zeugen zu achten, wenn Sie ihnen zuhören. Erinnern Sie sich, was Goldie zu den ganzen Anfällen gesagt hat? Ihm lag jedoch nicht das ganze Bild vor, sondern er erfuhr erst im Zeugenstand davon. Erinnern Sie sich an sein ziemlich verwirrtes Gesicht, als er sagte: ›Das weiß ich nicht. Von diesen Dingen wußte ich nichts.‹

Und als wir dann fragten: ›Was meinen Sie jetzt, Doktor, jetzt, da Sie das Gesamtbild haben?‹

›Meine Meinung hat keinen Wert mehr.‹« Rothe hielt inne und nickte. »›Die ganze Sache muß erneut untersucht werden.‹

Richtig. Die Situation *wurde* untersucht.

Sie haben Dr. Bo Holmstedt gehört. Er ist als Fachmann auf dem Gebiet der Chlorin-Ester, zu denen auch Suxamethoniumchlorid zählt, weltbekannt. Er erklärte, daß seiner Meinung nach Chelsea McClellans Gewebeproben Suxamethoniumchlorid enthielten. Diese Aussage wurde auch von Dr. Reiders und Dr. Garriott unterstützt.

Die Verteidigung rief Dr. Joseph Balkon auf, um Dr. Holmstedt zu widersprechen. Er ist ein junger Mann, der einen Artikel geschrieben hat, der hauptsächlich auf Dr. Holmstedts Arbeiten basiert, aber der den Test nicht anerkennt.

Garriott, der sich täglich mit derartigen Testergebnissen befaßt, sagt: ›Man kann sich nicht nur einen Teil der Aufzeichnungen ansehen, man muß *alle* Tatsachen in Betracht ziehen.‹

Wenn Sie sich an Dr. Balkons Aussage erinnern, werden Sie feststellen, daß er nicht sagte, daß Suxamethoniumchlorid nicht vorhanden war; er konnte es nur nicht in diesen Aufzeichnungen erkennen.

Also«, fuhr Rothe fort, holte tief Luft und ging zurück zu den Kalenderblättern, »denken Sie bitte wieder an die Praxis. Am 7. berichtete die Schwester der Ärztin: ›Uns fehlt eine Flasche. Wollen Sie eine neue bestellen?‹

›Ja, bestellen Sie eine neue.‹

In der Zeit vom 13. bis zum 16. September 1982, als Jones wegen eines Magengeschwürs im Krankenhaus lag, arbeitete eine Aushilfsschwester namens Mary Mahoney in Dr. Hollands Praxis. Und was tat sie? Sie machte eine Inventur bei den Medikamenten. Sie schaute sogar in der unteren Schublade des Untersuchungstisches nach und fand dort nichts.

Mary Mahoney arbeitete vier Tage lang dort. Setzen Sie wieder Ihren gesunden Menschenverstand ein. In dieser Zeit wurden Kinder dort behandelt, sie kamen durch die Eingangstür hinein und gingen durch dieselbe Tür wieder hinaus. Keine Notfallsituationen. Aber an dem Tag, als Mary Mahoney geht, an dem Tag, als die andere Schwester zurückkommt, am Donnerstag, dem 17. September, was passiert da? Chelsea McClellan. Sie bricht zusammen und stirbt.

Und dann passiert etwas Schreckliches: Am selben Tag«, er deutete mit dem Finger auf den Kalender, »bringt die Schwester das Kind ins Leichenschauhaus, und zwei Stunden später bricht ein weiteres Kind zusammen, Jacob

Evans. Setzen Sie Ihren Verstand ein. Denken Sie darüber nach.

Und was geschieht dann? In Hill Country bricht ein weiteres kleines Mädchen zusammen. In der Zwischenzeit, sehen Sie sich das an« – Rothe nahm die Lieferscheine von dem Tisch mit den Beweisstücken und wedelte mit ihnen in der Luft herum – »Suxamethoniumchlorid, Suxamethoniumchlorid, Suxamethoniumchlorid. Dreißig Kubikzentiliter!« Er warf die Zettel zurück auf den Tisch. »Das Mittel wurde in der Praxis nie verwendet, sagt die Ärztin. Darauf möchte ich wetten. Nicht von ihr. Und wer bestellte das Zeug? Die Schwester. Dreißig Kubikzentiliter Suxamethoniumchlorid.

Zu diesem Zeitpunkt erkennen die Leute im Sid Peterson Hospital, daß dort etwas Merkwürdiges vor sich geht; also berufen sie eine Sitzung ein. ›Was ist dort los? So etwas hat es in Kerrville noch nie gegeben. Was geht hier vor sich?‹«

Rothe ging zurück zu dem Kalender.

»Sie bitten die Ärztin dazu. Sie wollen über ihre Behandlungsmethoden sprechen, und was fragen sie sie? ›Wie sieht es mit Suxamethoniumchlorid aus, Doktor?‹ Das fragten sie obwohl es niemand zuvor erwähnt hatte.

Ein paar Tage später sagt die Schwester: ›Übrigens, ich habe die fehlende Flasche gefunden.‹

›Welche Flasche?‹

›Suxamethoniumchlorid.‹

Die Ärztin sagt: ›Wir haben keines verwendet.‹

›Natürlich haben wir das. Wir hatten es herausgeholt, als Misty einen Krampf hatte.‹

›Aber wir haben es nicht verwendet.‹

›Machen Sie sich keine Sorgen. Es ist alles da. Es sind keine Löcher im Stöpsel.‹

›Wo haben Sie die Flasche gefunden?‹

›In der Schublade des Untersuchungstisches.‹

Ich glaube, in diesem Augenblick hat Dr. Holland sie durchschaut. ›Mein Gott, was geht hier vor sich?‹

Die Ärztin durchsucht die Praxis und findet zwei Flaschen. Sie schaut sie sich genau an. Die eine hat kein Siegel mehr und scheint nicht ganz voll zu sein. Als sie die Schwester trifft, die gerade vom Grab des Kindes mit einer Schleife in der Hand zurückkommt, spricht sie sie darauf an. Holland reicht ihr die Flasche und sagt: ›Wie sind die Löcher da hineingekommen?‹

›Denken Sie an Misty, wir konnten uns nicht wegen der Dosierung einigen.‹«

Rothe unterbrach seine Darstellung des Gesprächs. »Denken Sie auch daran, daß der einzige, der die genaue Dosis kannte, die Schwester war. Sie hatte sie im Kopf.«

Er nahm den Dialog wieder auf: »›Wie sind die Löcher da hineingekommen?‹

Die Schwester sagt: ›An dem Tag waren eine Menge Leute in dem Zimmer. Ich weiß es nicht.‹

›Wie werden wir diese Löcher dem Untersuchungskomitee erklären?‹

›Erklären Sie sie gar nicht. Werfen Sie die Flasche einfach weg. Schließlich hatten wir sie ja bereits verloren.‹

Setzen Sie Ihren Verstand ein«, bat Rothe die Geschorenen.

»Dann rief die Ärztin Sally Benkert zu sich, die bei Mistys Zusammenbruch anwesend war. Sie sagt: ›Ja, ich habe die Flasche geholt, aber ich habe sie nicht geöffnet. Ich habe sie in verschlossenem Zustand auf die Theke gelegt. Dort habe ich sie zum letztenmal gesehen, ungeöffnet.

Kurz darauf erklärt die Angeklagte der Ärztin: ›Ich habe eine Dummheit gemacht, ich habe ein paar Tabletten geschluckt. Oxazepam.‹ Sie wird von Dr. Holland wegen einer Überdosis Oxazepam ins Krankenhaus geschickt.

Die Ärztin ruft Dr. Bradley, Dr. Hall und Dr. Vinas im Krankenhaus an und bittet sie, die fraglichen Flaschen an sich zu nehmen. Sie werden ans Labor geschickt. Und was passiert im Labor? Richtig, die eine war nicht geöffnet worden, aber die andere war offen. Sie hat zwei Löcher im Stöpsel, und fünf Sechstel des Inhalts bestehen nicht aus Suxamethoniumchlorid, sondern aus Salzlösung.

Dr. Proust von Burroughs Welcome, der Herstellerfirma, sagt vor Gericht aus, daß Suxamethoniumchlorid äußerst stabil ist, und dennoch ist es zu fünf Sechsteln verdünnt.

Der gesunde Menschenverstand sagt einem, daß das Suxamethoniumchlorid verwendet und die Flasche dann mit Salzlösung aufgefüllt wurde. Irgend jemand hat es getan. Die Frage ist: Wer war es?«

Wieder drehte er sich zu Genene um. »Die Schwester.«

Rothe warf einen Blick auf die Uhr, bevor er sich erneut den Geschworenen zuwandte, zufrieden, daß ihn noch viel Zeit blieb.

»Ich möchte noch ganz kurz mit Ihnen über einen anderen Fall sprechen, über den kleinen Jimmy Pearson. Wenn Sie sich Mr. Suttons 100-Prozent-Tabelle ansehen, werden Sie bemerken, daß Jimmy Pearson auf den ersten Blick nicht ganz dazu zu passen scheint; aber wenn Sie darüber nachdenken, paßt auch dieser Fall.

Welche Voraussetzungen muß man für diese Tabelle erfüllen? Erstens, man darf nicht in der Lage sein zu sprechen. Zweitens, man muß unter zwei Jahren alt sein. Drittens, man muß in der Praxis sein. Viertens, man muß von derselben Schwester behandelt werden. Alles trifft zu. Aber jetzt wollen wir uns einmal ansehen, was geschah.

Jimmy war siebeneinhalb, weil er so lange am Leben geblieben ist. Ein Wunder. Alles, was das Schicksal einem Baby nur aufbürden konnte, war ihm zugestoßen. Es ist traurig.«

Wieder verführte Rothe die Geschworenen mit Gefühlen. »Aber noch schlimmer ist die Vorstellung, daß jemand ihm absichtlich ein Leid zufügte.

Er hatte dünne Ärmchen, er wog nur achtzehn Pfund, er konnte nicht sehen. Er konnte sich nicht richtig bewegen, er konnte nicht laufen, er konnte nicht krabbeln. Und er paßte in diese Tabelle, denn er konnte nicht sprechen. Der siebeneinhalbjährige Jimmy konnte niemand erzählen, was mit ihm geschehen war.

Er litt auch unter echten Anfällen. Das ist nicht überraschend, wenn man bedenkt, was mit ihm alles nicht in Ordnung war. Dieser kleine Junge hätte überhaupt nicht siebeneinhalb Jahre alt werden sollen. Aber was hat seine Mutter hier gesagt? ›Er war ein Kämpfer.‹ Das war er wirklich, denn er wurde mit allem, was das Schicksal ihm aufgebürdet hatte, fertig und überlebte.

Aber er begegnete der größten Bedrohung seines Lebens, als er unglücklicherweise eines Tages blau anlief und einen Anfall bekam und dieser Schwester begegnete.« Wieder deutete Rothe auf Genene.

»Im Sid Peterson Hospital stabilisierte sich sein Zustand. Man arrangiert einen Hubschraubertransport. Sie haben die Aussage der Armeeangehörigen gehört. Es sind aufgeweckte Leute. Sie transportieren niemand, dessen Zustand nicht stabil ist. Jimmy kommt in den Hubschrauber. Wer ist noch da? Wieder diese Schwester mit ihrer Tüte Süßigkeiten. Neosynephrin und Valium und weiß der Teufel, was noch alles.

Sein Zustand ist stabil. Die Jungs von der Armee wissen, was sie tun. Sie sagen ihr: ›Übrigens, Miß pädiatrische Klinikerin, verwenden Sie nicht das Stethoskop im Hubschrauber, weil Sie nichts hören können.‹ Ein Mann, der in Vietnam gedient hat, hat das ausgesagt. Er weiß, daß man nichts hören kann. Maywhort weiß es und Garcia weiß es, aber die Schwester weiß es nicht.

Nach zehn Minuten holt sie ihr Stethoskop hervor und setzt es dem kleinen Jungen auf die Brust. Warum? Sie bereitet die Bühne vor für das, was passieren wird. Immer nach dem gleichen Muster.

Sie sagt: ›Er hat einen Anfall.‹ Garcia schaut auf den Monitor. Er dreht sich um und sagt: ›Es gibt keine Probleme, dem Kind geht es gut.‹

Was passiert? Maywhort sieht Jones, der er jetzt nicht mehr traut, weil sie ihn angelogen hat, und riecht Lunte. Er sagt: ›Haltet sie zurück.‹ Und was passiert? Dem Kind wird injiziert, und die Schwester zieht sich zurück. Maywhort erklärt: ›Ich konnte sie nicht rechtzeitig zurückhalten.‹

Kurz darauf erleidet Jimmy Pearson einen Atemstillstand. Während die Schwester in der Ecke des Hubschraubers fast zusammenbricht, beatmet Maywhort das Kind mit dem Mund, und Garcia massiert seine Brust, um es am Leben zu erhalten.

Welches Medikament hat sie ihm angeblich gegeben? Dem Sanitäter sagt sie, daß es Neosynephrin war, aber der Mutter und Dr. Holland erklärt sie, daß sie ihm Valium injiziert hat. Ich gehe davon aus, daß des Suxamethoniumchlorid war.

Warum hat sie dem Jungen eine Spritze gegeben?« fragte Rothe und legte seine Hände auf das Geländer vor den Geschworenen. »Das ist die grundlegende Frage? Warum?« Er drehte sich wieder zu Jones um und zeigte mit dem Finger auf sie. »Weil diese verwirrte Schwester schwerkranke Kinder *brauchte,* um ihr armseliges Ego zu steigern«, erklärte er und zeigte wieder auf sie. »Die Schwester, die dieses Kind getötet hat, sitzt dort drüben, und ihr Name ist Genene Jones.« Rothe wußte, daß die Geschworenen Mut brauchten, um diese Frau ins Gefängnis zu schicken, und er tat sein Bestes, ihnen zu dem Mut zu dieser Entscheidung zu verhelfen.

»Warum?« wiederholte er und schritt zum Richtertisch. »Weil sie eine schwere Körperverletzung hervorrufen will, und wenn man das tut, so handelt es sich nach allgemeiner Auffassung um Mord.

Meine Damen und Herren Geschworenen, wir sind hier um der Gerchtigkeit willen, und die Gerechtigkeit ist oft hart. Ich bitte Sie, durch Ihr Urteil zu erklären, daß diese Frau des Mordes an Chelsea McClellan schuldig ist.«

Als Rothe wieder an seinen Platz ging, herrschte Totenstille im Gerichtssaal. In der fünften Zuschauerreihe faßte ein Reporter unabsichtlich zusammen, was alle dachten: »Adios, Arschloch.«

Falls Richter Carter den Kommentar ebenfalls hörte, zeigte er es nicht, als er eine einstündige Pause anordnete. Danach würde Carnes sich zum Plädoyer der Verteidigung erheben.

Um 10 Uhr 45 trat Carnes ans Rednerpult und wandte sich an die Geschworenen. Er wußte, daß es ein schwerer Kampf für ihn werden würde, die Geschworenen überhaupt dazu zu bringen, ihm zuzuhören. Ihm standen nicht die aufwühlenden, emotionalen Argumente zur Verfügung, die Rothe so effektiv eingesetzt hatte. Er hatte nur die Tatsachen und Dutzende kleiner Löcher, welche die Anklage nicht hatte stopfen können, die Fragen, die Sutton und Rothe nicht hatten beantworten können.

Wie Monroe begann Carnes mit seinem Dank an die Geschworenen. »Meiner Meinung nach ist es unglaublich, wieviel Aufmerksamkeit jeder einzelne von Ihnen den Tatsachen geschenkt hat, die Ihnen in diesem Gerichtssaal während der letzten viereinhalb anstrengenden Wochen vorgetragen wurden. Und genau darauf zählt die Verteidigung in diesem Fall.

Erwarten Sie keinen dramatischen Auftritt von mir. Erwarten Sie keine Theatervorstellung im Gerichtssaal«, sagte er und deutete mit dem Kopf in Rothes Richtung, »ich möchte, daß Sie sich wieder auf das konzentrieren, worum es in dieser Verhandlung geht – nämlich um die Anklage.

Kam es Ihnen nicht merkwürdig vor, daß die Anklage fast die Hälfte der Zeit in diesem Gerichtssaal damit verbracht hat, über andere Dinge zu sprechen? Hat es Sie beunruhigt, daß die Anklage so wenig Zeit mit den eigentlichen Tatsachen verbracht hat, die den Tod von Chelsea McClellan umgaben? Wir werden Ihnen zeigen, warum das so ist.

Wenn Sie sich auf die Tatsachen konzentrieren, die Ihnen im Zeugenstand präsentiert wurden, und auf die Tatsachen in den Krankenblättern, dann verstehen Sie genau, warum die Anklage diese wie die Pest gemieden hat.

Statt dessen verläßt sie sich darauf.« Abschätzig deutete Carnes auf die Kalenderblätter und die Tabelle der Anklage. »Einmal hat ihr nicht gereicht. Sie hat es zweimal für Sie aufgeführt. Ich möchte darauf wetten, daß vor Ablauf dieses Tages ein weiteres Mal darauf hingewiesen wird.

Und das ist in Ordnung so. Es ist ihr Privileg. Sie kann jede Vernebelungstaktik anwenden, aber die Verteidigung verläßt sich darauf, daß Sie ihren gesunden Menschenverstand einsetzen und sich nach dem Gesetz des Staates Texas richten, so wie Sie es vor viereinhalb Wochen geschworen haben, als Sie zu Geschworenen in diesem Fall berufen wurden. Sie wußten von Anfang an, daß die Verteidigung nicht beweisen mußte. Die Beweislast lag bei der Anklage.

Die Elemente der Anklage«, sagte er und ging zum nächsten Punkt über, »sieben insgesamt.« Während er weitersprach, zählte er jedes Element an den Fingern ab. »Kerr County, Texas«, ein erhobener Finger, »17. September 1982«, der zweite Finger hoch, »Genene Jones«, der dritte, »hat mit der Absicht, Chelsea McClellan eine schwere Körperverletzung zuzufügen«, der vierte, »vorsätzlich oder wissentlich eine Handlung begangen, die menschliches Leben gefährdete«, der fünfte, »indem sie vorsätzlich oder wissentlich Chelsea McClellan Suxamethoniumchlorid injizierte«, der sechste, »und dadurch den Tod von Chelsea McClellan verursachte«, der siebte.

»Die Anklage muß jedes einzelne dieser Elemente zweifelsfrei beweisen, sonst ist diese Frau unschuldig. Sie muß es *beweisen*.

Meine Damen und Herren, wenn Sie nachher über die Fakten beraten, und zu einem dieser Elemente eine Frage besteht, *wenn es einen Zweifel gibt*, dann fordert das Gesetz, daß Sie mit ›Nicht schuldig‹ stimmen.

Und darauf verlassen wir uns, denn dieser ganze Fall ist mit Zweifeln belastet. Aus diesem Grund hat die Anklage sich ständig auf die Kalender konzentriert und nicht auf diese sieben Elemente.

Ich möchte noch eine allgemeine Anmerkung machen. Ich respektiere die drei Staatsanwälte sehr, aber das, was wir hier gesehen haben, passiert, wenn ein Staatsanwalt von einem Fall besessen ist, und ich glaube, genau das ist hier passiert.« Mit ernstem Gesicht schaute Carnes Sutton und Rothe an und wandte sich dann wieder seinen Notizen zu.

»Suxamethoniumchlorid«, sagte er und richtete seinen Blick auf die Geschworenen, »es muß bewiesen sein, daß Chelsea McClellan eine Injektion mit Suxamethoniumchlorid verabreicht wurde, und es muß bewiesen sein, daß dies ihren Tod *verursachte*.

Was wissen wir über Suxamethoniumchlorid? Wahrscheinlich wissen Sie jetzt mehr als die meisten Medizinstudenten im sechsten Semester, aber wir wollen uns noch einmal damit befassen.

Hier geht es um eine Medikament, das für eine sehr kurze Zeit aktiv im Körper ist, normalerweise vier bis sechs Minuten, maximal zehn Minuten bei einer Infusion. Die Wirkungen während der Betäubung: Muskelzuckungen, die möglicherweise bei den Augen beginnen. Denken Sie daran, was in all den Zeugenaussagen über die Augen ausgesagt wurde. Es klingt alles ganz gut, bis die Ärzte sagen: ›Es kommt zu einer Lähmung, und die Augen werden geschlossen.‹ Keiner der Zeugen hat ausgesagt, daß die Augen geschlossen waren, aber wir wissen, daß dies hätte der Fall sein müssen, wenn es sich um Suxamethoniumchlorid gehandelt hätte.

Dr. Comstock hat ausgesagt, daß es bei weniger als einem Drittel der Patienten zu Muskelzuckungen kommt. Dabei handelt es sich nicht um starke, ruckartige Bewegungen. Dr. Comstock hat klar gemacht, daß es sich um einzelne Muskelzuckungen handelt, wie wir sie wahrscheinlich alle schon einmal erfahren haben. Dr. Comstock sagte im Grunde, daß man schon ein Dummkopf sein müßte, um das mit einem Anfall zu verwechseln.

Was passiert, wenn die Wirkung des Suxamethoniumchlorid nachläßt? Wir wissen, daß sich das Zwerchfell als erstes bewegt, anschließend die Brustmuskulatur, dann die äußeren Muskeln und als letztes die Hände. Denken Sie darüber nach und über Dr. Hollands Zeugenaussage.

Als die Anklage erkannte, daß Hollands Aussage hier vor Gericht nicht so gut aussah, hören wir im Kreuzverhör plötzlich: ›Vielleicht handelte es sich um eine zu niedrige Dosierung, da diese Perioden der Schlaffheit so undefiniert und vorübergehend waren, und sie uns nicht sagen kann, wie lange sie anhielten.‹ Klingt gut, nicht wahr?«

Carnes nahm einen Block zur Hand und las aus seinen Notizen vor: »Dr. Comstock über eine Unterdosierung: ›Es kann zu einer Schwäche in den sensibleren Muskeln kommen und zu einer Beeinträchtigung unterschiedlichen Grades.‹

Frage: ›Kann sie eine Krampfaktivität hervorrufen?‹

›Nein.‹« Der Verteidiger blickte die Geschworenen an. »Kein Zögern, kein Wenn und Aber, nur ein ganz einfaches, eindeutiges ›Nein‹.

Die Frage einer *Über*dosierung wurde von der Anklage ebenfalls angesprochen. Eine weitere Vernebelungstaktik. Wie steht es mit einer Überdosierung?« Carnes wandte sich wieder seinen Notizen zu. »Dr. Schwartzman, eine Zeugin der Anklage, erklärte uns: ›Es besteht kein Unterschied zwischen einer höheren und normalen Dosis. Die meisten Patienten können das Medikament verarbeiten und reagieren genau wie bei der normalen Menge.‹

Ist es möglich, daß es zu einem Anfall kommt, während das Suxamethoniumchlorid wirkt?

Dr. Comstock sagte: Nein. Alle Zeugen, die man schließlich auf diesen Punkt festnageln konnte, sagten: Nein, absolut unmöglich. Sie wissen es. Sie haben gehört, was dieses Mittel, das zur Entspannung eingesetzt wird, bewirkt. Eine Anfallaktivität mag im Gehirn ablaufen, aber sie hat keine Auswirkung auf die Muskeln. Sie ist blockiert.

Wie sieht es mit der Gefährlichkeit des Medikaments aus? Nun, alle Zeugen, einschließlich Dr. Schwartzman, sagten aus, daß es täglich unzählige Male in jedem Krankenhaus der Vereinigten Staaten verwendet wird. Nicht ein Zeuge – nicht einmal Dr. DiMaio – sagte aus, daß ihm ein Fall bekannt war, in dem Suxamethoniumchlorid zu einem Herzstillstand geführt hat. Wir haben gehört, daß das Medikament ganz geringe Auswirkungen auf das Herz hat. Wenn überhaupt, führt es höchstens zu einer kurzen Periode von verlangsamter Herztätigkeit.

Wie sieht es mit Dilantin aus? Dilantin ist das Medikament, daß sie« – er deutete auf die Ankläger – »bisher ignoriert haben. Sie werden sich erinnern, daß Dilantin recht ausgiebig eingesetzt wurde, bei beiden Praxisbesuchen von Chelsea.

Was ist Dilantin? Es ist ein Anti-Krampfmittel, das nur

eingesetzt wird, um einen Anfall zu kontrollieren. Ich habe Dr. Comstock nach einer möglichen Überdosis von Dilantin gefragt.« Wieder las Carnes aus seinen Notizen vor. »Er sagte: ›Es kann zu einer Beeinträchtigung der Koordinierung kommen, zu Schwierigkeiten beim Laufen, zu undeutlicher Sprache, zu Augenzittern, Desorientierung und zu einer Unterdrückung der Hirnaktivität; in ausreichenden Mengen führt es zum Koma und zum Tod.‹

Ein weiteres Faktum: das Stadium nach einem Anfall, in dem man benommen und halb bei Bewußtsein ist. Es kann zu Muskelbewegungen kommen und zu einer Reaktion auf ein Trauma, beispielsweise bei einer Intubation.

Wie sieht es mit den nicht dazugehörigen Vergehen aus? Alle Aussagen, die sich auf nicht dazugehörige Vergehen beziehen, sind nur für einen sehr begrenzten Zweck zugelassen. Setzen Sie ihren gesunden Menschenverstand ein. Sie wissen genau, warum sie verwendet wurden. Damit Sie sich wegen dieser roten Buchstaben auf dem Kalender so viele Gedanken machen, daß Sie das Gefühl haben: ›Ich glaube, man ist mir den Beweis eigentlich schuldig geblieben, aber irgend etwas muß dran sein an der Sache.‹ Darauf verläßt die Anklage sich in diesem Fall.« Carnes ging im Gerichtssaal umher und versuchte, die Aufmerksamkeit der Geschworenen zu fesseln.

»Sie verläßt sich nicht auf die Tatsachen, die wir im Zeugenstand zu hören bekamen, sondern auf die Version, die wir heute morgen von Mr. Rothe gehört haben, eine stark bearbeitete Version. Für die Anklage geht es in diesem Fall nicht um die Tatsachen – denen ist sie aus dem Weg gegangen.

Wir wollen uns mit einigen der nicht dazugehörigen Verbrechen befassen. Brandy Benites, 27. August. Nachdem sie ein paar Stunden im Krankenhaus gewartet hatte, wo man sie nicht behandeln konnte, weil die Eltern kein Geld hatten, wurde sie an die neue Ärztin in der Stadt überwiesen. Zwei Monate zu früh geboren, gerade einen Monat alt – ein winziges Baby. Sie ist ausgetrocknet. Sie hat seit Tagen Durchfall. Kleine Kinder haben sowieso nicht viel Körperflüssigkeit, und es braucht nicht viel, bis sie ernstlich krank werden.

Dr. Holland beschließt, das Kind ins Krankenhaus einzuweisen, und dabei verfährt Dr. Holland immer nach demselben Muster.« Für den Rest seines Vortrags sprach Carnes Kathleens Namen mit demselben anklagenden Tonfall aus, den er gerade eingesetzt hatte. Er ließ keine Möglichkeit aus, ihre Motive und ihre Kompetenz in Frage zu stellen und den Verdacht auf sie zu lenken. »Dr. Holland legt eine Infusion an und nimmt in ihrer Praxis Blut ab. Sicherlich haben Sie genug Zeugenaussagen gehört, um zu begreifen, daß dies für ein kleineres Kind ein traumatisches Erlebnis bedeutet.

Bei jedem einzelnen Kind verläßt Holland das Zimmer gerade lang genug, um Genene die Möglichkeit zu geben, die Tat auszuführen. Richtig? Dann kommt sie wieder herein, und alles ist bereits erledigt.

Holland sagte aus, daß sie den Krankenwagen um 11 Uhr 37 gerufen hat. Er traf um 11 Uhr 39 ein. Also zwei Minuten später. In der Zwischenzeit ist sie in das Behandlungszimmer zurückgekehrt. Brandy wurde mit Sauerstoff beatmet. Sie schien lethargisch und sackte plötzlich zusammen, wurde schlaff.

Die Sanitäter haben ausgesagt, daß das Kind kurz nach ihrer Ankunft spontan wieder atmete. Bedenken Sie, es geht hier um zwei Minuten. Wenn Suxamethoniumchlorid verabreicht worden wäre, wäre es absolut unmöglich gewesen, daß es so schnell wieder zu einer spontanen Atmung kam. Allein an dieser Tatsache können Sie erkennen, daß Suxamethoniumchlorid in diesem Fall überhaupt keine Rolle spielt. Als die Sanitäter das Kind von der Trage nahmen, hörte es wieder auf zu atmen. Wenn man unter dem Einfluß von Suxamethoniumchlorid steht, beginnt man nicht innerhalb eines so kleinen Zeitrahmens wieder zu atmen und hört dann wieder auf. Man beginnt überhaupt nicht wieder zu atmen.

Dr. Holland sagte aus: ›Ich glaube, sie hatte sich erholt, bevor wir sie ins Krankenhaus brachten.‹ Natürlich«, fügte

Carnes sarkastisch hinzu, »sagte Holland alles mögliche aus. Sie überließ es anderen, das, was sie sagte, für sich selbst zu interpretieren.

Finden Sie es nicht merkwürdig, daß diese Sanitäter nicht in den Zeugenstand gerufen wurden? Außer Dr. Holland und Genene waren sie die ersten, die das Baby sahen, aber sie wurden nicht aufgerufen. Warum nicht? Ist Ihnen das auch unverständlich? Mir bereitet es Schwierigkeiten.

In der Notaufnahme beschließen sie, das Kind nach Santa Rosa zu bringen. Hinten im Krankenwagen sitzen Sarah Maudlin und Phillip Kneese. *Diese* beiden Zeugen hat die Anklage aufgerufen. Als der Wagen ungefähr zehn, fünfzehn Minuten unterwegs war, bekam das Kind Probleme. Genene Jones legte eine weitere Infusion an. Für die Anklage war das ein weiterer Beweis. Aber was unternimmt man, wenn ein kleines Baby ausgetrocknet ist? Man führt ihm Flüssigkeit zu. Sie versuchte also, das Kind mit Flüssigkeit zu versorgen. So einfach ist das. Es gibt keinerlei Beweis, daß irgend etwas anderes vor sich ging.

Auf der ganzen Fahrt nach San Antonio, für weitere fünfundvierzig Minuten, mußte das Kind beatmet werden. Das paßt nicht zu Suxamethoniumchlorid. Das Kind war krank.

Alles weist bei Brandy Benites auf ein kleines Kind hin, das ausgetrocknet war, Probleme hatte und dem deshalb Flüssigkeit zugeführt wurde, um ihm zu helfen – aber was sagten Sarah Maudlin und Phillip Kneese über Genene aus? Etwas, was wahrscheinlich in diesem Fall wichtiger war.

Sie sagten, Genene war aggressiv und trat anderen auf die Füße. Sie war rechthaberisch. Wenn sie der Meinung war, daß etwas getan werden mußte, dann sagte sie das auch. Das war der Eindruck, den sie von ihr bekamen, und es gefiel ihnen nicht, besonders als sie merkten, daß sie nur eine unwichtige Schwesternhelferin war.«

Carnes gelang es wie Rothe zuvor, die Zuschauer zu fesseln, aber er befand sich in der Defensive und wußte, daß er bestimmte Punkte ansprechen mußte, um zu erklären, warum Genene nicht selbst in den Zeugenstand getreten war. Carnes hielt einen Augenblick lang inne und sammelte seine Gedanken, um die Punkte vorzubringen, die er noch nicht angesprochen hatte.

»Jimmy Pearson«, sagte er schließlich, »ich glaube, es ist wirklich eine Schande, daß Jimmy Pearsons Fall je vor dieses Gericht gelangt ist. Es handelt sich hier um ein siebenjähriges Kind mit einer schrecklichen Krankengeschichte, das von seiner Mutter ins Krankenhaus gebracht wurde. Er hatte an diesem Tag einen Anfall erlitten, weil er fünf Löcher in der Herzwand hatte. Außerdem hatte er zum ersten Mal in seinem Leben trotz der Medikamente, die er erhielt, einen Anfall. Alle, angefangen bei Dr. Holland bis zu Maywhort und Garcia sagten: Eine Spritze.« Er hielt einen Finger hoch. »Im Krankenhaus wurde nur eine Spritze von dem Personal dort aufgezogen und Genene Jones *übergeben.*

Dr. Holland sagte aus, daß sie ihr Valium mitgab. Maywhort und Garcia sagten aus, daß sie gesagt habe, es sei Neosynephrin. Irgendeiner macht hier einen Fehler. Auf jeden Fall handelte es sich um ein Medikament, das ihr von Dr. Holland übergeben worden war mit der Anweisung, es nach Gutdünken zu verwenden; genau das geschah.

Was nun Maywhort und Garcia auch dachten, Genene Jones war von Dr. Holland autorisiert worden, dieses Medikament zu verabreichen, wenn sie es für richtig hielt, und das ist das einzige, was die Anklage beweisen konnte. Sie injizierte das Medikament auf Dr. Hollands Anweisung hin.

Danach kam es bei Jimmy zu einem Atemstillstand oder er bekam Herzprobleme. Auf jeden Fall landete der Hubschrauber mitten auf einem Feld, um den Jungen intubieren zu können.

Dabei fiel mir eins auf, weil ich eigentlich die ganze Zeit darauf wartete. Ich hörte nie den Ausdruck ›schlaff‹. Niemand sagte: ›Er war ganz schlaff.‹

Sie flogen weiter, und anschließend lag Jimmy sieben Wochen lang im Krankenhaus, wo er schließlich verstarb. Ich kann wirklich nicht glauben, daß Nick Rothe *andeuten* will« – er hob die Stimme ungläubig –, »daß der Vorfall im Hubschrauber irgend etwas damit zu tun hatte, denn er weiß es besser. Dieser kleine Kerl wurde sein Leben lang ständig im

Krankenhaus behandelt, und er hatte schließlich den Punkt erreicht, wo es für ihn einfach zuviel war.

In seinem Krankenblatt steht etwas, was ich bisher nicht vorgetragen habe, aber jetzt will ich es tun. Als er drei Wochen später, am 20., zurück ins Sid Peterson Hospital gebracht worden war, wurde die Entscheidung getroffen, ihn nicht mehr zu intubieren oder ihn nicht mehr wiederzubeleben, damit die Natur ihren Lauf nehmen konnte. Ich finde, es ist eine *Schande*, daß jemand hier im Gerichtssaal behauptet, die Ereignisse im Hubschrauber hätten irgend etwas mit dem Tod dieses Kindes zu tun.

Misty Reichenau kam am 3. September 1982 in die Praxis, nachdem sie vier Tage lang unter Fieber und Geschwüren im Mund gelitten hatte und ständig schrie. Dr. Holland beschloß, das Kind ins Krankenhaus einzuweisen. Der Krankenwagen wurde um 14 Uhr 32 gerufen und traf um 14 Uhr 34 ein. Zu diesem Zeitpunkt gab es keinerlei Hinweis auf irgendeine Injektion. Dr. Holland sagte aus, daß Misty weinte, als die Infusion angelegt wurde. Dann hörte sie auf zu weinen und zu atmen. Die Sanitäter trafen ein, und Mistys Mutter wurde aus dem Zimmer geführt. Wir wissen, daß dies aufgrund des Zeitpunkts des Anrufs und der Ankunft des Krankenwagens weniger als zwei Minuten nach der angeblichen Injektion geschehen sein mußte.

Was diesen Vorfall betrifft, ist Holland wirklich unentschlossen.« Carnes griff die Ärztin erneut an. »Sie sagt: ›Dann kam es zu einer Art Anfall.‹ Wir wissen aus dem Protokoll vom Mai 1983, daß sie damals gesagt hatte: ›Das Kind hielt den Atem an. *15 bis 30 Sekunden später* kam es zu tonoklonischen Bewegungen und einem tonischen Anfall der Streckmuskulatur.‹ Das war nicht irgend etwas, das Genene ihr berichtet hatte, das war etwas, das die Ärztin beobachtet und selbst notiert hatte. Es handelt sich um ein Verhalten, das *absolut* nicht zu einer Injektion mit Suxamethoniumchlorid paßt.

Die Anklage hielt es nicht für nötig, Susie Bateman aufzurufen. Susie Bateman gehörte zu der Krankenwagenbesatzung an diesem Tag. Sie sagte aus, daß das Kind einen Anfall hatte, als sie eintrafen. Der Anfall hielt an, bis schließlich eine weitere Infusion angelegt und dem Kind Dilantin verabreicht worden war.

Sie haben gehört, daß die Experten ausgesagt haben, es bestehe überhaupt keinen Grund, nach einem Anfall Dilantin zu injizieren, weil es nur dazu dient, die Krampfaktivitäten zu kontrollieren. Holland hat es injiziert. Sie muß also diese Krampfaktivität beobachtet haben.

Sie haben Sally Benkert nicht aufgerufen. Sally sagte aus, daß sie die Sauerstoffmaske hielt, während Holland versuchte, Misty zu intubieren. Das gelang ihr jedoch nicht, weil das Kind die Kiefer zu fest zusammenpreßte. Sally sagte auch aus, daß *Dr. Holland* anordnete, das Suxamethoniumchlorid aus dem Kühlschrank zu holen – nicht Genene Jones, wie Dr. Holland ausgesagt hatte. Und was hat sie Ihnen über die Flaschen berichtet?« Carnes las wieder aus seinen Notizen vor.

»›Sally, war die Flasche Suxamethoniumchlorid an dem Tag, als Sie in der Praxis waren, am 3. September 1982, noch versiegelt?‹

›Ja.‹

Sie war sich ganz sicher, daß die Flasche noch versiegelt war, als sie sie aus dem Kühlschrank nahm. Das ist unbestritten.« Carnes machte eine kurze Pause. »Am 3. September befand sich die Versiegelung noch an der Flasche, die am 28. August eingekauft worden war.« Jetzt deutete er auf die rote Notiz auf Suttons Kalenderblättern. »Die Ersatzflasche wurde am 7. gekauft«, sagte er und tippte mit den Fingern auf das Datum«, »Misty Reichenau, 3. September«, wieder tippte er auf das Datum, »die einzige Flasche Suxamethoniumchlorid, die sich zu dieser Zeit in der Praxis befand, war jene, die versiegelt im Kühlschrank lag. Das bedeutet, daß sie überhaupt noch nicht benutzt worden war. Damit hat die Anklage selbst bewiesen, daß Suxamethoniumchlorid in diesen ersten vier nicht dazugehörigen Vergehen überhaupt nicht verwendet worden sein konnte.« Carnes deutete auf Chelseas Namen am 24. August, auf Brandys am 27., Jimmys am 30. August und Misty am 3. September. »Es ist überhaupt nicht möglich«, beharrte er, »daß die Flasche Suxamethoniumchlorid verwendet worden war, weil *sie noch versiegelt war.*« Eindringlich schaute er die Geschworenen an. »Denken Sie darüber nach.

Jacob Evans«, verkündete er. »Die Notizen aus der Praxis zeigen, daß das Kind mit ›stark zitternden Augen und zukkenden Gliedmaßen‹ eintraf. Er war blaß, erregt, hyperaktiv. Die Fontanelle war angeschwollen, die Schädelknochen wurden durch den Druck auseinandergedrückt. ›Rechte Pupille reagiert träge auf Licht.‹ Jacob hatte lange Zeit geweint, und die junge Mutter brachte ihn in die Praxis, weil sie mit ihrem Latein am Ende war.

Dr. Holland war noch im Krankenhaus und kümmerte sich um Chelsea McClellan.« Mit starkem Sarkasmus kommentierte er: »Das ist natürlich sehr beunruhigend. Denken Sie einmal an das, was wir bisher wissen: Wir haben hier eine entschlossene Schwester, die bereit ist, die Sache in die Hand zu nehmen und die notwendigen Schritte einzuleiten. Ich glaube, die Mutter des kleinen Jacob hat ausgesagt, eine Infusion anzulegen und Dilantin zu injizieren, um den Anfall unter Kontrolle zu bekommen. Im Krankenblatt steht, daß das Dilantin, wie angeordnet, verabreicht wurde. Die Anklage möchte natürlich, daß Sie glauben, das bedeute, ›wie von Dr. Webb angeordnet‹, aber das steht so nicht da. Es heißt *›wie angeordent‹*. Was ist mit Dr. Holland?

Sie ist aus dem Schneider. Das muß ich ihr zugestehen. Sie hat ausgesagt, daß sie in der Praxis angerufen habe, um der jungen Mutter mitzuteilen, mit dem Baby direkt ins Krankenhaus zu kommen. Als Dr. Webb eintrifft, ist die Infusion bereits angelegt, das Dilantin wurde injiziert, und Jacob ist ›schlaff‹. Ich glaube, das würde man erwarten, wenn man bedenkt, daß das Kind soeben eine große Dosis Dilantin erhalten und gerade einen Anfall erlitten hat.

Rolinda Ruff, der letzte Fall bei den nicht dazugehörigen Vergehen, hatte bereits seit dreizehn Tagen unter Durchfall gelitten. Sie war ausgetrocknet. Wieder entschied Dr. Holland, das Kind ins Krankenhaus einzuweisen. Wieder trat sie auf den Flur, um mit der Mutter darüber zu reden und Genene die Gelegenheit zur Tatausführung zu geben.

Sie merken, daß es in keiner Aussage hieß, Genene sei zurück an den Kühlschrank gegangen, wo das Suxamethoniumchlorid aufbewahrt wurde. Das könnte bedeuten, daß Genene es irgendwo versteckt hatte und nur auf das nächste Kind wartete.« Seine Stimme klang ungläubig.

»Holland sagt, daß immer dann, wenn sie in das Zimmer trat, die Kinder aufhörten zu weinen, nicht mehr atmeten und schlaff dalagen. Wieder dieses Wort ›schlaff‹. Wenn man Rolinda Ruffs Krankenblatt durchsieht, findet man dieses Wort dort nicht aufgeführt. Es wurde auch nicht in dem Protokoll von Hollands Aussage im Mai 1983 erwähnt. Aber hier vor Gericht sagt sie plötzlich: ›Ja, das Kind war schlaff.‹

Wieder möchte ich sie auf das Krankenblatt aus der Notaufnahme hinweisen. Dr. Holland vermerkte, daß die Infusion von dem Arzt angelegt worden war, daß das Kind den Atem anhielt, blau wurde und zwei Minuten lang einen tonischen Anfall hatte. Wieder weist *nichts, absolut nichts,* auf eine Injizierung von Suxamethoniumchlorid hin.

Dr. Bradley hat gesagt, daß das Kind in der Notaufnahme den Eindruck machte, als ob es nach einer Betäubung mit Suxamethoniumchlorid aufwachte. Den Aufzeichnungen zufolge waren zehn Minuten zwischen der Ankunft des Krankenwagens an der Praxis bis zur Ankunft im Krankenhaus vergangen. Zehn Minuten sind das absolute Limit bei der Wirkung von Suxamethoniumchlorid.« Carnes zuckte leicht mit den Schultern und schüttelte den Kopf. »Ich weiß nicht, was Dr. Bradley beobachtet hat. Aber ich weiß, daß er es aus zehn Metern Entfernung beobachtete. Das Stadium nach dem Anfall könnte die Bewegungen, die er sah, leicht erklären, besonders nachdem Dr. Holland versucht hatte, das Kind zu intubieren.«

Carnes legte eine Pause ein. Er stellte sich vor den Geschworenen auf und redete so offen und ernst, wie er konnte.

»Meine Damen und Herren, ich weiß nicht, was ich Ihnen zu den nicht dazugehörigen Vergehen sagen soll. Ich bin mir nicht sicher, was passiert ist, aber ich habe gewisse Vorstellungen. Ich glaube, es ist sehr wahrscheinlich, daß wir hier eine junge Ärztin vor uns haben, die gerade ihre Praxis eröffnet hat, nachdem sie als Assistenzärztin in einem Krankenhaus tätig gewesen war, in dem jeden Tag schwerkranke Kinder behandelt wurden, eine junge Ärztin, die dazu neigte, in Panik zu geraten, und vielleicht überreagierte. Vielleicht war es nicht nötig, diese Infusionen anzulegen. Vielleicht war es nicht nötig, wenn diese Kinder kurz den Atem anhielten, ihnen immer gleich ein Rohr in den Rachen zu stecken.

Vielleicht ist alles auf die völlige Inkompetenz von Dr. Holland zurückzuführen. Vielleicht hat sie einfach falsch behandelt und so die Probleme verursacht. Ich weiß es nicht, aber ich behaupte, daß die Anklage nicht bewiesen hat, daß Genene Jones diesen Kindern etwas angetan hat; es wurde nicht zweifelsfrei bewiesen.

Sie lassen Holland vor Gericht aussagen und fordern Sie auf, ihr heute zu glauben und zu vergessen, was sie damals aufgeschrieben hat. Ich behaupte, daß das, was sie damals in jenen Krankenblättern festgehalten hat, glaubwürdiger ist. Diese Krankenblätter beweisen eindeutig, daß Suxamethoniumchlorid in diesen Fällen nicht eingesetzt worden ist.

Außerdem wissen Sie jetzt, daß eine der Flaschen Suxamethoniumchlorid in den ersten vier Fällen nicht geöffnet worden war. Es konnte also kein Suxamethoniumchlorid injiziert werden. Es ist alles nur eine Vernebelungstaktik, meine Damen und Herren«, sagte er und versuchte, die Geschworenen zum Zuhören zu zwingen.

»Das große Motiv«, fuhr er fort und wandte sich dem nächsten Thema zu, »man hat uns versprochen, uns ein Motiv zu präsentieren – und bei Gott, das wurde getan.« Wieder war seine Stimme von Sarkasmus erfüllt. »Genene Jones wollte dafür sorgen, daß in Kerrville, Texas, eine pädiatrische Intensivstation eingerichtet werden würde. Ich nehme an, daß sie diese Pläne bereits schmiedete, als sie an dem Kursus von Dr. Schwartzman teilnahm. Ich finde diese ganze Idee so absurd, so lächerlich, daß ich gar nicht so recht weiß, wie ich damit umgehen soll. Da wird Kindern Schaden zugefügt, um sicherzugehen, daß sie eine pädiatrische Intensivstation bekommen? Das ist einfach unglaublich!

Ich bezweifle nicht, daß über diese Idee gesprochen wurde. Sally Benkert sagte selbst aus, daß Dr. Holland und Genene mit den Schwestern des Krankenhauses darüber gesprochen hätten. Ich kann mir vorstellen, daß ein so entschlossener Mensch wie Genene Jones der Meinung war, daß sie etwas bewirken könnte, wenn sie genug darüber redete. Sie hat sich nie zurückgehalten, wenn es darum ging, jemand zu erklären, daß er etwas falsch machte. Ich bezweifle nicht, daß sie anderen auf die Füße getreten ist, aber als Motiv für die Injektion von Suxamethoniumchlorid bei Kindern ist es einfach lächerlich.«

Carnes wandte sich dem nächsten Punkt zu. »Dr. Holland hat von bestimmten Gesprächen berichtet, und das ist für mich eigentlich das Unglaubwürdigste an ihrer Aussage. Bei den Vergehen, die nicht dazu gehören, war sie sehr vage. Ich versuchte alles, um sie festzunageln und spezifische Aussagen von ihr zu erhalten. Was ich erhielt, waren unspezifische Bilder einer Notfallsituation. Aber die Gespräche vom 26. und 27. kamen wie aus der Pistole geschossen. Man konnte fünfzehnmal nachfragen, und jedesmal war der Wortlaut derselbe. ›Genene war kühl und defensiv‹«, wiederholte er und ahmte Kathleen nach, »›Ich nickte. Genene redete weiter.‹« Carnes schnippte mit den Fingern. »Fast so, als ob man ein Tonbandgerät anschaltet.

Wir wissen, daß Dr. Holland am 24. September in Verdacht stand. Was tut sie also am 27., nachdem Genene ihr berichtet hatte, daß sie die fehlende Flasche gefunden hatte? Sie geht morgens ins Krankenhaus und erwähnt es gegenüber niemand. Nachmittags in der Praxis entdeckt sie plötzlich die Löcher und befragt Genene deshalb, fragt Sally. Und sie kann das ganze Gespräch wie am Schnürchen aufsagen.

Was tut sie dann? Sie wartet bis 21 Uhr abends, um die Flaschen zu übergeben. Und am nächsten Morgen, dem 28., schmeißt sie auf Anraten ihres Anwalts als erstes Genene Jones hinaus.

Erinnern Sie sich an Sally Benkerts Aussage: Sie sagte, daß das Gespräch über die Flasche Suxamethoniumchlorid stattfand, nachdem Genene am 16. aus dem Krankenhaus entlassen worden war. Das heißt, daß Dr. Holland irgendwann in der Mitte dieser Woche wußte, daß die Flasche gefunden worden war.

Ich habe darüber nachgedacht, und es bereitet mir *Sorgen*.

Um den 20. herum, kurz nach Chelseas Tod, muß Dr. Holland enorm unter Druck gestanden haben. Kurz nachdem Dr. Holland zwei Schutzimpfungen für ein Kind mit Fieber angeordnet hatte – was völlig falsch ist, besonders bei einem Kind, das zu Krämpfen neigt –, dürfte nach meiner Überlegung Dr. Holland die Entscheidung getroffen haben, sich selbst zu schützen.« Carnes Stimme klang todernst. »Es ist möglich, daß die dritte Flasche Suxamethoniumchlorid Dr. Hollands Flasche war, daß *sie* sie eingestochen hatte, daß *sie* das Suxamethoniumchlorid aufgezogen hatte, daß *sie* sie wieder mit Salzlösung aufgefüllt hat. Ich behaupte, daß es eindeutig möglich ist, daß Dr. Holland diese Flasche *deponiert* und darauf gewartet hat, daß Genene sie bei ihrer nächsten wöchentlichen Inventur plötzlich finden würde.

Wenn Genene Jones diese Flasche Suxamethoniumchlorid benutzt hätte, um Kindern Schaden zuzufügen, warum würde sie sie dann nicht verschwinden lassen? Wenn sie nur halb so verschlagen und schlau war, wie die Anklage sie darstellt, was hätte sie dann Ihrer Meinung nach wohl mit der Flasche gemacht?

Wenn Sie an ihrer Stelle gewesen wären, hätten sie die Flasche dann übergeben? Genau wie Mr. Rothe fordere ich Sie auf, Ihren Verstand einzusetzen. Es ist, als ob jemand einen Menschen erschießt und dann eine rauchende Pistole mit zwei ausgebrannten Patronen übergibt. Es ist völlig absurd. Es ergibt keinen Sinn.«

Carnes wandte sich wieder seinen Notizen zu. »Kehren wir zu Chelsea McClellan zurück. Das sind ihre Krankenblätter.« Er hielt einen Stapel Papiere hoch. »Es handelt sich um Beweisstücke. Sie können Sie mitnehmen und lesen. Chelsea McClellan war von Geburt an ein krankes Kind. Zwanzig Minuten nach der Geburt war sie blau. Um 13 Uhr wurde eine Röntgenuntersuchung vorgenommen, die zeigte, daß die Lungen noch nicht voll ausgereift waren. Um 14 Uhr 30, eineinhalb Stunden später, wurde sie schließlich von dem guten Dr. Boyce intubiert.

Meine Damen und Herren, es gibt absolut keine Entschuldigung dafür, damit so lange zu warten, wenn das Kind bereits Atemprobleme hat. Dr. Boyce brauchte zehn Minuten zum Intubieren und bat schließlich einen anderen Arzt, es zu übernehmen. Irgendwann zog er dann das Rohr wieder heraus, weiß Gott warum, und intubierte das Kind fünfzehn Minuten später erneut, weil es nicht genug Sauerstoff bekam und wieder blau wurde.

Dr. Goldie hat ausgesagt, daß das von größter Bedeutung war. Die Anklage muß jetzt sogar zugeben, daß die Vernarbungen des Hirnstamms von diesem Vorfall herstammen könnten. Die Staatsanwälte sagen: ›Sie hat sich erholt, sie war gesund.‹« Carnes nickte verständnisvoll. »Nach zwanzig Tagen im Krankenhaus ging es ihr recht gut, aber Sie sollten sich die Aufzeichnungen direkt nach der Geburt ansehen. Sie werden feststellen, daß das Kind fast während seines gesamten Aufenthalts Probleme mit der Atmung hatte. Das Beatmungsgerät mußte ständig neu eingestellt werden.« Er schaute in seine Notizen.

»Mit zehn Monaten kam Chelsea wieder ins Krankenhaus. Der Mutter zufolge war sie mehrmals blau geworden und hatte aufgehört zu atmen. Zwei ähnliche Anfälle hatte sie am Tag zuvor gehabt. Sechs Tage lang lag sie im Krankenhaus. Einer der Ärzte erklärte, daß bei dem Kind möglicherweise eine Neigung zum Krippentod-Syndrom vorlag.

Dann wurde Chelsea am 24. August 1982 in Dr. Hollands Praxis vorgestellt. Sehen Sie, worum es hier geht? Die Zeiträume zwischen Chelseas Problemen wurden immer kürzer.

Als Holland das Kind zum ersten Mal im Wartezimmer sah, stellte sie fest, daß es um den Mund herum leicht blau war. In ihrem Bericht notierte Holland, daß das Kind wegen unregelmäßiger Atmung vorgestellt wurde. Das basiert nicht auf irgendwelchen Beobachtungen von Genene Jones. Es basiert auf dem, was ihr nur eine Person hatte sagen können – Chelseas Mutter.

Die Anklage hat wiederholt darauf hingewiesen, daß es angeblich Genene Jones gewesen war, die Dr. Holland das mitgeteilt hatte, und daß zu der Krankenhauseinweisung am 24. und zu dieser bösen Geschichte führte und schließlich dazu, daß Dr. Kagan-Hallet in ihrem Autopsiebericht zu falschen Ergebnissen kam. Denken Sie darüber nach. Lassen Sie sich nicht verwirren. Geraten Sie nicht in Panik. Denken Sie nach und schauen Sie sich die Krankenblätter an. Was sagen sie Ihnen?

Dr. Holland hat die Schlaffheit selbst beobachtet. Und ich möchte Sie darauf hinweisen, daß es das einzige Mal war, daß in den Krankenblättern von Chelsea McClellan oder den anderen Kindern das Wort ›schlaff‹ im Zusammenhang mit der Beschreibung einer Krampfaktivität auftauchte. Das war das einzige Mal, daß der Begriff eingesetzt wurde, weil er hier das einzige Mal beobachtet wurde, nämlich am 24. August bei Chelsea McClellan. Und dann berichtet Dr. Holland, daß bei dem Kind ein tonoklonischer Krampf von zehn Minuten Dauer einsetzte.« Nachdrücklich schüttelte Carnes den Kopf. »Nicht nach einer Injektion von Suxamethoniumchlorid. Das ist völlig unmöglich.

Es gibt einen wichtigen Punkt bei diesem Vorfall. Die kühle, reservierte, kompetene Dr. Holland« – er ließ Verachtung in seine Stimme einfließen –, »was tat sie, als sie in das Behandlungszimmer kam? Sie sagte, daß Genene das Kind auf den Tisch legte und ihm etwas Sauerstoff geben wollte.

Übernahm sie die Leitung und schickte ihre Helferin hinaus, damit diese Hilfe holen oder einen Krankenwagen rufen konnte? Nein, sie selbst eilte hinaus, lief im Flur umher, bat zwei Tischler darum, Hilfe zu holen, und kam dann zurück. Vielleicht sagt das etwas über die Kompetenz vor Dr. Holland in diesen Notfallsituationen aus und darüber, was mit einigen dieser Kinder wirklich passiert ist.

Wenn Sie Chelseas Krankenblätter von ihrem Krankenhausaufenthalt im August 1982 durchsehen, werden Sie feststellen, daß immer wieder zuckende Schüttelbewegungen vermerkt wurden.

Das Kind wurde entlassen und am 7. September für eine Nachuntersuchung vorgestellt. Wieder haben wir einen Bericht über zwei Anfälle, von denen der längste vier Minuten anhielt und mit einer Zyanose einherging.

Wirklich wichtig an diesem Krankenhausaufenthalt ist, daß Dr. Holland wußte, daß es ein Problem gab. Sie ließ einen Test nach dem anderen durchführen, sie dachte an eine mögliche Stoffwechselstörung, konnte aber nichts finden.

Jetzt kommen wir zum 17. September. Dr. Holland und Mrs. McClellan sagten beide aus, daß Chelsea nur zufällig dabei war. Aber wir wissen, daß das nicht ganz stimmt. Im Kreuzverhör sagte Dr. Holland aus, daß Chelsea McClellan in der Tat um 10 Uhr einen Termin hatte und ihr Bruder Cameron um 10 Uhr 15. Die Notiz, die Judith Johnston am 17. aufgeschrieben hatte, bezog sich auf eine bläuliche Verfärbung des Gesichts.

Die Körpertemperatur: Warum sollte Genene der Ärztin eine Temperatur von 36,8 angeben und dann 37,4 ins Krankenblatt schreiben? Wenn sie die Ärztin anlügen wollte, würde sie doch sicherlich nicht beweisen, daß sie gelogen hatte, indem sie das im Krankenblatt notierte.

Ich glaube, man kann daraus ableiten, daß die Geschichte geändert wurde, weil Dr. Holland jetzt weiß, daß das, was sie getan hat, völlig falsch war. Man gibt einem fiebernden Kind keine Schutzimpfungen. Das kann äußerst gefährlich sein.«

Carnes blickte zur Uhr und anschließend wieder in seine Notizen.

»Petti McClellan sagte aus, daß ihre Tochter eine Spritze in den Oberschenkel erhielt. Ein paar Minuten lang atmete Chelsea komisch. Die zweite Spritze erhielt sie in den anderen Oberschenkel, und ›plötzlich‹ wurde sie schlaff. Aber das steht nicht in den schriftlichen Notizen, meine Damen und Herren.

Dr. Holland sagte aus, daß die Angeklagte ihr berichtet habe, Chelsea sei wütend geworden, habe begonnen, flach zu atmen, und daß sie ihr deshalb mit der Maske Sauerstoff verabreicht habe. Holland ging ins Badezimmer, wo die Mutter das Kind auf dem Schoß hielt. Holland befahl, Chelsea auf den Tisch zu legen. In diesem Moment wurde das Kind zeitweise schlaff. Dr. Holland bestätigte, daß es zu einem krampfhaften Anziehen der Arme kam und die Muskelspannung nachließ. Im Bericht der Notaufnahme steht, daß das Kind blau wurde und einen Anfall bekam. Schlaffheit wird jedoch nicht erwähnt.« Carnes hatte die Geschwindigkeit seines Vortrags jetzt ein wenig vergrößert.

»Der Krankenwagen wurde um 10 Uhr 57 gerufen. Holland sagte aus, daß das Kind unterwegs ins Krankenhaus die Atmung wieder aufgenommen hatte. Das Kind kam in die Notaufnahme. Sharon Keith, die Sanitäterin, sagte aus, daß seine Farbe gut war, daß es atmete und sich bewegte. Das erste, was Sharon auffiel, waren die zwei Einstichstellen.

Wir wollen für einen Moment annehmen, daß Chelsea in der Praxis Suxamethoniumchlorid verabreicht worden *war*. Die Wirkung hatte zu dieser Zeit bereits völlig nachgelassen und hätte nicht zum Tod von Chelsea McClellan führen können.« Er hielt inne und wiederholte: »Sie hätte mit Sicherheit nicht zum Tod führen können.

Die Anklage wußte das natürlich auch, daher bemühte man sich, Ihnen zu erzählen, daß es im Krankenwagen eine *zweite* Injektion gegeben haben muß. Aber Tommy James hat hier vor Gericht ausgesagt, daß er auf der gesamten Fahrt nichts dergleichen bemerkt hat. Gott sei Dank gibt es noch Menschen wie Tommy James, die gewillt sind, hier ihre Seite der Geschichte zu erzählen«, erklärte Carnes und erinnerte sie an die Glaubwürdigkeit des Sanitäters. »Keine Injektion irgendeiner Art.

DeAnna Armour, eine Freundin der Familie, sagte hier vor Gericht aus, erinnern Sie sich? Ich glaube, daß die Staatsanwälte überraschter waren als alle anderen, als sie berichtete, sie habe gesehen, wie Genene Jones dem Kind eine Spritze in den Oberschenkel gab und sagte, es handle sich um Valium.« Carnes tat jetzt das, was er während des Kreuzverhörs hätte tun sollten – die Glaubwürdigkeit dieser Zeugin anzugreifen, die ein wichtiger Eckstein für die Beweisführung der Anklage war. »Und das passierte angeblich, als all diese Ärzte und Schwestern anwesend waren. Es *ist nicht passiert*, meine Damen und Herren. Sie wissen, daß es nicht passiert ist. Es ist einfach absurd. Es ist absolut klar, daß es einfach keine zweite Injektion gegeben haben kann.

Mr. Rothe argumentierte, daß das Kind einen Atemstillstand erlitt. Das hat kein einziger Zeuge ausgesagt. Das Kind hatte einen Herzstillstand. Rothe sagte, daß es gelang, das Herz wieder zum Schlagen zu bringen. Das stimmt nicht. Tommy James bestätigte, daß kein Herzschlag mehr vorhanden war.«

Carnes stand vor den Geschworenen, legte seine Hände auf das Geländer und gab sein Bestes, um die zwölf Männer und Frauen für sich zu gewinnen. »Meine Damen und Herren, es ist eine traurige Tatsache, daß ein hübsches, fünfzehn Monate altes Mädchen am 17. September 1982 verstarb. Es ist eine Schande, aber es gibt nichts, das Sie oder ich oder irgend jemand sonst tun könnte, um dieses Kind zurückzubringen. Es ist nicht gerecht, einem anderen mit den Beweisen, die Ihnen die Anklage heute oder vielmehr während der letzten vier Wochen vorgelegt hat, die Schuld zuzuschieben. Nichts rechtfertigt das.

Wir wollen uns kurz mit der Todesursache befassen. Wir haben hier eine bestimmte Todesursache, die von Dr. Kagan-Hallet bestimmt wurde! Schädigung des Hirnstamms, neuronaler Verlust, der zu Atemproblemen führte, und Herzprobleme. Dann hören wir, daß die Anklage auf Dr. Kagan-Hallet zugegangen ist und gesagt hat: ›Doktor, es wurde Suxamethoniumchlorid eingesetzt. Ändern Sie aufgrund dessen Ihre Meinung?‹

Denken Sie kurz darüber nach«, bat der Verteidiger die Geschworenen, »dieses Gespräch fand fünf Monate vor den Tests statt, die Dr. Reiders durchgeführt hat. Die Anklage sagte nicht, daß es *möglicherweise* eingesetzt wurde. Sie sagte, daß es eingesetzt *wurde*.

Und Dr. Kagan-Hallet teilt der Anklage eine neue Todesursache mit und erklärt, das sei aufgrund der neuen Informationen geschehen. Aber dann stellt sich heraus, daß sie keinerlei Informationen über die ersten sechs Lebensstunden des Kindes hatte. Sie erklärte, daß sie nie mit Tommy James, nie mit Dr. Holland, nie mit Genene Jones und nie mit dem Personal des Comfort Hospital gesprochen hatte. Sie hatte mit keinem einzigen Menschen gesprochen, der mit der medizinischen Behandlung von Chelsea McClellan an ihrem Todestag zu tun hatte. Sie verließ sich auf die Geschichte, wie sie ihr von den Staatsanwälten mitgeteilt wurde.«

»Noch fünf Minuten, Mr. Carnes«, unterbrach der Richter ihn.

»Danke, Euer Ehren.« Carnes beeilte sich, seine verbliebenen Punkte anzusprechen. Seine Stimme wurde höher und angespannter.

»Der letzte Punkt, für den ich mir nicht viel Zeit gelassen habe, befaßt sich mit den Tests. Dr. Balkon hat ausgesagt, daß er die Testreihen überprüft hat, und hat sie als nicht überzeugend bezeichnet. Aufgrund seiner Überprüfung der Aufzeichnungen kam er zu dem Schluß, daß Suxamethoniumchlorid nicht nachgewiesen werden konnte. Dann hören wir, daß Dr. Holmstedt bestätigende Tests durchgeführt hat. Falsch.« Carnes schüttelte den Kopf. »Holmstedt hat sie nicht durchgeführt. Seine Mitarbeiter haben sie durchgeführt. *Holmstedt* hat bei diesem Fall *keine eigenen* Arbeiten durchgeführt.

Dr. Balkon hat darauf hingewiesen, daß einige der neuen Testreihen dieselben zu sein scheinen, die hier als Beweis vorgelegt wurden. Ich werde sie nicht einzeln durchgehen, aber jede Aufzeichnung scheint eine individuelle Computernummer zu haben. Bei allen vier Tests zur Bestätigung finden Sie dieselbe Nummer wie bei Dr. Reiders' Testreihe. Halten Sie die Blätter gegen das Licht und schauen Sie selbst, ob sie nicht ähnlich sind.

Ich sage nicht, daß hier gepfuscht wurde. Ich sage nicht, daß Dr. Holmstedt irgend etwas damit zu tun hatte, denn er hat diese Testreihe nicht durchgeführt.« Carnes wollte den strahlenden, brillanten Experten der Anklage nicht angreifen – er wußte, daß die Geschworenen Holmstedt mochten. »Seine Mitarbeiterin, Dr. Nordgren, hat die Tests durchgeführt. Aber Dr. Nordgren wurde nicht aufgerufen, daher konnten wir sie nicht ins Kreuzverhör nehmen.«

Wieder unterbrach Richter Carter: »Noch eine Minute, Mr. Carnes.«

Carnes steigerte sein Tempo. »Meine Damen und Herren, Sie müssen sich die Motive ansehen. Ich möchte, daß Sie über Dr. Holland nachdenken, denn bei der Schlußanalyse ergeben die Beweismittel der Anklage, die Infusionstüten, die Spritzen, die hier viereinhalb Wochen lang herumlagen, keinen Sinn, wenn Sie Dr. Holland nicht glauben. Sie war diejenige, welche die Anfallaktivität beobachtet hat.

Wenn jemand ein Motiv hat, die Wahrheit falsch zu interpretieren, ist es Dr. Kathy Holland. Ich glaube, es ist klar, daß sie versucht, ihre Spuren zu verwischen. Sie läßt Genene Jones für ihre eigene Inkompetenz oder mögliche vorsätzliche Verbrechen bezahlen.« Kathleen, die unter den Zuschauern saß, spürte, wie sich alle Aufmerksamkeit auf sie richtete.

»Hier wurde gesagt, die Angeklagte sei unschuldig, bis das Gegenteil bewiesen sei«, fuhr Carnes fort. »Mr. Sutton hat Ihnen versprochen, daß er alles tun würde, um Genene Jones' Schuld zu beweisen. Ich sage Ihnen, daß er viereinhalb Wochen lang versucht hat, *Spuren zu verwischen.* Die Anklage hat eine *Vernebelungstaktik* eingesetzt. Sie hat alles, was in ihrer Macht stand, getan, Ihre Aufmerksamkeit von den *Tatsachen wegzulenken,* die den Tod von Chelsea McClellan umgeben haben. Die roten Notizen auf dem Kalender sind der Versuch, die Wahrheit vor Ihnen zu verstecken und Sie zu verwirren, um Sie einzuschüchtern, damit Sie die Angeklagte schuldig sprechen.

Mein Damen und Herren, die Angeklagte muß noch immer als unschuldig gelten. Die Anklage konnte nicht das Gegenteil beweisen.«

Richter Carter unterbrach Carnes: »Zeit.«

»Darf ich kurz zum Abschluß kommen, Euer Ehren?«

»Ja, stattgegeben.«

»Meine Damen und Herren Geschworenen, ich bitte Sie darum, sich Zeit zu nehmen. Lassen Sie sich nicht nur von Emotionen leiten. Wenn Sie die Beweisstücke, die Ihnen vorgelegt wurden, Stück für Stück durchgehen, werden Sie feststellen, daß die Annahme der Unschuld bestehen bleibt. Die Anklage hat ihre Beweislast nicht erfüllt. Aus diesem Grund fordert das Gesetz das Urteil ›Nicht schuldig‹.

Danke.«

Nach einer zehnminütigen Pause von 12 Uhr 45 bis 12 Uhr 55 wurden die Geschworenen wieder hereingeführt.

»In Ordnung, Mr. Sutton,« begann Richter Carter, »sind Sie bereit fortzufahren?«

»Ja, Euer Ehren, ich bin bereit.«

»Es ist jetzt zwei Minuten vor eins.«

Sutton hatte den letzten und schmutzigsten Job für sich aufbewahrt – die Punkte zu widerlegen und die im Schlußplädoyer der Verteidigung erhobenen Fragen zu beantworten. Seine Bemerkungen würden nicht so beredt oder bewegend sein wie Nick Rothes, Sutton hatte nicht geübt; er sprach aus dem Stegreif. Das gehörte zu den Aufgaben, die ihm als Staatsanwalt am besten gefielen. Er trat ans Rednerpult und verbeugte sich leicht zum Richtertisch und zum Tisch der Verteidigung hin. Anschließend wandte er sich den zwölf Geschworenen zu. Er hatte 55 Minuten Zeit. »Meine Damen und Herren Geschworenen, ich werde versuchen, mich so kurz wie möglich zu fassen. Als diese Verhandlung begann, erklärte ich Ihnen, daß es ein Privileg und eine Ehre sei, in einer Jury zu sitzen, und das trifft sicherlich zu. Wie Sie sehen, sind Ihre Sitzbänke genau wie die Richterbank erhöht, um dadurch anzudeuten, daß Sie einen Platz einnehmen, dem Ehre, Respekt und Vertrauen gebührt.

Es hat den Anschein, daß dieser Fall sich aus der Sicht der Verteidigung von keinem anderen unterscheidet«, erklärte Sutton, »da der Verteidiger versucht, alle anderen außer der Angeklagten selbst vor Gericht zu bringen; genau darauf hat es Mr. Carnes in seinem Plädoyer angelegt.

Er scheint sagen zu wollen, daß entweder ich selbst oder Mr. Rothe oder wir beide zusammen genug Prestige und Macht haben, um zweiundvierzig Zeugen aus ganz Texas, den Vereinigten Staaten und sogar aus Schweden in einer Art von Verschwörung vor diesem Gericht auftreten zu lassen und sie dazu bringen, eine Reihe von schweren Meineiden abzulegen. Genau das hat er in seinem Plädoyer angedeutet.

Was Mr. Carnes vor Ihnen ausgebreitet hat, ist die Beschreibung eines perfekten Verbrechens, denn wenn jemand eine Möglichkeit findet, einen anderen Menschen mit einer Injektion Suxamethoniumchlorid zu töten, und dann erklärt, daß die Anklage ihre Beweislast nicht zweifelsfrei erfüllt hat, wird die Angeklagte nicht verurteilt. Ich aber sage Ihnen, daß die einzige Hypothese, welche die Verteidigung ausgelassen hat, die Ansicht ist, daß Chelseas Tod ein Selbstmord war.«

Dann sprach Sutton über Carnes' Beobachtung, daß die Flasche Suxamethoniumchlorid, die in der ersten Bestellung der Praxis auftauchte, erst nach vier Notfällen geöffnet worden war. Er wies die Geschworenen darauf hin, daß Genene bereits bevor sie nach Kerrville kam, die Absicht hatte, die Verbrechen zu begehen. Er bat die Geschworenen, sich an Dr. Schwartzmans Aussage über ihren Vortrag, den sie über Suxamethoniumchlorid gehalten hatte, zu erinnern. Jones kannte das Medikament seit Jahren. Vielleicht hatten Genene oder sogar Sally Benkert etwas Suxamethoniumchlorid aus San Antonio mitgebracht. »Ich behaupte, daß Genenes Motiv, Vorsatz und Plan bereits vor Chelseas erstem Notfall gefaßt waren. Ich behaupte, daß Genene Jones schon bei ihrer Ankunft in Kerrville ihre Trickkiste mitbrachte.

Was nun die Bestandteile der Straftat angeht«, fuhr Sutton fort, »steht unverrückbar fest, daß das Verbrechen in Kerr County am 17. September 1982 ausgeführt wurde und daß Genene Jones diejenige war, die es ausführte.

Aus der Anklageschrift las er das vierte und fünfte Element vor, das die Anklage beweisen mußte: »›Mit der Absicht, eine schwere Körperverletzung zu verursachen.‹ Es versteht sich von selbst«, suchte Sutton diesen störenden Punkt zu überspielen, »daß es sich um eine schwere Körperverletzung handelt, wenn man jemand Suxamethoniumchlorid verabreicht und der Betroffene aufhört zu atmen.« Sutton ignorierte die Argumente der Verteidigung in diesem Punkt – Brookshire und Carnes hatten die Geschworenen immer wieder darauf hingewiesen, daß Suxamethoniumchlorid an sich nicht gefährlich ist, wenn die künstliche Beatmung aufrechterhalten wird.

»›Eine Handlung, die eindeutig eine Gefahr für das menschliche Leben darstellte‹«, las Sutton als sechstes Element vor. Wieder umging er einen Punkt, der kontrovers war. »Wodurch«? fragte er. »Durch eine Injektion Suxamethoniumchlorid, die nicht von einem Anästhesisten, nicht einmal von einer voll ausgebildeten Schwesternhelferin durchgeführt wurde – eine Handlung«, schloß Sutton mit dem siebten Element, »die zu Chelsea McClellans Tod führte.

Die Pathologin hat Ihnen erklärt, daß die Vernarbung des Hirnstamms, die sie bei dem Kind entdeckte, Chelsea McClellan für Atemstörungen besonders anfällig machte.

Meiner Meinung nach ist es vernünftig, den Beweisen, nämlich DeAnna Armours Zeugenaussage, zufolge anzunehmen, daß sie Genene Jones dabei beobachtete, wie diese Chelsea eine weitere Injektion verabreichte, bevor das Kind in den Krankenwagen geladen wurde. Da sie früher einmal im Krankenhaus ausgeholfen hatte« – Sutton baute diese hilfreiche Information geschickt ein, obwohl sie nicht Teil von DeAnnas Aussage gewesen war –, »fragte sie Genene: ›Was ist das?‹

›Valium.‹

Aber das Kind hatte bereits Valium erhalten. Die Schwester in der Notaufnahme hatte dem Kind bereits Valium gegeben. Es bestand überhaupt keine Veranlassung, dem Kind mehr Valium zu verabreichen.

Und was passierte dann? Anschließend wurde das Kind

in den Krankenwagen geladen und mußte auf der Fahrt in Richtung San Antonio die ganze Zeit über beatmet werden.

Was die Zeugen betrifft, die wir aufgerufen oder nicht aufgerufen haben«, erläuterte Sutton, »haben wir versucht, Ihnen so viele Zeugen wie möglich zu präsentieren, die etwas hinzufügen konnten, ohne bereits Bekanntes zu wiederholen. Sie werden bemerken«, fuhr Sutton mit seinem Angriff fort, »daß die Verteidigung keinerlei Zeugen aufgerufen hat, die Tests durchgeführt haben. Warum? Hatte sie Angst, daß sie zu denselben Ergebnissen gekommen wären? Es ist sehr leicht für Dr. Balkon, hier aufzutreten und die Arbeit eines anderen zu kritisieren, obwohl er noch nie einen Test unter der 200-Nanogramm-Grenze durchgeführt hat. So etwas läßt sich bei einem Stundenhonorar von 150 $ leicht behaupten.« Dies war das normale Honorar für Fachleute, die als Zeugen auftraten, und Suttons Zeugen war mindestens dieselbe Summe gezahlt worden, was die Geschworenen jedoch nicht wußten.

»Wie steht es mit Dr. Comstock?« fuhr Sutton fort. »Wer ist Dr. Comstock? Er leitet ein Zentrum für Drogenmißbrauch in Houston. Er bekommt keine Fälle zu sehen, bei denen eine Überdosis Suxamethoniumchlorid vorliegt. Wie läßt sich die Glaubwürdigkeit eines Zeugen wie Dr. Comstock mit der von Dr. Bradley vergleichen, der täglich mit Suxamethoniumchlorid zu tun hat und es im Verlauf seines Berufslebens 200- bis 300mal bei Kinder verwendet und der ausgesagt hat, daß eine Menge, die geringer als die therapeutische Dosis ist, die Symptome bestimmter Anfälle nachahmen könne?

Diese nicht dazugehörigen Vergehen«, fuhr Sutton fort und wechselte das Thema, während er zu den Kalenderblättern ging, »sollen nicht dazu dienen, irgend jemand in Panik zu versetzen. Sie sollen vielmehr den Plan von Genene Jones beleuchten, den sie hatte, als sie nach Kerrville, Texas, kam, und die Dinge, die nach ihrer Ankunft dort vorfielen, als sie von ihrer Verrücktheit erfaßt wurde.

»Brandy Benites.« Er deutete auf das Blatt. 27. August. »Wir wollen einen Augenblick über Brandy sprechen. Mr.

Carnes hat nicht erwähnt, daß Brandy auf dem Weg von Sid Peterson Hospital nach San Antonio einen Herzstillstand an fast derselben Stelle wie Chelsea erlitten hatte.

Er erwähnte nicht, daß Sarah Maudlin die kleine Brandy Benites die ganze Zeit über beatmete. Sie konnte nicht sagen, ob Brandys Atmung spontan oder nicht spontan war. Auch Genene Jones konnte das nicht. Aus diesem Grund hob Genene kurz nach der zweiten Infusion das Bein des kleinen Babys an und beobachtete, wie es absackte, um zu sehen, ob das Suxamethoniumchlorid wirkte oder nicht. Und was ruft sie dann? ›Beatmung verstärken. Sofort nach San Antonio fahren.‹ Als sie dort eintrafen, konnte Dr. Ratner keinen Grund finden, warum dieses Kind einen Atemstillstand erlitten hatte.

Jimmy Pearson.« 30. August. »Was sagte Genene mit ihrer hellseherischen Fähigkeit, als die Sanitäter den kleinen Jimmy in den Hubschrauber luden?« Sutton bezog sich auf eine Aussage von Sergeant Garcia. »Sie sagte: ›Ich glaube, er wird einen Atemstillstand haben, bevor wir in San Antonio eintreffen.‹ *Sie wußte, was sie tun würde, bevor sie den kleinen Jimmy überhaupt in den Hubschrauber geladen hatte.*

Wenn der Vorfall mit Jimmy Pearson so harmlos war, warum log sie dann? Warum sagte sie dem Armeepersonal, daß sie ihm Neosynephrin verabreicht hatte? Warum sagte sie dann der Mutter und der Ärztin, daß es Valium gewesen war? Warum log sie? Warum erfand sie die Geschichte von der Spritze und dem Gerät, das aus dem Hubschrauber gefallen war, während sie abhoben?« Sutton hob die Augenbrauen und neigte den Kopf leicht zur Seite, um anzudeuten, daß die Antwort offensichtlich war.

»Misty Reichenau«, sagte er und deutete auf den 3. September. »Keine Anfälle zuvor und danach. Was ist passiert? Was ihren steifen Hals betrifft, möchte ich behaupten, daß es dem kleinen Mädchen eben nicht gefiel, daß das Thermometer in seinem Po steckte.

Kurz nach dem Anlegen der Infusion wurde die kleine Misty schlaff, genau wie die anderen Kinder auch. In San Antonio konnten die Ärzte keinen Grund für einen Atemstillstand finden, und wie ich bereits gesagt habe, hat sie seitdem keinen mehr gehabt.

Befassen wir uns jetzt mit der lieben Sally Benkert. Eine alte Freundin von Genene Jones, eine Zimmergenossin in Kerrville und dann in San Angelo. Mich hat an Sally Benkerts Aussage überhaupt nichts überrascht.

Jacob Evans.« Der Name, der in demselben Feld wie Chelseas auftauchte. 17. Septembere. »Warum diese große Lüge über Jacobs Krankengeschichte? Sie haben die Aussagen der Mutter und der Großmutter gehört. Wenn Sie damit den Krankenbericht in Genene Jones eigener Handschrift vergleichen, meinen Sie, ein ganz anderes Kind vor sich zu haben.

Jacob Evans kam ebenfalls zu einer neurologischen Nachuntersuchung nach San Antonio. Es fand sich kein Grund für die Anfallaktivität, und er hat seitdem keinen Anfall mehr erlitten.«

Nun deutete er auf das letzte Feld, den 23. September. »Rolinda Ruff. Code Blau im Krankenhaus. Alle Ärzte eilen herbei. Zufällig ist Dr. Bradley, der Anästhesist, ebenfalls anwesend. Er beobachtet das Kind und kommt von sich aus zu dem Schluß, daß das Kind aus einer Betäubung mit Suxamethoniumchlorid aufwacht. Er sieht grobe, zielgerichtete, motorische Bewegungen, keine zuckenden Bewegungen, wie man sie bei einem Anfall erwarten würde.

Mr. Carnes hat keinen Versuch ausgelassen, Dr. Holland hier vor Gericht zu bringen. Dr. Holland hatte gerade ihre Zeit als Assistenzärztin beendet, sie hatte wahrscheinlich noch nicht viel Erfahrung in der Pädiatrie, weil die Assistenzärzte ständig in verschiedenen Abteilungen arbeiten. Einen Monat hier und einen Monat da. Ich könnte mir vorstellen, daß Dr. Holland sich stark auf ihre Schwester, die eine mehrjährige Erfahrung von der pädiatrischen Intensivstation von San Antonio mitbrachte, verließ, akkurate Krankenblätter zu erstellen. Gutgläubig verließ sie sich darauf, daß Genene Jones ihr helfen würde, ihre Praxis aufzubauen. Aber genau wie bei diesen Kindern war ihr Vertrauen deplaziert.

Ich glaube, Mr. Carnes hat gesagt, daß unsere Theorie über das Motiv lächerlich sei. Wirklich? Wir haben dieses Motiv nicht entwickelt; die Anklage hat es selbst getan. Es ist ihr lächerliches Motiv, nicht das meine.

Erinnern Sie sich an das Gespräch, das Genene Jones mit Ginger Morris [Sutton gab Marys Vornamen falsch wieder], einer Schwester des Sid Peterson Hospital, über kranke Kinder führte? Ginger Morris war schon seit längerer Zeit an diesem Krankenhaus beschäftigt. Sie wußte, wie oft kranke Kinder eingeliefert wurden, und sie sagte zu Genene, nachdem diese erklärt hatte, sie würden eine pädiatrische Intensivstation einrichten: ›Genene, hier gibt es einfach nicht so viele kranke Kinder.‹

›O doch, die gibt's, man muß sie nur finden.‹« Sutton legte eine kurze Pause ein, um die Worte einwirken zu lassen.

»Erinnern Sie sich auch an die Unterhaltung, die Genene mit Dr. Holland nach Chelseas Tod führte? Sie sagte: ›Vielleicht wird diese pädiatrische Intensivstation einmal nach Chelsea McClellan benannt werden.‹ Erinnern Sie sich daran. Warum würde sie wohl so etwas sagen?

Erinnern Sie sich auch an Petti McClellans Aussage, als sie die Notaufnahem verließ, um in die Praxis zu fahren und ihre Taschen und Genenes kleine Wundertüte zu holen? Als sie aus der Tür kamen, verdeckte Genene Pettis Augen, aber Petti schaute hin und sah, daß dort ein Leichenwagen stand. Ein Leichenwagen. Petti sagte zu Genene: ›Warum tun Sie das? Chelsea wird doch nicht sterben.‹

Ich behaupte, daß Genene Jones *sicher gehen* wollte, daß Chelsea starb, weil die vorherigen Notfälle noch zu nichts geführt hatten, zu keinen Plänen für eine Intensivstation. Das Kind mußte sterben, weil Genene nichts damit erreichte, daß alle Kinder nach San Antonio geschickt wurden.

Also mußte Chelsea sterben. Genene war so aufgewühlt, daß sie es an diesem Nachmittag noch einmal versuchte: Jacob Evans. Und dann, an dem Tag, als die kleine Chelsea beerdigt wurde, kaufte sie *noch* eine Flasche Suxamethoniumchlorid.

Nun bleibt noch die Frage, warum Genene die Flasche herausrückte. Sie mußte sie herausgeben, weil das Gespräch mit dem Krankenhausvorstand stattgefunden hatte. Es hätte ziemlich verdächtig ausgesehen, wenn zwei Flaschen gefehlt hätten. Es war nur eine Frage der Zeit, bis Dr. Holland selbst eins und eins zusammenzählen würde. Um dieser Möglichkeit zuvorzukommen und vielleicht auch der Aufdeckung zu entgehen, kam sie mit dieser Flasche an, deren Inhalt verdünnt worden war.

Was nun die Krankenblätter betrifft, die Mr. Carnes zufolge angeblich ausgewertet wurden, so waren sich Mr. Carnes' Zeugen alle nicht der Tatsache bewußt, daß Chelsea sich nach ihrer Frühgeburt erholt hatte und ein normales, gesundes Kind war.«

Richter Carter verkündete: »Dreißig Minuten, Herr Staatsanwalt.«

Sutton fuhrt fort; er lag genau in der Zeit. »Sie erklärten den Zeugen offenbar nicht, daß die kleine Chelsea Dr. Ted Boyce im Alter von vier Monaten zu einer Routineuntersuchung vorgestellt wurde, und Dr. Ted Boyce beschrieb sie als durchschnittlich entwickeltes, gesundes vier Monate altes Kind.

Außerdem enthalten die Krankenblätter bestimmte falsche Informationen, und ich behaupte, daß die Beweise in diesem Fall recht dramatisch darauf hindeuten, daß die meisten falschen Informationen von Genene Jones stammen.

Die Mutter und Großmutter waren im Krankenhaus fast die ganze Zeit über bei Chelsea, und es gab keine Probleme. Sie wurden jedoch gebeten, alle Bewegungen des Kindes aufzuschreiben und aus Vorsicht taten sie es. Jedesmal, wenn das Kind seine Hand oder den Fuß bewegte, schrieben sie es auf. Ich nehme an, daß die meisten von Ihnen selbst Kinder, Enkel oder Nichten und Neffen haben. Wenn kleine Kinder schlafen, dann bewegen sie sich die ganze Zeit über.« Sutton deutete ein Lächeln an. »Wenn

Sie schon einmal ein kleines Kind bei sich im Bett liegen hatten, werden Sie wissen, daß das stimmt.

Ich glaube, ich habe bereits erwähnt, daß Dr. Bradley ausgesagt hat, bei niedrigen Dosierungen von Suxamethoniumchlorid könne eine Krampfaktivität nachgeahmt werden.

Und vergessen Sie nicht die zweite Injektion, mein Damen und Herren, die von DeAnna Armour beobachtet wurde. War es Valium oder war es Suxamethoniumchlorid? Intramuskulär verabreicht – wie lange würde es dauern, bis die Wirkung einsetzt? Eine intramuskuläre Injektion, bevor sie in den Krankenwagen geladen wurde. Den Aussagen zufolge wurden gleich die Türen geschlossen, und Tommy James erklärte, daß mit der Beatmung begonnen wurde.« Sutton ging davon aus, daß die Sanitäter den Beginn des Atemstillstandes aufgrund der Beatmung nicht einmal bemerkten.

Er wandte sich dem nächsten Thema zu. »Dr. Kagan-Hallet arbeitete ohne die richtigen Hintergrundinformationen, genau wie Dr. Goldie, der aussagte, daß durch eine falsche Krankengeschichte in den Krankenblättern seine Schlußfolgerungen völlig falsch wären.

Dr. Holmstedt, Dr. Reiders und der Test«, sagte er und befaßte sich mit dem nächsten Punkt. »Hier wurde viel über Nummer 58 und ihre Bedeutung bei der Suche nach Suxamethoniumchlorid geredet. Ich glaube, wir waren alle so gefesselt von den verschiedenen Vorgehensweisen, daß wir etwas übersehen haben, das ich hier kurz ansprechen will.

Erinnern sie sich, daß Dr. Reiders und Dr. Holmstedt erwähnt haben, daß die Gewebeproben zur Vorbereitung auf den Test gewaschen werden? Sie werden in bestimmte Lösungen mit bestimmten Chemikalien gelegt und kommen dann in eine Zentrifuge.

Und da man Suxamethoniumchlorid nachweisen will, werden der Waschung bestimmte Chemikalien zugesetzt, um andere, nicht dazu gehörige Verbindungen auszuwaschen. Es sollen nur Cholin-Ester-Verbindungen zurückbleiben, damit man mit Sicherheit sagen kann, daß es sich um Suxamethoniumchlorid handelt, wenn man eine Verbindung mit dem Molekulargewicht 58 findet. Die Waschung ist also sehr wichtig – sie wäscht alle anderen Verbindungen aus, die möglicherweise das Molekulargewicht 58 haben. Sie werden sich erinnern, daß die anderen Ester unterschiedliche Retentionszeiten haben, während sie durch die Kolonne laufen. Wenn man daher ein Gewebe überprüft und ein Molekulargewicht 58 erhält und die Retentionszeit richtig ist, gilt der Test als bestätigt. Dr. Holmstedt und Dr. Reiders haben ausgesagt, daß es ihres Wissens kein anderes Molekül mit dem Gewicht 58 und derselben Retentionszeit wie Suxamethoniumchlorid gibt. Ich würde annehmen, daß Dr. Bo Holmstedt, der eine solche Autorität auf dem Gebiet ist, einer er ersten wäre, der davon wüßte.«

Sutton hatte all seine Punkte in achtundvierzig Minuten abgehandelt. Jetzt blieb ihm nur noch die Aufgabe, den zwölf Frauen und Männern zu jener Entschlossenheit zu verhelfen, die sie zu einer Verurteilung von Genene Jones wegen Mordes brauchten.

»In der heutigen Zeit hören wir immer wieder Dinge wie: ›Wann unternimmt jemand endlich etwas? Wann kümmert sich jemand darum und gebietet Einhalt?‹« begann er. »Sechzehn Monate dauert diese Untersuchung nun schon. Sie erstreckte sich über das ganze Land, bis nach Philadelphia, Kalifornien und sogar bis nach Schweden. Sechzehn Monate lang hat sich jeden Tag irgend jemand um diese Sache gekümmert – manchmal waren es auch viele Leute, aber jeden Tag hat *irgend jemand* etwas getan.

Und wenn wir jetzt fragen: ›Wann werden sie endlich etwas tun?‹, dann bezieht sich das auf Sie, meine Damen und Herren Geschworenen.

Seit ich hier nach Georgetown gekommen bin, war ich sehr beeindruckt von der schönen Frau, die das Dach Ihres Gerichts schmückt. Die Statue der Justitia ist ein wunderbarer Anblick auf diesem Gebäude. Sie steht da mit ihrem Schwert als Repräsentantin der entschlossenen Gerechtigkeit.

Und das ist es, was dieser Fall meiner Meinung nach verdient, meine Damen und Herren. Wenn Genene Jones diesen Gerichtssaal als freier Mensch verlassen darf, nach dem, was wir hier an Aussagen und Beweisen gesehen haben, würde ich vorschlagen, daß wir aufs Dach dieses Gerichts klettern, das Schwert der Justita entfernen und es durch eine Spritze ersetzen.

Meine Damen und Herren, wenn wir eine Minute lang ganz ruhig hier sitzen werden wir das Echo der Höllentore hören, die hinter Genene Jones verdammter Seele wegen dem, was sie Chelsea McClellan angetan hat, zuschlagen. Ich bin mir sicher, daß sie nach reiflicher Überlegung zu demselben Schluß kommen werden. Ich danke Ihnen für Ihre Aufmerksamkeit.«

Mit diesen Worten setzte Sutton sich.

Die Geschworenen verließen den Gerichtssaal um 13 Uhr 50. Die Beratungen begannen nach der Mittagspause. Bei der ersten Abstimmung waren zehn Geschworene für eine Verurteilung. Um 18 Uhr 10 hatten sich auch die beiden anderen überzeugen lassen. Der Sprecher der Geschworenen, Ed Edwards, berichtete Richter Carter, daß ein einstimmiges Urteil gefällt worden war.

Ed Edwards

Die ganze Geschichte war ein merkwürdiges Kapitel in meinem Leben. Ich habe nicht darum gebeten, Geschworener zu werden. Ich habe sogar versucht, um die Sache herumzukommen. Ich habe alles getan, was ich gesetzlich, moralisch und ethisch tun konnte, um nicht der Jury anzugehören.

Aber schließlich wurden Sie sogar zum Sprecher gewählt.

Ja. Ich versuchte alles, damit ein anderer dieses Amt übernehmen würde, aber die Geschworenen wählten mich.

Wie funktioniert das? Wird darüber abgestimmt?

Genau. Wir waren etwa fünf Wochen zusammen und haben uns ziemlich gut kennengelernt. Ich kenne die anderen jetzt so gut, daß ich sie mir als Geschworene wünschte, wenn ich eines Verbrechens angeklagt würde und *unschuldig* wäre, aber wenn ich schuldig wäre, würde ich mir Leute wünschen, die weniger ethisch wären.

Ich war überrascht, daß gebildete Leute in die Jury gewählt wurden. Ich dachte, die Verteidigung würde normalerweise jeden abwählen, der ein gewisses Maß an Bildung hat. Wenn ich mich recht erinnere, hatten fünf der Geschworenen einen Collegeabschluß. Ich bin Elektroingenieur. Eine Frau war Mikrobiologin, ich würde sie als Dreikäsehoch bezeichnen: Sie war das jüngste Jurymitglied und gerade dreißig Jahre alt. Dann war da noch ein Maschinenbauingenieur und ein paar ehemalige Armeeangehörige.

Wie sehen die Pflichten des Sprechers aus?

Vom gesetzlichen Standpunkt aus ist er derjenige, der all den Papierkram vom Richter annehmen muß, er ist derjenige, der unterschreiben muß, wenn er mit dem Justizwachtmeister sprechen will, um zusätzliche Informationen zu erhalten, und er ist derjenige, der das Urteil unterzeichnen muß. Der Sprecher muß alles unterschreiben.

Während der Beratungen mußte ich den Vorsitz übernehmen. Ich stellte sicher, daß alle die Anklagepunkte betrachteten und nur die Anklagepunkte, die präsentiert wurden. Es ist sehr leicht, vom Thema abzuschweifen. Sehr leicht.

Hatten Sie vor der Verhandlung irgend etwas über diesen Fall gehört?

Nein, ich wußte gar nichts. Ich glaube, in Zukunft werde ich die Zeitung regelmäßiger lesen, damit ich nicht noch einmal bei einem solchen Fall unter den Geschworenen sitze.

[EDWARDS LACHT]

Als ich erfahren hatte, daß ich gewählt worden war, unterrichtete ich meinen Vorgesetzten bei Motorola davon. Er sagte: »Also, Ed, deine Aufgabe ist es, während der Dauer der Verhandlung deinen Job so gut wie möglich zu machen. Dein Gehalt wird weitergezahlt, und deine Arbeit wird auf dich warten, wenn du wiederkommst.« Er hatte mir wirklich nicht zuviel versprochen. Als ich wiederkam, warteten Berge von Arbeit auf mich.

[DER SPRECHER LACHT]

Aber wir versuchten, die Verhandlung für uns erträglich zu machen. Wir bemühten uns wirklich sehr, etwas Humor in die Sache zu bringen, denn bisweilen war es ganz schön deprimierend. Mir gefiel die Kameradschaft untereinander. Ich hatte das Gefühl, daß ich vor den anderen meine ehrliche Meinung sagen konnte und keiner mir das übelnehmen würde. Und andersherum hörte ich mir die Meinung der anderen an. Einige hatten eine feste Meinung, genau wie ich. Bei einigen hatte ich das Gefühl, daß sie irgendwie hofften, eine Möglichkeit zu finden, damit sie nicht schuldig gesprochen würde.

Sie versuchten irgendeine andere Erklärung zu finden?

Ja, aber das konnten sie einfach nicht, auf keinen Fall

War es eine unangenehme Erfahrung für Sie?

Ich weiß nicht, was ich dazu sagen soll. Sie war irgenwie angenehm und dann wieder unangenehm. Sie war erschrekkend und deprimieren. Ich habe das Gefühl, daß ich als Geschworener und als Mitglied der Gemeinschaft meinen Beitrag geleistet habe. Ich glaube nicht, daß sich dadurch mein Leben verändert hat, obwohl ich mir jetzt der Unmenschlichkeit der Menschen untereinander stärker bewußt bin und weiß, daß jeder, auch sogenannte gebildete Leute, das Potential besitzt, recht unmenschlich zu sein.

Sehen Sie, sie ist nicht verrückt, sie ist schlau. Sie ist intelligent, sehr fähig. Sie ist eine energische Frau, sehr herrisch, und sie war offenbar eine sehr gute Schwester. Aber sie hat ihre Fähigkeiten mißbraucht. Ich glaube, was sie tat, war – ich glaube, sie hatte etwas geplant, was über meinen Verstand hinausging. Sie ist nicht verrückt, aber sie hat irgendwie ein verdrehtes Pflichtgefühl. Ich kann es nicht erklären, aber ich habe Enkelkinder in Chelseas Alter, und ich will nicht, daß sie noch frei herumläuft. Das wäre unverantwortlich.

Hatten Sie irgendwelche Probleme mit den Beweisen?

Meinen Sie die Genauigkeit der Tests? Nein. Die technische Präsentation der Informationen über die Restspuren von Suxamethoniumchlorid, wie Dr. Holmstedt sie erklärte (seine Referenzen waren natürlich einwandfrei) und wie sie vom Computer ausgedruckt wurden, war meiner Meinung nach schlüssig. Es verhält sich wie mit den fünf Fingerabdrücken. Man braucht nur einen, um einen Menschen zu identifizieren, und genauso verhielt es sich hier. Es hätte *keine* Spuren im Körper geben sollen. Es ist so, als ob ein Fingerabdruck von mir sich auf einem Glas befände. Er beweist, daß ich das Glas in der Hand gehalten habe.

Die Geschworenen waren also davon überzeugt. Warum hat sie es Ihrer Meinung nach getan?

Ich habe das Gefühl, daß sie – daß sie es tat, um als Heldin dazustehen, wie es zuvor immer wieder in San Antonio geschehen war. Das kam zwar erst nach unserer Verhandlung heraus, aber hier zeigte sich, daß sie offenbar versuchte, diese Babys bewegungsunfähig zu machen, damit sie diese heldenhaften, lebensrettenden Techniken einsetzen konnte, mit denen sie sich auskannte. Aber bei diesem kleinen Mädchen geriet die Sache außer Kontrolle, als sie es zum ersten Mal versuchte, weil das Kind eine Vernarbung am Hirnstamm hatte. Beim letztenmal geriet die Sache wieder außer Kontrolle, und meiner Meinung nach beschloß sie da, das kleine Mädchen zu töten.

Sie wählte immer Kinder aus, die noch nicht sprechen konnten. Eins von ihnen (ich weiß nicht mehr, welches) war sieben Jahre alt, aber es konnte nicht sprechen und wog nur um die zwanzig Pfund. Es hatte nicht dieselbe große Dosis erhalten, aber ein Kind so zu quälen, das sowieso schon so viel durchgemacht hat, das ist wirklich unmenschlich.

Es besteht kein Zweifel über das, was sie getan hat. Es ist alles dokumentiert, obwohl sie versuchte, die Spuren zu verwischen. Sie war eine Betrügerin. Wir wählten die härteste Strafe, die wir finden konnten und die der Untersuchung eines Berufungsgerichts standhalten würde. Wenn wir die Wahl gehabt hätten, sie zu 199 oder 299 oder 499 Jahren zu verurteilen, hätten wir es getan. Selbst die Großmütter stimmten zu. Es waren eine Menge Großmütter unter den Geschworenen, die viel mehr über Babys und über die Behandlungsmethoden von Ärzten und Schwestern wußten als wir übrigen.

Ich dagegen verstand all die Messungen, die vor Gericht erwähnt wurden, weil ich täglich in meinem Beruf mit Mikrosekunden und Nanosekunden zu tun habe. Und ich hatte genug Chemiekenntnisse, um die Tests und Untersuchungsmethoden zu verstehen. Wir tun dasselbe täglich in der Elektronik. Es stellte also keinerlei Problem für mich dar. Aber all das andere... Ich verstand es so halb, aber es waren diese Großmütter und Mütter, die es mir wirklich erklärten: »Augenblick mal, es stimmt nicht, was sie da gesagt hat, denn Babys reagieren nicht so.«

Ich konnte also nicht ganz verstehen, was in diesem Bereich vor sich ging, aber diese Großmütter wußten es. Sie wußten ganz genau, wovon sie sprachen. Sie spielten eine wichtige Rolle. Sie hatten zwar keinen Anschluß in Mikrobiologie, aber sie kannten sich mit kleinen Kindern aus. Das hat mir sehr geholfen. Als wir schließlich abstimmten, kamen wir ohne Probleme zu einer übereinstimmenden Meinung.

Das war eine schnelle Entscheidung. Wie oft haben Sie abgestimmt?

Eigentlich nur einmal. Zwei waren sich nicht ganz sicher, daher diskutierten wir die Sache eine Weile. Was ihnen die meisten Schwierigkeiten bereitete, war wohl, daß sie einfach nicht glauben *konnten*, daß diese Frau, die selbst Mutter war, einem kleinen Baby aus irgendeinem Grund weh tun würde. Das war die einzig Schwierigkeit, welche die beiden hatten.

Es gab keine spezifischen Probleme mit den Tatsachen?

Nein, die Tatsachen waren eindeutig. Daher sprachen wir darüber und befaßten uns nur mit den Beweisen. Handelte es sich um einen plötzlichen Kindstod oder nicht?

Wir befaßten uns *Schritt für Schritt* mit den einzelenen Anklagepunkten. Als wir am letzten Punkt angelangt waren, sagten wir: »Ja, dieses Kind ist nicht eines natürlichen Todes gestorben, es wurde von jemand umgebracht.«

Ein paar Geschworene waren der Meinung, daß Dr. Holland ebenfalls eine gewisse Schuld an den Vorfällen traf. Sie war die verantwortliche Person in der Praxis gewesen, und all diese Ereignisse spielten sich unter ihrer Leitung ab. Ich sehe das nicht so. Meiner Meinung nach war sie ebenfalls ein Opfer. Ob sie es zugibt oder nicht, sie war ebenfalls ein Opfer dieser Schwester. Genene nutzte ihre Unerfahrenheit aus, denn zuvor hatte sie nur auf einer Intensivstation gearbeitet, auf der derartige Notfälle täglich vorkommen.

Nachdem die Plädoyers gehalten worden waren, zogen wir uns in unser Beratungszimmer zurück, um einen Sprecher zu wählen. Das taten wir als erstes. Dann gingen wir den ganzen Fall durch. Ich sagte: »Lassen Sie uns die Sache so und so angehen, denn das Wichtigste ist: Was wir auch entscheiden, es muß vor einem Berufungsgericht Bestand haben. Und zweitens: Es muß eine einstimmige Entscheidung sein.« Die Entscheidung, die wir treffen würden, mußte so ausfallen, daß wir für den Rest unseres Lebens damit leben konnten. Ich wollte sichergehen, daß unsere Entscheidung vor dem Gesetz Bestand hatte.

Nachdem wir sie schuldig gesprochen hatten – was wirklich nicht sehr lange dauerte –, wurden wir im Georgetown Inn eingeschlossen. Wir aßen zu Abend. Am nächsten Tag ging es dann um die Bestrafung. Ich glaube, es war am frühen Morgen, als die Plädoyers für das Strafmaß gehalten wurden. Am frühen Nachmittag trafen wir dann die Entscheidung. Das war wohl das Schlimmste an der Sache.

Viele von uns verbrachten eine schlaflose Nacht, weil sie wußten, was am nächsten Tag auf sie zukommen würde. Wir hatten diese Frau verurteilt, und jetzt mußten wir entscheiden, was wir mit ihr tun würden. Wir wußten an diesem Abend auch nicht, welche Richtlinien man uns geben würde. Später stellte sich heraus, daß eine Menge unserer Sorgen völlig unberechtigt gewesen waren, weil wir nur vier oder fünf Wahlmöglichkeiten hatten. Aber trotzdem war es nicht leicht, als wir uns die Plädoyers anhörten und wußten, daß sie zweifelsfrei schuldig war.

Ich glaube, ich ging diesen Fall wie die anderen Geschworenen an – für mich galt sie als nicht schuldig, bis ihre Schuld bewiesen war. Meines Wissens nach begannen wir alle mit diesem Gedanken, aber dann änderte sich die Sache, als wir das Strafmaß festsetzen mußten.

Es lief darauf hinaus, daß es für das, was sie getan hatte, einfach keine geeignete Strafe gab. Also wählten wir die Strafe, die sie so lange wie möglich aus unserer Gesellschaft ausschließen würde. Das war die Argumentation, die dahinter stand. Wie ich bereits erwähnt habe, hätten wir sie auch zu 199 oder 299 Jahren verurteilt, wenn wir diese Möglichkeit gehabt hätten. Ich sage das als derjenige, der die Anordnung unterschreiben mußte, als derjenige, auf den sich ihr Haß richtete, als ich unseren Schuldspruch und unser Strafmaß verkündete.

Was tat sie?

Wissen Sie, was wahrer *Haß* ist?

[DER SPRECHER LEGTE EINE PAUSE EIN]

Sie dachte, daß sie ungestraft davonkommen würde.

Fünfter Teil

Die Lüge

Erstes Kapitel

Es ist gut, im bösen Tun eines anderen die Dinge zu sehen, die wir meiden sollten.

Publius Syrus, Sententiae Nr. 57

Fünfundzwanzig Meilen nördlich von Austin zweigt der Highway 36 vom Highway 35 ab und verläuft durch das Herz des Staates in Richtung Abilene. Die Straße war kurz nach dem Zweiten Weltkrieg von den Männern erbaut worden, die in Fort Gates stationiert waren. Die Haupttore des Forts öffnen sich zwei Meilen südwestlich von der Stadtgemeinde Gatesville, in der 6260 Menschen wohnen, auf diesen Highway.

Gatesville ist typisch für die meisten kleinen Gemeinden im Zentrum von Texas; die Bewohner sind ganz zufrieden und recht wohlhabend. Hinweisschilder vor der Stadt weisen darauf hin, daß Gatesville am Brazos Trail liegt, früher eine der wichtigen Eisenbahnlinien nach Norden für die Viehtransporte. Heute sind Gatesvilles herausragende Merkmale die Militärposten, welche die Gemeinde umgeben, und das Frauengefängnis, das in einem hübschen Tal an der Nordseite der Stadt liegt. Aus dieser Einrichtung ist noch nie jemand entkommen. Es ist eine gottverlassene Gegend.

Die Mountain View Unit des Gefängnisses von Gatesville steht auf einen quadratischen, 170000 Quadratmeter großem Stück Land, das von einem schweren Doppelzaun aus Metall umgeben ist. Der Zaun steckt tief im Boden, er ist über sechs Meter hoch und am oberen Rand mit Stacheldraht versehen.

Die Gefängnisgebäude wurden in dreißig Meter Entfernung zu dem nächstgelegenen Zaun errichtet und ähneln eher einer Grundschule als einem Gefängnis. Jedes Gebäude ist von Blumenbeeten umgeben, die frei von Blättern und Unkraut sind; auch der Rasen wirkt sauber.

Im Innern des Gebäudes, das in der Nähe des Besuchereingangs liegt, befindet sich ein etwa sieben mal vierzehn Meter großer Raum, der als Besuchszimmer dient. An der Südseite lassen zwei Fenster Licht herein. Auf einem kleinen Tisch zwischen den Fenstern befinden sich Tassen, Plastiklöffel, Dosenmilch, eine offene Packung mit Würfelzucker, eine Kaffeemaschine und eine Ansammlung von Plätzchenpackungen. An der nördlichen Wand hängt eine Tafel, auf der die Termine der Insassen mit Kreide vermerkt sind. In der Mitte des Raumes befindt sich ein großer rechteckiger Tisch mit insgesamt zehn Stühlen. Die Bodenfliesen sind grau, die Zementsteine der Wände weiß. Mit seiner schnörkellosen Sachlichkeit wirkt der Raum deprimierend. Es ist ein weiter Weg zu der anderen Seite des zweiten Zaunes.

Am 7. Dezember 1984 betrat Genene Jones, die hier mindestens bis zum Jahr 2009 einsitzen wird, bis sie zum erstenmal um Begnadigung ersuchen kann, um 9 Uhr 25 das Besuchszimmer. Unter einer zu großen grünen Jacke trug sie eine locker sitzende zweiteilige Baumwolluniform, die wie ein Schlafanzug wirkte. Das kurzgeschnittene Haar war gescheitelt und sorgfältig gekämmt. Ihre leicht hervorstehenden Augen waren am auffälligsten: Sie zeigten mehr von der Pupille und dem Weiß der Augen als normal. Die Mesmeristen des neunzehnten Jahrhunderts müssen solche Augen gehabt haben.

Sie lächelte und reichte ihre Hand, die sie jedoch gleich wieder zurückzog, um die Wärterin zu fragen: »Darf ich?« Ihr Handschlag war zart.

»Was wollen Sie über mich schreiben?« fragte sie.

»Wir sind uns noch nicht ganz sicher. Wir haben von Ihnen und Ihrer Situation von einer Freundin im Büro des Oberstaatsanwalts gehört, die an dem Fall mitgearbeitet hat.«

»Was hat sie Ihnen erzählt?«

»Sie sagte, wir sollten uns mit diesem Fall beschäftigen.

Sie meinte, es sei eine Wahnsinnsgeschichte. Wir fragten, worum es geht. Wir hatten noch nie etwas davon gehört.«

»Soll das heißen, in Kalifornien weiß niemand etwas darüber?«

»Nein, ich glaube nicht. Wir erleben unsere eigenen merkwürdigen Geschichten dort.«

Sie lächelte und fragte die Wärterin, ob sie eine Tasse Kaffee haben könne.

»Ein oder zwei Stück Zucker, Genene?« fragte die Wärterin.

»Zwei. Danke, Helen.« Sie drehte sich um und schaute uns wieder an.

»Wir sind hierher gekommen, Genene, weil wir Ihre Version der Ereignisse hören wollen. Wir haben gehört, was nach Meinung des Staatsanwalts passiert ist, und wir haben mit einer Reihe von Leuten gesprochen, die uns gesagt haben, daß Sie eine Mörderin seien. Aber es reimt sich alles noch nicht zusammen. Wir wissen nicht, ob Sie schuldig sind oder nicht.«

»Ich bin nicht schuldig.«

»In Ordnung. Wenn Sie möchten, daß Ihre Seite der Geschichte klar und vollständig erzählt wird, sollten Sie jetzt reden.«

»Gut, aber ich möchte vorher ein paar Dinge klarstellen. Dieses Buch – was werden Sie schreiben? Alles, was wir heute hier sagen, möchte ich erst genehmigen, bevor es in den Druck geht.« Sie wandte sich an die Wärterin: »Ist es gestattet zu rauchen?« Sie holte eine Zigarette aus einer zerdrückten Schachtel hervor.

»Das ist allerdings ein Problem für uns.« Ihre Augen fixierten uns wieder. »Jeder, der irgend etwas mit diesem Fall zu tun hat, hat seine persönliche Sichtweite der Ereignisse. Wenn wir mit allen ein solches Abkommen schließen würden, könnten wir überhaupt nichts schreiben. Am Ende ständen wir mit einer Menge leerer Blätter da. Dieser Forderung können wir also nicht zustimmen. Wir müssen das letzte Wort haben. Wir sind diejenigen, die die Geschichte erzählen, wir schreiben das Buch.«

Sie stieß ihren Stuhl zurück. »Dann haben wir wohl nichts weiter zu besprechen.«

»Wenn Sie es so wollen – aber Sie sollen wissen, daß wir dieses Buch schreiben *werden*.«

Sie schätzte uns mit ihrem Blick ein.

»Wir wollen ein Zugeständnis machen: Wenn wir die Notizen von unserem heutigen Gespräch tippen, schicken wir Ihnen eine Kopie. Sie können sie überprüfen, und bevor wir irgendeine Information von Ihnen in unser Buch einfließen lassen, können Sie Teile korrigieren, klären oder erweitern.«

Eine zweite Wärterin erschien und legte Genene eine Presseverlautbarung zur Unterschrift vor. Sie stutzte. »Wir haben noch nicht einmal unsere Spielregeln vereinbart.«

»Wenn Sie das Formular nicht sofort unterschreiben, muß Ihr Besuch auf der Stelle gehen.«

Es hing ganz von ihr ab.

»Wie sieht es aus, Genene?«

Genene seufzte und setzte ihren Namen darunter. Dann lehnte sie sich zurück, schaute uns wieder an und zog zum ersten Mal an ihrer Zigarette.

»Wir wissen, daß Sie Ihr Frühstück verpassen, um mit uns zu reden. Danke.«

»Nun, einer der Gründe, warum ich einverstanden war, mit Ihnen zu sprechen, ist, daß ich nicht viel Besuch bekomme. Selbst meine Anwälte kommen nicht mehr sehr häufig. Haben Sie die Niederschriften von der Verhandlung schon gelesen?«

»Nein, sie werden uns erst in etwa acht Monaten zugänglich gemacht werden.«

Sie nickte. Wir wußten nicht viel.

»Sie sollten von Anfang an verstehen«, sagte sie, »daß ich niemand getötet habe. Ich weiß hundertprozentig, daß ich nichts Falsches getan habe; ich habe niemand getötet. Ich sollte eigentlich gar nicht hier sein. Aber da ich nun einmal hier bin, versuche ich, das Beste daraus zu machen. Ich habe es akzeptiert. Ich bin eine wiedergeborene Christin und...«

»Tatsächlich. Wie lange sind Sie schon Christin?«

»Seit ungefähr neun Jahren jetzt. Und ich glaube, daß Gott mich aus einem bestimmten Grund hierher geführt hat. Es ist kein Spaß für mich, es ist schrecklich. Aber Er wird mir nichts aufbürden, das ich nicht aushalten kann.«

»Aber zwölf Menschen haben Sie für schuldig befunden. Wie könnte das...«

»Ich bin keine Mörderin. Chelsea war ein krankes Kind, von Geburt an, und Petti hatte furchtbare Vorurteile gegen mich. Ich konnte nicht glauben, was sie dort im Zeugenstand aussagte. Sie hatte einfach beschlossen – nachdem bestimmte Leute sie davon überzeugt hatten –, daß Chelsea ermordet worden war und daß *ich* sie ermordet hatte. Aber sie war nicht von Anfang an dieser Meinung. Sie und Reid setzten sogar eine Anzeige in die Zeitung, um sich bei Kathy und mir für alles, was wir getan hatten, zu bedanken. Wir haben versucht, sie zu retten, aber – sie hatte Probleme. Manchmal ist das eben so. Chelsea hatte mindestens zwei Atemstillstände zu Hause erlitten, aber während der Verhandlung stellte die Anklage es so dar, als ob das nie passiert sei.

Viele Zeugen, die für die Anklage aussagten, logen einfach – *sie logen* – im Zeugenstand. Ich weiß nicht, warum.

Am Abend beispielsweise, als ich ins Sid Peterson Hospital kam, da war ich bewußtlos. Meine Nase war gebrochen, ich hatte einen Schlauch im Magen, und weil ich so starke Schmerzen hatte, mußten sie mich betäuben. Aber Sutton führte eine Schwester im Zeugenstand vor, die aussagte, daß ich irgendwelches lächerliches Zeug über eine pädiatrische Intensivstation in Kerrville geplappert hätte.

Ich hatte nie die Idee, eine solche Station in Kerrville einzurichten – das war Kathys Idee gewesen, nicht meine. Kathy wollte Leiterin der Intensivstation für Neugeborene werden. Das war ihr Plan von Anfang an. Ich wollte es einfach nicht glauben, als sie mir alle Schuld in die Schuhe schob, um sich selbst vor Schadenersatzklagen zu schützen und um nicht ihre Lizens als Medizinerin zu verlieren.

Die ganze Verhandlung war unfair. Es war eine Show, ein gutgeprobter Film. Es war nicht die Wahrheit. Nehmen Sie beispielsweise diesen Dr. Holmstedt. Ein sehr kluger Mann, aber ist es nicht seltsam, daß es nur einen Arzt auf der ganzen Welt gibt, der diesen Test durchführen kann? Der Test ist nicht akkurat. Es ist ein Spiel mit Zahlen. Man kann ihn sehr leicht falsch interpretieren, und genau das passierte die ganze Zeit über vor Gericht. Man muß nur ein Lineal nehmen und es gegen die Aufzeichnungen halten, dann sieht man, daß der Test nichts taugt. Jedes Kind könnte das beweisen. In keiner der Gewebeproben war Suxamethoniumchlorid enthalten. Fragen Sie die Hogedas, ob ich eine Mörderin bin. Ich habe eine Weile bei ihen gewohnt, nachdem ich Kerrville verlassen hatte. Fragen Sie sie, was sie von mir denken.«

Sie drückte ihre Zigarette aus. »Ursprünglich wollte ich selbst in den Zeugenstand treten, aber ich glaube, ich habe die richtige Entscheidung getroffen. Wenn ich ehrlich zu mir bin, hätte ich wahrscheinlich gegen Ron Sutton verloren. Es läßt sich nur schwer mit Worten beschreiben, was ich von diesem Mann halte. Er hat nicht nur mein Leben zerstört, sondern auch das meiner Kinder. Meine Mutter ist um zehn Jahre gealtert. Er hat das Leben meiner Familie durch eine Lüge ruiniert. Als ich das Urteil hörte, konnte ich es einfach nicht glauben. Damals ist etwas in mir zerbrochen.

Ich war nur überrascht, daß die Geschworenen nicht die Wahrheit gesehen und die Vernebelungstaktik erkannt haben. Es gibt nur eine Sache, die ich noch bedaure – daß ich Reid und Petti nicht überzeugen konnte, daß ich ihrem Baby keinen Schaden zugefügt habe. Ich werde sie niemals davon überzeugen können – dank Ron Sutton. Niemals. Aber ich möchte, daß sie wissen, daß ich ihre Tochter nicht getötet habe.

Chelsea war ein kleiner blonder Engel mit blauen Augen, aber sie war krank. Man schmolz einfach dahin, wenn sie einen mit diesen blauen Augen anschaute. Sie war ein hübsches Kind. Ich habe fast eine Woche lang geweint, als sie tot war.«

Dann erzählte sie vom Gefängnisessen (»Die Insassen bezeichnen es als Ambrosia«) und vom Gefängnisleben (»einsam«). Wir sprachen über das Auto, das sie besessen hatte (»ein goldener 81er Chevette«), die Orte, die sie besucht hatte (»eigentlich habe ich nicht viel gesehen, Tennessee, Florida, viele Orte am Golf. New York einmal; im Grunde bin ich ein Mädchen aus dem Süden«), und über ihr Leben, bevor sie festgenommen wurde.

»Ich glaube, am glücklichsten war ich als kleines Mädchen, als Daddy und ich durch die Stadt gefahren sind und seine Reklametafeln fertiggemacht haben. Er erlaubte mir, den Kleinlaster auf den Nebenstraßen zu steuern. Da war ich noch ein Kind. Ich weiß nicht mehr, wie alt ich war. Ich konnte gerade die Pedale erreichen und über das Steuerrad sehen. Damals war San Antonio noch viel kleiner.« Sie senkte den Blick auf den Tisch und steckte sich eine neue Zigarette an.

»Wenn Sie die Niederschrift nicht gelesen haben, wie wissen Sie dann, was passiert ist?«

»Wir haben etwa 700 Zeitungsartikel gelesen und haben mit ein paar Leuten geredet. Nicht mit vielen, nur mit ein paar.«

»Zeitungen und Zeitschriften sind nicht sehr verläßlich. Sie reimen sich eine Menge zusammen. Wissen Sie, daß Dr. Galbreath, der die Autopsie durchführte, ursprünglich gesagt hat, daß Chelsea bei der Geburt einen Gehirnschaden erlitten hatte und daß *das* zu dem plötzlichen Kindstod geführt hat?«

»Nein. Wir haben gehört, daß Dr. Kagan-Hallet...«

»Richtig, aber die Staatsanwälte haben Kagan-Hallet *befohlen*, ihre Diagnose zu ändern. Es war keine freiwillige Entscheidung. Das haben Sie nicht in den Zeitungen gelesen. Sie hat es im Zeugenstand zugegeben.«

»Was machen Sie so den ganzen Tag hier?«

»Ich stelle Lumpenpuppen her. Es ist ein Weihnachtsprojekt. Ein ganzer Haufen liegt vor dem Schreibtisch in der Eingangshalle. Sie müssen sie gesehen haben. Es macht mir Spaß, denn es ist ganz unterhaltsam. Jeden Tag macht jede von uns etwas anderes an diesen Puppen. Im Moment arbeite ich die Augen. Die Puppen werden für 25 oder 30 $ an die Beamten hier verkauft. Die Kinder hier mögen sie.« Anschließend sprach sie eine Weile über ihre eigenen Kinder und wie sehr sie sie vermißte. Sie bat uns jedoch, nichts über sie zu schreiben. »Bitte, sie haben nichts damit zu tun. Sie könnten in Gefahr geraten.«

»Durch wen?«

»Ich möchte, daß sie aus dieser ganzen Sache herausgehalten werden, ja?«

»In Ordnung. Lassen Sie uns über San Antonio sprechen.«

»Ich bin ihr Sündenbock. Ich habe diesen Kindern *nichts* getan. Was mich in Schwierigkeiten brachte, war wohl mein großes Mundwerk. Aus diesem Grund haben die Ärzte mich herausgepickt, darum hat der Staatsanwalt mich ganz oben auf seiner Liste angesiedelt. Ich neige zur Schroffheit. Wenn ich das Gefühl hatte, daß etwas nicht in Ordnung war, habe ich es eben gesagt. Die Ärzte mögen es nicht, wenn man ihnen sagt, daß sie einen Fehler gemacht haben.

Anfang 1981 habe ich... Also, eine Intensivstation wird idealerweise von einem Mediziner*team* geleitet, und 1981 stellte ich fest, daß es zwischen den Ärzten und den Schwestern auf der pädiatrischen Intensivstation an Kommunikation mangelte. Unser Team fiel auseinander. Die Ansicht der Schwestern wurde nicht respektiert, und aus diesem Grund beklagten wir uns.

Meiner Meinung nach sind die Probleme auf Ärzte zurückzuführen, die keine Zeit hatten, sich die Patienten anzusehen, und die Assistenzärzte konnten Notfälle noch nicht handhaben. Aber so verhielt es sich eben damals. Es ist nicht der Fehler von irgend jemand. Wissen Sie, wenn ein Assistenzarzt zum ersten Mal bei einem Atemstillstand die Leitung übernimmt, kann er entweder so tun, als ob er eine Ahnung hat, oder seinen Stolz beiseiteschieben und sagen: ›Was muß ich tun?‹ Aber Ärzte sind von einer Aura umgeben, selbst die Assistenzärzte, und sie sagen: ›Ich bin der Arzt. Ich habe das Sagen hier.‹ Es wäre erniedrigend für sie, zugeben zu müssen, daß sie nicht wissen, was getan werden muß. Sie bluffen also die ganze Zeit. Und in der Zwischenzeit sterben Kinder. Die Schwestern wissen meistens besser, was für einen Patienten gut ist. Wir lernen die Patienten recht gut kennen. Im Vergleich zu den Ärzten haben wir also viel mehr Erfahrung. Und darauf versuchten wir die Aufmerksamkeit der Leute zu lenken.

Wissen Sie, ich glaube, ich bin so vielen Leuten auf die Füße getreten, Kollegen aus der Abteilung, so daß man mir etwas angehängt hat. Machen wir uns nichts vor – so etwas gibt's. Sie mochten mich nicht, also schoben sie mir die Schuld in die Schuhe, um sich selbst zu retten. Jeder einzelne. Alles Lügner.« Sie ließ den Kopf fallen und wiederholte dann, so, als ob es ihr große Mühe bereitete: »Die Probleme in dieser Abteilung – die Todesfälle und die anderen Vorfälle – sie sind auf die schlechte Fürsorge der unerfahrenen Ärzte und Schwestern zurückzuführen, mit denen ich arbeiten mußte. Sie wissen doch, daß das Medical Center Hospital ein Lehrkrankenhaus war? Drei der schlimmsten waren Houghuis, Bezecny und Yee. Sie waren die inkompetentesten Ärzte der Abteilung, obwohl ein paar andere auch nicht viel besser waren. Ich hatte eine Patientin, ein kleines Mädchen, und ein Arzt kam herein, um sie nach einer Darmoperation zu untersuchen, ohne sich die Hände zu waschen. Ich wies ihn darauf hin, aber er erklärte, er habe keine Zeit. Das Kind bekam eine Infektion und starb. Und derartige Dinge passierten die ganze Zeit.*

Im Juni und Juli 1981 wurden viele Ärzte und Schwestern ausgewechselt – viele machten ihren Abschluß, verließen das Krankenhaus und gingen woanders hin. Als Ersatz erhielt ich für den Spätdienst zwei Schwesternhelferinnen und fünf neue Schwestern, die gerade ihre Prüfung abgelegt hatten – Leute, die von der medizinischen Theorie her gut

* Alle anderen, die wir über diese drei Ärzte befragten, beschrieben sie als ausgezeichnete, ja außergewöhnliche Ärzte. Die Autoren haben Mrs. Jones' Kommentare über sie und andere aufgenommen, weil sie der Meinung sind, daß diese Kommentare Jones' Charakter und ihre defensiven Muster offenbaren, nicht, weil die Autoren Jones' Meinungen oder ihre Sichtweise der Realität billigen oder in irgendeiner Weise teilen.

sind, aber keine praktische Erfahrung haben. Sally und ich kümmerten uns in dieser Zeit um die Patienten, deren Zustand kritisch war, denn wir waren diejenigen mit der größten Erfahrung. Wir halfen den neuen Schwestern bei der Pflege der weniger kranken Kinder, wenn wir konnten, aber bisweilen ging es recht hektisch zu. Wenn man sich schon um drei Kinder kümmern muß, weil bespielsweise gerade jemand zur Pause ist, und ein Kind einen Atemstillstand erleidet, dann geht es wirklich hoch her.

Irgendwann bat Dr. Robotham mich darum, diese Schwestern anzuleiten und die Leitung der Abteilung zu übernehmen, aber ich war der Meinung, daß ich dazu nicht die richtige Ausbildung hatte. Also sagte ich nein, danke. Bis zu diesem Punkt war ich gut mit ihm ausgekommen, aber danach kühlte sich unser Verhältnis etwas ab und wurde nicht wieder besser.

Ich erinnere mich, daß das Verhältnis des Personals untereinander viel besser war, bevor Robotham kam, weil wir einander respektierten. Es ist zwar schon lange her, aber ich merkte, was vor sich ging. Als er kam, trieb er Keile zwischen die Schwestern. Robotham war Facharzt für pädiatrische Intensivpflege, und das Personal war nicht daran gewöhnt. Es ist kein Geheimnis, daß er kam, um sich und der Abteilung einen Namen zu machen. Er führte ein paar neue Verfahrensweisen ein, um dieses Ziel zu erreichen – was für alle mehr Arbeit bedeutete –, und den meisten Schwestern gefiel das nicht. Ich war nicht die einzige.

Ich möchte Ihnen ein Beispiel geben«, sagte sie und zündete sich eine weitere Marlboro an, »irgendwann sagte er, daß jedem Patienten der Abteilung ein Swan-Ganz-Katheter eingesetzt werden sollte. Dabei handelt es sich um einen Katheter, der durch eine Halsarterie ins Herz des Patienten eingeführt wird, um die Blutmenge zu messen, die vom Herzen gepumpt wird – das ist eine nützliche Sache, aber es gibt leichtere Methoden für diese Messung. Einen solchen Katheter einzuführen ist eine schwierige Sache und kein Spaß für das Kind. Auf diese Weise verstärkte sich die Spannung, und das ist nur ein Beispiel dafür, wie diese

Mehrarbeit zu einer insgesamt schlechteren Atmosphäre führte.

Eine andere Sache war, daß Robotham den Patienten gern eine Menge Medikamente verabreichte. Es wurden also viele Infusionen angelegt. Ich würde sagen, daß es so um die 15000 waren, so lange ich da war. Ich war recht geschickt, und Robotham bat mich, anderen zu zeigen, wie ich es machte. Er bat mich öfter um spezielle Dienste. Ein paarmal paßte ich auf seine eigenen Kinder auf. Mit der Zeit hatte ich jedenfalls das Gefühl, zwischen den Stühlen zu sitzen, weil ich so viel Aufmerksamkeit erhielt; er ist ein brillanter Arzt und er lehrte mich Dinge, die ich nirgendwo sonst hätte lernen können. Trotzdem wollte ich das Beste für die Abteilung, daher ging ich zu Belko und erklärte ihr das Problem aus meiner Sicht. Sie setzte ein Rundschreiben auf, in dem die verschiedenen Pflichten der Schwestern aufgeführt wurden. Aber selbst danach bat mich Robotham während der morgendlichen Visite, einige spezielle Verfahrensweisen vor den Assistenzärzten zu demonstrieren. Nun, ich mußte mich um meine eigenen kranken Patienten kümmern. Es machte mich wütend. Ich sprach privat mit ihm darüber, damit der Sache Einhalt geboten wurde.

Seit dieser Zeit bat er mich nicht mehr um solche Dinge, aber trotzdem hatte ich noch immer die Verantwortung für die schwerkranken Patienten der Abteilung; er wußte, daß ich zu den besten Schwestern dort zählte. Es waren meine Patienten, ich hatte die Verantwortung für sie. Wenn irgend etwas mit ihnen nicht stimmte, wurde ich gerufen – vierundzwanzig Stunden am Tag. Ich wohnte nur fünf Minuten vom Krankenhaus entfernt. Dies ging fast acht Monate lang so, bis mein Sohn sich eines Tages beklagte, daß er mich nie zu Gesicht bekäme, und ich wußte, daß er recht hatte. Ich erklärte Robotham, daß das ein Ende haben mußte. Zwei Tage später, an meinem freien Tag, rief Robotham mich zu sich, damit ich mir einen ›meiner‹ Patienten ansehen sollte, dem es nicht gut ging. Ich sagte trotzdem nein. Danach verschlechterte sich unsere Beziehung zusehends.

Ich möchte nicht, daß es so klingt, als ob ich Robotham

die Schuld zuschiebe oder kritisiere, wie er die Abteilung leitete. Aber kurz nachdem er seine Stelle angetreten hatte, machte er es zu seinem Grundsatz, *jedes* Kind, das behandelt werden mußte, aufzunehmen; daher standen überall Betten herum – sogar im Flur. Wenn es dazu kam, mußten wir bisweilen Patienten entlassen, die eigentlich noch zu krank waren.

Sie sollten auch wissen, wie die Abteilung arbeitete. Es war immer nur ein Assistenzarzt da, dann zwei Medizinalreferenten und ein paar Medizinstudenten. Diese Studenten – technisch gesehen sind sie Ärzte, aber sie müssen noch viel lernen – wurden von Brunell, Franks und Mangos eingeteilt und waren verantwortlich für die Intensivstation und die pädiatrische Abteilung. Sie waren immer beschäftigt, und es gefiel ihnen nicht, wenn sie wegen eines Notfalls auf die Intensivstation gerufen wurden. Die meisten spielten völlig verrückt. Wußten Sie, daß Robotham auch begonnen hatte, mit seinen Assistenzärzten eine morgendliche Visite durchzuführen.?«

»Ja, das war doch einer seiner Versuche, die Pflege der Patienten und die Kooperation zwischen den Abteilungen zu verbessern, nicht wahr?«

»Richtig. Zu Anfang schien der Vorschlag ganz gut, aber dann ging er richtig zu Sache. Er stelle den Assistenzärzten eine Frage, und wenn sie die Antwort nicht wußten, wurden sie zusammengeschissen. So etwas kann zweierlei Auswirkungen haben: Erstens können die Assistenzärzte sich bemühen, ihre Kenntnisse zu erweitern, oder sie versuchen, sich irgendwie zu schützen, und genau *das* passierte. Weil Robotham sie so zusammenstauchte, wenn eine Antwort falsch war, wurden die Assistenzärzte defensiv. Sie begannen, den Schwestern Fragen zu stellen, genau wie Robotham es bei ihnen gemacht hatte.

Besonders irritierend war, daß sie Robotham von Dingen berichteten, die sie angeblich für die Patienten getan hatten, obwohl es in Wirklichkeit die Schwestern gewesen waren. Sie taten das, um ihn zu beeindrucken, aber leider waren ihre Berichte nicht immer richtig, und das konnte sehr peinlich sein.

Wir sagten den Assistenzärzten schließlich, daß sie ihre eigene Arbeit tun sollten. Wissen Sie, man muß diesen kranken Kindern immer zwei Schritte voraus sein, und das ist nicht leicht. Man muß ihnen seine gesamte Aufmerksamkeit schenken und auf die kleinste Veränderung achten. Ein krankes Baby kann in der einen Minute lächeln und in der nächsten schon tot – und umgekehrt. Soll man darauf warten, daß ein ängstlicher Assitenzarzt einem sagt, was zu tun ist, um das Leben des Kindes zu retten? Als Schwester hat man den Auftrag, ein Kind am Leben zu erhalten, indem man beispielsweise eine Herzmassage durchführt. Ohne besonderen Auftrag dürfen wir keine Injektionen verabreichen. Für mich wurde das schließlich unerträglich. Die Ärzte waren gerade immer irgendwo mit etwas anderem beschäftigt.

Nach vier, fünf Monaten taten die Schwestern sich zusammen und gingen gemeinsam zu Robotham. Wir sagten: ›(a) Die Kinder leiden, (b) die Ärzte und Schwestern haben Schwierigkeiten untereinander, (c) die pädiatrische Intensivstation funktioniert nicht als *Abteilung* und (d) es sind keine guten Arbeitsbedingungen, daher fordern wir Verbesserungen.‹ Nichts passierte.

Aus diesem Grund suchte ich Brunell und Corum persönlich auf, damit sie sich darum kümmern würden. Aber sie meinten nur, daß ich die Ärzte in Ruhe lassen sollte. Nachdem ich eine ganze Liste von Vorfällen, die mich betrafen, mit Corum durchgegangen war, klopfte er mir nur auf die Schulter und sagte: ›Wir werden uns darum kümmern.‹ Vier Nächte später rief mein Sohn mich während der Dienstzeit an und bat mich, sofort nach Hause zu kommen.« Während sie ihre Zigarette ausdrückte, erklärte sie: »Jemand hatte unsere Wohnung durchwühlt.

Etwa um diese Zeit wurde mir die Botschaft der Verwaltung klar: ›Worüber du dich auch beklagst, halte dich heraus aus Dingen, die dich nichts angehen.‹ Robotham und ich sprachen zu diesem Zeitpunkt nicht mehr miteinander. Er war verärgert, weil ich hinter seinem Rücken von Problemen in seiner Abteilung berichtet hatte. Zum Schluß war das Verhalten der anderen ziemlich eisig mir gegenüber, abgesehen von Belko und Benkert und ein paar anderen.*

Ich glaube, Dr. Larry Houghuis war wahrscheinlich der Schlimmste, was die mangelnde Versorgung der betroffenen Kinder anging. Manchmal wirkte er richtig lustlos und war fast nie erreichbar. Ich war nicht die einzige, die ihn nicht mochte. Was den sogenannten Vorfall mit ihm angeht, ist eher das Gegenteil wahr. Houghuis behandelte einen kleinen Jungen und hatte Schwierigkeiten, eine Infusion anzulegen.

Aus irgendeinem Grund – ich weiß nicht mehr genau, wieso – ordnete er unverdünntes Heparin an, was mich völlig verwirrte. Das Kind brauchte kein Heparin und auf keinen Fall *unverdünntes*. Houghuis' Kumpan, Dr. Yee, zog 3 Kubikzentiliter Heparin auf und legte die Spritze auf den Nachttisch.

Houghuis befahl mir, die Injektion zu verabreichen, und ich weigerte mich. Also nahm er die Spritze selbst und injizierte dem armen Kind die gesamte Menge unverdünntes Heparin.**

Ich erzählte Belko, unserer Stationsschwester, am nächsten Morgen davon, und sie sagte ihm während der Visite ordentlich die Meinung. Vor allen anderen klagte sie ihn der Lüge an und erzählte, was wirklich geschehen war.« Genene schüttelte leicht den Kopf. Wieder senkte sie die Augen und zündete sich die fünfte Zigarette an. »Ich freue mich darauf, meine Kinder über Weihnachten zu sehen.«

Anschließend sprachen wir über Dr. Hollands Praxis, ihre Aufteilung und die Atmosphäre dort. Sie machte eine Skizze und zeichnete einen Raum ein, den sie als »mein

* Die Autoren glauben nicht und beabsichtigen nicht anzudeuten, daß irgendein Mitarbeiter des Medical Center Hospital oder der Universität von Texas für den gemeldeten Schaden in Jones' Wohnung verantwortlich war.

** Die Autoren teilen Jones' Kommentare über Dr. Houghuis oder Dr. Yee nicht und pflichten ihnen nicht bei; auch haben sie keine Tatsachen gefunden, die Jones' Kommentare in irgendeiner Weise unterstützen. Beide Ärzte sind, nach allem, was man hört, ausgezeichnete Ärzte.

Büro« bezeichnete. Zwei Jahre später beschrieb Kathleen diesen Raum als »kleine Nische« zwischen dem vorderen und dem zweiten Behandlungszimmer. Sie war groß genug, um ein Babybett und einen Tisch aufzunehmen.

»Erzählen Sie uns von den Medikamentenflaschen.«

Ohne Zögern sagte sie: »Am Anfang hatten wir eine Flasche. Kathleen brauchte sie für Notfallsituationen – falls ein größeres Kind einen Anfall haben würde. Wir bestellten am 7. eine zweite Flasche, weil die Flasche, die Sally für Misty geholt hatte, irgenwie verloren gegangen war. Dann lag ich zwei Wochen lang mit Magengeschwüren im Krankenhaus, und als ich am 17. September zurückkam, machte ich eine Inventur. Dabei sah ich, daß zwei Flaschen im Kühlschrank lagen. Ich berichtete Kathleen sofort davon, aber in diesem Augenblick kamen die McClellans und wir wurden abgelenkt. Nachdem wir uns um Chelsea gekümmert hatten, rief Dr. Holland zwei Krankenhausärzte an und übergab ihnen die beiden Flaschen zur Analyse.«

»Worauf ist es Ihrer Meinung nach zurückzuführen, daß sie unterschiedliche Konzentrationen enthielten?«

»Daß weiß ich nicht. Ich habe keine Erklärung dafür.«

»Was ist mit der dritten Flasche in der Praxis?«

»Darüber weiß ich ebenfalls nichts. Der Experte für Handschriften konnte die Handschrift auf der Bestellung nicht als meine identifizieren. Er identifizierte sie einfach nur als ›Handschrift‹. Das waren die Art Beweise, die gegen mich eingesetzt wurden. Können Sie sich das vorstellen? Was würden Sie tun, wenn Sie hier säßen?«

»Ich habe keine Ahnung. Was haben Sie gedacht, als Sie sagten: ›Warum sterben so viele Babys, wenn ich Dienst habe?‹«

»Das war in San Antonio, und es machte mich einfach krank, daß ich mitansehen mußte, wie die Kinder starben. Ich stand damals unter starkem Druck, und ich hatte einfach genug von kranken Kindern, die starben. Ich hatte es einfach satt.«

»Was für Gefühle verursachte es bei Ihnen, daß zumindest einige Menschen Sie für eine Mörderin halten, eine Kindesmörderin?«

»Was für Gefühle?« Sie überlegte kurz. »Ich wünschte, ich könnte es in Worte fassen. Wut. Große Wut.«

»Haben Sie die Patienten wirklich im Arm gehalten, sie gewiegt und zu ihnen gesprochen, nachdem sie gestorben waren?«

»Ich habe ihnen vorgesungen. Es war eine private Angelegenheit zwischen den Kindern und mir. Es war mein Tribut an sie. Ich half ihnen, in Würde zu sterben.«

»Aber wahrscheinlich waren ihre Seelen doch schon verschieden.«

»Das weiß ich nicht. Ich bin nicht Gott. Ich weiß nicht, wann die Seele eines Menschen verschieden ist. Ich *weiß* nur, daß es mich sehr aufgeregt hat, wenn ich ein totes Kind vor mir hatte und andere dieses Kind als toten Körper behandelten. Ist das der Grund, warum man mich eingesperrt hat? Weil ich den Kindern, die unter meiner Pflege gestorben sind, etwas vorgesungen habe? Wo ist der Beweis, daß ich für irgendein Verbrechen verantwortlich bin? Die toxikologischen Berichte über all diese Kinder zeigen meines Wissens nicht an, daß ich irgend etwas Ungesetzliches oder Skrupelloses getan habe. Und trotzdem sitze ich hier im Gefängnis.«

Besuche im Gefängnis sind nie sehr lang. Es müssen Zählungen durchgeführt und Pläne eingehalten werden. Leider würde es keine Interviews mehr geben; Genene spricht nur selten öfter als einmal mit jemand.

»Sind Sie sich der Dinge, die Sie uns heute erzählt haben, sicher? Sind Sie sich der Daten und Zahlen, die Sie erwähnt haben, sicher? Vieles, das Sie uns berichtet haben, unterscheidet sich stark von dem, was wir gelesen und was andere Leute uns erzählt haben, und wir werden es überprüfen.«

»Also, ich bin mir bei einigen bestimmten *Daten* nicht sicher. Vielleicht habe ich mich hier und da geirrt, aber was die Ereignisse betrifft, ja, dabei handelt es sich um die Tatsachen.«

»Und wenn ein anderer eine andere Version erzählt? Ist er ein Lügner?«

»Genau. Oder er erinnert sich nicht richtig.«

»Haben Sie es getan?«

»Ich kann Ihnen nur sagen, daß ich keines Verbrechens schuldig bin. Ich liebe Kinder und habe versucht, ihnen zu helfen. Dessen bin ich schuldig.«

»Danke, daß Sie uns empfangen haben. Wir werden diesen Besuch nie vergessen.«

»Bevor Sie gehen, möchte ich noch betonen, daß dieses – nun, es war wohl ein Interview – daß es sehr wichtig für mich war. Ich habe schon lange keine Interviews mehr gegeben. Früher habe ich das öfter getan, aber mir wurden die Worte im Mund herumgedreht, und immer schien ich das zu sagen, was der Verfasser sich wünschte, statt das, was ich eigentlich meinte. Aber jetzt möchte ich, daß die Tatsachen ans Licht kommen.

Ich bin keine Mörderin«, sagte sie. Ihre Augen waren groß und klar. »Ich liebe Kinder.«

Der Ermittlungsbeamte

Wer sie *ist*, dazu kann ich Ihnen keine positive, sichere Antwort geben, aber ich glaube, Genenes Bedürfnis, die Heldin zu spielen, verdrängte alles andere. Ich akzeptiere es einfach nicht – ich sehe keinen einzigen Beweis dafür, daß sie nicht intelligent genug, nicht sachkundig genug war um zu wissen, daß sie diesen Kindern Leid zufügte. Trotzdem hat sie es immer und immer wieder getan. Ich glaube, Genenes Bedürfnis, als Heldin dazustehen, ging zu einem gewissen Maß mit ihrem leidenschaftlichen *Haß* für bestimmte Ärzte einher. Aus diesem Grund tat sie es immer wieder.

Man kann die Fälle in Bexar County oder in Kerrville nicht für sich betrachten. Man muß sie zueinander in Beziehung setzen und sie als ein Ganzes sehen. In Bexar County waren eine Menge Leute betroffen. Theoretisch hätte es jeder tun können. Theoretisch. Glauben Sie nicht, daß wir nicht alle in Betracht gezogen hätten, selbst die Putzfrau. Kerrville rückte das Ganze in die richtige Perspektive. Wenn irgend jemand bezweifelt, daß sie in Bexar County trotz des Stationsbuches, trotz der Toten, der Laborberichte, der Statistiken, trotz belastender Aussagen und allem anderen, was später bewiesen wurde, verantwortlich war, muß er nur nach Kerrville gehen.

Dort hatten wir eine ganz andere Situation vor uns als in Bexar County, abgesehen davon, daß auch hier das Umfeld medizinisch war. Eine isolierte Einheit – eine Praxis – mit einer begrenzten Anzahl Personal. Sie injizierte die Medikamente (bis auf einen Fall, in dem sie Katy Holland die aufgezogene Spritze reichte), und alle Kinder litten unter denselben Folgen. Alle Kinder bis auf eins haben sich wieder erholt. Für Chelsea McClellan war es einfach zuviel. Wenn ich die Sache realistisch betrachte, komme ich immer wieder zu dem Schluß, daß sie die Heldin sein wollte. Ich sehe immer nur die Heldin.

Einige Zitate und Verhaltensweisen, die Genene Jones selbst von ihren Freunden zugeschrieben werden, sind sehr aufschlußreich. Sie erzählte gern schmutzige Witze. Sie hatte eine sehr farbige, gepfefferte Sprache. Sie war schroff, unverfroren, grob. Sie hatte eine Menge Eintragungen in ihrer Personalakte. Einmal kam sie betrunken ins Krankenhaus und machte eine Szene. Im Herbst 1981 gab eine Schwester eine Party vor ihrer Hochzeit, und ein paar Schwester (sechs oder acht) besuchten eine Bar im Norden der Stadt, in der männliche Stripper auftraten. Offenbar taten sie das drei-, viermal im Jahr und hatten ihren Spaß dabei. An einem dieser Abende jedenfalls lud Genene den Haupttänzer und ein paar seiner Freunde ein, die Damen nach Hause zu begleiten – sie wollte dafür bezahlen. Es kam zwar nicht dazu, aber es scheint ihr ernst damit zu sein. Ich glaube, das sagt etwas über sie aus, darüber, wie sie über andere Menschen dachte. In Kerrville kam es zu diesem Vorfall in dem Armeehubschrauber – die Notlandung auf der Weide. Das ist auch ein interessanter Fall. Sie holten das Kind heraus, weil sie eine Intubation vornehmen wollten.

Dabei gab es Probleme, weil Jimmy Pearson ein stark behindertes Kind war. Sie mußten ihn aus dem Hubschrauber bekommen und ihn auf eine bestimmte Weise festhalten; sie mußten seinen Kopf nach hinten beugen, um das Rohr einführen zu können. Währenddessen wurde ihr übel in dem Hubschrauber, denn wenn die Dinger landen, geht es wirklich schnell nach unten.

Nach der Landung sprangen die Sanitäter gleich heraus, während Genene einfach nur dasaß und nicht wußte, was sie tun sollte. Daher übernahmen die Leute von der Armee das Kommando. Für die Dauer des Transports unterlag der Patient ihrer Verantwortung. Sie haben das Kind herausgeholt, es intubiert, aber Jimmy spuckte das Rohr wieder aus. So ging es also nicht, und sie mußten eine Mund-zu-Mund-Beatmung durchführen. Die Sanitäter gaben ihr Bestes. Sie retteten sein Leben. Also, diese Typen sind wirklich toll. Wenn Sie je einen Sanitäter brauchen, können Sie froh sein, wenn diese Jungs von der Armee da sind; sie sind die besten.

Als Genene wieder in Kerrville war, rief sie Tony Torres an. Ich glaube, es war Tony, auf jeden Fall ein Pfleger, und er fragte: »Hallo, wie geht's dir so?«

Genene antwortete: »Ich bin gerade mit einem Hubschrauber geflogen.« Es war ein tolle Sache für sie, verstehen Sie? »Mann, du hättest dabei sein sollen. Ich habe mich wirklich um das Kind gekümmert – aber wir mußten notlanden. Wir haben das Kind aus dem Hubschrauber geholt und es auf einer Weide versorgt. Der Junge wäre beinahe gestorben, aber jetzt ist er wieder in Ordnung. Ich sage dir, es war einer der aufregendsten Tage meines Lebens.«

Sie nahm also den Verdienst für sich in Anspruch? Und sie genoß die Aufregung?

Richtig. Es war eine tolle Sache für sie. Ich glaube, das hat eine ganz große Rolle für sie gespielt.

Wir haben uns gefragt, ob es sich Ihrer Meinung nach bei einigen Vorfällen um Sterbehilfe gehandelt hat?

Nein. Das sehe ich ganz und gar nicht so. Absolut nicht.

Wir haben gehört, daß Genene beispielsweise den Eltern des kleinen Sawyer berichtet hat, ihr Sohn hätte einen Gehirnschaden davongetragen, wenn er überlebt hätte.

Ja, das hat sie von dem kleinen Sawyer behauptet, richtig. Aber ich glaube nicht, daß es sich um Sterbehilfe gehandelt hat. Das glaube ich nicht. Die Möglichkeit – ja, vielleicht besteht diese Möglichkeit, aber ich glaube nicht daran. Das paßt einfach nicht zu ihr. Ich sehe ihren Haß, ihr Bedürfnis, die Heldin zu spielen, aber ich sehe keine Sterbehilfe trotz dieser Sache mit dem kleinen Sawyer. Ein paar andere Fälle könnte man auch unter diesem Gesichtspunkt betrachten; Jimmy Pearson ist ein gutes Beispiel. Er war ein arg behindertes und verkrüppeltes Kind. Er hatte ein Problem nach dem anderen. Einige Leute sagen, er hätte bei der Geburt sterben sollen, aber er war schon siebeneinhalb und immer noch am Leben. Er konnte nichts für sich tun, er konnte nicht einmal am Daumen lutschen, aber er hatte liebevolle Eltern. Dieser Junge war ein Kämpfer. Irgend etwas steckte in ihm, das ihn antrieb. *Irgend* jemand, irgendeine Macht, die stärker ist als wir Erdlinge, wollte, daß dieses Kind am Leben blieb, denn es *lebte*.

Vielleicht spielte der Aspekt der Sterbehilfe eine Rolle, aber ich glaube es nicht. Dazu ist Genene viel zu selbstsüchtig.

Wenn sie mir die Sache so erklärt hätte, in rationalen Begriffen, die ich hätte verstehen können, dann hätte ich dieses Motiv vielleicht in Betracht gezogen, aber sie hätte es mir schon ganz deutlich sagen müssen. Ich wünsche mir nichts mehr, als mit Genene zu reden. Ich habe noch nie in meinem Leben ein Wort mir ihr gewechselt.

Na ja, ich habe einmal ihre Hand gehalten, als wir sie nach dem Schuldspruch aus dem Gerichtssaal brachten und die Presseleute sie bedrängten. Ich habe den Beamten dort in Georgetown geholfen, weil sie mit der Situation nicht fertig wurden. Sie standen einfach nur herum und fragten: »Wie kommen wir hier heraus in den Wagen?«

Ich bot meine Hilfe an und sagte: »Zwei von euch Jungs gehen voraus, dann wird die Menge sich schon bewegen.« Und das haben wir dann auch gemacht. Wir haben sie zwischen uns genommen und hinausgeführt. Zum allerersten Mal tat sie mir wirklich *leid*. Sie hatte furchtbare Angst vor den drängelnden Reportern und vor den Mikrofonen. Es ist wie ein Spießrutenlauf.

Wir brachten sie zum Wagen, und das ist das einzige Mal, daß ich mit ihr gesprochen habe. Ich sagte: »Alles wird in Ordnung kommen.« Sie brauchte das. Sie war ein Wrack, völlig zusammengebrochen. Ich hatte nie die Gelegenheit, offiziell während der Untersuchung mit ihr zu sprechen. Als ich mich mit der Sache befaßte, hatte sie schon vor der Anklagejury ausgesagt und hatte bereits einen Anwalt.

Ein weiterer wichtiger Aspekt in diesem Fall sind Genenes psychosomatische Probleme, dessen sind wir uns sicher. Sie wurde 1980 ziemlich flüchtig von einem Arzt im Medical Center Hospital untersucht. Ich glaube, es war einer der Prfessoren. Die Schlußfolgerung in seinem Bericht lautete: »Psychosomatische Erkrankungen: Patientin leidet unter allen möglichen Schmerzen (Muskelschmerzen, Magenschmerzen), aber ich kann keine körperliche Erkrankung feststellen.« Ihre Intelligenz wurde nicht in Frage gestellt, auch ihre mentalen Fähigkeiten nicht. Was war die Ursache für ihre Erkrankungen? Wir wissen es nicht. Es gab keine Nachfolgeuntersuchung, aber sie *litt* unter Schmerzen und verschiedenen Erkrankungen – seien sie real oder eingebildet –, und sie lag ein paarmal im Krankenhaus. Kurz hintereinander wurde sie mehrmals operiert. Aus anderen Quellen hörten wir, daß sie Probleme mit dem Herzen hatte, aber nirgendwo ist etwas darüber verzeichnet. Es gibt einige Berichte von Menschen, die ihr nahestanden und die aussagten, daß sie Herzmedikamente nahm. Warum sollte sie das tun, wenn keine Erkrankung vorlag? Es gibt keine Beweise, daß sie je ein körperliches Problem hatte – abgesehen von den Wucherungen im Darm, denn daran wurde sie operiert.

In der Tat ist die zeitliche Abstimmung dieser Operationen äußerst wichtig. Im November 1981, wie sie auf dieser Tabelle sehen können...

[DER ERMITTLUNGSBEAMTE DEUTET AUF DIE TABELLE, IN DER DIE TODESFÄLLE AUF DER PÄDIATRISCHEN INTENSIVSTATION VERMERKT SIND]

Die ›unerklärbaren Vorfälle‹ stiegen besonders Ende Sommer, Anfang Herbst 1981 an. Im November kam es zu zwei Todesfällen, die nicht mit Genene Jones in Zusammenhang stehen. Sie wurde operiert und war fast den ganzen Monat nicht im Dienst. Als sie im Dezember wieder zurückkam, kam es zu... Lassen Sie mich sehen; insgesamt starben sieben Kinder auf der Intensivstation in dem Monat, als sie wieder da war. Vier davon unterstanden ihrer direkten Pflege.

Sie arbeitete am 10. Dezember, als Bobby Souza starb, aber dieses Kind war nicht ihr Patient. Zu dem einzigen Todesfall auf dieser Tabelle, bei dem sie selbst nicht anwesend war, kam es am 19. Dezember. Der Junge starb während der Frühschicht, und hier können wir keine Verbindung herstellen. Aber der Dezember war ein besonders schlimmer Monat. Im Januar 1982 verlangsamte sich das Tempo etwas, aber da hatte sie mehrere Tage lang alle Hände voll zu tun mit Rolando Santos. Er beanspruchte ihre Zeit ganz schön.

Wollen Sie damit sagen, daß ihre psychosomatischen Erkrankungen in irgendeiner Weise etwas mit ihrer psychischen Verirrung zu tun hatten?

Ich weiß es nicht. Wirklich nicht. Ich weiß nur, daß sie unter psychischen Verirrungen leidet. Es gibt Berichte über einige psychosomatische Probleme. Ihre körperlichen Leiden waren meiner Meinung nach nicht dafür verantwortlich, daß sie soweit getrieben wurde. Und dennoch handelte es sich bei zweiundzwanzig von dreiundzwanzig Todesfällen auf der Intensivstation um Kinder, die direkt ihrer Verantwortung unterstanden. Das Zentrum für Krankheitskontrolle untersuchte unzählige andere Tatsachen und Zahlen in einer großen Untersuchung, die sich mit einem anderen Bereich, nämlich mit den unerklärten Notfällen befaßte: Blutungen, Atemstillstände, wenn die Kinder ursprünglich unter keinerlei damit verbundenen Krankheit litten oder eine Stunde, bevor Genene ihren Dienst antrat, keinerlei Probleme hatten. Das geschah wiederholt bei einigen ihrer Patienten.

Ich muß annehmen, daß jeder, der einem Säugling aus *irgend* einem Grund Leid zufügt, völlig verrückt sein muß. Ich kenne keine genauen medizinischen Begriff dafür, aber er muß völlig verrückt sein.

Zweites Kapitel

Man erwartet Ergebnisse, aber es kommt nur zu Auswirkungen.
Anonym

Im Anschluß an Genenes Gerichtsverhandlung kümmerte sich Oberstaatsanwalt Ron Sutton monatelang um andere Dinge, die liegengeblieben waren. Außerdem wandte er seine Aufmerksamkeit und Energie einer zweiten absonderlichen Mordverhandlung zu.

»Eine Familie mit Landbesitz, die wenig Geld besaß, hatte hier in Kimball County Anhalter gekidnappt und gezwungen, auf ihrer Farm zu arbeiten. Einige der Gefangenen wurden gefoltert, einige starben an den Folgen. Wir hatten einige Zähne und Knochenreste gefunden.« Später gelang es ihm, gegen den Vater und den Sohn eine Verurteilung zu erzielen. Der Sohn bekam fünfzehn Jahre, der Vater eine Bewährungsstrafe. 1986 wurde Sutton für seine dritte vierjährige Amtszeit wiedergewählt.

Als wir ihn fragten, warum Jones seiner Meinung nach diese Verbrechen begangen hatte, antwortete er: »Meiner Meinung nach erklären die in der Verhandlung vorgestellten Beweise Genenes Motiv. Sie ist ein sehr herrschsüchtiger, berechnender, kalter Mensch. Sehr zielorientiert und abweisend. Aber sie kann sich auch verstellen, daß man glaubt, sie sei ein ungeheuer freundlicher, netter Mensch. Ich glaube, es war im Oktober 1982, als sie mit ihrem Mann, Garron, zu einem Interview nach New York reiste. Tom Jarrel, ein Top-Reporter führte ein Gespräch mit ihr, aber es wurde erst in der Woche nach der Verhandlung gesendet. Der Produzent, Peter Kunhardt, war einmal hier in der Stadt, und er berichtete, daß die Filmleute, die das Interview aufnahmen, hinterher eine Abstimmung durchführten. Die Mehrheit war der Meinung, daß sie nicht schuldig war. Sie hatte die Situation einfach meisterhaft in der Hand. Das paßt zu ihrer Persönlichkeit. Sie kann eine Situation kontrollieren.

Wenn man sich mit ihrem Hintergrund befaßt, stellt man fest, daß sie immer alles unter Kontrolle haben wollte. Sie ähnelt einem Feuerwehrmann, der Feuer legt, die Feuerwehr alarmiert und dann hingeht und das Feuer selbst löscht. Sie schuf *medizinische* Notfälle. Daher wußte sie sofort, was unternommen werden mußte, sie war die Superschwester.

Die Aufmerksamkeit der anderen gefiel ihr. Aber dann begann sie mit Suxamethoniumchlorid herumzuspielen, und das war ihr Fehler. Sie wollte einfach die Aufmerksamkeit auf die neue Praxis lenken. In einem ländlichen Gebiet verbreitet sich so etwas wie ein Lauffeuer. Plötzlich hieß es: ›Wir haben die großartigste Ärztin und Schwester der Welt. Mein Kind wäre gestorben, wenn die beiden nicht sofort gehandelt hätten.‹

Außerdem schien sie das Ganze irgendwie zu erregen. Einer der Sanitäter berichtete, daß sie sich verhielt, als ob sie gerade einen Orgasmus erlebt hatte, nachdem sie dem kleinen Pearson die Spritze verabreicht hatte. Sie schien in einem euphorischen Zustand zu sein.

Eine weitere Sache, die diesen Punkt betrifft, habe ich während der Verhandlung nicht weiter ausgeführt (es hätte die Aufmerksamkeit auf die Vorgänge in Bexar County gelenkt, und das war uns untersagt worden). Dabei ging es um folgendes: Sie war bereits vom Medical Center Hospital entlassen worden, weil man sie mit den verdächtigen Todesfällen dort in Verbindung gebracht hatte. Als es bei diesen Kindern in Kerrville zu Notfällen kam, wurden sie in andere Krankenhäuser gebracht, um weiterbehandelt zu werden. Aber Holland schickte Chelsea an dem Tag, als sie starb, ins Medical Center Hopital. Das durfte Genene nicht zulassen. Wenn die Leute dort die Verbindung zu den Kindern in Kerrville hergestellt hätten, wäre sie geliefert gewesen. Das durfte sie nicht zulassen, und daher mußte sie das Kind töten. Als sie herausfand, daß Chelsea ins Medical Center gebracht werden sollte, mußte sie es tun.«

Sam Millsap bewarb sich 1986 wieder für das Amt des Staatsanwaltes für Bexar County. Er wurde geschlagen. Er übt jetzt eine private Rechtsanwaltspraxis in San Antonio aus. Millsaps Nachfolger beschäftigte den Ermittlungsbeamten nicht weiter als Mitarbeiter. »Sie wissen, wie das so ist«, erklärt er Ermittlungsbeamte, »sie nehmen einen großen Besen und kehren einfach alles hinaus. Sie müssen ihre eigenen Leute irgendwo unterbringen. Dabei spielt es keine Rolle, ob man gute Arbeit geleistet hat oder nicht.«

Millsaps Stellvertreter, Nick Rothe, beendete seine Arbeit im Büro des Staatsanwalts von San Antonio, nachdem er am 23. Oktober 1984 eine zweite Verurteilung gegen Genene erreicht hatte. Richter Pat Priest sprach Genene wegen Körperverletzung eines Kindes schuldig – es ging um den Vorfall mit Rolando Santos. Am darauffolgenden Wochenende wollte Rothe ein paar Tage auf seiner Ranch, die südlich von der Stadt lag, allein sein, um sich etwas zu erholen. »Diese langen, komplizierten Verhandlungen fressen einen ganz schön auf, wenn man sich wirklich Mühe gibt«, sagt er, »und ich bemühe mich, meine Arbeit richtig zu machen.« Am Samstag nach dem Urteil stand Nick um 5 Uhr 15 auf und ging den ganzen Tag lang fischen. »Als die Sonne unterging, reinigte ich die Fische. Ich schaute mich um und stand eine Minute nur so da. Ich hatte den ganzen Tag lang nicht über Genene Jones oder über den Fall nachgedacht. Und da erkannte ich, wie lange sie schon Teil meines Lebens war. Ich war froh, daß ich sie los war. Aber ich denke noch immer viel an sie.«

Nick schloß sich wieder seinem Partner John Hrtnr in einer Praxis in der Stadt an. Die Klienten hatten sich verändert. »Es ist jetzt etwas anders, und es gefällt mir. Wir kümmern uns jetzt um weniger Klienten, erhalten aber mehr Honorar. Ich weiß nicht, was in diesen fünfzehn Monaten passiert ist, als ich nicht da war. Wahrscheinlich hatte es mit der Aufdeckung des Falls zu tun.«

Hrtnr, Rothes Partner, der an dem Gespräch ebenfalls teilnahm, erklärte daß er Genene immer für schuldig gehalten hatte. »Sie legte es nicht darauf an, die Kinder zu töten, aber sie wollte ihre eigenes Selbstwertgefühl steigern.«

»In gewisser Weise«, stimmte Rothe zu, »wollte sie Aufmerksamkeit auf sich lenken. Sie hat ungeheure Minderwertigkeitsgefühle. In Kerrville setzte sie ihre Hoffnung darauf (davon bin ich überzeugt), eine Anzahl von schwerkranken Kindern zu erzeugen, um dort eine Intensivstation einrichten zu können, in der sie dann die Hauptrolle spielen würde. Das ist meine ehrliche Meinung. Aus diesem Grund mußte sie kritische Situationen schaffen – aber die Kinder durften nicht sterben, denn für Tote braucht man keine Intensivstation. Sie mußte sie retten.«

»Aber ein paar konnte sie nicht retten«, unterbrach Hrtnr, »glaubst du, die Sache ist ihr aus der Hand geglitten?«

»Ja, bei der kleinen Chelsea hat sie es einfach übertrieben. Da hat sie den Bogen überspannt. Hier in San Antonio hatte sie ein ganz anderes Motiv. Zumindest am Anfang wollte sie den besser ausgebildeten Schwestern zeigen, daß sie nicht so klug waren wie sie.«

»Wir wollen annehmen, daß sie all die Dinge getan hat, deren sie angeklagt wurde (das müssen wir wohl tun, da sie verurteilt wurde). Was für ein Mensch tut so etwas? Ich glaube, kein rationaler Mensch *kann* es verstehen, da es sich jeder Rationalität widersetzt. Sie ist einfach verrückt. Völlig verrückt.«

»Nun«, warf Hrtnr ein, »nicht verrückt im kriminellen Sinn.«

»Das stimmt. Jemand, der nach dem Gesetz verrückt ist, ist ein Psychopath – jemand, der nicht den Unterschied kennt zwischen richtig und falsch und den Rechtsanwälten bei der Verteidigung nicht helfen kann. Diese Definition trifft nicht auf sie zu, und dennoch hat sie diese Dinge getan. Können Sie mir das erklären? Ich habe neun Millionen Theorien gehört, ich habe ein paar eigene, und selbst an die glaube ich nicht.«

Von dem halben Dutzend Mitgliedern der Krankenhausverwaltung, die an der Sitzung am 25. Januar nach Rolandos Krise und Patrick Zavalas Tod teilnahmen, sind die meisten nicht mehr im Medical Center Hospital beschäfitgt. Nur John Guest (der frühere Assistent von B. H. Corum) ist noch da und leitet jetzt als Direktor das Krankenhaus nach Corums Weggang.

Pat Alberti spricht nicht gern über die Jones-Affäre. »Ich habe Angst um meinen Job. Diese Stadt ist nicht besonders groß. Die meisten hielten mich für die Unruhestifterin. Eine Weile hatte ich es ganz schön schwer, aber jetzt hat sich alles weitgehend beruhigt.« Pat arbeitet heute als Nachtschwester in einem anderen Krankenhaus in San Antonio.

Ihre Freundin, Suzanne Maldonado, arbeitet noch immer im Medical Center, aber in einer anderen Abteilung. Sie lehnte es ab, interviewt zu werden. Ihr Vater bat darum, sie in Ruhe zu lassen.

Rolando, Jesusa und Esubio Santos leben noch immer in Pearsall. Rolando ist ein hübscher kleiner Junge mit einem schüchternen, schelmischen Lächeln. Er scheint keine dauernden Schäden von seiner Begegnung mit Genene Jones davongetragen zu haben. Esubio und Jesusa nahmen sich schließlich einen Rechtsanwalt, um gegen das Medical Center Hospital zu klagen, aber sie wollen, erklärt Jesusa, nur erreichen, daß ihnen die noch offenstehende Rechnung über 18000 Dollar für Rolandos Behandlung erlassen wird.

Garron Turk, der junge Mann, der Genene kurz vor ihrer Verhaftung geheiratet hat, nahm gleich nach dem Urteil von Georgetown Kontakt zu Brookshire auf. Er wollte Genene mitteilen, daß der die Scheidung eingereicht hatte.

Reid und Petti McClellan leben noch immer in Ingram; Petti arbeitet jetzt als Krankenschwester. Die McClellans geben noch immer Kathleen die Schuld für den Verlust ihres Kindes, obwohl ihre Klage gegen Kathleen später abgeändert wurde und sich nun auch gegen Genene Jones und das Medical Center Hospital richtete. Als sie versuchten, Dokumente zu erhalten, die eine Mitschuld des Medical Center an Chelseas Tod beweisen sollten, wurden sie wiederholt daran gehindert. Ihr Rechtsanwalt beantragte die Herausgabe vor Gericht, und das Krankenhaus wurde aufgefordert, die angeforderten Informationen herauszugeben. Der Rechtsanwalt der McClellans, Jim MacPerdue aus Houston, Texas, hofft, daß er das Krankenhaus für den Tod von Chelsea Ann McClellan zur Verantwortung ziehen kann. »Wahrscheinlich werden wir am Ende etwa 5 Dollar pro Stunde an diesem Fall verdient haben, aber es gibt Fälle, die man übernimmt, weil man weiß, daß es richtig ist.«

Anfang 1988 berichteten die Zeitungen von Hill Country, daß es Reid und Petti endlich gelungen war, ein kleines Mädchen zu adoptieren. Petti erklärte: »Sie *ersetzt* Chelsea nicht, aber sie füllt einige Lücken.«

Zwei Jahre nach der Aufgabe ihrer Praxis in der Water Street eröffnete Kathleen Holland eine neue Praxis in Kerrville in einem gelben Gebäude, drei Blocks südlich der Main Street. Die Kinder gehen gern zu Dr. Kathy in dieses freundliche, gemütliche Haus, um sich kurieren zu lassen. Ihre Beziehung zu Charleigh verschlechterte sich, bis sie etwa zwei Jahr nach der offiziellen ›Scheidung‹ beendet war.

»Wir haben uns von dieser Sache nie richtig erholt«, sagt Kathleen. 1985 heiratet sie einen anderen Arzt aus Kerrville. Die Verwaltung des Sid Peterson Hospital hat es wiederholt abgelehnt, ihr die Benutzung der Krankenhauseinrichtungen zu gestatten. 1986 hat Kathleen darauf geklagt, diese Entscheidung rückgängig zu machen oder ihr zumindest eine angemessene Erklärung zu geben. In ihrer Klageschrift hieß es:

> AM 28. SEPTEMBER 1982 WURDE MIR »VORÜBERGEHEND« DIE BENUTZUNG DER EINRICHTUNGEN DES SID PETERSON MEMORIAL HOSPITAL UNTERSAGT. DAMALS GLAUBTE ICH, DASS DIESE ENTSCHEIDUNG AUFGRUND DER SECHS NOTFÄLLE IN MEINER PRAXIS, DIE VON EINER ANKLAGEJURY UNTERSUCHT WURDEN, GETROFFEN WURDE. ETWA EINEN MONAT SPÄTER (UND DANN WIEDER NACH

EINEM JAHR) SPRACH ICH MIT REPRÄSENTANTEN DES KRANKENHAUSES UND BAT UM EINE UMKEHRUNG DER ENTSCHEIDUNG: MAN BAT MICH ZU WARTEN, BIS DIE UNTERSUCHUNG ABGESCHLOSSEN SEI. NACHDEM ICH ANFANG 1984 ALS HAUPTZEUGIN DER ANKLAGE IN DER VERHANDLUNG IN GEORGETOWN GEGEN GENENE JONES AUSGESAGT HATTE, BAT ICH ERNEUT DARUM, DIE EINRICHTUNGEN MITBENUTZEN ZU DÜRFEN. MAN GEWÄHRTE MIR EINE ANHÖRUNG VOR DEM VORSTAND DES KRANKENHAUSES, BEI DER MEHRERE FRAGEN BEHANDELT WURDEN. MEINE BITTE WURDE ABGELEHNT. SCHRIFTLICHE VORWÜRFE VON SEITEN DES KRANKENHAUSES WAREN VAGE UND DAHER UNMÖGLICH ZU BEANTWORTEN. DIE VERBALEN VORWÜRFE WÄHREND DER ANHÖRUNG WAREN JEDOCH SPEZIFISCH UND STIMMTEN NICHT MIT DEN SCHRIFTLICHEN BEHAUPTUNGEN ÜBEREIN.

»Wenn ich jetzt auf diese Ereignisse zurückblicke«, sagte Kathleen, »denke ich – Ich weiß nicht, ich glaube, es besteht die Neigung – Also, ich habe durch das, was passiert ist, viel über mich und die Welt gelernt. Ich habe viel über meine eigenen Stärken und Schwächen gelernt, ich weiß, daß ich mich zusammennehmen kann und gegen Dinge angehen kann, die ich nicht verstehe oder vor denen ich Angst habe. Wenn man eine solche Sache durchgestanden hat, hat man das Gefühl, sich selbst ein wenig besser zu verstehen. Wissen Sie, was ich meine? Es kommt zu einer Art Verstärkung durch Erfahrung.

Ich habe jetzt eine andere Einstellung zu anderen Menschen. Nach dieser Erfahrung hatten viele Kinderärzte das Gefühl, daß man bei Veränderungen bei den Patienten mißtrauischer sein müsse. Das macht mich wirklich traurig, weil – Wahrscheinlich kommt da ein Teil meiner Naivität wieder durch. Es fiel mir sehr schwer zu glauben, daß jemand, der dazu ausgebildet wurde, Kindern zu helfen, so etwas tat. Ich glaube, das werde ich nie begreifen können. Ich habe es schon lange aufgegeben, eine Erklärung für diese Taten zu finden. Was mich betrifft, spielt das ›Warum‹ keine Rolle. Es gibt kein ›Warum‹, das so etwas rechtfertigen könnte.«

»Vor kurzem hat eine Freundin von Kathleen sie für eine der Wohltätigkeitsvereine des Ortes nominiert«, berichtet der Ermittlungsbeamte, »die nominierten Mitglieder sollten an einem Abendessen teilnehmen, bei dem sie von den Mitgliedern in die Organisation gewählt werden würden. Es ist eigentlich nur eine Formalität, denn bisher wurde noch nie jemand abgelehnt.

Kathleen kam zu spät und blieb im Hintergrund. Als die Namen der neuen Mitglieder verlesen wurden, standen alle auf und die Damen applaudierten ihnen. Aber als Kathleens Name aufgerufen wurde, herrschte Totenstille. Es vergingen ein paar Sekunden, bis jemand zu klatschen begann, und dann klatschten alle, und sie erhielt einen donnernden Applaus.

Vielleicht waren sie verlegen und wollten es irgendwie gutmachen, aber ich glaube, die meisten Menschen wissen, daß Kathy auch eins von Genenes Opfern war.«

—

Schlußwort

Das Gute im Menschen bestaunen wir, vielleicht überrascht es uns auch, aber nur selten fragen wir: »Warum?« Wenn wir Menschen wie Genene Jones begegnen, Menschen, die Böses tun, taucht diese Frage fast unwillkürlich auf und fordert eine Antwort.

Warum hat sie es getan?

Wir stellen die Frage, als ob wir erwarten, daß es eine Erklärung gibt, einen Kausalzusammenhang, irgendwelche Umstände in der Vergangenheit der Mörderin, die sie gezwungen haben, Taten zu begehen, die unsere Fantasie übersteigen. Wir bezeichnen sie als verrückt, weil wir es nicht begreifen können. Dennoch ist es möglich zu verstehen, warum Genene es getan hat. Die Anhaltspunkte sind da.

Viele Menschen berichteten von Genenes Erregung während eines Notfalls, ihre fast orgiastische Reaktion darauf. Eine solche Reaktion mag extrem sein, aber sie ist nicht anomal. Ein Code Blau ist eine außergewöhnliche Erfahrung. Die Zeit scheint stillzustehen; das Bewußtsein richtet sich auf die Unendlichkeit. Es geht um Leben und Tod, eine Herausforderung, für die ein Mediziner all seinen Mut und seine Fähigkeiten zusammennehmen muß. Es herrscht Hochdruck, es ist ein Nervenkitzel, ähnlich wie beim Fallschirmspringen, nur mit dem Unterschied, daß das Risiko bei einem anderen liegt. Und Genene liebte diesen Nervenkitzel.

Sie liebt auch die Nachwirkungen eines solchen Notfalls. Wenn das Kind überlebte, hatte sie Teil an diesem Sieg, sie war in ihren eigenen Augen und in den Augen der anderen eine Heldin. Wenn das Kind starb, gab sie sich ganz ihrer Trauer hin, zeigte die Tiefe ihres Mitgefühls und ihre Fähigkeit zu lieben. Die Tatsache, daß Mitgefühl und Liebe ihr *fehlten*, machte diese unglaubwürdige Trauer um so notwendiger. Es sollte das Bild einer fürsorglichen, heroischen Frau bestätigen.

Zeugen haben Genene als sehr kontrollierenden Menschen beschrieben – streberisch, beherrschend, entschlossen. Auch während unseres Besuchs im Gefängnis spürten wir Genenes Hunger nach Kontrolle in ihren Bemühungen, die Grundregeln für unser Gespräch festzulegen, und in ihrer geschickten Mischung aus Wahrheit und Lüge, aber noch mehr in der Stärke ihrer Persönlichkeit, die sie produzierte. Wir haben die Intensität hinter ihren Lügen als spürbaren Einfluß wahrgenommen, als Versuch, die Realität, die wir wahrnahmen, zu kontrollieren. Wir *glaubten* ihr, wenn auch nur für kurze Zeit. Der höchste Ausdruck dieses Verlangens nach Kontrolle war der Mord, durch den Genene eine gottgleiche Gewalt über das Leben ihrer Patienten ausübte.

Die Möglichkeit, daß Genene selbst in ihrer Kindheit mißbraucht worden ist (wie sie es einmal einer Freundin anvertraute), mag ebenfalls zu einer Erklärung des ›Warum‹ beitragen. Ein Kind, das aufwächst, ohne seinen eigenen Wert zu kennen, kann auch den Wert eines anderen nicht richtig einschätzen. Vielleicht führte dieses fehlende Selbstwertgefühl dazu, daß Genene Handlungen beging, die Menschen, die anderen mit normalen Mitgefühl begegnen, widerwärtig sind. Vielleicht war jedes Kind, das ihr Opfer wurde, ein Symbol für das Kind in ihr selbst und sie die Elternfigur, die erst mißbrauchte und dann tröstete. Vielleicht spielte Genene das Drama ihrer Kindheit immer wieder durch, indem sie anderen weh tat, sie anschließend rettete und auf diese Weise die andere Seite einer pervertierten Liebe durchspielte.

Wenn wir es versuchen, können wir die Befriedigung verstehen, die Genene erlebte, wenn sie Notfälle verursachte, aber eine Erklärung dafür, warum die Handlung sie befriedigte, erklärt nicht, warum sie es getan hat. Wir müssen auch verstehen, wie sie diesem Drang trotz seiner Ungeheuerlichkeit, trotz des überwältigenden und unverkennbaren

Unrechts nachgeben konnte. Denn Genene wußte, daß sie etwas Falsches tat.

Genene handelte eindeutig vorsätzlich. Sie plante ihre Verbrechen. Sie wartete darauf, daß ein Kind mit schweren Symptomen eingeliefert wurde, so daß ein plötzlicher Notfall oder Tod nicht überraschte. Stunden oder Tage zuvor bereitete sie die Tat vor, indem sie falsche medizinische Probleme in das Krankenblatt ihres Opfers eintrug, um auf diese Weise auf seinen Tod vorzubereiten. Die Verbrechen schmecken nach Berechnung und Absicht, nicht nach unwiderstehlichem Impuls.

Sie kannte die Natur ihrer Handlungen und war sich der Wertetabelle, die Mord verbietet, bewußt. Sie war gläubige Christin, sprach ein Tischgebet und weinte über die Sentimentalität von *E. T.* Sie trauerte um ihre toten Patienten, zeigte Mitgefühl für die Eltern, Nächstenliebe für das junge Mädchen in Not, das als Babysitter bei ihr lebte. Sie fühlte sich in der Lage, moralische Kritik an anderen zu üben: an den Armeesanitätern, die angeblich sagten: »Lassen Sie das Kind doch sterben«, am Staatsanwalt, den sie als Personifizierung des Teufels betrachtete, an den jungen Ärzten, denen sie kriminelle Arroganz und Ignoranz unterstellte. Genene kannte den moralischen Kodex, nach dem wir uns alle richten; sie entschied sich einfach dafür, ihn nicht zu befolgen.

Die Frage lautet daher nicht, warum hat sie es getan; die Frage lautet, wie konnte sie es tun, obwohl sie wußte, daß es falsch war?

M. Scott Peck erklärt in seinem Buch *People of the Lie*, daß die »wesentliche Komponente des Bösen« der Widerwille des einzelnen ist, seine eigenen Unvollkommenheit zu tolerieren und das Bedürfnis nach Veränderung anzuerkennen. Er schreibt: »Die Bösen sind sich ihres bösen Charakters bewußt und versuchen, dieses Bewußtsein zu unterdrücken.« Solange die Bösen ihrer Selbsterkenntnis durch Lügen, die sie sich selbst erzählen, entgehen können, müssen sie sich – wir uns – nicht ändern.

Genene versuchte, sich selbst und alle anderen zu betrügen, statt sich zu ändern – ihren Beruf aufzugeben, ihren Appetit zu zügeln oder *irgend* einen anderen Weg zu wählen. Sie versuchte anderen die Schuld zuzuschieben. Sie verfuhr rational dabei. Sie versteckte sich hinter Halbwahrheiten und einer Maske des Mitgefühls. Bis auf den heutigen Tag ist sie nicht bereit zuzugeben, daß sie etwas Falsches getan hat. Statt die Verantwortung zu wählen, entschied Genene sich für die Lüge, und in einem geringeren Ausmaß taten das auch die Mitglieder der Krankenhausverwaltung, die Ärzte und Schwestern, die die Wahrheit vermuteten, aber zuließen, daß Genene Jones eine andere Stelle antrat.

Das ›Warum‹ hinter Genenes perversem Appetit ist die Summe ihrer Lebensumstände, aber ihre Lebensumstände erklären oder entschuldigen ihre Handlungen nicht. Obwohl die Umstände die Wahlmöglichkeiten des einzelnen Menschen diktieren, ist er verantwortlich für die Wahl, die er trifft. Und diese Wahlmöglichkeit ist immer vorhanden.

Danksagung

Ohne die Hilfe in finanziellen, literarischen und juristischen Dingen, die Unterstützung und den Glauben der folgenden Menschen gäbe es dieses Buch nicht. Wir möchten denen danken, die uns geholfen haben.

Pat Alberti, Linda Anderson, Charleigh Appling, Robert Asashina, die Lektorin Linda Venator, Margo Beotticher, Mark Brown und seine Freunde bei Kinsella, Boesch, Fujikawa & Towle, Janet Boudreau, Jim Brookshire, Joe Cabaza, Donald Cameron, Patricia Cameron, Richter John Carter, Ranger Joe Davis, Dr. Vincent DiMaio, Ed Edwards, unser Rechtsanwalt/Agent Don Farber, Tom Filer, Sandy Fox, Jay Goodwin, Royal Griffin, Van Hilley, Dr. Kathleen Holland, Janet Jones, Patty Jones, Reid und Petti McClellan, der ehemalige Oberstaatsanwalt Sam Millsap, Commander Lundi Morre, U. S. N. Ret. , Lore Moore, die Brüder Chris, Casey, Shane, Ryan und Maryanne Moore, Genevieve Mynster, Dr. Linda Norton, Kirk Passich, Dr. Murray Pollack, Tom und Maureen Reid, Kathleen Louisa Campbell Richards, der ehemalige Assistent des Oberstaatsanwalts, Rechtsanwalt Nick Rothe, Anthony Russo, Jesusa Santos, ihre Tochter Anna und ihr jüngster Sohn Rolando, Ed Shaughnessey, Jim Shields, Tom Stolhandske, Paul Slevin, Oberstaatsanwalt Ronald Sutton, Roy Toburen, Lisa Vischer, David Weiner, Pamela Woods, Mel Zerman, der seine alte Freundin Joan Kahn davon überzeugte, es mit uns zu versuchen, und die vielen freundlichen Menschen, die lieber anonym bleiben möchten: Ihnen allen sei Dank.